The Water Dancer

Ta-Nehisi Coates

ウォーターダンサー

タナハシ・コーツ
上岡伸雄 訳

CREST BOOKS
Shinchosha

チャナに捧ぐ

THE WATER DANCER
by
Ta-Nehisi Coates

This translation published by arrangement with
One World, an imprint of Random House,
a division of Penguin Random House LLC through
The English Agency (Japan) Ltd.

Illustration by Shirako
Design by Shinchosha Book Design Division

ウォーターダンサー

『ウォーターダンサー』はフィクションであり、名前、登場人物、場所、出来事などはすべて作者の想像力の産物か、フィクションとして使われているものです。実際の出来事、地域、あるいは人——存命であれ死後であれ——と似ているところがあっても、それは偶然の一致にすぎません。

I

私の役割は奴隷の物語を語ることだった。
主人の物語は語り手に事欠かなかった。

フレデリック・ダグラス（一八一八～九五。元奴隷で、北部に逃亡後、奴隷制廃止論者として活躍した）

1

そして、あの石の橋にいる彼女が見えたはずなのだ、幽霊のような青色に包まれた踊り手。なぜなら僕が幼かったとき、彼らはあの道を通って彼女を連れ戻しただろうから――それはヴァージニアの土がまだ煉瓦のように赤く、生命に満ちて赤かった頃のこと。グース川に架かる橋はほかにもあったのだが、彼らは彼女を縛ってからあの橋を渡ったはずで、それは本街道につながる橋がこれだったためである――本街道はくねくねと曲がりながら緑の丘を越え、谷を下り、そこから一方向に曲がるのだが、その方向が南だった。

かつて僕はいつもあの橋を避けていた――ナチェズ（ミシシッピ州南西部の都市。ミシシッピ川下流のなかでは古くから開拓されていた地域で、大きな奴隷市が開かれていた）の方向に連れていかれた母親たち、おじたち、いとこたちの思い出が染みついていたからだ。

しかし、いまでは記憶の持つ凄まじい力を知り、それがいかに一つの世界から別の世界への青いドアを開けるのか、いかに僕たちを山から牧場に、緑の林から雪をかぶった野原に移動させるのかを知り、いかに記憶が土地を布のように畳めてしまえるのかを知り、また、いかに僕が彼女の記憶を心の「深層」に押し込んでしまい、いかに忘れてしまったか、しかし忘れていなかったかを知っているので、僕はこの物語、この〝導引《コンダクション》〟が、あの幻の橋から始まらなければならないとわかっている――生きている者たちの国と失われた者たちの国のあいだに架かるあの橋から。

　そして、彼女は橋の上で手拍子をしながらジューバ（アメリカ南部の農園の黒人奴隷たちに広がった、手拍子を打ったり膝や腿を叩いたりしながら踊るダンス）を踊っていた。頭には陶製の水がめを載せ、足下の川から立ちのぼる濃い霧が彼女の裸足の踵をくすぐり、踵は橋の丸石を踏みつけ、それにつれて彼女の貝殻のネックレスも揺れた。陶製の水がめは動かない――ほとんど彼女の一部のようで、いかに膝を高く上げようが、沈み込んだり体を曲げたりしようが、腕を大きく広げようが、水がめは王冠のように彼女の頭にとどまっている。そしてこの信じがたい技を見て、僕はこのジューバを踊る女性、幽霊のような青色に包まれた人が、自分の母親だとわかった。

　ほかの誰も彼女が見えなかった――そのとき新しいミレニアム社製の軽装馬車の後部に乗っていたメイナードも、手練手管で彼をとりこにした娼婦も、そしていちばん奇妙なのは、馬車を引く馬も――馬は鼻が利き、別の世界からさまよい出て我々の世界に紛れ込んだものに気づくと僕は聞いたことがあったのだが。そう、僕だけが馬車の御者席から彼女を見たのであり、その彼女の姿はまさに人々が言い表わしたとおりだった。ずっと昔に彼女がこうだったと彼らが言ったとおり、彼女は踊りながら家族の輪のなか――エマ叔母、ヤング・P、ホナス、そしてジョン叔父のなか――に飛び込んでいき、彼らは拍手し、胸を叩き、膝を打ち、彼女に倍の速さで踊るようにはやし立て、彼女は土の床を強く踏みつけ、それはまるで踵の下で這っているものをつぶそうとしているかのようで、それから腰を曲げて頭を下げ、体を捻じらせ、手の動きに合わせて曲げた膝をくねらせ、それでも陶製の水がめは頭に載っているのである。母はロックレスで最高の踊り手だった――僕はそうみんなから聞かされ、これを覚えている理由はその才能を僕がまったく受け継がなかったからだが、それ以上に僕が覚えている理由は、彼女が父の目にとまったのはこのダンスのためであり、こうして僕が生まれたからだった。そしてそれ以上に僕が覚えている理由は、僕がすべてを覚えているからである――すべてといっても、どうやら母のことを除いて。

そのときは秋だった――競馬が南部に来る季節である。その午後、メイナードは大穴のサラブレッドで勝ち、これで以前から求めていたヴァージニアの上級市民の尊敬をついに勝ち得るだろうと考えた。ところが馬車の後部でふんぞり返り、ニタニタと笑いながら町の大広場を回っていると、社交界の男たちは彼に背を向けて葉巻を吹かし始めた。挨拶をする者はいない。メイナードはいつものメイナードだ――阿呆のメイナード、がさつなメイナード、馬鹿なメイナード、木から何マイルも下まで落ちた腐ったリンゴ。彼は頭にきて、スターフォールの町外れにある古い家まで馬車をやれと僕に命令し、そこで一夜を過ごす娼婦を買った。それからロックレスの屋敷まで彼女を連れ帰ろうというご立派なことを思いついたのだが、命取りになったのは、突如として羞恥心にも駆られたことだった。そのため裏道を使って町から出るように言い張り、ダムシルク街道を下って古い本街道にぶつかるところまで行ってから、グース川の川辺まで戻ってきたのである。

僕が馬車を御しているあいだ冷たい雨がずっと降り続け、僕の帽子の縁から垂れた水がズボンの上にたまっていた。後ろからメイナードが上機嫌で、娼婦に向かって自分の女遍歴を自慢する声が聞こえてくる。僕は全力で馬を前に進めようとした。早く家に着いてメイナードの声から解放されることしか頭になかった。しかし、この人生で彼から自由になれる見込みはない――僕の鎖を握っているメイナード、僕の兄にして主人にもなったメイナード。僕は何とかして聞くまいとし、気を紛らわすものを探していた――トウモロコシの皮を剝いた記憶や、小さい頃に目隠し鬼をした思い出など。いま僕が覚えているのは、こうした気散じとなるものがまったく現われず、突如として沈黙が訪れたことだ――メイナードの声が掻き消されただけでなく、周囲の世界の小さな音もすべて消えてしまった。そしてこのとき、自分の心の小さな穴を覗き込み、僕が見出したのは失われた者たちの思い出だった——夜眠らずに警戒していた男たち、最後にリンゴ果樹園を見回る女たち、自分の庭を他人に譲り渡す未婚の女たち、ロックレスの屋敷を呪う老人たち。失われた者たちの群れ、あの不吉な橋を渡らされた者たち、それは踊る母の姿に体現されていた。

そのとき手綱をぐいっと引っ張ったが、もう遅かった。僕たちは全速力で橋に突っ込み、次に起きたことが宇宙の秩序に関する僕の感覚を永遠に揺るがした。しかし僕はその場にいて、それが起こるのを見た。そしてそれ以来、たくさんのものを見ることになった——僕たちの知識の限界を曝け出し、その先にどれだけのことが潜んでいるのか示すものをたくさん。

車輪の下の道路が消えたのだ。橋全体が見えなくなり、一瞬、僕は自分が青い光に乗って、あるいはそのなかで、漂っているように感じた。そこは温かく、その一瞬の温かさを僕が覚えているのは、同じくらい唐突にそこから落ちていって水に、水中に入ってしまったからであり、それを語っているいまでもそこに戻ったような感覚を抱くからだ——氷のように肌を刺すグース川の冷たさ、体内にどんどん入ってくる水、そして溺れる者だけを襲う、燃えるような苦痛。

溺れるときのような感覚に類がないのは、感覚が苦痛だけでなく、まったく異なる環境に対する当惑を伴うからだ。意識は空気があって当然と思っている——吸える空気はいつでもあるものだし、呼吸というのは当たり前の本能であって、その要求を抑えるには集中力のようなものが必要とされる。僕が自分で橋から飛び込んだのなら、そのあとどうなるかは予想できただろう。橋の横側から落ちたのだとしても、少なくとも想像力の範囲内だという点で、状況を理解できたはずだ。しかし、これは窓から深い川に突き落とされたようなもので、警告は何もなかった。僕は呼吸しようとし続けた。吸える空気を求めて叫んだのを覚えていて、さらにその返答としての苦しみ、水が僕に入ってくる苦しみを覚えている——その苦しみに対して喘ぐことで応えようとし、水がますます入ってくるだけだったことも。

しかし僕は思考をどうにか落ち着かせ、こうして手足をバタバタさせていても死を早めるだけだという理解にどうにか至った。それができたあと、一つの方向に光が見え、反対方向が暗闇であることに気づき、暗闇が水底で光はその逆だと推測した。そこで下のほうへ脚を蹴り出し、光に向かって両腕を伸ばすと、水を搔いていってついに――咳き込み、水を吐きながら――水面に上がった。

こうして暗い水中を抜けて水面に浮かび上がると、ジオラマのような風景が目の前に開けた。嵐の雲が見えない糸で吊り下げられ、それを背景に赤い太陽が低い位置にピン留めされていて、その太陽の下には草の生い茂る山々が広がっている。振り返って、石の橋の方向を見ると、それは、なんてことだ、半マイルは離れていたに違いない。

川の急流が僕をどんどん引っ張っていくので、橋は猛スピードで遠ざかっていくように見えた。僕は体の向きを変えて川辺に向かって泳ごうとしたが、まだ急流が――あるいはその下の見えない渦かもしれないが――僕を下流へと引っ張っていた。愚かなメイナードに買われた女はどこにも見当たらない。しかし、彼女のことを少しでも考えたにせよ、その考えはメイナードが自分の存在を知らせる声によって遮られた――普段どおりに騒々しく呼んだり叫んだりし、この世界を通過しているときとまったく同じ流儀でそこから退場しようとしているのだ。彼は近くにいて、同じ急流に流されていた。流されながら手を振り回し、叫び、足を少しばたつかせ、それから水中に消えたが、数秒後にまた浮かび上がり、叫び、また手足を力なくばたつかせた。

「助けて、ハイラム！」

僕は自分の生命が黒い穴の上で宙吊りになっているのに、ほかの人を救うように呼ばれているわけだった。これまで何度も、メイナードに水泳を教えようとしたが、彼はすべての指導に対してと同じように、水泳の練習に対しても集中せず、怠けていた。そして、こうした態度のせいで上達しないとなると、今度は腹を立て、練習を拒むようになった。いま僕に言えるのは、奴隷制が彼を殺したということである。奴隷制のために彼は子供のまま成長せず、いま奴隷制が通用しない世界に放り込まれたのだ。メイナードは水に触れた瞬間、死んだも同然だった。僕はいつでも彼を守ってきた。チャールズ・リーに銃で撃たれそうになったとき、愛想のよさとへりくだることで、彼を守ったのは僕だった。僕たちの父親にも特別に訴えかけることで、数えきれないほどその怒りから彼を救ってきた。毎朝、服を着せてやるのも、毎晩、寝る支度をしてやるのも僕だった。そしていま、心身ともにくたびれているのは僕で、水のなかで急流の力と闘い、自分を窮地に追い込んだ奇怪な現象と闘っているのも僕だった。それなのに、自分を救うだけの力も奮い起こせないときに、ここでもまた他人を救えという要求を突きつけられ、それと闘っているのだ。

「助けて！」と彼はまた叫び、さらに大きな声で言った。「お願い《プリーズ》！」彼は子供のまま成長しておらず、子供が物を頼むような言い方をした。そして僕は——無情に聞こえるかもしれないが——グース川で自分の死と直面しながらも、これまでこういうしゃべり方をした彼を思い出せないことに気づいた——つまり、僕たちの真の関係性を反映したようなしゃべり方ということだ。

「お願い《プリーズ》！」

「無理です」と僕は水面から口を出して言った。「もう終わりです！」

死が迫っていることをこのように受け入れると、僕の心には人生の数多の思い出がひとりでに降りてきて、橋で見たのと同じ青い光が戻り、また僕を包んだ。僕はロックレスのことを思い返し、愛するすべての人たちに思いをはせ、この霧深い川の真ん中でシーナを見た——洗濯の日、湯気の立つ湯を入れた大釜を持ち上げる老婆——力をぎりぎりまで振り絞り、水の滴る衣服を殻竿で叩いて衣服の水気を飛ばし、手の皮が剝けそうになっている。それから手袋をしてボンネットをかぶったソフィアが僕の目に浮かんだ。女主人のような服装をしているのは、彼女の奴隷労働にはそれが必要だからで、彼女がドレスの膨らんだ裾を足首まで引き上げ、自分を束縛する男に会うために裏道を歩いていくのを僕は見つめている——かつて何度も見たように。僕は四肢の力が抜けていくのを感じ、自分をこの深みに放り込んだ出来事の不思議さと混迷にもはや頭を悩ますこともなかった。また沈んでいったが、今回は燃えるような感覚も、必死に息を吸おうとすることもない。体重がなくなったように感じ、そのため川に沈んでいくあいだもどこか別のところにのぼっていくように感じた。水が僕から遠ざかっていき、青くて温かい空間に包まれ、川はその外にあって、僕を取り囲んでいる。そしてそのとき、自分はついに死んで天国に行くのだとわかった。

僕の心はさらにさかのぼり、このヴァージニアから連れ去られてナチェズ地方に送られた者たちを思った。そのうちどれだけの人たちがさらに先まで旅を続け、僕がいま近づきつつある次の世界で出迎えてくれるのだろう。そう考えているうちに、僕の目にはずっとキッチンで働いていた叔母のエマの姿が映った。ジンジャークッキーの盆を持って通り過ぎたが、これは集まったウォーカー家のみんなのためで、彼女のためでも家族のためでもまったくない。僕の母もそこにいるはずだ。そう思うが早いか、腕をひらひらと動かし、輪のなかでウォーターダンスを踊る母の姿が目の前に現われた。それからこういうことをすべて考え、物語をすべて思い出して、僕の心は落ち着いた。嬉しいくらいの気持ちになって、暗闇のなかへとのぼっていき、光のなかへと落ちた。その青い光のなかには平和があり、それは眠りそのもの以上の平和で、それ以上に自由があって、僕は大人たちが嘘を言っていなかったとわかった——本当に僕たち自身の故郷と呼べるところがあり、奴隷制の先に人生があって、そこではすべての時間が山の向こうから射し込む朝日のように明るいのだ。そしてこの自由が実に偉大であるために、僕はこれまで絶対に変えられないと思っていた苦しい重荷に気づいた——いまや永遠に付きまとおうとしている重荷に。僕は振り向き、自分の残した波の跡にその重荷を見たのだが、それは自分の兄であり、吠え声をあげ、腕を振り回し、叫び、命を救ってくれと懇願していたのである。

生まれてからずっと、僕はこの男の気まぐれに翻弄されてきた。僕は彼の右腕であり、そのため自分自身の腕を持っていなかった。しかし、いまそのすべては終わった。なぜなら僕はのぼっており、それは上級市民と奴隷の世界から脱することだったからだ。僕が最後に目にしたメイナードの姿は、水のなかで腕を振り回し、もはや摑むこともできぬものを摑もうとし続け、その姿は次第に僕の目の前で――波の上で揺れる光のように――ぼやけていき、彼の叫び声も小さくなって、僕のまわりの騒々しい〝無〟のなかに吸い込まれていった。そして彼は消えた。僕はそのとき嘆き悲しんだとか、何らかの哀悼の言葉を口にしたと言いたいところだが、そんなことはなかった。僕は僕の終わりに向かっていて、彼は彼の終わりに向かっていたのだ。

僕の前の幻影たちはいま動かなくなり、母に目を凝らすと、母ももはや踊っておらず、少年の前でひざまずいていた。母は手のひらを少年の頰にあて、頭にキスをし、手に貝殻のネックレスを載せて握らせると、自分は両手で口を押えて立ち上がった。それから逆方向を向き、遠くへと向かって歩いていった。少年は立ったままそれを見ていて、それから彼女を求めて泣き、ついていこうとした。走り、走っているうちに転び、転んだまま両腕を組んで顔をうずめて泣き、それからまた立ち上がって振り返った。今度は僕のほうを向き、こちらに歩いてきて手を開き、ネックレスを差し出す。それで僕は、今度こそ天国に行くのだとわかった。

生まれてこの方、僕はずっと脱出したかった。これに関して僕はちっとも人と違ってはいない――奴隷の誰もが同じように感じている。しかし、彼らとは違って、ロックレスのすべての人々とは違って、僕にはその手段があった。

僕は変わった子供だった。歩くよりも前にしゃべり出した。といっても、たくさんしゃべったわけではない。僕は何よりも見て、記憶した。ほかの人たちのしゃべる声が聞こえても、それは聞くというよりも見るという感じだった。彼らの言葉が形となり、目の前に絵として現われるのだ――ひとつながりの色、線、肌理《きめ》、形として、僕の心のなかに蓄えることができた。こうしたイメージを好きなときに引き出し、そのイメージを喚起した正確な言葉に訳し戻せるのが僕の才能だった。

五歳になった頃には、僕は一度聞いただけで、労働歌をうたえるようになった。呼びかけ《コール》と応え《レスポンス》を叫び、それに自分の即興を加えると、大人たちは目を丸くして喜んだ。僕は個々の動物について、出会った場所と時間、その動物がそのとき何をしていたかに従って、それぞれに名前を付けていた。だから一頭の鹿は〝春の草原〟、もう一頭は〝折れたオークの枝〟だった。犬の群れに関しても同じで、大人たちは犬の群れに気をつけろと言うのだが、僕にとってそれは群れではなく、みんな別々だった。二度と会わなくても別々。どんな貴婦人も紳士も――二度と会わなくても――別々であるのと同じ。だって、僕はみんな覚えているのだ。

それからどんな物語でも、僕には二度話す必要がなかった。たとえば、ハンク・パワーズは娘が生まれたときに三時間泣き続けたと聞けば、僕はそれを記憶するし、ルシール・シムズが母親の仕事着からクリスマス用の新しいドレスを作ったと聞けば、それもまた記憶する。ジョニー・ブラックウェルが兄に向かってナイフを突きつけたというのも、ホレス・コリンズのすべての先祖の名前と、彼らがエルム郡のどこで生まれたかというのも、一度聞いたら忘れない。ジェイン・ジャクソンがすべての世代を――母親、その母親、そのまた母親といった具合に、大西洋岸にまでたどり着く家系図を——暗誦していけば、それも覚えてしまう。だから僕はあのとき、グース川に呑み込まれそうになりながら——橋が見えなくなり、自分の運命を凝視したあとになっても——自然に思い出したのだ。あの青いドアへの行脚はこれが初めてではない、と。

　それは前にも起きていた。僕が九歳で、母が捕まって売られた次の日。あの寒い冬の朝、目を覚まして、母がいなくなったことを事実として知った。それなのに、別れを惜しんだときの画像も、記憶も、それを言ったら母の面影も、何も残っていないのだ。僕が母を知っているのは人から伝え聞いたことのみであり、だから母が捕まったというのは、確かだとわかっていた。見たことがなくても、アフリカにライオンがいるとわかっているのと同じだ。僕は完璧に肉づけされた記憶を求めたが、見つかったのはクズばかり。叫び声。嘆願——誰かが僕と一緒に泣いて訴えている。馬の強い匂い。そのすべてにぼんやりと覆われて、焦点が合ったり合わなかったりする像がある——細長い水桶。僕は怯えていたが、それは単純に母を失ったからではなく、僕が昨日のことをすべて、飲めるほどの豊かな肌理と鮮明な色によって覚えていられる少年だったからだ。それなのにビクッとして目を覚ましたとき、僕には儚い像しかなかった——影と叫び声しか。

　脱出しなくては。これは考えというよりも感情として僕の胸に浮かんだ。痛みが、断絶があった——何かから引き離され、自分が無力であるためにそれを防げなかったとわかっていた。母が行ってしまったので、追わなければならない。だからあの冬の朝、僕は目の粗いシャツを着てズボンをはき、黒いコートに腕を通すと、作業靴の紐を結んだ。そして、切妻造りの丸太小屋が二列に並ぶ居住区《ストリート》に出た——タバコ畑の奴隷である仲間たちが住んでいる地域。凍るような風が住居のあいだの地面の埃を巻き上げ、僕の顔に吹きつけた。クリスマスから二週間後の日曜日、まさに夜が明けようとしている時間だった。月の光に照らされ、小屋の煙突から少しずつ立ちのぼる白い煙が見えた。小屋の向こうには葉のない木々が黒く浮かび上がり、ヒューヒューと音を立てる風に吹かれて、酔っ払いのように揺れている。夏だったら、居住区《ストリート》はこの時間でも、庭で開かれる交換市で賑やかだっただろう——キャベツや掘ったばかりのニンジン、生み立ての卵などが、交換のために集められる。なかには主人の屋敷に運ばれ、売られる品物もあった。レムともっと年長の少年たちも、釣竿を肩に担いで外に出ていただろう。微笑んで僕に向かって手を振り、「来いよ、ハイラム！」と叫びながら、グース川へ向かって行っただろう。アラベラとその弟のジャックもいただろう。ジャックは眠そうな目をしているが、すぐに二軒の小屋のあいだに書かれた土のリングでビー玉を弾き始める。そして、居住区《ストリート》で一番意地の悪い女、シーナが小屋の前の庭を掃いているかもしれない。古い敷物を叩いて埃を払ったり、馬鹿なことをしている者に対して歯を剝き出して息を吸い込み、ぎょろりと睨んだり。しかし、このときは冬のヴァージニアなので、まともな神経の持ち主はみな屋内にとどまり、火のそばでうずくまっていた。だから僕が外に歩き出たとき、居住区《ストリート》には誰もおらず、自分の住居のドアから頭を出している者もいなかった。僕の腕を摑み、尻を二度叩いて、「ハイラム、この寒さじゃ死んじまうぞ！　おまえのママはどこだ？」と叫ぶ者もいない。

僕はくねくねとした道を歩き、暗い林のなかに入った。そして、ボス・ハーランの小屋から見えなくなるところで立ち止まった。あの男もこれに関わっているのか？　彼はロックレスの監視役であり、罰に値すると思われる奴隷を見つけては、折檻する下層白人だ。ボス・ハーランは文字通り奴隷制を動かす手で、畑仕事の監督をしており、妻のデシは屋敷を仕切っている。しかし、記憶のスクラップを探ってみると、そのなかにボス・ハーランは見つからなかった。僕には細長い水桶が見え、馬の匂いがした。馬屋に行かなければならない。自分では名づけられない何かがそこで待っている。僕はそう確信した。母に関する何か決定的なもの、ある秘密の道、もしかしたら僕を母のもとへ届けてくれるものが。冬の風に身を切られながら林に入っていくと、また雑多な声が聞こえてきた——誰に向けられたわけでもないように思われる声がまわりで増殖していき、次に僕はまた心のなかで一つの像に向き合った。細長い水桶。

それから僕は走った——短い脚で走れるだけ速く走ろうとした。馬屋に行かなければならない。僕の全世界がそこにかかっているように思われた。白い木製の戸に近づき、かんぬきを押し上げると、戸が弾かれるように開いた。土の地面に投げ出されたが、すぐに立ち上がり、走ってなかに入った。朝の幻に出てきたものがあちこちにある——馬たちと細長い水桶。僕は一頭一頭の馬に近づき、目をじっと見つめた。馬たちはただぼんやりと見つめ返すだけだった。僕は細長い水桶のところに行き、インクのように黒い水を見下ろした。雑多な声が戻ってきた。誰かが僕と一緒に泣いて訴えている。それから黒い水のなかの幻影が形を成してきた。かつて居住区《ストリート》に住んでいた奴隷たちで、僕にとって失われてしまった者たちが見えた。インクのように黒い水から青い霧が立ちのぼり始め、それは内部からの光源によって照らされていた。僕はその光に引っ張られるのを、水桶のなかに引っ張られるのを感じた。それからあたりを見回すと、馬屋が消えていった——数年後、橋が消えたのと同じくらい確かに。これだ、と僕は思った。夢の意味はこれなんだ。僕をロックレスから救出し、母と再会させてくれる秘密の道はこれだ。しかし青い光が消えたとき、僕に見えたのは母ではなく切妻造りの丸太小屋の天井で、それは僕が数分前までいた小屋の天井だと気がついた。

僕は床に仰向けに横たわっていた。起き上がろうとしたが、腕と脚に重しがかかり、鎖でつながれているような感じがした。それでも何とか立ち上がり、母と一緒に使っていたロープ編みのベッドによろよろと倒れ込んだ。母の強い匂いがまだ部屋に、ベッドに残っていて、僕はその匂いのあとを追い、心のなかの小道をたどっていこうとした。しかし、ここまでの短い人生につきものだった捻じれた道や曲がり角は、みんな目の前にはっきりと見えるのに、母の姿は霧と煙に覆われていた。母の顔を思い出そうとしても、それが浮かんでこない。そこで母の腕を、手を思い浮かべようとしたが、煙しか見えなかった。母の叱責を、母の愛情を思い出そうとしても、やはり煙しか見えない。母はあの温かい記憶の布団から冷たい事実の図書館へと去ってしまったのだ。

僕は眠った。そして夕方、目を覚ましたとき、自分が一人ぼっちだと完全にわかっていた。その日の僕と同じ立場に置かれた子供たちをたくさん見てきたが——孤児たち、自分が見捨てられ、世間の荒波に無防備に晒されていると感じる者たちのことだが——癇癪を起こす者もいたし、ほとんど呆けたように歩いている者もいた。何日も泣き続ける者もいたし、焦点が合わぬ不気味な目をして動き回り、目先のことにしか対処できない者もいた。自分の一部が死んだのであり、だからすぐさまその部分を切断しなければならないと、外科医と同じようにわかっていたのである。それがその日の僕だった——あの日曜の夕方、同じ目の粗いシャツと作業靴を身につけたまま、起き上がった僕。また外に出て、今回は貯蔵所に向かい、毎週家族に割り当てられる分のトウモロコシと豚肉を受け取った。それを持ち帰ったが、家にはとどまらず、ビー玉を持ち出して同じ道を戻った——一袋の食べ物とそのとき着ていた衣服を除けば、ビー玉は唯一の持ち物だった。そして、居住区《ストリート》の最後にある建物のところで立ち止まった——ほかの小屋よりも引っ込んだところにある小屋、それはシーナの家だった。

居住区《ストリート》は交流の場だったが、シーナはいつも一人きりでいて、噂話やちょっとしたおしゃべり、歌をうたうことなどに参加しようとしなかった。タバコ畑で働き、終わればまっすぐ家に戻る。彼女に聞こえるところで僕たち子供が騒々しく遊んでいると、しかめ面をするのが習慣だった——あるいは、怒りに燃えた目をして、小屋からドタバタと姿を現わし、僕たちに向かって箒を振り回す。ほかの人だったら、何らかのトラブルを引き起こしただろう。しかし、僕はシーナが最初からこうではなかったという話を聞いていた。別の人生では、彼女は五人の子供の母親というだけでなく、居住区《ストリート》のすべての子供たちの母親だったのだ。

それは別の時代の話で、僕が覚えているものではなかった。しかし、彼女が子供たちを奪われたというのは聞いていた。豚肉とひき割りトウモロコシの袋を抱えて彼女の家のドアに向き合っていたとき、僕は何を考えていたのか？　確かに、僕を迎え入れてくれる人ならほかにいた、子供と暮らすことを本当に楽しんでくれる人が。しかし、そのとき僕の心に積み上がっていた苦しみを必ず理解してくれるのは、居住区《ストリート》に一人しかいなかった。僕たちに箒を振り回しているときでさえ、僕はその喪失感の深さを、彼女の苦しみを、怒りを感じることができた。彼女はそれを、ほかの人たちのように隠そうとしないのだ。そして、僕は彼女の怒りが真実で正しいと感じた。シーナはロックレスで一番意地の悪い女なのではなく、一番正直なのである。

　ドアをノックしたが、返事はなかった。寒くなってきたので、ドアを開けてなかに入った。割り当ての食料をドア口に置き、梯子で屋根裏部屋にのぼった。そこに身を横たえ、下を見下ろして、彼女の帰りを待つ。彼女は数分後に戻ってきて、顔を上げ、僕に向かっていつものしかめ面をした。しかし暖炉に歩いていって火を熾し、上の炉棚から鍋を下ろした。数分後には、豚肉とコーンブレッドの匂いが小屋じゅうに漂った。彼女は僕のほうをもう一度見上げると言った。「食いたいんだったら下りといで」

　シーナの怒りが何に根ざしているか正確にわかったのは、彼女と暮らして一年半ほど経った暑い夏の夜のことだった。僕は小屋の屋根裏部屋に小さな藁ベッドを置いて寝ていたのだが、そのとき大きな呻き声に起こされたのだ。シーナが眠ったまましゃべっている。「大丈夫よ、ジョン。大丈夫」。その声がとてもはっきりとしていたので、僕は彼女が誰かそこにいる人と話しているのだと思った。しかし屋根裏部屋から見下ろすと、彼女はまだ眠っていた。普段は、シーナに取り憑く幽霊たちの干渉はしない習慣だったのだが、このときは彼女がしゃべればしゃべるほど、悲嘆に暮れているのだとわかってきた。僕は梯子を下りて彼女を起こそうと思った。近づくにつれ、彼女がいまだに呻き、話し続けている声がはっきり聞こえてきた。「大丈夫よ、大丈夫、言ったでしょ。大丈夫よ、ジョン」。手を伸ばし、肩を摑んで揺すると、彼女はビクッとして目を覚ました。

彼女は僕を見上げ、自分がどこにいるのかわからない様子で、暗い小屋を見渡した。それから目を細め、僕に視線を戻してじっと見つめた。この一年半というもの、僕はシーナの怒りにはほとんど晒されていなかった。それを言えば、居住区《ストリート》全体が大いに安堵したことに、彼女の怒りは弱まってきていた――まるで僕と暮らすことで古い傷が癒えたかのように。それは正しくなかったのだ。彼女に見つめられるや否や、僕にはそのことがわかった。

「ここで何してるんだ！」と彼女は言った。「このクソガキ、出ていけ！　ここから出ていけ！」

僕はあたふたと外に出て、夜が明けかけているのに気づいた。黄色い陽光の筋が木々の上からすぐに覗き始めるだろう。僕は母と暮らしていた古い小屋に戻り、仕事の時間まで踏み段に座って待った。

そのとき僕は十一歳だった。歳のわりに小柄だったが、例外など許されない。僕は大人の男のように労働させられた。小屋の漆喰を塗り、隙間を埋めた。ほかのみんなと同じように、夏は畑で鍬を振るい、秋にはタバコの葉を吊るした。罠で猟をし、魚を釣った。庭の手入れもした――母がいなくなったあとも。しかし、その日のように暑くなる日には、ほかの子供たちと一緒に、畑で働く奴隷の大人たちに水を運ぶ係をやらされた。だからその日はずっと、この農園の屋敷に近い井戸からタバコ畑に至る、子供たちのバケツリレーの一員として働き続けた。ベルが鳴り、みんなが夕食のために引き上げても、僕はシーナのところに戻らなかった。森のなかの安全で見晴らしのいい場所に陣取り、目を凝らした。居住区《ストリート》は人々で活気づいていたが、僕の目が注がれたのはシーナの小屋だった。二十分くらいごとに家の外に出てくる彼女の姿が見えた。そして、来客を待っているかのように左右を見渡し、またなかに退くのだ。僕がようやく小屋に戻ったのはもう遅い時間で、彼女はベッド脇の椅子に座っていた。空っぽの鉢が二つ、炉棚の上に載っていることから、彼女がまだ食べていないのだとわかった。

二人で夕食を食べ、そろそろ床に就こうかというとき、シーナが僕に顔を向けた。そして、かすれた囁き声で話し始めた。「ジョンは――ビッグ・ジョンは――あたしの夫だ。死んだ、熱病で。おまえもそれを知っておくべきだと思う。あたしについても、おまえについても、この場所についても、知っておくべきことがあるんだ」

彼女はそこで間を置き、暖炉のなかを見つめた。料理のために燃やした薪の最後の燃えさしが消えるところだった。

「くよくよ考えないように努めたよ。死は何より自然なことだ、この場所より自然だ。でも、この死から現われ出た死は、あたしのビッグ・ジョンから現われ出た死は、何も自然なところがなかった。殺人だったんだ」

居住区《ストリート》の喧騒は静まり返り、いまは低いリズミカルな夜の虫の鳴き声が聞こえるだけだった。家のドアは開けっ放しで、七月の緩やかなそよ風を迎え入れている。シーナはパイプを暖炉の上から取り、火を点けて、吸い始めた。

「ビッグ・ジョンは現場監督《ドライバー》だった。どういう意味かわかるよね？」

「ここの畑の頭《かしら》だったってこと」

「そう、そうだったんだ」と彼女は言った。「タバコのチームを監督するように選ばれた。ビッグ・ジョンはハーランみたいに意地悪だから現場監督《ドライバー》になったんじゃない。一番賢かったから現場監督《ドライバー》になった――白人の誰よりも賢かったし、あいつらの生活はすべてジョンにかかってたんだ。あの畑はただの畑じゃないんだよ、ハイ。あれはすべての中心だ。おまえもいろいろと見てきたろう。この場所や、きれいなものをいろいろと見て、あいつらが何を持っているかもわかってるはずだ」

わかっていた。ロックレスは巨大だ――山を切り開いた何千エーカーもの土地。僕は畑仕事の合間を縫って、この土地を探索するのが好きだった。そして見つけたのが、金色の桃がたわわに実った果樹園、夏風に揺れる小麦畑、希望に溢れる黄色いひげを生やしたトウモロコシ、搾乳場、鍛冶場、木工製作所、氷室、ライラックやスズランでいっぱいの庭などであり、そのすべてが正確な幾何学的意匠、華麗なほどの対称性をもって作られていた――その規則性を理解するには、僕はまだ幼すぎた。

「すごいだろう?」とシーナは言った。「でも、そのすべてはまさにこの畑から始まるんだ、このパイプのなかにあるものから。そしてすべてを監督していたのがあたしの夫、ビッグ・ジョンだった。あたしの夫以上に、あの金色の葉のことやコツがわかってる者はいなかった。イモムシを掘り出す最高の方法を知っていたし、どの葉を芽のうちに摘んでおいて、どの葉はそのままにしておくかもわかってた。だから白人たちに気に入られたんだよ。あたしがこんなでかい家に住めるのもそのおかげさ。

で、それをあたしらはいいことに使ったんだ。食料のない人たちにうちの食べ物を譲った。そうしようって言い張ったのはジョンだった」

彼女は間を置き、一服吸った。僕は家に入り込んできたホタルに気づいた――影を背景に黄色く輝いている。

「あの男を愛していたけど、彼は死んだ。そのあとはすべてが悪い方向に行った。あたしが覚えている最初の凶作はジョンが死んでから起きた。それから凶作がまた来た。続いてまた。ジョンがいても防げなかったろうってみんな言った。土のせいだって、白人たちがこんなにしたんだって罵った。あいつらが土地を痩せさせてしまったんだ。それでもまだ残っていたヴァージニアの赤い土は、すべてヴァージニアの砂になった。みんなわかってたことだ。だからジョンが死んで以来、地獄のような生活だった。あたしにも、おまえにもね。

おまえのエマ叔母さんのことをよく考えるよ。おまえのお母さんのことも考える。二人のことはよく思い出すんだ――ローズとエマのことはね。だって、二人はいつも一緒だった。愛し合っていたし、踊るのが好きだったし。あたしとも仲よしだった。ときどき辛くなるけど、忘れられないもんなんだ、ハイ。忘れられない」

僕は彼女が話しているあいだぼんやりと見つめていた。そして、すでに忘れてしまったという事実が重荷となって僕にのしかかってきた。

「あたしは子供たちのことも忘れないよ」とシーナは言った。「あいつらは五人とも全部競馬場に連れていき、競売にかけたんだ、ほかのみんなと一緒に。そして売っちまった。タバコの大樽を売るみたいにね」

シーナは顔を下に向け、額に両手を当てた。また顔を上げて僕を見たとき、涙が頬を流れ落ちていくのが見えた。

「それが起きたとき、あたしはしょっちゅうジョンのことを心で責めていた。ジョンが生きていれば、子供たちとまだ一緒にいられたろうって考えてしまうんだ。ジョンが特別な知識を持っていたってだけじゃない。ジョンだったら、あたしにはやる勇気のないことをやってのけたろうって感じるんだ――あれを止めることができたんじゃないかって。

あたしがどんな女かは知ってるだろう。みんながあたしのことをどう言っているか、おまえも聞いたことがあるはずだ。でも、あのシーナ婆の心のなかで何かが壊れてしまったってことも、おまえはわかっている。そしてあの屋根裏部屋でおまえを見たとき、あたしは同じ何かがおまえの心のなかでも壊れたんだってわかった。だからおまえはあたしを選んだんだ、幼い頭でどう考えたにせよ、あたしを選び出したんだよ」

彼女は立ち上がり、毎晩の日課となっている片づけを始めた。僕は屋根裏部屋にのぼった。

「ハイ」と彼女は僕に呼びかけた。僕が見下ろすと、彼女は僕をじっと見つめていた。

「何ですか」と僕は言った。

「あたしはおまえの母親にはなれない。ローズにはなれないよ。あの人は美しい女で、ものすごく優しい心の持ち主だった。あの人のことは好きだったし、あたしが好きな人はもうあまりいない。ローズは噂話なんかせず、一人でいることが多かった。あたしはおまえにとってローズのようにはなれない。でも、おまえはあたしを選んだし、それはわかってる。あたしがわかってるってことをおまえに知ってもらいたいんだ」

僕はその夜遅くまで眠れず、垂木を眺めつつ、シーナの言葉について考えていた。美しい女、ものすごく優しい心、噂話なんかせず、一人でいることが多かった。それを僕は、居住区《ストリート》の人たちから集めた母の思い出のなかに付け足した。母というジグソーパズルのピースを僕がどれだけ必要としていたか、シーナにはわからないだろう。何年もかけて僕はそうしたピースをつなぎ合わせ、一人の女性の肖像画を作り上げていた——ビッグ・ジョンと同じように、夢のなかで生きているが、ただの煙である女性。


では、僕の父はどうなのか？　ロックレスの主人については？　僕はかなり早い段階から誰が父親なのか知っていた。母はその事実をまったく隠さなかったし、彼も隠さなかったからだ。ときどき僕は彼が馬にまたがり、地所を見て回る姿を見かけた。そして僕と目が合うと、彼は馬を止め、僕に向かって帽子を傾けるのだ。父が母を売ったことはわかっていた。シーナがその事実を休みなく僕に思い出させていたからだ。しかし僕は子供だったので、男の子が自分の父親に見ずにいられれないものを彼に見ていた——自分がこういう大人の男になるというモデルである。それに加え、僕は上級市民と奴隷たちのあいだを切り離している大きな谷を理解し始めていた——奴隷たちは畑に這いつくばり、タバコを丘から大樽へと運ぶなど、骨の折れる生活を送っているのに対して、ロックレスの中枢である高台の家に住む上級市民たちは、そういうことをしていない。それを知っているので、僕は自然と父に期待の目を向けるようになっていた。彼のなかに僕は別の人生の象徴を見ていたのだ——華麗さとご馳走の人生を。そして僕はあそこに兄がいることも知っていた——僕が働いているときに贅沢な暮らしをしている少年。彼はどんな権利があって好き勝手な生活を送れ、僕はどんな法律のために奴隷労働をやらされているのか。そう考えたものである。何らかの方法さえあれば自分の地位を上げ、能力を示せる地位に就けるのではないか。あの運命の日曜日、僕はそのように感じていた——父が居住区《ストリート》に現われた、あの日。

シーナはいつもより上機嫌で外の踏み段に座っていた。子供たちが走って通り過ぎても、顔をしかめたり、追い払ったりしない。僕は住居の裏側、畑と居住区《ストリート》のあいだにいて、歌を大声でうたっていた。

おお、主よ、なんともひどい苦しみ
おお、主よ、なんともひどい苦しみ
神様以外、誰も我が苦しみを知らず
神様以外、誰も何一つ知らず

僕はこれを一番から二番と、次々に歌っていった。「苦しみ」を「仕事」に変え、また「苦しみ」にし、「希望」にし、「苦しみ」にし、「自由」にした。呼びかけ《コール》のほうを歌うときは、声を畑の頭《かしら》のものに変え、誇張して堂々と歌った。応《レスポンス》えのほうを歌うときは僕のまわりにいる人たちの声色を使い、一人ひとり真似していった。年長者たちはみんな喜び、歌が続くにつれ、その喜びも高まった――ついには、そこにいる大人全員の物真似をした。しかしその日、僕が見つめていたのは年長者たちではなかった。テネシー・ペイサーと呼ばれる馬にまたがる白人を見ていたのだ。その人は帽子を目深にかぶり、僕の歌を喜んでいる様子で微笑みながら、馬をこちらに走らせてきた。それが父だった。彼は帽子を脱ぎ、ハンカチをポケットから取り出すと、額をぬぐった。それからまた帽子をかぶり、ポケットのなかに手を突っ込んで何かを取り出すと、それを僕に向かって弾くように飛ばした。僕は父からまったく目を離さず、それを片手で受け取った。そして父と目を合わせたまま、そこにずっと立ち続けた。背後で緊張が走るのが感じられた――大人たちは、僕の厚かましさがハーランの怒りを招くのではないかと心配していたのだ。しかし、父はそのまま微笑み続け、それから僕に向かって頷くと、馬を走らせて去っていった。

緊張がほぐれた。僕はシーナの小屋に戻り、屋根裏部屋に上がった。ポケットから硬貨を取り出す。父が馬で走り去る前に、僕に向かって弾いてくれたものだ。それは銅貨で、縁はざらざらとしてむらがあり、表側には白人の顔が、裏側にはヤギが刻まれていた。その屋根裏部屋で、僕はざらざらとした銅貨の縁を触りながら、自分の手段を見つけたと感じていた――僕の特殊性を示すもの、畑と居住区《ストリート》から逃れるチケットを。

そしてそれは次の日、夕食のあとに起こった。僕は屋根裏部屋から下を見下ろし、デシとボス・ハーランが低い声でシーナに話しかけているのを見た。シーナのことが心配だった。僕は怒っているデシやハーランを見たことがなかったが、聞いた話だけで充分だったのだ。ボス・ハーランは一度、使う鍬を間違えたというだけで、人を射殺したことがあった。デシはかつて搾乳場で少女を馬車の鞭で打ったことがあった。僕が見下ろしていると、シーナはじっと床を見つめ、ときどき頷いていた。デシやハーランが立ち去ると、シーナは僕に下りてくるように言った。

黙って彼女は僕を導き、誰も聞き耳を立てる者のいない畑まで連れ出した。夜はもう遅かった。夜の闇に強い夏の風が吹きつけるのが感じられた。僕は何の話かわかっているつもりで、期待で胸がいっぱいだった。そして、まわりじゅうの自然が夜に奏でるコーラスのような音を耳にして、輝かしい未来を歌い上げているのだと思った。

「ハイ、おまえがものをよく見ていることについては、あたしもよく知ってる。それに、この世の中の残酷な仕打ちをあたしらはみんな切り抜けなきゃいけないんだが、おまえは幾人かの大人よりもうまく切り抜けてきてる。でも、それはこれからもっと残酷になる」と彼女は言った。

「はい」

「白人たちが来て、おまえが畑で働くのはもう終わりだって言った。これから屋敷に上がるんだって。でも、あいつらはおまえの家族じゃない、ハイラム。それはわかってほしい。あっちにいっても自分のことを忘れちゃいけないし、互いのことを忘れちゃいけない。あいつらはあたしらを召し上げたんだ、わかるか？　あたしらだ。おまえのあの芸は、あたしも見たし、みんな見たし、それであたしも巻き込まれた。おまえの世話をしにあたしも屋敷に上がることになるんだ。おまえはあたしを何かから救ったって思うかもしれないが、おまえが本当にやったのは、あいつらの監視下にあたしを置いたってことだ。

あたしらの世界はここにある――あたしらなりの生き方、おしゃべりしたり、笑ったり――あたしがそういうことをするのはあまり見ないだろうけどね。でも、ここならやりたいようにできる。大したことではないけど、できることはある。あっちに上がって、あいつらが目を光らせていたら……そりゃ、別だ。

おまえは用心しないといけない。気をつけるんだ。あたしが言ったことを覚えてなさい。あいつらは家族じゃない。あの馬に乗った白人がおまえの父親であるより、ここに立っているあたしのほうがよっぽどおまえの母親なんだよ」

これから何が起こるか、シーナは僕に語ろうとし、警告しようとしていた。しかし、僕の才能は記憶力であり、知恵ではない。だから翌日、ロスコーがうちに来たとき――二重顎で愛想のいい父の執事だ――僕は苦労して興奮を隠さなければならなかった。僕たちはタバコ畑から丘をのぼり、畑の奴隷たちの横を通り過ぎていった。彼らの歌が響き渡っている。

おまえが天に召されたら、俺のことを覚えていてくれ
覚えていてくれ、俺と俺の堕ちた心
覚えていてくれ、俺の憐れな堕ちた心

それから僕たちは小麦畑を通り過ぎ、緑の芝生を横切って、花の咲く庭へと入っていった。すると小さな丘の上に聳えるロックレスの大屋敷が見えてきた。太陽そのもののように輝いている。さらに近づいて、僕は石造りの柱、柱廊玄関、エントランスの上の扇形窓などを一つひとつ観察した。すべてが壮麗である。この屋敷は僕のものだ、と僕は突然身震いをして感じた。血によって僕のものだ。それは正しかったのだが、僕が思っていた意味ではなかった。

ロスコーが僕のほうを振り向いたが、僕の目の輝きを見て顔をしかめたように思う。「こっちだ」と彼は言った。そしてエントランスのドアから僕たちを遠ざけ、屋敷が建っている小さな丘の麓へと連れていった。そこにはトンネルへの入り口があった。なかに入っていくと、ほかの奴隷たちが側面の部屋から現われ、シーナとロスコーに挨拶して、隣接する小さなトンネルへと入っていった。

大屋敷の地下にある奴隷たちの長屋である。

　僕たちは部屋の一つの前で立ち止まった。明らかにここが僕の部屋だ。ベッドとテーブル、洗面器、花瓶、布巾が置いてある。屋根裏部屋はない。床下の貯蔵庫もない。窓もない。ロスコーが僕と一緒にとどまっているあいだに、シーナは自分の持ち物を詰めたバッグを下ろした。僕から目を離そうとしない。僕はその視線から彼女の言葉が繰り返し聞こえてくるように感じた——あいつらは家族じゃない。しかし、しばらくして彼女は目を逸らし、ひと言だけ言った。「この子を連れていきなせえ」。ロスコーは手を僕の肩に置いて地下長屋のほうにまた連れていくと、階段を一階分のぼった。目の前に壁があった。僕には見えない何かにロスコーが触ると、壁がスライドして開き、僕たちは闇のなかから広い部屋へと足を踏み入れた。そこは光に溢れ、本がぎっしり並べられていた。

　五感が圧倒されて、僕はドアロに突っ立っていた。部屋じゅうに溢れる光、テレビン油の匂い、黄色と青色のペルシャ絨毯、その下の木製の床の輝き——しかし、僕の目を釘づけにしたのは本だった。それまでにも本を見たことはある——居住区《ストリート》の仲間にも一人か二人は文字を読める人がいつもいて、小屋に古い雑誌か歌の本を置いていた——が、こんなにたくさん見たことはなかった。どの壁も床から天井まで書棚になっているのだ。僕は本を見つめないように必死に頑張った。ヴァージニアの外の世界に興味を抱く黒人がどういう目にあうか、わかっていたのである。

　本から目を逸らすと、父が見えた。シャツにベストというカジュアルな服装で、部屋の片隅の椅子に腰かけ、僕を見たり、ロスコーを見たりしている。もう一つの片隅に目を向けると、僕より年上の白人少年がいた。血縁による何らかのいたずらだろうか、僕はすぐにそれが自分の兄だとわかった。父は片手を軽く、力を入れずに振り、ロスコーはそれで自分が席を外すべきだと気づいたようだった。軍隊の演習をしているかのように回れ右をし、スライドする壁の向こうに消えた。こうして僕は父であるハウエル・ウォーカーと兄とに、一人で向き合うことになった。二人とも黙ったまま、僕のことを興味深そうに見つめている。僕はポケットのなかに手を入れ、銅貨を見つけると、そのざらざらとしてむらのある縁を指で撫でた。

3

割り当てられた仕事の内容は、父からデシ、そしてシーナを通して、僕のところに伝わった――「お役に立ちなさい」。僕はすべての奴隷と同じように夜が明ける前に起き、屋敷を歩き回って、自分にできる手伝いをした――料理長であるエラのためにキッチンの火を熾す、搾乳場から牛乳を運ぶ、朝食のあとの皿を片づける。あるいは、外の仕事をする――ロスコーと一緒に馬を洗ってブラシをかける、ピートと一緒にリンゴ果樹園で若木の接ぎ木をする。いつでもやるべき仕事はあった。屋敷で必要とされる仕事は減らないのに、奴隷の数が減っていたからである。そして僕が最初に感づいたのは、この屋敷のなかでさえ、奴隷はナチェズへと送られる可能性があるということだった。僕は頑張って働いた。ときどき父が僕のほうに目をやり、横目でうっすらと笑みを浮かべていることがあり、そういうときはいっそう頑張って働いた。父は僕の能力にすでに気づいていたのだ。

十二歳の秋、僕が屋敷に住むようになってから四カ月経った頃のことだった。父は秋を祝うパーティを催すことにした。そのため一日じゅう、屋敷で奴隷労働をする者たちのまわりには疲労感が漂っていた。その朝早く、僕はエラのところに卵を持っていった。出迎えてくれるときにエラが浮かべる満面の笑みは、朝の自然の恵みとして感じられるようになっていた。ところが、その日の

「自然」はほかのことに気を取られていた。僕が枝編みの籠に入れた卵を持ってエラのところに行ったとき、彼女は首を振っただけで、あとは身振りでテーブルに卵を置くように示した。そこにはピートが立っていて、たくさんのリンゴのなかに手を突っ込んで選んでいた。

エラはにじり寄ってピートの隣りに立つと、卵を六つ割って白身と黄身を分け、卵白を泡立てた。そして囁きをかろうじて上回る程度の声で、感情を露わにしないようにしゃべった。「あの人たちは何も考えちゃいないし、誰のことも考えちゃいない」とエラは言った。「間違っているよ、ピート。あんただってそう思っているはずだ」

「落ち着けよ、エラ」と彼は言った。「もっとひどいことだってあるさ、怒らずにいられないことが」

「怒っちゃいないよ。ただ、ちょっとは考えてもらいたいのさ。それって求めすぎかい？　今夜は小さな夕食会のはずだったんだよ。それがどうして郡全体に広がるんだい？」

「そういうもんなのはわかってるだろ」とピートは言った。「あの人たちはいつもこんな調子だって」

「いや、わからないね」とエラは言った。「ハイ、あののし棒を取って。それから火を熾してくれるかな？」

「目が見えればわかるはずさ。昔とは違うんだ。金色の葉は昔のようじゃない。古い家族が西部に移ってしまった。テネシー、バトンルージュ、ナチェズ。そういったところにね。残ってるのはあまりいない。で、残ってる人たちは互いにピリピリしてる。それでも何とかとどまってる。小さな夕食会が前より大事になったんだ。次に誰が出ていくか、誰にもわからない。今晩の別れが最後かもしれないからな」

エラは一人で静かに笑い出した――とはいえ、荒っぽくて嘲るような笑いに感じられた。大っぴらな笑い方だったので、僕も一緒に笑いたくなったが、何も可笑しいことなどないのだった。「ハイ、あそこにあるものを取って、坊や」と言って身振りで棚のほうを示す。彼女に坊やと呼ばれると、僕は心が温かくなった。暖炉から離れ、パン生地カッターを棚から下ろして持っていく。エラはまだ一人で笑っていた。顔を上げ、満面の笑みを僕に向けた。

それから笑みが先細り、彼女は正面から僕を見据えた。ほとんど胸の内まで見抜くように見て、それからピートのほうを向いた。「あの人たちの感情なんてどうでもいい。連中を全部集めたって、この子ほど別れってものを知ってる者はいないよ。まだこんなに小さいってのにさ」

その日ずっと、僕がエラに感じたようなピリピリ感が奴隷全体に感じられた。しかし父もデシも、それに気づいていないか、気にしていないかだった。夜になり、四輪馬車や二輪馬車が着き始めると、僕たちはみんなニコニコ笑って愛想を振りまいた。僕に割り振られたのは給仕の役だ。ぴかぴかになるまで自分を洗い清め、身支度する術はすでに身につけていた——いかに左手で銀の盆を支え、右手で給仕するか、いかに部屋の隅に姿を隠し、テーブルからパンくずをすくい取るときだけ現われて、それからまた影のなかに消えていくか。食事会が終わると、僕たちは皿を片づけ、チェリーレッドの客間でじっと待った。やがてゲストたちはみんな客間に移り、ゆったりした椅子や長椅子に落ち着いた。

僕は部屋の反対側に目をやり、同じ役を割り振られた三人と目を合わせた。ゲストが何か所望したら、どんなことでもそれに応じるという役である。それから僕はゲストたちに目をやり、彼らがどんなものを所望するか予測しようとした。メイナードの家庭教師であるミスター・フィールズがいるのに気づいた。目が落ち窪んだ、真面目すぎる印象の若者。椅子に深く腰かけ、周囲から身を引いているように見える。僕は何かと気が散ってしまい、役割に集中できなかった。ふと気づくと、女性たちのファッションを愛でている——白いボンネット、ピンクの扇、耳の前に垂れる髪、そして髪につけたカスミソウやヒナギク。男たちはみな黒い服を着ており、あまり見るべきものはなかったが、それでも美しいと感じた。彼らの歩き方には際立つものがあったし、ちょっとした仕草にも気品があった――たとえば、張り出しのガラス扉を開けて外に出ていくとき、奴隷の一人に顔を近づけ、葉巻に火を点けてもらうとき、それから紳士らしい話題についてしゃべるとき。僕はあの人たちの一員となった自分を想像した――椅子の一つに腰かけたり、貴婦人の耳に囁きかけたりしている自分を。

トランプの勝負は十七回目に入った。彼らはシードルの細口大瓶《デミジョン》を八本空け、ほとんど立てなくなるまでレディー・ケーキを食べ続けた。そして午前零時が過ぎたとき、ボンネットを逆にかぶっている女がヒステリックにキャッキャッと笑い出し、黒服の男の一人が自分の妻を叱り始めた。部屋の隅でウトウトしている者もいた。給仕担当の奴隷たちに緊張感が走った――ゲストたちには絶対に察知できない微妙な緊張感だと思う。父は座ったまま暖炉の火を見つめ、ミスター・フィールズは退屈な様子で背もたれに寄りかかっている。女は笑うのをやめ、ボンネットを引っ張り下ろすと、涙の筋で乱れた厚化粧の顔が見えた。

女はコーリー家の者だった――アリス・コーリー。かなり前に二つに分かれた家族で、半分はケンタッキーに移り、半分は残った。僕が彼女を覚えているのは、ここを立ち去ったコーリー家の者たちが彼らのために苦役している奴隷たちを一緒に連れていき、そのなかにピートの姉のマディがいたためである。僕は会ったことのない人だが、ピートは彼女のことをしょっちゅう話していた。そして、コーリー家の分家のなかで移動させられた奴隷からの口伝えで、彼女に関する知らせがケンタッキーから漏れ聞こえると――彼女は生きていて元気だし、一緒に移動した家族の面々と暮らしている――彼の顔はいつでも輝き、その週はずっと上機嫌なのだ。

「歌をうたって！」とアリスは大声で言った。誰も答えないと、給仕している男の一人、カシアスのところに歩いていき、平手打ちした。そしてもう一度叫ぶ。「歌いなさい！」

いつでもこのように起こる——僕もそう聞かされてきた。退屈した白人たちは野蛮人だ。彼らが貴族のふりをしているときは、僕たちはお行儀がよくてストイックな従者である。しかし、彼らが偉ぶるのに疲れると、底が抜ける。新しいゲームが始まり、僕たちはその盤上のコマにすぎなくなる。これは恐ろしい。忍耐力を切らした彼らがどこまでやるか、あるいは、父が彼らにどこまでやらせるかについては、限度というものがないのだ。

この平手打ちの音で父は目を覚ました。立ち上がり、あたりをそわそわと見回す。

「まあまあ、アリス。黒人の歌よりも面白いものがあるよ」。彼はそう言って、僕のほうを見た。言われなくても、僕は彼が何を求めているのかわかった。

僕は部屋を見回して、巨大なカードの一組が小さなコーヒーテーブルの上に積まれているのに気づいた。メイナードが読み書きのレッスンで使うものだ。カードの片面はみな同じ——この世界の地図。もう片面にはそれぞれ曲芸師が文字の形に体を曲げている図があり、その下に簡単な詩が書いてある。僕はメイナードが家庭教師と一緒にこうしたカードを読むのをよく立ち聞きしていた。そして、横目にちらりと見たり、あちこちで数分勉強するだけで、カードの詩を覚えてしまった。それぞれのカードに書いてある可笑しな韻が楽しかったから、というだけの理由で。そこで僕はテーブルからカードを手に取ると、アリス・コーリーのほうを向いた。

「ミセス・コーリー、カードを切ってくださいませんか？」

彼女はゆらゆらとこちらに身を傾け、僕からカードを取って、両手で切った。次に僕は、カードを一度見せてくださいと彼女にお願いした。それが終わると彼女にカードを戻し、詩が書いてあるほうを下にして、テーブルに好きな順番で置いてくださいと言った。小さなコーヒーテーブルがミニチュアの地図で覆われるまで、僕は彼女の手を見つめていた。

「それで、どうするの?」と彼女は警戒するように訊ねた。

カードを一枚取り、僕以外のどなたかにそれを見せてください、と僕は言った。それが終わってから、彼女は眉を吊り上げて僕のほうに向きなおった。僕は言った。「ほかのみんなと一致して、Eの文字で人助け」

疑いの気持ちが苛立ちに変わっていくうちに、彼女の眉はいつもの位置に戻っていった。「もう一度」と彼女は言い、別のカードを取り上げると、今度はもっと多くの人に見せた。僕は言った。「体を捻じ曲げこの男、お望みならばSの字作る」

苛立ちが次第にかすかな笑みとなった。僕は部屋の緊張感が少し緩むのを感じた。彼女はまた一枚取り上げ、人に見せた。僕は言った。「男は厳しい訓練受ける、作るCの字歪みなし」

ここでアリス・コーリーが笑った。ふと見ると、父もうっすらと笑みを浮かべているのがわかった。その夜働いているほかの者たちはまだ気をつけの姿勢で立っていたが、彼らのストイックな顔からも恐怖が消えていくのが感じられた。アリス・コーリーはカードをめくり続け、それがどんどん速くなった。しかし僕は彼女の速度についていった。「ここにあるのはVの文字、形はまさに新品同様」……「両手を上に高く上げ、Hの文字で自己主張」

カード一組すべて終わった頃には、客たちはみんな笑い、拍手喝采していた。隅で鼾をかいていた男も顔を上げ、何の騒ぎかとキョロキョロしている。拍手喝采が止むと、アリス・コーリーは脅すような鋭さを帯びた笑みを浮かべ、僕に向かって言った。「ほかには何ができるの?」

僕はしばらく彼女を見つめ――奴隷に許されている以上に長く見つめ――それから頷いた。まだ十二歳だったが、次に何が起こるかは完璧にわかっていた。居住区《ストリート》で長いこと練習してきた芸である。客たちの信頼を得たところで、僕は彼らに客間の壁沿いに並ぶようにお願いした。それから最初に、金髪の巻き毛を女性のように後ろでピン留めしているエドワード・マックリーのところに行き、自分が妻になる女性を最初に愛しているとわかったときのことを話してくださいと頼んだ。続いてアリスの従妹のアーマタイン・コーリーに、世界じゅうで一番好きな場所はどこかと訊ね、次はモリス・ビーチャムのところへ行って、最初にキジ狩りをしたときのことを話してもらった。このように列を進んでいき、頭にたくさんの物語を詰め込んだ――たくさんありすぎて、誰が何を言い、特に細部がどんなであったかなど、僕以外は誰にもわからなくなっていた。メイナードの家庭教師、ミスター・フィールズだけが、ぶっきらぼうに僕の求めを断わった。それでも僕は列を引き返しながら、客の一人ひとりに彼らの物語を繰り返していった――細かいところまで正確に、しかし芝居がかった調子や美しい文章を付け加えて。すると、僕は家庭教師が椅子の縁まで身を乗り出してきたのに気づいた。彼の目は、ほかのすべての客たちと同じように輝いている――あるいは、かつて居住区《ストリート》で、年長の者たちが目を輝かせていたのと同じように。

こうなると、給仕係の者たちも厳粛な目つきを緩め、微笑み出した。実際、一同のなかでいつもの無愛想な態度を保っているのはミスター・フィールズだけ。その彼でさえ、細くした目を輝かせている。すでに夜は遅い。父は古い屋敷じゅうの部屋を客の一人ひとりに割り当てており、僕たちを派遣して、彼らが快適かどうか確かめさせた。客がすべて落ち着いたところで、僕たちは疲れ果てて地下長屋に戻った。すべての客は翌朝起きたとき、朝食が準備されているものだとあてにしている。だから僕たちの仕事はまた数時間後に始まるのだ。

このパーティに続く月曜日の朝、シーナの洗濯を手伝っているときに、僕はロスコーに呼ばれ、居間で父に会うように言われた。僕はまず部屋に戻って体を洗い、室内用の服に着替えて、裏の階段をくねくねとのぼった。中央の廊下に出て、そこを歩いていくと、立っている父の姿が見えた。僕のことを待っていたかのようだ。その後ろではメイナードが机に向かって何か書いており、机の脇にいる紳士が彼を見下ろしていた。紳士はメイナードの勉強を週に三回見ているミスター・フィールズ。彼の顔は苛立ちで歪み、メイナード自身の顔は打ちひしがれた様子だった。

父は僕に微笑みかけたが、その目には微笑みが表われていなかった。というのも、父は多様な微笑み方をするのだ――不快を表わしたり、無関心を表わしたり、ショックや驚きを表わしたり――実際、父はさまざまな状況で微笑むので、その意味を読み取るのは難しかった。しかし、その朝に見せた微笑の意味はわかった。ほんの数カ月前、居住区《ストリート》の近くで見た微笑と同じだったのだ。畑のあたりで父が僕に銅貨を弾くようにして与えてくれたときの微笑。

「おはよう、ハイラム」と父は言った。「元気かな?」

「はい、元気です」と僕は言った。

「よろしい、よろしい」と彼は言った。「ハイラム、しばらくミスター・フィールズと話をしてほしいんだ。私のためにそうしてくれるかな?」

「はい」

「ありがとう、ハイラム」

そう言ってから父は微笑んだままメイナードのほうを向き、「こっちにおいで」と言った。勉強をやめてよいとなった途端、メイナードの顔にホッとする表情が浮かぶのが見て取れた。父と一緒に部屋から出て行くとき、彼は僕のほうを見ようともしなかった。人生のあの時点で、メイナードと僕のあいだにはかなりの距離があったのだ。互いに当たり障りのないことしかしゃべらず、互いの関係を認めることはまったくなかった。

ミスター・フィールズは訛りのある英語をしゃべった。僕が聞いたことのない訛りで、おそらく年長者たちがよく話しているナチェズ地方のものではないかと僕はすぐに想像した。

「先日の芸だが」と彼は言った。「あれは素晴らしかった」。僕は黙って頷いたが、彼の意図が何かはまだわからなかった。文字を読めるようになった奴隷は罰せられることがあるので、僕はあの

「芸」がある種の怒りを招きかねないのだと気がついた。しかし、僕の芸は読むことによってできるものではない——だって、僕は読めないのだ。メイナードがもぐもぐ言っていることを聞いて記憶し、それをテーブルに散らばっているカードと結びつけただけなのである。しかしミスター・フィールズがそのテクニックのことを知るわけはないし、僕もそれをどう説明したらいいのか、そもそも説明すべきなのかわからなかった。

彼は僕のことをしばらく見つめ、続いて普通のトランプを一組取り出し、それを僕に手渡した。

「よく見て」

僕はカードを一枚ずつ引き、それぞれをじっくりと観察した。実際には難なく覚えられるのだが、眉をひそめて苦労しているふりをした。ひと通り終わると、ミスター・フィールズが言った。「では、裏返してテーブルに置いて」

僕は十三枚の列を四つ作った。するとミスター・フィールズはそこから一枚ずつ引き、自分だけが表を見られるようにして、そのカードは何かと訊ねた。僕は一つひとつ数字とマークを当てていった。ミスター・フィールズは表情を変えなかった。

続いて彼は自分のバッグに手を伸ばし、そこから箱を取り出した。箱のなかには丸い形をしたものが一揃い入っていた。小さな象牙の円盤で、それぞれに人の顔か動物か、あるいは何か記号のようなものが刻まれていた。彼はこうした円盤を、表を上にして置き、一分間見るように言った。それからひっくり返し、何も刻まれていない裏側が見えるようにした。そして、鼻の長い老人の顔が刻まれたのはどれかとか、髪が長くて可愛い少女のはどれかとか、枝に鳥が止まっているのはどれかとか訊ねた。僕にとっては円盤が裏返されていないのも同然で、表側がはっきりと目に見えた。

最後に、ミスター・フィールズは手さげ鞄から一枚の紙を取り出し、続いて絵がたくさん描いてある本を引っ張り出した。橋の絵のページを選ぶと、それをじっくりと見て、集中するようにと言った。それから本を閉じ、僕にペンを渡して、橋の絵を描いてみなさいと言った。僕にはまったく経験のないことだったし、ミスター・フィールズが何を求めているのかもわからない。能力をひけらかす奴隷に上級市民が怒りを覚えることはわかっていたので——その能力が彼らの利益につながる場合は別だが——僕は彼に困ったような表情を向け、よくわからないふりをした。彼は同じことを繰り返し、そのあと僕の動作をじっと見つめ続けた。僕は最初、恐る恐るペンを取り、それからスケッチを始めた。わざとときどき顔を上げ、苦労して心のなかのイメージを思い出そうとしているように見せたが、実際には思い出す必要などなかった。目の前の白紙に橋がはっきりと見えるように感じられ、その線をたどるだけでよかったからである。僕はアーチ形の石の線をたどり、続いて右端に空いている小さな隙間、アーチ形の屋根、その背景に突き出ている大きな岩、橋が架かっている渓谷とそこに茂る木々を描いていった。それを見るとミスター・フィールズは目を大きく開き、立ち上がってジャケットを整えた。そして紙を取り上げると、僕に待つように言い、部屋から出ていった。

ミスター・フィールズは父と一緒に戻ってきた。父はその微笑のバリエーションのなかから、自己満足を示すものを顔にたたえていた。

「ハイラム」と父は言った。「これから定期的にミスター・フィールズと勉強をしてみないかな?」

僕は床を見つめ、その質問についていろいろと考えているふりをした。そのとき目の前に道が開け、光が射したように感じたのだが、だからこそ迷っているふりをしなければならなかったのだ。ものすごく乗り気であると思われてはいけない。ロックレスとはいえヴァージニアだ——というか、その典型でさえある。この瞬間が予告していることに関して、僕はまだすべてを受け入れることができなかった。

「やらないといけませんか?」と僕は訊ねた。

「そうだな、ハイラム」と父は言った。「やらないといけない」

「わかりました」と僕は言った。「やります」


ということで、授業が始まった——読むこと、算術、雄弁術も少し——それによって僕の世界は花開いた。僕の貪欲な記憶力にはイメージがどんどん貯め込まれ、そこに言葉が加わっていった。言葉がこれほどのものだとは思ってもみなかった——それぞれが独自の形、リズム、色を持っている。つまり、言葉自体が絵なのだ。僕とミスター・フィールズは週に三回、一時間ずつ会った。僕の時間はいつもメイナードの授業のあとで、メイナードが出ていって僕が入っていくと、いつでもミスター・フィールズの目にホッとするような表情が浮かぶのが見て取れた——もちろん、彼はそれを見せないように全力を尽くしていたけれども。それは僕にとって誇りを感じるのみならず、密かな軽蔑を感じる瞬間でもあった。自分はメイナードよりも優れている。機会という点ではずっと恵まれていないのに、資質に関してはずっと恵まれているのだ。

メイナードは不器用な少年だった。次の足場を探しているかのように、しょっちゅう斜めに視線をちらちらと走らせた。怠慢で、礼儀を知らなかった。父が人をお茶に招いたときでも、メイナードは平気で客のいる部屋に押し入り、頭に浮かんだことを何でもまくし立てるのだ。ふざけるのが好きで、それは彼の最良の部分でもあったのだが、そのために上級市民の若い娘に対して下品な冗談を言い、顰蹙を買うこともあった。夕食のテーブルでは、反対側まで手を伸ばしてロールパンを取ろうとし、口を食べ物でいっぱいにして話をした。

僕が見ているのと同じものを父も見ているのだと、僕は確信していた。そして、父がどのように感じているのだろうと考えた。自分の最良の部分がこのように、まったく予期しなかった場所に現われるなんて。それはおかしい、と感じていたのではないか。そんなところに現われないことを前提として、父たちの世界は営まれているのだから。

　僕は居住区《ストリート》のこととシーナの忠告を思い出そうとした――あいつらはおまえの家族じゃない。しかし、このようにウォーカー家の地所を見てしまうと――夏にはなだらかに起伏する緑の丘、秋には赤や金色に燃え立つ木々、冬にはすべてを斑模様にする雪、そして（僕たちは地下に住んでいるものの）ロックレスの母屋を、その柱廊玄関の巨大な円柱を、扇形窓を通して射し込む夕陽を見てしまうと、くねくねと続く回廊を見てしまうと、僕の祖父や祖母の立派な肖像画を見て、僕のと同じ瞳を彼らに認めてしまうと――一人で静かに過ごしているようなとき、僕は彼らと同等の立場にいる自分を思い描き始めた。しかも父はときどき僕を脇に呼び寄せ、自分の父のジョン・ウォーカーから始祖のアーチボルド・ウォーカーにさかのぼる血筋について語ることがあったのだ。アーチボルドは一頭のラバと二頭の馬を引き、妻のジュディスと幼い二人の息子、そして十人の奴隷を連れてここに徒歩で到着した。父はこうした話を、まるでその一部はおまえが相続するのだとからかい半分に示すかのように、ぼそぼそと僕に話をした。僕はそれを決して忘れなかった。

　奴隷労働が終わったあとの夜、僕は地所の東の端まで歩いてみることがあった。チモシー・グラスやクローバーが広がる野原を過ぎ、ロックレスとなる土地が最初に切り開かれた場所を示す岩の記念碑の前に恭《うやうや》しく立つ。父の祖父はクーガーを追い払い、ボウイナイフで熊と闘い、巨木を倒し、石を運び上げ、小川の流れを変えて、いま僕が見ている土地を自分の手で生み出したのだ。先祖から伝承されたそういう話を聞いていたら、どうしてこれを――この土地を力強い腕で築き上げてきたすべての栄光、勇気と知恵を――自分が受け継ぐべきものだと主張せずにいられるだろうか？

　こうしていろいろと想像してみるものの、ロックレスの現実は目の前にはっきりと現われ出るようになった。もちろん、ピートやエラの話があり、それによって呼び起こされるナチェズやバトンルージュといった土地のイメージもあった。ビッグ・ジョンや母の悲劇もある。こうしたことすべてに、僕は『ドゥ・ボウズ・レヴュー』（当時のアメリカ南部の主要経済誌）をときどき読むことで得られる知識を加えていった。父の事務室に一人残されたようなときにそれを読むと、タバコの価格の下落ぶりがしつこく繰り返されていた。また、上級市民たちの会話を小耳にはさむこともあった。ロックレスの富を、それを言ったらエルム郡の富を作り出してきたのはタバコだ。その生産高が年々減り、それに伴ってヴァージニアの上流階級の資産も減っていく。タバコの葉が象の耳のように大きかった日々はもはや昔のこと。少なくともエルム郡ではもうあり得ない——収穫を繰り返して土地が痩せてしまったのだ。しかし西部へ行けば、谷や山々を越えてミシシッピの流域へ、ナチェズ地方まで行けば、開墾を待つ土地がある。土地を管理する主人と、耕して収穫する男たちを求めている——痩せていくロックレスの畑にいるような男たちを。

「昔、あの人たちはわしらを売るのを恥ずかしいと思ってたんだ」とピートが言うのを聞いたことがある。僕がキッチンで働いているときのことだ。

「収穫があるなら、恥を知る余裕もあるさ」とエラは答えた。「食ってけないってのに、恥なんて言ってられない」

これは僕が聞いたエラの最後の言葉となった。一週間後、彼女はいなくなっていた。

こうしたことを僕が若いなりにどう理解したかというと、それはかなり特異だった。ロックレスが貧しくなっていく本当の理由は土地ではなく、それを管理する人間たちだと感じたのだ。そしてメイナードのことを、その階級全体の不快な実例だと考えるようになった。彼らを羨んだが、嫌悪もした。

屋敷の仕事を学び、文字を読み始め、より多くの上級市民と会うようになって、僕にはわかってきたことがあった。畑とそこで働く人々がすべてを動かしているのと同じように、屋敷自体もなかで働く人々がいなくなったら立ち行かないのだ。父はすべての主人たちと同様、この弱点を隠し、自分たちが実際にどれだけへばっているかを隠すための装置を作り上げた。僕が最初に屋敷に入ったときに通ったトンネルは、奴隷たちに許された唯一の入り口だ。これは主人が悦に入るためだけでなく、僕たちを隠すためのものでもある。そして、それはある不可思議なエネルギーがロックレスを動かしているように見せるために、屋敷に埋め込まれた多数の驚異的な仕掛けの一つなのだ。豪華な夕食がどこからともなく現われたと見せるための食物用エレベーターもあったし、レバーを引いただけで、屋敷の奥深くにあるワイン庫から相応しいボトルを魔法のように取り出せる装置もあった。寝室では天蓋つきのベッドの下に簡易寝台が隠されていたのだが、これはおまる自体よりもおまるを始末する役割の者たちこそ、人目についてはいけないからである。僕がここに来た初日に、滑るように開いて屋敷の輝かしい世界へと導いた魔法の壁は、地下長屋へと下りていく裏の階段を隠していた。この地下長屋こそロックレスの機関室であり、客は決して訪れない場所なのである。そして、夜会の最中など、僕たちが屋敷の優雅な場所に現われるときは、きちんとした服装と身支度をさせられ、それを見た人たちは僕たちが奴隷ではなく神秘的な置き物であり、この農園領主が持つ装飾品のほんの一部分と思うように仕向けられていた。しかし、いま僕は真実を知った――メイナードの愚かさは、確かに取り立てて下品だったけれども、決して彼だけのものではない。主人たちは僕たちがいなければお湯を沸かすことも、馬を馬車につなぐことも、ズボン下の紐を結ぶこともできないのだ。僕たちは彼らよりも優れている――優れていなければならない。怠惰は、僕たちには文字通り死を意味するが、彼らにとっては、人生のすべてを捧げる目標である。

そのとき僕は気づいた。僕の知力でさえ、例外的なものではない。というのも、ロックレスのどこに目を向けても、この家を築き上げてきた天才の仕事を見ずにいられないのだ――柱廊の柱に彫刻を施した天才的な彫り師たち、深い喜びや悲しみを白人の心にさえ掻き立てる天才的な歌い手たち、ダンスの伴奏でバイオリンの弦にむせび泣くような音や震える音を出させる天才的な奏者たち、キッチンから出される料理の多様な味を作り出す天才的な料理人たち、そしてすべての失われた人たちが持っていた天才的な才能、ビッグ・ジョンの才能、僕の母の才能。

　僕自身の資質もいつの日か認められるだろう、と僕は想像した。そうなったら、この家の仕組みや畑の運営のしかたをよく理解し、もっと広い世界のことも知っている僕は、ロックレスの真の継承者、正統な継承者と見なされることになるのではないか。この幅広い知識を生かして、僕は畑の収穫高を昔に戻し、そうすることで僕たち全員を競売や別離から救う——ナチェズの闇へと落ちていくのを救う。ナチェズは棺桶も同然であり、メイナードが農園の管理者となったら、僕たちの行く手にはその棺桶しかない。僕にはそれがわかっていた。

　ある日、僕はミスター・フィールズの授業のために裏の階段をのぼり、書斎に向かっていた。ちょうど天文学の勉強を始めたところだったので、僕はわくわくしていた。星図を教わり、こぐま座の話を聞いて、次の授業でもっと教わることになっていたのだ。ところが、書斎に入ってみると、ミスター・フィールズはおらず、父が一人で座っていた。

「ハイラム」と父は言った。「そろそろだ」。この言葉を聞き、死にそうなほどの恐怖が全身を駆けめぐった。ミスター・フィールズとの勉強を始めてちょうど一年。これは僕の価格を上げるために、知的に肥えさせただけの話だったのかもしれない。僕はそのときそう思った。結局エラと同じ道を行くのだ、と。白人たちは僕の考えをどこかで漏れ聞き、あるいは家督を奪おうというおぼろげな夢を僕の瞳に読み取ったのだろう。頭のなかで推論し、僕に学問を仕込むことはクーデターにしかつながらないと気づいたのかもしれない。

「はい」と僕は答えたが、何がそろそろなのかもまったくわかっていなかった。口を閉ざして歯を食いしばり、腹からどくどくと湧き上がってくる恐怖を隠そうとした。

「畑でおまえを見たとき、それから客間での芸を見たとき、おまえには何かがあるとわかった。あそこにいる者たちには見えないものを持っている。おまえには特別な才能がある――これは役に立つものだと私は思った。いまは豊かな時期ではない。だから、この家で得られる才能は何でも使いたいんだ」

僕は心の混乱を押し隠し、無表情で父を見つめた。ただ頷き、事情が明らかになるのを待った。

「おまえがメイナードを支えるときが来た。私はずっと元気でいられるわけではない。だから息子には、よき男の召使いが必要なのだ――おまえのような者、畑に関しても、家に関しても、それからもっと広い世界に関しても、よくわかっている者が。私はおまえのことを見てきて、おまえが何一つ忘れないとわかっている。私のハイラムに何か言えば、それは完了したも同然なのだ。おまえのような者はなかなかいない。こんな才能はなかなかない」

僕をじっと見つめる父の目は少し光っていた。

「このあたりの人たちのほとんどが、おまえのような少年がいたら売りに出してしまうだろう。それでひと稼ぎしたいんだ。頭が使える黒人ほど価値のあるものはないからね。でも、私は違う。ロックレスを信じている。エルム郡を信じている。ヴァージニアを信じている。この土地を救う義務がある――おまえの曾祖父が荒野から切り開いた土地だ。それが荒野に戻るのを許すわけにはいかない。わかるか？」

「はい」と僕は言った。

「我々の義務なんだ、ハイラム。我々全員の。それはここから始まる。おまえが必要だ。メイナードにとっても、おまえがそばにいてくれる必要がある。そしておまえにとっても、彼のそばにいられるのは大変な名誉だ」

「ありがとうございます」

「よし」と彼は言った。「明日から始めよう」

　このように僕の授業は終わり、同時に彼らの目的が明らかになった。僕はメイナードの面倒を見るという仕事を与えられた——人生の次の七年間、彼個人に仕える召使いだった。いまでは奇妙に思えるのだが、こうしたことが侮辱であるとはそのとき感じなかった。侮辱だという思いは、日常生活でメイナードを年々見るうちにゆっくりと、冷酷に蓄積されていった。あまりに多くのことが危うい状態だったのだ——居住区《ストリート》に残してきたすべての人たちの生活も、この輝かしくも崩れかけている宮殿の住人たちも、すべてメイナード次第。このシステムがどんなに不当であろうと、すべてはメイナードが有能な支配人になるかどうかにかかっていた。しかし、メイナードにその資質はなかった。


　こうしたことがようやく、どっと押し寄せるように僕の心に刻まれたのは、あの運命の競馬の前日だった。そのとき僕は十九歳。父の二階の書斎で、書類などをマホガニー材の書き物机の棚に整理し収納したところだった。アルガン灯の銀のアームの下で、ふと『ドゥ・ボウズ・レヴュー』の最新版に気づき、その記事の一つに釘づけになった。それは、オレゴン地方（当時はカリフォルニアより北のアメリカ北西部を広範に指す呼称）について解説したもので、その地域のことを僕は家じゅうに意味もなく吊るされた地図で知っていたが、この記事によってそこが楽園であると思い知らされたのだ。ヴァージニア全体の何倍にもなる豊かな土地。丘と谷と森があり、食料となる動物に恵まれている。黒い土は実に肥沃で、地面から植物がどんどん溢れ出してきそうなほどだ。

　僕をハッとさせた言葉をいまだに覚えている。「自由と繁栄と富の所在地がどこかにあるとすれば、それはここに違いない」。僕は立ち上がり、冊子を閉じた。そして部屋を行ったり来たりした。窓から外を眺め、グース川の向こう岸まで見渡した。南の彼方には、三人の黒い巨人のようにスリーヒルズがぼんやりと見えている。僕は振り返り、その後の数分間、壁の彫り板を見て過ごした——鎖につながれたキューピッドと笑うヴィーナス。

それから僕は兄のメイナードのことを考えた。ブロンドの髪を長く伸ばして整えようともせず、顎にも苔のような一列の鬚を生やした男。彼は成人しても、社会性や優雅さを身につけることはなかった。ギャンブルと酒は、やりたいだけやれたので、度が過ぎている。繁華街で喧嘩をすることもあったが、どれだけ評判が落ちようと、王座から落ちることはない。商売女にひと財産使ってしまっても、奴隷の労働で——ときには彼らを売って——損失をすべて補塡することができた。まだエルム郡にいる親戚が訪ねてくると、ロックレスはどうなるのだろうという話になった。メイナードに聞こえないところにいると、彼の名前が苦々しげに口にされるのを聞くこともあった。そして親戚たちは、家族の農園を経営できるほかの継承者を、何とかして見つけられないものかと思案した。実のところ、継承者などいなかった。彼らがウォーカーの家系をどうたどっても、見つけ出せるのは、メイナードの世代のすべての者がもっと肥沃で多産な土地へと移ったということだけだったのだ。ヴァージニアは古い。ヴァージニアは過去だ。ヴァージニアは土地が瘦せ、タバコ生産が衰えている。相応しい継承者がいないとなれば、ウォーカー家の年長者たちは当然ながら不安の眼差しをロックレスに向けることになる。

父には父なりのプランがあった——有能で相応しいパートナーをメイナードに見つけ、ロックレスを救う闘いに別の家族を巻き込もうというのである。そして、信じられないことに、彼はそれをコリーン・クインに見出した。当時、エルム郡じゅうで最も裕福な女性であり、それは亡くなった両親から財産を受け継いだためだった。奴隷たちのあいだでは、この相続についてさまざまな噂が囁かれていた。彼女の両親がどういう最期を迎えたかについての噂だ。しかし、上級市民たちのあいだでは、コリーンはあらゆる点でメイナードより上であると見なされていた。それでも、ヴァージニアの社会はまだ男性中心の法律に基づいて動いていたので、彼女は夫を必要とした。つまり、彼女だけではできないことがいろいろとあった――彼女には行けない場所、結べない契約があった。だから彼らは互いを必要としたのである――メイナードは農地と地所を救ってくれる賢いパートナーを、コリーンは外向けに彼女の利害を代表してくれる紳士を。

その夜、僕は混乱し、動揺して書斎から出ると、屋敷をしばらく歩き回った。すると、居間の入り口で暖炉の火の輝きが目にとまり、メイナードと父の話し声が聞こえてきた。二人はエドウィン・コックスの話をしている。コックス家はこの地域で最も古く、最も逸話の多い家族の一つで、エドウィンはその家長だった。昨冬、朝に山を越えた吹雪が郡全体を覆ったとき、エドウィンは家から出て、吹雪に巻き込まれた。そして、どうやら方向を見失ったらしく、翌日カチンカチンの凍死体となって発見された。彼の祖先が築いた屋敷からほんの数ヤードのところだった。僕は居間の外の暗がりに立って、しばらく聞いていた。

「彼は馬の様子を見ようとして外に出たそうだ」と父は言った。「あの駄馬がお気に入りだったからね。でも、吹雪のなかに入ってしまい、馬屋と燻製小屋の区別がつかなくなった。同じ日に私もポーチに出てみたけど、あの風ときたら、目の前に手をかざしても見えないくらいだったよ」

「どうして黒人に行かせなかったのかな？」とメイナードが訊ねた。

「その前の夏に、黒人をほとんどみんな自由にしてしまったんだ。ボルティモアに連れていって――あそこに親戚がいるからだけど――好きなように生きていけって言った。憐れなやつらさ。自由になったところで、一週間ももたなかったろう」

そのとき、メイナードがドアの外にいる僕に気づいた。

「そこで何してるんだ、ハイ？」と彼は言った。「火が弱くなってきたから、薪を入れろ」

僕は部屋に入り、父のほうを向いた。父はその頃よく浮かべた表情で僕のほうを見た――二つの考えの板挟みになって、どちらに発言権を与えようか決められないという表情。それから僕だけに示す特別な微笑みに変わった――死人のように口が半開きになり、凍りついている中途半端な笑み。不吉な笑みに思えるのだが、彼自身にそういう意図があったかどうかは疑わしい。こうしたことについて、深く考えなかったのではないかと思う。ハウエル・ウォーカーは、自分では思慮深い男であろうとしていたかもしれないが、そうではなかった。祖父の時代に独立革命があり、その時代の知識人――フランクリン、アダムズ、ジェファソン、マディソンなど――を手本にして自分を築き上げた世代の生まれだ。ロックレスの屋敷じゅうに科学の道具や新発見の品々が並んでいた――大きな世界地図や静電発電機、そして、僕がしょっちゅう時間を過ごしていた書庫。しかし、地図を見ることはめったになく、機械はパーティの余興に使われるばかり。本がいくらかでもしなやかになっていることがあったら、それは僕の手によるものだった。父の読書は実用的なものに限られていた――『ドゥ・ボウズ・レヴュー』、『クリスチャン通信』、『レジスター』など。彼にとって本はファッションと同じで、血統と地位を示すものだった。土間のあばら家に暮らし、わずかばかりのトウモロコシや小麦を作って生活している同じ郡の低級な白人たちと自分を分け隔てるもの。しかし、僕のような奴隷がこうした本に囲まれ、夢を見ていることが知られたら、どうなるだろう？

父はほとんどの人よりも遅く結婚したため、すでに七十歳に近づき、活力を失いつつあった。その青い目はいつでも張り詰め、対象をしっかりと見つめていたものだが、いまはその下にたるみができ、そこからカラスの足跡が広がっている。目にはたくさんのものが現われる――突発的な怒り、温かい喜び、たまっていく悲しみ――そして、父はそのすべてを失ってしまった。かつてはハンサムな男だったのではないかと思う。おそらく、そういうふうに僕は彼のことを考えたいのだろう。しかし、僕が覚えているその日の彼の姿と言えば、すべてを失ってしまった目に加えて、顔に深く刻まれた気苦労の皺であり、後ろに撫でつけている乱れた髪であり、そこらじゅうに生えたごわごわの無精髭である。上級市民の紳士に相応しい品位のある服を着て、絹の靴下をはき、こうした装いが何層にも及んでいたが――シャツ、ベスト、明るい上着、黒いフロックコート――彼はある特殊な人種の最後の生き残りだった。その衰退ぶりが全身に現われていたのだ。

「明日は競馬だよ、父さん」とメイナードは言った。「今回はやつらに目に物見せてやる。あのダイヤモンドって馬に大金を賭けて、ひと財産作ってくるから」

「目に物見せる必要なんてない」と父は言った。「人のことなんかどうでもいいんだ。本当に大事なのはここの問題だよ」

「もちろん、見せてやるさ」とメイナードは激して言った。「あの野郎、俺をジョッキークラブから追い出し、ピストルを突きつけやがった。目に物見せてやる。新しいミレニアム製の馬車で乗り込み、やつらに……」

「そんなこと、すべきではない。おまえはそういうことすべてを避けるべきなんだ」

「やってやるって。あのクソ野郎ども。誰かがウォーカーの家名のために立ち上がらなきゃいけない」

父はまた暖炉のほうに目を向け、聞こえないほどかすかな溜め息をついた。

「ああ、やってやるよ」とメイナードが言った。「明日はすごいことになるぜ」

僕には影を通して父の表情が見えた。最初に生まれた息子の欲求に疲れ果て、横目で僕を見ると、苦悩に満ちた表情を浮かべたのだ。それから顎鬚を引っ張ったのだが、この身振りの意味を僕は読み取ることができた。兄さんを守ってやってくれ。そう言っていたのだ。それがわかるのは、人生の半分のあいだずっとこの表情を見続けてきたからである。

「明日の準備を始めなきゃな」とメイナードは言った。「ハイ、馬の様子を見てきてくれ」

僕は階段を下りて地下長屋に入り、トンネルに出た。それから馬たちの点検をして、同じ道で屋敷に戻った。メイナードはいなくなっていたが、父はまだ同じ部屋にいて、暖炉の前に座っていた。ときどきここで眠ってしまうのが習慣になっていたのだ。そういうときはロスコーが父を起こし、寝る支度をしてやる。しかし、いまロスコーはいない。そこで僕は薪を加えようと暖炉に近づいた。

「消えて構わんよ、ハイラム」と父は言った。「もうすぐ寝室に行くから」

「わかりました」と僕は言った。「何かご入り用ではありませんか？」

「いや」と彼は言った。

僕はロスコーがまだそばに仕えているのかどうか訊ねた。

「いや、早めに帰らせたんだ」と彼は言った。

ロスコーには幼い息子が二人いて、ここから西へ十マイルのところに住んでいた。だから、行けるときはいつでもそこに行き、息子たちに会っていたのだ。ときには、父がそういう気分になると、ロスコーを早めに仕事から解放し、息子たちと数時間余計に過ごせるようにしてやっていた。

「しばらくここで一緒に座らないか」と父は言った。

奴隷にこういうことを求めるのは珍しいのだが、父と僕のあいだではそれほど珍しくなかった。二人きりのときには、こういうことがたびたびあったし、その機会は日に日に増えているように思われた。この一年で、父はキッチンで働く者たちの半分を売っていた。鍛冶場や木工製作所はもう空っぽだ。カール、エマヌエル、セシウス、そのほかにもそこで働いていた男たちはみんなナチェズに送られた。氷室はもう二年間も使われていない。屋敷全体をいまはアイダという一人のメイドが切り盛りしていて、それはつまり、僕が子供の頃から覚えている体制がもはやないということである。しかしそれ以上に、ベスの温かい微笑み、リーの笑い声、そしてエヴァの悲しげで虚ろな眼差しがもうないということを意味した。キッチンには新しい娘、ルシールが入ったが、彼女は何をしたらいいのかわからない様子で、しばしばメイナードの怒りを買っている。ロックレスは荒れ果て、薄暗い様相を呈し始めていた。とはいえ、これはロックレスだけのことではなく、グース川沿いの農園すべてについて言えた。国の中心が西部に移るにつれ、活気が失われていったのである。

僕はメイナードが先ほどまで座っていた椅子に座った。それから長いこと、父は何も言わなかった。ただ、消えそうな暖炉の火を見つめるだけだったので、僕には顔の上で徐々に弱まっていく黄色い光の筋しか見えなかった。

「兄さんの面倒を見てくれるよな」と父は言った。

「はい」と僕は言った。

「よろしい」と父は言った。「よろしい」

少し黙り込んでから、彼はまたしゃべり始めた。

「ハイラム、おまえにはあまり多くのものを与えられなかった——それは私も承知している。しかし、与えることができたものを通して、おまえに対する私の評価を示してきたつもりだ。こいつはフェアじゃない、それはわかっている。何一つとしてフェアじゃない。しかし、私はこの時代に生まれたという宿命を負っている。私に仕えてきた者たちが橋の向こうに連れていかれるのを眺めていなければいけない——そんな時代だ。そして、彼らがどこに連れていかれたのかもわからない」

再び彼は黙り込み、首を振った。それから立ち上がり、炉棚まで歩いていくと、ランプの灯りを明るくした。そのため、居間にある先祖たちの肖像画や象牙の胸像に光が当たり、影がちかちかと揺れた。

「私は年老いた」と父は続けた。「新しい世界に合わせて自分を作り直すことはできない。このヴァージニアとともに退場することになる。そうなれば、こうした苦しい時代の重荷はメイナードの背中にのしかかる。それはつまり、おまえの背中にのしかかるということだ。おまえはメイナードを救わなければならない。守らなければならない。明日の競馬のことだけを言っているのではないぞ。これからいろんなことが起きる。我々みんなに、厄介事がたくさん起きる。そしてメイナードは――私は何よりも彼を愛しているが――まだ準備ができていない。面倒を見てやってくれ、ハイラム。あの子の面倒を見てくれ」

彼は口を閉じ、僕をまっすぐに見つめた。「兄さんの面倒を見てくれ。聞こえたか？」

「はい」と僕は言った。

このあと父と僕はもう三十分ほどそこにとどまり、それから父が寝室で床に就くと言った。僕も挨拶をして地下長屋へと下り、自分の部屋に戻った。ベッドの縁に座って、父が畑で僕に呼びかけた日のことを考える――父が僕に微笑みかけ、銅貨を僕のほうに弾いてくれた日のことを。僕の人生はすべてあの父の決意から始まっていた。そのおかげで我々の最悪の状況を見ないで済んだのだ。ロックレスの奴隷なら誰だって、僕の人生を自分の人生と取り替えたいと思うだろう。しかし、白人たちとこんなに近くにいるという重荷もあった。シーナが警告しようとした重荷。しかし、それ以上のもの――上級市民たちが実際にどう暮らしているかを見てしまったという、押しつぶされそうな重荷。彼らがいかに贅沢に暮らしているか、そして我々からどれだけのものを奪っているか、それをまざまざと見てしまったのである。

その夜、僕は再び奴隷たちと一緒にタバコ畑に出ている夢を見た。僕たちはみな鎖につながれ、この鎖が一本の長い鎖につながっていて、その先端にメイナードが立っていた。暇そうにして、何か勝手な考えに耽っており、自分が僕たち全員の運命を握っているということにほとんど気づいていない様子だ。僕はあたりを見回し、みんなが年老いていることに気づいた。僕も年寄りになっている。それから振り返ってメイナードを見ると、彼は僕が知っている若者ではなく、芝生の球戯場ではいはいする赤ん坊になっていた。次に気づくと、奴隷たちが目の前からゆっくりと消えていくではないか。よく知っている顔や体が一つひとつ、徐々に消えていき、しまいに僕一人となった。老人となった僕が鎖につながれ、その鎖の先端を持っているのが赤ん坊なのだ。それからすべてが遠ざかっていき、鎖もメイナードも畑もなくなって、僕は漆黒の闇に包まれた。森の黒い枝々がまわりで跳ねまわっていて、僕は一人ぼっちになり、恐ろしく、どうしたらいいのかわからなかった。しかし空を見ると、細い月が出ていて、やがて星々が闇から浮かび上がって瞬き始めた。そのなかに僕はこぐま座を見分けることができた。古い神々によって天にのぼった神話の熊。ミスター・フィールズが最後の授業で星図を見せてくれたので、これがわかったのだ。そして熊の尻尾を見ていると、別のものも見えてきた。僕の未来を指し示すもの、明るいがぼやけた青い光に囲まれているもの、それは北極星だった。

4

僕は夢に動揺し、ぶるぶる震えて目を覚ました。身を起こし、しばらくそうしていたが、また横になった。しかし、もう眠れない。部屋の隅に置かれた石の水がめを手に取ると、トンネルから外に出た。夜明け前の暗がりを歩き、井戸へ。水を汲み上げ、水がめを満たすと、きりっとした秋の空気を肌に感じつつ、地下長屋に戻った。

僕は夢を思い返した。僕と鎖でつながれているほかの者たち、消えてしまった者たちみんなのなかに、僕の家族もいつか含まれるかもしれない。みんなメイナードのずさんな手に委ねられ、あっちへこっちへと引っ張られて、気の向いたところに落とされる。それが僕には苦痛だった。僕は妻を探すのが自然な年齢になっていたが、奴隷の女がいかに奴隷の男と結婚の約束をし、この「約束」がどのように保たれているかもすでに見てきていた。こうした若いカップルたちが毎朝、別々の仕事へと向かう前に、しっかり抱き合っている姿も記憶に残っている。夜は手を握り合い、彼らの住居の踏み段に座っていたものだ。そして、引き離されそうになると、ナイフを抜き、闘い、互いに殺し合う――ナチェズに送られるのは死よりも悪く、生きたまま死んでいるのと同じなので、だから殺し合う。誰よりも愛する者が自分から引き離され、広大なアメリカの別の場所にいるということ――この足枷をはめられた堕落した世界で二度と会えないのだということ――それを知っている苦痛。これが、奴隷たちの育む愛であり、メイナードの世話をするようになった頃、僕の心を占めていたものだった――いかに家族が闇のなかで素早く作られ、白人が手をさっと振るだけで、それが塵に変わってしまうか。

自分の住居から出て、地下長屋を抜けていくとき、僕はソフィアの部屋を通りかかった。ドアが開いていたので、彼女がランタンの灯りの下で編み物をしているのが見えた。ドアロで立ち止まり、彼女の横顔を見つめる――小さな鼻、突き出ている柔らかそうな唇、頭を包む布の下からはみ出している縮れた髪。スツールに座り、背中を石の壁のようにまっすぐ伸ばしており、その影をランタンの光が廊下に投げかけている。蜘蛛のように長い腕が二本のニードルを前後に操り、毛糸を何かに変身させている――といっても、まだはっきりとした形にはなっていない。

「さようならを言いに来たのね」と彼女が訊ねたので、僕は少しびっくりした。というのも、彼女は振り返りもせず、二本のニードルのあいだにぶら下がる得体の知れぬものを見つめ続けていたのだ。僕は取り乱し、もごもごと呟いた。それに対して彼女が振り返ったので、陽光のように輝いている瞳が見えた。柔らかそうな唇は温かい微笑みの形になった。ソフィアは奴隷のあいだで目立つ存在だった――奴隷労働をまったくしていないように見えたからだ。編み物が好きで、よくニードルを操りながら庭や果樹園を歩き回っている。だから編み物が彼女の唯一の労働のように思われかねなかったが、ロックレスの住民はみな真相を知っていた。彼女は僕の叔父、つまり父の弟であるナサニエル・ウォーカーの所有物だったのだ。この取り決めがどういうものかについては、詮索するまでもなかった。何らかの疑問を僕が抱いていたにせよ、それはたちまち消えた。僕は週末ごとに、彼女をナサニエルの屋敷に送り届け、また連れ帰るという奴隷労働を与えられたのだ。

こうした「取り決め」は珍しいものではなく、実のところ上級市民の男たちの習慣であった。しかし、ナサニエルの心中には妾を囲っていながら、それに抵抗する部分もあったようだ。そこで彼は、上級市民たちが自分の略奪を隠すために秘密の通路や食物用エレベーターを用いるのと同様、奪っていないようにして奪い、略奪を慈悲に見せるための手段を用いていたのである。ナサニエルがソフィアを兄のプランテーションの地下長屋に住まわせていたのはそのためだった。彼女が訪ねてくるときには、上級市民の貴婦人の服を着るように求めるのだが、彼の地所には裏道から入るようにさせる。そして、彼女を訪ねた者がいるかどうかに目を光らせ、地下長屋の住民たちには、監視されていることを知らしめて、奴隷の男が彼女に近寄らないようにする——その例外が、たまたま僕だった。

「さようならを言いに来たんでしょ、ハイラム？」と彼女がまた言った。

「いや、えっと、それよりはおはようかな」と僕は立ち直ろうと努めつつ言った。

「ああ、そうね、おはよう、ハイ」と彼女は言った。それから顔を背けると、編み物に戻った。

「許してね、順番が逆だったみたい」と彼女は続けた。「可笑しいのは、ちょうどあなたのことを考えてたのよ、あなたが通りかかる寸前に。あなたのことと若主人のこと、それから競馬の日だってこと。そこに行かなくていいのは嬉しいって考えてて、考えながら、あなたとずっと会話していたの。あなたがそこにいるみたいだった。だから、あなたがドアのところにいるのを見たとき、これが何かの終わりなんだって思ったの」

「あ、うん」と僕は言った。言うべき言葉を思いつけない感じがした。何を口にしてしまうかわからなくて怖い。昨晩の夢のことを考えた——僕たちが歳を取っていき、メイナードは若いままで、みんなを鎖につなぎ続けている夢だ。

彼女は荒々しく息を吐いた——まるで自分に不満を感じているかのように——それから言った。

「私のことは気にしないで」

また彼女は顔を上げて僕に目をやり、そのとき何かに気づいた様子が顔をよぎった。「ごめん、上の空だったわね。あなたは元気なの、ハイ？」

「元気だよ」と僕は言った。「最高って言っていいくらいかな。荒れた夜だったね」

「話をしたい？」と彼女は訊ねた。「ちょっと座って。実を言うと、私はしょっちゅうあなたと話しているの。私にあったことや見たことを、あなたにみんな打ち明けているのよ」

「でも」と僕は言った。「若主人のところに行かないと。僕は大丈夫だよ」

「そうは見えないわ」と彼女は言った。

「元気そうに見えるって」

「どうしてそれがわかるの？」そう彼女は訊ね、それから笑った。

「僕のことは心配しなくていいよ」と僕は言い、彼女の笑いに応えて笑った。「自分がどう見えるかを心配したらどう？」

「じゃあ、今朝の私はどう見える？」

僕は廊下まで後じさりし、ドアからも離れて言った。「悪くないよ。あえて言うなら、悪くない」

「ありがとう」と彼女は言った。「まあ、あなたが話をしたい気分じゃないなら、私から言いたいことだけ言っておくと、素晴らしい土曜日を楽しんでね。そして、若主人があなたを煩わすことがありませんように」
僕は頷き、それからあの恐ろしい秘密を隠す裏階段をのぼって、束縛の館へと入っていった。そして一歩一歩のぼるごとに、この奴隷労働の——自分の奴隷労働の——過酷な論理がかっちりとはまるように明らかになった。ロックレスを一インチたりとも相続できないというだけではない。自分の労働の成果にほんの少し与《あずか》ることさえない——これは知識を超えた真実だった。そして、自分の自然の欲求も永遠に封じ込めなければならない。僕はその欲求を恐れて生きなければならないのだし、だから上級市民を恐れて生きる以上に、必然的に自分を恐れて生きていかなければならないのだ。

僕たちはその日、陽が高くなってから、ミレニアム製の軽装馬車に乗って出かけた。地所の本通りから脇道に入り、果樹園、作業場、小麦畑を通り過ぎて、ロックレスから出た。西街道に入り、廃れかけた古い農園の数々を通過していく——アルトブルック、ロウリッジ、ベルヴューなど、当時はまだヴァージニアじゅうに名を轟かせていた農園だが、いまの電報とエレベーターといった電気の時代には、風に舞う塵のようなものだ。メイナードは道中しゃべり続けており、その内容に新しいものは何もなかった——誰に目に物見せてやり、それをどのようにやるかといった、いつもの話題である。僕は少しだけそれを聞き、あとは勝手に続けさせて、自分の夢想の世界に入っていった。

それから僕たちは橋を渡り、スターフォールへと馬車を向けた。とても美しく、空気の澄んだ十一月の日で、西を見ると、木々の紅葉が最終段階にあるのが見て取れた——オレンジ色や黄色が山腹から湧き起こっている。僕たちは馬と馬車を杭につなぎ、マーケット通りに向かって歩いていくと、ヴァージニアの優美な人々の行進に出会った。みんなが外に出ていたのだ——上級市民の仮面と服で身を固めた白人たち。貴婦人たちは顔を白粉《おしろい》で真っ白にし、白い手袋をして絹のスカーフを掛け、胸が盛り上がっている。黒人の少女たちが彼女らにパラソルを差し掛け、その肌の白い輝きが失われないようにしている。男たちは全員が揃いの服を着ているように見える――腰をベルトで締めた黒いコート、灰色のズボン、馬の毛の襟飾り、シルクハット、杖と仔牛革のウェリントンブーツ。いつものように、彼らはその魅力をたっぷりと女たちに分け与える。彼女らはコルセットとボディスで体をきつく締め上げ、そのためゆっくりと歩き、すべてにおいて控えめな動きをする。しかし、細い首を白鳥のように伸ばし、腰を振る彼女らの動きには、踊りにも見えるところがある。僕にはわかっていた。彼女らはこうした歩き方を生まれてからずっと、女教師や母親たちの下で学んできたのだ。というのも、彼女らを上級市民たらしめるものは衣装ではなく、それをいかに着るかなのである。ニューハンプシャー出身の北部人も、パデューカやナチェズの開拓者たちも、エルム郡の下層階級の白人も、みんな彼女らと一緒に歩いていたが、この美しく高貴な人々を前にして、歩くというよりも見物しているような感じだった。スターフォールの本通りを優雅に進む彼女らの姿を見ると、まるで彼女らが決して死なないような気がしてくる。ヴァージニアも決して滅びないし、このタバコと美しい身体の帝国も丘の上の古い都市のように輝き続ける――そして世界じゅうが、こうしたエルム郡の由緒ある家族たちが放つ永遠の輝きにどうして浴せないのかと妬ましく思う――そんな気がしてくるのである。

僕はそこにいるたくさんの人たちが誰であるかわかったし、ちゃんと会ったこともないのに覚えている人もいた。ちょっとした話を聞いたり、行動を見たりして、覚えたのだ。それから、僕がとてもよく知っている人たちもいた。たとえば、かつて僕の家庭教師だったミスター・フィールズ。彼は人々の行進のなかにいながら、一人ぽつんと歩いていた。群衆を観察している様子で、僕に気づくと、少しだけうっすらとした笑みを浮かべ、帽子を傾けた。彼に会ったのは、ずいぶん前の最後のレッスン以来だったが、いまとなっては僕たちの別れ方自体が――こぐま座の尻尾の話をしてくれたことが――予兆だったのだとわかる。メイナードもミスター・フィールズに気づいたのだろうかと見てみると、彼は周囲の優美さにくらくらしている様子だった。目は夢で溢れそうなほど見開かれ、歯を剥き出しにして微笑んでいる。ここにいる人々と彼は違った――僕はメイナードのお供をしていることに恥ずかしさを感じたのを覚えている。今朝は頑張って服を着せ、支度をしてやった。しかし彼の崩れた体形やら、ベストやカラーを引っ張る癖やらのせいで、どの服を組み合わせても似合わない。それでも、彼はその場にいられてすごく嬉しそうだった。一年じゅう、評判を落とすことばかりしてきたが、このときはスポーツマンらしいカッコよさを見せて、このグループに戻れるだろうと期待していたのである。彼らは自分と同じ種族だ――高貴な血が流れているという点で――しかし、彼らの行進を目の前にしても、そのなかに地歩を固めることはできずにいた。彼はまたシャツのカラーを引っ張り、大声で笑って、上級市民たちのゆっくりした行進のなかに割り込んでいった。そして、みんなが競馬へと向かっていった。

メイナードはアデリン・ジョーンズの姿を認めた。かつて求愛したことのある女性だが、彼の執着ぶりはそれまでにないほどだった。僕は彼女がエルム郡を、いや、ヴァージニアを捨てたという話を聞いていた。北部の弁護士のもとに嫁いだのだ。しかし、競馬という機会に戻ってきたのだろう――自分の古い屋敷がどうなったか見るためだけにしても。彼女は優しい女性で、メイナードはいつでもその優しさを愛情への誘いであると解釈していた。このときも群衆のあいだを縫って彼女に近づいていき、帽子を振りながら言った。「やあ、アディじゃないか！　元気かい？」

アデリンは振り向き、引きつった笑みを浮かべてメイナードに挨拶した。二人は数分おしゃべりし、それからまた行進とともに歩き出した――アデリンは落ち着かなげに、メイナードは話し相手ができて舞い上がった様子で。僕は道の端っこから二人のあとをついていった。ほかの奴隷たちもみな同じように主人に従っている。そして、メイナードがますます舞い上がってしゃべり続け、アデリンの忍耐が限界に近づいていくあいだ、僕はずっと遠くを見つめていた。アデリンは、上級市民の貴婦人たちがそう訓練されているとおり、よく耐えていた。彼女の失敗は、紳士の付き添いなしでここに来てしまったこと——メイナードとの会話から自分を守れる人を連れてこなかったことだ。メイナードはいよいよ大声になり、騒がしい群衆の声を圧して声が響くほどだった。いまはロックレスの繁栄や魅力についてまくし立てていて、アデリンがそれを見損なったのは大失敗だなどと言っていた。こうしたことを長々と、冷やかす調子で話し続けていたが、自慢話であることを大して隠そうともせず、それをアデリンはずっと微笑んで聞かなければならなかったのだ。

　競馬場に着いたとき、僕は彼女がようやく通りがかりの紳士に救われたのを見た。この紳士はメイナードに手を差し出すと、すぐに状況を察して、彼女を連れ去った。メイナードはゲートで立ち止まり、観客席のほうに顔を上げて、ちょうど会員たちが集まりかけているジョッキークラブの席を見つめた。彼もかつてはあそこで威張っていたのだが、無様に追い出されたのだ。アデリンがいなくなったので、僕は彼に近づいて片側に立ち、目を離さないようにした。メイナードは痛いほどの渇望に我を忘れ、自分が郡の紳士たちのあいだで歓迎されていた——少なくとも許容されていた——かつての競馬の日に思いを馳せていた。それから僕は、メイナードが視線を紳士たちからヴァージニアの貴婦人たちに移し、屈辱がさらに増したことに気づいた。貴婦人たちが男たちの賭け事や荒っぽい会話、葉巻などに晒されないように区分けされたボックス席で、メイナードは許嫁のコリーン・クインを見つけたのである。メイナードとの婚約が発表されても、彼女の評判に何も影響がなかった様子だ。妻の尻に敷かれている態《てい》のメイナードは、もはや微笑んでいなかった。あそこに未来の妻がいる、自分よりも高いところに引き上げられて。

僕は貴婦人たちのクラブにできるだけさりげなく目をやり、あの女性のことをもっとよく見ようとした。コリーン・クインは別の時代から現われた人だった。行進のような見せびらかしを嫌っているようなのだ――土壌が痩せていき、奴隷の家族が引き離され、タバコ生産高が減少しているなか、挑戦的な態度で豪華な衣装をまとうこと自体が、そこらじゅうの地盤沈下ぶりの証だった。彼女はキャラコの服と手袋を身につけて観客席に立ち、ほかの貴婦人の一人に話しかけており、それをメイナードは軽蔑に満ちた目で見つめていた。それから彼は首を振り、数歩歩いたところに席を見つけた。紳士たちと一緒にではなく、雑多な下層階級の白人たちと一緒に。我々の社会にこういう立場の階級があるというのは、いつも僕には驚きだった。下層の白人たち、うちの屋敷のハーランのような男たちは、公共の場では上級市民たちに認められていたが、プライベートな場では軽蔑されている。パーティの場で彼らの名前は唾棄するかのように口にされ、子供たちは客間で嘲られ、彼らの妻や娘たちは誘惑され、捨てられる。彼らは蔑まれ、虐げられた民であり、上級市民たちのブーツに踏まれても耐えているのは、ひとえに自分のブーツで奴隷たちを踏みつける権利を得るためなのである。

僕は黒人たちと一緒に座った――何人かは奴隷で、何人かは自由人。馬屋の脇に作られた、腰ほどの高さの木製フェンスにみんな座っている。馬屋ではまだほかの者たちが競走馬の世話をしており、餌を食べさせたり、体調をチェックしたりしていた。そのうちの何人かは知り合いだった――コリーンに仕えているホーキンズもいて、ほかの何人かとフェンスに座っていた。僕は彼に挨拶しようと頷いた。彼も頷き返したが、微笑みはしなかった。それが彼のスタイルなのだ、ホーキンズという男の。どこか冷たく、よそよそしい。愚か者には我慢がならぬが、そういう者にばかり囲まれているという顔を常にしている。僕は彼が恐ろしかった。どこか厳しいところがあり、彼の挙措《きょそ》からだけでも、奴隷制の筆舌に尽くしがたい部分、恐ろしい部分に耐えてきたことがうかがえるのだ。僕は視線を上げ、フェンス沿いにいるほかの黒人たちのほうを見た。彼らは馬屋で働いているほかの者たちと一緒に叫んだり笑ったりしている。それを黙って見つめていて——これが僕の流儀だからだが——僕は自分たちのあいだの絆に気づいて驚愕した。いかに僕たちが言葉を縮め、ときにはまったく言葉を発せずに、共有する記憶を語り合うか——トウモロコシの皮剝き、ハリケーン、本のなかではなく僕たちの話のなかで生きているヒーローたちの記憶を。そして、その世界に属していれば、ある秘密に通じることになると、そのときすでに感じていた——自分のなかにある秘密に。僕たちのあいだには上級市民も下層民もいない。ジョッキークラブもなく、そこから追い出されることもない。それこそがアメリカであり、その崇高さがある——階級内の自分の地位について文句ばかり言っている、メイナードを寄せつけないものが。

午後の早い時間だった。まだ雲一つなく、いよいよ競馬が始まろうとしている。しかし最初の馬たちが出走したとき、僕は馬を見るのではなくメイナードを見つめていた。彼は侮辱や嘲りをすべて忘れた様子で、下層白人たちと笑ったり、自慢話をしたりしている。どうやら不本意ながらも自分の仲間を見つけたようだ。あるいは、彼らがメイナードを見つけたということか。名門ウォーカー家の子弟が自分たちと一緒に浮かれ騒いでいるということで、こうした下層白人たちもその日の魅惑的な光に浴していたのである。この敬意はメイナードの馬の番が来たとき、さらに高まることになった。ダイヤモンドがほかの馬とともに茶色と黒の雲となり、すべてが鼻と脚だけに見える塊になって、走り出したのだ。そして、その雲から明らかに抜け出て、そのままリードを保ち、ゴールに達した。メイナードは喜びを爆発させた。叫び、まわりのみんなと抱き合い、空中に高く両腕を突き上げた。それからボックス席のほうへ、ジョッキークラブのほうへ顔を向け、高慢ちきで無礼なことを叫んだ。さらに貴婦人たちのボックス席に許嫁のコリーンがいるのに気づき、そちらにも同じことをした。ジョッキークラブの男たちは、自分たちの大切な娯楽が愚か者に汚されたにもかかわらず、ストイックな表情で立っていた。彼らと同じ階級に生まれたのに、この愚か者は、勝つたびに競技全体の品位を落としていたのである。

最後のレースのあと、僕はマーケット通りの脇道に戻ってメイナードを出迎えた。彼の短い人生で、こんなに幸せそうな顔を見るのは初めてだった。彼は僕を見ると、にんまりと笑って言った。

「すげえだろ、ハイラム。おまえに言ったとおりになったろ？　今日は俺の日だって言ったよな？」

僕は頷いて言った。「はい、そうおっしゃいました」

「やつらにも言ってやった」と彼は言い、馬車に乗り込んだ。「やつらみんなにな！」

「そうですね」と僕は言った。

それから父の警告に従って、僕は馬車を家の方向に向け、町から出ようとした。

「違う！　何やってんだ？」と彼は言った。「戻れ！　やつらに会わなきゃいかん。俺がこうなるって言ったのに、やつらは無視しやがった。だから見せつけてやる！　目に物見せてやるんだ！」

そこで僕は方向転換し、町の中心へと馬車を向けた。そのあたりの通りでは、紳士たちが家に帰る前に最後の交流をしようと、すでに集まっていた。しかし、僕たちがミレニアム製の馬車で通り過ぎたとき、上級市民の男女たちは敬意を示すどころか、こちらを見てニコリともせずにお辞儀をし、また自分たちの会話に戻った。メイナードが何を得ようとしていたのか、なぜそれが得られると期待したのか、正確にはわからない。今回は彼らがついに彼の育ちのよさを認めるとか、彼の衝動的な行動や短気を許すとか思ったとすれば、どうしてそんなことを思ったのかもわからない。しかし、満足が得られないと明らかになったとき、彼は唸り声をあげ、僕に命じて町の果ての地域に向かわせた。そこの娼館で僕は彼を下ろし、また一時間後に迎えに来ることになったのである。

こうして一人きりになり、物思いに耽ることができるのはありがたかった。僕は馬をつなぎ、町をぶらぶらし始めた。最近の出来事を、自分の夢を、奴隷制の夜が果てしなく続くのだと気づいたことを、そして今朝のことを思い出した——ソフィアという日の光が、青いヴァージニアの山々に沈んでいく太陽のように弱まっていくのを感じたことを。そのときソフィアを愛していたと主張するつもりはないが、でも自分は彼女を愛していると思った。若かった僕にとって愛は点火する導火線であり、成長を待つ庭ではなかったのだ。愛はその対象に対するどんなに深い知識とも関係ない——相手の欲求や夢を知ることよりも、一緒にいるときに感じる喜びや、いなくなってしまったときに感じる暗い気持ちと関わるのだ。では、ソフィアは一人きりでいるとき、僕のことを愛していたのだろうか？　そうは思わなかったが、別の世界では、奴隷制を逃れた世界では、それもあり得ると思った。

こうした世界につながる道は二つあった——自分で自由を買うことと逃亡である。最初の選択肢について僕が知っていたのは、スターフォールの南端に自由黒人たちが暮らす集落があるということだった。彼らはまだ土が赤く、タバコの豊作が続いていた時代に、わずかばかりの賃金を貯めることを許され、そうして自分たちの肉体を買い戻したのである。しかし、その道は僕には閉ざされてしまった。ヴァージニアは変わったのだ。エルム郡の古い土地、ロックレスのような土地が痩せていっても、そこで働く者たちの輝きは増した。彼らがその土地で働いて出た損失は、彼らをプレミアムつきで、まだ豊作が続いているナチェズのような土地へと売ることで取り戻せた。かつて奴隷たちは自由を買うために働けたのだが、それを許すには、いまの彼らは高価すぎた。奴隷に自分の身代金を払う権利を与えるわけにはいかなくなったのである。

第一の道が封鎖されているとしたら、第二の道は問題外だった。僕の知り合いでロックレスから逃げた人は、上級市民の命令を実行する下層白人たちのパトロール隊、ライランドの猟犬団に捕まり、連れ戻された。気力を失って自分から戻ってくる者もいた。いずれにせよ、ヴァージニアの外の世界に関する僕の知識は無に等しかったので、逃亡など正気の沙汰ではないと思われた。しかし、もっと知識があると言われている者が一人いた。

エルム郡の黒人のあいだでも白人のあいだでも、ジョージー・パークス以上に尊敬されている者はいなかった。彼は市長であり、大使であり、夢だった――といっても、その夢はどこから見るかで意味が変わった。奴隷労働をさせられていたとき、ジョージーは畑で働き、ちょうどビッグ・ジョンのように、農業とそのサイクルについて並外れた知見を示していた。一時間ほど小麦畑を散策すれば、今から三年後の収穫のことまで予言できたし、タバコ畑の丘に手を置き、地球の心拍を感じるだけで、タバコの葉が象の耳のようになるかネズミの耳程度かを明らかにすることもできた。そして上級市民たちに、彼らのタバコへの愛が何をもたらすかについて警告もした――遠回しな言い方をするので、彼の警告は恨みを抱かれることなく、穏やかな遺憾の意とともに記憶されるのだった。しかしジョージーには好奇心をそそる影がまとわりついていた。長いこと姿を消すことがある一方で、スターフォールで見かけたり、奇妙な時間に森のなかに現われたりするのだ。僕たちはこの謎について一つの解釈をしていた。ジョージーは地下鉄道とつながっているのだ、と。

では、地下鉄道とは何か？　奴隷たちのあいだでは、黒人の秘密組織がヴァージニアの沼地奥深くに別個の世界を築いたという話が囁かれていた。どんな力に守られていたのかはわからない。僕が聞いていたのは、地下鉄道を見つけて根絶やしするために派遣されたライランドの猟犬団が、数を減らして帰還したといった話だった――傷つき、打ちひしがれて戻ってくると、彼らはヘビに襲われたとか、奇妙な病気や毒に苦しんだ、ワニやクーガーを操って闘わせる薬草医に阻まれたといった証言をした。そして、この地下鉄道はときどき新しいメンバーを入れているという話も聞いた。エルム郡の文明化した奴隷制よりも、沼地の野蛮な自由を好む者たちだ。白人たちから称賛され尊敬されている高貴なジョージー、黒人たちからは秘密の生活を営んでいると思われている彼が、地下鉄道の男だというのは、話として完璧なように思われた。

そのとき銃声がして、僕はジョージーに関する考え事から我に返った。町の広場の南端にいたのだが、音のしたほうに向かうと、一人の紳士が見えた。みなと同じ黒いフォーマルな服を着た男で、ショットガンを宙に向け、やかましく笑っている。その日の雰囲気は変わりつつあり、空は雲で覆われていた。見ると、二人の男が取っ組み合ったままパブから路上につんのめるように出てきた——年上の男の頬には細長い傷があった。年上の男は一撃で打ちのめされたように見えたが、すぐに長いナイフを抜いて若いほうの顔を切り裂いた。それからもう二人の男がパブから走り出て、年上の男に飛びついた。彼らが年上の男を殴り始めたのを見て、僕は急いで歩き去った。次の街区《ブロック》では、下層の白人女がオランダ人の娘の髪を摑み、顔を平手打ちしたのを見た。彼女の連れの男は笑い、フラスクを取り出してぐいと飲むと、残りをオランダ人娘の頭に注いだ。僕は歩き続けた。父は僕にこういう騒動について警告し、メイナードをその場から引き離すようにしてくれと頼んでいた。しかし、彼らはいつもこういう調子だった——やかましいアリス・コーリーの仲間たちは。ロックレスでのパーティと同じで、競馬の日は高揚した華やかさで始まり、それから飲酒が始まって、お祭り気分は暗くなる。上流階級のしきたりや躾けの仮面はみな剝がれ落ちていき、やがてエルム郡のじくじくするあばた面が現われるのだ。

黒人は誰も外に出ていなかった。このあと何が起こるか、僕たちはみんな承知していたからである——白人たちが不快な気分になると、それはすぐに我々に向けられるのだ。こう言うと奇妙に聞こえるだろうが、こうした状況下で最も恐怖を抱くのは自由な黒人だった。僕たち奴隷は誰かの所有物だ。人の財産なのだから、我々を傷つけるようなことがあるとすれば、それは我々の所有者の命令によるものでなければならない。人の馬を殴ってはいけないのと同様に、人の奴隷を殴ってはいけないのだ。しかし、比較的安全な立場にいるとは言え、僕は不安を感じた。そこで広場からできるだけ早く離れ、フリータウンへ、ジョージー・パークスの家へと向かおうとした。

そこは小さな共同体であり、みんな密集して暮らしていたので、僕はすべての住人のことを知っていた。エドガー・コームズはかつてカーター農園で鉄の精錬をしており、いまは町の鍛冶屋で同じ仕事をしていた。エドガーはペイシェンスという女と結婚していて、彼女の最初の夫は数年前、熱病が流行したときに死んだ。向かいにパップとグリースという兄弟が住んでいて、その隣りがジョージー・パークスの家だった。僕は広場の狂騒から逃れ、町の南端まで歩いた。ふと気づくと、目の前にライランドの監獄があった。これが、スターフォールの自由黒人地区が始まる目印なのである。

これはすべて計画されたことだった――こうでなければならないのだ。というのも、ライランドの監獄は犯罪者のためのものではない。二街区《ブロック》にもまたがるこの建物は、逃亡を試みて捕まった奴隷や、売られる前の奴隷を収監しておく倉庫だった。監獄はスターフォールの黒人たちに、恐ろしい権力の下でおまえたちは暮らしているのだと普段から思い出させるためのものだったのだ。いまはどんなに自由であっても、この気まぐれな権力によって、いつでも束縛の身に戻されるのだぞ、と。ライランドの監獄は下層階級の白人によって運営されていた。こうした男たちは人身売買で金持ちになったのだが、その家名がとても新しく、仕事が怪しい評判のものだったために、「下層」以上になれなかった。この監獄と、それを運営している下層の白人たちとのあいだには強いつながりがあったので、彼らは「ライランドの猟犬団」と呼ばれていた。僕たちは彼らを恐れ、嫌悪していた。おそらく僕たちが主人である上級市民を恐れ、嫌悪する以上の恐怖と嫌悪だっただろう。それは、彼らも僕たちも下層であり、奴隷であったためだ。協力して上級市民たちに対抗すれば、どちらも一切れのパンに与れるかもしれない。しかしそれは、下層白人がいま得ているパンくずを犠牲にする覚悟があるなら、という話なのである。

ジョージーの妻であるアンバーがドアロに出てきて、笑顔で出迎えてくれた。「今日、こちらに来るんじゃないかと思ったのよ」と彼女は言った。「ちょうどよかったわ、夕食前で。お腹すいているでしょう、ハイラム？」僕は微笑み、アンバーに挨拶して、一部屋造りの小屋に足を踏み入れた。これはまさに名前どおりのものだった——僕が地下長屋で暮らしている部屋と大差ない。コーンブレッドとポークの匂いが漂ってきて、僕は本当に空腹だったことに気づいた。ジョージーはベッドに座っていて、そのすぐ横に生まれたばかりの息子が横たわっていた。赤ん坊は空気を摑もうとしている。

「いやあ、すごいな」と彼は言った。「ロージーの男の子がこんなにでかくなった」

ロージーの男の子、それが居住区《ストリート》での僕の呼称だった。といっても、僕のことをそのように記憶している者が減ってしまったので、こう呼ばれるのは久しぶりのことだった。僕はジョージーを抱きしめ、調子はどうかと訊ねた。彼は笑みを浮かべて言った。「ああ、女房をもらってね、男の子ができたってわけさ」。彼はベッドに戻り、赤ん坊の腹をこすった。「だから、調子は上々ってとこかな」

「ハイラムを裏に連れていったらどう？」とアンバーが言った。

僕たちは鶏小屋が置いてある小さな庭に出て、倒した二本の丸太の上に腰を下ろした。僕はポケットに手を突っ込み、ジョージーの息子のために作った木彫りの馬を出して、ジョージーに手渡した。

「赤ちゃんに」と僕は言った。

ジョージーはありがとうと頷いて、馬を受け取り、ポケットに入れた。

数分後、アンバーが二枚の皿を持って出てきた。それぞれにコーンブレッドと豚肉のフライが載っている。その一皿を僕に、もう一皿をジョージーに手渡した。僕はそこに座って、黙々と食べた。アンバーは一度なかに入り、喉をクークー鳴らしている赤ん坊を腕に抱えて戻ってきた。そろそろ夕暮れ時だった。

「今日は、特に話はないのかな？」とジョージーがにっこりと笑って訊ねた。彼の赤みがかった茶色い髪は、晩秋の午後の弱まりつつある陽光に照らされて、燃えているかのように見えた。

「うん、ないみたいだな」と僕は言った。「なんか、ど忘れしちゃったみたいだ」

「ほかのことが心に引っかかってんじゃないか？」

僕はジョージーを見上げ、話し始めた。それから、自分が言いたいことに恐れを感じ、口をつぐんだ。皿を丸太の隣りに置く。アンバーはまた室内に戻っていた。しばらく何も言わずにいると、くぐもった笑い声と赤ん坊のキーッという声が聞こえてきた。アンバーが玄関に出て、ほかの客たちの相手をしているのだろうと僕は思った。

「ジョージー、マスター・ハウエルの農場を出て行くときって、どんな感じだった？」

彼は半口分くらいの食べ物を飲み込み、少し間を置いてから答えた。「男になったって感じだな」と彼は言った。それからまた嚙み始め、残りを飲み込んだ。「それまで男でなかったわけではない。でも、本当にそうだとは感じられなかった。そう感じないことに、人生のすべてがかかっていたんだよ。わかるかい？」

「わかる」と僕は言った。

「こんなこと言わなくてもいいのか、あるいは言ったほうがいいのか——だって、君はいつでも特別に優遇されてきたからね。でも、とにかく言うし、君は感じるままに受け取ってくれていい。僕は起きたいときに起き、眠りたいときに眠る。名前がパークスなのは、僕がそう言ったからだ。この名前をどこからともなく引っ張り出した——息子への贈り物として思いついたんだ。別に意味はない——僕がそれを選んだ、という以外は。選ぶってことに意味があるんだ。わかるかな、ハイラム？」

僕はただ頷き、彼が語り続けるに任せた。

「これは話したかどうかわからないけど、ハイラム、僕たちはみんなロージーに首ったけだったんだ」

僕は笑った。

「あの人はきれいだった。きれいな女の子が居住区《ストリート》にはたくさんいたんだよ。ローズだけじゃない、妹のエマもだ――君の叔母さんのエマも。美しい女の子たちだった」。エマというのは、母の名と同様、煙のなかに失われた名前だった。叔母だというのはわかっていたし、かつてキッチンで働いていたことと、美しい踊り手だったことは知っていたが、それ以外は消えてしまい、ほかの人たちの平板な言葉と僕の心の霧にすぎなくなった。しかし、ジョージーにはこうした記憶がすべて残っていた。目の前で過去が地図のように広がっていき、彼はそれを見ながら過去の旅を再現していくのだ。僕には、山道や小峡谷の一つひとつを追っていく、彼の瞳の輝きが見て取れた。

彼は言った。「あの頃のことを思い出すよ。床を踏み鳴らし《ストンプ》、踊ったもんだって。すごかった。君の母さんとエマはあり得ないほど正反対だったけどね――ローズは物静かで、エマは声が大きくて。でも、僕たちだけの集会に来ると、二人には同じ血が流れているってわかる。僕もあのとき、土曜の夜ごと、あそこにいたんだよ。フェノメナル・ジムや、その息子のヤング・Pなんかと一緒にいた。みんなでバンジョーや口琴《ジョーハープ》、フィドルなんかを弾き、鍋やフライパンを叩き、羊の骨をカチカチいわせて。で、盛り上がってくると、エマとローズはそれに合わせて踊り出すんだ。こいつは見ものだった。頭に水がめを載せ、前後に行ったり来たりして、どちらかの水がめから水がこぼれるまで勝負する。水がこぼれたら二人とも笑って、お辞儀をし、勝ったほうがあたりを見回す。挑戦したい人はいるかってね」

「でも、誰も挑戦しないんだ」。ジョージーは大声で笑い、訊ねた。「君はウォーターダンスをしないのかい、ハイラム？」

「しないな」と僕は言った。「得意じゃない」

「残念だな」とジョージーは言った。「あんなに美しかったのに、それが引き継がれないなんて。あそこには美しいものがたくさんあった。美しい娘たち。美しい少年たち」

ジョージーはすでに食べ終わっていた。皿を置き、ゆっくりと息を吐き出した。

「そうした美しい者たちすべてについて、ときどき考えるんだ。鎖につながれることで、美しさがいかに衰えていったか……いいかい、僕はアンバーと一緒になったとき、彼女を絶対に解放すると誓ったんだ。どれだけ大変であろうと構わない。そのためだったら、人殺しもしたろうな、ハイラム。どんなことだろうと、アンバーが……」

ここでジョージーは言葉を濁した。これから言おうとすることの重さをそのとき理解したからだと思う。それが僕にとって何を意味するか、僕の母にとって何を意味するか。

「それで、あなたは外に出た」と僕は言った。「やってのけたんだ。外に出た」

ジョージーは静かに笑ってから言った。「誰も外には出られないよ、わかるか？　外なんてない。誰だって人に仕えるのさ。ただ、僕は誰かの農園で仕えるよりも、ここで仕えるほうがいい。それは認めるよ。でも、人に仕えてはいる、それは確かさ」

僕たちはそれから数分、黙って座っていた。外から聞こえていた声は静まり、玄関のドアが閉まる音、それから裏のドアが開く音が聞こえてきた。アンバーが出てきてジョージーの皿を受け取り、次に僕の皿を受け取った。

彼女は僕を見つめ、片方の眉を上げて言った。「ジョージーがまた嘘を吹き込んでるんじゃないの？」

「嘘かどうかわからないな」と僕は言った。

「ふーん」と彼女はなかに戻りながら言った。「気をつけてね。ジョージーには気をつけて。摑みどころのない人だから」

ジョージーの裏庭からグース川の向こう岸が見えた。太陽が地平線に近づき、雲が出てきて、空気はひんやりとしてきた。もうすぐメイナードが出てくる時間だろう。そこで僕は、人生を変えるひと言をジョージー・パークスに言おうと決心した。

「ジョージー、僕は行かなきゃならないと思う」

僕の言いたいことが彼にはわかったと思うのだが、それでも彼はわからないふりをすることに決めたようだった。「そうだろうな。川の向こうに戻らんといけないだろ?」

「そうじゃない」と僕は言った。「僕が言いたいのは、ここで年を重ねてきて、仲間が消えていくのを見てきたってこと。ナチェズへと送られてしまうんだ。この土地全体が下り坂だっていうのもわかる。土地が死んだんだよ、ジョージー。土が砂に変わってしまったし、それはみんな知ってるんだ。ここに歩いてくるとき、路上で男がナイフで刺されたり、女が殴られたりするのを見た。ここには法律がない。かつてはあったって思いたいし、年寄りたちはそういう時代の話をする。僕の知らない時代の話だけど、大きく変わったんだっていうのは感じられる。僕のなかで男が生まれようとしているんだ、ジョージー。それに足枷をはめることはできない。そいつはいろんなことを知りすぎているし、見すぎている。外に出ないといけないんだ、その男は。じゃなきゃ生きられない。僕はそれがどうなるのかって考えると恐ろしいんだ。自分の手が何をするのか恐ろしい」

ジョージーは何かを言いかけたが、僕が遮った。

「あなたは知識のある人だって言われている。この自由地区のことだけでなく、たくさんのことを知っていて、そういったことに携わっている人たちとつながりがあるって。僕は鉄道に乗りたいんだ、ジョージー。外に出る鉄道に乗りたい。で、あなたはそういうことを知っているって聞いたんだ」

ジョージーは立ち上がり、口をぬぐうと、その手をオーバーオールで拭いた。それから僕のほうをまったく見ずに、また腰を下ろした。

「ハイラム、家に帰れ」と彼は言った。「君のなかで男が生まれてこようとはしていない。すでに生まれてしまった。いまの姿が君さ。これが君の条件で、それを変えようって考えているなら、僕がやったようにやらなきゃいけない」

「それはもう無理なんだ」と僕は言った。「いまの奴隷がナチェズを逃れられるほど稼げるはずがない」

「じゃあ、それが君の人生だよ。それは悪くないって言わせてもらおう。君が面倒を見なきゃいけないのは、あの出来の悪い兄貴だけだもんな。家に帰れ、ハイラム。そして結婚し、幸せだって顔をしてろ」

僕は答えなかった。彼はもう一度言った。「家に帰れ」

それがジョージーの指示だったので、僕は従うことにした。しかし、そのとき僕はジョージーが嘘をついたと信じていた。彼は人々が噂するとおりの人であるに違いない――自由へと、別の人生へと、黒人にとってのオレゴンへと導く人。そのことを否定もしなかったではないか。だから僕にとって大事なのは単純なこととなった――彼に対して自分が何者か、何を求めているのかを示さなければならない。この期に及んで僕を思いとどまらせるのは無理な話だったし、僕にはできるという確信があった。そしてメイナードと軽装馬車のところに戻る途中、広場を通り過ぎるとき、ジョージーが助けてくれるはずだと考えていた。彼が僕をここから出してくれる。というのも、ここに未来はない。それは、その日に出たゴミのなかを歩いて戻る短い道のりにおいてさえ、はっきりと見て取れた。街路には紙くずがそこらじゅうに散らばっている。上級市民の男が——服を見てそうだとわかったが——馬糞に顔を突っ込んで意識を失っており、恥ずかしげもなく上着を脱いでシャツ姿となった仲間たちがそれを見て笑っている。破れた帽子と、それを飾っていた花が散らばっているのも見えた。空色のスカーフが路上にいくつも落ちている。酒場の脇にはサイコロを振っている男がいて、その玄関前に出ると、二羽の鶏を闘わせようとしている者たちがいる。これが彼らの文明なのだ——その仮面があまりに薄いので、僕は人生で初めて、居住区《ストリート》にいたときに自分が憧れていたものは何だったのかと考えてしまった。自分の記憶力を使った芸で、ロックレスの王《ファラオ》の目を引こうとしていた頃。そして、これは初めてではないのだが、自分があまりにも低級なものに視点を定めてきたのだと気づかされた。地下長屋に住んでいる僕たちは白人たちのなかで暮らしているのであり、だから彼らがほかのみなと同じように便所に行くということを直接知っていたのだ。彼らは若くて愚かであったり、年老いて弱々しかったりするということも、彼らの力がすべて虚構であるということも。彼らは僕たちより優れているわけではない。いくつもの点で僕たちに劣っている。

メイナードは買った娼婦とともに娼館の外で待っていた。その隣りには、例のコリーンに仕える男がいた。ホーキンズだ。メイナードが何かの冗談に笑っているのに対し、ホーキンズは何も言わず、嫌悪感を丸出しにして見つめている。しかしメイナードは酔っ払いすぎていて、それに気づかない。僕を見つけると、メイナードはさらに激しく笑い、僕のほうに向かって歩き出した。ところがそこでつまずき、女を道連れにして地面に転がった。僕は女が立ち上がるのを助け、ホーキンズも駆けつけて、メイナードを助けようとした。彼の尻とベストにはべっとりと泥がついた。

「馬鹿野郎、ハイラム!」と彼は叫んだ。「俺を受け止めなきゃダメだろ!」そのとおり。僕は彼をいつも受け止めてきたのだ。

「この女は今夜、俺のもんだ」と彼は叫んだ。「俺のもんだ、文句あるか！　やつらに言ったとおりだったろう、ハイラム！　みんなに言ったとおりさ！　女たちみんなに言ったとおり！」

それから彼は嫌悪感を押し殺しているホーキンズのほうを向いた。「このことは女主人様には内緒だぞ。ひと言も言っちゃいかん。わかったか？」

「何についてですか？」とホーキンズは言った。

一瞬、彼を横目で見つめてから、メイナードはまた爆笑した。「こりゃいい、俺とおまえはうまくやれそうだな」

「家族のように、ですね」とホーキンズが言った。

「家族のようにさ！」とメイナードは叫び、馬車に乗った。僕は女が馬車に乗るのに手を貸し、それから僕たちは来た道を引き返し始めた。ところが、理由はまったくわからないが、突然メイナードの頭がすっきりと晴れたらしい。これまでの彼にはなかった恥の感覚が芽生えたらしく、僕に引き返せと命令したのだ。町の広場から離れ、ダムシルク街道へ。このような形で僕たちはスターフォールを去り、僕たちの知っている世界を去った。町から出ていくにつれ、建物が減っていって森になり、その葉叢は金色とオレンジ色に輝いていた。遠くからカラスの鳴く声が聞こえ、目の前の馬はパカパカと走り、僕は顔に風を感じた。そのとき、僕は自分の知る唯一の世界を隅から隅まで見たのだとわかった。自分がこの世界で過ごす日々がいかに終わるかもわかった。いつの日か父がこの世から去り、残ったものはすべてメイナードのものとなる。そしてその日が来たら、すべての道がナチェズにつながるのだ。

僕は過去の時間の感覚に魅入られて馬車を駆っていた。夢に、恐怖に、怒りに、終わらない夜に、山の陰に沈んでいくソフィアの太陽に、失われた母に、叔母のエマに魅入られて。そして、そこにはメイナードから——彼の治世から——逃れなければならないという思い、逃れたいという思いがあった。そのとき、あれが来た。

グース川が目に入った。水面から不思議な霧が立ちのぼっていた――薄い霧と降り始めた雨が、この日の暗転に呼応していた。そして、あれがあった――青い霧が立ちのぼり、橋の向こう側をぼやけさせた。僕がこれをまざまざと覚えているのは、速足で走っていて、その馬の蹄の堅実な素早い音が消えていったからだ。僕たちを引っ張っている馬の姿が目の前に見えるのだが、音はない。これは僕のせいなのか、一時的に耳が聞こえなくなったのかとも考えたが、あまり深くは考えなかった。家に帰りたい、メイナードから解放されたい――この日の残りの時間だけでも――という思いが強かったからだ。こうして橋に差しかかり、薄い霧が突然分かれて、その瞬間に彼女が、女が見えた。橋の上でウォーターダンスを踊る母。僕の心の闇のなかから踊りながら出てきたのだ。僕は馬の速度を弱めようとした――これは記憶している――手綱を引っ張って。しかし馬は走り続け、いまとなっては自分が手綱を引いていたのか定かではないし、あの空間に、あの橋にいたのかもわからなくなっている。というのも、あれをやってのけたいまでさえ、僕には〝導引〟の全体像が本当に理解できたとは言えないからだ。わかっているのは本質的なところのみ――思い出さなければならないということだけである。

5

僕は水中にいた。それから踊る母に導かれて、光のほうへと落ちていった。しまいには光しか見えなくなり、その光が弱まって消えていくと、母もいなくなっていた。足が地面に着いているのを感じた。夜だった。霧が幕のように引いていくのが見え、やがて空は晴れて、頭上では星々が瞬いていた。霧に包まれた川が見えるのではないか、自分が浮かび上がってきた川が——そう思って振り返ったが、背の高い草が闇のなかで風に揺れているだけだった。僕は大きな岩に寄りかかっていて、畑の向こうの彼方には、ぼんやりと森が見えた。この場所なら知っている。この岩から森までの距離も、この草地もわかる。ここはロックレスの休閑地だ。この岩も、どこにでもあるような道標ではない。一家の始祖、アーチボルド・ウォーカーを讃える記念碑だ。僕の曾祖父である。風が強く吹き過ぎ、僕は身震いした。水をぐっしょりと含んだ作業靴は、足に氷のように感じられる。僕は一歩前に出て、回れ右をして倒れ、草むらに横たわって、ものすごく眠たいことに気づいた。おそらく自分は天国と地獄のあいだにいるのだろう——その場所は自分の知る世界に基づいて作られているのだろう。自分への罰が明らかにされるまでここにいなければならないのだ。そう思って震えながら横たわり、動こうとする努力はまったくしなかった。僕はいつも持ち歩いている銅貨を探して、ポケットに手を入れ、銅貨の縁のぎざぎざに触れた。闇はだんだんと深くなっていった。

しかし、罰は下されなかった。少なくとも、居住区《ストリート》で老人たちがしゃべっていたようなものはなかった。僕はここにいて、この物語を語っている。墓にいるわけではない——まだ、入ってはいない。いま、この場にいて、もっと前の時間を振り返っている。僕たちが奴隷で、大地の近くにいた頃のことを。知識人たちを困惑させ、上級市民たちを狼狽させる力を身近に持っていた頃。その力は僕たちの音楽のように、僕たちのダンスのように、彼らには把握できない——というのも、彼らには覚えられないから。

僕が闇から脱出したのも、僕たちの音楽を追うことによってだった。三日間——と、あとで聞いたのだが——生死の境をさまよい、無意識でうわ言をぶつぶつ言い、恐ろしいほどの熱を出しながら、この状態から脱出できた。そのとき、僕が意識を取り戻して最初に気づいたのは、誰かが静かにハミングしている声だった。遠くから聞こえてくるように感じられた。そのハミングのメロディが何度も繰り返されるようになり、一、二分間で消えていくと、また戻ってきた。そして僕は、自分が知っているメロディだとぼんやり気づき、心のなかでそのメロディに歌詞をつけ始めた。

天国の楽団、みな楽器を掻き鳴らし
オーブリーが見張り、よい娘《こ》たちが宙返り。

酢と洗濯ソーダの強い匂いがして、その味が感じられそうなほどだった。毛布の温かさ、頭の下の枕の柔らかさを感じ、瞬きしながら目を開けると、自分が陽をさんさんと浴びた部屋にいることがわかった。でも、動けない。頭は一方に向けられ、枕に支えられていた。僕は部屋の窪んだ空間《アルコーブ》に置かれたベッドに寝ていて、カーテンが開いているので、部屋が見渡せた。正面の壁際に箪笥が置かれていて、その上に始祖の胸像が載っていた。その隣りにはマホガニー材の足載せ台があり、そこに座っている女が見えた。背中をまっすぐに伸ばしている、首の長い女。ソフィアだ。二本のニードルを動かして糸巻からの撚り糸を編んでいる。腕が前後に行ったり来たりする。僕は動こうとしたが、関節が固まっていて動けず、パニックに陥った。何か大怪我をして、自分の身体の囚人となったのではないかと思ったのだ。必死の思いでソフィアを見つめ、こちらを見つめ返してくれることを願った。しかしソフィアは立ち上がり、まだ古いメロディをハミングしながら編み物を続け、部屋の外へと出ていった。
どのくらい長いことそこに横たわっていたのだろう？　自分の体内に埋葬されてしまったのだろうかという恐怖に震えながら、どれくらい長く？　自分でもわからない。ただ、また暗くなり、次に目を覚ましたとき、体の麻痺は少し抜けていた。爪先を動かすことができ、口を開け、舌を回すこともできた。頭を左右に動かせたし、腕にも力が戻っていて、必死に体を持ち上げようとしたところ、ベッドの上で上体をまっすぐ起こすこともできた。あたりを見回し、また陽の光と胸像と灯りが見えて、ここはメイナードの部屋だとわかった。足載せ台の向こうには彼の衣装戸棚と箪笥、鏡がある。最後の朝、あの鏡の前に僕は彼を立たせ、服を着せたのだ。それから、川に落ちたことを思い出した。

そこに座ったまま、しゃべろうともがいていた。誰かを呼ぼう、と。しかし、言葉は僕のなかに閉じこもったままだった。ソフィアが部屋に戻ってきた。顔をうつむけ、いまだに編み物をしている。そして僕がしゃべろうとしている息遣いに気づき、顔を上げた。撚り糸を落とし、こちらに走ってきて、蜘蛛のような長い腕で僕を抱きしめる。それから身を引き、僕を見つめて言った。

「お帰りなさい、ハイ」

微笑もうとしたのは覚えているのだが、僕の顔は変に歪んでしまい、憐れな表情を見せてしまったようだ。それを見たソフィアの顔からは喜びが一瞬にして消えてしまった。片手を顔まで上げ、口を覆う。それから片手を僕の肩に載せ、もう片方の手を背中に置いて、僕をまたベッドに寝かせた。

「しゃべろうとしなくていいから」と彼女は言った。「あなたはグース川から出たつもりかもしれないけど、川はまだあなたから出ていないようね」

僕はまた横になり、世界は現われたときと同じ順番で消えていった——部屋の灯りが消え、洗濯ソーダの匂いもなくなり、最後にソフィアがいなくなった——彼女の手の感触はまだ額に感じられたし、その静かなハミングの声も聞こえていたけれども。それから僕は眠りに就き、グース川に落ちる夢に入っていった。その情景は遠くで展開されている。自分が川の水面から勢いよく顔を出したのが見える。あたりを見回し、これが自分の運命だと覚悟を決める。メイナードがいることにも気づく。水面でもがき、何とか自分を救おうとしている。それから僕は青い光が空を二分し、こちらに降りてくるのに気づく。今回はメイナードに、僕のただ一人の兄弟に手を伸ばし、救おうとする。しかし、彼は腕を引っ込め、僕のことを罵って、それから暗い淵へと沈んでいく。

次に目を覚ましたとき、腕にまだ痛みを感じたものの、手の感触は戻っていた――しなやかで、緩んだ感じだった。酢の匂いは部屋に残っていたが、前より弱い。僕は大した苦労もなく上体を持ち上げ、アルコーブを囲むカーテンがすべて閉じられているのに気づいた。カーテンを透かして、足載せ台に座る人のシルエットが見える。一人きりで番をしているという風情。つい先ほど、ソフィアがそこにいたのを思い出し、彼女かもしれないと思うと、僕の血流は速くなった。朝の鳥たちの歌声が聞こえ、自分が生き残ったという事実への喜びで胸がいっぱいになった。しかし、カーテンを引いてみると、シルエットの主は父だとわかった。足載せ台に座り、肘を膝に乗せ、両手で顔を叩いている。父が顔を上げ、僕を見たとき、その小さな目が血走り、目蓋が重そうなのがわかった。

「あの子を失った」と父は首を振りながら言った。「私のメイナード、逝ってしまった。この屋敷じゅう、エルム郡じゅうが嘆き悲しんでいる」。父は立ち上がり、こちらに歩いてきて、ベッドの縁に座った。それから手を伸ばしてきて、僕の肩をしっかりと摑んだ。僕はうつむいて自分の体に目を向け、丈の長いナイトガウンを着せられていることに気づいた。メイナードのガウンだ。父に視線を戻すと、彼の顔にもそのことに気づいたような表情が浮かんだ。そのときの僕たちには、親と子供のあいだにしかあり得ない、心の密かな通い合いがあった――この関係がいかに奇怪なものであろうとも。父は悲しみのために充血した小さな目を細め、斜めに見つめた。メッセージを無理に理解しようとしているみたいに。自分に遺されたのはこの目の前にいる者だけで、それは奴隷である。いかにしてこうなったのか、理解しようと足掻いているかのようだった。これをすっかり理解すると、彼は身を引き、顔を両手で覆った。そして立ち上がり、大声で泣きながら出ていった。

僕は立ち上がり、窓まで歩いていった。外は澄み切っていて、ロックレスの裏から遠くの丘までがはっきりと見渡せた。遠くはかすかに煙っている。窓から離れると、ちょうど父が部屋に戻ってくるところだった。後ろにロスコーを従えている。数年前、居住区《ストリート》から僕をここに連れてきた男だ。彼の年老いた、皺だらけの顔には、深刻な懸念の表情が浮かんでいた。そして僕は、僕のことを知り、愛してくれる人がいたことを思い出した。僕の歌や芸を喜んでくれた年長者たち。ロスコーはメイナードの衣装戸棚のなかにひと揃えの服を置いた――僕の服である。それから寝具類を剝ぎ取り、丸めて腕の下に抱え、部屋から出ていった。父はまた足載せ台に座った。

「メイナードの遺体を川で探したんだが、水が……」。彼の声は次第に消えていった。いまは体を震わせている。

「息子が川底にいると思うと……」と彼は言った。「それ以外のことは考えられない。わかるか、ハイラム？　あの川底に息子が沈んでいると思うと……許してくれ。おまえがあそこで何を見たか、想像しかできないが……ほかに相応しい相手がいないからおまえに打ち明けよう。メイナードは妻の唯一の忘れ形見なんだ。あいつが喜んでいるとき、その目は妻そっくりになる。忘れっぽいところも、妻の癖と同じだ。思いやりを見せるときも――いつでも思いやりのある子だったけど――妻によく似ている」

父はいま泣いていた。「そして逝ってしまった。私は二度先立たれたことになる」

ロスコーが戻ってきた。今回は浴用タオル、水を入れた小さな洗面器、空っぽの大きな洗面器を持っていて、それらを戸棚の上に置いた。

「そういうことだ」と父は言った。「何らかの後始末が必要になる。息子の思い出は消えない、その遺体がどこに眠っていようとも。おまえが知っておくべきは――知っているはずのことは――メイナードがおまえを愛していたということだ。そしてあいつはおまえが川から脱出できるように、その人生を捧げた。私はそう信じている」

父が部屋を去ってから、僕はタオルと水を使って体を拭いた。しかし、父の最後の言葉がいかに途方もないかを考えると、手が震えてきた。メイナードがおまえを愛していた。この考えは──メイナードが誰かを愛するとか、メイナードが誰かのために、いわんや僕のために人生を捧げるとかは──驚くべきことだった。しかし、服を着替えながらいろいろと考えているうちに、次第にわかってきた──父はこのでたらめを信じている。信じざるを得ない。メイナードは自分であり、妻なのだ。この美化された肖像が、父がいつも僕に伝えていた訓戒──メイナードは見張っていないといけない、そうしないと人生を台無しにしかねない──と、どういうわけか共存していたのである。裏の階段を下りながら、僕はこう考えていた。父の発言は、ヴァージニア特有の信仰を通して納得するしかない──一つの人種がすべて鎖につながれていることを当然と考えているヴァージニア、その同じ人種が正確な寸法で鉄を鋳造したり大理石を彫刻したりできるのに、それでも野獣扱いされているヴァージニア、男が女への愛を告白しておきながら、次の瞬間には彼女を売り払うかもしれないヴァージニア。ああ、我が心が父の愚かさに対して浴びせかけた罵声の数々よ。この地方では見せかけの華やかさで、舞踏会やペチコートで罪を覆い、罪深い行為は地下に、心の奥底に、奴隷たちが下りていくこうした階段に押し込めてしまう。その階段を僕はいま下りて地下長屋へ、秘密の都市へと入っていく。ここがこの帝国を動かしている場所だ──壮大すぎて、誰も本当の名前を言おうとしない帝国。

地下長屋に戻ると、シーナがドアのすぐ外に立っていた。ぼんやりとした灯りに照らされ、ソフィアと話している。シーナにじっと見つめられ、僕は彼女に微笑みかけた。シーナは首を振りながら僕のほうに歩いてきた。それから僕の頬に手を置き、目と目をじっと合わせた。微笑もうとはせず、ただ僕を頭から足まで見つめるばかり。僕の体の部位がすべてちゃんとした場所にあるかどうか、確かめているみたいだと僕は感じた。

「まあ」と彼女は言った。「川に落ちたようには見えないね」

彼女は温かい女性ではない、このシーナ、僕のもう一人の母親は。彼女に罵られたり、シーッと追い払われたりしなければ、少なくとも好感情を抱いてもらえている。そうみんな思っていた。僕はたいてい無言で愛情を示し、彼女の好感情に応えてきた。そこには悪気など何もなかったのだ。僕たちには特有の言語があり、それで自分たちが互いにどういう存在かを確認し合っていた。

しかし、この日僕は何も考えぬまま、別の言語をしゃべった。腕をシーナの体に回し、彼女を強く引き寄せる。そして、生きていることへの喜びをすべて吐き出すかのように、きつく抱きしめる。まるでグース川に戻ってしまい、彼女が川の漂流物であるかのように、ぎゅっとしがみついたのだ。数秒後、彼女は体を引き、また僕のことを上から下まで見つめた。それから身をひるがえし、立ち去った。

ソフィアはシーナが立ち去るのを眺め、角を曲がるのを見届けると、僕のほうを向いて笑った。

「あの人、本当にあなたを愛しているのね」とソフィアが言った。

僕は頷いた。

「本気で言ってるのよ。私にはあまり話さないけどね。でも、あなたが川に沈んでから、しょっちゅう質問していたの。それとなく訊く感じで、あなたに関して何でも知ろうとしていたわ」

「シーナは僕に会いに来たの？」

「一度も——だから私、あの人はあなたを愛してるってわかったの。私から来てくれって頼んだら、あの人は狼狽したでしょうね。それがどんな感じだかわかるわ——あなたのあんな姿は見ていられないってこと。辛いのよ、ハイラム。私だって辛かったんだから。あなたのことを好きでもない、まして愛してもいない私でもね」

そう言って彼女は僕の肩を叩き、僕たちは一緒に静かに笑った。しかし、僕は自分の心臓がひっくり返ったかのように感じた。

「それで、具合はどう?」

「だいぶいいよ」と僕は言った。「でも、本来の居場所に戻れたのが嬉しい」

「それって、グース川に沈んでいるよりもいいってことね」とソフィアは言った。

「そんなところだね」と僕は言った。

しばらく僕たちは何も言わず、ただそこに立っていた。それがだんだんとぎこちなく、そして無作法に感じられるようになり、僕は部屋に入らないかとソフィアを誘った。彼女が受け入れたので、僕は彼女のために椅子を引っ張り出した。腰かけると、彼女はエプロンのポケットに手を突っ込み、撚り糸の糸巻とニードルを取り出して、編み物を始めた。彼女がいつも作っている、あの得体の知れないものだ。僕がベッドに腰かけると、互いの膝は触れ合いそうになった。

「元気になってきたようでよかったわ」と彼女は言った。

「うん、回復してきてるよ」と僕は言った。「白人たちは大急ぎで僕をメイナードの部屋から追い出そうとしたんだろうね?」

「そのほうがあなたにもいいでしょう?」とソフィアは言った。「私だったら、死んだ人のベッドになんて寝たくないわ」

「このほうがいいね」と僕も同意した。

本能的に僕はポケットに手を突っ込み、例の銅貨を探したが、そこにはなかった。おそらくなくしてしまったのだろう。それを知って僕は悲しくなった。僕のお守りであり、居住区《ストリート》から僕を導くものだったのだ。僕の大きな計画が無に帰したのだとしても。

「僕はどのように発見されたの？」と僕は訊ねた。

「コリーンの召使いよ」とソフィアはまだ編み物をしながら言った。「知ってるかしら？　ホーキンズだけど？」

「ホーキンズ？　どこで？」

「川岸よ」とソフィアは言った。「グース川のこちら側。ぬかるみに顔を突っ伏してたって。どうやって川から脱出できたのか、まったくわからないわ。水はあんなに冷たかったのに。誰かがあなたを見守っていたのね」

「たぶんね」と僕は言ったが、どうやって脱出したかは考えていなかった。考えていたのはホーキンズのことだ——あの競馬の日、彼と二度会ったこと。そして、彼が僕を発見した人であるということ。

「ホーキンズなの？」と僕は繰り返した。

「そうよ」と彼女は言った。「コリーンと彼と、コリーンの側仕えのエイミーは、あれからしょっちゅうここに来ていたわ。彼にお礼を言うのがいいでしょうね」

「そうだね」と僕は言った。「そうするよ」

ソフィアは立ち上がり、部屋から出ていった。僕は彼女が立ち去るたびに感じるぼんやりとした痛みをこのときも感じた。

ソフィアが立ち去ってから、僕はベッドの縁に座り、一連の出来事について考えた。どこかがおかしい。ソフィアは、ホーキンズが僕を川岸で見つけたと言った。でも、僕は休閑地に倒れていたという、はっきりとした記憶がある。あの記念碑を見たことを覚えているのだ——始祖、アーチボルド・ウォーカーが最初に開墾した土地を記念して置かれた岩。しかし、休閑地は川から二マイル離れているし、両地点のあいだを歩いた記憶はない。このすべては想像の産物なのだろうか。死に瀕し、苦しみ悶えて、最後に自分の先祖のことを思い浮かべたのだろうか——踊る母と始祖の記念碑とを、この世への別れのしるしとして。

僕は立ち上がり、自分の部屋から出た。休閑地へ行こう、記念碑のところへ、と考えた。そうすれば、ホーキンズの話と僕の記憶との齟齬を解き明かすものが見つかるかもしれない。自分の部屋を出て狭い廊下を歩いていき、シーナの部屋のあたりを通り過ぎて、トンネルから外に出る。陽の光が射し込んできて目が眩んだ。立ちすくみ、左手を帽子のつばのように額にかざして、遠くを見渡す。奴隷の一団が背中に掛ける袋と鋤を担いで通り過ぎた。そのなかに庭師のピートがいた。シーナと同様、自分の能力によってナチェズ行きを免れてきた老人の一人だ。

「やあ、ハイ、元気かい?」とピートが通りがかりに言った。

「元気、元気」と僕は言った。

「そいつはよかった」と彼は言った。「大事にしろよ、いいか? 必ず……」

彼はしゃべり続けたが、距離が開いたのと僕が考え事をしていたために、彼の言葉は聞こえなくなった。彼と仲間の男たちは目の眩む光のなかへと消えていき、僕はそれをただ見つめていた。そしてその瞬間、自分にもわからない理由で、僕はパニックに襲われた。ピートにまつわる何かのせいだ——彼があのように陽光のなかへと消えていったこと。僕もほんの数日前、自分があのように消えたと感じたのだが、それは目の眩む光のなかへと消える感覚だった。僕はパニックに捉えられたまま部屋に走って戻ると、ベッドに身を投げ出した。

もう一度、僕は本能的にポケットに手を突っ込み、そこにはない銅貨を探した。その日はずっとベッドから出なかった。僕を川岸で見つけたというホーキンズの話を思い返した。自分が背の高い草に囲まれていたのは確かだ。はっきりと覚えている。大きな岩の記念碑を見て、それから倒れたことも。僕の記憶が間違うはずがない。

そのまま横たわっていると、屋敷の音がいろいろと聞こえてきた。目立たぬように奴隷制を続けているこの屋敷は、午後の時間が進むにつれて活気づき、やがて音は消えていく。それで夜になったのだとわかった。完全に静まり返ってから、僕はトンネルを通って外に出た。ランタンの灯りを通り過ぎ、夜の闇へ。うっすらと空にかかる黒い雲の背後から、月が顔を出している。星がちらばる空を背景に、月は明るい水たまりのように見える。

緑の芝生の縁まで来て、背の低い草地を誰かが突っ切ってくるのが見えた。距離が縮まってきて、それがソフィアであることに気づいた。長いショールで頭から下をすっぽりと覆っている。

「外に出るには遅すぎるんじゃない？」と彼女は言った。「とりわけ、こんな体調のときに」

「一日じゅうベッドで寝てたんだよ」と僕は言った。「外の空気が吸いたくなってね」

緩い風が土手の木々から西へと吹き過ぎ、ソフィアはショールを体にぴったり引き寄せた。何かに心を奪われたかのように、道の先を見つめている。

「君のことは置いていくよ」と僕は言った。「ちょっと散歩してくるつもりだから」

「うん？」と彼女は言い、僕のほうを振り向いた。「ごめんなさいね、こういう癖があるのよ。あなたも気づいただろうけど。ときどき物思いに耽ってしまい、自分がどこにいるのかも忘れてしまうの。便利なときもあるけどね」

「どんなことを考えるの？」と僕は訊ねた。

彼女は僕のほうを振り返り、首を振って、一人で笑った。

「散歩するって言ったの？」と彼女は訊ねた。

「ああ」

「私も一緒でいい？」

「もちろん」

　僕は何でもないようにこれを言ったが、彼女がそのときの僕の顔を見ていたら、これが大ごとだったとわかっただろう。僕たちはくねくねした道を何もしゃべらずに歩き、馬屋を通り過ぎて、居住区《ストリート》へと向かった。僕がずっと昔、母を探して走ったのと同じ道だ。やがて道は開け、かつて僕の家もあった、切妻造りの丸太小屋が長く連なる地域に出た。

「このあたりに住んでいたんでしょう？」と彼女は言った。

「すぐそこの小屋にね」と僕は指さして言った。「そのあと、シーナと暮らすようになってからは、あそこに」

「懐かしく思う？」

「ときどきは、そうだね」と僕は言った。「でも、正直に言うと、屋敷に上がりたかったんだよ。当時はそういう夢があった。くだらない夢だな。消えてなくなったけど」

「いまはどんな夢を見るの？」と彼女は訊ねた。

「川に沈んでからってこと？」と僕は言った。「息を吸うこと。呼吸できることだけを夢見るよ」

　並ぶ小屋を見ていると、なかから二人の人が――ほとんど影しか見えなかったが――現われ、玄関口で立ち止まった。一つの人影がもう一つを抱き寄せ、一分か二分、そのまま動かない。やがて二人はゆっくりと体を離し、一つの影がなかに戻ると、もう一つの影は小屋の裏側の方向へと消えた。それからまた畑のあたりに現われ、ずっと向こうの森の方向へと走っていった。間違いなく、いま走っている影が男で、小屋に入った影がその妻だ。当時、多くの夫婦が同じ郡でも数マイルを隔てて暮らしていたので、こういう光景は普通だったのである。子供の頃、僕は男たちがどうしてわざわざ厄介事を背負うのだろうかと訝《いぶか》っていた。しかし、畑のなかを走っていくあの影を見て、しかもソフィアと一緒に歩いていると、いまならよくわかると感じた。

「私がよそから来たのは知ってるわよね」とソフィアは言った。「ここに来る前の生活があったの。家族がいて」

「どんな生活？」

「生まれたのはキャロライナね」と彼女は言った。「ヘレンと同じ年に生まれたわ、ナサニエルの奥さんの。でも、彼女も彼も関係ない。これは、向こうでの私の生活に何があったかってことなの」

「何があったの？」と僕は訊ねた。

「そうね、第一に、私には男がいた。いい人よ。大きくて、強くて。昔はよくダンスしたわ。土曜日になると、壊れかけた燻製小屋に仲間たちと行って、床を踏み鳴らして《ストンプ》踊ったの」

彼女は間を置いた。おそらく思い出を味わっていたのだろう。

「あなたは踊るの、ハイ？」と彼女は訊ねた。

「全然」と僕は言った。「母さんには踊りの才能があったって言われるんだけど、その能力に関して僕は父親に似たみたいだ」

「〝似た〟なんて関係ないわよ、ハイ。やるかどうか。ダンスのいいところは、誰に才能があって、誰にないかなんてどうでもいいってこと。ただ一つの罪は、古い燻製小屋の壁にはりついて、ひと晩じゅう一人ぼっちでいることね」

「そうなのかな」と僕は言った。

「そうなのよ」と彼女は言った。「ただ、誤解しないでね。私は荒っぽいから。私が体を揺すると、雛鶏が巣から飛び出してくるのよ」

僕たちは二人とも笑った。

「それを見ていないのは残念だな——君が踊るのを見ていないのは」と僕は言った。「僕が生まれた頃にはすべてが変わっていたんだよ。それに僕は変わった子供だったし。いまでも変わった男だしね」

「ええ、わかるわ」と彼女は言った。「私のマーキュリーを思い出させるところがある。彼も物静かだったのよ。そういうところが好きだった。何があっても、私たちで解決できることだと思っていたわ。この関係が続かないって気づくべきだった。でもね、彼のダンスはすごかったの。あの頃、私たちは食事の前にダンスしたわ。あの古い燻製小屋が倒れそうになるくらい。私のマーキュリーは、ビスケットみたいに厚い作業靴を履いていたのに、鳩のように身軽だったのよ」

「何があったの？」と僕は訊ねた。

「ここで起きていることと同じよ。そこらじゅうで起きていることとね。私はカンザスにも、ミラードにも、サマーにも家族がいたわ……大事な人たちがね。まあ、あなたはそういうのを知らないだろうけど、わかるわよね？」

「ああ」と僕は言った。「わかるよ」

「でも、私のマーキュリーのような人はいなかったわ」と彼女は言った。「いま、元気でいてくれたらいいんだけど。ミシシッピのしっかりした女の人と結婚して」

彼女は何も言わずに踵を返し、家に戻り始めた。

「あなたにどうしてこういう話をしているのかわからないわ」と彼女は言った。僕は頷き、耳を傾けた。いつもこうだったのだ。人は僕に語りかける。自分の物語を語り、僕が保存しておくように与えてくれる。そして、僕はいつでも耳を傾け、いつでも記憶したのである。

翌朝、僕が体を洗って外に出ると、ちょうど太陽が木々の上に顔を出したところだった。僕は芝生を、それから果樹園を通り過ぎた。果樹園ではピートとその仲間たち——アイザイア、ゲイブリエル、ワイルド・ジャック——がすでに果実摘みを始めていて、リンゴを麻布の袋にそっと入れていた。僕は歩き続け、やがてクローバーに覆われている休閑地に出た。さらに歩いていくと、岩の記念碑が見えるところに来た。しばらくそこに立って、すべてが甦ってくるのを待つ——川、霧、背の高い草が揺れていたこと、闇のなかで吹いていた風、それから突然、始祖を記念する岩が現われたこと。僕は記念碑を一度回り、さらにもう一度回った。それから朝の太陽の光を受け、何か光っているものがあるのに気づいた。それに手を伸ばす前に、拾い上げる前に、その縁に触る前に、ポケットに入れる前に、僕にはそれが例の銅貨だとわかっていた。あの世界へと導くもの——しかし、それは僕が長いこと思っていた世界とは違っていた。

6

僕は休閑地にいたのだ。そして、そこにいたのであれば、そのすべても——川も、霧も、青い光も——本当でなければならない。僕は銅貨をポケットに戻し、チモシー・グラスやクローバーのなかで、じっと立ちすくんでいた。頭に大きな圧力を感じ、そのため世界がくるくると回っているような感じがした。背の高い草のなかにひざまずくと、心臓のドクドクと鼓動する音が聞こえた。ベストからハンカチを取り出し、額から突然滴り出した汗を拭きとった。目を閉じ、息を数回ゆっくりと、時間をかけて吸い込む。

「ハイラム？」

目を開けると、そこにシーナが立っていた。よろよろと立ち上がると、汗が顔から流れ落ちるのを感じた。

「おやまあ」と彼女は言い、片手を僕の額に当てた。「何をしているんだい？」

頭がふらふらした。何もしゃべれない。シーナは僕の片腕を肩にかけ、畑のほうへと戻っていった。僕は自分たちが動いていることはわかっていたが、頭が熱で火照り、茶色と赤といった秋の色がまわりじゅうから迫ってくるように感じられた。ロックレスの匂い、馬屋の悪臭や燃える藪の匂い、いま通り過ぎている果樹園、シーナの汗の甘い香りでさえ、突如として強烈に感じられ、圧倒された。地下長屋に入るトンネルが目の前で霞み、ちらちらと動いていたのは覚えている。それから僕は屈み込み、洗面器に吐いた。シーナは僕が回復するまでそばにいてくれた。

「大丈夫かい？」

「うん、うん」と僕は言った。

二人で僕の部屋に戻ると、シーナは僕が上着を脱ぐのを手伝ってくれた。それから洗いたてのズボン下を僕に手渡し、外に出た。彼女が戻ったとき、僕はロープ編みのベッドに横たわり、毛布を肩まで掛けていた。シーナは石の水がめを炉棚から取り、井戸に歩いていった。戻ってくると、水がめをテーブルに置いた。そして炉棚からグラスを取り、そこに水を注いで僕に渡した。

「おまえ、休まないと」と彼女は言った。

「わかってる」と僕は言った。

「わかってるなら、あそこで何をしてたんだい？」

「ただ……どうやって僕を見つけたの？」

「ハイラム、あたしはいつだっておまえを見つけるよ」と彼女は言った。「このあたりの服を洗濯に持っていくからね。次の月曜までには戻すよ」

シーナは立ち上がり、ドアまで歩いていった。

「仕事に戻らないと」と彼女は言った。「おまえは休むんだ。馬鹿なことはするんじゃない」

僕はすぐに眠りに落ちた。そして夢の世界へ――と言っても、記憶で作られた夢の世界だった。母を失ったばかりのときで、僕はまた馬屋にいた。テネシー・ペイサーの目をじっと見つめ、見つめたままその目のなかに吸い込まれてしまい、気づくとあの屋根裏部屋にいた。僕が子供の頃、幼い考えをめぐらして遊んだ場所だった。

翌朝、ロスコーが僕の部屋にやってきた。「のんびりしてな」と彼は言った。「いずれまたしっかり働かされるから。いまは休んどけ」

しかし、そこに横たわっていると、頭のなかで騒ぎ立てる疑問や猜疑心ばかりに悩まされた――ホーキンズのついた嘘、橋で踊っていた母。逃避の手段は仕事だけだ。僕は服を着て、トンネルから外に出ると、家のまわりを歩いた。すると、ちょうどコリーン・クインの軽装馬車が本通りをのぼってくるところだった。メイナードが亡くなって以来、コリーンは定期的に訪れるようになっていた。ホーキンズと側仕えのエイミーを伴ってやって来ると、午後のあいだ父と一緒にお祈りして過ごす。それ以前は、慣習を守ろうとする態度はこの家でまったく見られなかった。父はヴァージニア人であり、独立革命期の先祖たちから受け継いだほかのものと同様、神を認めない態度があったのだ。すべてに疑問を投げかけていた、あの当時の名残である。しかし、いま彼は唯一の後継ぎを、世界に残すはずのものを亡くし、キリスト教の神しか残っていないように思えたのだろう。僕はトンネルに後ろ向きに少し入り、彼らの様子をうかがった。ホーキンズが女主人に手を貸して馬車から降ろし、続いてエイミーを降ろし、三人そろって屋敷へと歩いてきた。彼らがどうしてあんなに不吉に思えたのか、そのときの僕にはわからなかった。わかっていたのは、どんな聖霊よりも恐ろしいものを彼らの姿に感じたというだけである。

僕は子供時代の習慣に戻り、自分が必要とされているところで仕事をしようと考えた。ところが、キッチンから燻製小屋、燻製小屋から馬屋、馬屋から果樹園と歩いても、憐れむような眼差しを向けられるばかり。誰かが――シーナかロスコーか、その両方かが――僕に仕事をさせないよう言ったに違いない。そこで僕は自分で仕事を見つけることにした。自室に戻り、部屋着を脱いでオーバーオールと作業靴を身につける。それから外に出て、母屋の西側にある森の縁の、煉瓦でできた物置に行った。そこに父は長椅子や足載せ台、箪笥、ロールトップデスク、そのほか修理を待つ古い家具類を保管していたのだ。昼に近い時間で、空気は冷たく湿っていた。落ちた葉が作業靴の底にへばりつく。物置を開けると、小さな四角い窓から入る光の塊が家具類を照らし出した。古典様式の書き物机、背もたれが丸く膨らんだソファ、サテンウッド材のコーナーチェア、マホガニー材の高脚つき箪笥、その他もろもろが見えたが、どれもロックレス自体と同じくらい古い。僕は感傷的な気分になって、マホガニー材の高脚つき箪笥を修理することにした。父がかつて秘密の高価な品々を保管していたのはここなのだ――その事実をなぜ知っているかというと、メイナードがしょっちゅうこのなかを漁り、何を発見したかを細かくしゃべっていたからである。目標が定まったので、僕は地下長屋に戻った。そして貯蔵用の押し入れにランタンを持ち込み、探し回って、ワックスの缶とテレビン油の壺、陶製の鍋を見つけた。物置に戻り、そのすぐ外で鍋にワックスとテレビン油を入れて混ぜる。その溶液はしばらく置いておくことにして、高脚つき箪笥を苦労して外に持ち出した。頭が少しくらくらする。僕は両膝に手をついて身を屈め、息を深く吸い込んだ。また顔を上げると、シーナが芝生のほうから木々のなかに目を凝らしているのが見えた。

「部屋に戻んなさい！」と彼女は叫んだ。

僕はニコッと笑い、手を振った。彼女は首を振り、立ち去った。

その日の残りは、高脚つき箪笥に紙やすりをかけて過ごした。ここ数日間で、最も心が落ち着いたときだった。何も考えない時間が僕を包んだのだ。

その夜は長い時間、夢も見ずに、深く眠ることができた。そして、期待に溢れて目を覚ました——前日の仕事を再開し、また何も考えずに集中できるという期待。服を着てから、物置に歩いて戻ると、テレピン油とワックスの溶液は準備万端。昼近くには、高脚つき箪笥は陽の光を浴びてキラキラ輝いていた。僕は一歩下がり、自分の仕事をじっくりと眺めた。そして別の仕事が見つからないものかと、物置に戻ろうとしたとき、ホーキンズが草地をこちらに向かってくるのが見えた。コリーンは僕が仕事をしているあいだに戻ってきたようだ。

「おはよう、ハイ」とホーキンズは言った。「そう呼ばれてるんだよね、ハイって?」

「そう呼ぶ人もいるよ」と僕は言った。

それを聞いて彼は微笑んだ。この表情には、骨ばってキリッとした彼の顔の作りを強調する効果があった。肌は薄めの褐色で、痩せて引き締まった体の持ち主。見る場所によっては、血管が青く浮き出ているのが見える。ブリキの箱に入れた宝石のように、目が眼窩の奥深くからこちらを見つめている。

「君を連れてくるようにって言われたんだ」と彼は言った。「ミス・コリーンが話をしたいそうで」

僕はホーキンズと一緒に屋敷に戻った。自分の部屋に行き、作業靴とオーバーオールを脱いで、部屋着と室内履きを身につけた。それから裏の階段をのぼり、隠れたドアを押し開け、客間に入った。父は革製の大型ソファに座り、そのすぐ横にいるコリーンの手を両手で握りしめていた。苦痛に満ちた表情を顔に浮かべ、彼女の目をじっと見つめようとしている様子だが、コリーンが顔にかぶっている服喪の黒いベールのために、その努力は報われていない。ホーキンズとエイミーはソファの両側に、恭しく距離を置いて立っている。部屋を見渡し、どんな指示にも応えようとしている様子だ。コリーンはほとんど囁き声で父に話しかけていたが、大きな部屋の反対側にいる僕の耳にも、その断片が届く程度には大きな声だった。二人はメイナードのことを話していて、彼を恋しがる思いを分かち合っていた——あるいは、少なくとも美化された彼を。というのも、彼らの考えるメイナードは——もうすぐ罪を悔い改めるはずだった彼は——僕が知っている者ではなかったからだ。コリーンの話を聞いて父は頷き、僕のほうを向いて、彼女の手を放した。立ち上がり、ホーキンズが客間の引き戸を開けるのを待った。それから僕に、まだ苦痛に満ちた最後の眼差しを向け、部屋を立ち去った。ホーキンズが引き戸を閉めたとき、僕は彼らの会話の内容を間違って推測していたのだろうかと訝った。というのも、用件はメイナードのことだけだったわけではないという感覚が、湧き上がってきたのである。

そのとき僕は、彼らがみな黒を身にまとっていることに気づいた。ホーキンズは黒い背広、エイミーは黒いドレスと、コリーンと同じように、服喪のベール（ただし、コリーンのほど飾り立ててはない）。このように立っていると、コリーンの従者たちは彼女の深い感情の延長であるかのように思われた——未亡人となった悲しみの儚い投影であるかのように。

「私の家の者たちとは知り合いよね」と彼女は言った。「違う？」

「はい、そうです、奥様」とホーキンズは微笑んで言った。「でも、この若者に最後に会ったとき、彼は自分の人生と縁を切りそうでした」

「お礼を言わないといけませんね」と僕は言った。「あなたが川岸で僕を見つけなかったら、僕は死んでいただろうと聞いています」

「ちょうど通りかかったんだよ」とホーキンズは言った。「でかい牛が寝てるなって思って、近づいて見たら、男だったってわけ。でも、僕に感謝する必要はない。川からの脱出は、君が自分でやったことさ。あれはすごい。あのグース川にはまってだろ？　あの流れには逆らえないよ。そこから飛び出す？　こいつはすごいことさ。大した男だよ。グースの流れは強い。すごく強い。この季節でもね。絶対に流される」

「ともかく、本当に感謝します」と僕は言った。

「大したことではないわ」とエイミーが言った。「家族になる人に対して、誰でもすることをしたまでよ」

「そして、私たちは家族同然になるはずでした」とコリーンは言った。「いまでもそうだと思う。悲劇のせいで私たちが引き裂かれるべきではない。男は一つの道を歩き始めたら、その一歩一歩を覚えているものよ。どんな大洪水が橋に襲いかかろうとも」

「女は男を完成させるために作られている」とコリーンは続けた。「父なる神がそのようにしたの。私たちは結婚によって手を結び、肋骨が返される（旧約聖書で、アダムの肋骨からイブが作られたことから）。あなたは頭のいい子だわ、みんなそれを知っている。あなたのお父様は、奇跡を語るかのように、あなたのことを語る。あなたの才能を、芸を、読む能力のことを口にされる。でも、大声で語ることはしない。妬みは人の骨を腐らせるから。妬みのためにカインは弟を殺した。妬みのためにヤコブは父を騙した。だからあなたの才能は人から隠さなければならない。でも、私は知っている。そう、知っている」

客間の灯りは弱めで、カーテンが半分閉められていた。コリーンとエイミーの顔は輪郭しか見えない。コリーンの声は、震える低音がかぶさって聞こえ、三つの声が同時に震えているかのようだった。ある種の歪んだ和音が、服喪のベールの向こうに潜む闇から——それがどんな闇であれ——響いてくる。

彼女の声の調子だけでなく、話している内容自体も、僕には珍しいものと感じられた。この感じをいま伝えるのは難しい。というのもこれは、別の時代の話なのだ——上級市民、奴隷、下層白人たちの階級やその下位区分のなかで、儀式や動作、礼儀などのしきたりがいろいろとあった時代。階級ごとに言うことと言わないことがあり、何を言うかが階級を示していた。たとえば上級市民たちは、自分に「仕える者たち」の心の動きについて問いかけることはしない。我々の名前は知っていたし、我々の親たちのことも知っていたが、本当には我々のことを知らなかった。知らないことが、彼らの力には不可欠だったからだ。子供を母親の腕から奪って売るには、母親のことをできる限り知らないほうがいい。男の服を脱がせて鞭でさんざん打ち、生きたまま皮を剝ぎ、そこに塩水を擦り込むなど、その男の気持ちを自分のもののように感じてしまったらできないことだ。手が止まらないようにするには、彼の姿に自分を見るわけにはいかない。そして、手を止めるわけにもいかない。というのも、手が止まった瞬間、奴隷は白人が自分たちを見ていること、ゆえに自身の姿を見ていることに気づく。深く理解してしまった瞬間、その白人は終わりだ。必要とされているように統治できなくなる。タバコ畑の丘を期待どおりに生長させることができない。こうした丘で正確な時季に接ぎ穂をし、入念な除草や鍬での手入れをし、花を蕾のときに摘み取り、種をきちんと貯蔵する。葉は茎に残し、茎を釘で打ちつけて、一定の距離を置いて吊るす。そうすれば、タバコの葉は黴が生えたり干からびたりせず、ちょうどよく乾いて、ヴァージニアの金色の葉となる。それによって、卑しい普通の人間が、上級市民の神殿にのぼることになるのだ。すべての過程が重要であり、最大限の注意を払って行われる必要がある。そして、これだけの注意を人に確実に払わせ、それに対して何の報酬も与えないとすれば、その方法は一つしかない。それは拷問、殺人、障害を負わせるほどの暴力であり、子供を盗むことであり、恐怖である。

そのためコリーンが僕にこのように話しかけ、人間としての絆を結ぼうとするのは、僕には不気味で、恐ろしくもあった。こういう試みの裏には、何か暗い目的があると信じ込んでいたのである。僕は彼女の顔を見ることができず、だからこの目的を暴き出すかもしれないヒントを探すこともできなかった。知〻っ〻て〻い〻る〻、と彼女は言った。知〻っ〻て〻い〻る〻。そしてホーキンズが語った物語を思い出し、実際に何が起きたのかを考えると、僕は彼女が何を知っているのだろうと訝しんだ。

僕は言葉を探しつつボソボソと言った――「メイナードには人を惹きつけるところがありましたね」――そして、即座に遮られた。

「いいえ、なかったわ」と彼女は言った。「未熟な人だった。それを私に否定しないで。私の耳にお世辞を聞かせないでね」

「もちろん、そのようなことはしません」

「彼のことはよく知っていたわ」と彼女は続けた。「目的意識のない人だった。計画性もなかった。でも、私は彼を愛した。それは私が癒しを与える者だからなの、ハイラム」

彼女はここでしばらく間を置いた。昼が近かった。太陽は緑のベネチアンブラインドからちらちらと注ぎ込み、屋敷のなかは不自然な静けさに満ちていた。普段なら奴隷たちが忙しく働いている時間だ。僕は物置に戻りたくてたまらなかった。書き物机かコーナーチェアの修理をしたい。足下の落とし戸が開くのも時間の問題ではないか、と僕は感じていた。

「みんなは私たちのことを笑ったわ」と彼女は言った。「社交界がみんな、嘲笑ったのよ――〝女公爵と道化〟なんて言われた。あなたも〝社交界〟のことはいくらか知ってるでしょう。信心深そうな顔と家柄で、あさましい下心を隠している男たちのことも。メイナードはそういう男ではなかった。人を惹きつけるところはないし、悪知恵もない。ワルツも踊れなかった。夏の社交パーティでは野暮天よ。でも、彼は本物の野暮天。私の野暮天だったの」

こう言ったときの彼女の声は、また別の震え方をした――より深い悲しみを表わす声。

「悲しくてならないわ」と彼女は言った。「悲しくて」。静かにすすり泣く声が服喪のベール越しに聞こえてきた。そのとき僕は、企みなどないのではないかと思った。彼女はこのままの人なのだ。喪に服する若き未亡人。僕に語りかけたいという衝動は、彼に近かった人に触れたいという思いにすぎない。そして僕は彼の奴隷であり、彼の弟でもあって、だから彼の一部を持つ者でもあるのだ。

「悲しみに暮れるというのがどういうものか、あなたにもある程度わかるでしょう」と彼女は言った。「あなたは彼の右腕だった。彼の導きと守護がないとなると、あなたも何をしたらよいのかわからないわよね。意地悪なことを言うつもりはないの。彼が衝動的になり、悪いことをしそうになると、あなたが守っていたという話は聞いているわ。苦しいとき、あなたが彼に助言していたという話も。あなたは頭のいい子だって言われている。知恵と指針を蔑むのは愚か者よね。彼はあなたの指針だった。そうではない？　そして、よきハウエル・ウォーカーが語ってくれたところでは、あなたはいまこの土地をうろついて、何かしたくてたまらないのに、行く先が定まらないのだという。

あなたはいま私と同じ状態じゃないの？　どんなことでもいいから時間をつぶしたい、彼のことを考えないですむようにしたいって望んでいるのでは？　女もそれほど変わらないのよ、わかる？　みんなそれぞれに仕事がある。だからあなたは、私と同じように、すべての仕事に彼を見てしまうのではないかしら。彼は私のまわりじゅうにいるの、ハイラム。雲のなかに、土地に、夢のなかに、彼の顔を見てしまう。山地で迷っている彼が見えるし、川の水にはまった彼が見える。あの恐ろしい最期の瞬間、深みに沈むまいと立派に格闘していた彼。そうだったのではないかしら、ハイラム？

彼を最後に見たのはあなたなの、その様子を話せるのはあなただけ。彼の運命に疑問を投げかけたりはしない。私は主の御心に従い、自分が日常で知ることには頼らないから。でも、自分が無知で、想像するしかないってことが惨めなの。彼が自分の名に相応しく、自分の家柄に恥ずかしくない死を迎えたと言ってちょうだい。彼は生きていたときと同じく誠実に死んだ、と」

「彼は私を救ってくれました、ミス・コリーン。それが事実です」。なぜこれを言ったのか、自分でもわからない。コリーン・クインと言葉を交わしたのはほんのわずかしかなかったので、彼女にまつわるすべてが僕に不安を抱かせたのだ。僕は本能に任せてしゃべっていた。本能に命じられたのが、彼女を宥《なだ》め、できるだけその苦痛を癒してやれ、それが自分のためになる、ということだった。

彼女は手袋をはめた両手を上げ、ベールの下に入れた。しかし何も言葉を発しないので、僕はまたしゃべらざるを得なくなった。

「僕は沈んでいき、手を伸ばしました」と僕は言った。「そして、水が大きなナイフのように感じられ、もうダメだと思いました。しかし、彼が僕を引っ張り上げてくれ、僕は力を取り戻して、自分で泳ぐことができました。最後に彼を見たとき、まだ僕と一緒にいたのですが、水の冷たさと流れの激しさには敵いませんでした」

彼女はしばらく黙り込んでいた。次にしゃべり出したとき、彼女の震える声は鉄の棒のようだった。「あなたはこうしたことをマスター・ハウエルに言わなかったのですか?」と彼女は訊ねた。

「はい」と僕は言った。「詳しいことを告げるのは酷かと思いまして。亡くなったご子息の名前を聞くだけでも辛いのですから。みんなにとっても辛い話です。ここで初めてこれを明かしたのは、あなた様が心から聞きたいとおっしゃり、わずかばかりでもあなた様の慰めになればと思ったからです」

「ありがとう」と彼女は言った。「どれだけよいことをしてくれているか、あなたには想像もつかないでしょう」

再び彼女はしばらく黙り込んだ。僕は彼女の次の指示を待って、そのまま立っていた。次に話し出したとき、彼女の声は高くなっていた。「あなたは主人を失ったことになります。まだ若いのに──聞いたところでは、何も仕事がないとか。これからどうしようと思っているのですか?」

「呼ばれたところに行くつもりです」

彼女は頷いた。「では、あなたを私のところに呼びましょう。メイナードはあなたをとても愛していました。あなたの話をするときは、期待が込められていたのです。私を守ってくれた人は、あなたを守った人でもありました。彼は自分の命をあなたに捧げた。だから、やがてあなたも自分を捧げることになるでしょう。わかりますか、ハイラム？」

「わかります」と僕は言った。

そして、僕は本当にわかった——そのときではなくても、そのあと一時間ほど考えて。悲しみやむせび泣きは真実だったのだろう。しかし、それ以上に確かなのは彼女の腹黒い意図だった——僕をロックレスからもぎ取り、僕のサービスを、僕の体を、自分のものとして主張すること。僕がどういう存在だったかを思い出してほしい。人間ではなく、財産であり、それも価値のある財産だった——農園や農作物のあらゆる仕組みを知りつくし、字が読めて、記憶力を使った芸で楽しませることもできた。勤勉さや安定した気性、正直さで知られていた。そして、難しいことではないはずだった。彼女がメイナードと結婚すれば、僕はいずれにしても彼女に仕えたのだ。彼女にすれば、メイナードの形見の一部を相応しい場所に残すように、つまり僕を死別と服喪のしるしとして譲ってくれるように頼むだけでよかった。そうすると、どこが僕の家となるのか？　コリーンはエルム郡に地所を持っていたが、そのずっと西にも地所を持っていることが知られていた。山をいくつも越えた、ヴァージニア州でも開けていないあたりである。これが彼女の財産の源であり、さまざまな事業を展開することで——材木、岩塩坑、麻など——エルム郡全体に広がる没落の波から逃れているのだという話だった。それが何であれ、コリーンとの対面後、僕は自分が新たな危機に直面していることを知った。ナチェズに行くのではないが、ロックレスから離れること——僕が知る唯一の家から。

メイナードの遺体は見つからなかったが、この跡取り息子の死を悼む会がクリスマスに開かれることになった。ずっと遠い親戚まで含め、ウォーカーの一族で来られる者はみな、ロックレスに集まるのだ。僕たちはメイナードの母親が死んでから使われなくなっていた上階の応接室を片づけ、箒とモップをかけた。僕は物置にしまわれていた鏡の埃を払い、古いロープ編みのベッドを二つ修理して、小さなピアノと一緒に屋敷に運び込んだ。夜には、居住区《ストリート》でロレンゾ、バード、レム、フランクたちと一緒に働いた。彼らは子供時代の遊び仲間だったので、そこに戻れたのはいい気分だった。僕たちは、奴隷の数が減ってから空き家になっていた小屋の修理に励んだ。屋根を補強し、鳥の巣を取り払い、藁布団のための掛け布団を降ろしてきた。というのも、ウォーカー家の人たちだけでなく、彼らと一緒に来る奴隷たちにも、宿を提供しなければならないからである。

働くことで、僕の心は空っぽになった。仕事が一種の親密なリズムを帯びるようになり、そのリズムに触発されて、レムは叫び出さずにいられなくなった。

でっかい屋敷の農場へ
あったかい家にでかけてく
おらを探すときには、ジーナ、はるか遠くにいるはずだ。

それからレムはもう一度その歌をうたい、今回はワンフレーズごとに間をあけて、コーラスが同じ歌詞を繰り返すようにした。コーラスとは僕たち全員だ。続いて僕たちは順番に、ほかの歌や歌詞から取ったり、自分たち独自の歌詞を作ったりして、新しいものを付け加えていった。こうしてバラードという家が一室ごとに作られて行き、うたっている歌詞にある、でっかい屋敷のようになった。順番が来たとき、僕はこう叫んだ。

でっかい屋敷の農場へ
でかけてくけど、長くはならぬ
帰るよ、ジーナ、心と歌を携えて。

それから、我々も宴をするべきだと年長の人たちが決め、そのためのテーブルを作ることになった。木を切り、皮を剝ぎ、磨いて脚を取りつけ、このようにして宴のテーブルができ上がった。きつい仕事だったが、おかげで僕は複雑な難問を心から閉め出すことができた。

クリスマスイブの朝、僕は屋敷のベランダに出て、遠くを見渡した。そして、木々が葉を落とし茶色くなった山々の向こうから太陽が射し込んだとき、くねくねと長くうねる人々の列が見えてきた。朝日とともに道をのぼってくる、ウォーカー家の一団だ。馬車の数は十台だった。僕は庭に下りて挨拶をかわし、到着した奴隷たちとともに荷下ろしを手伝った。このときのことは幸せな思い出だ。というのも、ウォーカー家の一団のなかには子供時代の僕を知っている黒人たちがいたからである。彼らは母のことも知っていて、とても好意的に母の思い出話をしてくれた。

クリスマスの伝統で、僕たちはみな食べ物を余分にもらえた――小麦粉と粗びき粉を二ペック（体積の単位。一ペックは約八・八リットル）ずつ、いつもの三倍のラードと塩漬けの豚肉、そして二頭の処理された牛をみんなで分けるように与えられ、好きなように料理できた。自分たちの庭からはキャベツとケールを取ってきて、食べられそうな鶏はみんな殺して羽をむしった。クリスマスの日には二手に分かれ、半分は屋敷で白人の宴の準備をし、残りはその夜に居住区《ストリート》で行われる我々の宴の準備をみんなで一緒にした。僕は午前中の大部分、料理と焚火の両方に使われる薪を割っては運んで過ごした。午後になると、森を通り抜け、十ものラムとエールの細口大瓶《デミジョン》を持ち帰った。陽が沈み、暗くなると、僕たちが遅い時間に食べる夕食の美味しそうな香り――フライドチキン、ビスケット、コーンブレッド、ポットリカー（塩漬け豚肉と野菜を煮たスープ）――が居住区《ストリート》じゅうに漂った。スターフォールに住んでいるが、まだ親戚がロックレスにいる男女がデザートのパイやお菓子を持ってきた。ジョージーと妻のアンバーはニコニコ笑って、焼きたてのアップルケーキを二つ披露した。僕は男たちを手伝って、ほんの数日前に木を切って作ったばかりの細長いベンチを引っ張り出した。それでも、みんなに椅子は行き渡らず、僕たちは箱や大樽、丸太、岩など、見つかるものは何でも持ち出して、焚火のまわりに置いた。キッチンで働いていた者たちがやってくると、みんなでお祈りをし、食事を始めた。

みんなの腹が膨らみ、服の縫い目が弾けそうになると、焚火の灯りのそばで話が始まった。ロックレスの亡霊たち、ここから去って、戻ってこない者たちの話である。テネシーに移った父の従弟のゼヴは、召使いのコンウェイとその妹のキャットを連れて戻ってきていた。コンウェイは僕のかつての遊び友達だ。彼らは僕の叔父にあたるジョシアに会ったという話をしてくれた。ジョシアは新しい妻と結婚し、二人の幼い娘がいるという。クレイとシーラの消息も知っていた。二人は信じられないような魔法の力で、ほかの土地に売り払われたのに一緒に買われ、それが救いだったのだそうだ。フィリパ、トマス、ブリックなど、ゼヴと一緒に連れていかれた者たちは、年老いたがまだ生きている。それからメイナードの話になった。

「あのメイ坊やは、生きていたとき愛されていた以上に、死んで悲しまれているな」とコンウェイが言った。焚火のそばに座り、手を火にかざして、温まろうとしている。「あの連中には、福音のように嘘が舞い降りたってわけか。あの坊やのことを、かつては自然界の出来損ないのように話してたもんだ。それがいまじゃ、イエス様の再臨みたいに話すんだからな」

「親戚じゅうが集まってるんだから」とキャットが言った。「お坊ちゃんの罪を並べ立ててどうなるっていうの？」

「そういうことを始めればいいのよ」とソフィアが言った。「私が逝くときは、遺体の前で嘘を並べてほしくないね。私がどんな女だったか——最初から最後まで——話してほしい」

「そういうのは私たちの流儀じゃない」とキャットが言った。「私たちは誰も何も言わず、ただ〝墓を掘れ〟ってだけ」

「いずれにしても」とソフィアは言った。「とにかく嘘はいや。つまらないお世辞はいらない。粗野な女に生まれついたんだから、そのまま生きて、同じように死ぬの。それ以上に大して言うべきことはないわ」

「メイナードがどうってことじゃないんだ」とコンウェイは言った。「問題は、あいつを葬った連中なんだよ。さんざんけなしてたやつがグース川で溺れたんだから、罪滅ぼしをしなきゃなんねえ。俺だって気が咎めたからな。昔はあの坊やを馬鹿にしたもんだ。大人になってからは会ったことがないが、聞いた話じゃ、あんまり変わらなかったようじゃないか。だとすりゃあ、あいつらは疚しい気持ちでいっぱいで、それを分かち合いたいのさ」

「あんたらニガーどもは、白人たちに言われるとおりの阿呆だね」とシーナが言った。焚火のすぐ近くに立って、炎をまっすぐに見つめている。「これがメイナードのためだと思うのかい?」

誰も答えなかった。シーナは顔を上げ、聞いている人々を見渡した。本当のことを言えば、みんなシーナを恐れているのだった。しかしこの恐怖から生まれた沈黙にますます興奮し、彼女はまくし立てた。

「土地だよ、ニガーども! 土地だ! あんたらがいまいる土地! あいつらはハウエルをおだてまくってるんだ」。彼女はまた間をあけ、あたりを見回した。僕は近くにいたので、焚火が投げかける影が彼女の顔で踊っているのが見えた。彼女の吐く息は、寒さで白い霧になっている。「あいつらが狙っているのは遺産だよ。土地さ、ニガーども! 土地とあたしらさ! すべてがゲームで、勝った者がこの土地を譲り受け、あたしらのことも手に入れるんだ」

僕たちもすでにわかってはいた。しかし、これは別れの会でもあった。おそらくこのように集うのは最後だろう。だから、誰もこの事実を声高にがなり立て、せっかくの機会を台無しにしたくなかったのだ。しかしシーナはあのような傷を負い、独特の性癖の持ち主であったため、微笑むことができず、冗談や回想に耽ることもなかった。ただ首を振り、歯の隙間から息を吸い込んだ。それから長く白いショールをはおり、足を踏み鳴らして立ち去った。

みんなは座ったままうつむいていた。シーナが突きつけた事実に衝撃を受け、考え込んでいたのだ。僕は数分待ってから、居住区《ストリート》の果てにある小屋まで歩いていった。ほかから孤立するように建っているその小屋は、シーナがかつて箒を手に現われ出て、子供たちを追い払っていたところだった。そしてずっと昔、この女の人こそが僕の感じた裏切りをわかってくれると直感し、僕が訪ねたところ。その古い小屋の前にシーナはいま立ち、彼女特有の物思いに沈んでいた。僕はそこまで歩いていき、僕がいることが彼女にわかるくらい近くに立った。彼女がこちらを見たとき、表情が和らいでいるのに気づいた。数秒後、彼女はまた小屋のほうを向いた。

僕は彼女とそこにしばらく立っていた。それから、物思いに耽る彼女を残し、また焚火のほうに歩いていった。戻ると、みなはまた噂話をしていたが、今度はずっと過去の話になっていた。記憶というより神話のような話だ。

「そんなことはないよ」とジョージーは言った。

「あったのよ」とキャットが言った。

「でも、僕はないって言うね」とジョージー。「もし黒人がグース川まで来て、そこで消えたのなら、僕にわからないはずがない」

そのときキャットは僕に気づいて言った。「知ってるでしょう、ハイラム。あなたのお祖母さん、サンティ・ベスのことなの」

僕は首を振って言った。「会ったことがないんだ。あなたが知っている以上のことを知らないよ」

ジョージーは首を振り、キャットに向かって手を振って言った。「その子を巻き込むなよ。何も知らないから。いいかい、奴隷の女がこのロックレスから立ち去り、しかも五十人もの仲間を連れていったというなら、僕が知らないはずがない。もうこの話には疲れたよ、毎年同じだからな」

「あなたが生まれる前の話よ」とキャットは言った。「その頃、私の伯母のエルマがこのあたりに暮らしていたの。で、最初の夫がサンティ・ベスと一緒にグース川に入り、それで彼を失ったんだって。彼は故郷に戻ったそうよ」

「毎年だ」とジョージーは首を振りながら言った。「毎年、あんたらは同じことを言う。でも、いいかい——そういうことがあったら、知ってるはずなのは僕だ、あんたらの誰でもなく」

僕はすべてが静まり返るのを感じた。そのとおりだった。みんなが集まるたびに、この言い争いがある。僕の母の母、サンティ・ベスとその運命について。神話によれば、彼女は奴隷の最大の逃亡を挙行したのだという——四十八人という、エルム郡の年鑑に記録された最大のもの。しかも、単に逃亡したというだけでなく、どこに逃亡したと言われているかというと——アフリカだった。言い伝えによれば、サンティは奴隷たちを導いてグース川に連れていき、歩いてなかに入り、大西洋の反対側でまた姿を現わしたのである。

これは途方もない話だった。そう僕はいつも考えていた——考えないわけにいかなかった。というのも、噂や内緒話の混じった形でサンティの話は伝わってきたからだ。しかも祖母の世代や、彼女についていった者たちの世代の多くがすでに売り払われたという事実のため、このずさんな話はさらに穴だらけだった。僕が物心ついた頃には、サンティ・ベスを自分の目で見たという者は、エルム郡で一人も残っていなかったのである。

僕の考えはジョージーのものと同じだった——彼女が本当にいたのかどうかも疑っていた。しかし、みんなを黙らせたのはサンティ・ベスの話に対するジョージーの批判ではなく、彼の信じ切っている態度だった——「知っている」と彼は言い切ったのだ。

キャットはジョージーのほうに歩いていき、その真正面に立った。そして微笑んで言った。「で、どういうわけなの、ジョージー？　どうして知っているの？」

僕はジョージー・パークスをじっと見つめた。陽はずっと前に沈んでいたが、焚火の灯りが彼の不愉快そうに固まった顔全体を照らし出していた。

このときアンバーが彼の脇ににじり寄ってきた。「そうよ、ジョージー」と彼女は言った。「どうして知っているの？」

ジョージーはあたりを見回した。すべての目が彼に注がれている。「あんたらが気にすることじゃない」と彼は言った。「僕は知ってるんだ」

不安げな笑いのどよめきが起こった。それから話題はまたメイナードに戻り、ずっと遠い場所に暮らすことになった僕たちの仲間の噂話にもなった。もう遅くなっていたが、みんなの気分が高まっていて、誰も立ち去ろうとしていない。そして、あれが始まった。いつ、どのように始まったのか、僕には確かではない。というのも、僕はまだシーナのことを考えていて、それが始まるのを期待していたわけではなかったからだ。しかし、気づいたときには、それはすでに高まっていた。リズムを刻む音は聞こえていたのだが、気にしないでいると、やがて焚火の向こう側に数人が集まり始めた。僕がそちらを見ると、タバコ畑で働く男の一人、アメチが、椅子を自分の家から引っ張り出し、洗面器とスティックでリズムを刻んでいた。陽気で速いテンポのビート。すると、二人か三人の奴隷たちが手を叩いたり、膝を打ったりし始め、続いて庭師のピートがバンジョーを抱えて進み出て、弦を掻き鳴らし始めた。その瞬間、すべてがいっぺんに起きたように感じられた。スプーン、スティック、口琴《ジョーハープ》などで立てる音と、それに合わせたダンスが、自然に生じたかのように盛り上がっていき、焚火のまわりに人々が輪を作った。そこに片手でスカートの縁を摑み、リズムに合わせて腰を振る女がいて、僕は彼女の頭に陶製の水がめが載っていることに気づいた。視線を下げて女の顔を見ると、それはソフィアだった。

夜空を見上げると、雲がなく、星がきれいに輝いていた。半月の位置から考えると、もう午前零時に近いだろう。焚火は音を立てて燃え上がり、十二月の寒気を押し返している。気づいたときには、みんなが居住区《ストリート》に集まって踊っていた。僕はそこからゆっくりと退き、全体を見渡せるところまで来た。数十人の仲間たちが集まっていて、みんなが動いている。カップルになって踊る者たち、小さな半円になって踊る者たちもいれば、一人で踊っている者もいる。小屋が並ぶ方向を見ると、シーナが小屋の踏み段に座り、ビートに合わせて頷いていた。

僕はソフィアを見つめた。手足を大きく振り動かしているが、すべてに調和が取れている。水がめはまったく動かず、頭にぴったりくっついているように見える。男の一人が近づいたとき、彼女は彼を引き寄せ、何かを囁いた。きっと失礼なことを言ったのだろう。男は動きを止め、単に歩き去った。それから彼女は僕のほうを見て、僕が見つめているのに気づいて微笑んだ。僕のほうに歩いてきて、歩きながら首を傾げる。水がめが滑り落ちそうになると、右手を上げて、首のところで受け止めた。僕の前で立ち止まり、水がめからひと口すすって、僕に回す。僕はそれを唇に持っていって、その味にビクッとして口から離した。水が入っているものと思っていたのだ。彼女は笑って言った。「あなたには強すぎたかしら?」

エールの水がめを抱えたまま僕は彼女を見つめ、またそれを唇に持っていった。彼女から目を離さずに飲んだ、飲んだ、飲んだ、そして空っぽになった水がめを彼女に返した。自分でも、どうしてこんなことをしたのかわからない——少なくとも、そのときはわからなかったが、それが何を意味するかは、自分では否定しようとしても、わかっていた。彼女もわかっていた。僕から目を離し、水がめを降ろすと、テーブルの向こうまで走っていった。たくさんの影のなかに消え、それから、いっぱいに入った細口大瓶《デミジョン》を持って戻ってくると、僕に手渡した。

「散歩しよう」と彼女は言った。

「いいよ」と僕は言った。「どこに行く？」

「あなたが決めて」

ということで、僕たちは歩き始めた。居住区《ストリート》から離れるにつれ、音楽の音はだんだんと背後に消えていった。やがて僕たちはロックレスの母屋の近く、芝生のあるあたりまで来た。一方の側に小さな東屋《あずまや》があり、その下に氷室がある。僕たちはエール入りの大瓶を真ん中にして腰を下ろし、静かに瓶を回し合った。やがて頭がくらくらし始めた。

「じゃあ」と彼女が沈黙を破った。「シーナの言ったことだけど」

「ああ」と僕は言った。

「あれは嘘じゃないわよね？」

「うん」

「彼女に何が起きたかは知ってるの？」

「どうして彼女がああなったか？　知ってるよ。でも、それは彼女が話すべき話だと思う」

「でも、あなたには話したのね？」と彼女は言った。「あなたにはいつも優しかったわ」

「シーナは誰に対しても優しくはないよ、ソフィア。きっかけが何であれ、それが起きる前でもね。自分の家族にも優しくなかったんじゃないかと思う」

「そう」と彼女は言った。「で、あなたはどうなの？」

「んん？」

「あなたも家族に厳しいの？」

「だいたいにおいてね」と僕は言った。「でも、もちろん、家族によりけりだよ」

僕はまた大瓶からひと口飲み、彼女に手渡した。彼女は僕に目を向け、微笑まず、ただ探るように見つめていた。明らかに、僕はグース川に一つの入り口から入り、別の出口から出たようだ。いまとなっては、自分が彼女を馬車の隣りに乗せ、ナサニエルのところに連れていくことに、どうして耐えられたのかわからなくなった。僕は目が見えなかったのだろうか。彼女はこんな美しい娘ではないか。僕は彼女と一緒にいたいし、ほかの人では絶対にダメだという思いで彼女を求めていた。年齢と経験が重なれば、失われていくような思いで。それはつまり、彼女のすべてを求めた。そのコーヒー色の肌から茶色い瞳まで、柔らかい唇から長い腕まで、低い声から悪戯っぽい笑いまで。そのすべてが欲しかった。そして、それに伴う恐怖についてはまったく考えていなかった——彼女の人生を呑み込んだ恐怖については。僕が考えていたのは、僕のなかで踊っている光、彼女だけに聞こえてほしいと願う、何らかの音楽に合わせて踊っている光だけだった。

「はあ」と彼女は言い、それから目を逸らした。もうひと口飲み、足下にエールを置いて、星の輝く空を見上げる。彼女の視線が遠ざかっていくと、僕は天空自体に嫉妬を感じた。その感情を胸に、ある一連の考えが頭に浮かんだ。コリーンとホーキンズのことを思い、この日々がロックレスで最後のものになるかもしれないと考えた——ナチェズに行くのではなくても、ここを離れることは変わらない。また、ジョージーのこと、彼が知っているかもしれないすべてのことについても。ソフィアの手が僕の腕を滑るように下りてくる。それを感じ、次の瞬間、僕たちは腕をしっかり組んでいた。彼女は溜め息をつき、頭を僕の肩にもたせかけた。僕たちはヴァージニアの空の星を眺めつつ、しばらく座っていた。

7

　クリスマス休暇が終わり、僕と仲間たちは最後の別れの挨拶をし合った——ほかの何よりも確かな最後の別れだった。年が明けて、それとともに仲間の数がまた減った。コリーンはまだ日ごとにロックレスを訪ねる習慣を続けていて、僕の将来のことをぼそぼそと仄《ほの》めかしていた。彼女が父の心をしっかり摑んでいる現状を考えれば、こうした仄めかしが現実になるのは遠い未来ではあるまい。それが僕にはわかった。ロックレスで過ごす日々はあとわずかだろう。

　父は僕が修理した高脚つき簞笥に気づき、ロスコーを通して仕事を指示してきた。それは、古い過去の家具を修復すること。僕は父の書斎にある書類を読み、それぞれの家具が作られた、あるいは購入された日付を確かめた。ものによっては、始祖の時代にさかのぼるものもあり、ゆえにこうした家具たちは僕の先祖の物語を表わすものとなった。この家系は僕という奴隷で終わるのだ。僕はよその土地に売られてしまい、この土地や人々を救うことはできないだろう——この農園を築き、磨き上げ、繁栄させた人々を。彼らは引き離され、風に吹き飛ばされるようにちりぢりになるが、鎖にはつながれたままだ。書類を読んでいるうちに、オレゴンについて以前考えていたことが甦ってきた。ロックレスを救えはしないが、別の道があり得る——それが僕のなかで熱くなっていったのである。ロックレスから引き離されるのなら、自分の望む形で引き離されたい。そうなると、僕はまたジョージー・パークスのこと、彼が正確には何を知っているのかを考えずにいられなくなった。

あの金曜日の早朝、外に出たときは、この考えにはまだ具体性がなかった。ソフィアをナサニエルの屋敷に送り届けるという、毎週の行事だ。僕は馬屋に行き、二頭の馬を娯楽用の馬車につないだ。まだ暗かったが、この仕事を頻繁にやってきたし、夜明け前に仕事をするのにも慣れていたので、必要なことをすべて暗闇でやり遂げた。ちょうど馬をつなぐのが終わったとき、顔を上げると、彼女がそばに立っていた。

「おはよう」とソフィアは言った。

「おはよう」と僕。

彼女は全身調和のとれた一揃いの服を着ていた――ボンネット、クリノリンのペチコートにスカート、丈の長いコート。こうした準備をすべて整えるのに、いったい何時に起きたのだろうと僕は考えた。そして、ソフィアが優雅な身のこなしで――僕の手を借りてだが――馬車に乗るのを見て、僕は貴婦人の服を身につける彼女の能力も偶然の産物ではないと気づいた。彼女はずっと、ナサニエルの亡き妻であるヘレン・ウォーカーに服を着せる仕事をしてきた。クリームを塗り、爪を磨き、コルセットとボディスをつけるといった、厄介な仕度をこなしてきたのである。だからヘレン自身がわかっていた以上に、この仕度のことをよくわかっていた。

行程の半分くらいまで来たとき、僕は顔を上げ、ソフィアが凍りついた木々を見つめているのに気づいた。よくあることだったが、自分の考えに耽っている様子だ。

「あなたはどう思う?」と彼女は訊ねた。僕は長いこと彼女の相手をしてきたので、こういう彼女の癖もよくわかっていた。彼女は頭のなかで会話を始め、それを口に出して続ける癖があったのだ。

「そう思うよ」と僕は言った。すると彼女は僕のほうを見て、信じられないという表情を顔じゅうに浮かべた。

「私が何の話をしているか、わかってないでしょう?」と彼女は言った。

「わかってない」と僕。

彼女は一人で笑って言った。「じゃあ、わかってるふりをして、私に話を続けさせようとしたのね？」

「いいでしょ？」と僕は言った。「すぐに追いつくからさ」

「でも、あなたが聞きたくないような話だったらどうするの？」

「まあ、聞いてみなければわからないからね、それくらいのリスクはしかたないよ。それに、君はもう話し出しちゃったんだから、あとには引けないさ」

「ふーん」と彼女は言って頷いた。「そのようね。でも、個人的なことなのよ、ハイ。わかる？ロックレスに来る前にさかのぼるの」

「キャロライナにいた頃にね」

「そう、懐かしきキャロライナ」。ソフィアはこれを穏やかに、一語一語はっきりと言った。

「君はその当時、ナサニエルの奥さんの側仕えだったんだよね？」と僕は訊ねた。

「側仕えってだけじゃなかったのよ」と彼女は言った。「私とヘレンはね、友達だったの。少なくとも、一度は友達だった。彼女のことを愛していたの。そう言ってかまわないと思う——彼女を愛していたし、彼女のことを考えると、いい思い出しかないの」

彼女は切なげにこれを言った。そして僕は、彼女のような娘たちにはよくあることだし、理解できると感じた。それは子供のとき、いつの日か女主人となる者たちと、肌の色などは気にせず一緒に遊ぶことから始まる。ほかの遊び友達を愛するように、白人の娘を愛するように言われる。一緒に成長し、次第に遊ぶ時間が減って、習慣も変わっていく。社会の宗教と奴隷制に基づいて育ち、それによって、一人が特別な理由もなく宮殿に暮らし、もう一人が地下牢に追いやられる運命だと決められている。これは子供たちには酷なことだ。きょうだいのように育てておきながら、やがて引き離し、片方を女王のように、もう片方を足載せ台のように扱うのである。

「二人でゲームに夢中になったものよ」とソフィアは言った。「豪華なドレスを着た貴婦人たちみたいに着飾ったり。キャロライナにいた頃は畑でも遊んだ。一度、私が転んで、イバラの藪に倒れ込んじゃったことがあったの。悪魔が仰天するほど大声で叫んだはずだわ。でも、彼女が近くにいてくれたの。私のことを助けてくれ、家に連れ帰ってくれた。彼女のことが本当に懐かしいわ、ハイ。いまでもイバラを見ると、思い出すのは痛みじゃない。彼女のことだけなの」

この話をするあいだ、彼女はまっすぐ道を見つめていた。

「言いたいのはね、私たちは彼のものになる前に、〝私たち〟だったってこと」と彼女は言った。「お互いにとって大事な存在だった。いまではもう煙だけど。彼女が愛した男は私のことも求めた。それは、私への愛のためではないわ、ハイ。彼にとって私は宝飾品にすぎない。それはわかっていた。それからヘレンが死んで、妊娠したまま死んで、そのとき私を襲った痛みや罪の意識は、とてもあなたに説明できないわ」

彼女はそこで話を止め、僕は馬車を走らせ続けた。聞こえてくるのは凍った道路に馬と車輪がたてる音だけになった。僕はこのあと、何か恐ろしい告白が待っているのではないかと感じた。

「私ね、いまでも彼女を夢で見るの」と彼女は言った。

「驚かないな」と僕は言った。「僕もメイナードの夢を見るよ。といっても、僕の記憶には君の思い出のような魔力は半分もないけどね」

「でも、魔力なんかじゃないのよ」と彼女は言った。「ときどきね、ハイ、ときどき……こんなふうに感じるの。彼女はあの男から逃れて、私に引き継がせたんじゃないか……」

そのとき彼女は森のなかを見つめていた視線を僕のほうに向けた。

「あの男は私を使い切るまで離さないでしょうね。わかる？　それから私をエルム郡の外のどこかに追いやって、気に入ったほかの黒人娘を召し上げる。彼らにとって、私たちは宝飾品にすぎないの。ずっとそうだと知ってたと思う。でも、私は歳を取ってきたわ、ハイ。何かを知ってるというのと、本当にわかるっていうのは、全然違うのよ」

「本当にわかるまでには時間がかかるよね」と僕は言った。

彼女はまた黙り込み、しばらくのあいだ、馬が道を走るパカパカという柔らかな音しか聞こえなかった。

「このあとの人生がどうなるかって考えたことある?」と彼女は言った。「自分の子供たちがどうなるかとか？　別の場所で別の人生が待ってるんじゃないかとか？」

「最近ね」と僕は言った。「いろんなことを考えるよ」

「私はいつだって子供のことを考えているわ」と彼女は言った。「子供を——たぶん女の子を——この世に産むって、どういうことだろうと考える。いつかは生まれるってわかってるの。それが私次第でさえないのよね。容赦なく来るのよ、ハイラム。そして、私は自分の娘が召し上げられるのを見ることになる。私が召し上げられたように。それでね……あなたに話そうとしているのは、こうしたすべてから別の方向に考えが向かわずにいられないってこと。別の人生があるんじゃないかって。グース川を越えて、たぶんこうした山々も越えたところに……」

彼女の声は次第に消えていき、目は再び道端のほうを見つめていた。そして、いまにして思えば、逃亡とはしばしばこのように始まるのだろう。自分の危機の根深さを悟るときに、その考えは根づいてしまうのだ。というのも、我々は単純に奴隷制によってではなく、ある種の詐欺によって囚われている——詐欺を働く者が門の守護者として描かれる詐欺。彼らはアフリカ人の野蛮さを食い止めているとされるのだが、実際に野蛮なのは彼らである——アーサー王伝説のモードレッド（アーサー王の甥でありながら反逆し、王に致命傷を負わせた騎士）であり、ドラゴンであり、それなのにキャメロット（アーサー王の宮廷の所在地）の騎士の衣装を着ている。その啓示の瞬間、それを悟ったときに、逃亡は考えではなく、夢でさえなく、必要となるのだ。燃える家から逃げる必要と変わりはない。

「ハイラム」と彼女は言った。「私、どうしてこんなことをあなたに言うのかわからないわ。私が知っているのは、あなたがいつでも人より多くを見て、人よりよくわかる人だってことだけ。それからあなたはグース川に沈んだ。みんな、あなたが死んだって思ったの。天国の門の前にいたようなものよ。それなのに、そこから引き返してきた。あんなところから戻ってきて、世界を同じように見られるものだろうかって思うわ」

「君が言っていることはわかるよ」と僕は言った。

「私は事実の話をしているの」と彼女は言った。

「君は別れの話をしているんだ」と僕は言った。「それで、どこに行くの？　僕たちはどんな形であれ、どうやってそこで暮らせるんだろう？」

彼女は僕の腕に手を置いた。「あなたはどうやってグース川から生きたまま脱け出せ、どんな形であれ、どうやってまだ生きているの？　私は事実の話をしているのよ」

「言葉を当てはめることもできないよ」

「でも、私は言葉を当てはめられるわ。そのあと起こるどんなことだって」と彼女は言った。「一緒に行ったっていいのよ、ハイ。あなたは字が読めるし、ロックレスやグース川のずっと向こうの世界も知っている。それを求める思いがあるはずよ。ふと気づくと、それを夢見ていたってことがあったはず。目が覚めたとき、またそれに取り憑かれてたってことが。自分がここから逃れてどうなるか、私たちがどうなるか、知りたいって思いがあるはずよ」

僕は答えなかった。ちょうど道が大きく広がるところに差しかかり、それがナサニエル・ウォーカーの地所を示していた。僕たちはこの開けた場所を通過し、脇道に入った。そこから屋敷に近づく習慣だったのだ。脇道の終点で馬を停めると、木々のあいだからナサニエル・ウォーカーの煉瓦造りの母屋が見えた。身なりのいい奴隷の男がこちらに向かってきて、僕たちを見ると頷き、何も言わずにソフィアに合図した。彼女は馬車から降り、振り返って僕を見つめた。僕は彼女がこんなことをするのは初めてだと気づいた。普段は案内の男と一緒にただ歩いていくのに、このときは立ち止まって振り返ったのだ。何も言わなかったけれども、その沈黙は何か決定的なこと、確かなことを語っていた。そしてそのとき、僕は彼女を見つめてわかった。僕たちは逃亡しなければならない、と。

ナサニエル・ウォーカーの屋敷から馬車を出したとき、僕の心はまたジョージー・パークスのことでいっぱいだった。彼を見つけ出さなくては。ジョージーのことはずっと前から知っていたので、彼が僕を心配するだろうということもわかった。ちょうど父親が戦争に行く息子を心配するように。それはわかる。ジョージーはたくさんの仲間が売りに出され、ナチェズに送られるのを見てきた。そのことに僕は同情さえした。しかし、それでも僕は逃亡しなければならない。すべてが僕にその方向を指し示しているように見えた――書庫で読む本も、何かを企んでいそうなコリーンも不気味なホーキンズも、これまでも怪しかったが、跡取りを失っていよいよ悲惨に感じられるロックレス自体の運命も。そしてソフィアだ。ここから逃げなければならないという、僕の必死な思いを分かち合っているように思われる彼女――あの三つの丘を越え、スターフォールを通り過ぎ、グース川とたくさんの橋を渡り、ヴァージニアの州境を越えたところへ――そこに何があろうとも、それを求めていかなければならないという思い。それを求める思いがあるはずよ。ある。しかし、そのとき僕が知っていた唯一の道は、ジョージー・パークスの灯りに照らされなければ歩けないのだ。

続く土曜日の午後、僕はサクラ材でできた書き物机の抽斗の修繕に取り組んだ。そして、抽斗がうまく滑るようになったのを確認してから、体を洗い、服を着替えて、ジョージー・パークスの家に向かった。スターフォールに入ってあまり行かないうちに、僕はホーキンズとエイミーが宿屋のすぐ外にいるのに気づいた。二人ともまだ黒い喪服を身につけている。自分たちの会話に夢中で、僕には気づかない様子だったので、僕は距離を取ったまましばらく二人を見つめ、それからまた歩き始めた。会話はしたくなかった。彼らには僕の人生や意図の細部まで探ろうとする癖があり、それに僕は辟易していたのである。彼らの質問は、次の質問につながるだけなのだ。

ジョージーは家の前に立っていた。ライランドの監獄から歩いてすぐのところである。僕は微笑みかけたが、ジョージーは微笑まなかった。そして、一緒に歩こうと僕に身振りで示した。しばらくは道沿いに歩き、そこから折れて小道を歩いていくと、町はだんだんと荒野に変わっていった。さらに泥の小道に入り、枝の絡み合う林を過ぎると、前が開けて小さな池があった。ジョージーはこの短い行程のあいだ何もしゃべらず、いまは池を見つめ、しばらくしてから話し出した。

「君のことは好きだよ、ハイラム」とジョージーは言った。「本当に好きだ。君と歳の合う娘がいるくらいラッキーだったら、婿は君しかいない。君は頭がいいし、口を閉ざすべきときはちゃんと閉ざしている。メイナードみたいな男にはもったいない召使いだったよ」

彼は赤茶色の顎鬚を撫で、それから顔を背けて木々を見上げた。僕には背を向けていて、彼の声だけが聞こえてきた。「だから、わからないんだよ。君のような男がどうして僕の家に来るのか、厄介なことになるっていうのに」

僕のほうを振り向いたとき、彼の濃い茶色の目は怒りで燻《くすぶ》っているように見えた。「君みたいに人望のあるやつが、これで何をしたいって言うんだ？」と彼は訊ねた。「それに、どういう理由で、僕が望みをかなえる男だと考えたんだ？」

「ジョージー、僕は知ってるんだ」と僕は言った。「みんな知ってるよ。おそらく、上級市民たちには隠しているんだろうけど、僕たちはいつだって、彼らより賢いんだ」

「君は半分しかわかってない。だから、前に言ったのと同じことを言うよ――家に帰れ。結婚しろ。幸せになれ。ここには何もない」

「ジョージー、僕は行くよ」と僕は彼に言った。「それに、僕は一人で行くわけじゃない」

「何だって？」

「ソフィアが一緒に行くんだ」

「ナサニエル・ウォーカーの女？　気は確かか？　あの娘を連れていくなんて、あいつに唾を吐きかけるようなもんだぞ。相手がどの白人であろうと、名誉を深く傷つけることだ」

「僕たちは行くんだ。それに、ジョージー」。僕は内面に込み上げてきた怒りを少しだけ仄めかして言った。「彼女はあいつの女じゃない」

僕のなかにあったのは怒りだけではなかった。十九歳だったが、これまでは慎重に、こういう方向の感情を抱かないようにしてきた。そのため、そういう感情を抱いてしまったとき、あのとき、あの場で、彼女を愛していると感じてしまったとき、理性やしきたりなどとは関係なく、家族や家庭を築くといったことでもなく、むしろそういうものを壊すような形で、僕は抑えがきかなくなってしまった。

「まず、一つはっきりさせておこう」とジョージーは言った。「彼女はあいつの女だ。みんなあいつの女だ。わかるか？　アンバーもあいつの女、シーナもあいつの女。君の母親だってあいつの女だった――」

「気をつけろよ、ジョージー」と僕は言った。「本当に気をつけろ」

「おっと、今度は気をつけろだと？　そういうことなのか？　君が僕に気をつけろって言うのか。あいつらは君を所有してるんだぞ、ハイラム。君は奴隷なんだ。君の父親が誰かってのはどうでもいい。君は奴隷だし、僕がこういうふうに外にいるから、このフリータウンにいるからって、僕が奴隷じゃないってことにはならない。で、あいつらが君を所有している限り、彼女のことも所有している。それに気づかなきゃいかん。僕たちは囚われの身さ。ずっと囚われてきた。それがすべてなんだ。君がいま話してることを聞かれたら、ライランドの監獄に一週間ぶち込まれ、死ぬほど殴られるだろう。こういう感情を抱くっていうのは尊いことで、僕も抱いたし、若ければ誰でもそうだ。でも、君は死にかけたんだぞ、ハイ。そして、これをやってしまったら、死んだほうがましだったとあとで思うはずさ」

「ジョージー、これはやるかやらないかじゃない。ここには留まれないんだ。だから助けてほしい」

「僕が、君の考えているような人間だとしても、助けないね」

「わかってないな」と僕は言った。「僕は行く。これが事実なんだ。そしてあなたに助けを求めているのは、あなたが立派な人で、立派な大義に身を捧げていると信じているからさ。だからお願いしているんだ、ジョージー。とにかく僕は行くから」

ジョージーはしばらく歩き回った。心のなかで独自の計算をしている様子だった。彼の助けがあろうとなかろうと、僕が行くということ、ソフィアを連れていくということが、彼にとってはっきりしたからだ。それに気づいた彼は、目を大きくして僕を見つめたとき、そのような行動の結果を予測していたに違いない――僕にはわかりようもなかったが。彼の結論は明らかになり、そしてどのような憎しみと愛を――特に愛を――彼が抱いていたにせよ、彼にはもはや一つの進路しか見えなかったのだ。

「一週間だ」と彼は言った。「君に一週間やろう。ここで待ち合わせだ。いま立っているこの場所で、君の女も一緒に。言っておくが、君が心に決めているってことをここで打ち明けなかったら、僕はこんなことしないんだからな」

僕の強みはいつでも記憶力であって、判断力ではなかった。ジョージーの家から去っていくとき、僕は自分の疑念にばかり気を取られていて、こうしたことの先にどれだけの事実が実際に広がっているのかについては、何も疑念を抱いていなかった。そして、エイミーとホーキンズにまた出くわしたとき——今回は雑貨店の外で鉢合わせしたのだが——こうした偶然がどう関わるのかもまったくわかっていなかった。

今回は彼らを避けようにも避けられなかった。僕はジョージーやソフィアのことばかり考えていたので、彼らに気づく前に、彼らのほうが僕に気づいたのだ。

「調子はどうだい、兄さん?」とホーキンズが言った。

「それはもう、元気です」と僕は言った。日が暮れてきて、町は暗くなりかけていた。仕事のために来たエルム郡の地元民たちが、いまは娯楽用の馬車か軽装馬車で、町から立ち去ろうとしている。僕はホーキンズを用心深く見つめ、最速で会話を切り上げるにはどうしたらいいかと考えていた。

「どうして町まで出てきたんだい?」と彼は訊ね、唇にうっすらと彼らしい笑みを浮かべた。僕が答えないでいると、当てが外れたというふうに彼の表情が変化した。馴れ馴れしくして当然と考えていたのに、僕が応じなかったためだ。しかし、それでひるむようなホーキンズではなかった。

「いや、悪かったな」と彼は言った。「別に詮索して困らせようってわけじゃない。ただ、俺たちは家族同然だって、うちのお嬢様が言ってたろう?」

「友達を訪ねたんだ」と僕は言った。

「ジョージー・パークスのような友達かい?」

ヴァージニアでの奴隷労働にはあらゆる種類のものがあった——畑、キッチン、小屋などの領域をはるかに超えて。ある種の仕事はさほど肉体を要するものではない。娯楽を提供する、経験による知識を分け合う、など。そしてまた、闇の仕事もあった。奴隷たちのなかに入り込み、白人たちの目となり耳となって情報を得る。それによって主人たちは、どの奴隷がニコニコしながら陰で彼らを嘲笑っているか、誰が盗みを働いたか、誰が納屋を焼いたか、誰が毒を盛ったり罠を仕掛けたりしたかを知るのである。こうしたことの結果、奴隷たちのなかにはある種の警戒感が生まれる——特に、よく知らない者たちに対して。これは逆にも働く。たとえば初めてロックレスに来たとき、あるいはほかの奴隷がいる家に来たときは、慎重に振る舞わなければならない。そこにいる人たちのことについて質問するのは差し控える。そうしないと、白人の目となり耳となっている者たちの一人と思われかねない。奴隷制の枠を逸脱した者だと思われたら、毒を盛られたり、罠を仕掛けられたりするかもしれず、危険なことこの上ないのだ。しかし、ホーキンズは意にも介していない様子だったので、彼の質問には不吉なものが感じられた。

「大したことじゃないよ。妹のエイミーには、このあたりで働いている仲間がいる。だから、ジョージーの家で君をときどき見かけるんだそうだ」

　エイミーは僕たちを交互に見つめていた。そして、何かこれからすぐ起こることのために、あるいは逃したくない行事か何かのために、緊張しているように見えた。

「ああ」と僕は不安が晴れぬまま言った。「ジョージーは知り合いだよ」

「そうか」と彼は言った。「ジョージーは大したやつだ」

　僕がエイミーを見返すと、彼女はもはや神経質そうに視線をあちこちに向けたりせず、一街区《ブロック》先をじっと見つめていた。彼女の視線を追っていくと、その先に僕のかつての家庭教師、ミスター・フィールズがいた。彼女のほうに向かってくる。彼に会うのは、この三カ月で二度目だった——七年間まったく会わなかったのに、このところ二度も会っている。しかも、ミスター・フィールズは明らかにエイミーに向かって歩いている。彼女やホーキンズと待ち合わせしていたかのように。ミスター・フィールズも彼女のところにたどり着く前に僕に気づき、一瞬凍りついた。目論んでいたことが外れたので、方向を変えたそうな感じだ。しかし、そうはせずに、数カ月前の競馬の日にしたように、帽子を傾けた。ホーキンズは僕の視線を追って、いまではエイミーの隣りにいるミスター・フィールズに目を向けた。二人は僕たちのほうを見て、少し困惑している様子だった。ホーキンズももはや微笑んでおらず、彼自身がとても緊張している様子で、こちらを見つめる二人を見つめている。しかし、それから彼は僕のほうを向き、また微笑んだ。

「さて」と彼は言った。「うちの連中が俺に用があるようだ」

「そのようだね」と僕は言った。今度は僕が微笑んだのだが、自分ではいまだにどうして微笑んだのかわからない。ただ、言えるのは、ホーキンズが僕に嘘をついたと感じていたということだ。僕をどこで見かけたとか、その質問をした動機とかについて、嘘をついたに違いない、と。そして、僕はついに彼の不意を突き、その秘密の企みの一部を明るみに出したと感じていた。それに対して彼が不快そうにしているので、微笑んだのだ。ホーキンズがエイミーとミスター・フィールズのほうに歩いていくとき、僕はそこに立ったまま見つめていた。それから、彼らが歩き去るとき、三人に向けて帽子を傾けた。

　この出来事について、僕はもっと考えるべきだったのだろう。奴隷二人と、学のある北部の白人とがこんなに親しいということについて、不思議に思うべきだった。そして、ジョージー・パークスとのつながりについても気づくべきだった。しかし、僕の心はジョージーの同意によって開けた可能性の海を、ただ泳ぐだけ。そして、僕が気にしていたのは他人の企みを暴くことではなく、自分の企みをいかに隠すかばかりだったのである。

翌日、僕はソフィアを迎えに行くためにナサニエルの地所に向かった。十五分ほど馬車を走らせたとき、まだ屋敷からそれほど離れていなかったが、僕は下層白人たちのパトロール隊に呼び止められた。ライランドの猟犬団だ。逃亡奴隷を探して、森に隠れているのである。僕が通行証を取り出し、ハウエルの名前を見せると、彼らはすぐに僕を通してくれた。しかし、この出来事は僕の心を揺さぶった。その頃には、僕は完全に変わっていたからだ。心のなかではもはや奴隷ではなく、逃亡者になっていた。そのため、ライランドの猟犬団が僕のなかに——不自然な微笑みやわざとらしい落ち着きのなかに——それを見て取るのではないかと、すごく怖くなった。しかし、ライランドの猟犬団は白人だ——下層白人だが、白人であることに変わりはない。権力を持つ分、観察力は乏しかった。

家に戻るとき、ソフィアと僕は何も言わず、黙って馬車に座っていた。しかし、ロックレスに着く寸前、僕は馬車を停めた。昼に近い時間だが、寒い。誰も道には出ておらず、聞こえてくるのは、葉の落ちた木々に吹きつける風のヒューヒューという音だけ——それと、僕の心臓の鼓動だけだった。僕はソフィアが何らかの企みに気を取られているのだろうかと考えた。幽霊たちが目の前に蛾のように羽ばたいて現われ、やがて一斉に飛び交う姿に、僕はしばらく見入った——ハウエル、ナサニエル、コリーン、ソフィア、そしてメイナードまで。彼は死んでおらず、僕の夢を上から見下ろしていた——氷の歯のようなグース川から逃れ出て、僕の罪を数え上げている。しかし、僕が顔を上げ、ソフィアのほうを見ると、その茶色い目は、馬車が停まっていることに気づきもせず、森のなかをじっと見つめていた。彼女にはこういうことがよくあるのだ。そして彼女のそんな姿を、とてもクールで、世間の心配事を超越しているような姿を見ていると、僕の心にはさまざまな感情が湧き起こり、胸がいっぱいになった。

それから彼女は話し始めた。

っていた。「私、ここから逃げるわ、ハイ」と彼女は言った。「この〝棺〟のような世界で歳を取るなんてまっぴら。ここで子供を産みたくもない。ここには社会なんてないわ。規則がない。禁じられていることがない。彼らはこうしたものすべてをケンタッキーやミシシッピ、テネシーなんかに持っていってしまった。もう何も残ってない。ナチェズのほうへ行ってしまったから」

彼女は少し間をあけ、それからまたしゃべり出した。今回はもっとゆっくり。「逃げるわ」

「そうだね」と僕は言った。「じゃあ、一緒に行こう」

8

いまでは僕もずっと歳を取って、さまざまな出来事の絡みをほどいていけば、一本の特異な糸が現われることがわかっている。だから僕の自由に関して言えば、当時の状況はこうだったと言えるだろう。僕は、このロックレスという血で縛られた場所から脱け出せないとわかっていた。脱け出せたとしても、それは自由になることではない。ロックレスは──過去の栄光がどうであれ──奴隷制で栄えたほかの農園と同様、凋落しつつある。凋落したとき、僕は売却されるか譲渡されるか、どちらかなのだ。そして、自分がその才能によって救われることもないとわかっていた──僕はその才能によって、より高価な商品になるにすぎない。コリーンを引きつけたのもそれだと僕は確信していた。彼女は、仕えている人々の嘘にも乗せられて、僕を譲り受けたいという先走った（いまだに謎めいていたが）申し出をしている。僕がこの申し出を、いや、本当のところすべてをどう見ていたかというと、それはグース川から脱出した瞬間からすっかり変わっていた。こうしたものすべてを――僕の知識、僕の運命、僕の死地からの脱出を――一緒くたにして僕は胸に爆弾のように抱えており、ソフィアが――彼女の意図が――その導火線となったのだ。当時、僕はそのように彼女を捉えていた――自分の計画の最終的な必然的目標として。これはすべて、僕には納得できたが、ソフィアが独立した精神の持ち主であると考えていれば、もっと納得できたであろう。自分独自の意図があり、計算し、考える女であると考えていれば。

彼女はその週の後半、僕のところにやってきた。屋外で一揃いのコーナーチェアを修理していたときだ。彼女の姿を見て、僕の内の導火線には火が点き、大胆な思いが湧き上がってきた。

ソフィアは立ち止まり、微笑んだ。そしてコーナーチェアを見ると、物置のほうに歩いていった。

「入らないほうがいいと思うよ」と僕は言った。「貴婦人の行く場所じゃないから」

「私は貴婦人じゃないわ」と彼女は言って、なかに入った。

僕も続いてなかに入り、彼女の行動を目で追った。彼女は蜘蛛の巣を払いのけ、家具の表面を指でなぞって、一回でどれだけ埃が集まるか見ている様子だった。それから、いろいろな家具の並んでいるところをめぐり、メープル材のドランカードチェア（十八世紀イギリスの低いゆったりした肘掛け椅子）、ヘップルホワイト様式（ヘップルホワイトは十八世紀のイギリスの家具製作者で、優美な曲線を多用した家具を作った）のテーブル、アン女王様式（イギリスで十八世紀初期に、アメリカでも中期に流行した家具様式で、曲り脚が一つの特徴）の時計などを見て回った。小さな窓から光が射し込み、暗闇を突っ切っている。

「ふーん」と彼女は僕のほうを振り向いて言った。「これ、みんなあなたの仕事なの？」

「そのようだね」

「ハウエルの指示で？」

「ああ。ロスコーを通してね。でも、ほんと言うと、指示を待って、ベッドに寝てるばかりっていうのが嫌になったんだ。それに、子供の頃もこうだったし。加われるところに加わって、自分が必要とされているところで働いてたんだ」

「畑で働いてもいいんじゃない？」と彼女は言った。「いつでも手が足りないって言ってるわ」

「子供のときにたっぷりやったよ。ご親切にどうも」と僕は言った。「君はどうなの？　畑で働いたことある？」

「あるとは言えないわね」とソフィアは言った。

彼女は前よりも近くにいて、それに気づいたのは、彼女に関するすべてが気になるようになったからだ。特に、彼女がいかに正確に僕との距離を保っているか。このすべてが間違っているとわかっている自分もいたのだが、それは自分の信用に値しない部分だった。一つの硬貨によってヴァージニアの運命を逆転させられると信じていた部分なのだから。

「最悪な仕事ってわけじゃない」と僕は言った。「こちらの行動をすべて見張っている人はいないしね」

彼女はさらに近づいた。

「どんなことをあなたは隠したいって思うの？」と彼女は言った。さらに近づいてきて、僕はバランスが崩れていくのを感じた。片手を家具について支えたが、どの家具だったかは覚えていない。

彼女はただ僕を見つめて笑った。それから物置から出ていった。

「もうちょっと話せないかしら？」と彼女はほとんど囁き声で言った。「いろんなことについて」

「ああ、そうだね」と僕は言った。

「一時間ほどしたら」と彼女は言った。「小峡谷のところで？」

「それでいいよ」と僕は言った。

その約束の時間まで僕がどんな仕事をしたのか、いまではまったくわからない。そのあいだずっと、ソフィアのことを考えて過ごしたのだ。奴隷制とは、毎日憧れること、禁じられた食べ物と、触れてはいけない魅力的なものの世界に生み落とされることだ——自分のまわりに広がる土地、自分で縁縫いをする衣服、自分で焼くビスケットなど。こうした憧れがどこにつながるかわかっているので、奴隷はそれを封印してしまう。しかし、いま新たな憧れが異なる未来を差し出している。僕の子供たちが、どのような困難に直面しようとも、決して競売に掛けられないという未来。そして、一度その別の未来をかいま見てしまうと、世界は僕にとって新しく生まれ変わった。僕は自由を目指していて、自由は沼地にあるのと同様、僕の心のなかにあったのだ。だからソフィアと会うまでの一時間ほど、不注意に過ごした時間はない。僕は逃亡する以前に、すでにロックレスから離れていたのである。

「それで、どういう計画なの？」と彼女は訊ねた。僕たちは小峡谷にいて、雑草の茂みの向こうにある森を見つめていた。

「はっきりとはわからないんだ」と僕は言った。

ソフィアは疑うような表情で僕のほうを振り返った。

「わからない？」

「ジョージーを信頼しているんだ」と僕は言った。「僕にはそれしかない」

「ジョージーなのね？」

「ああ、ジョージーさ。僕はいろいろと質問しない——その理由はわかってくれないと。ジョージーが関わっていることには、まあ、あまりしゃべらないっていう約束があるんだと思う。だから、僕の考えは簡単さ。約束の時間に、約束の場所に行く、それだけ。そうしたら、出発だ」

「出発って、どこへ？」と彼女は訊ねた。

僕はしばらく彼女をじっと見つめ、それから小峡谷の向こうに視線を戻した。

「沼地だね」と僕は言った。「あそこに彼らの世界がある。地下鉄道があって、男が男のあるべき姿で生きられるんだ」

「じゃあ、女はどうなるの？」

「わかってる。それについても考えた。たぶん、貴婦人にとっては理想的な場所じゃない――」

彼女は遮って言った。「さっき言ったでしょ、ハイ、私は貴婦人じゃない」

僕は頷いた。

「だから一緒に行くわ」と彼女は言った。「ともかくここから出してくれれば、あとは何とかする、自分で」

この最後の言葉――自分で――が宙に漂った。

「すべて自分で？」と僕は訊ねた。

彼女はにこりともせずに僕を見つめ返した。

「いい、ハイラム、あなたにわかってほしいことがあるの。あなたのことは好きよ、本当に好き」。彼女は厳しい視線を僕に向けてきて、まるで僕の心をえぐるかのようだった。僕は彼女が可能な限り奥深いところから気持ちを語っているのだと感じた。「あなたのことが好きだし、私が好きな男はそんなにいない。あなたを見ると、古くから馴染んできたものが見えてくる。マーキュリーと一緒のときに味わったようなこと。でも、あなたが私と地下鉄道に乗ったあと、ナサニエルに取って代わろうっていう計画だったら、あなたのことは好きになれないわ。それは私にとって自由じゃない。わかる？　白人の男を黒人に替えるだけじゃあ、女にとって自由じゃないの」

そのとき僕は彼女が僕の腕に手を載せていることに気づいた。その手に力が入り、腕をギューッと握りしめる。

「そういうことを求めてるんなら、そういうことを考えているなら、いまのうちに言ってちょうだい。私に足枷をはめて、子供をどんどん産ませようって計画なら、いまそう言って、私がここで自分の道を選べるようにして。あなたはほかの男たちと違う。だから、私にその選択肢を与えてくれなくちゃダメ。さあ、言って。あなたが何を求めているか」

そのときの彼女の激しい表情を僕はよく覚えている。とても穏やかな日で、午後も遅い時間だった。太陽が沈みかけ、この季節の長い夜が始まろうとしている。このあとすぐにわかったが、逃亡にはうってつけの季節だった。鳥も虫も鳴いていないし、風で枝がざわめくこともない。だから僕の感覚はすべてソフィアの言葉に注がれていた。生まれて初めて、僕が絵として認識しない言葉。その理由は、当時の僕にはよくわからなかった。わかっていたのは、彼女が何かをすごく恐れていたということ——僕が持っている何かを。そして、僕が結局のところ彼女にとってのナサニエルになるのではないか、彼を恐れるように僕を恐れることになるのではないかという考えを知って、僕は恐ろしいと同時に恥ずかしくなった。

「いいや」と僕は言った。「そういうことはしないよ、ソフィア。僕は君が自由でいてほしいし、君とのあいだに何らかの関係が生まれるにしろ、それはいつでも君の選んだものであってほしい」

彼女は手の力を緩め、腕に置かれた手は触れているだけになった。

「嘘は言えないよ」と僕は言った。「僕としては、ある日、あるとき、君が向こうで僕を選んでくれたら嬉しい。告白するとね。僕には夢があるんだ。すごい夢が」

「で、どういう夢を見ているの？」と彼女は訊ね、僕の腕をまたギュッと握りしめた。

「洗濯したり、料理したり、服を着たり、そういうことを全部自分でする男たちや女たちの夢だよ。薔薇の園の手入れを自分でして、心を込めた分だけ美しい花を咲かせる夢」と僕は言った。「それから、自分が思いを寄せる女性に向き合って、その思いを伝えられる夢。その思いを叫んでも、その結果どうなるのか、自分と彼女の関係以上のことは考えなくてもいいという夢」

僕たちはもう少しそこにとどまってから小峡谷を立ち去り、森の縁まで来た。その頃には陽が沈み、ロックレスは闇に包まれていた。森を出るところで立ち止まると、ソフィアが言った。「私が一人で先に行ったほうがいいわね」。僕は頷き、彼女が歩き去って消えるのを確認した。続いて森から出て、屋敷へと向かう。地下長屋へのトンネルが見えるところまで来ると、トンネルの入り口で腕を組み、立っている人の姿があった。シーナだ。

僕が新しいものの見方を身につけたことで、シーナも違って見えるようになっていた。僕は新しい生活に向かって、若い娘とともに逃げていこうとしている若い男だ。初めて真の生活を得ようとしているのであり、これは年上の黒人たちが追い求めるのを恐れていたものだった。僕は彼らを救おうとしたし、ロックレス全体を救おうともしたのだが、それはもう終わった。彼らは食肉加工を待つ羊たちのようなものだ。老人たちはみな何が迫っているかを知っている。大地が何を囁いているかわかっている――大地で働いている彼ら以上に、その近くで生きている者はいないのだから。みな、夜眠れずに横たわっていると、過去の奴隷たちが幽霊となって呻く声を聞く。よその土地に運ばれていった者たちの声。彼らは自分の身に何が起こるかわかっていて、それでもただ待っている。そして、彼らに対して突然抱くようになった恥辱や憤怒を――こうしたことが起きるのを許してきた彼ら、子供たちが奪われるのを黙って見ていた彼らへの怒りを――僕はすべてシーナに向けるようになった。そのため、森から戻ってくるときに彼女の視線を感じ、腕を組んで待っている彼女の姿に気づいたとき、そして、彼女の顔に非難するような表情を見て取ったとき、僕は信じられないような怒りを感じてしまった。

「今晩は」と僕が言うと、それに応えて彼女は目をぎょろつかせた。僕はトンネルに入り、自分の部屋へと向かった。彼女もあとをついてきて、一緒に部屋のなかに入った。彼女は炉棚のランプに火を点け、ドアを閉めてから、隅の椅子に座った。ランプの炎が彼女の顔に影を投げかけている。

「おまえ、どうしたんだ?」と彼女は訊ねた。

「何のことだかわからないよ」

「まだ熱があるとかか？」

「シーナ……」

「ここ数週間、かなりおかしいよ、かなりおかしい。何なんだ？　何を考えてる？」

「何のことだかわからないってば」

「わかったよ、じゃあ、こう訊こう。ロックレスをナサニエル・ウォーカーの女と歩き回るなんて、いったい何を考えてるんだ？」

「誰とも歩き回ってないさ。女の子は好きなように相手を選ぶわけだし、僕もそうしたんだよ」

「ははあ、そう考えているのか？」

「ああ、そう考えてる」

「じゃあ、おまえは見た目どおりの阿呆だね」

　そのとき僕がしたのは、シーナに軽蔑の眼差しを向けることだった。親に対して反抗的な子供たちから学んだ仕草である。そして、自分が子供だったといまならわかる——感情に左右され、大きな喪失感に打ちのめされていた子供。自分ではどんな感情なのかわからぬまま、それを感じていた。母が記憶のブラックホールに消えていったときに自分が失ったものすべてを、感じていたのだ。というのも、そのとき僕の目の前に立っていたのは、再び失ってしまいかねない人だった。そして僕は彼女を失うのが耐えられず、彼女の目を見て自分の計画を語ることができなかった。自分の知る唯一の母親と別れることになるのだから。そこで僕は、悲しみや誠意をもって話すのではなく、怒りを込め、偉ぶった態度で話した。

「僕があなたに何をしたっていうの？」と僕は言った。

「はあ？」

「こんなしゃべり方をされるなんて、いったいぜんたい、僕が何をしたっていうんだ？」

「こんなしゃべり方をされる？」と彼女は言い、ほとんど茫然とした表情になった。「どうしておまえがあたしのしゃべり方にケチをつける？　おまえは何もない状態で、あたしに頼ってきたんだよ。あたしが来てって言ったんじゃない。それでも、あいつらのためにさんざん骨を折ったあとで、あたしはおまえに毎晩、何をしてやった？　誰がおまえにベーコンやコーンケーキを焼いてやった？　あの娘がおまえにそれをしてやったか？　あいつらがおまえに対していろいろと悪だくみをしていたとき、誰がおまえを守ってやった？　あたしはその見返りを求めたか、ハイラム？　何か見返りを求めたことがあるか？」

「じゃあ、なんでいまそれを言い始めるんだ？」と僕は言い、シーナを冷酷な目つきでしばらくじっと見つめた。それはどんな人に対してであれ、向けてしかるべき視線ではなかった――まして、自分を愛してくれた女性に対して、自分をこんなにも可愛がってくれた女性に対して向けるべきものではなかった。


シーナは僕に銃撃されたかのように見つめ返したが、苦痛はすぐに消え去った様子だった。まるで、この邪悪な世界にもいくらかの正義と光を受け入れる余地があってほしいという、最後の望みが目の前で消えたかのように。そして残されたものは、ずっと前から予期していた、このひねくれた結末だけだったかのように。

「いつか、こうしたことすべてを後悔するよ」と彼女は言った。「あの娘がもたらすどんな災厄より、このことを後悔するだろう。そして、災厄は絶対におまえを襲う、間違いなく。だが、おまえがいちばん弱っていたときに愛情を示した者に対して、いま、ここでこんな口をきくなんて――おまえはそれを悔やむことになるよ」。それから彼女はドアを開け、もうひと言つけ加えるだけのために振り返った。「おまえのような男の子は、自分の言葉にもっと用心しなきゃいけない。不用意な言葉が、その人に対しての最後の言葉になるかもしれないんだから」

長いこと待つまでもなく、ここで予告された後悔の念が僕の心のなかに湧き上がった。しかし、そのとき心を占拠していたのは、僕の別の部分だった――差し迫った逃亡のことばかり考えている部分。死につつある土地、臆病な奴隷たち、そして下等で下品な白人たちばかりの、この古い世界からの逃亡である。僕は地下鉄道の導く自由を摑むために、すべてを捨てる覚悟だった。そして、シーナとて例外ではなかったのである。

残りの日々が過ぎ去り、ジョージーが指定した運命の日の朝が来た。人生と同じように、長いようであっという間に。目覚めたとき、僕は不安でいっぱいだった。そのままベッドから出ず、この日が僕と一緒に床に伏していてくれたらと願った。しかし、地下長屋から足音が聞こえてくると、上の屋敷からもガヤガヤいう物音が聞こえてきて、こうした恐ろしい音楽が一日の始まりを事実だと宣告していた。僕の約束も事実だし、いまから引き返すことはできない。そこで僕は起き上がり、まだ暗い外に出て、陶製の水がめを持って井戸に向かった。途中でピートに会ったのだが、彼はすでにちゃんと服を着て、庭に向かうところだった。どうして覚えているかというと、ピートに会うのはそれが最後になったからだ。遠くのほうにシーナの姿も見えた。井戸の脇にたった一人でいて、洗濯のための水を汲み上げている。あれはすごい重労働だ――水を汲み上げ、薪で火を熾し、服を叩き、石鹸を準備する――そのすべてを彼女はやっているのだ。僕はそこに立ちすくんでいたことを覚えている。自分が彼女を不当に扱い、軽蔑し、失礼なことをたくさん言ったのだとわかっていて、そのことに激しい恥ずかしさを感じていながら、それを怒りで――「自分を何様だと思ってるんだ?」という言葉で――押し返そうとしていた。僕は彼女が仕事を終えるのを待ち、この年老いた黒人の女が一人きりで水を運んでいくときも、トンネルの出口からずっと見つめていた。そして、そのときすでに、自分がこれを悔やむだろうとわかっていた。残りの人生でずっと、シーナと決裂したときに投げつけた最後の言葉が心に取り憑き続けるだろう、と。

あたりに人がいなくなってから、僕は井戸まで歩いていき、自分の水がめに水を入れた。それから部屋に戻り、体を洗って服を着た。トンネルの出口から見上げると、のぼってきた太陽がロックレスを照らしている。この最後の重苦しい一瞬、僕は前途に待つ旅立ちについて考えた。大海への船出を待つ探検者たちに思いを馳せる——日の長い夏の日曜日など、図書室でこうした者たちの冒険物語を読んだものだ。そして僕は、彼らがどういう思いで大地から足を踏み出し、甲板に立ったのかと考えた。未知の世界に行くために渡らなくてはならない海、その波頭を眺めて、何を考えていたのだろう。恐怖に襲われなかっただろうか——愛する女の腕のなかに走って戻り、幼い娘たちにキスせずにいられなかったのではないか——そして彼女らとともに、自分の知る世界にとどまろうとしなかっただろうか。あるいは、彼らは僕のように、自分の愛する世界が不確かなものであり、知らぬ間に消えていくものだということ、そして変化がすべてのルールであるということを知っていたのだろうか。海を渡らなければ、その水に自分もじきに呑み込まれることになるとわかっていたのではないか？　だから僕は行かなければならないのだ。僕の世界は消えつつあるから、ずっと消えつつあったのだから——このままだと、グース川から呼びかけるメイナード、山の向こうから呼びかけるコリーン、そして何よりも、ナチェズが待っているのだから。

僕は空想を頭から振り払って、階段をのぼっていった。父と話をすると、彼は僕のための仕事を見つけていた——残された給仕係の者たちと一緒にキッチンで働く仕事で、明日から始まるという。「今日が自由の最後の日だな」と彼は言った。そのときには、僕はそんなことどうでもよくなっていた。ただ頷き、彼が何かに気づいた様子を見せていないかどうか探った。しかし彼は陽気で、ここ数週間のなかでもいちばん上機嫌なくらいだった。コリーン・クインのこと、彼女が週の終わりに来る予定だという話もした。そのときに自分はもういないのだという事実に、僕は信じられないほどの安堵感を抱いた。

僕は図書室に行き、ラムゼイとモートン（建国期に連合会議の代議員を務めたデイヴィッド・ラムゼイと、アメリカの独立宣言署名者の一人、ジョン・モートンであろう）の古い本を拾い読みした。それから地下の部屋に戻り、その日の残りは人目につかないように過ごした。食べるのも耐えられず、人に会うのも嫌だった。思い出や空想など、もうごめんだ。僕が最も求めていたのは、約束の時間が来ることだった。そして、そのときが来た、そう、来たのだ。太陽が沈み、長い冬の夜をもたらした。屋敷は静かになり、日中のざわざわした音は消えていって、聞こえるのはときどき床が軋む音だけとなった。僕は強い願い以外には何も持たずに忍び出た——衣服も、食べ物も、本も持たなかった。例の硬貨でさえ、オーバーオールのポケットから取り出し、最後に一度撫でてから、炉棚の上に置いた。ソフィアとは桃の果樹園の縁で会った。行く先を間違えないように道路から目を離さなかったが、森からは出ないようにした。パトロール隊がいるかもしれないので、人目についてはいけない。普通にしゃべり、気楽に笑ったりしたが、いつもより声は低くした。やがて曲がり角に差しかかり、そのずっと先にグース川に架かる橋が見えた。いまこそがそのときだと感じ、この場所からは誰も引き返せないのだと知って、僕たちは口を閉ざした——恐怖と厳かな気持ちとで、何も言えなくなったのだ。ただ立ちすくみ、橋をじっと見つめた。橋は夜のもっと深い闇を背景に、黒く長く伸びる筋にしか見えない。地を這う生き物たちが互いに呼び合う声が聞こえる。夜空は雲で覆われ、星はまったく見えなかった。

「さあ、これが自由だ」と僕は言った。

「自由ね」と彼女は言った。「それを両手で摑むか、手放すか。触れてるだけなんてあり得ない。中間はない。若く死ぬ覚悟があるか、まったくないか」

僕たちは森から出て、小道に立った。闇に覆われているが、視線を遮るものはない。僕は彼女の手を取って、自分の手は震えているのに彼女の手は落ち着いていることに気づいた。僕たちは人生をジョージー・パークスの自尊心に託した。あの噂を、地下鉄道のことを信じたのだ。僕たちは振り返らずに道を渡り、スターフォールを避けて、森のほうへと進んだ。僕はあらかじめこうした裏の小道を探索し、ジョージーとの約束の場所に素早く、こっそりとたどり着ける道を見つけていたのである。一週間前にジョージーと僕が会った池に着き、僕たちは少しホッとした。

「そこに到達したら、君は何をする？」と僕は訊ねた。

「わからないわ」と彼女は言った。「女が沼地で何をするのかわからないもの。仕事はしたい——自分のためにする仕事。それが一番の願いね。あなたは？」

「君からできるだけ遠ざかることかな」

二人とも笑った。

「きみはクレージーだよ」と僕は言った。「僕をここに連れ出し、走らせて。これでうまくいったら——これを切り抜けたときには——ソフィアの悪だくみにこれ以上乗りたくないよ」

「そうなの。じゃあ、私も荷が軽くなっていいわ」とソフィアは言った。「男は私にも家族にも、厄介事しかもたらさないから」

僕たちはさらに笑った。僕は星のない夜空を見上げ、それからソフィアを見つめた。彼女は後ずさりし、池のほうに近づいていた。そのとき僕の耳に足音と話し声が聞こえた。こちらに向かっているのが誰であるにせよ、一人でないことはわかる。隠れることも考えたが、男たちのなかにジョージーの声もはっきり聞き取れたので、その場にとどまった。それから声は静まり、聞こえるのはザクザクと大地を踏む足音だけになった。僕はソフィアの手を取り、森の隙間を覗いた。ジョージー・パークスの姿が闇に浮かび上がった。

微笑んだのを覚えている。そして、ここでもしつこく言うが、僕はすべてを記憶できるのだ。しかし、もしかしたら、これは僕の記憶のいたずらかもしれない。というのも、星も出ていない夜で、ソフィアの姿でさえ、目の前のシルエットでしかなかったからだ。しかし、誓って言うが、ジョージー・パークスの顔が見えたのは覚えている。彼の顔は苦痛に歪み、悲しげで、僕にはその理由がわからなかった。それからもう一度足音が聞こえ、五人の白人が一人ひとり、闇から現われた。そのうちの一人は両手でロープを握っている。彼らが姿を現わし、僕たちの前に立ちはだかった時間は永遠のように感じられた。ソフィアが「いや、いや、いや……」と呻く声が聞こえた。

それから、男たちの一人がジョージーの肩に手を置き、こう言った。「よし、ジョージー、よくやった」。それを聞いてジョージーは僕たちに背を向け、森のなかに入っていった。男たちはロープを手に、僕たちのほうに向きなおった。

「いや、いや、いや……」とソフィアが呻いた。

彼らはまさに幽霊のようだった。夜の闇のなか、妖怪のように光っていた。そして彼らの輪郭と振る舞いから、僕は彼らが何者であるか正確にわかった。

9

ライランドの猟犬団は僕たちにピストルを突きつけて追い立てた。月も星もない夜、手に感触が残りそうなほど濃く、手を縛っているロープほどにも重い闇のなか、僕たちは歩き続けた。僕は寒いということに突然気づいた。風が剣のように吹きつけてくるので僕は震え始め、僕を捕獲した者たちにとっては、この事実が可笑しくてたまらないようだった。僕には彼らが見えなかったが、彼らが僕のことを笑い、からかう声は聞こえた――「いまさら震えても遅いぜ」。というのも、彼らは僕がこれからされることを恐れて震えていると思ったのだ。ライランドの猟犬団が恐ろしい連中であることは間違いない。それでも、僕は完全に恐れおののいていたわけではなく、その理由は、ほかのさまざまな感情も高まっていたからだとしか考えられない――恥ずかしさ、怒り、ショックなどが、恐怖に先立って飛び出したのだ。彼らはあの場面で僕たちにどんなことでもできる。彼女に何でもできる。それは、普通の流れだ。下級白人たちは奴隷を所有できない代わりに、逃亡した奴隷を一時的に所有でき、恐ろしい激情をすべてそこに発散する――それが彼らの必要とする権利なのだ。そして、ジョージーが消え、猟犬団が森から生霊《いきりょう》のように現われたのを見た瞬間から、僕はこの「発散」が起こるに違いないと感じた。しかし、起こらなかった。彼らはただ僕たちを引っ張って森からスターフォールに入り、監獄まで連れてきた。そしてロープを鎖に替えて縛り、僕たちを中庭に放置した。彼らは僕たちのことを獣としか思っていない。だから獣にするように冷たい鉄に縛りつけたまま、僕たちが一緒に過ごす最後のとき、僕たちが知るこの世界で過ごす最後のときを、ここで迎えろというのだ。

　僕は鎖がのしかかるほどに重かったことを覚えている。中央の鎖は首輪の部分から下に伸び、両方の手首には小さめの鎖と手錠がはめられ、さらに別の鎖が足首まで伸びて、両方に足枷がつけられていた。この体を交差する冷たい鉄が、監獄を囲むフェンスの一番下の横棒に巻かれているため、僕は背筋を伸ばすことも、腰を下ろしてひと息つくこともできず、永遠に背中を曲げていなければならなかった。生まれてこの方ずっと囚われの身だったものの、出自の特殊な事情から、これまで「囚われる」というのは比喩的なもの、象徴的なものとして感じてきた。ところが、こののしかかる鎖は象徴でも何でもない。僕は首を一方にしか曲げられず、その方向には別種の苦痛の源があった。僕とまったく同じように鎖に縛られたソフィアが、数ヤード離れたところにいたのである。僕は何か率直なことを言いたくてたまらなかった――この瞬間にこそ言うべきだと感じられることを。彼女を真の奴隷制の奥にまで連れ込んでしまったことに対する、深い悲しみを伝えたかった。このとんでもない裏切りに対して、すべての責めを自分で負うつもりだった。しかし口をあけたとき、そこから出てきたのはいちばん貧弱な言葉だった。

「ご……ごめん」と僕は言った。顔はまた地面に向けてしゃべっていた。「本当にごめん」

ソフィアは何も言わなかった。

そのとき僕が何よりも欲しいと思ったのはナイフだった。それで自分の首を掻っ切りたい。こんなことをしてしまった、ソフィアをこんな目にあわせたと知っていながら、生きていくことなどできなかった。しかも、ここはものすごく寒かった。手は石のようになり、耳は夜のなかに消えていったように感じた。自分が泣いているのもわかっていた。音もなく流れ出た涙が頬で凍っていたからである。

そのときだ。恥ずかしさに我を忘れていた僕の耳に、低いリズミカルな呻き声が聞こえてきた。そして、呻き声が一つ聞こえるたびに、フェンスの一番下の横棒が少しだけ震えるのが見えた。また顔を上げると、呻いているのはソフィアだとわかった。片足で重い鎖を引っ張り、次に別の足で鎖を引っ張り、それを繰り返して、少しずつ近寄ってきていたのである。何のためにそれをしているのか、僕にはわからなかった。たぶん僕に近寄って、古くからある罵りの言葉を囁きたかったのだろう。あるいは、歯で僕の耳を毟り取るつもりだったのかもしれない。彼女は全力で動こうとし、体を持ち上げるたびに、横棒も一緒に持ち上がった。彼女がこんなに力持ちだとは思ってもみなかった。最初はゆっくり始め、動くたびに少し休んでいたが、近づくにつれて体を速く、大きく持ち上げるようになった。だから僕は彼女が横棒を力ずくで外し、そこから逃げるつもりなのかと思った。しかし、僕のところまでたどり着いたとき、彼女は疲れ果てて動けなくなり、激しい運動のために息を喘がせていた。とても近くに来ていたので、僕には彼女の顔全体が見えた。僕に最初に向けたその表情はとても優しかったので、少なくともその瞬間、僕の恥ずかしい気持ちは消え失せた。それから、彼女は全力で鎖を持ち上げ、頭を少しだけ前に出して、フェンスの向こう、監獄の先に見えるものに向けた。僕には見えなかったけれども、彼女が指し示しているのはフリータウンだとわかった。続いて彼女は僕を見返したが、その表情はとても厳しく、僕は彼女もナイフを望んでいるのだと思った。ただし、彼女が掻っ切りたいのは自分自身の喉ではないだろう。彼女が表情を硬くし、歯を食いしばるのが見えた。ソフィアは最後にもう一度力を振り絞り、僕のすぐ隣りまで移動した。とても近かったので、彼女の吐く息が僕の頬に当たり、腕と腕も触れ合うほどだった。僕にもたれかかれるほど近づいていて、実際に彼女はもたれかかり、僕は彼女の温かさを感じることができた。その結果、氷のような闇が退いていき、僕はもう震えていなかった。

II

あなたに奴隷制の悪を語るのだったら……
僕はあなた方一人ひとりと向き合い、囁きかけたい。

ウィリアム・ウェルズ・ブラウン
（一八一四年頃、ケンタッキー州に奴隷として生まれ、北部に逃亡後、奴隷解放活動家として、そして小説家や劇作家として活躍した人物）

10

ライランドの監獄が僕の家になった。ソフィアはあのあとで連れていかれたが、どこへだかはわからなかった——売春宿に売られたのか？　ナサニエルのもとに戻されたのか？　ナチェズ地方か？——そして、僕に残されたのは彼女の面影だけとなった。いまでも思い浮かべることができる、あのときの彼女。力を振り絞って鎖を持ち上げ、僕と触れ合おうとしたとき。憎しみのこもった視線を向けていた先は内面ではなく、僕でもなく、彼女自身でもなく、ジョージー・パークスの醜い裏切りだった。そのときでさえ、この裏切りがどれだけ根深いものか、僕はわかっていなかった。ただ、冬のシチューのように濃い憎しみを抱くには充分だった。あとになって、何年も何年も経ってから、僕はジョージーのあり得ないような立ち位置を理解することになる。上級市民たちが彼の選択肢を狭めていった結果、彼はフリータウンと呼ばれる危うい場所でかろうじて生きていくことになったのだろう。しかし、当時の僕は彼を憎み、こんな奇跡のようなことを考えて心の支えにしていた——いつの日か、ジョージーは僕の怒りの鉄拳を受けるであろう、と。

僕はじめじめした監房に投げ込まれた。寝具は藁布団に汚いシーツをかぶせただけ、トイレはバケツが置いてあるだけだった。毎日、僕は朝早く外に出され、運動させられてから、体を洗った。髪に靴墨を、体に油を塗られた。それから丸裸にされ、監獄の集会室でほかの者たちと一緒に並ばされた。そこに人身売買の商人たち、ナチェズのハゲワシどもがやって来て、僕のことを好き勝手に扱った。それはもうおぞましい光景だった。彼らは下層白人のなかでも下の下の人間。白人の朋輩たちと違って、底辺の生まれでありながら、人身売買によって金持ちになった。しかし、いままでも育ちの悪さ丸出しで、だらしのない服を身につけ、歯は何本も抜けているし、嫌な匂いがするし、嚙み煙草の汁をところかまわず吐き捨てるし、こうしたことを滑稽な見世物のように楽しんでいる様子なのだ。奴隷の売買はまだ卑しい仕事と見なされていたので、上級市民たちはこうした男たちを遠ざけていた。奴隷商人たちを家でもてなしたり、日曜日の教会に招いたりすることもない。やがて血筋よりも金の力が物を言う時代が来るのだが、このときはまだ古いヴァージニア。怪しげな神の教えによれば、人間を売りに出す者たちのほうが、売買を実行している者たちより偉いとされていたのである。

奴隷商人たちのあいだでは、このように遠ざけられることに対して大きな不満があり、その怒りを僕たちにぶつけていた。彼らは嬉々としてその仕事をし、集会室で僕たちに近づいてくるときなど、踊り出さんばかり。熱意と活力を剝き出しにした表情で僕の尻を摑み、その硬さを確かめるのだ。さらに、明るいところで僕の顎をひねり、彼らなりの骨相学の理論に従って頭蓋の形を調べるときも、ニヤニヤしっぱなしだった。僕の口のなかに指を突っ込み、虫歯がないかどうか確かめたり、腕や脚を叩いて古傷がないかどうか確かめたりするときは、鼻歌をうたいながらやっていた。

僕はこうした「検査」のとき、自分の内面に閉じこもるようになった。すぐにわかったのだが、身体へのこのような侵害を生き延びる唯一の方法は、夢を見ることだったのである。魂を身体から飛翔させ、別の時期のロックレスに戻る。僕があの労働歌をうたっていたときのこと（「帰るよ、ジーナ、心と歌を携えて」）――あるいは、アリス・コーリーの前で彼女の思い出話を披露し、彼女が目を輝かせたときのこと――はたまた、東屋《あずまや》の下に腰を下ろしてエール入りの大瓶を回し、自分の必要や欲求をすべて満たしていたときのこと。しかし、それは夢にすぎなかった。実際のところ、僕はこのひどい「現在」にいて、この男たちにいいように扱われていたのである――人間を「肉」に変えられる力に酔いしれる男たちに。

こうして僕は底に落ちた――奴隷制という〝棺〟の底に。というのも――このことは言っておかねばなるまい――ロックレスで耐えてきたことが何であれ、これとはまったく違っていたし、これから起きることとも異なっていたのである。しかも、僕は一人ではなかった。監房にはほかに二人いた。一人は明るい茶色の髪の男の子で、せいぜい十二歳くらいだったと思う。少年なのにまったく笑わず、決してしゃべらず、長く奴隷労働をしてきた男のような頑なさを具えていた。しかし、それでも少年には違いなく、その事実は夜眠っているとき、恐ろしそうにべそをかいていることや、朝に小さな欠伸をすることに現われていた。毎晩、人の残飯のような夕食が終わったあと、母親が彼を訪ねに来た。彼女の服は奴隷たちの重い作業服よりも質がよく、それから推測すると、自由な黒人なのだろう。ところが、何らかの理由で、子供は奴隷にされてしまったのだ。彼女は監房の外の地面に座り、鉄格子の隙間から手を入れて、息子の手を握った。そして二人は手を握り合い、ライランドが彼女を追い払うまで、しばらく何も言わずに過ごした。この儀式には、痛ましいほど懐かしいものがあった。記憶の奥深くにしまわれた、どこか別の人生からの光景のように、僕の古く忘れられた部分の琴線に触れたのである。

僕のもう一人の監房仲間は老人だった。顔には老齢による皺が刻まれており、背中の大海にはライランドの鞭の航跡がたくさん残っていた。ライランドの監獄で僕がどんなにひどい目にあったにしろ、この老人がこうむったこととは比べものにならない。僕と男の子の場合、白人たちの損得勘定によって守られるところがあった。それに対して老人は、畑で働ける年齢を過ぎ、もはや小銭程度の利益しかもたらさないので、犬に与える餌も同然だった。一日のどんな時間であれ、白人たちは気分次第で老人を引っ張り出し、好き勝手なことをやらせた——歌う、踊る、這う、吠える、コッコッと鳴く、そのほか屈辱的なことをやれと強いる。こうした演技に満足できないと、彼らは老人を拳骨やブーツでぶちのめし、馬の手綱や馬車の鞭で叩き、文鎮や椅子、あるいは手元にあるものを何でも投げつけた。そして、これを見ている僕にとって最も生々しい恥辱を覚えずにいられないのは——そのときは自分でもはっきりわかっていなかったのだが——自分には彼を助ける力がまったくないということであった。

これは僕の魂の暗い時期だった。すぐに別の思いが湧き上がり、この二人への同情心を呑み込んだのだ。それは、同じような愚かな同情心が僕をこの苦境に追い込んだ、という思いだった。僕の心は狂おしいほどの疑いに苛まれた。すべては陰謀なのではないか。ソフィアもその一味なのかもしれない。おそらくシーナがこのことを白人たちに知らせたのだろう。いま頃、みんなはコリーン・クインと一緒にどこかで笑っているのだ。父も一緒かもしれない。自由を夢見た僕のことを、なんて馬鹿なやつだと言って。恥や同情はこうしてすぐに冷酷な思いに変わり、僕から離れることはなかったのである。

ある夜のことだ。僕は湿った石の床の上に横たわっていた。男の子の母親はすでに立ち去り、ライランドたちは集会室で酔っ払ってポーカーをしており、その声が聞こえてきた。

その夜、老人はどういうわけか話したい気分だったようだ。彼の声が闇から響いてきた。しゃがれ声で彼が最初に囁いたのは、僕が彼の息子を思い出させるということだった。僕は彼を無視して、虫の食った毛布と藁布団のあいだで体を丸め、わずかばかりの暖を取ろうとした。すると、彼は同じことをもう一度言ったのだが、それは歳を取っているからこれくらい許されるだろうという口調だった。

「疑わしいな」と僕は答えた。

「君が息子だというのは疑わしい、それはそうだ」と彼は言った。「しかし、君のことはよく観察した。君は息子と同じくらいの歳だし、息子にあるはずの傷を負っている。わしらは離れ離れになったが、夜になるとわしは息子の夢を見る。裏切られた男の夢だ。その男は、君とよく似た表情をしている」

僕は何も言わなかった。

「どうしてここに来た？」と彼は訊ねた。

「逃亡しようとしたから」と僕は言った。「奴隷制から逃げ、ほかの男の女を連れていったんだ」

「でも、やつらは君を殺していない」と彼はまったく動じずに言った。「まだ君を働かせるつもりなんだろう。まあ、君の名前が知られていない別の土地でだろうがな。君が自分の犯した罪を自慢したところで、囚われて打ちひしがれた男の嘘としか思われない場所で」

「やつらはどうしてあなたをあんなにいじめる？」と僕は訊ねた。

「楽しんでんだろう」と彼は言った。

闇のなかから老人のクスクス笑う声が聞こえてきた。

「わしはもうすぐ終わりだよ」と彼は言った。「わからんか？」

「僕たちと変わらないじゃないか」と僕は言った。

「君は違う。まだな。あそこの子もだ」と彼は言い、男の子を手振りで指し示した。「そうさ、ふるさとがわしを呼んどる、家族に会いに来いって。わかっとる、わしはここで拷問され、死ぬ運命だ。最悪の罪を身にまとってるんだから」

彼は話に夢中になっており、夜遅いのに起き上がって、集会室のほうをじっと見つめていた。ランタンの灯りがほかの部屋の影に達しているあたり。そちらからライランドたちの大笑いの声がたまに聞こえてくる。男の子の穏やかな寝息はときどきうねるように長引いて、軽い鼾の音に変わる。

「わしはしかるべき人生を生きてきた」と彼は言った。「わし一人だけで生きてきたのではない。そして、自分が、真の法律がない社会にいる最後の一人だと気づいたとき、去るべき時期が来たとわかったんだ。

世界は動いている。この地方を置き去りにして動いている。かつて、エルム郡は神から最も愛されている一人息子のようだった。かつて、ここは最高の社会を持ち、白人たちは美食と優雅な暮らし、舞踏会やゴシップを楽しんでいた。わしもそこにいた。主人に付き添って、しょっちゅう川船に乗ったもんだ。白人たちのどんちゃん騒ぎぶりを見たよ。君は没落した時期に生まれたが、わしは彼らが毎日のように宴会をしていた時期を覚えている。彼らのテーブルには最高のパン、ウズラの肉、干しブドウのケーキ、ボルドー産の赤ワイン、シードル、そのほかありとあらゆる珍味が並べられていた。

もちろん、わしらのためのものではない。でも、わしらにも恵みがあった。足の下に、しっかりとした大地があったってことだ。あの当時、よい男なら家庭を築くことができ、子供をもうけ、子供の子供に会うことができた。わしの祖父《じい》さんはそのすべてをしたよ、そうだとも。アフリカから連れてこられて、ここで神に出会った。妻を見つけ、何世代もの子供たちを見守った。わしらにとって最高の時期ではなくても、確実なものがあった。奴隷でも、着実に人生を歩んでいけると思えた。そういう話はいろいろとできるよ。競馬のこと、プラネットという馬が蹄鉄を吹っ飛ばした日のこと。だが、それはどうでもいい。君は、なぜ彼らがわしをいじめるのかと訊ねる。だから答えよう」

　僕はこういう話をすでにたくさん聞いていた。昔の思い出の感傷に耽り、相対的な慰めを見出すことが、よく行なわれていたのである。誰かの母親を知っていたとか、近くの地所に親戚がいたとか、記憶にまざまざと残っているクリスマスの日とか。しかし、この慰めは「自由」とは違う。確固たるものを感じたとしても、安心は得られない。確固たるシステムがソフィアをナサニエルのものとしたのだし、僕という人間を作ったのだ。奴隷制に平和などない。他人の規則の下で生きる毎日は、戦争の日々なのである。

「あなたの名前は？」と僕は老人に訊ねた。

「それに何の意味がある？」と彼は言った。「意味があるのは、わしがある女を愛し、その愛で自分の名前を忘れたということだ。それがわしの罪であり、ここにいる理由なのだよ。君と、あの男の子とともに。そして、底辺の白人たちにいたぶられることになってしまった」

　彼はいま立ち上がろうとしていた――鉄格子を使って体を持ち上げるのだ。僕も立ち上がって助けようとしたが、彼に追い払われた。彼は何とか鉄格子に寄りかかることができ、左腕で格子を抱えるようにして体を支えた。

「わしは若いとき結婚し、長い年月、男と女が望める限りの幸せな日々を送った。奴隷制のなかで暮らしてきたが、奴隷制がわしらのなかに巣くうことはなかった。息子が一人できた。素直に育ち、クリスチャンになった。まわりじゅうから褒められる子だったよ――上級市民からも、奴隷からも、下級白人からも。息子は土地が自分のものであるかのように熱心に働き、感心した主人たちが自分を自由にしてくれるのではないかと考えていた。主人が死んだときとかにな。

　息子は大きなことを考える男の子だった。それはみんな知っていた。女の子たちは息子の天性に惹かれて争ったが、息子は結婚しようとしなかった。理想を高く持ち、自分の母親に匹敵するほどの女性でなければ受け入れなかった。しかし、彼女は死んだ、わしの妻、わしの心のすべてが死んだんだ。熱病がわしから妻を奪った。妻が最後にわしに指図したのは単純なことだった――〝あの子を守って。あの子がその天性を無駄にしないようにして〟

わしは約束を守った。息子が真の法律で守られるようにした。それから息子が結婚したとき、相手は炊事場の女の子だったのだが、それは母親の魂が戻ったかのようだった。とても真面目で、息子と同じ精神で仕事をする子だった。

数年が経った。わしらは新しい家族に変わっていた。三人の孫に恵まれたが、二人は赤ん坊のときに死に、男の子一人しか育たなかった。孫たちが死んだとき、わしらはとても悲しんだ。わしらみんなが抱き合う愛情は、あのジェイムズ川のように深いものだったからだ。そして、その愛情はすべて、生き残ったあの子に注がれた。

しかし、土地が昔とは変わってしまった。上級市民たちは新しい商売を始めた。その商売の売り物はわしらさ。毎週、人数を数えると、奴隷は少しずつ減っていた。

それからある夜、点呼のあとに監督が来て、わしにだけ話しかけた。〝このあたりの者たちはみんな、ずっと前からおまえがよい男だと感じてきた。おまえとその家族は、我々には子供のようだ。我々の心のなかで大切な位置を占めている。しかし、土地が死につつあるという話は聞いただろう。これを言うのは胸が張り裂けそうになるのだが、おまえの息子さんをよそにやる必要がある。申し訳ない。これもみんなの幸せのためだ。私はまずおまえにそれを話し、誠意を示そうと思った。息子さんの心が少しでも慰められるよう、やれることはみんなやったよ。せいぜいできたのは、彼の妻と子供を一緒に送ることだけだったけどね。これがせめてもの気持ちだ〟」

僕自身もそのとき立ち上がっていた。老人が倒れるのではないかと心配で、じっと見つめていたのだ。集会室からの灯りはまだちらちら光っている。笑い声は少し低くなり、聞こえてくる声の数も少なくなっていた。

「あいつらにこれを告げられたとき、わしの頭は空っぽになった」と彼は言った。「部屋に歩いて戻ったが、体が震えてならなかった。目の前が真っ暗になったよ。森のなかに歩いていき、神に語りかけようとした。だが、しゃべれなかった。森のなかでそのまま眠り、次の朝は畑に行かなかった。わしが悲しんでるってことは、あいつらにもわかっていたはずだ。監督はわしを探しに来なかったからな。

その日、わしは近くの野原を歩き回り、ひたすら考えた。走らず、ただ歩いた。ある考えがわしの心をえぐった。あの連中はあまりに下等で、だから一人息子と父親を引き離すってことだ。わしは自分の立場はわかっていた。わしの人生のすべての時間は、あいつらに買われている。害獣の罠のようなところで生まれ、そこから抜け出すことはできない。これがわしの人生だ。しかし、それを自分でいくら言い聞かせても、わしの強い部分はこれまで決して信じなかった。そうしたら、あいつらはわしの息子を奪った。

その夜、わしは息子のところに行き、話をした。あいつらが言ったことを伝えた。息子の顔は岩のようだった。そうさ、まったく恐れを見せなかった。息子は強い男で、その強さを見たらわしのほうがたまらなくなり、泣き出してしまった。〝泣かないで、父さん〟と息子は言った。〝何らかの方法で僕たちの集会を開こう〟

二日後、監督がわしを町に使いに出した。しかし出かける前に、見覚えのある馬車と馬が屋敷に来ているのを見た。で、その馬車からライランドが出てきた——これによって、わしらの別れが迫っているとわかったんだ。わしは歩きながら、自分を慰めようとした。息子にはいい嫁がいるから、向こうでもみんな幸せになるだろう、と。

ところが、帰ってみると、息子の嫁はこちらに残り、息子はいなくなっていた。夜、わしは怒りに燃えて嫁のところに行った。そして、あいつらが息子と赤ん坊だけ連れていったことを知った――ライランドは全員を連れてはいかなかったんだ。嫁はわしの目の前で泣き崩れた――気がふれたように泣き叫んだよ。嫁が落ち着きを取り戻して立ち上がったとき、その顔は彼女のものではなかった。わしの妻の幽霊に変わっていたのだ。そしてわしは妻の指図を思い出した――〝あの子を守って〟。こうしてわしは、自分の人生がほぼ終わりだとわかった。自分の妻が死ぬときの願いを大切にできない男は男じゃない、そんなのは人生でさえない。

嫁は生きていけないと言った。親戚がよそにもいて、たくさんの者たちがあそこへ、ナチェズ地方へ送られたのを見てきたんだ。次に誰が送られるかは誰にもわからない。絆を断たれて、何を拠り所に生きていけばいいのか？　わしらの家族という木は分かたれてしまった――枝はあっちに、根はこっちにって――あいつらが木材として使うためにな。

わしらは悲しみで乱心しそうだった。そうしたら嫁がわしの手を取り、こちらを向いた。そこにわしはまた妻の顔を見た。嫁はわしを夜の屋外に連れ出し、炊事場へと向かっていった。彼女が何をしようとしているのかわかったよ。そんなことをしたら、わしらは生きたまま皮を剝がされるだろう。わしは嫁を無理やり連れ戻し、ベッドに寝かせた。朝になり、嫁は我に返って、いつもの服を着た。わしら奴隷が生きていくために身につけなければならないやつだ」

僕には彼の息子が考えていたことがわかった。彼と同じ野心を抱いていた自分の姿も思い浮かんだ。いつの日か自分の優秀さを証明し、思いを成し遂げられるという考えである。それを理解するのは難しくない。しかし、奴隷制は交渉したり、妥協したりするものではない。奴隷をただ食い尽くすのだ。

「やがて嫁はわしの知恵に感謝するようになった――知恵と言えるものならば、だが。わしらは悲しみによって結ばれた。家族は奪われてしまった。ヴァージニアで、それぞれ一人で生きていくっていうのは、できない話だった」

ここで老人は間をあけ、僕の心には恐ろしい予感が浮かんだ。彼が口にする前に、何を言うかはっきりとわかっていた。

「わしが彼女を愛したのは自然の成り行きだった。男と女が家族を成すのは自然なことなんだよ」と彼は言った。「あの大きな地所で、仲間がどんどん売られていくなか、わしらが一緒になるのは自然の流れなんだ。そして、わしらは数年間一緒に暮らした。それを否定する気はない。彼女を責めるつもりもないよ。ただ言えるのは、わしがひどい罪人たちの世界で罪を犯したということだ。ここは父と息子を、息子と嫁を引き離すようにできている世界であり、我々は手近にある武器なら何でもかんでも使って、それにやり返さなきゃいけないんだ。

ある日、だいぶ前に財産のすべてを持ってミシシッピに移り住んだ白人が戻ってきた。言うには、あそこの野蛮な連中とはうまくやっていけないので、土地を売り払ったんだと。で、奴隷たちを連れて戻ってきたんだが、そのなかにわしの愛する息子がいたんだよ。

それを聞いたとき、その場で、わしはもう生きていけないとわかった。墓から戻ったら、自分の父親が妻を奪っていたってわけだから。そんなのわしには耐えられん。その夜、わしは娘であり新しい妻である女がかつて考えたように、炊事場に行き、そこに火を放った。どんな目にあうかはわかっていたよ。それはやられてしかるべきことだ。しかしその前に、わしは自分の罪の償いをする。

そしてやり返すんだ」

「あなたがいたぶられているのは、主人の指示によるってこと?」

「あいつらがわしをいたぶるのは、それができるからさ」と彼は言った。「わしは年寄りで、値がつかないからな。そのうち、わしの魂も出ていくことだろう。わかっとる。だが、あの世でわしを迎えてくれるのは誰だ?」

こう言って彼は監房の鉄格子に寄りかかったまま、ずるずると滑り落ちていった。泣き声が聞こえたので歩み寄ると、彼は僕の腕のなかに崩れ落ち、顔を上げて言った。「わしの一人息子の母親がわしに何て言うだろう？　わしが自分の運命に対して精一杯闘ったんだとわかってくれるだろうか？　それとも、わしにこれだけのことを負わせた女、どんな黒人でも無理な任務を負わせた女は、わしから永遠に背を向けてしまうのか？」

僕は答えなかった。答えようがなかったのだ。手を貸して彼を立たせると、その肌はひび割れた革のようで、骨をかろうじて包んでいるにすぎなかった。僕は彼を歩かせて藁布団まで連れていき、そこに横たえた。彼は小さな声で泣きながら、同じことを言い続けていた。「ああ、あの世でわしを迎えてくれるのは誰だ？」僕は彼が眠りに就くまで、その声をずっと聞き続けていた。そして、彼に続いて眠りに落ちたとき、数カ月前に見たものと同じ、タバコ畑の夢を見た。仲間たちと畑に出ていて、みんなをつなぐ鎖をメイナードが、僕の兄が持っているのだった。

最初にいなくなったのは男の子だった。彼が西へ向かう黒人たちの行列とともに連れ去られるのを、僕たちは裏庭から見送った。裏庭にときどき連れ出されるのは、白人たちの評価や検査に耐えるためだったが、このときも同じだった。男の子の母親が行列に付き添い、息子と歩を合わせてゆっくり歩いていた。彼女のほうは鎖につながれていない。真っ白い服を着ていて、ひと言も言葉を発せず、男の子に触れられるときには肩に触れたり、腕を摑んだり、手を握ったりしている。やがて列は道の向こうへと消えていった。まだ午前中で、よく晴れ渡っている。僕はまだ裏庭に出ていた——手荒く扱われ、いたずらされ、暴力を振るわれ、掠奪されていた。僕は自分の心のなかに引きこもろうと必死に頑張った。その場にいないように振る舞うのだ。しかし、あの少年の姿、列をなして道の向こうへと消えていく姿、そして母親の姿は——どこか別の人生で知るものとあまりに似通っていたので——僕を現実に引き戻した。

　列が消えてから半時間後、僕はまだ庭にいた。そのとき、泣き叫ぶ金切り声が聞こえてきた。見上げると、男の子の母親が戻ってきたところだった。「呪われるがいい、子殺したちめ！」と彼女は叫んだ。「呪われるがいい、私の息子たちを殺したおまえたち！　地獄に落ちろ！　正義の神がおまえたち獣《けだもの》の骨をばらまいてくれますように！」

　彼女の泣き叫ぶ声が空中を突き抜け、庭の人々がみんなそちらを向いた。彼女は僕たちのほうに向かってくる。金切り声をあげ、ライランドと仲間たち、野蛮な商売に手を染めている者たちを呪い続けている。よそに売られた仲間たちの多くが、威厳と敬意を保って売られていった。しかし、そのとき僕の頭に浮かんだのは、道義心のない者たちに囲まれているとき、道義心に固執するのがなんと馬鹿らしいか、ということだった。そして、この女性を見て——慰めることもできぬほど悲しみ、泣き叫び、神の怒りを呼び覚まそうとしているこの女性を見て——僕は励まされた。彼女はこちらに向かってくるにつれて大きくなっていくように見え、彼女の一歩一歩が大地を震わせた。というか、僕はそう思った。南部のハイエナどもでさえ、いまやっていることを中断し、そちらに目をやったほどだ。若い母親はそのまま歩き去ったが、別のものが戻ってきたのである。彼女の手は鉤爪になり、髪は生命を得て、燃え上がっていた。ライランドはフェンスのところで彼女と相対《あいたい》した。彼女は鉤爪で彼の目に摑みかかり、歯で耳を齧った。ライランドは苦痛のあまり叫び声をあげた。すぐにほかの者たちが助けに来て、彼女を地面に投げ倒し、蹴り、唾を吐きかけた。僕は何もしなかった。そう、僕はこのすべてを見て、何もしなかった。この男たちが子供を売り、母親を地面に殴り倒すのを見ていながら、何もしなかったのである。

　彼らは母親を引きずって連れ去った。猟犬団の一人が片腕を、別の一人がもう片方の腕を摑んで引っ張っていく。彼女の白い服はいまや引き裂かれ、泥まみれになっていた。彼らに引きずられていくあいだ、彼女はずっと叫び続けていた。その声はほとんどリズムとメロディを帯び、古い労働歌のように聞こえた――「ひとごろし！　我が子をぜんぶ、売り払いやがった！　ライランドの猟犬ども、ライランドの猟犬ども！　正義の神に引き裂かれ、蛆虫の餌になってしまえ！　黒い炎に焼き尽され、捻じ曲がった骨だけになってしまえ！」

老人が次にいなくなった。ある夜、白人たちが彼を気晴らしのために連れ出し、そのまま戻らなかったのだ。彼は僕に懺悔したのであり、それをしたことによって、いまは天国にいるのであろう。

僕の場合はこんなに単純ではなかった。僕の苦役は始まったばかりだったのだ。そこに三週間いて、飢えと喉の渇きに苦しんだ。僕たちはかろうじて働ける程度の食料しか与えられず、惨めな思いをするくらいに飢えさせられた。僕は郡じゅうのさまざまな場所に貸し出され、いろいろな仕事をした。凍った土地を切り開く。屋外便所にたまった便を桶に移し、畑に撒く。死体を運び、墓を掘る。こうした数週間、僕は多数の黒人が――男も女も子供たちも――連れてこられ、売られるのを見た。自分がこんなに長く勾留されたままなのは驚きだった。何らかの特別な拷問のために選び出されたのではないか。そんなことも考え始めた。僕は若いし頑丈だ。数日のうちに値がついたはずだ。しかし、日々が過ぎていき、人々が出入りするなか、僕は居残った。

そしてようやく、春の兆しが見えてきたときに、買い手が現われた。ライランドは僕を鎖につないで外に連れ出した。僕は目隠しと猿ぐつわもされていた。看守の一人の声が聞こえてくる。「やあ、旦那、相当な額を払いましたな。でも、この取引で得をしたのは旦那だと思いますよ。こいつは若いし健康だ。畑じゃ、十人分の働きをするでしょう」

しばらく誰もしゃべらなかった。それからもう一人の看守が言った。「こいつのことは、普通ないくらい長く置いといたんですわ。ルイジアナじゅうがこいつを欲しがりましたよ。キャロライナもです」。僕は荒っぽくまさぐる手を感じた。誰かが僕を検査しているのだ。これにはすでに慣れていたのだが、それでも充分に嫌なものだった——これをやる男は、自分の無礼な行為を当然だと思っているのだ。ところが、今回は違った。僕は目隠しをされていたので、買い手を見ることができなかったし、彼がどこに手を置くかを予見することもできなかったのである。

「あなたはその時間に対して充分な支払いを受けたわけだ、いろんな厄介事に関しても」と買い手は言った。「しかし、あなたのマナーやおしゃべりに金を払ったわけではない。これは私の正当な所有物となったのだから、あとは私に任せ、あなたは仕事に戻ったらどうだろう」

「ちょっとおしゃべりしていただけですよ」と彼は言った。「この場を楽しくしようってね」

「でも、そんなことをあなたに頼んではいない」と男は言った。

これで会話はすべて終わった。僕はモノなので、モノのように持ち上げられ、馬車の後ろに積み込まれた。目隠しされているので何も見えない。でも、馬車が速足で走っていくのが感じられた。何時間ものあいだ、御者からは言葉も囁きも何もなく、ただ森から聞こえてくる雑多な音と、車輪の下のゴトゴトいう音しかしなかった。やがて馬車は速度を落として走る道に出たようだった。いくつかの丘を越えていくのを感じた。それから停まった。僕は馬車から降ろされ、紐が解かれていった。腕が自由になり、目も見えるようになった。

僕は地面に尻をついていた。顔を上げ、夜だということがわかった。それから僕を買った男を見た。巨大な男だろうと想像していたが、標準的な背丈の男だった。何も目立ったところはない——平凡な男だ。闇が深く、容貌はまったくわからない。どちらにせよ、じっくり見ている時間などなかった。僕は立ち上がろうとしたが、脚がふらつき、倒れてしまった。それからまた立ち上がったが、今回は僕を買った男に軽く押され、後ろ向きに下がった。すると、足をつくと予想していたところに地面はなく、僕はもっと下まで落ちた。もう一度顔を上げて、それが落とし穴だったことに気づいた。それから、落ちてきた穴の入り口のドアが閉められる音がした。

僕はまた立ち上がった。足下が怪しく、地面がぐらぐらする感じがした。そして背筋を伸ばそうとしたとき、頭が硬い陶製の天井に当たった。僕は手を左右に伸ばし、根や木で作った壁に気づいた。それで周囲の土が崩れないようにしているのだ。僕はこの土牢のサイズを見積もった。高さはちょうど僕の身長くらい。縦と横の長さはその二倍くらいだろう。完全な闇で、目隠しされている以上に暗い。まさに夜、おそらく視力を失ったのと同じだった。死のようなものだ。僕は『マーヴェルの驚異の本』で読んだ、海の説明を思い出した。海の容量はいくつもの大陸を呑み込むほど大きく、その大陸の大きさは僕を無限に呑み込んでしまう。僕は図書室の床に座っている子供時代の自分を思い出した。知力を振り絞って海の広さを推し測ろうとしたが、そのうち知覚の限界に突き当たり、頭がズキズキしてきたのだ。そしてこの瞬間、真っ暗な穴の底、死としか思えない闇のなかで、僕は大海に呑まれたように感じた。大波をかぶり、体がどんどん沈んでいくのである。

黒人を自堕落な快楽のためだけに買う白人の話なら聞いたことがあった。自分にそれができるという興奮を味わうためだけに、黒人を監禁しておく白人たち。人殺しの快感のために黒人を買う白人たち。実験や悪魔的な科学のために切り刻む目的で黒人を買う白人たち。そして、僕は自分もそのような白人の手に落ちたのだと感じた。ヴァージニアの、エルム郡の、父の、そしてメイナードの怨讐を一身に受けることになったのだ、と。

11

時間は意味を失った。分と時間が識別できなくなり、太陽も月も見えないと、昼と夜も架空のものとなった。最初のうちは地面の匂いや、上からときどき聞こえてくる音に注意を払っていたが、すぐに——と言っても、いつからかは言えないが——こうしたものは役に立たないノイズとなった。眠りと目覚めている世界との壁も消えた。そのため夢は、心に取り憑くようになった空想や幻想と区別がつかなくなった。この地下の世界で僕はたくさんのものを見た、たくさんの人々を。そして、こうした幻影のなかで、一つのものが特別な重要性を帯びてきた。目の前に現われる幻影の多くが空想の産物だったのに対し、これだけは本当の記憶によるものだとすぐにわかったからである。

かなり若かったときのことだ。兄に仕えるようになって一年目。長い夏の土曜日で、ロックレスの主人たちは退屈し、そうなると彼らの通常の虐待に新奇さと気まぐれの要素が加わるのだった。そこで、まだ子供だったメイナードは、すべての奴隷たちを地下長屋から呼び出し、芝生に集めようという、意地の悪いことを思いついた。この命令を伝えるように言われたのが僕で、三十分ほどでみんなを芝生に集めることができた。メイナードはそこに集まった奴隷たちに——老人も若者も、畑に出ていて疲れている者も、屋敷で着るコートやピカピカの靴を履いている者もいたが——彼自身の娯楽のために、競走するようにと言った。その当時、僕たちが負わされたあらゆる厄介事と比べ、そして屈辱の規模において、これが最悪のものとは言えないだろう。しかし、これは屈辱だったし、それを倍加したのは、僕が自分の立ち位置をよく理解していなかったという事情による。というのも、メイナードが黒人たちをグループに分け、競走させようとしていたとき、僕に向かってこう言ったのだ。「そこで何してんだ、ハイ？　こっちに来い」

僕は何のことだかわからず、一瞬、ぽかんとしてしまった。

「こっちに来い」と彼はまた言った。それで彼の言っていることの意味がわかった。僕も走るのだ。僕はその年までミスター・フィールズの授業を受けていて、それが終わりになったばかりだった。集まったみんなの視線が僕に注がれていたのを覚えている。その視線に僕が見たのは、僕に対する

（不相応ともいえる）同情であり、メイナードに対する嫌悪だった。だから僕もほかの三人と並び、八月の猛暑のなか、畑の縁まで走っていった。折り返し地点に達した頃には、僕がほかの三人をリードしていた。彼らがどうだったかはわからないが、僕は真剣に走っていたのだ。あまりに必死に走ったので、地面から突き出ている硬いものにつまずいたとき——石か、古い木の根だろう——地面から跳ね、畑にまっすぐ飛び込んでしまった。足を引きずってスタートラインに戻ると、メイナードは上機嫌で笑い、次のグループを作っていた。続く三週間、僕は足を引きずりつつ屋敷を動き回り、職務を果たした。一歩踏み出すごとに、足首に鋭い痛みが走り、それが自分の身分を思い知らせるのだった。

この幻影はメリーゴーラウンドに乗っているかのように、僕の眼前に繰り返し現われ、そこにシーナやピート爺、レムなどの幻影が差しはさまれた。そして、橋の上で踊る女、つまり母の幻影も。しかし、だいたいは闇しかなく、完全な闇で、それは僕がそこに落とされてから数時間、数日間、数週間続いた。そして、ある時点で、土牢の天井に細い光の隙間があいた。僕はネズミのように、土牢の一番隅に急いで隠れた。続いて音がした——何かが地面に落ちる音と、僕に向かって叫ぶ声。

「出てこい」と頭上からの声は言った。「出てこい」

僕は梯子まで歩いていき、その横桟に触れた。見上げると、黄昏時の光と、それを背景にした人のシルエットが見えた。あの平凡な男、僕をここに連れてきた看守だ。

「出てこい」と彼は言った。

僕は梯子をのぼった。上にたどり着き、あの平凡な男の前に立ったが、背筋がどうしても伸びなかった。場所は森のなかの開けたところで、遠くにオレンジ色の光が見えた。黒い指が何本も突き出ているように見える森の背後から、沈みゆく太陽が最後の息を吐き出しているのである。この空き地で、僕を買った男は滑稽な受付のようなものを設《しつら》えていた——木製の椅子が二脚と、そのあいだにテーブルが一台。彼は椅子の一つを手で示したが、僕は座らなかった。平凡な男は背を向け、もう一脚の椅子に歩いていき、また僕のほうを向いて包みを投げた。僕は取ろうとして手を伸ばしたが、指からすり抜けてしまい、地面を探してそれを手に取った。紙に包まれたパンだった。僕はそれを貪《むさぼ》るように食べ、その瞬間、穴に落とされるまで本当の飢えを経験していなかったことに気づいた。どれだけ長く食料なしで過ごしたにせよ、飢えの苦しみが消えてしまうほど長い期間だったのだ――ドアをノックする訪問客が、誰もいないと気づいて諦めてしまうように。しかし、パンをひと口かじることで飢えが復活した。僕は噎《む》せ、痙攣し、それからテーブルを見て、包みがもっとあることに気づいた。それから、もっと重要なものが――水がめに入った水だ。

僕は許しを求めもしなかった。水がめにとびついて、飲んだ。水が喉を落ちていき、口の端からもこぼれて、首から長いシャツやコートを濡らした。そのとき自分が着ているものの激しい悪臭にも気づいた。五感の世界が急激に戻ってきたのだ。僕は腹を空かしていて、しかもものすごく寒い。僕はもう一つのパンの包みを開け、たちまち食べ尽くした。それからもう一つ食べ、さらに次にいこうとしたとき、あの平凡な男が静かな声で言った。「もう充分だろう」

僕は声のほうを向き、彼が近くに座っていることに気づいた。まだ真っ暗ではなかったが、彼の容貌を充分に見極めるには暗すぎた。平凡な男は椅子に座ったまま、何も言わなかった。僕は寒さに震えたまま待っていた。すると遠くに灯りが見え、それがどんどん大きくなって、こちらに近づいてきた。馬車の車輪が道をザクザクと進む音も聞こえ、やがて大きな有蓋の馬車と馬が目の前に立っていた。御者の隣りの男がランタンを持っている。御者が馬車から降り、平凡な男に頷いた。それを見た平凡な男は僕に手招きし、馬車に乗るように指示した。僕が乗り込むと、その荷台にはほかにも数人の黒人がいた。それから出発し、馬車はゴトゴトと道を走っていった。下で車輪が向きを変えたり、キーッと音を立てたりするのが感じられた。僕はそこに集まったほかの黒人たちを観察し、自分たちはこれからどんなひどい目にあうのだろうと考えた。鎖にはつながれていない。そんなものを誰が必要とする？　周囲のうつむいた顔を見れば、こうした男たちが鎖につながれる以上にひどい状態だとわかったはずだ――彼らはつぶされたのだ。そして、僕もその一人だった。絶望の穴に落とされ、人間として持っていたさまざまな動機は「生存」のみに凝縮された。僕は動物になった。そして、狩りが始まった。

僕たちは一時間くらい馬車で走ったあと、後ろから降りるように言われ、並ばされた。不格好な列をいくつか作って並ぶと、平凡な男が僕たちを検査して回った。将軍が入隊したての新兵を見て回るかのようだった。さらに暗くなっていたが、穴の下での生活に応じて僕は変わったらしく、暗闇でも目が見えた。平凡な男の容貌が、月の光だけでも充分に見分けられたのだ。つばの広い帽子から灰色の長い髪が垂れ下がり、顔からは灰色の長い顎鬚がまったく手入れもされずに伸びている。打ちのめされ、士気を挫かれたとはいえ、僕たちのほうがずっと人数が多かったのだが、彼が一人でないことはわかっていた。ヴァージニアの白人の男が本当に一人きりになることなどないからである。

それからほかの者たちが集まり始めた。遠くに見えるランタンの光がまず登場を知らせ、それから近づいてくる馬の蹄のパカパカという音、道をこちらに向かってくる車輪のキーキーいう音が聞こえてきた。やがて三台の馬車が僕たちの目の前に停まり、そこから白人の男たちが降りてきた。手にランタンを持っている。灯りによって、彼らは黄色い布をまとっているように見え、まるで別の時代の幽界の生き物のようだった――悪魔、ゴルゴン、妖怪など。それが、上級市民たちへの恨みを僕たちに向けて晴らすよう、呼び戻されたのだ。しかし、そのとき彼らがしゃべる声を聞き、特にその独特の抑揚から、自分がまだヴァージニアにいることがわかった。こうした「生き物」は超自然的なものではなく、下級白人たちの集団にすぎないのだ。彼らのしゃべり方は荒っぽく、上着は擦り切れている。僕の心は沈み、新たな恐怖の波に呑み込まれた。神話の怪物たちのほうが、僕のよく知るこうした男たちよりもましだっただろう。下級白人たちは社会という険しい山の麓に足をかけているにすぎず、こうした不安定な地位にいるために、ヴァージニアの黒人たちにしばしば残酷な仕打ちをするし、それに歯止めがかからなくなる。この残酷さは、上級市民たちが下級白人たちに与えるプレゼントであり、彼らを団結させる報酬なのだ。そのとき僕は、それこそがこの夜の目的なのだとわかった――残酷な儀式がこれから執り行われ、囚われの僕たちがその生け贄になるのだ、と。

平凡な男は下級白人たちと短い軽口を交わし合い、もう一度、列に沿って僕たちの検査をした。このときの彼にはどこか芝居がかったところがあり、少し前は厳粛で控えめなところがあったのに、いまは自慢するような、得意がる感じがあった。コートのなかに手を入れ、サスペンダーを引っ張る。順番に黒人の前で止まり、その男を吟味し、嘲笑うように首を振ってから、歯の隙間から息を吸い込む。

僕たち全員の再検査が終わると、彼はしゃべり始めた。

「ヴァージニアの悪党どもよ」と彼は吠えるように言った。「正義の女神テミスはおまえたちにその見えない目を向けている。盗人たち！　強盗ども！　人殺し！　知らぬふりをして我らの法律を逃れ、偽りの名前で別の土地に移ろうとしたために、その罪を倍加させた悪党どもよ」

彼はまた列に沿って歩き始めた。だが、今回は僕のずっと左側にいる、一人の男のところで立ち止まった。「ジャクソン、おまえは主人を殺すって話をしていた――しかし、おしゃべりがすぎたようだな！　おまえはヴァージニアの正義の裁きを受けるべく、引き渡されたのだ」

平凡な男は先に進んだ。「それからおまえだ、アンドルー。おまえは主人の綿をちょっと盗んでやろうって思ったんだよな？　で、見つかってしまったから、逃げることにした」

アンドルーは真剣な顔で立ったまま、黙り込んでいた。平凡な男はさらに先に進んだ。

「デイヴィスとビリー」と彼は列の最後尾まで歩いていって言った。「おまえらはとても好かれていたと聞いている。それなのに、どうして路地で善良な男を殺し、彼の所有物を盗もうとした？」

「あれは俺たちの所有物だ」と二人のうちの一人が言った。「叔父からの最後のプレゼントだった、叔父が競売に出される前の！」

黄色い光に包まれた男の一人が彼を遮った。「おまえのものではない！」

「ふざけるな」と列に並ぶ男は言った。「あれは叔父のだ！　彼の名を汚すんじゃない！」

それに対して、隣りに立っている男が言った。「やめろ、ビリー。俺たちはさんざん痛めつけられたじゃないか」

別の男が黄色い光のなかから叫んだ。「心配せんでいい。俺たちがやつにマナーってもんをたっぷり仕込んでやる」

平凡な男は列の中央に向かった。

「おまえらはみんな逃亡しようとした」と彼は言った。「そして私は、どんな人であれ、ニガーであれ、その人の意思に逆らう人間ではない」

平凡な男は馬車のほうに戻っていき、座席にのぼって立ち上がった。「これから、おまえたちのすることを説明する。おまえたちはいまこのヴァージニアの紳士たちの庇護下にある。彼らは、おまえたちが逃げたければ逃げられるよう、ある程度の時間を与えることに同意した。ひと晩じゅう彼らに捕まらなければ、自由はおまえたちのものだ。しかし捕まったら、おまえたちは死ぬまで彼らの指示に従わなければならない。うまくやれれば、おまえたちの罪は忘れ去られる。しかし、一時間以内に正義によって捕まる可能性のほうが高いだろう。どちらでも私には関係ない。私の仕事は終わった。おまえたちが自分の仕事をする時間だ」

彼は座席に座り、手綱を取った。それから馬車はゴトゴトと去っていった。

僕たちはそこに立ちすくみ、あたりを見回したり、闇を睨みつけたりしていた。互いに目配せして、手がかりを探そうとした。激しい恐怖に襲われながらも、おそらく何かの冗談だと明かされることを待ち、それを望んでいたのだろう。僕たちは驚きのあまり動けないでいた。僕は白人たちを見つめた。つば広の帽子をかぶった幻影たち。彼らは僕たちが状況を把握するのを待っていた。それから、一人の白人が我慢の限界に達し、グループから抜け出ると、僕たちの不格好な列に向かってきた。棍棒を握っている。彼はその棍棒を振り上げ、奴隷たちの一人、いまは罪人の烙印を押された男の頭を強打した。それが起きたとき、殴られた側はただ信じられなかったようで、殴られまいとする努力はまったくしなかった。しかし、殴られた衝撃で叫び声をあげ、それから地面に崩れ落ちた。棍棒を持った男は列の残りの者に向かって言った。「さっさと逃げたほうがいいぞ、おまえら」

みなはすぐに散らばった。僕も走った。一度だけ、倒れた男のほうに目をやったが、それは僕の背後から包むように迫ってくる大きな闇を背景に、ぽつんと横たわる黒い塊だった。僕は一人で走った。みんなそうだったのではないかと思う。そこに集められた奴隷たちのあいだで、協力しようという動きはなかった――二人の兄弟、デイヴィスとビリーにはあったかもしれないが。しかし、あの男が棍棒で殴られたときに僕を襲った恐怖を彼らも味わったのなら、そして僕と同じように地下に閉じ込められていたのなら、考える時間などなかったはずだ――忠誠心の余裕などない。

そこで僕は走った――速くもなく、結果的には、遠くにも行けなかった。飢えが僕の意思を挫き、脚は痙攣して、木の脚のように動かなかった。夜の風が容赦なく吹きつけ、走るというより、ピョンピョン跳ねるように進んだ。そして、僕は足下の地面が不確かであることに気づいた。泥が濡れ軟《やわ》らかくなっているために、体の重みで深く沈み込んでしまうのだ。

それに、僕はどこに向かって走っているのだろう？　北部は言葉にすぎないのではないか？　地下鉄道、沼地なども、悪党のジョージー・パークスによって広められた神話以外の何物だというのだろう？　そして、この人狩りたちから逃れるには、どうすればいいのだろう？　しかし、こんな恐怖と絶望のなかでも、僕は道に倒れ込もうとか、降参しようとかは考えなかった。自由の光は燃えさし程度になっていたが、それでも僕のなかで輝いていた。そして恐怖の風に煽られて、僕は身を屈めて走り続けた。ピョコピョコと、足が止まりそうになりながら、それでも走っていた。胸全体が燃えるように熱かった。

闇に慣れた目の力で夜は明るく感じられ、湿った冬の森が目の前に広がっていた。一歩一歩踏み出すごとに、作業靴が地面に沈んでいく音と、小枝の折れる音がした。遠くで一発の銃声が聞こえ、誰かが捕まったのだろうか、殺されたのだろうかと僕は考えた。胸のなかのドラムがいっそう激しく打ち鳴らされる。行く手に倒木の細い幹が見え、走りながらあれを飛び越えるのだと自分に言い聞かせた。しかし、体が思うように動かず、僕はつんのめって鼻も口も泥まみれになった。そのとき、ホッとした気持ちが全身に広がったのを覚えている。すべての筋肉がついに休めるという安堵。しかし、それでも、そこに倒れていても、僕にはまだ自由の光が見えた。ぼんやりとした、青い光。すると、声が聞こえてきた——雑多な叫びや吠え声だ。このままではじきに捕まってしまう。立て、と僕は自分に言い聞かせた。立て。ゆっくりと指で泥を摑み、手のひらでしっかりと体を支え、四つん這いの姿勢になった。立て。すると、片方の膝が持ち上がった。それから、もう片方も持ち上がって、僕は再び立った。

しかし、立ち上がった途端、背中に棍棒の強打を感じた。彼らに飛びかかられ、蹴られ、殴られ、唾を吐きかけられ、罵られ、辱められた。僕は彼らを振り払おうとしなかった。心が体から離れて跳躍し、高く飛行して、ロックレスに戻ったのだ。居住区《ストリート》でシーナと再会し、庭でピート爺と再会し、東屋の下でソフィアと再会した。だから彼らに腕を縛られ、引きずられていったときも、馬車の車輪が下でゴトゴトと回るのを感じていたときも、ほとんどそれに気づいていなかった。何度も言うように、僕は何でも記憶できる。すべてを覚えている――ただ、記憶のスイッチを切り、心が体から離れて飛び去ったときを除いて。

彼らは僕の全身を縛り、平凡な男の前に連れ戻した。僕は彼を見もしなかった。また目隠しされ、別の馬車の後ろに投げ込まれた。馬車での短い行程のあと、試練が始まった例の穴に落とされた。

この狩りが僕の日常となった。穴から引っ張り出されると、わずかなパンと水を与えられ、罪人の集団とともに並ばされる。そして一人ひとり、その罪状とともに呼びかけられ、走って逃げろと言われるのだ。僕は彼らの名前を覚えている。平凡な男が低いしゃがれ声でそれを読み上げたことも――ロス、ヒーリー、ダン、エドガー。毎晩、僕らは走らされ、毎晩、僕は捕まった。そして毎晩、穴に戻された。僕は死んだのか？　これは父が話していた地獄なのか？　夜によっては、何時間も走り続け、夜明けの薄い光が見えたと確信することもあった――夜と朝の境界がほんの寸前に迫っている、と。それから僕は捕まり、殴られ、また馬車に投げ込まれるのだ。そこでは夢と幻影のメリーゴーラウンドが待っている――焚火のそばでウォーターダンスをするソフィア、リングのなかでビー玉を弾くジャックとアラベラ、そして、メイナードの命令で競走する奴隷たちを集めている僕の姿。

しかし、僕は強くなった。足も速くなった。これは、体から強くなったのではなく、先に心が強くなったということだ。というのも、心がしっかりしていれば、より速く、より遠くまで走れると気づいたのである。そして、このインチキなゲームに勝つためには、使えるものは何でもかんでも必要になるとわかった。そこで、心のなかで僕はあの最後の休日、レムと交わした歌をうたい始めた。

でっかい屋敷の農場へ
あったかい家にでかけてく
おらを探すときには、ジーナ、はるか遠くにいるはずだ。

この歌は僕を元気づけてくれた。レムや休日のこと、シーナやソフィアのこと、そこに集ったみんなのことを思い出させてくれたからだ。闇のなかでも、僕の心はどこかで微笑んでいた。

そして僕は自由を感じた――逃走している夜に、ほんの短い時間ではあったが。追われているときでさえ、顔に吹きつける冷たい風に、頬を引っかく枝に、作業靴が踏みつける泥に、どんどん熱くなっていく自分の吐息に、自由を感じたのだ。僕に指図するメイナードはいない。顔色をうかがわなくてはならない父もいない。コリーンに感じるゾッとするような恐れもない。ここでは、すべてが明晰だ。走っていると、僕は自分が何かに挑戦しているように感じられた。

しかも、僕は巧妙になってきた。ある晩、おそらく数時間のあいだ逃げ続けたのを覚えている。それくらいの時間だったとわかるのは、彼らに捕まって、さんざん殴られたあとで平凡な男に引き渡されたとき、信じられないものを見たためだ――太陽が丘の上にのぼっていて、丘の緑色もはっきりと見えたのである。そして、自由についての約束を思い出し、自分がそれに近いことがわかった。僕は足跡を隠すことを学んだ。足跡をたどって引き返し、彼らを混乱させるのだ。また、彼らが僕のあとを追跡するくらい確実に、自分も彼らを追跡できるとわかった。自分には生かせる才能があることにも気づいた――記憶力だ。狩りの白人たちはいつも同じメンバーで、その手順に独創的なものはない。だから地形と彼らの習慣を記憶することで、僕は突如として優位に立ったのである。回り込んで、彼らの側面に出ることもあった。ある夜は、彼らがバラバラで行動したので、僕は一人を打ち倒し、もう一人をさんざん殴った。そのために、あとで余計に殴られることになり、自分の作戦の限界を思い知ることにもなった。僕は走っていたが、必要なのは飛ぶことだったのだ。心のなかだけでなく、この世界で飛ぶこと。こうした下級の白人たちを逃れて飛び立つこと。以前、川とメイナードから飛び立ったように。

でも、どうやって？　水底から大人の男を引き上げる力とは何だろう？　少年を馬屋から引っ張り上げ、屋根裏部屋まで運ぶ力とは？　僕はそれぞれのときのことを頭で再現した。あの気味の悪い事象のどちらのケースでも青い光が現われ、違った形でだが、母に接近した。あるいは、母を失った記憶の暗い空洞に。この力は母と何らかの関係があるに違いない。そして、僕は飛ぶ必要があり、だからその力が必要だった。さもなければ、あの狼どもに走り勝とうとした挙句、死んでしまうだろう。

その力は、何らかの形で、僕の記憶の封印された部分と関係があるのだろう。おそらく片方の鍵を開ければ、もう一つの鍵も開くのだ。そこで、真っ暗な穴のなか、時刻もわからず時間を過ごしているとき、母について考えるのが僕の習慣になった。母について聞いたことすべてと、グース川に沈んだときに見た母の姿のすべてから母を再現する。ものすごく優しい心の持ち主だったローズ。エマの姉のローズ。美しいローズ。物静かなローズ。ウォーターダンサーのローズ。

雲一つない夜、走っているときのことだった。夜でも寒さの厳しさが和らいでいて、もう春だということが感じられた。走っていても、心臓が激しく鼓動することはなく、脚がスムーズに出るようになっていた。男たちにもそれがわかったに違いない。というのも、彼らの人数が増えたことに僕は気づいていたからだ。しかも、以前は逃亡者を分担して追うためにバラバラに別れたのだが、いまは白人たち全員が、ほかの誰よりも僕に集中している――というふうに僕は感じ始めていた。その夜、彼らがだんだんと迫ってくる音がしたとき、僕の前で森が開け、広くて暗い湖が見えた。ところどころ、ちらちらと輝いている。水を迂回しなければならない。後ろから迫ってくる男たちの叫び声や雄たけびが聞こえる。湖の縁を必死で回ろうとしたが、男たちの声は着実に近づいてきた。僕は振り返らずに走り続けた。すると、足が何かにつまずいた――枝か根か、何かははっきりしない。ただ、激しい痛み、古傷の痛みが僕の足首に走った。自分が落ちていくのが感じられ、次に僕は沼にはまり、冷たい泥水を顔にかぶった。僕はしばらく這って進んだ。しかし、痛みで気を失いそうになり、狩りはもう終わりだと思って、あの歌をうたい始めた。今回は心のなかだけでなく、みんなが聞こえるように大声で。

でっかい屋敷の農場へ
でかけてくけど、長くはならぬ
帰るよ、ジーナ、心と歌を携えて。

僕を追っていた男たちはそのとき何を見たのだろう？　僕が叫ぶ声を聞いたのだろうか？　彼らはすぐそこに迫り、いまにも僕を捕まえようとしていたはずだ。あの瞬間、手を伸ばしていたかもしれない。彼らは目の前で空間が開けたのを見たのだろうか？　僕たちの物語が青い光となって世界を切り裂き、夜を照らすのを？　僕が見たのは、畳まれるように退いていく森、うねる霧、その下の芝生だった。ロックレスの芝生であることはすぐにわかった。最初に考えたのがそれだ。しかし、その光景が迫ってくるにつれ――自分が世界に引き寄せられるというより、世界が自分に迫ってくるというふうに感じられたのだが――いまのロックレスの光景ではないと気づいた。というのも、もはやいない奴隷たちの姿があったのだ。そして、笑いながら彼らに無分別な指図をしているのが、僕の記憶にあるとおりの彼、メイナードだった。彼は屋敷のほうを指さし、何やら叫んでいる。僕はその方向に引き寄せられ、彼が僕に向かって叫んでいることに気づいた。空中を漂っている僕にではなく、地面にいる僕に。あの当時の、メイナードに仕えるようになったばかりの僕。ミスター・フィールズの授業は受けられなくなり、いまだに自分の立ち位置が摑めずにいた頃のことだ。

その瞬間は、メリーゴーラウンドのもう一回転ではなく、完全に新しいものと僕には感じられた。眠っていて、どんなに状況が支離滅裂でも、自分が夢のなかにいると気づかないときのようだった。論理と期待のあり方が捻じ曲がっているのに、その不条理を普通だと感じたのである。だから僕は単純に、その当時のままの自分自身を、そしてメイナードを、観察していた。幼い自分がほかの奴隷たちと一緒により分けられ、競走のために並ばされたのを見ても、スタートしたのを見ても、脚は動いていないのに自分が一緒に競走していると感じても、僕は状況を理解できていなかった。自分が列の者たちを引き離し、誰よりも速く走り、畑の縁に達したのを見た。折り返し、つまずき、叫び、倒れ、足首を摑んだ。僕は、この子供を慰めてやりたいと思ったのを覚えている。ほかの人生から来た自分を。しかし、彼のほうに行こうとしたとき、世界はまた剝がれるように消えていき、僕は自分の時代に戻っていた。

とはいえ、自分の場所にではなかった。痛みがまた足首に走った。僕は地面に落ちていて、叫んでいた。這おうとした。それから立ち上がった。一歩踏み出す。痛い。また倒れた。そして僕はもう一度滑り落ちていくのを感じた。最後に目を凝らすと、男たちの一人が立って見下ろしているのが見えた。

違う。別の男だ。

「静かにしてな、ハイラム」とホーキンズが言った。「そんなに叫んでると、死人が目覚めてしまうぞ」

12

足首が痛くて目が覚めた。もはや以前のような鋭い痛みではなく、ズキズキする鈍い痛みだ。目を開けると、陽の光が見えた。何週間も見ていなかった、美しい陽の光。それはラッパの音が鳴り響くように、窓から輝かしく射し込み、ほかのすべてがぼやけてしまうほど明るかった。目がゆっくり慣れてくると、ぼんやりしていたものが形を成してきた。ベッド脇のテーブルの上に、船のような形の壺が置かれ、そこにパイプがひっかけてあった。真向いの棚には大きな時計があり、僕の頭上には天蓋がある。スカーレット色のカーテンは開けられている。下に目を向けて、自分の体がきちんと洗われていること、綿のズボン下と絹の寝間着を着せられていることがわかった。僕はそのとき、自分はまだ穴の下にいるのではないか、これもメリーゴーラウンドの一回転なのではないかと考えた。あるいは、土牢の地獄から上にのぼり、ついに天国に達したのかもしれない。しかし、足首にズキズキする鈍い痛みがあるのは、この世界が現実だということを表わしていた。そして僕は、一人きりではないと言うことに気づいた。ぼやけていた世界から、いくつかの人影も現われてきたからである。一人はホーキンズ。僕が奇跡的な飛行を成し遂げたとき、これで二度までもその到達点に居合わせた男。そして、椅子に腰かけている彼の隣りには、もう一人——もはや喪服は着ていないが、メイナード・ウォーカーに先立たれた花嫁、コリーン・クインである。

「ようこそ」と彼女は言った。

彼女は微笑んでいた。楽しそうに、と言ってもいい。そして僕は、彼女がこんなふうに笑うのを初めて見たことに気づいた。まるで、自分がずっと昔になくしたものを見つけたかのような笑顔――鍵とか、パズルの最後のピースとか、長いこと心を悩ませ、不安に感じてきたものを見つけたかのようだった。しかし、それだけではない。彼女の立ち居振る舞いには何かがあった。僕を前にして微笑むというより、僕に向かって微笑んでいたのである。彼女の振る舞いはいつでも僕には不気味だったし、上級市民たちのなかで見かけるものとは異なっていたのだが、今回の振る舞いもやはり異なっていた。そこには、主人ぶったり、決めつけたり、優位に立つような態度がなかったのである。あったのは、何らかの目に見えない目標を成し遂げたという、深い喜びと満足感だけ。

「自分に何が起きたかわかっている?」と彼女は訊ねた。「自分がどこにいるかはわかる?」

春のポプリの香りがした――ミントとタイムと、ほかの何かの匂いが混じった鋭く甘い香り。ロックレスの男っぽい世界だったら、このような匂いが入り込む余地はなかったであろう。

「自分がどれくらい姿を消していたかはわかる?」と彼女は訊ねた。

僕は何も言わなかった。

「ハイラム」と彼女は言った。「私が誰かはわかる?」

「ミス・コリーンです」と僕は答えた。

「ミスはいらないわ」と彼女は言った。楽しげな微笑みが和らいで、励ますような顔になった。

「コリーンよ。必ずコリーンと呼んで」

この場の不自然さがこれで高まった。顔を上げて、ホーキンズもいることに気づいたが、主人に呼ばれるのを待つ奴隷の態度とはまったく違う――彼女のすぐ隣りに背筋を伸ばして座っている。

彼女はもう一度訊ねた。「自分がどこにいるかわかる?」

「いいえ」と僕は答えた。「自分がどれくらい姿を消していたかもわかりません。どこに姿を消したのかも、どうしてかもわからないんです」

「ハイラム」と彼女は言った。「お互いに約束しないといけないことがあるの。わかり合わないとね。私は、あなたに絶対に嘘を言わない。あなたも同じことをしてくれるかしら」

彼女は僕をじっと見つめた。

「自分がどうしてあそこに送られたかはわかってるわよね」と彼女は言った。「あなたは逃亡した、ほかの人を連れて。あなたにももはや見当がついているだろうけど、私たちはあなた方よりも大きな情報網を持っているの。あなたにはどんなことでも話すから、あなたも同じことをしてくれないといけないわ」

僕はベッドの上で起き上がろうとし、背中と脚に鋭い痛みを感じた。足には切り傷があり、そこもひりひりする。顔を触ると、左目の上にこぶがあった。僕は毎晩、必死に逃げなければならなかったことや、土牢で何時間も過ごしたことを思い出した。

「ああ、あのことについて、我々は申し訳なく思っている。確かめなきゃならなかったんで」とホーキンズが言った。いまは素直に認める表情を浮かべている。「ちょっとした考えがあったんだが、確かめるために、君をさらわなきゃいけなかった」

我々は申し訳なく思っている、と彼は言った。それは、奴隷であるホーキンズが、ここで何らかの力を持っているということを表わしている。この部屋でというだけでなく、僕が落とされていたあの地獄において。あの地獄に僕はどれくらいいたのだろう？　一カ月くらい？　数カ月？

「ハイラム」とコリーンが言った。「あなたはグース川にメイナードと一緒に落ちた。いえ、メイナードをグース川に落とした。この件に関して、彼には選択肢がなかったの。おそらくあなたが望んだのでしょう。でも、望もうが望むまいが、あなたは一人の男を殺した。そして、それによって、長く計画されていたことが灰燼に帰してしまったの。あなたの衝動と欲望のために、あなたの罪のために、偉大な人たちがその人生計画を変え、アメリカの正義に関わる大勢の人たちがいま逃走している。あなたにはわからないでしょう。でも、いずれわかるはずです。だって、あなたの荒っぽい抵抗のなかには、何らかの企てがあったと信じているから——私たちの計画と比べても、もっとスケールの大きなものが」

コリーンはしゃべりながら左手で壺からパイプを外し、右手でその蓋を取った。煙草の匂いがふわりと漂ってくる。彼女はパイプに火を点《つ》けて吸い、煙を吐き出した。それからパイプをホーキンズに手渡すと、彼がまた火を点けて煙を吐き、パイプを彼女に戻した。二人が吐き出した煙が埃のように部屋に漂い、窓から射し込む陽の光に照らされている。僕は彼らと前回会ったときのことを思い出した。ロックレスの薄暗い応接室でのこと。彼女は声を震わせてしゃべっていた。そのときでさえ、彼女が奇妙に思えたことを僕は思い出した。そう、いつでも奇妙だった。その時代の流儀を避け、古いヴァージニアの流儀を選んでいるように思えた。そして、そのすべてが実際に目立っていたし、偽りだったのだ。しかし、突然真実を悟ったいま、僕はどうして以前に悟らなかったのだろうと不思議に思った。これは嘘だ。すべてが嘘——伝統も、服喪も、おそらく結婚でさえも。

僕は捕まっていたあいだに秘密の力を失ったに違いない。というのも、コリーンが僕を見て笑い、こう言ったのだ。「私がどのようにそれをしたのかって思ってるのね?」

「そうです」と僕は言った。

「そうね、わかるわ。本当にわかる」と彼女は言った。「地所の主人であれ女主人であれ、召使いを本当に騙すっていうのはめったにないことなの。こんなに見事に騙されるって、贅沢なことだわ。偽証とでっち上げのなかで生きるっていうのは。あなたが何を望んでいるにしても、私にはわかるの、ハイラム。そこまで見事なことは経験していないって。あなたは科学を信じるから。そうでなければならないから。

でも、こうした馬鹿者ども、あのジェファソンたち、マディソンたち、ウォーカー家の者たちは、みんな空論に目を眩まされている。それに対し、どんなに身分の低い畑の労働者でも、ミシシッピで一番惨めな畑で働いている者でも、よっぽど世界をよく知ってるわ。あのアメリカの啓蒙思想家たち、知識を詰め込んで長々としゃべる連中より、よっぽど。

そして、この国の主人たち、女主人たちもそれを知っている。だから、彼らはあなたの民族のダンスや歌に夢中になるのよ。この悲劇的な世界の知識が詰め込まれた、文字のない図書館。言語自体に挑戦するものなの。権力は、支配者を奴隷にしてしまう。というのも、権力によって彼らは、理解していると主張する世界から引き離されてしまう。でも、私はその権力を放棄したの。わかるかしら。放棄したから、これから目が見えるようになるはずよ」

彼女はパイプを手に持ち、首を振った。「そう、あなたにはわかるわよね。理解できるはず。でも、まだ賢くない。あなたがあの企てを追求し、頼った男は、実のところ悪人なの……ただ、あなたの持つ力、あなたを川から救い出した〝導引〟については、あなたが最初の人ではない。わかる？　あの話は知っているでしょう――サンティ・ベスと四十八人の黒人たち――」

「あれは起こらなかったのでは？」と僕は遮った。

「実を言うと、起きたのよ」とコリーンは言った。「そして、その意味するところが、あなたがいま我々の目の前にいる理由なの。彼女がここを去る前、スターフォールにフリータウンがなかったってこと、知っていた？　ジョージーの裏切りのすべて――解放者の衣をかぶった奴隷制――こそ、実際はこの国の指導者たちの裏切りなの。それをわかっていた？」

ジョージーの名前が出て、記憶が甦ってきた。家族同然だった男の古い記憶。アンバーと赤ん坊のことも考えた。アンバーも知っていたのだろうか？　最後の会話を思い出す。彼女が僕に思いとどまらせようとしたこと。そして、ジョージーが正確にはいつ、僕を売り渡す決意をしたのだろうかと考えた。彼はこれまでにどれだけの人たちを売り渡してきたのだろう。

「あれはうまい仕掛けなんだ」とホーキンズが言った。「そいつは認めてやらなきゃならん――やつらはジョージーとその仲間たちに安全な場所を与えてやる。やつは白人に情報を与え、やつらの目となる。だから、次にサンティ・ベスが現われたら、やつが待ち伏せする」

「でも、それは起こらないのよ。そうでしょう、ハイラム」とコリーンが言った。「だって、サンティは別の力によってあれを成し遂げたんだから――あなたがグース川から脱出したのと同じ力、我々のパトロールを切り抜けたのと同じ力よ」

僕は部屋を見回した。全貌がだんだんと形を成してきた。一連の質問がゆっくりと頭のなかに浮かんできたが、僕が訊ねることができたのは一つだけだった。

「これは何?」

コリーンはハンドバッグに手を伸ばした。そこから書類を取り出し、僕の前に掲げる。

「あなたは私に与えられたの、心も体も、あなたのお父さんによって」と彼女は説明した。「あなたは逃亡を試みたことで、彼の顔をつぶした。だから、彼は正式にあなたを私に譲渡したの。メイナードを失い、すでに弱っていた彼の心にとって、これはさらなる打撃だったのね。それに対して彼は怒りで応えた。もうあなたとは何も関わりをもちたくないって。でも私は、あなたがとても価値のある人で、だから失うのは惜しいと、彼を説得したのよ。だから私に譲渡してくれた。もちろん、かなりの額を払ってだけど」

ここで彼女は立ち上がり、ドアのところに行った。

「でも、あなたは私のものではない」と彼女は言い、ドアを開けた。僕のいるところからは階段と、手すりの上の部分が見えた。「あなたは奴隷ではない。あなたのお父さんの奴隷ではなく、私の奴隷でも、誰の奴隷でもない。あなたはこれが何かって訊ねたわね。これは自由よ」

こうした言葉を聞いて僕の心が喜びに満ちたわけではなかった。頭のなかでさまざまな質問が飛び交っていたのだ。僕はどこにいたのか？　どうして穴に取り残されたのか？　どれだけ長く下にいたのか？　あの平凡な男はどうしたのか？　そして、何よりも、ソフィアに何が起こったのか？

コリーンは席に戻った。「でも、自由はね、本当の自由は、やはり主人なのよ——どんなに意地の悪い奴隷の現場監督よりも頑固で、執拗な主人」と彼女は言った。「あなたがいま受け入れなければならないのは、我々がみな何かに束縛されているってこと。人を所有し、そこから派生するものに束縛される者もいる。正義に進んで束縛される者もいる。誰もが仕える主人を名指ししないといけないの。みんな、選ばなきゃいけない。

そして、私たちはこれを選んだの、ホーキンズと私は。不自由と闘うことこそ私たちの自由だという、福音を受け入れたのよ。だって、それが私たちなんだから、ハイラム。地下鉄道が。私たちこそ、あなたが探していたものなの。でも、あなたは先にジョージー・パークスを見つけてしまった。それは残念だったわ。大変な費用と、正体がばれる危険を冒して、私たちはあなたを取り戻したの。あなたのためにそれをしたというより、ずいぶん前から信じられないほどの価値をあなたに見出していたから。失われた世界の技というか、武器——この最も長い戦争の流れを変えられるかもしれないものよ。私が話していること、わかるわよね？」

僕は答えず、その代わりにこう訊ねた。「ソフィアはどこですか？　どうなったんですか？」

「私たちの力にも限界があるのよ、ハイラム」とコリーンは言った。

「でも、あなた方は地下鉄道なんですよね」と僕は言った。「もしあなた方が言ったとおりの人たちなら、どうして彼女を逃がさなかったんです？　どうして僕をあの監獄に入れたんです？　どうして穴に取り残したんです？　僕に何が起きたか知ってますか？」

「知ってる？」とホーキンズが訊き返した。「我々があれをやらせたんだよ。筋書きを作ったのは我々さ。君の自由に関してだけど、そこに我々が地下鉄道である理由がある。我々がこんなに長く闘っているのにも理由がある。いろいろと規則がある。君が我々より先にジョージーを見つけたことにも理由があるんだ」

「毎晩、あの男たちは僕を追いかけたんだ」と僕は言った。怒りがどんどん込み上げてくる。「で、あなた方はそれをやらせたってわけか。いや、もっとひどい。あれをやるために彼らを送った？」

「ハイラム」とコリーンは言った。「申し訳なく思うけど、あの狩りはあなたのいまの人生の予告のようなものよ。土牢は、あなたの失敗のほんのわずかな代償。あなたの人生は、ジョージー・パークスと関わった時点で終わっていたの。私たちがあのまま放置したらよかったと思う？　ホーキンズは真実を話しているの。私たちは確かめなければならなかった」

「何を確かめなければならなかったんですか？」と僕は訊ねた。

「あなたが本当にサンティ・ベスの力、つまり〝導引〟の力を持っているってこと」とコリーンは言った。「そして、あなたは確かに持っている。二度も私たちはそれが現われるのを目撃した。最初のとき、ホーキンズがあなたを見つけたのは、間違いなく神様の思し召しね。それから人に聞き回って、子供の頃にも、あなたに同じようなことが起きたってわかった。興奮して、その話をしていたそうね。だから、それがもう一度起こるのを待たなければならなかった。その力があなたをどこに送るのか予想を立て、到着を待ったのよ」

「到着って、どこに？」と僕は訊ねた。

「ロックレスに」と彼女は言った。「あなたは自分の知る唯一の家に戻ろうとするだろう。そう私たちは考えたの。だから工作員を送って、毎晩あなたを待ったのよ」

「で、ここに来たってわけだ」とホーキンズが言った。

13

「ここってどこ？」と僕は訊ねた。

「安全なところよ」とコリーンが言った。「私たちの闘いに加わった新人たちを最初に連れてくるところ」

彼女はここで少しだけ間を置いた。僕は彼女の顔に思いやりのようなものを見て、こうしたことを楽しんでいるわけではないとわかった。彼女は僕の苦痛や混乱を感じてくれているのだ。

「わかってる、あなたが理解すべきことはたくさんあるわ。私たちは説明していきます。これは約束する。でも、あなたも私たちを信用してくれないと。もう引き返せないから、信用してくれないといけないの。この瞬間、これ以外の真実はこの世にはない。そして、私たちの闘い以上の真実もない。あなたにもそれがすぐにわかるはずよ」

ここでコリーンとホーキンズは立ち上がった。「すぐにね」と彼女は立ち去るときに言った。「すぐに、あなたにもこのすべてがわかる。すぐに、あなたは見事に理解し、その理解が新しい束縛となる。この束縛において——この気高い義務において——あなたは自分の本質を見出すことでしょう」

ドアロで彼女は立ち止まり、預言のように感じられる言葉を吐いた。

「あなたは奴隷じゃない、ハイラム・ウォーカー」とコリーンは言った。「でも、天使ガブリエルの名において、あなたは奉仕することになります」

その夜、まだベッドに横たわっていたとき、下から人々の声が聞こえてきた。何か匂いも漂ってきて、夕食ではないかと僕は期待した——ロックレスから逃亡して以来、まともな食事をしていなかったのだ。こうしたことが一緒になって、僕はまどろみから覚醒し、あたりを見回した。すると、箪笥の上に水をためた洗面器が二つあり、歯ブラシ、歯磨き粉、一揃いの着替えなども置いてあった。僕は体を拭き、着替えてから、脚を引きずりつつ一階に下りた。玄関の間を通過し、ドアが開いている食堂に入ろうとすると、そこにはコリーン、ホーキンズ、エイミー、ほかに三人の黒人、そして誰あろう、あのミスター・フィールズがいた。

僕がドアロで立ち止まっていると、彼のほうが僕に気づいた。ホーキンズが話していることに笑っていたのだが、僕を見ると、笑顔のまま真剣な表情になり、コリーンのほうに目をやった。彼女も僕に気づき、続いてテーブルの人全員が僕のほうを向いた——想像しうる限り、最も厳粛な表情で。彼らは本物のご馳走が並ぶテーブルに向かって座っていたが、黒人も白人も、男も女も、全員が作業服を着ていた。

「どうぞ、ハイラム」とコリーンが言った。「一緒に召し上がって」

僕は慎重に入っていき、テーブルの端近くにある空席に座った。エイミーの隣りで、ミスター・フィールズの向かいである。料理はオクラとサツマイモのシチュー、緑の野菜と焼いたニシン、豚肉の塩漬けにリンゴなどだった。何らかの鳥に米とキノコを詰めたものもあった。さらにパン、プディング、ダンプリング、ブラックケーキ、そしてエール。こんなに贅沢な食卓に就いたことはなかった。しかし食事以上に信じがたかったのは、そのあとに起きたことだった。

コリーンが最初に立ち上がり、ほかの者たちも立ち上がった。そして、みんな一緒に皿を片づけ、食卓をきれいにした。これは信じられない光景だった。そこに分け隔てがなかったのだ。みんなが一緒に動いた——僕を除いてみんな。僕も手伝おうとしたのだが、拒まれた。片づけが終わったら全員が応接室に移り、目隠し遊びを始めた。それを僕は夜遅くまで眺めていて、彼らのはしゃぎ方やちょっとした発言から、これはいつもの夜とは違うのだと気づいた。何か変化があって、このお祝いをすることになったのであり、その「何か」とは僕なのだ。

その夜、僕はその家の客室に泊まり、次の日の午後までたっぷり眠った。こんな贅沢なことは、クリスマスのときでさえ、いままでなかった。僕は体を洗い、服を着て、一階に下りた。家は静まり返っている。キッチンのテーブルにはライ麦のマフィンの皿が置いてあり、それに添えられた僕宛てのメモには、これを楽しむようにと書いてあった。マフィンを二つ平らげたあと、僕は皿を洗い、正面玄関から外に出て、ポーチの椅子に座った。外から見ると、この家は白い羽目板に覆われており、質素で古風だった。正面に庭があり、ユキノハナとホタルブクロが一面に咲いている。庭を通り過ぎると森の斜面があり、はるか彼方には壮麗な山々の頂が見える。これはヴァージニアの西部にある山脈だと僕にはわかっていた。となると、ヴァージニアの州境あたりにいるのだろう。おそらく、コリーンの家族の地所がある、ブライストンだ。数カ月前、彼女が僕に来てもらいたいといった屋敷である。

遠くに、僕は二人の人影を認めた。森から出てくるところだ。屋敷に向かって歩いてくるのを見ていると、二人とも白人であることがすぐにわかった——一人は年配で、もう一人は若い。おそらく父と息子だろう。彼らは僕を見て立ち止まった。若いほうが僕に向かって挨拶のお辞儀をしたが、年配のほうは彼の腕を摑むと、森のほうへと引きずるように戻っていった。僕は一時間ほど腰を下ろし、景色を眺めていたが、ある時点から白昼夢に耽っていた。そして、明らかに思ったよりも疲れていたのだろう、本当の夢へと落ちていった。僕はまた監房に戻っていたが、今回はピートとシーナが一緒にいた。そして、男たちが僕を集会室へと引っ張っていくと、ピートとシーナは笑った。彼らの笑い声は、僕が白人たちによって検査され、辱められるという試練のあいだじゅう聞こえていた。そのときの僕は、まだこの検査をそのように——辱めとして——見られなかった。自分に直接なされたことを語れるようになるには、時間がかかったのだ——ライランドの監獄での出来事について、ありのままに話すには、そして、自分の男らしさが失われてしまうように感じずに済むには。この物語が自分の最も偉大な力だと気づくには時間がかかり、あのとき夢から覚めて感じたのは、燃えるような怒りだけだった。僕は乱暴な少年ではなかったし、癇癪持ちでもなかった。しかし、このあと数年間、ふと気づくと、自分が脈絡もなく破壊的な考えや感情でいっぱいになっており、それがなぜかを本当に受け入れることはできなかったのである。

背後でドアの閉まる音がして、僕は目が覚めた。振り返ると、エイミーがいた。彼女は外に出てきて、ポーチでしばらく立ち止まった。夕陽が山脈の向こうに沈んでいくのをじっと眺めている。喪服のガウンも黒いベールも身につけておらず、グレーのフープスカートのドレスを着て、白いエプロンを前につけている。髪はボンネットの後ろで束ねている。

「あなた、いろいろと質問があるんじゃないかしら」

そう、たくさんあった。しかし、それを訊こうとはしなかった。すでに自分が充分なだけ質問したように感じていた——それは、すでに自分が充分なだけ彼らにしゃべったということだった。人生の最初の頃、尋問が決して一方向ではないということを学んでいたからだ。やがてエイミーが言った。「いいわ、わかった。確かに私があなただったら、いまこの瞬間、あまりしゃべりたいとは思わないでしょうね。でも、私はしゃべるわ。だって、この場所について、ここでの新しい暮らしについて、あなたが知るべきことはいろいろとあるから」

横目で見て、僕は彼女が僕を見つめていることに気づいた。しかし、僕は前を向いたまま、山脈に近づいていく太陽をじっと見つめていた。

「ここがどこかは、見当がついているわよね——ブライストン、コリーンの家よ。でも、彼女の家が本当のところ何かについては、見当がついていないし、わからないはず。私から話してもいいわ。あなたもすぐにわかるはずだけど。

ブライストンはかつてコリーンの家族の持ち物だったの。彼女は一人娘だったから、家族がみんな死んだとき、彼女の地所になった。コリーンが見た目とは違う人だってことは、あなたも気づいたわよね。もちろん、生粋のヴァージニア人よ。でも、彼女はここで見たことと北部で得た知識によって、奴隷制の問題について違う見解を持つようになった。その見解は、私の見解でもあるし兄のでもあるんだけど、戦闘的で怒りに満ちているの」

ここで彼女は軽く笑い、少し間をあけてから言った。「笑っちゃいけないわね。楽しいことではない、本当に楽しいときを除けば。でも、私にとってはいつでも楽しいの。ここにいるのは本当に素晴らしい、彼らと闘うのはね。私たちは、地下鉄道という名であなたも知っている軍隊の前哨部隊なの。ここに住んでいる人たちはみんな、その軍隊の一部。そんな気配を見せるわけにはいかないけど。一緒に歩いてみればわかるはずよ、ここには誰もが期待するものがある——花が咲く果樹園と青々とした畑。そして、ここで客をもてなすとすれば、客たちが見るのは仕事をしたり歌ったりして、幸せそうな私たち。でも、わかってね、ここで歌ったり働いたりしている人の誰もが私たちの仲間で、このことに人生を捧げているの。自由の灯りをメリーランド、ヴァージニア、ケンタッキーに、そしてテネシーにだって、広めること。

彼らはみんな工作員なのよ、それぞれ違った形で働いているけど。何人かは、家で仕事をする。あなたみたいに読み書きに長けた人たちで、その技術を使うの。この活動には書類が大切なのよ——自由な黒人であることの証明書とか、遺書や証言ね。これが家での仕事だけど、信じてね、彼らはみんな荒っぽい人たちだから。内部工作員たちはしょっちゅう地面に耳をつけて警戒している。勉強もする。ゴシップも知ってるわ。新聞や雑誌も読んでいるし。自分の地域で影響力のある人のことをみんな知っているの。でも、地域の人たちは誰も彼らのことを本当には知らない。それから、ほかの人たちもいる」

エイミーはここで一息ついた。彼女のほうを見ると、うっすらとした笑みが口の隅に浮かんでいる。彼女はいま山脈のほうを見つめ、山々が太陽の最後のひとかけを呑み込んでいくのを眺めていた。

「あれが見える？」と彼女は訊ねた。僕は返事をしなかった。「あそこに見えるものが自由なのよ。ここに座って、陽が沈むのを眺める。自分の時間を好きに使えて、何も負っていないし、命令したり、鞭を打つぞと脅したりする人もいない。私の場合、いつでもこうだったわけではないわ。兄と一緒に、世界でもいちばん下種な男に縛られていた。その男がコリーンと結婚したの。で、その男はもういないし、私はここにあなたと一緒にいて、こういうささやかな自然のことを楽しめるわけ。

でも、家に入ることはできないっていう人たちもいるの。壁が迫ってくるように感じてしまうから。彼らは最初に逃亡したときのことが忘れられないのよ。命令されてきたことすべてに逆らう、それが輝かしく思えてたまらないの。いちばん自由だって感じたときなのね。だからその自由を追求し続ける。それが外部工作員よ。彼らは違うの。プランテーションにもぐり込み、奴隷たちをそこから逃亡させる。外部工作員たちは大胆だわ。猟犬の吠え声を聞くと、生き生きとしてくる。沼地、川、イバラ、人の住まなくなった地所、屋根裏部屋、古い納屋、苔、北極星――こういうのを相手にするのが外部工作員よ。

そして、私たちは互いを必要としている。一緒に仕事をしているの。同じ軍隊なのよ、ハイラム。同じ軍隊」

彼女はここでまた口をつぐんだ。僕たちはそこに座ったまま夜空を見上げ、瞬き始めた星を眺めていた。

「それで、あなたはどっちなの?」と僕は訊ねた。

「うん?」

「内部か外部か」と僕は言った。「どっちなのかな?」

彼女は僕を見て鼻を鳴らし、それから笑いながら言った。「私は外部工作員よ、もちろん」

彼女は山脈のほうに視線を戻した。山々はいま、彼方に連なるダークブルーの巨大な塊だった。

「ハイラム、私はいますぐ走れるわよ。すでに自由だし、何かから逃れるわけでもないけど。ただ、あの山々を走って越えることもできる。あらゆる川を越え、あらゆる草原を突っ切り、沼地で眠り、根っこを食べて生きる。そういうことをすべてやって、さらにもっと走れるわ」


そこで僕は工作員になる訓練を受けた。ブライストンの山のなか、コリーンの家族の地所で、地下鉄道のためにスカウトされたほかの新米工作員たちとともに。仲間の工作員たちについてはあまり語らないが、それは許していただきたい。この本で触れているのは存命中だが許可してくれた人か、魂の偉大な識別者のもとに最後の旅をした人かのどちらかである。僕たちはまだ、すべての清算が済んで恨みが晴らされた時代を通過していない。だから僕たちの多くは、いまも、まだ地下にとどまっているのである。

僕の人生は二重になった。もともと好きだった木工の仕事や家具作りを再開した。そして、以前していたように、ブライストンで働いている人たちの手助けもするようになった。といっても、彼らの働き方は、当時の僕にはすごく奇妙だった。どこの場所でも労働が分けられていないのである。だからキッチンでも搾乳場でも機械工の作業場でも、性別や人種にかかわらず、みんなで仕事をした。だからコリーン・クインでさえ、出かける用事がないときは、畑でみんなと一緒に収穫したり、食堂でホーキンズと一緒に夕食を給仕したりした。この細長い食堂に僕たちは夜ごとに集まり、食事をしたのである。

夕食のあと、僕たちはそれぞれの宿舎に戻り、夕食用の服から夜のユニフォームに着替えた——フランネルのシャツに伸縮性のあるズボン、軽いキャンバス製の靴。それから訓練の第一段階に参加する。毎晩、一時間走るのだが、僕の見積もりでは六マイルから七マイルだろう。その距離を走りながら、あらゆる種類の体操がはさまれる——腕の振り上げ、腕立て伏せ、跳躍など。こうしてランニングが終わっても、まだまだある——サイドステップ、脚上げ、スクワットなど。トレーニング法はドイツの一八四八年革命の兵士たちがやっていたもので、彼らは祖国で自由のために戦った者たちであり、だからこの地下鉄道の大義とも共通するということだった。起源は何であれ、僕の体はこれで強靱になった。燃え出しそうなほど心臓が鼓動したのも、ちょっとした息切れ程度となり、いつの間にか長い距離を休みなく走れるようになった。

こうした指導者に奴隷はおらず、上級市民と下級白人だけだった。そのなかには、僕を毎晩追いかけた者が何人か含まれていたのではないかと思う。自分があのときのことを乗り越えたのかどうかはわからない。僕は彼らにとって処分可能な存在なのだと感じた——少なくとも、ヴァージニアのこの種の人たちにとっては。そして彼らは、僕から見ると、狂信者だった。彼らがそうならざるを得ないのはわかる——彼らにとってほかに道はない——のだが、それは僕と彼らのあいだが隔たっていることを意味していた。というのも、彼らの戦争は奴隷制に対する闘いであり、僕のは奴隷たちのための闘いだったのだ。

とはいえ、一人だけ例外がいた。それは彼がヴァージニア人ではなく、北部出身だからではないかと思う。ミスター・フィールズのことだ。僕は彼と週に三回、体操のあと一時間ずつ会った。場所は屋敷の下に広がる地下二階で、そこに行くには秘密の入り口を通らないといけなかった。マホガニーの大きな嫁入り箪笥の底が抜いてあり、そこにある跳ね上げ戸を開けて、階段を二階分下りるのである。すると、またドアがあり、その向こうに書斎がある。ランタンが灯され、麝香の匂いのする部屋だ。両側に本棚が二列ずつ置かれ、隅から隅まで本が詰まっていた。この部屋の真ん中には長いテーブルがあり、等距離に椅子が置かれ、各席にペンと紙が用意されていた。

いちばん端には大きな書き物机が二つあり、その整理棚には、地下鉄道に関するさまざまな書類がいっぱい入っていた。これらは内部工作員たちの道具で、彼らの姿をここで夜にときどき見ることもあった。長いテーブルに向かって、静かにその秘密の技を発揮しているのだ。僕はミスター・フィールズとテーブルに向かい、彼は僕たちのあいだに何も起こらなかったかのように授業を再開した。この数年間がまるでなかったかのように。

僕のカリキュラムは広がっていて、それが嬉しかった。幾何学、算術、ギリシャ語とラテン語も少々。それから残りの一時間ほど、部屋を好きに使っていい時間が与えられ、本を自由に選ぶことが許された。いま思うと、僕自身の本、つまりあなたがいま持っている本は、このときにそこで始まったのだろう——あの図書室で。というのも、やがて僕は単に読むだけでなく、書くことも始めたのだ。最初は勉強の記録にすぎなかった。しかし、これがすぐに僕の考察の記録に発展し、考察から印象になり、その結果、いま僕が手にしているのは僕の頭の記録だけではなく心の記録となった。こうしたアイデアはどこから生まれたのだろう？　おそらくメイナードに感謝すべきなのだと思う。彼は父親の整理棚からいろいろなものをくすねたのだが、そのなかに僕たちの祖父であるジョン・ウォーカーの古い日記があった。祖父はあの世代の人たちのご多分に漏れず、自分が偉大な闘いの真っただ中にいると信じ、この闘いが世界の様相を変えると信じていた。僕にはそんな自惚れはなかったが、それでも——ぼんやりとではあっても——意義のあるものを摑んだと感じたのだ。偶然かもしれないが、このささやかな人生を超越した意義のある何かを。

僕はこの日常を、ほとんど変化なく、一カ月続けた。そしてある夜、屋敷の地下に下りると、そこにはミスター・フィールズの代わりにコリーンがいた。

「ここの生活はどう?」と彼女は言った。

「すごく変ですね」と僕は言った。「別の人生ですよ」

コリーンは静かに欠伸をして座った。机に肘をつき、手のひらに顎を載せて、くたびれた目で僕のことを見つめている。コールした黒髪は後ろに束ねられ、ランタンの灯りが顔に影を躍らせている。年齢では僕の数年上なだけなのに、彼女の顔は先祖の女性のように見えた。僕は彼女がメイナードと一緒にいた頃のことを考え、その広範に及ぶ嘘に魅せられていく自分を感じた。当時、なんと彼女のことをわずかしか知らなかったのだろう。彼女の知性、経験、狡猾さを。それから僕は、恐怖の衝撃が体に走るのを感じた。コリーン・クインは、上級市民の仮面をかぶっていながら、神秘的で強靱だ。僕は彼女の能力について本当にはわかっていない。

「あなたに関してだって」と僕は言った。「考えることはたくさんあります。僕は……想像もできなかったでしょう。千年かかっても無理です」

「ありがとう」と彼女は言い、それから笑った。明らかに、自分の嘘の壮大なスケールに喜びを感じているようだった。「書くことは楽しい?」

「最近、たくさんのことを見たので」と僕は答えた。「記録しなきゃいけないって感じたんです。特にここでの自分の経験について」

「それについては慎重にね」

「わかってます」と僕は言った。「死ぬ前に処分しますよ。ここに残したりはしません」

「そう」と彼女は言い、目を輝かせた。「聞いたんだけど、あなたはかつて図書室を住処にしちゃったんだってね。夜になって、あなたをその奥から連れ戻すには、ほとんど引きずってこなきゃいけなかったって」

「家のことを思い出してしまいますね」と僕は言った。

「それで、あなたは戻りたい？　戻れるなら、家に？」と彼女は訊ねた。

「いえ、絶対に嫌です」と僕は言った。

彼女は僕をしばらくじっと見つめたが、何を詮索しているのかはわからなかった。あそこでは、僕はいつでも詮索されていた。それを感じたのだ。一緒にトレーニングを受けている仲間の工作員たちも、質問で探りを入れたり、僕が気づいていないと思っているときにじっと見つめたりした。僕はそれに対して、できるだけ沈黙で応えていた。しかしコリーンには、僕をしゃべりたい気持ちにさせるものがあった。彼女の沈黙自体に、深くて特別な孤独を伝えてくるものがあり、それが自分の孤独と近いと感じたのだ――お互いにこの感情の起源について率直に話すことはなかったけれども。

「あそこにいたとき、ロックレスにいたときですけど」と僕は言った。「僕には自由がありました――ほとんどの人よりはあったと言えます。でも、僕はほかの人の財産でした。こういうふうに、この場であなたにそれを言うだけでも、自分が貶められた気がします」

「そうよね」と彼女は言った。「ローマ時代から、一部の人々はずっと虐げられてきた。いまでも上流社会に生まれたのに、知識を身につけるのは無理だと言われる人たちがいる。無知こそが身につけるべき装飾で、目指すべきことだって言われるの」

彼女はクスッと笑い、少し間を置いた。彼女の言いたいことに僕が気づくのを待っていたのだ。僕が気づいたのが明らかになると、彼女は言った。「女の精神は弱い――それが決まり文句なの。でもね、貴婦人の地位にのぼりつめようというなら、本も少し読まなきゃいけないって言われる。読みすぎちゃいけないのよ。根詰めて勉強しちゃダメ。繊細な少女の心に傷がつくようなものは読んじゃいけない。小説、物語、諺、そういったものね。新聞や政治はダメ」

ここでコリーンは立ち上がり、机のほうに歩いていった。そして、机の抽斗から大きな封筒を取り出した。

「でもね、私は彼らに指図などさせなかったわ」と彼女は封筒を握ったまま言った。「それに、単に読書をしてきたのとも違う。彼らの言語や習慣を学んだの——私の立場をずっと超えているようなものでさえ、いえ、私の立場をずっと超えているようなものをこそ。それが私の自由の種子だったのよ」

彼女はこちらに戻ってきて、封筒を僕の前に置いた。

「開けてみて」と彼女は言った。

僕が開けると、なかには一人の男の人生が入っていた。家族への手紙、許可証、売買証書。

「一週間だけ、これはあなたのものになる」と彼女は言った。「この男の持ち物をずっと抱えているわけにはいかない。ここにあるのは一部分で、なくても彼に気づかれないくらいに規則性がないの」

「それで、僕はどうしたらいいのですか？」と僕は訊ねた。

「彼のことを知るのよ、もちろん」と彼女は言った。「これは、彼らの習慣を学ぶ授業。あなたの立場を超えたものをすべて理解する方法ね。彼は紳士で、ある程度の教育を受け、教養がある。大規模な奴隷所有者たちの多くがそうであるようにね」

僕は困惑した顔をしていたに違いない。というのも、コリーンが次にこう言ったのだ。「あなた、ここで何を勉強してきたと思っているの？」

僕が何も言わないでいると、彼女は続けた。「私たちがここでしているのは暇つぶしの運動ではないし、キリスト教徒の信仰心の向上でもない。まずあなたは、彼らが知っていることを学ぶ、全般的に。それから、彼らの細部を学ぶ——彼らの言葉や筆跡を。その男の特別な知識を自分のものとすれば、彼の寸法を知ることにもなる。そうしたら衣装を作り出すの、ハイラム。それを自分のものとして、体に合わせるのよ」

僕は翌日から勉強を始めた。すぐに確かめたのは、すべての書類が同じ筆跡で書かれているということだった。それをよく見ていると、容貌が浮かんできた。これを書いた人の人生の資料——帳簿の収支、妻との手紙のやり取り、死んだ人たちに関する日記の記載、数年分の収穫の記録など——から、あらゆる特徴や欠点を具えた男の姿が眼前に現われたのである。彼の日常の習慣、必ずやること、独特の哲学もわかるようになり、最後には、まったく知らない男なのに、ほとんどすべての特徴を言い表わすことができるようになった。

コリーンとは一週間後、図書室でまた会った。僕は自分が突き止めたことすべてを話し、彼女の厳しい質問攻めにあって、さらに多くのことを話した。彼の妻の好きな花は？　彼らが出かけるのはどれくらいの頻度？　この男は父親を愛していた？　髪はもう白い？　社会での地位はどれくらい？　家の財産はどれくらい古くからのもの？　唐突に残酷な手段に訴えるようなことはある？僕はそのすべてに答えられた——記憶力という才能のおかげで、男の人生の事実をすべて吸収していたのだ。しかし、コリーンは記憶に蓄えておける事実を超え、解釈の問題となるような質問にまで踏み込んできた。彼は善良な人か？　人生に何を望んでいるか？　目に見える悪徳に耽るタイプの人か？　次の夜、彼女は質問をこの方向に集中させ、僕にこの男の人物像を構築させた——彼のベストからほどけた一本の糸まで細かく。次の質問攻めの夜には、より推論に頼る質問の答えがすらすらと出てくるようになり、最後の夜になると、そういう質問は簡単すぎて、自分の人生に関するものと感じられるほどになっていた。そして、それがこのすべての趣旨だったのだ。

「では」と彼女は言った。「あなたは充分学んだ結果、この男が何か特別なものを所有しているってこともわかってるわね。彼が特に愛しているもの」

「はい、騎手です」と僕は答えた。「レヴィティ・ウィリアムズ」

「そのとおり」と彼女は言った。「この男は一日の通行証が必要となる。それから、先に進むための紹介状と、最後に主人の署名がある自由黒人証明書。そういうものをあなたが作るの」

彼女は自分の箱から缶を取り出し、それを僕に手渡した。開けてみると、そこには細いペンが入っており、手に持ってみてわかった。このペンは、僕が勉強してきた資料でしばしば使われているものと同じ重さである。

「ハイラム、衣装はぴったり合わないといけない」と彼女は言った。「一日の通行証は、同じような殴り書きで書かれなければならない。紹介状は、堅苦しくて仰々しい言いまわしが必要。自由黒人証明書には、同じような傲慢さが見えてほしい。これこそ、ああいう汚らわしい男たちの生得の権利だからね」

ほかにも、彼の署名や筆跡を真似るという実際的な問題があったが、ここでは僕の記憶力と模倣の才能が物を言った。ずっと以前、ミスター・フィールズに橋の絵を見せられ、僕がしたことと何の変わりもないのだ。より難しかったのは、この男の信念や情熱を摑むことであり、それを自分のものであるかのように、自信とゆとりをもって伝えることだった。このときの教えを僕はいまでも覚えている。僕がその後どのような人間になり、何を解き放って何を見てきたかは、このときの教えがあればこそのものなのだ。

こうした書類がレヴィティ・ウィリアムズを解放したのかどうか、僕は知らない。僕たちがやっていたことは、すべて極秘にされていたからである。それでも、こうした書類を偽造することで、僕は何か新しいものが自分に湧き上がってくるのを感じた。その新しいものとは力だ。力は僕の右腕から溢れ出て、ペンを通して投射され、荒野へと放たれる。そして、僕たちを糾弾する者たちの心に突き刺さるのだ。

すぐにこれは僕の毎日の仕事となった。数週間ごとに、コリーンから新しい封筒を渡される。そして毎週、僕は衣装に自分を合わせる。そのため一つ終わったときには、僕はどこで自分の人格が終わり、どこから奴隷監督としての人格が始まっているのか、わからなくなるくらいだった。奴隷監督たちのことをよく知り、その子供たち、妻、敵などのことも知っていた。彼らの人間性が見えてくるのは辛かった。ここにも家族の絆があり、求愛の儀式に夢中になっている若い恋人たちがいた。ここにも悲しみがあり、奴隷制の罪に気づいてゾッとすることがあった。そして、最終的には彼らも旧世界の悪魔、神、権力の奴隷なのではないかという恐れがあった。こうした旧世界のものを、彼らはそれと知らずに新世界で解き放ってきたのだ。僕は彼らを愛しそうにさえなった。しかし、僕がこの仕事で求められたのはまさにそれだ。個人の憎しみや苦痛を超えたところに到達し、彼らの完全な姿を理解すること。それから彼らをペンによって攻撃し、壊滅させるのである。

自由になった奴隷の一人ひとりが、彼らに対する打撃となる。そして、僕たちはもっとそれ以上のことをした。書類を修正したり、書き足したりして戻した。こうした偽造によって争いが生まれた。審問の内容を書き換えたり、不倫の証拠を滑り込ませたりもした。いまや僕の怒りは解き放たれ、メイナードや父を超えて広がり、ヴァージニア全体へと向かった。毎晩、ランタンの灯りの下、図書室の長いテーブルに向かって、僕はその怒りを晴らしていたのである。

仕事が終わると、僕は疲れ果ててベッドに入った。睡眠中は、毎日の研究対象である男たちから逃れ、どこか遠い場所、小さな土地を夢に見た。川が流れ、厄介事はすべて流し去ってくれるようなところ。あるいは、ソフィアの夢。こうした夢を見るのはよい日だ。悪い日に見る夢は熱かった。監獄が見え、少年がいて、その母親がライランドの猟犬団に天罰が下りますようにと叫んでいる――「ライランドの猟犬ども! 黒い炎に焼き尽され、捻じ曲がった骨になってしまえ」。ある女を愛し、名前を失った男の夢も見た。それから、僕がこうむった裏切りのすべてを見た――嘲笑う声、呻き声、ロープを。こうした夢を見て目覚めるとき、僕は違う感情を抱いていた。とても限定的で直接的な気持ち。自分がジョージー・パークスと出くわすことがあれば何をしてやりたいか、ありとあらゆることを考えて目覚めるのである。

しかし、僕は復讐のために地下鉄道に迎え入れられたわけではなかった。単なる文書偽造のためでもない。それは、僕が持っていると信じられている力のためである。僕たちがそれをどのように引き起こし、制御し、利用するかさえわかればの話だが。僕のような人はほかにもう一人いたのだが、僕と違って、彼女はこの力を使いこなしていた。その偉業によって、彼女は地域の人々から愛され、名声を博していたので、ボストン、フィラデルフィア、ニューヨークなどの黒人たちは彼女にモーゼという名を与えた。彼女が使う力は〝導引〟と呼ばれるようになった――コリーンが僕自身の力を表わすのに使ったのと同じ言葉である。その力を彼女はどうやら自分の好きなように使うことができ、それによって奴隷たちを南部の畑の足枷から解放して北部の自由の土地へと〝導引〟するのだ。しかし、モーゼは口を閉ざしていて、自分の秘儀についてヴァージニアの地下鉄道には何も明かしていない。そこで僕は自分の好きなようにやらざるを得なかった――というか、より正確に言うと、彼らの好きなようにやらざるを得なかった。

僕たちは実験することにした。まず、みんなの意見が一致したのは、僕がその力を引き出すには、何らかの刺激が必要だということだった。何らかの脅し、あるいは苦痛でさえも。そしてまた、僕の証言から、その力が僕の人生の払拭できない瞬間と結びついているということも推測できた――しかも僕の記憶では、それは特に母と結びついているようだった。しかし、どうやってこのような記憶を呼び起こし、使える力にするのか？　コリーンとその副官たちはあらゆる仕掛けを使って、僕からその力を引き出そうとした。ホーキンズに足枷をはめられ、ジョージー・パークスの裏切りを細かいところまで思い出せと言われた。ミスター・フィールズには目隠しをされ、森に連れ出されて、グース川に落ちた日のことを細かく話すように言われた。エイミーとは馬屋に行き、父が母に対して犯した罪について、知っていることをすべて話した。ある土曜日、コリーンを馬車に乗せて走ったときは、ソフィアを叔父のところへ連れていくあいだ自分がどのように感じたかをすべて思い出そうとした。しかし、〝導引〟の青い光は現われず、話を終えたときには——聞き手は僕の思い出話に心を奪われ、僕の心は千々に乱れていたけれども——進展はまったくないのだった。

馬車で出かけた日の午後、〝導引〟の試みにまた失敗したあとで、コリーンと僕は母屋まで一緒に歩いていき、ダイニングのエリアに入った。ミスター・フィールズとホーキンズはそこでコーヒーを飲んでいた。二人は僕たちに挨拶し、席を立った。夏がすぐそこに来ていて、日が長くなったが、それは僕たちの演習を隠すものが少なくなったことを意味していた。僕は大地がその年初めて目を覚ましたように感じたのを覚えている。自分もそれとともに目を覚ましているという、超越的な感情を抱いた。しかし、〝導引〟はいまだに来ていなかった。

僕たちはテーブルに座り、会話を続けたが、やがて小さな話題もすべて尽きてしまった。そのときコリーンが言った。「ハイラム、本当のことを言えば、ほかのどんな基準から言っても、あなたは優秀な工作員になったわ。それは、我々にはとても助かることなの。あなたのことを、あなたの限界に従ってではなく、我々の必要に応じて配置できるわけだから。あなたには意味がないかもしれないけど——でも、意味はあるべきなの。すべての人がこのレベルに達するわけではないのだから」

実を言えば、この褒め言葉は僕にも意味のあるものだった。生まれてからずっと、僕は父と兄に奉仕することで生きてきた。僕が一歩前進したり、何かを成し遂げたりすると、それが父によって可能になったことであっても、物事の正しい秩序への脅威と見なされた。そのため僕は、このとき初めて、周囲の世界と歩調を合わせているように思えたのである。

しかし、このレベルに達しなかった者たちはどうしたのだろう。僕はそう考えた。彼らはヴァージニア地下鉄道に関する秘密をすべて打ち明けられながら、自分たちがお荷物であることを露呈してしまったのだ。僕もかなりたくさん知っていた――これだけ知ってしまった者を、元の世界に戻すわけにはいかないだろう。

「本当を言うと、あなたがここまでだとは期待していなかったの」と彼女は続けた。「あなたが読み書きできることは知っていたわ。記憶の才能もね。社交界の近くで育ったことも知っていた。でも、あなたがどれだけ容易に仮面をかぶれるかについては、あまり当てにしてなかったの。狩りをされたことは知っていたけど、あなたが地下に閉じ込められていたあいだに、どれだけの狡猾さを身につけたかはわかっていなかったのよ」

彼女はここで間を置き、僕は会話が暗い領域に入っていくのだとわかった。彼女は顔を伏せて、言葉を探している。そのとき僕は、彼女がかつて僕に対して主人風を吹かせていたのを思い出した。ロックレスにいた頃、父の図書室でのことだ。その主人風が、特にこの瞬間、消えてなくなっていた。そして僕の頭に、実のところすべては幻想だという考えが浮かんだ。このすべての秩序が策略であり、魔法であって、巧妙な見せびらかしによって支えられている――しきたりや競馬の日、パーティや行進、白粉《おしろい》やフェースペイント。すべてが仕掛けで、それが引き剝がされると、実のところは二人の人間にすぎなくなる。男と女がそこに座っているだけ。僕は突然、彼女が明らかに居心地悪そうにしているのを和らげてやりたくなった。そこで、しばしば拒否してきたことをした。自分からしゃべったのだ。

「それでもまだ充分じゃない」と僕は言った。「走って、読めて、書けて。でも、それは僕がここに迎えられた理由ではない。充分じゃないですよね」

「そうね」とコリーンは言った。「充分じゃない。ハイラム、この世界には、単純に負かすことのできない敵がいるの。そして、奴隷制の〝棺〟に深く閉じ込められている仲間たちがたくさんいる。深すぎて手が届かないところに——ジャクソン、モントゴメリー、コロンビア、ナチェズに。でも、この力は——〝導引〟は——一週間の旅を瞬時のものにしてしまう鉄道よ。それがなくても、私たちは敵に脅威を与えられる。それがあれば、距離が私たちにとって意味をなくし、私たちはどこでも敵を襲撃できる。ひと言でいえば、私たちはあなたを必要としているのよ、ハイラム——単なる文書偽造のハイラムではなく、走るハイラムでもなく、こうした人たちを送り返す者として。私たちの仲間を、すべての人に与えられている自由へと送り返す者」

僕は彼女のことがよくわかった。しかし、それでも期待に添えなかった者たちのことをまだ考えていた。

「じゃあ、二度とあれをできなかったら、僕のことはどうするんですか？」と僕は訊ねた。「偽造文書の山に埋もれさせる？　穴に戻す？」

「もちろん、そんなことしないわ」とコリーンが言った。「あなたは自由だから」

自由。彼女のその言い方には、どこかハッとさせるものがあった。なぜかははっきり言えないのだが、その言葉は僕の心にしばらく引っかかった。

「〝自由〟って言いますけど、僕は奉仕します。あなたもそう言いましたよね——自分で決めたように奉仕するって。僕はあなたの求めることをします。あなたが言うところに行きますし」

「私を評価しすぎじゃないかしら」と彼女は言った。

「ほかに誰がいるんです？」と僕は訊ねた。「僕がここで見てきたもの以上に、この地下鉄道には何があるんです？　誰が救出されているのだろう。そういう人たちを見たことがない。僕の仲間たちは？　ソフィアはどうなったんです？　ピートは？　シーナは？　僕の母親は？」

「私たちには規則があるの」と彼女は言った。

「何の規則ですか？」

「誰なら救出できるか、どのようにやるかの規則よ」

「わかりました」と僕は言った。「じゃあ、見せてください」

「規則を？」と彼女は当惑して答えた。

「いいえ」と僕は言った。「行動を見せてください。我々が救出している人々を見たい。いや、それよりこっちのほうがいい。あなたは僕が期待を上回ったと言いました。なら、僕にそれをやらせてください」

「ハイラム」と彼女は言った。その声は低くなり、不安に溢れていた。この瞬間に僕を失うことになりかねないと、彼女はわかっていたのだと思う。すべてがペテンではないということを証明しなければ、僕はここから出ていくだろう。そうしたら、〝導引〟を得る希望も一緒に失ってしまうのだ。

「いいでしょう」と彼女は言った。「見せてほしいというわけね。なら、お見せするわ」

「ゲームじゃないですよね？」と僕は訊ねた。「真剣勝負ですね？」

「あなたが思う以上に真剣よ」と彼女は言った。

14

しかし、地下鉄道の最も深い聖域に入ることを認めるために、コリーンは僕が決して離脱しないという確証を必要とした。そのために、彼女は僕にあることを要求し、それによって僕を永遠にこの大義に縛りつけようとした。彼女の要求は、ジョージー・パークスを破滅させることであった。

僕もこのような行為を夢に見たことがあった。監獄で、穴で、そしてここで、ジョージーをどのような目にあわせてやるか長いこと考えた。しかしいま、まさにそのことと向き合い、手に剣を渡されて、僕の怒りは薄れていった。そのあとで必然的に何が起きるか、その全体像を考えずにいられなかったからである。

「あなたは彼が裏切った最初の人ではないわ」とコリーンは言った。「そして、あなたが最後でもなかった。彼はスターフォールにいまも住み、あの怪しい仕事に励んでいるのよ」。そのときは夜の遅い時間で、僕は図書室にホーキンズとコリーンとともにいた。ちょうど夜の勉強を終えたところだった。そして、彼らの話を聞きながら、僕はジョージーがやったことをまだ心で整理できていないとわかった。僕の一部分は、彼のことをまだ神話化された人物として見ている——奴隷でありながら、自分で自由を獲得した者として。彼を裏切り者だと完全に認めてしまうのは、僕たちに為されたこととの完璧さを受け入れることになってしまうのだ——白人たちが僕たちをいかに完璧に支配したか。僕たちのヒーローでさえ、神話でさえ、奴隷制を維持するための道具にすぎなくなってしまうのである。

彼らが僕に説明した計画は、僕たちの模倣とペテンの才能を使い、ジョージーを裏切り行為に巻き込むことだった。奴隷を裏切るのではなく、ジョージーを監督する白人たちを裏切るのだ。

「ジョージーがどういう目にあうかわかっているよね」と僕は言った。

「やつがラッキーなら、首を吊られるだろう」とホーキンズは言った。

「で、ラッキーでなかったら」と僕は言った。「鎖につながれるんだろうな。家庭を破壊され、ナチェズに送られる。そして、考えたこともないほどひどい目にあう。彼がどうしてそこに来たか、ほかの奴隷が知ってしまったら大変だ」

「白人たちが話すんじゃないかな」とホーキンズは言った。

「僕たちはここで新しい領域に踏み込もうとしている」と僕は言った。「あるいは、あなた方はすでに踏み込んでいて、僕について来るように言っている」

「さっさと殺そうって話も出たんだよ」とホーキンズは僕の心配を素通りして言った。

「でも、それができないのはわかるわよね」とコリーンが言った。

彼女の言うとおりだ――しかし、それは道義的な原理からではない。あからさますぎるのである。そして、もし報復が僕たちに及ばなくても、間違いなくこの地域のすべての奴隷たちに及ぶだろう。それではダメだ。ジョージー・パークスは始末されなければならないが、その行為をするのは主人たちでなければならない。我々は背中をそっと押してやるだけでいいのだ。

「ああいう人たちのことはよく知っているわ」とコリーンは首を振りながら言った。「彼らがジョージーとどういう約束をしているにせよ、間違いなく言えるのは、自由黒人を信用していないってこと。奴隷よりも信用していないわ。それにジョージーは名うての嘘つきで、彼らに仕えてはいても、圧力が加われば変節しかねないやつなの。だから別方向からの圧力で変節したっていうのは、それほど信じがたいことじゃないでしょう？」

「地下鉄道の圧力」と僕は言った。

「あるいは、彼らが地下鉄道と信じているもののね」とコリーンは応えた。「だから、信用のある家から手紙などが見つかって、彼の広範に及ぶ罪を記していたら、どうなるかしら？　彼が両方の側のために働いていること、地下鉄道の活動にも消極的ながら縛られていることがわかったら？　そして、何かしらの物品一式が――偽造した通行証、自由黒人証明書、奴隷解放運動に関わる文献、北部への旅を指示する書状などが――ジョージーの家に、あるいは彼が持ち歩いているもののなかに見つかったら？」

「彼を殺すことになりますね」と僕は言った。

「そうだな」とホーキンズは言った。

「ロープか鎖で」と僕は言った。「あの男が殺されるように仕向ける」

「あの男はあなたを殺そうとしたのよ」とコリーンは言った。彼女の灰色の瞳には怒りの炎が燻《くすぶ》っている。「彼はあなたを殺そうとしたの、ハイラム。あなた以前にもたくさん殺したし、私たちが何もしなければ、これからも殺し続けるわ。この男は自由への最後の望みを奪って、燃料として燃やしてしまうの。小さな女の子たち、老人たち、家族全体、まとめて燃やしちゃうのよ。あなたは深南部に行ったことがある？　私はあるわ。あそこは地獄よ、話で聞くのよりひどい。終わりのない労働。終わりのない辱め。誰一人として、こんな扱いを受けるいわれはない。いわれのある者がいるとすれば、それは第一に奴隷の主人たちよ。次に来るのが、ジョージー・パークスのような連中ね」

　論理は実に明瞭だった。しかし、僕は自分が闇の世界へと引き込まれていくように感じた。あの夜、ソフィアと旅立ったときに想像していたロマンスとははるかに隔たったところへ。奴隷制は罠だ。ジョージーだって罠にかかっている。そんな男を裁こうとするコリーン・クインとは何者なのだろう？　そして、僕自身は？　恋と生き残ること以外には高邁な目的を持たず、逃亡した自分はどうなのだろう？　いま僕は地下鉄道の闘いを理解した。これは古代の名誉ある戦争とは違う。畑の向こうに援軍が集まっていたりはしない。一人の工作員は百人もの上級市民を相手にしなければならず、一人の上級市民には千人もの下級白人たちが忠誠を誓っている。ガゼルは爪でライオンに対抗することはできない――だから走る。しかし、我々は走る以上のことをしている。陰謀を企て、扇動し、妨害し、毒を盛り、破壊する。

「我々にかかってるんだ」とホーキンズが言った。「わかるかい、我々にかかってるって？　やつはいまも家庭を破壊し、人々を監獄や競売に送っている。それを、我々の名前の下で行ってるんだよ」

「私たちがこれを求めたわけではないわ、ハイラム」とコリーンは言った。「あなたの言うとおり、これは通常の仕事ではない。でも、あなただったら私たちに何をさせたい？　私たちがまだ思いついていないオプションって何かしら？」

そんなものはない。

ここでコリーンは別のファイルを取り出し、テーブルの僕の前に置いた。僕はなかに何が入っているかわかっていた――いつものように盗んだ書類の一式。それを手がかりに、僕は上級市民の心のなかに入り込むのだ。そのとき僕を見つめたコリーンの目は、憐れみや悲しみをたたえているのではなく、炎となって燃え上がっていた。

一カ月後、僕はいつもの夕方の課題に取り組むため、フランネルの服を着て部屋を出た。季節はすでに真夏。夜は短くなり、七月の日中はどんどん長くなっている。宿舎から出た道で、僕はミスター・フィールズと一緒にホーキンズが近づいて来るのを見た。どちらも日中に着る服を着ている。ホーキンズは世間話をし、そのあいだミスター・フィールズはあちこちに目を凝らしていた。僕は何かが起こるのだなと感じた。ホーキンズは僕を頭から足まで見渡して言った。「今夜の課題はなしだ。明日もない。少し休め」

僕は彼を少し長く見つめ、彼の意味を正しく捉えたかどうか確かめようとした。

「仕事があるんだ」と彼は言った。

しかし、僕は休まなかった――その夕方も、夜も、次の日の朝も。地下鉄道の現場での作戦については、ぼんやりとしかわかっていなかったので、それを想像しようとして頭がぐるぐると回った。次の日の夕方、二人と外で会った。身につけていったのは、ゆったりとしたズボンにシャツ、帽子、そして走ることを考えて、いつもと同じ作業靴。興奮していたが、できるだけそれを隠そうとしていた。しかし、ホーキンズと目が合ったとき、彼は笑った。

「何?」と僕は訊ねた。

「何でもない」とホーキンズは言った。「ただ、君はもう引き返せないってこと。もう抜け出せない。わかってるよな?」

「抜け出せる段階はとっくにすぎたよ」と僕は言った。

「そのとおり」とホーキンズ。「でも、俺たちは君に重大な仕事を託すことになる。君がこれから感じることを、俺もこの場で感じているのさ、君を見つめてね。で、自分のことを思い出している。最初に仕事を託されたときのこと。君もすぐにわかるさ」

「まだ彼にはわからない」とミスター・フィールズが言った。「それに、ほかにはどうしようもない」

僕たちは宿舎からブライストンの母屋に向かって歩いていき、別館の一つに集まった。そこにはテーブルがあり、カップが三つと水差しが置かれていた。水差しからホーキンズが濃いシードルを三つのカップに注ぎ、その一つを取ってひと口すすった。そして息をすーっと吸い込んでから言った。「ある意味では、これは簡単な仕事だ。ここから南に一日の旅。それから一日かけて戻ってくる。男が一人だけ」

「別の意味では?」と僕が訊ねた。

「一人の男、本物の男だよ」と彼は言った。「これは飛び跳ねたり走ったり、あるいは図書室で書く練習をしたりするのとは違う。本物の遠征だ。本物の猟犬団、君たちを捕まえる以上の喜びはないって連中が潜んでいる」

ホーキンズは両手で髪を掻きむしり、首を振った。彼は僕が自分を心配している以上に、僕のことを心配しているのではないかという感じがした。

「いいかな、聞いてくれ」と彼は言った。「男の名前はパーネル・ジョンズという。そいつはあることをして、周辺の奴隷たちとまずい関係になった。やばいことをずっとしてたんだ。主人から盗んで、それを下級白人たちに売っていた。主人はものがなくなってることに気づいたが、犯人はわからない」

「それで、奴隷たちみんなに八つ当たりをした」と僕は言った。

「そうなんだ」とミスター・フィールズが言った。「しかも、利息つきで取り戻そうとした。プランテーション全体を二倍働かせ、それでも埋め合わせられなかったら、奴隷たちをぶちのめす」

「ジョンズは盗みを続けた？」と僕は訊ねた。

「いや、やめたよ」とミスター・フィールズは言った。「でも、何も変わらなかった。主人は同じことを続け、いまではこれがあの家の新しい基準となった」

「主人が奴隷たちに八つ当たりする……」とホーキンズが言った。

「……そして、奴隷たちがジョンズに八つ当たりする」と僕は言った。

「それがどんどんひどくなってね。やつは仲間がまったくいなくなった。故郷がもはや故郷じゃない」とホーキンズが言った。「だから脱出したがっている」

「僕には厄介な仕事ですね」と僕は首を振りながら言った。「ほかの奴隷たちのほうが、よっぽど正義に値しますよ」

「もちろんそうさ」とホーキンズは言った。「でも、俺たちは正義による罰をジョンズにもたらすんじゃない。主人にもたらすんだ」

「なんで？」と僕は言った。

「いいか、ジョンズってのは、いろいろと卑怯なことはやってるが、畑仕事では有能なんだ」とホーキンズ。「しかも、それだけじゃない。ちょとした才能の持ち主なんだよ――バイオリンが弾ける。君みたいに木工の仕事も得意だ」

「それが自由とどういう関係がある？」と僕は訊ねた。

「何もない」とホーキンズが言った。「自由の問題ではなく、戦争に関わるんだよ」

僕は黙り込み、二人をじっと見つめた。

「いや、やめてくれ」とホーキンズ。「また考え込むのはやめてくれ。それで、おまえがこのあいだどうなったかを思い出せ。もっと大きなことがあるんだ。もっと高貴な計画が」

「で、それは何？」と僕は訊ねた。

「ハイラム」とミスター・フィールズが言った。「これは君のためになるんだ。我々全員のために。君はそのすべてを知っておかなくてもいい。ただ、これに関しては我々を信じてくれ」

彼はしばらく口をつぐみ、僕が話についてきているかどうか確かめようとした。それから言った。

「信じるのは難しいだろう、それはわかる。信じてくれ、本当にわかっている。僕たちが最初に会って以来、君が目にしてきたことは欺瞞だらけだった。それについては申し訳なく思う。我々の人生はいつでも高潔ってわけじゃない。だから、君がもう少しだけ真実を知らされれば――今夜の仕事と関係のない真実であっても――気持ちが楽になるんじゃないかな。僕の本当の名前を教えるよ、ハイラム。アイザイア・フィールズは僕の本名じゃない。ミカジャ・ブランドだ。〝ミスター・フィールズ〟はヴァージニアでの仕事のためにつけた名前なんだよ。我々がこちらにいる限りは、この名前を使ってもらえたらありがたい。でも、それは僕が生まれたときの名前ではないんだ。ということで、僕は君を信用した、いちばん大切なことを教えることで。僕の命に関わることをね。だから、君も我々を信用してくれるかな?」

こうして旅は始まった――ホーキンズ、僕、そしてミカジャ・ブランド。僕たちは走らなかった。あれだけトレーニングしてきたのに、ただ歩いた。しかし、早歩きのペースを保ち、本街道を避けて、道のない森林を抜けたり丘を越えたりした。やがて森林が平坦な土地になったので、三人がそれぞれ星の位置を観測し、東に向かうべきだとわかった。土地は乾いていて、夜は温かかった。その頃までには、この仕事には最悪の時期だということもわかった。単純に、陽の沈んでいる時間が短いという理由である。我々は暗くなければ移動できないので、冬が外部工作員にとって最高の季節なのだ。夏だと、時間が短いだけに、正確な時間に到着し、出発することがすべてとなる。僕たちは約六時間、だいたいのところ南東に向かって歩いた。

ジョンズはまさにいるべきところにいた――森のなかの、二つの道が交わるところ。目印は、右側に薪の山があることだった。僕たちは森の奥から、彼が落ち着かずに歩いているのを見つけた。初めてこの任務に就いた僕が、彼とコンタクトを取る仕事を託された。チームを組んで働くのだが、最初に相手とコンタクトするのは一人だけなのだ。この方法によって、万が一裏切られても、捕まるのは一人だけになるのである。

僕は木々の奥から足を踏み出し、近づいた。ジョンズは歩みを止めた。まさに指示されたとおりの格好をしている。包みなど持たない。余計な持ち物もない。ただ、偽造の書類を手に持っているだけ。これは、ライランドに捕まったときのためだった。彼の様子を見て、僕は複雑な心境になったと言わねばならない。こういうタイプの男はどこにでもいる。自分さえ楽しめればよいということで、奴隷たちのチーム全体を危険に晒すのだ。僕の祖母、サンティ・ベスの時代には、こういう男への対処の仕方があった。森のなかで偶然足を滑らせる。馬が驚いて暴走する。ヤマゴボウの毒が盛られる。ところが、いまの僕はこんな卑劣漢を自由にするために奮闘しなければならない。善良な男たち、女たち、子供たちが奴隷制の闇に埋もれているのに。

僕は彼をじっと見つめて言った。「今夜は湖の上に月が出ていないね」

彼は言った。「それは、湖が太陽をたっぷり味わったからさ」

「こっちだ」と僕は言った。彼は一瞬動作を止め、森のほうを見て手招きした。そこからは女が出てきた。十七歳くらいだろう。畑仕事のオーバーオールを着て、髪を布の下で縛っている。これこそ、パーネル・ジョンズのような男たちがヤマゴボウを盛られる理由だった。普通の思いやりの行為が、彼らにはすべて、さらなる利益への踏み台となる。彼らに子牛を与えれば、群れを要求するのだ。僕はそのとき二人をその場に残していこうかと考えた。しかし、これは僕よりも年長の人が考えるべきことだろう。そこで僕は何も言わず、二人を森のなかへと導き、ホーキンズとブランドが待っている小さな場所に出た。

「なんだ、この女は？」とホーキンズが言った。

「俺の連れだ」とジョンズが言った。

「何を言ってんだ？」とホーキンズ。「こちらは一人を案内する編成なのに、それ以上を負わせるってのか？」

「娘のルーシーなんだ」と彼は言った。

「あんたのママだろうと関係ない」とホーキンズが言った。「計画は知ってるだろ。何をしようってんだ？」

「娘と一緒じゃなきゃ、俺は行かない」とジョンズ。

「大丈夫だよ」とブランドが言った。「大丈夫だ」。ホーキンズとブランドは友達だ。それがわかるのは、ホーキンズがブランドを笑わせるからで、しかもクスクスとではなく、大笑いさせるのだ。ミカジャ・ブランドはあまり笑わない男なのに、である。

ホーキンズは不満そうに首を振った。それからジョンズを見つめて言った。「ライランドの気配がほんの少しでもしたら、俺はおまえらを捨てる。わかったか？　北部への道を知っているのは俺たちだ。おまえじゃない。少しでも怪しい気配がしたら、おまえらとはここでおさらばだ。猟犬どもの餌になるがいい」

しかし、怪しい気配はなかった——あるいは、少なくともホーキンズが怪しむものはなかった。僕たちはその夜の残り、いいペースで歩き続け、夜明けまでにかなり進んだ。ホーキンズとブランドはこの土地を入念に偵察済みで、中間地点で休める洞穴をすでに見つけてあった。おかげで僕たちはちょうど山の向こうに陽がのぼるとき、そこに着くことができた。順番で眠り、連れの二人の見張りをした。ホーキンズはああ言っていたが、二人を捨てるわけにはいかなかった。我々のやり方について、秘密が漏れるような危険は冒せない。二人があまりに重荷になったときに何が行われるのか、考えるのは恐ろしかった。

僕たちは三時間交代で見張りに立つことにし、最後の番が僕だった——夕方から暗くなるまでだ。みんな眠っていて、起きているのは僕とルーシーだけだった。彼女はこの旅のリズムに調子を合わせられないでいたのである。ルーシーが洞穴から外に出ていくのが見えた。それを止めず、すぐあとからついていく。彼女がジョンズの娘でないことは僕にもわかった。顔がまったく似ていないのだ。彼は黄褐色だが、彼女はアフリカそのもののように黒い。しかし、それ以上に、二人の歩き方や手のつなぎ方、互いに囁きかける話し方などから、それがわかった。

「どうして彼が嘘をついたのかわからないわ」と彼女は言った。

「緊張かな」と僕は言った。洞穴を出てすぐのところにとどまり、彼女の後ろの切り株に腰かけた。彼女は太陽が西に沈んでいくのをじっと見つめている。

「彼はこれをやりたくなかったのよ」とルーシーは言った。「彼を責めないで。みんなわたしのせいだから。彼には家族があるの、知ってた？　本当の家族――ほかの場所に妻がいて、娘が二人」

ほかの人の打ち明け話を引き出すものが自分のどこにあるのか、僕にはわからない。ただ、パーネル・ジョンズの家族の話が出た以上、話がどこに向かうのかはわかった。そして、話はそちらに向かった。

「私たちを所有するマスター・ヒースには、かつて若い妻がいたのよ」と彼女は言った。「地獄のように残酷な女。私は彼女に仕えていたからわかってる。雨がひどいとか、ミルクが熱すぎるとかいった理由で、奴隷を鞭打つような女なの。マスター・ヒースは彼女を失うのが怖くて、しっかり抱え込んでいた。町の男もみんなそのことは知っていた。意地悪なのに負けないくらいきれいだったわ。町の男もみんなそのことは知っていた。嫉妬深い男なのよ。そうしたら、ある日この若妻が宗教に夢中になったの。私が見たところ、大して真剣じゃなかったけど、世界が広がる感じがしたんでしょうね。

それで、ある牧師の老人と親しくなったの。彼は毎日やって来て、よき言葉を供するわけ。そうしたら、私にははっきりわかったんだけど――でも、マスター・ヒースはわかってなかったけど――彼はそれ以上のものも供していたのね」

ここでルーシーは自分の仄めかしたことに笑い、こちらを向いて、僕が話についてきているかどうか確かめようとした。僕はわかってはいたけど、充分に納得できたわけではなかったので、彼女はそれでまた笑った。「でね、ある日、二人でいなくなったの。さっさと駆け落ちよ。荷物をまとめて、人生をやり直そうとしたんでしょうね。あの女、本当に嫌い。別の人生を生きられたら、私が鞭を持つ側で、あの女をさんざん打ち据えているでしょうね。それでも、駆け落ちにはロマンチックなものを感じたのよ。わかる？」

「私たちはそういう話をしたの」と彼女は言った。「夢を見たのよ――そういうことをしょっちゅう夢見ているわけ。すごく惹きつける力がある。でも、私たちにはそれが起こらないともわかってた。奴隷だから」

　彼女はそっぽを向き、僕にはかすかに泣いている声が聞こえてきた。

「そうしたら、それが起きたの」と彼女が言った。「いい、私は若く見えるけど、それほど若くない。男に去られたこともあるわ。それがどういうものかはわかってる。どんな表情になるかも。そして、パーネルがそういう表情をして私のところに来たの。口をきく前に、彼は崩れ落ちて泣き出した。だって、私には彼がいなくなるのがわかって、そのことが彼にもわかったから。彼を責める気はないわ。彼はどこに行くか言おうとしなかった。どういうふうにするかさえ言わなかった。わかったのは、次の日の朝には彼がいなくなっていて、私を連れずに行くってことだけ。

　みんなはパーネルが悪党だって言う。でも、私も悪党よ。彼は私の悪党なの。彼の罪は、正しく生きたくないってこと——でも、家全体が悪だっていうのに、どうして正しく生きられる？　マスター・ヒースにひどいことをされたんで、みんなはパーネルを責めるけど、私はマスター・ヒースが悪いと思うわ。

　昨晩、私は彼のあとをつけたの。そして街道で追いついた。あなたと会う少し前よ。それで、私は彼に言ったの。私を連れてって。さもないと、私は戻ってあなたが逃亡したって言うわよって。そんなこと絶対にしなかったでしょうけどね。そういうことをする女じゃないわ……でも、この話をしているのは、私のせいだって言いたいから。彼は弱すぎて、私を置いていけなかったのよ」

「正当化しないで」と僕は言った。

「正当かどうかなんて気にしていられる？」と彼女は言った。「あなたとあなたの仲間のことだって、気にしていられる？　あいつらが私たちに何をしたか知ってるわよね。忘れたの？　あいつらが女の子たちに何をするか覚えてない？　一度されてしまえば、私たちは逃げられない。赤ん坊によって捕まってしまうの。自分の血とか何とかで、土地に縛られるのよ。逃げようにも、それで手放すものが多すぎるってことになる。いいこと、私にはパーネルと同じくらい逃げる権利がある。あなたとか、ほかの誰とも同じくらい」

ルーシーはもはや泣いていなかった。胸の内の重荷を軽くして洞穴に戻っていった。ほかの者たちも起き上がろうとしているところだった。ホーキンズは僕のほうを探るような目で見たが、僕は彼に注意を向けなかった。ルーシーに神経を集中させていたのだ。このとき彼女は、微笑むパーネル・ジョンズのほうへ歩いていき、笑いながら彼を抱きしめた。

その夜、僕たちは順調に進むことができた。深夜には月が高く上がり、遠くに山々が見えた。ブライストンの近くだとわかったが、そこはそのまま通過した。一時間か二時間後、小さな小屋に着いた。煙が煙突からのぼり、窓には炎による光がチカチカ瞬いている。

ホーキンズが口笛を吹いた。しばらく待ち、また口笛を吹く。待つ。それから、最後の口笛を吹く。なかの炎が消えた。僕たちはさらに数分待った。それから、ホーキンズについて、家の裏へと回った。ドアが開き、なかから白人の老女が出てきた。こちらに歩いてきて言った。「二時五十分の列車は一週間ずっと遅れてるね」

ホーキンズが言った。「いや、スケジュールが変わったんだと思う」

それに対して女は言った。「逃げるのは一人だって言ったろ」

「言った」とホーキンズ。「俺の考えじゃない。好きなように扱ってくれてかまわないよ」

彼女は二人をじろじろ見つめてから言った。「いいだろう、早くこっちに入りな」

僕たちはなかに入り、この老女がまた火を熾すのを手伝った。ホーキンズは彼女と一緒に外に出た。二人で数分話し合い、戻ってくると、ホーキンズが言った。「俺たちは家に戻る時間のようだ」

ミカジャ・ブランドがパーネル・ジョンズのほうを向いた。炎の光を浴びた彼の顔には、優しさが現われている。「心配するな」と彼は言った。「大丈夫だ」

ジョンズは頷いた。それから僕たちが外に出ようとしたとき、彼は言った。「俺たちが無事に着いたら、父さんにそれを知らせていいかな?」

ホーキンズは一人で笑い、それから振り返った。「知らせたいならどうぞ」と彼は言った。「だが、地下鉄道が知ったら、それはおまえの最後の言葉になるだろうな」

この任務を成功させ、ジョージー・パークスに対する僕の行動もうまくいって、コリーンとほかの者たちは、僕が地下鉄道の仕事をもっと見てもいい頃だと考えるようになった。奴隷制の地方を出て、北部へと行くのである。フィラデルフィアが僕の新しい住処ということになった。

僕は数日の準備期間を与えられた。それを与えられるだけでもラッキーだった。地下鉄道は僕に考え直す機会を与えようとしない。誰もが北部に行くことを夢に見るのだが、その夢が現実となって下りてくると、あらゆる種類の恐怖に襲われかねない。僕たちの心には、勝たなくてもいい、卑しくても馴染んだ暮らしを続けられればいいと願う部分もある。その点、僕には考え込み、自己の臆病な部分に屈してしまう時間はなかった。最後の数日は、協議したり計画を立てたりして過ごした。ミカジャ・ブランドとは、これからのことについて話し合った。森のなかを歩き、かつて当たり前だと思っていたこと、しかしまもなく失うことすべてについて考えた。

新しい地域で働くことになった者は、新しいアイデンティティを持つことになり、そのための書類を与えられる。内部工作員は決して自分の書類を作らない。彼らはほかの地域のほかの工作員からそれを与えられる。誰も、自分の人生を作り出すことはできないと考えられていたからだ。彼らは僕の職業の根幹のところから始めた——地方の会社で働く木工職人。この会社が、地下鉄道の作戦行動の隠れ蓑となる。僕は自分のお金で自由を買った男に扮した。南部の自由黒人の権利を締めつける最近の法律のために、北部に移ることにしたという設定だ。作業服は二種類与えられ、教会に着ていく服も一式与えられた。名前は同じにしたが、一つ付け加わった——ウォーカーという苗字である。

まだ問題が残っていた。厳密に、どのように北部に行くかである。ライランドの猟犬団は道路、港、鉄道をパトロールしている。こちらの助けになるのは、僕が逃亡したという知らせが発せられないことだった。だからライランドが僕の人相書きの男を探す心配はない。僕たちは鉄道で行くことに決めた。ホーキンズとミカジャ・ブランドも一緒に行く。計画は簡単だ。僕は自由黒人。ホーキンズは奴隷で、その主人がブランド、彼を所有する白人である。どこかの時点で、僕の書類に疑いがかけられたら、ブランドが僕の身元について証言する。

「自由黒人のように振る舞うんだぞ」というのがホーキンズの助言だった。「顔を上げ、やつらの目をまっすぐに見る——ただし、長く見ちゃいけない。君はそれでも黒人だからな。女性たちには頭を下げる。好きな本を何冊か必ず持っていけ。忘れるな、どっしり構えろ。さもないと、やつらに見抜かれてしまうからな」

出発の日、僕はこうしたことを頭に叩き込んでいた。臆病な気持ちに襲われることもあった。チケットを買ったときや、自分のトランクをボーイに手渡して積み込んでもらったとき、列車が駅を出たときなどだ。南部が、そして僕の知っているすべてのことが、だんだんと遠ざかっていった。そんなとき、僕はただ自分に言い聞かせた。これこそが僕の真実にならなければならない。僕は自由だ、ということが。

15

僕は自分の所有物をほとんど持たず、本当の別れの挨拶もせずに出発した。コリーンにもエイミーにも、最後の夜は会わなかった。彼女らは何らかの計画に携わっているのだろうと考えていた。僕が出立したのは暑い夏の朝で月曜日、ブライストンに来て四カ月経っていた。その日、ホーキンズとブランドと僕は、ほとんどの行程を歩き、夜は小さな農家で過ごした。僕たちの大義に共感してくれている、寡夫の老人の家だ。それから翌日の火曜日、別々にクラークスバーグの町に向けて出発し、そこで僕たちの旅の最初の部分が始まった。計画は、北西ヴァージニア鉄道で州を横断し、メリーランド州西部でボルティモア&オハイオ鉄道に乗り換えて東に進み、そこから北に向かうというもの。自由の国、ペンシルベニア州に入って、目的地であるフィラデルフィアに着く。北に向かうには、もっと短いルートもあるが、その鉄道ではライランドの猟犬団と最近面倒なことがあったので、遠回りを選んだ。また、奴隷貿易の港があるボルティモアに直接近づくことは、あまりに大胆で、逆に裏をかけるだろうという判断もあった。

クラークスバーグの駅に着いたとき、僕は赤い日よけの下に座っているホーキンズとブランドを見つけた。ホーキンズは帽子で自分を扇いでいた。ブランドは線路を見下ろし、列車が近づいてくるのとは反対方向を見つめていた。日よけには、クロムクドリの群れがとまっている。プラットフォームには、ボンネットをかぶり、青いフープスカートのドレスを着た白人女性がいて、いい服を着た幼児二人と手をつないでいた。少し離れたところ、日よけの陰の外に、下級白人がいる。どうやら所持品すべてと思われるものをカーペットバッグに入れて持ち、煙草を吸っている。僕は片側に立ち、日陰で涼んでいるという厚かましい態度によって疑いを招かないように用心していた。下級白人は煙草を吸い終え、女性に挨拶した。二人がまだ話しているあいだに、クロムクドリたちは日よけから飛び去り、大きな鉄の猫が轟音とともに線路のカーブを回ってきた。周辺は黒い煙と、耳を聾するガタゴトという音ばかり。僕は車輪の回転が少しずつ遅くなり、キーッという音とともに停まるのをずっと見ていた。本以外で、こんなものを見たことはない。慎重にチケットと書類を車掌に見せるが、相手はほとんど見もしなかった。いまという暗い時代にこれを想像するのは難しいかもしれないが、当時は「ニガー専用車」というのはなかった。どうして必要だったろう? 上級市民たちは自分の奴隷たちを近くに座らせていたのである。ちょうど、女性がハンドバッグを手元に置いておくように。いや、もっと近くに座らせていたかもしれない。というのも、アメリカの歴史でもこの時代においては、国じゅうを見渡しても、「ほかの人間」以上に高価な持ち物はなかったのである。僕は後ろの車両に向かって、二列の座席のあいだにある通路を歩いていった。列車は数分間、煙を吐きながら停車を続けている。僕は緊張しているように見られないように努力した。しかし、車掌の叫ぶ声が聞こえ、大きな鉄の猫がまた吠え声をあげると、体じゅうの隅々が緩み、リラックスするのを感じた。

旅は全部で二日かかった。スクールキル川を見下ろすグレイズフェリー駅に着いたのは、木曜日の朝。僕は友人や家族を探している群衆のなかに降り立った。列車から降りた途端、ホーキンズとブランドを見つけたが、二人は僕に近寄ろうとしなかった。この都市のなかでさえ、ライランドが逃亡奴隷を探してうろついているのはよく知られた話だったからである。僕はどんな人が出迎えに来るかについては知らされておらず、ただ待てとだけ言われていた。通りの向こうには乗合馬車が停まっていて、一連の馬たちにつながれている。列車の乗客たちの数人がその馬車に乗った。

「ミスター・ウォーカー？」

振り向くと、紳士服を着た黒人が目の前にいた。

「そうです」と僕は言った。

「レイモンド・ホワイトです」と彼は言って、手を差し出した。笑みは浮かべなかった。

「こちらです」と彼は言い、僕たちは道を渡って乗合馬車に乗った。御者が鞭をパチッと鳴らすと、馬車は川の反対方向に走り出した。乗っているあいだ、僕たちはあまり話さなかった。ここで会うことになった経緯を考えれば、これは予想どおりである。しかし、僕はこのレイモンド・ホワイトをじっくり観察できた。服は申し分ない。グレーの背広は完璧に仕立てられており、肩から細くした腰までカーブを描いている。髪も整えられ、横分けにしている。顔は岩に目や鼻を彫ったかのようで、馬車での旅のあいだ、苦痛や困惑、喜び、ユーモアや懸念の表情が現われることはまったくなかった。しかし、レイモンドの目には悲しみが見え、それが彼の自制心に満ちたエレガンスにもかかわらず、ある物語を語っているように思った。僕にはわかったのだ。どのようにかはともかく、彼の人生がどこかで奴隷制とつながっていることを。そして、彼の礼儀正しさ、高貴さは、単純な生まれの問題ではなく、労働と苦闘の結果だと僕はその悲しみから推測した。

乗合馬車は川からどんどん離れ、都市の中心部へと入っていった。通りの至るところに人が出ている。窓から人々が見え、本当にたくさんだったので、僕には競馬の日の賑わいが百倍になったように感じられた。世界じゅうの人々がここに集まっているみたいだ。いろいろな作業場、毛皮の販売店、薬屋などが並ぶエリアに群衆が押し寄せていて、砂利道を歩き、つんと匂う空気を吸い込んでいる。あらゆる階級の、あらゆる外見の人がいる――親と子供、金持ちと貧乏人、黒人と白人。僕は、金持ちの大部分が白人で、貧乏人はたいてい黒人だと気づいたが、両方の階級に両方の人種がいることもわかった。それを直接見たのは衝撃だった。白人がここで力を持っているとしても、そして実際に持っているのだが、白人だけに限定されているわけではないようなのだ。惨めな姿の白人も羽振りのいい黒人もいて、その日に見た例以上に惨めな白人も贅沢な黒人も、それまで僕は見たことがなかった。スターフォールの自由黒人たちはかろうじて生き延びているだけだが、ここの黒人たちはそうではない。人によっては、僕の父が身につけるどんな服よりもエレガントなものを着ている。そして、彼らは帽子に手袋という姿で、このごった返す都会に出てきている。彼らに付き添うご婦人方はパラソルをかざし、王族のように練り歩く。

この驚くべき光景は、人類の知る限り最高におぞましい匂いのなかで繰り広げられていた。僕はこの都市の空気を嗅ぐというより触れるように感じたほどだ。その匂いはどぶで生まれたようで、そこから湧き上がり、道端で死んでいる馬の匂いと混じり合っていた。それが最後には工場や作業場の匂いとも混ざり、腐るがままの果樹園の匂いとなって、見えない霧のように市全体にかかっているのだ。僕は家畜の不快な匂いにはすべて慣れていたが、その隣りには庭があり、イチゴの藪や森もあった。フィラデルフィアの匂いは、そのように打ち消すものがない。至るところに漂っている——すべての街路に、作業場や居酒屋に。そして、やがてわかったのだが、匂いが入ってこないように気をつけないと、家のなかにも寝室にも入ってくるのである。

僕たちは二十分ほどして乗合馬車を下り、角にある煉瓦造りの長屋に入った。ブランドとホーキンズは先に着いていて、玄関の奥にある小さな応接間でコーヒーを飲んでいた。とても身なりのいい黒人と一緒だ。三人は僕たちを見ると、微笑んで顔を上げた。僕の知らない男が立ち上がって歩いてくると、僕と大げさに握手し、さらににこやかに微笑んだ。彼の容貌から、レイモンド・ホワイトの親族だというのがわかる。同じ岩のような顔をしているが、彼のようにストイックな感じはしない。

「オウサ・ホワイトです」と彼は自己紹介していった。「鉄道で厄介事はなかったですか?」

「僕にわかる限りでは」と僕は言った。

「さあ、お座りください」とオウサは言った。「コーヒーを持ってきましょう」

僕は座り、レイモンドとブランドは軽く言葉を交わしていた。オウサがコーヒーを持って戻ってくると、会議が始まった。

「この男の面倒を見てやってくれ。いいかな?」とホーキンズはコーヒーを飲みながら言った。「彼は本物だよ。これは法螺話じゃない。彼が川に沈んで、そこから抜け出すのを見たんだから。我々はいろんなことを試してみて、彼は散々な目にあったんだが、それでもまだ立っている。それからもわかるだろう」

これは、ホーキンズがいままで僕に言ったことのなかで最も親切な言葉だった。

「僕の信念についてはご存じですよね」とレイモンドは言った。「人生をこれに捧げています。そして、我々の活動に彼の援助が得られるのは大歓迎です」

「本当に君に働いてもらいますよ」とオウサが言った。「君のことは知らないですけどね、ハイラム・ウォーカー。僕もここで育ったわけじゃない。でも、自分で学びました。だから君も学べるはずです」

ホーキンズは頷き、コーヒーをひと口すすった。北部で育ったレイモンドよりも、奴隷として生まれたオウサとのほうが落ち着く様子だった。いま、年月を隔てたレンズを通して見ると、どのように活動していたかの問題なのだと思う。ヴァージニアでは、僕たちは無法者だったが、それはすぐに僕たちの誇りとなった。この世界は悪魔の法を前提にしていると信じていたので、そのモラルを超越しているのが嬉しかった。僕たちはキリスト教徒ではなかったが、北部で救出活動に励んでいるのはキリスト教徒たちだった。北部の地下鉄道はとても強力な組織で、「地下」とは言えないほどだ。夜、フィラデルフィアの居酒屋に座っているとき、こんなことがよくあったのを覚えている。ほんの数日前、奴隷の身分から救出された人たちが、その逃避行の細部を自慢げに話しているのだ。町の至るところに逃亡奴隷がいたし、こうした人たちが教会に行くようになり、そこで自警団が組織された。互いを守り合い、ライランドがいないかどうか目を凝らすのだ。北部では、地下鉄道の工作員は無法者ではなく、ほとんど自分たちの法を持っているようなものだった。彼らは監獄に押し入り、連邦の警察官を襲って、ライランドの猟犬団と撃ち合った。ホーキンズのような男たちが隠密で活動するのに対し、レイモンドのような男たちは町の広場で叫んでいたのである。

しかし、オウサにとっては違った。彼には何かがあった。そのぼんやりと感じられる出自や粗野な所作には、ホーキンズから敬意を引き出さずにおかないものがあったのだ——深く埋もれ、表に出ない敬意であったにしろ。というのも、ホーキンズが人生を捧げたのは人を救うことであり、魂を見つめることではなかったからだ。まして、自分の魂を見つめることなどしない。僕はコリーンが変化する以前のブライストンについてある程度知っていた。だからわかるのだが、あの激しい虐待のさなか、魂を見つめることなど贅沢だったはずだ。

「いいだろう」とホーキンズは言って、立ち上がった。「この子はまだ何も知らない。彼の教育はあなた方に任せたよ。我々は役目を果たした。彼が南部で奉仕してきたのと同じように、こちらでも大義に奉仕しますように」

僕が立ち上がると、ホーキンズは僕のほうを向き、握手をして言った。「次にいつか会えるにしても、すぐってわけにはいかなそうだ。俺に言えるのは、頑張れってだけだな」

僕は頷いた。ホーキンズはブランドも含め、ほかの者たちとも握手をした。ブランドはこれから数週間、自分の仕事でフィラデルフィアに残ることになっていた。ホーキンズが去ったあと、僕はオウサに案内されて、これから暮らすことになる二階の部屋に上がった。レイモンドとブランドは一階に残り、話を続けていた。僕の部屋は小さかったが、数カ月相部屋で暮らしてきたし、その前は穴で暮らし、その前は監獄だったのだから、それらと比べれば天国だった。オウサが去ったあと、僕はベッドに横になった。ブランドとレイモンドのくぐもった話し声が下から漂ってくる。僕には大笑いと思えるような声も聞こえてきた。あとになって、僕はオウサと地元の居酒屋で食事をした。明日からの長い週末をたっぷり使い、町を歩き回って、土地勘を得るようにと彼に勧められた。食事のあと、次の日の散策を計画しつつ、僕はまっすぐに家に戻って眠った。オウサも僕の隣りの寝室で眠った。レイモンドは郊外の町で、妻と子供たちと一緒に暮らしているということだった。

翌朝、僕は早起きして、フィラデルフィアを見て回った。まずは、この都市の大通りの一つ、ベインブリッジ通りに出た。九番通りにある僕たちのオフィスからすぐ近く。僕はしばらく、さまざまな人間模様を眺めていた。まだ朝の七時だというのに、すでに人々の欲求や必要や意図が巷に溢れ返っている。通りの向こう側にパン屋があるのに気づいた。窓越しに、黒人の男が働いているのが見える。僕は店に入り、おいしそうな匂いに出迎えられた。町の悪臭の霧を見事に打ち消してくれている。カウンターには、心がうきうきするような商品が並んでいた——硫酸紙の上に置かれた、あらゆる種類のケーキ、フリッター、ダンプリングなど。カウンターの後ろにももっとあって、棚に置いたトレーの上に積み上げられている。

「こちらに来たばかりかい？」

顔を上げると、黒人の男が僕に微笑みかけていた。おそらく僕より十歳くらい年上だろう。純粋な親切心を顔に表わして僕を見つめている。彼の問いに僕はビクッと身を引いたようで、彼はこう語りかけてきた。「詮索するつもりはないよ。詮索しようなんてまったく思わない。来たばかりの人たちは、みんなそんな感じだよ。ちょっとしたことにもうっとりしてしまう。それでいいのさ。来たばかりだからって、何も悪いことはない。うっとりしたっていいんだよ」

僕は何も言わなかった。

「僕はマーズ」と男は言った。「ここが僕の店さ。妻のハンナとやってる。九番通りのほうから来たよね？　オウサと一緒にいるんじゃない？　レイモンドとオウサ——二人は僕の親戚さ——ハンナと血がつながっている——君が彼らと一緒にいるんなら、君も僕の家族だよ」

それでも僕は何も言わなかった。なんて無礼だったのだろう。僕の疑心暗鬼はどこまで広がっていたのだろう。

「一つどうだい」と彼は言った。後ろに手を伸ばし、硫酸紙のロールから少しだけ破って、奥に入っていく。それから、紙に何かを包んで戻ってくると、その包みを僕に手渡してくれた。手に触れると温かかった。

「さあ」と彼は言った。「食べてみてよ」

包みを開くと、ショウガの香りが漂ってきた。その匂いによって、悲しみと喜びと、両方の気持ちが一斉に掻き立てられた。なぜならその気持ちは、僕の心のなかの失われた記憶とつながるものだったからだ——くねくねとした霧深い道の奥に隠れていると僕が感じている記憶と。

「おいくらですか？」と僕は訊ねた。

「おいくら？」とマーズは言った。「僕たちは家族だろ。そう言ったじゃないか？　ここではみんな家族なんだ」

僕は頷き、なんとか感謝の言葉を口にした。それから、後ろ向きにパン屋から出た。ベインブリッジ通りにもうしばらくとどまり、まだ温かいジンジャーブレッドを手に握りしめて、街を眺める。店から出る前に微笑めばよかったと悔やんだ。彼の親切に応えることが何か言えればよかったのに。しかし、僕はヴァージニアから出てきたばかり、穴からでてきたばかりだった。ジョージー・パークスのことがまだ心に引っかかっていたし、ソフィアは失われたままだったのだ。ベインブリッジを西に向いて歩いていき、番号が増えていくストリートを渡っていきながら、この町の馬鹿らしいほどの大きさについて考えた。こんなにたくさんの街路があるので、名前をつけようにも間に合わなかったのだろう。僕は歩き続け、船着場に着いた。そこでは黒人と白人の男たちが混ざって、一緒に荷下ろしをしたり、船の上で働いたりしていた。

僕は川に沿って歩いた。川は町の内側に向けて曲がり、それからまた外側に曲がった。土手は作業場や小さな工場、それに船渠でいっぱいだった。町のむっとする匂いは、川の爽やかな風のおかげで和らいでいる。やがて遊歩道に出た。広い緑の野原が通路で仕切られ、通路にはベンチが並んでいる。僕は腰を下ろした。午前九時くらいになっていた。金曜日。就業日の最後だ。青く澄み切った日だった。遊歩道はあらゆる肌の色のフィラデルフィア市民で溢れている。貴婦人たちを案内する、かんかん帽をかぶった紳士たち。芝生で小学生たちが丸くなって座り、先生の言葉を熱心に聞いている。一輪車に乗った男が笑いながら通り過ぎる。僕はそのときふと、これが生まれてから最も自由な瞬間だと気づいた。そして、このときこの場で姿を消すこともできるのだとわかった。地下鉄道を捨て、町のなかに溶け込む。競馬の日を何倍にもした喧騒にもぐり込み、悪臭を発する空気に乗って漂う。

僕は紙の包みを開けた。ジンジャーブレッドを口に持っていき、食べ始める。すると、僕の内部の何かがひとりでにパカッと開いた。マーズのパン屋のところで見た霧深い道が、ショウガの香りで呼び覚まされ、僕の前に再び現われた。ただ、今回は霧が出ていなくて、実のところ道ではなく、単に場所だった。キッチンだ。僕はそれがすぐにロックレスのものだと気づいた。そして、僕はもうベンチに座っておらず、そこは遊歩道の近くでさえなかった。キッチンに立っていて、カウンターに置かれたクッキーやパンを見ていた。いろいろなお菓子類が、マーズのパン屋に置かれていたように、硫酸紙を敷いたトレーに載せられている。その隣りに別のカウンターがあり、その背後には黒人の女がいた。一人で鼻歌をうたいながら、パン生地をこねている。僕を見ると微笑んで言った。「どうしていつもそんなに静かなの、ハイ？」

それから彼女はパン生地をこねる作業に戻り、また鼻歌をうたい出した。少ししてから顔を上げて僕を見ると、笑って言った。「マスター・ハウエルのジンジャークッキーを見てるんだね」と彼女は言った。「あなた、何も言わないけど、私を厄介事に巻き込もうとしているでしょう」

彼女は首を振り、自分だけで笑った。しかし、しばらくしてから、警戒するような表情を顔に浮かべ、立てた人差し指を閉じた唇に持っていった。ドアまで行き、外の様子をうかがう。それから、お菓子がたくさん載ったもう一つのカウンターに戻り、紙からジンジャークッキーを二つ取った。「家族は互いの面倒を見ないとね」と彼女は言い、クッキーを僕に差し出した。「それに、これはどうやら全部あなたのものみたいよ」

僕は彼女の手からクッキーを二つ受け取った。何が起きているかわかっていたに違いない。このすべての真っ最中に、そのとき僕がどこにいたにせよ、これはいまのロックレスではないと気づいていた。いや、おそらく当時のロックレスでさえない。まるで夢のなかにいるようだった。そして、目の前にいるこの女の名前は言えないのに、あることに気づき、気づいたことで胸の痛みを感じた。それから、また別の痛みも——喪失の痛みだ。この気持ちがあまりに強かったので、ジンジャークッキーをまだ左手に持ったまま、僕は彼女のところに走っていった。そして彼女を強く抱きしめ、長いことそのままでいた。身を引いたとき、彼女は昼の太陽のように明るい笑みを浮かべていた。パン屋のマーズがその朝、僕に向けてくれたような大きな笑顔。

「忘れないでね」と彼女は言った。「家族よ」

それから、霧が戻ってきたのに気づいた。そこらじゅうから霧がキッチンに入り込んできて、カウンターが目の前から消え、トレーが目の前から消え、女が目の前から消えた。視界から消えていくとき、彼女は僕に言った。「さあ、行きなさい」

そして僕は元の場所に戻っていた。ベンチに腰かけていたのである。疲労を感じた。手を見ると、何も持っていなかった。顔を上げ、遊歩道の向こうの川を見つめた。一輪車の男がまた通り過ぎた。僕に向かって手を振った。僕は左側のベンチを見つめ、右側のベンチを見つめた。ベンチの列は、ほとんど相違点なく、両側に続いている。ただし、僕から三つ離れた席に、食べかけのジンジャーブレッドが置いてあった。下の芝生には、それが包まれていた硫酸紙が落ちていて、夏のそよ風に吹かれてかすかに揺れていた。

16

いまわかった。これが〝導引〟だ。僕はまだこの力を持っていたのだ——どう呼び起こすのか、自分ではわかっていないにしろ。僕は疲れ果て、体を引きずるようにして我々の住処に戻った。そして自分の部屋に戻るや否や、寝床にもぐり込んだ。まだ太陽が出ているというのに眠り込み、翌日の早朝まで目を覚まさなかった。あの力をもう一度呼び起こそうかとも考えたが、〝導引〟には必ず疲労や体調の悪化が伴うこともわかったので、気後れしてしまった。そこで、マーズのパン屋をもう一度訪れ、無礼を詫びようと決意した。そのあともう少し街を歩き、自由を試してみよう。今度は東へ、デラウェア川のほうに行ってみる。川を渡り、レイモンドとその家族が住む、カムデンの村を訪ねてもいい。ところが、まさに作業靴を履いたとき、寝室のドアをノックする音が聞こえ、続いてオウサの声が聞こえてきた。

「ハイラム、いるかい？」

ドアを開けると、オウサはすでに階段を下りていくところだった。彼は振り返って僕を見上げ、まだ下りながら言った。「行くぞ」

僕は彼のあとについて階段を下り、居間に入った。そこにはレイモンドがいて、手に書類を持って歩き回っていた。僕たちを見ると、彼はドアロに歩いていき、自分の帽子を摑んだ。そして何も言わず、急いで飛び出していった。僕たちは彼を追って九番通りに出、さらにベインブリッジ通りに出た。そこはすでにフィラデルフィアの淀みと瘴気でいっぱいだった。

「この州の法律はとても明快だ」と彼は、僕たちが追いつくと言った。「男であれ女であれ、誰も奴隷にされてはならない——たとえ奴隷としてこの州に連れてこられても。その要請さえあれば、避難所が提供されなければならないんだ。ただし、要請がなされなければならない。彼らを自由へと誘いだすわけにはいかない。説得してはいけないんだ」

「ただ、主人が問題でね」とオウサが僕を見つめて言った。「あいつらはこの法律を隠している。奴隷たちに嘘を言い、怯えさせている。家族や友達も脅しているんだ」

「しかし、ある人が明らかにその意図を表明すれば」とレイモンドが言った。「我々はその意図が確かに尊重されるようにする権利を得る。それで、ブロンソンという女性がその要請をした——でも、彼女の所有者がその要請を尊重しない。慌ただしくて申し訳ないけど、時間があまりない。この男に法律を尊重させるには、いますぐやらないといけないんだよ」

僕たちはいま東に向かっていた。早朝、僕が行ってみようかと考えていた道である。ほどなく船着場に着き、船がいくつも浮かんでいるのが見えた。デラウェア川の水が船にひたひたと打ち寄せている。いまは土曜日。また暑い日で、この都市の暑さは、ヴァージニアで経験したどんな暑さよりもこたえた。ここでは日陰が意味をなさない。熱さが匂いと同じように、どこにでもついてくる。

わかってきたのは、ホッとできる場所がここ、川岸しかないということだった。僕たちは南に向かっていくつかの栈橋を通り過ぎ、ある川船のタラップの前まで来た。急いで乗り込み、レイモンドが乗客たちを見て回ったが、彼が話していたブロンソンという女性に当てはまるのは一人もいない。それから一人の黒人の男が言った。「彼らは下にいますよ、ミスター・ホワイト」

僕たちは船の後部に歩いていき、船内に下りる階段を見つけた。下には別の客たちの集団がいて、僕はレイモンドより先に「ブロンソンという女性」を見つけた。特徴を言ってもらうまでもない。ほんの二日間だが、僕はここで奴隷たちを何人か見てきた。彼らはここの自由黒人たちと同じくらい、場合によってはそれ以上に、いい身なりをしている――所有者たちが、自分と彼らをつなぐ鎖を隠そうとしているかのように。しかし、彼らをしばらくじっと見れば、その立ち居振る舞いに、特に白人に付き添う動作に、気づかされるものがある。それは、ある別の力が彼らを縛っているということ。このブロンソンという女性も身なりがよく、着飾っていると言ってもいいくらい――ちょうど、ナサニエルのところに行くソフィアが着飾るように――だが、彼女の腕は長身で瘦せた白人男にギュッと摑まれていた。そして、彼女はもう片方の手で、六歳くらいの少年の手をさらにギュッと摑んでいたのである。僕は彼女の目がレイモンドに止まったのに気づいた。レイモンドのほうはまだ彼女に気づいていない。続いて彼女は僕に気づき、それから顔を背けると、視線を息子に向けた。

そのときにはレイモンドも気づいていた。そちらに歩いていって、言う。「メアリー・ブロンソン、あなたは要請をしましたよね。私たちはその要請が、この州の法律に則って実現されるよう、見届けるために来ました。この州の法律は」――ここでレイモンドは長身の瘦せた男をじっと見つめた――「人を束縛する慣習を尊重せず、顧慮もいたしません」

ヴァージニアでは、僕たちの仕事は秘密だった。僕は犯罪者であり、僕たちが壊そうとしている慣習を尊重するよう求められていた。ところが、その世界を出て、ここフィラデルフィアに来てみると、地下鉄道の工作員が大っぴらに活動しているではないか。シナリオもなく、衣装もない。レイモンドの言葉は爆弾のように炸裂した。そして、メアリー・ブロンソンの腕を握っていた男もそれを感じ取った。

「こん畜生めが」と白人は言い、メアリー・ブロンソンの手を強く引っ張ったので、彼女は前のめりに転びそうになった。「俺は自分の所有物を持って、自分の国に帰ろうとしてるんだ」

レイモンドは彼を無視した。

「それに従う義務はありません」と彼はメアリーに言った。「私がここにいる限り、彼はあなたを束縛することはできない。私と一緒に来てくだされば、必ずや、この州の法律が私のやろうとしていることを後押しします」

「こん畜生め、この女は俺のものだ！」と男は言った。とても力を込めて言ったのだが、そのとき彼がメアリーの腕を手放したことに僕は気づいた。彼女がそれをすり抜けたのか、彼の怒りがレイモンドのほうに向けられたため、単純に忘れたのかは定かでない。このときにはちょっとした群衆が近くに集まっていた。ある者たちは僕たちの応援をするために、ある者たちは騒ぎの原因を知るために。彼らは互いに細かななりゆきを教え合っている。唸り声をあげ、男に向かって身振りで感情を表わす者もいる。男のほうは、自分のわずかな力がどんどん萎んでいくことにまだ気づく様子がない。しかし、メアリーはそれをすべて把握した。群衆が彼女の後押しをしたのだ。彼女は子供の手を取り、レイモンドのほうへ歩いていった。男は怒り狂い、メアリーに戻ってこいと叫んだが、彼女は一顧だにしない。レイモンドの後ろに陣取り、息子を自分の後ろにかくまっている。

「おい」と男はレイモンドに怒りの目を向けて言った。「ここが南部だったら、おまえをしかるべきところに放り込み、服従させてやる」。これに対し、まわりから不平の声が飛び、それは愚弄、罵倒、脅しの声へと盛り上がっていった。

嵐のような黒人たちの人生において、恵まれた少数の者には啓示の瞬間とも言えるものがある。そのとき空が開き、雲は分かれ、一筋の太陽の光が射し込む。そして、天上からある無限の叡智が伝えられるのだ。この瞬間はキリスト教から来るのではなく、一人の黒人が白人に対して語りかける光景から来る。ちょうどこのとき、レイモンド・ホワイトがあの白人に向かって語りかけたように。

「でも、ここは南部じゃない」

それから彼は群衆のほうを振り返り、男もその視線を追って、自分の苦境に気づき始めた。怒りと決意が彼のなかから退散し、恐怖とパニックが湧き上がってくる。痩せた白人は一秒ごとに青白くなり、さらに痩せていくかのように見えた。群衆は男の脅しに興奮し、次に何をすべきかと互いに囁き合っていた。


船が出るのを見送ったあと、オウサと僕はメアリー・ブロンソンとその息子とともに、九番通りの家に戻った。レイモンドはメアリーの住居と、できたら仕事も見つけたいということで、その手配に出かけた。フィラデルフィアでは、地下鉄道の〝駅〟を通過したすべての人について、その苦労話を記録するのが習慣になっていた。これもまた、ヴァージニアでは思いもよらぬ考え方だ。あちらでは、そういう記録が逃亡奴隷を危険に晒す可能性があるからである。しかし、レイモンドは自分が歴史の真っただ中にいると信じていて、関連する出来事はすべて記録されるべきだと強く感じていたのである。

オウサがコーヒーを淹れ、メアリーの息子には玩具を与えた——木で作られた牛、馬、そのほかの農場にいる動物である。僕はこの時間を使って、マーズのパン屋に歩いていった。彼は奥さんのハンナを僕に紹介してくれた。僕は彼女に対してなんとか笑顔を作り、全力を尽くして前日の無礼を詫びようとした。マーズは僕に温かいパンを二つ手渡して言った。「謝ることは何もないよ。言ったろ、家族なんだから」

家に戻ると、メアリーは応接室の床に座って、息子と遊んでいた。僕はパンを持ってキッチンに行き、ナイフや皿を探した。カウンターにはジャムを入れた瓶があり、くさび型のチーズも置いてあった。こうしたもので僕はパンに塗るスプレッドを作り、食堂のテーブルに置いた。オウサはみんなにコーヒーを注ぎ、メアリーと子供をテーブルへと招いた。食事には穏やかな雰囲気があり、安心した気持ち、祝福の気持ちさえ漂った。

食事のあと、メアリーも僕たちの片づけを手伝ってくれた。それからみんなでリビングルームに移り、メアリーの話を聞くことになった。僕はメアリーの息子が木の兵士を両手にそれぞれ摑み、遊ぶのを見守った。怖そうな顔をして、「シューッ！」という大声とともに、馬と馬とを激突させている。

「この子の名前は？」と僕は訊ねた。

「オクタヴィアス」と彼女は言った。「どうしてかって訊かないで、私が名づけたんじゃない。先代の主人が決めたのよ、ほかのすべてを決めたようにね」

オウサはメアリーに、ソファに座るように促した。僕は自分の部屋に上がり、紙と二本の鉛筆を取ってきた。それからテーブルに向かって座った。オウサが質問し、僕が記録するのである。

「私の名前はメアリー・ブロンソンです」と彼女はオウサに言った。「私は奴隷として生まれました」

「でも、もう違う」とオウサが言った。

「もう違います」とメアリーが繰り返した。「そして、そのことでみなさんに感謝したいです。あちらで私がどんな目にあってきたか、みなさんには想像もつかないでしょう。私たちみんながどんな目にあってきたか。あの男から逃れるためなら、私はどんなことでもしたでしょう。ただ、どうしたらいいのかわかりませんでした。この町に来たのは、これが初めてでさえないし、逃げようと考えたのも初めてではありません。どうしてもっと早くやらなかったのかわからないくらいです」

「出身はどちらですか、メアリー？」とオウサが訊ねた。

「地獄です」と彼女は言った。「地獄から直接来たんですよ、ミスター・オウサ」

「どうしてそう言うのですか？」とオウサは言った。

「私にはもう二人息子がいました、オクタヴィアスのほかに。息子が二人に、夫です。彼は私と同じ料理人でした。家の人たちはみんな、私の料理を喜んだものです」

「自分の仕事が好きでしたか？」

「好きで仕事を選ぶわけではないですよね。でも、私は人と違ってました。実のところ、先代の主人とは約束してたんです。私は料理はしますけど、キッチンに立つ料理人は私だけじゃない。だからときどき、主人は私を外の仕事に貸し出して、私が稼いだお金を分け合っていました。お金を貯めて自分と家族の自由を買おうという計画だったんです。私が先に自由になり、そうしたら稼いだお金を分ける必要はなくなるから、次にフレッドの自由も買おうって。フレッドっていうのが夫の名前です。それから彼の手も借りて一緒に働き、子供たちの自由も買うつもりでした」

「何が起きたんです？」

「先代の主人が死んだんです。農地が分割され、その一部を下級白人が――さっきまで私と一緒にいた男ですが――引き継ぎました。そうなると、自分の仕事がもう好きになれなかった。彼はお金をみんな自分のものにしてしまうんです。先代の主人との約束だとか、貯金だとかはまったく知らないって言って。だから私もずるいことをするようになって。最初はゆっくり、いい加減に仕事するようになりました。でも、あの男に気づかれて」

　メアリー・ブロンソンはここで間を置いた。息を深く吸い込み、心を落ち着かせてから続けた。

「こうして暴力が始まりました。彼は毎週、これだけ稼げって数字を決め、その金額を稼げなかったらお仕置きだって言うんです。私の夫や子供たちを売るっていう脅しもかけました――息子たち全員を。私は頑張って働きましたよ、ミスター・オウサ、できる限り。でも、彼はみんなを売ってしまいました。私の末の息子だけは残してくれましたけどね」――床でまだ木の動物たちと遊んでいる息子に向かって頷く――「でも、思いやりとか心配りじゃない。重しなんです。私に息子という重しをかけ、逃亡したらほかにも失うものがあるんだって、意識させるんですよ」

「どうして彼はあなたをここに連れてきたんです？」とオウサが訊ねた。

「こちらに家族がいるんです」と彼女は言った。「私の仕事について自慢するんですよ。お姉さんのための料理を作らせて。お姉さんのキッチンでね」

「こちらの？」

「ええ、そうです。でも、私のほうが目に物見せてやりましたよね？」

「そのとおりです」

「鎖は重いものです、ミスター・オウサ、ものすごく重い。私は北部に来ても逃げなかったときのことを、いろいろと考えました。あいつらが私をいかにがっちりと鎖で縛りつけていたか。この子も、あと一年くらいしたら畑に出されるでしょう。そうなったら、この子も縛られてしまうんです」

　彼女は両手で顔を覆ってすすり泣いた。オウサはメアリー・ブロンソンに歩み寄り、隣りに座った。それから彼女を引き寄せ、抱きしめて、優しく背中を叩いた。抱きしめられたメアリー・ブロンソンは、すすり泣き続けたが、僕はその声が歌になっていることに気づいた。夫と子供たち、失われた人たちを思う歌だ。

僕はいままでオウサのようなことをする工作員を見たことがなかった――彼女を慰め、逃亡奴隷としてではなく、威厳のある自由な女性として扱っているのだ。彼女が落ち着くまで腕のなかでゆすってやると、彼は立ち上がって言った。「この数日のうちに、あなたと息子さんの住む場所を見つけます。レイモンドがその準備に出かけました。あなたと息子さんは、手配が済むまでここにぜひ泊まってください」

メアリー・ブロンソンは頷いた。

「ここはいい町です」とオウサは言った。「それに、我々はここで力を持っている。でも、あなたがここにとどまりたくなくても、それは理解します。どちらにしても、我々にできる形で援助しますから。すぐにわかるはずですが、自由を見つけるのは最初の一歩にすぎません。自由に生きることがすべてなんです」

しばらくみんな黙り込んだ。僕は話が終わったかと思い、書くのを止めた。メアリー・ブロンソンは泣き止み、オウサのハンカチで顔をぬぐっている。それから顔を上げて言った。「自由に生きることにならないわ、子供たちをみんな取り戻さなければ」

彼女はもう落ち着いていた。そして僕には、彼女の苦痛と恐怖が別のものに変わりつつあるのが見て取れた。「あなたの教会のことは聞きたくありません。この町のことも聞きたくない。息子たち――私に必要な町は彼らだけです。あなた方は、私とオクタヴィアスを救出する道を見つけてくれました。そのことには、ものすごく感謝しています。私はきちんと育てられましたから――感謝すべきことは感謝します。でも、ほかの子供たち、失われた子供たち全員、私は取り戻さないわけにいかない」

「ミセス・ブロンソン」とオウサが言った。「我々はそういう組織ではないんです。そこまでの力はありません」

「じゃあ、あなた方は自由の力がないんです」と彼女は言った。「母親が子供と、夫が妻と引き裂かれるのを阻止する力がないのなら、あなた方には何もない。あそこにいる子供は私のすべてです。あの子のために逃亡しました、あの子が別の世界を知ることができるように。一人で取り残されていたら、私は生まれたときと同じ状態で死んだでしょう——奴隷のままで。あの子が私を自由にしてくれたんです。わかります？　あの子にはすごく借りがある。何より、あの子に父さんと兄さんたちを返してあげなきゃいけない。あいつらは家族を破壊してしまう。あなた方がそれを阻止できないなら、家族を元どおりにできないなら、あなた方の自由は薄っぺらだ。あなた方の教会も町も、私には何の意味もない」

次の月曜日、僕は木工所での仕事を始めた。スクールキル川の船着場の近く、二十三番通りとローカスト通りの交差点にある作業場。オーナーはレイモンド・ホワイトの仲間で、そこで働いている人々の多くは逃亡奴隷だった。僕はそこで週三日働き、あと三日は地下鉄道の仕事をした。仕事のあと、僕はいつも一人で町を歩き回った。この町の音や匂い、そして刺激は、いつも夜遅くまで続く。そこから生まれる途方もない魔力を、僕は存分に味わった。しかし、それでも結局、こうした人々の信じがたい混合物のなかにいても、僕はどこか孤独を感じていた。そうなったのは、メアリー・ブロンソンのせいだ——彼女の強い欲求、血族すべてに自由を行き渡らせたいという渇望。自分にとっていちばん大切な人たちがまだ奴隷だとしたら、このような都市で自由でいることに、どういう意味があるだろう？　ソフィアのいない自分、母のいない自分、シーナのいない自分とは何だろう？　シーナ。おまえのような男の子は、自分の言葉にもっと用心しなきゃいけない、と彼女は言った。不用意な言葉が、その人に対しての最後の言葉になるかもしれないんだから。確かに、用心すべきだった。そのときだってわかっていた。しかし、僕は自分の年齢よりも早く歳を取りつつあり、シーナの言葉が二十歳の僕よりもずっと年長の男の嘆きとなって撥ね返ってきた。僕が彼女をどう扱ったか——それは僕の短い人生で最悪の行動だ。いまになって、自分が夢をただ追い求めている子供にすぎなかったのだとわかる。その夢ももはや消えた。メアリー・ブロンソンの子供たちと同じように、深みへと連れ去られた。地下鉄道がいかなる手段を使おうと、そこまでは絶対に手が届かない。

ある金曜日の朝、僕が仕事に向かおうとしていると、オウサが近づいてきて言った。「男は家族なしでそんなに長くいられないだろ」

僕は何も言わずに見つめ返した。

彼は微笑んだ。「でも、大事に思ってくれる人たちと過ごすのはいいもんだよな、ハイラム。夕食はどう？　今晩？　僕の母さんの家で。どうかな？　家族がみんな揃うんだ。いい家族だよ。で、君を家族の一員として歓迎したい」

「いいよ、オウサ」と僕は言った。

「素晴らしい、実に素晴らしい」。彼は場所の説明をしてから言った。「じゃあ、今晩」

ホワイト家はデラウェア川を渡ったところに住んでいた。僕はその夜、フェリーで川を渡り、それから丸石で舗装した道を歩いていった。道はやがて赤土になり、埃っぽい道になった。町の暑気、湿った濃い空気が、だんだんと後ろに遠ざかり、爽やかな風が道路の埃を舞い上げている。外に出るのは気持ちよかった。ここに着いて以来、田舎っぽいところに来たのは初めてだ。そして僕は、南部のふるさとに関して何を懐かしく感じるか、このとき理解した——畑に吹く風、木々を通して射し込んでくる陽の光、長々と続く午後など。フィラデルフィアでは、あらゆることがいっぺんに起こる。人生のすべてがたわいない一つの感情に圧縮されてしまうのだ。

レイモンドとオウサの両親が住んでいるのは大きな家で、ポーチが家を取り囲み、玄関前には池があった。僕はそのポーチにしばらくたたずみ、正面のドアをじっと見つめた。なかからは子供たち、母親たち、父親たち、兄弟たちの声が聞こえてくる。彼らの言葉と笑い声が混じって、一つの幸せを表わす音となり、僕を居住区《ストリート》の休日へと引き戻した。家のなかに入る前から、彼らの蓄積された愛情が放射されてくる。僕は以前にも同じように感じたことがあった。グース川に落ちたときだ。僕は、記憶にない母とそこで再会した。いとこたちとも、ホナスやヤング・Pとも会った。そしてこうした感情を思い出した途端、そのすべてがまた僕に押し寄せてきた。夏のそよ風が冷たくなり、僕は震えた。そして目の前のすべてが青くなった。ホワイト家のドアが広がり、一列に並ぶたくさんのドアになった。こうしたドアがふいごのように、両側から引っ張られる。僕は自分が落ちていくように感じた。一つのドアが開いた。なかを覗く。母が煙のなかから手を伸ばしているのが見えた。母が僕のほうに近寄ってくる、片手を僕の手のほうに伸ばして。そして母が僕の手を摑んだとき、青色が褪せていき、夏の午後の黄色い熱が戻ってきた。ドア口に女の人がいた。僕の母親ではないが、現在の母くらいの年配だ。彼女のすぐ後ろにオウサがいるのも見えた。彼は僕を見て立ち止まり、手を振り、微笑んだ。

「ハイラム?」と女の人が言った。そして僕が返事をする前に言った。「ハイラムよね? あなた、悪魔を見たような顔をしてるわよ」

彼女は僕の手をしっかり摑み、それから僕の目を覗き込んだ。「ははーん。お腹が空いているのね。あっちでレイモンドとオウサに何を食べさせられているの? さあ、そこに立ってないで——お入りなさい!」

僕があとについて数歩歩くと、彼女は立ち止まって言った。「ヴァイオラ・ホワイトです。レイモンドとオウサの母親。でも、私のことはヴァイオラ小母さんって呼んでね。だって、あなたにとってそういう存在だから。オウサとレイモンドと働いている人は、誰でも私の家族よ」

僕はヴァイオラ・ホワイトの――「ヴァイオラ小母さん」と呼べるまでには時間がかかった――あとについて、正面の応接室に入った。すると、そこではいとこや叔母たちがひしめき合っていた。レイモンドは炉棚のところに立って、年長の男性としゃべっている。パン屋の主人のマーズは僕のほうに走ってきて、家族の集まりのなかに僕を引っ張り込んだ。そして紹介をしながら、あのジンジャーブレッドの効果について語っている。

「この子はさ、冷静なふりをしてたんだ、これくらい何でもないって」とマーズは妻のハンナに言った。「でも、この子が紙の包みに顔を突っ込んだ途端、わかったよ。僕はこの子の胃袋を摑んだぞって」

ハンナが笑い、そして僕も、自分で驚いたのだが、笑っていた。ここでは何かが起きていた。壁が崩れているのだ、僕が居住区《ストリート》で築いた壁が。口を閉ざし、観察することが壁だった。居住区《ストリート》にだって愛はあった。僕が見たこともないほど深くて激しい愛。しかし、居住区《ストリート》は野蛮で気まぐれでもあった。仲間のあいだでさえ、情熱が怒りや暴力に変わってしまうこともあったのだ。ところが、ロックレスで僕の役に立った振る舞いは、ホワイト家のなかでは冷酷で、不必要なものに見えた。だから僕は、ぎこちなく、ためらいがちではあったが、いつしか微笑み、笑い、そして何よりも、おしゃべりしていたのである。

夕食後、僕たちは奥の客間でコーヒーやお茶を飲んだ。そこにはピアノがあり、娘たちの一人がその前に座って弾き始めた。どんな技巧よりも僕がよく覚えているのは、この子の才能に対して目を輝かせているホワイト家の人々の誇らしげな表情だ。そして、僕は思い出した。子供の頃、僕も才能があったのだが、それは父がメイナードにこそ具わってほしいと思うものだった。僕の才能は娯楽であり、笑いを引き出すものでしかなかったのだ。この少女が自分のやりたいことをやらせてもらっている姿、自分の才能が報われている姿を見て――そして、誰でも何らかの才能はある――僕は自分が奪われてきたすべてのものを思い知った。奴隷に生まれついた何百万人もの黒人の子供たちが、かくも徹底的に奪われてきたすべてのものを。しかし、それ以上に、僕は初めて真の自由を享受している黒人の人々を見た。メアリー・ブロンソンが強く求めていたもの、僕が街を歩きながら渇望していたもの、そして、僕がグース川に沈んだときにかいま見たものである。

会話のなかで、僕は「リディア」と「ランバート」という名前をしばしば耳にした。その名前の語られ方から、この二人はまだ奴隷制に縛られている家族らしいとわかった。少女の演奏のあと、僕はオウサが広いポーチに座っているのに気づいた。道の向こう、夏の黄昏の光に浮かび上がる青々とした森を見つめている。僕は腰を下ろして話しかけた。「僕を招待してくれてありがとう、オウサ。すごく嬉しかった」

オウサは僕を見て微笑んだ。「大したことじゃないさ、ハイラム。来てくれて嬉しいよ。仕事は重荷にもなるだけにね」

「君のお母さんだけど」と僕は室内のほうを振り返りつつ言った。「そのことを知ってるんじゃないかな」

「みんな知ってるよ。子供たちはもちろん、ちょっとしか知らないけど。でも、知らないってのは無理だろう? そもそも、子供たちのためにあの仕事をしてるんだから」

「うん、君には素晴らしい家族がいるね」と僕は言った。

それを聞いて、彼はしばらく黙り込み、彼の視線はまた森の方へと戻った。

「オウサ」と僕は訊ねた。「ランバートとリディアって?」

「ランバートは僕の兄貴さ」とオウサは言った。「リディアは僕の妻。ランバートは僕がまだ向こうにいるときに死んだ。リディアはまだあっちにいる。もうしばらく会ってないけどね」

「子供たちも？」

「ああ、娘が二人に息子が一人。君は？」

僕は少しためらった。

「いや、一人ぼっちだよ」

「そうか。僕は子供たちなしではどうしたらいいかわからないよ。自分がどうなるかもわからない。このすべて、この地下鉄道のことは、僕の子供たちから始まったんだ」

オウサは立ち上がり、ドアを通して室内を見つめた。皿を洗うガチャガチャという音がくぐもって聞こえてくる。ぶつぶつと話し合っている静かな声が、ときどき子供たちの笑い声で破られる。それからオウサはポーチの片側に行き、木の手すりを背にして腰を下ろした。

「僕はほかの人たちと違うんだよ。こっちで育ったわけじゃない」と彼は言った。「父さんはもう歳取っていて、腰が曲がっているけど、かつてはなかなかのもんだった。奴隷に生まれながら、二十歳のときに主人のところに行き、率直にこう言った。〝俺はもう大人だ。くびきにかけられるくらいなら死ぬ〟。主人はそれをひと晩考えて、次に父さんに会うとき、片手にライフル銃、もう片方に父さんの書類を持っていった。そして、前日の父さんと同じくらい率直にこう言ったんだ。〝自由こそくびきだぞ、坊主。すぐにわかるさ〟。それから父さんに書類を渡して言った。〝さっさと出ていけ。次に俺たちがどこかで会うとしたら、その場を立ち去るのは一人だけだからな〟」

オウサは自分の言葉に笑った。「でも、そこにヴァイオラって女がいてさ――母さんだけど――やっぱり奴隷だったんだ。子供もすでに二人いた――僕と兄貴のランバート。父さんは自分が北部に行って働き、僕たちの自由を買おうって考えてたんだ。それで、船着場で働き始め、僕たちを救い出す日のために貯金した。でも、母さんには自分の考えがあった。僕とランバートを連れて逃げたんだよ、その当時の地下鉄道を使ってね。父さんはびっくり仰天さ、町の船着場に突然母さんが現われたんだから。

二人はちゃんと結婚して、子供がもう二人生まれた──レイモンドとパッツィだ。さっきピアノを弾いたのはパッツィの娘だよ。あの子は小鳥みたいに歌うんだぜ。で、奴隷の主人の話だけど、そいつは父さんが農園を去るのは許した──どうしてかは訊かないでくれ──白人の考えることなんてわからんだろ？　でも、母さんが──つまり女が──勝手に人生を決めるなんて、それはもう許せなかった。たぶん、母さんは本当にそうやったんだろう──勝手に立ち去ったんだ。主人は僕たちを取り戻したかったのかもしれない。母さんはガチョウだけど、僕たちは黄金の卵だってわけ。

主人は猟犬を町に送り、僕と兄貴のランバート、それに母さんとレイモンドとパッツィも捕まった──父さんを除いて家族全員だ。僕たちはみんな送り返された。南部に戻ったとき、母さんは逃亡がみんな父さんの考えだったってことにした。自分は逃亡なんてしたくなかったって主人に言ったんだ。主人をおだてて、彼はいい白人だって思い込ませた。主人は母さんの言うことを信じたらしい。たぶん信じる必要があったんだろう。自分はいいことをしてるって考えたかったんだ。家族を引き裂いて、抑えつけたくせにね。

ともかく、それから少しして、母さんはまた逃げた。でも、今回は前と違った。ある真夜中、僕に目を覚ますように言った。僕は六歳で、ランバートは八歳くらいだったはずだ。でも、僕はいまでもそれが見えるよ、すべてが目の前にあるみたいに──あの記憶は斧のように研ぎ澄まされているんだ。母さんは僕たちの寝床の横でこう言った。〝子供たち、私は逃げる。レイモンドのために、そしてパッツィのために逃げる。ここにいたらあの子たちは死んでしまうから。ごめんなさいね、子供たち、でも逃げるしかないの〟

いまでは、母さんがどうして逃げたかわかる。その当時でも、どうして逃げたかわかっていた。それでも、僕のなかには重い憎しみの炎がわずかながら燃え立ったんだ。自分の母さんを憎むって、想像できるかい、ハイラム？　そのあと、主人は僕たちをもっと南に売った——男のみなしご二人が深南部に送られたってわけ。これは母さんを罰するためにやったんだ。ランバートと僕を取り戻す計画を立てても無駄だぞって見せつけるためにね。僕は向こうで別の人生を送ることになった。女の子に会って——それがリディアさ——家庭を築いた。頑張って働いた。奴隷制の下では、立派に認められた男になった。それって、人としては認められてないってことなんだけどね。

ランバートはわかっていた。彼のほうが年上だったからだろう、自分たちが何を奪われたか、ちゃんとわかっていた。そして、憎しみも実に強く、ついには憎しみに蝕まれてしまった。だからランバートは……ランバートは向こうで死んだ、故郷から遠く離れた地で。自分を産んだ母からも、自分を育てた父からも遠く離れて」

ここでオウサはひと息ついた。彼の顔は見えなかったが、喉を詰まらせるような声が聞こえ、全身から苦悩の炎が燃え上がっているように感じられた。

「僕には穴がたくさん開いてるんだよ、いろんな部分が抜き取られてしまった。この失われた年月、母親、父親、レイモンドとパッツィ、妻と子供たち。失われたものすべてさ。

ともかく、僕は脱け出した。主人は僕を手元に置いておくよりも、金を必要としたんだ。それで、ほかの人たちの親切のおかげもあり、僕は脱け出すことができた。この町にやって来て、家族を探した。彼らがどこに行ったかについては、噂を聞いてたんだ。そしてすぐに、黒人たちから、レイモンド・ホワイトって男の話を聞いた。家族を探してるんなら、知っておくといい男だぞって。それでレイモンドを探し当てたんだ」

「お互いすぐにわかった？」と僕は訊ねた。

「いや、まったくわからなかった。僕は苗字がなかったからさ。あいつが僕の隣りに座って——ちょうど数週間前、僕たちがメアリー・ブロンソンの隣りに座ったみたいに——それで、僕は身の上話をすべてしたんだ。あとでレイモンドから聞いたけど、細部の一つひとつに身震いしていたらしい。でも、レイモンドはあのとおり、岩のような男だからね。僕はずっとあいつに、知っていることすべてを話していって、それがどう受け取られているんだろうって考えていたんだ。だって、あいつはずっと黙ってるんだから。それからあいつは、次の日にまた会いに来てくれって言った。同じ時間に。

次の日、僕が同じところに戻ったら、母さんがいたんだよ、ハイラム。母さんだとすぐにわかった。記憶をたどったり、考えたりする必要はまったくなかったね。間違いなく母さんだ。それから母さんが僕に言った。この男、この岩のようなのが、僕の弟だって。レイモンドの目に涙が浮かんだのを見たのはそのときだけだな。

若かった頃、ランバートと僕はありとあらゆる脱出方法を考えた。家族がどこかで自由に暮らしてるってわかっていたからね。でも、計画がすべて潰《つい》えたとき、絶望が影のように僕たちを覆った。というのも、僕は君たちのような人と違うんだよ、ハイラム。自分の母親が消えた日から、僕たちにも自由の資格があるってわかっていた。自由が母さんの権利なら、自由が父さんの権利なら、それは僕たちの権利でもあるんだって」

「我々はみなそう生まれついたんだと思うよ」と僕は言った。「ただ、奥深くに埋もれてしまった人もいるんだ」

「でも、僕たちにとっては埋もれていなかった。ランバートはその最後の夜のことをすべて覚えていたよ。母さんに額を撫でられたこととか、その手の感触とか。ランバートが死んだときにさ、ハイラム、僕は死ぬわけにいかないって思ったんだ。生き抜いて、脱出しなきゃいけない。そして、その危険な賭けに怒りは無駄だって。母さんが逃げる日の夜、言ったことを思い返すんだ。この仕事をしているとき、地下鉄道に携わっているときに、しょっちゅう思い出す。〝私はレイモンドのために逃げる、パッツィのために逃げる〟って母さんは言った。〝ごめんなさいね、坊や、でも、逃げないといけないの〟。僕は幼くて、母さんを愛していたから、こう言ったんだ。〝お母さん、どうして僕たちは一緒に行けないの？〟そうしたら母さんはこう言った……こう言ったんだ。〝だって、私が子供を抱えて北部まで行くとしたら、二人が精一杯なんだよ〟」

17

〝導引〟はより頻繁になった。突然、世界がでたらめに崩れ落ちていき、僕はそのあとしばらくして帰還する――路地に、地下室に、開けた野原に、貯蔵室などに投げ出される形で。〝導引〟はすべて記憶によって引き起こされるようだったが、その記憶は完全な形を成しているものもあれば、途切れ途切れのものもあった――ジンジャークッキーを分けてくれた女の幻影のように。しかし、居住区《ストリート》で交わした物語を糊として、僕は大まかな話をつなぎ合わせることができた。僕にジンジャークッキーをこっそりくれた女性は叔母のエマである。僕は彼女がロックレスのキッチンで腕を振るっていたという話を聞いていた。そして、このエマ叔母が、森のなかでウォーターダンスを踊った叔母と同じだということも、間違いないと考えた。彼女と一緒に踊っていたのが、その姉である、僕の母だ。

僕は、何かが僕に対して明らかになろうとしているように感じ始めた。僕の心のどこかの部分、ずっと昔に閉じ込められた部分が、いま解放を求めている。おそらく、謎が解けていき、新しい知識が得られることを、僕は安堵の気持ちとともに歓迎すべきだったのだろう。しかし〝導引〟は、骨が砕かれてまたつながれるような感覚を残した。そのたびに僕は消耗し、前よりも深い喪失感を抱えてしまう。こうして絶えず深い苦悩や悲しみの通奏低音に包まれるようになり、翌朝、ベッドから起き上がるには体じゅうから力を絞り出さなければならなかった。〝導引〟のあとは必ず数日、とても不機嫌な状態で仕事をすることになる。これはもはや自由とは感じられない、とてもではないが。

そのため、僕はある日、九番通りのオフィスから出ると、フィラデルフィアや地下鉄道から立ち去るつもりで歩き始めた。僕の気を滅入らせる、こうした記憶を引き起こすものから離れるのだ。じっくりと考えて決めたわけではないし、自分の身の回り品をまとめたりもしなかった。ただ、戻ってくるつもりはなく、ドアから歩き出たのである。自分が外に出たことについては、誰の疑いも招かないと考えていた。僕が街の散策を楽しんでいるのは、よく知られていたからである。しかし、今日の僕はそのまま歩き続けるつもりだった。

僕はオフィスに背を向け、スクールキル川の船着場に向かって歩いていった。この町で出会った人たちのなかで、水夫たちは最も自由なように思えた。相互の絆以外には、何にも縛られていない。互いに子供っぽく小突き合ったり、下品に冷やかし合ったりして、それがいつでも大きな笑い声を湧き起こす。ときどき喧嘩していることもあったが、その喧嘩がどんなものであれ、僕にはこうした男たちの関係が兄弟同様のように感じられた。その自由さのなかにも、僕に故郷を思い出させるものがあった。おそらくそれは、彼らの黒くて厳しい顔、がさがさの手、曲がった指、使い古して傷ついた爪のせいだろう。彼らの歌のせいでもあろう。彼らは奴隷たちと同じように歌うのだ。

僕は船着場に立って、彼らが働くのを眺めていた。誰かが声をかけてくれないかと思っていた。手を貸してくれと呼びかけてくれないものか。しかし、誰からも声をかけられなかったので、僕はそこを立ち去り、一日じゅうただ歩き回った。川を渡り、墓地を通り過ぎ、いくつかの鉄道線路を渡った。そして、救貧院の前で立ち止まり、町の貧困者たちが集まるのを見ていた。それからまた歩き出し、やがてコブス川と森の前に出た。町の南西の果てである。もう遅い時間だった。行く当てはなく、外は暗くなっている。脱け出す道などどこにもない。記憶の拘束や地下鉄道から逃れる道はない。そこで僕は踵を返し、九番通りに、自分の運命に帰ろうとした――道中、こうしたことを考えて頭がぼんやりとしていたため、僕は訓練されてきたような警戒を怠っていた。突然、気づくと目の前に白人の男がいた。夜から現われ出たかのようだった。彼が何か訊ねてきたが、よく聞き取れなかった。そこで身を乗り出し、もう一度言ってくれませんかとお願いした。そのとき、僕は後頭部に強い衝撃を受け、目の前に火花が飛び散った。もう一撃。そして気を失った。

目を覚ましたとき、僕はまた鎖につながれ、目隠しと猿ぐつわをされていた。馬車に引かれる荷車の後部に乗せられていて、下で地面が動いているのが感じられた。頭がはっきりしてきて、自分に何が起こったか正確にわかった。こういう話を聞いたことがあったからである。僕を捕らえたのは人狩りたちだろう――ライランドの猟犬団の北部版だ。町にいる黒人を誘拐し、南部に送って、その代金を稼ぐことで知られる男たち。黒人の身分が自由であれ、逃亡中の奴隷であれ、意に介さないのだ。

彼らが話をし、笑い合っている声が聞こえてきた。自分たちの戦利品を数え上げているに違いない。荷台にいるのは僕だけではなかった。近くにいる者が静かな声で泣いている――女の子だ。でも、僕は黙っていた。地下鉄道から脱け出したいと思い、そのとおりになってしまった。僕のなかのほんの小さな一部分が、安堵したような感情を抱いていた。少なくとも、僕は自分のよく知る奴隷の生活に戻るのだ。

僕たちは数時間、馬車に揺られていた。未開地の道を通っているようだ。ライランドだったら町は通らないはずだな、と僕は考えた。有料道路やフェリーも使わないだろう。僕たちがライランドを恐れるのと同じくらい、彼らは地下鉄道の仲間である自警団を恐れているのだ。自警団とは、自由な黒人を誘拐しようとする人狩りに対して目を光らせている集団である。馬車は野営のために停まり、僕は腕のあたりを荒っぽく摑まれるのを感じた――そのまま引きずり出され、地面に投げ出された。「丁寧に扱えよ、ディーキンズ」という声が聞こえた。「そいつに傷をつけたら、俺がおまえに傷をつけてやる」。このディーキンズという男が僕を木に寄りかからせた。指以外、体はまったく動かせない。彼らの声に耳を澄まし、何人いるのか見当をつけようとしていると、目隠しを通して光が感じられた。焚火だ。男たちがそのまわりに集まり、何やら話し合っている。これで声の主は四人だとわかり、その言葉と騒々しさから、食事をしているのが明らかになった。彼らの最後の晩餐だった。

人が近づいてくる音に僕は気づかなかったし、それは人狩りたちも同じだった。いきなりピストルの音がした――二発だ――叫び声、身もだえ、さらにもう二発の銃声。子供のような憐れっぽい声がしたが、馬車のなかで聞いた女の子のものではない。また銃声がし、しばらく何も聞こえなくなった。それから誰かが何かを探し回っている音が聞こえ、また自分に手がかけられるのを感じた。カチッという錠の音がして、鎖が外れた。自分でも衝撃的なほどの怒りを感じ、僕はその手を押しのけ、手の持ち主も押しのけた。自分で目隠しと猿ぐつわを外し、焚火の光で相手の顔を見た――ミスター・フィールズ、ミカジャ・ブランドだ。あの無表情な、何にも動じない顔で僕を見つめている。

僕は立ち上がり、心を落ち着けようと木に寄りかかった。ほかにも二人いて、僕と同じように縛られ、鎖につながれている。ブランドはそのあいだを歩き回り、手早く二人の鎖を解き放った。僕は顔を背け、地面に四人の死体があることに気づいた。そのとき起きたことをどう説明したらよいのだろう？　目を眩ませるような、あの無意識の怒りを？　自分が体から離れて浮かび上がり、その光景を見つめているように感じられた。そして僕が見つめていたのは、死体の一つを力の限り蹴飛ばしている自分の姿だった。ブランドがこちらに来て、僕にやめさせようとした。僕はまた彼を押しのけ、死んだ男――おそらくディーキンズだ――をさらに蹴った。ブランドは、今回はやめさせようとしなかった。そのとき僕が感じていたのはありとあらゆる怒りだった――僕の母からメイナードからソフィアからシーナからコリーンまで、あらゆる嘘、あらゆる喪失、あの監獄の集会室で彼らが僕にしたことのすべて、凌辱のすべてへの怒り。監房の少年にも、息子の妻を愛してしまった老人にも、森で彼らに追跡されていた日々においても、何もできなかった自分の無力さへの怒り。こうしたことのすべてが甦り、死体にぶつけられたのだ。

ついにくたびれて、僕は膝をついて体を丸めた。焚火の火はもう弱くなっていた。それでも僕の目には、少女と男のそばに立つブランドの姿が見えた。男が少女の前に立って、僕の怒りから彼女を守ろうとしている。そのとき僕は、この男が少女の父親なのだと気づいた。

「気はすんだか？」とミカジャ・ブランドが訊ねた。

「いや」と僕は言った。「気がすむはずがない」

僕たちはみな、いろいろな部分に分裂しているものだ。自分の一部分が、数年後にならないとわからない理由で話し出すことがある。僕を地下鉄道から連れ出した声は、僕に馴染みの、古い声。居住区《ストリート》の声と一緒になり、湧き上がってくるものだ。僕の母を「あちら」に引き渡した声。シーナに語りかけた声であり、あのように無神経に彼女を撥ねつけた声。自由の声、冷たいヴァージニアの自由の声――僕と、僕が選んだ人々にとっての自由。しかし、そこに新しい声が湧き上がってきた。ヴァイオラ・ホワイトの家の温かさによって、そしてエマ叔母の幽霊によって育まれた声。エマ叔母は僕のどこか奥深いところから現われ、僕をこう諭したのだ。忘れないで、家族よ。

僕たちは森のなかを歩き、ブランドが馬と馬車、そして荷車を置いておいた町へと向かった。一歩進むごとに、そのリズムに合わせるかのように頭がズキズキし、先ほど受けた殴打のことを意識せずにいられなくなった。町に着いて、僕は少女とその父とともに荷車に乗り込んだ。朝日がちょうど射し始めたところで、地平線上にオレンジ色と青色の扇形が見える。馬車は数マイル走ったところで停まった。振り向くと、ブランドが道に下りて、小さな女性と話している。彼女はショールを巻き、全身を覆っていた。こちらを向き、荷車の後部に向かって歩いてくる。僕のすぐ近くまで来ると、彼女は僕の頬に手で触れ、それから額に、次に後頭部に手を当てた。後頭部は触られてヒリヒリ痛んだ。よく見ると彼女は、その容貌から判断して、僕よりそれほど年上ではなかった。しかし、彼女の態度、その自信やカリスマ性に、僕はずっと年長者に相応しいものを見た。

「やっつけたんだね?」と彼女は後方のブランドに向かって呼びかけた。手はまだ僕の顔に置いている。

「ああ」とブランドは言った。「まだ大して進んでなかったのに、あの馬鹿どもは止まって、宴会を始めたんだ」

彼女はブランドのほうを向いて言った。「そりゃよかったね」。それからまた僕のほうを向き、穏やかな声で言った。「だけど、あなた、何をしてたんだい? あの猟犬どもに、あんなふうにやられてしまうなんて、いったいどんな工作員だ? まったく、もう少しでかっさらわれるところだったよ」

僕は何も言わなかったが、顔が真っ赤になるのを感じた。彼女は笑い、手を引っ込めた。

「いいだろう」と彼女はブランドに言った。「行きなさい」

馬が動き始め、また荷車がキーキーという音を立てた。女は僕たちに向かって手を振り、それから背後の森のほうへと歩いていった。荷車のなかに感情の高ぶりが感じられた。男と少女が早口でしゃべり始めたのだ。僕がそれに加わらないでいると、男が身を乗り出して言った。「あれが誰だかわからないのかい？」

「いや、特には」と僕は言った。

「モーゼだよ」と彼は言った。少し間をあけたが、それはまるで、この事実を告げたことによる衝撃から立ち直ろうとしているかのようだった。

「まいったな……」。それからまた間をあけた。「あれはモーゼだ」

彼女にはたくさんの伝説と名前があるようだった。将軍。夜の化身。消える人。岸辺のモーゼ。霧を呼び起こし川を分ける人。これが、コリーンとホーキンズが話していた人だったのだ。〝導引〟の達人。あのとき、僕の心にはこうしたことがあまり刻まれなかった。あまりに多くのことが起き、自分の身に起きたことのすべてにショックを受けている状態だったからだ。

一時間後、少女は父親の膝に頭を載せて眠っていた。ブランドは馬車を停め、僕に前の座席で一緒に座るようにと言った。そのあと数分、馬車が進んでいくあいだ、僕たちは黙っていた。その沈黙を僕が質問で破った。

「どうやって僕を見つけたんです？」

彼は鼻を鳴らして笑った。「我々はみんな見張られてるんだよ、ハイラム」

「もし見張ってたんなら」と僕は言った。「どうして僕が殴られて、町から連れ出される前に止めなかったんですか？」

ブランドは首を振った。「あの男たちはな、君を誘拐したやつらだけど、少し前からフィラデルフィアで仕事をしていたんだ。自由な黒人を餌食にするんだよ。特に子供たちが狙われる。やつらを完全にやめさせることはできない。しかし、チャンスがあれば、メッセージを送ることはできる。

人狩りって仕事がどれだけ危険なものか、わからせるんだ」

「これを計画していたってことですか？」と僕は訊ねた。

「いや。でも、どうして止めなかったのかって訊いたろう？　これが理由さ——メッセージを送る、警告をね。自分たちの仕事の危険さを、あの軍団に知らしめるんだ。こういうメッセージは、町の境界内からは送れない。でも、田園地帯に出れば、目撃者がいないから……」

「殺人だ」と僕は言った。

「殺人？　やつらが君をどうするつもりだったかわかってるよな？」

「ええ、わかってます」と僕は言った。そしてその瞬間、あの恐ろしい夜に戻った。フェンスに鎖でつながれ、隣りにはソフィアがいた。あのとき、このすべてに屈し、その場で死んでしまいたいと思ったことを思い出した。しかし彼女は僕を支え、言葉を使わずに語りかけてくれたのだ。僕が彼女をいちばん必要としていたとき、彼女はなんと強かったか。そして、彼女が僕を必要としていたとき、僕はなんと愚かだったか。いま彼女はいなくなり、やつらが——ライランドが、猟犬たちが——彼女をどうしたかは神のみぞ知るなのである。

僕は言った。「あなたは僕に関する話を半分しかわかっていません。あの女の子のことは知ってますよね。僕が一緒に逃げた、ソフィアです。でも、僕が彼女に対してどういう思いを抱いていたか、本当にはわかっていません。僕はここにいて、自由の空気を吸っているのに、彼女はまだやつらに捕まったままだ。そのことで僕がどれだけ苦しい思いをしているか。ただ、あなたに言えるのは、僕より彼女のほうが優秀だってことです。実のところ、あなたは間違った人間を工作員に選んだと思うこともありますよ。彼女こそなるべきだった」

僕は泣き始めた。抑え気味に、静かに。それでも、話すのをやめ、自分を落ち着かせなければならなかった。

「彼女は僕に期待をかけてくれました」と僕は言った。「でも、僕は罠に落ちた。ソフィアも僕と一緒に落ちた。こうして僕はここに、北部にいて、彼女は……僕は彼女がどこにいるのかもわからない。わかっているのは、彼女が僕よりもいい運命に値したってことだけです。彼女をまんまとライランドの罠に導いた男なんかより、ずっといい運命に値したんだ」

　こうなるともう抑制がきかない。僕は大っぴらに泣き始めた。すべてが白日の下に曝け出されたのだ。僕は自分の愛する女性を悪人たちの罠に導いた。このことが僕の心にかけている大きな重み。それが引き出され、明らかになった。ブランドは僕を慰めようとしなかった。ただ、道にだけ目を向けている。そして、僕が泣きやんだときに言った。

「君はわかっているんだな？　このソフィアって娘《こ》に自分がどんな気持ちを抱いていたか？」と彼は訊ねた。「彼女がどうなったのか考えると、身が引き裂かれる思いだった？　違うやり方でできなかっただろうかと考えて、とてつもない時間を費やした？　彼女が生きているのだろうかって夜も眠れないでいる？　ハイラム、こうした思いは、虐げられている民のみんなが抱いているものなんだ。国じゅうの人たちが、自分の父親や息子がどうしたんだろうって心配している。母親や娘は、いとこは、甥や姪は、友達は、恋人は？

　僕があの男たちを殺したって君は言う。でも、君にはこう言おう。僕は数知れない人たちの人生を救ったんだって。あの者たちは君を殺しても――君を家族や友人たちから引き離しても――そんなこと覚えちゃいない。やつらが恐れることもなく、幽霊につきまとわれることもなく、生きていけるなんておかしいんだ。僕がしたことを殺人だって言うんなら、僕は喜んでそれを受け入れるよ」

　僕たちはしばらくのあいだ何も言わなかった。

「ありがとうございます」と僕は言った。「それを最初に言うべきでしたね。ありがとうございます」

「僕に感謝する必要はないよ、ハイラム。この仕事、この戦争は、僕の人生に意味を与えているんだ。これがなかったら、自分がどうなるのかわからない。そして、君もこれに関わろうというのだったら、意味を見出せるんじゃないかと思う……」

ブランドはしゃべり続けていたが、頭痛がすべてを圧倒した。ありがたいことに、世界はじきにおぼろげになっていき、僕は意識を失っていた。


次の日の遅く、僕は全身に鈍い痛みを感じて目覚めた。着替えて、階下に下りていくと、レイモンドとオウサとブランドが話し合っているところだった。彼らに呼び寄せられ、僕は三人の前に座った。並ぶ顔を見渡すと、ほとんど何かを恥じているような感じが伝わってきた――捕まった僕の愚かさだろうか。それからこう思った。彼らは何かをするために集まったのだろう。不快ではあるが、しなければならないことをするために。

「ハイラム」とレイモンドが言った。「ブランドは僕の古くからの友人だ。家族同然に信頼している。正直に言って、家族のなかにだって、彼ほど信頼できない者もいる。君も知ってのとおり、彼はこの〝駅〟専属の工作員ではない。地下鉄道の知り合いが国じゅうにいて、その知り合いたちと話し合い、僕には承服できない作戦を展開することもある。君のことは、こうした作戦の一つだったようだ」

僕はその場の温度が変わるのを感じ始めた。

「コリーン・クインのやり方と評判についてはよく知っている。あれは僕のやり方ではないんだ、ハイラム。目的が何であれ」

レイモンドは首を振り、床を見つめた。「穴に落とすとか、狩りをする、追跡するとかって、僕にはすべておぞましい。その点で、僕は君が謝罪されるべきだと言わずにいられないんだ。君がされたことは、目的が何であれ、間違っている」

「でも、やったのは君ではない」と僕は言った。

「それはそのとおり。でも、これは僕の大義だ。僕の軍だ。コリーンの行動を裁くことはできないけど、自分の行動についてはできる。そして、あれは間違っていた。彼女にとってよくないだけでなく、我々の大義にとっても」――ここでレイモンドは少しだけ間を置き、それからまた僕を見つめた――「どれだけの力が君の胸のうちに潜んでいるにしても」

「わかってるよ」と僕は言った。「大したことじゃない。わかってる」

今度は、レイモンドは深く息を吸い込んだ。「違うんだ、ハイラム」と彼は言った。「君は本当にはわかっていないと思う」

「僕はね、君が信じている以上のことを知ってるんだよ、ハイラム」とブランドが言った。

「どういうこと？」と僕は言った。

「つまり、みんな知ってたんだ。ソフィアのことも、君の気持ちについてもみんな。知ることが僕の仕事だからね。だから僕は君の当時の気持ちやいまの気持ちを知っているだけではない。ソフィアがどこにいるかも正確に知っている」

「何だって？」と僕は言った。頭が昨晩と同じくらいの強さでズキズキし始めた。

「知っておく必要があったんだ」とブランドは言った。「誰がどんな人と逃亡し、その人たちがどうなったかを正確に知らなかったら、いったいどんな工作員だ？」

「僕はコリーンに訊ねたんだ」と僕は言った。「彼女は、自分の力の及ばないことだと言った」

「わかってる、ハイラム、わかってる。あれは間違いだった。それは弁明できない。僕から伝えられるのは、君がすでに知っておくべきだったことだけだ。君が南部の側にいて、コリーン・クインとともに行動しているときは、仕組みが違うんだよ。そうでなければならない。君はその仕組みの一部だったから」

僕は頭痛をこらえつつ言った。「どこにいるんですか？」

「君のお父さんのところ。ロックレスだ。コリーンがソフィアを取り戻すようにと、彼を説得したんだ」

「でも、あなたは彼女を助けなかったんですか？　地下鉄道もあなたも、これだけの力がありながら……」

「ヴァージニアにはそこの規則がある。我々は彼らから取れるものは取るけど、すべてを取ることはできない」

「じゃあ、それでお終いなのか」と僕は言った。「彼女を奴隷のままにしておくってこと？」

「いや」とオウサが言った。「我々は誰一人として奴隷のままにしておかない。絶対に。彼らには彼らの規則がある。でも、我々にも我々の規則があるんだ」

「ハイラム」とレイモンドが言った。「我々は君に謝るだけで済むとは思っていない。我々がもたらすのは言葉だけではなく、言葉に見合った行動だ」

「いいかな、我々はソフィアの居場所を知っているだけじゃない」とブランドが言った。「いかに彼女を救出するかも正確にわかってるんだ」

18

その後数日間、フィラデルフィアの街を歩いたり、鑿や旋盤を使って仕事をしたり、手紙や通行証の偽造をしたりしているとき、僕はソフィアのことばかり考えていた。焚火の近くでウォーターダンスをしている彼女を思い出した。あるいは、東屋の下で僕と一緒に座り、エールの壺を回し合っている姿。彼女の長い指が、作業場の埃っぽい家具を撫でていたことも思い出す。小峡谷に一緒に行ったとき、あの場で彼女を抱きしめていればよかったと強く思う。そして、こちらでどんな人生が営めるかを考える――僕たちの家庭を築き、ジンジャーブレッドの思い出を大切にし、夕食のあとには娘たちが歌い、スクールキル川まで長い散歩をする。そして、僕はこの世界を彼女に見せたくてたまらなくなった。彼女がこれをどう思うだろうかと考えた――列車を、人々の雑踏を、乗合馬車を――こうしたものはすべて、日に日に、どんどん親しみ深いものになっていた。

人狩りに捕まってから二週間後、僕は川向こうのレイモンドの家に呼ばれた。彼は僕をポーチで出迎え、ほかには誰もいないと言った。彼の妻と子供たちは市内に出ているという。僕は、彼の顔の表情から、これが計画されたことだろうと考えた。いつでも秘密はありすぎるくらいあったのだ。

僕たちは家のなかに入り、二階に上がった。二階の天井には四角く囲まれた木製の部分があり、そこに蝶番《ちょうつがい》で金属のリングが取りつけてあった。レイモンドは手を伸ばし、リングを摑むと、やさしく引っ張った。天井が開き、梯子が滑り降りてきた。梯子をのぼり、家の屋根裏に上がる。その隅に小さな木箱がいくつか置いてあった。レイモンドはそちらに歩いていき、そのうちの二箱を選んだ。僕たちはそれを屋根裏から運び出し、天井の蓋を閉めると、箱を一階の客間へと運んだ。

レイモンドは箱を開けて言った。「なかを見て、ハイラム」

僕はなかに手を入れ、いろいろな文書を見つけた。逃亡奴隷との通信である――それらはみな優しい言葉、家族の近況、ライランドの猟犬団の動きに関する深刻な情報、奴隷制擁護勢力の計画や謀略についての情報などに満ちており、なかでもいちばん多いのは、親戚を自由にしてやってほしいという要請だった。そのなかで彼が認めたもの、認めたいと望んでいるものにしるしをつけていることもわかった。こうした文書には大きな価値があった。それが何箱もあるので、敵の行動に関して大いに学ぶことができた。しかし、万が一これが敵の手に渡ったら、我々のこともたくさん知られてしまう。敵に内通されてしまったら、無数の工作員たちの正体がばれてしまうのだ。

「ここに書かれた話は、誰にも信じられないようなものばかりだよ――これに実際に関わってきた僕たちだって信じられないくらいだ」とレイモンドは言った。僕はまだ文書の量に驚きつつ、それを次々に拾い読みしていた。これまでに奴隷制から逃れ、フィラデルフィア〝駅〟によって救出された人々の証言がほとんどすべて揃っているように見える。僕がメアリー・ブロンソンから聞き取りしたことも、このなかに含まれているのではないかと思った。「自分たちがしていることをなぜしているのか、記憶しておくのはいいことだ。僕はあらゆる信条の工作員たちと仕事をしてきたし、全員が純粋な動機だけで動いているとは言えないからね」

「誰一人純粋ではないって可能性もあるね」と僕は言った。「僕たちはみな、それぞれの理由があってこれをしているっていうこと」

「そのとおり」とレイモンドは言った。「家族のつながりがなくても、僕はいまここにいるだろうって言えるだろうか？　この仕事に関わっているだろうって？　もちろん、言えないさ。そして、家族というのは、僕たちが君に約束したものだったよね？　君の愛するソフィア――君と一緒に逃げたそのやり方は、僕のファイルに収められたものとそれほど違わない。実のところ、僕の両親の逃亡とも大して違いがないんだ」

「違いはあるさ」と僕は言った。「僕たちは状況がはっきりと見えるところまで至らなかった。若すぎたんだよ。そういうふうに言うのは妙だけどね。捕まってから、一年も経っていないんだから。でも、何かがあったんだよ、僕たちが心に抱いていた何か――それが、家族という形で花咲くだろうって僕は信じていたんだ。でも、たぶん違う。みんな空想だったのかもしれない」

「まあ」と彼は言った。「少なくとも、君は実際のところを知るチャンスを与えられるべきだ」

「そうだね」

「この問題は単純じゃない、このソフィアをめぐる仕事は。でも、ハイラム、君はもてあそばれすぎた。だから僕は君に関することを直接ここで告げておきたい。残りはあとで伝えるから」

僕は息を深く吸い、身構えた。

「我々はまだ彼女と連絡を取っていない——これは、君にも想像がつくだろうけど、微妙なところがあるからね。少し時間が必要なんだ。でも、ブランドが彼女の救出のための計画を練ってくれた。そして、自分でそれをやるって申し出てくれたんだ。ただ、ここに複雑な問題がある——ソフィアについてではなく、我々の問題だ。君がここに来たのは、ちょうど我々が別の作戦に携わっていたときだったんだよ」と彼は言った。「オウサは奥さんの話を君にしたよね?」

「リディアのこと?」

「そう、リディア。それからリディアだけでなく、子供たち……僕の甥と姪だ。彼らを救出するっていうのが、ずっと以前からの懸案事項だったんだよ。オウサは僕たちの前に、まるで夢からのように現われた。彼のことはもう諦めていたからね。でも、神の恩寵と幸運のおかげで、僕たちのところに戻ってきた。そして、一緒に暮らすようになって彼は幸せだったし、僕たちも彼を迎えられて幸せだった。でも、僕たちはまだ完全じゃない。

リディアはアラバマにいる。彼女の自由をお金で買いたいという我々の申し出に対して、所有者は首を横に振り続けてきた。さらに悪いことに、我々の申し出のために彼は疑い深くなったようで、すごく警戒している。リディアと子供たちは本当に棺に入っているようなものなんだよ、ハイラム。そして一日ごとに、棺の蓋がしっかりと閉じられている」

「わかるよ」と僕は言った。「みんなを救う――みんなを救えるときに」

「そうだ」とレイモンドは言った。「みんなを救えるときに。しかし、まだ問題がある。この作戦は個人的なものってだけでなく、代価もいろいろとかかるんだ。ブランドを助ける人が必要になる。彼が適切な時期にアラバマに旅立てるよう、支援できる人がね」

「もちろん。僕はそのためにここにいるんだ」

「いや、これは個人的なことなんだよ。君が思っているような地下鉄道の仕事ではない。コリーンともまったく関係ない。これには反対する人もいるだろうし、だから君にもわかってほしいんだ――君の自由意思に任されるってことをね。たとえ君がこの件で僕たちを助けてくれなくても、僕たちは君の家族の救出に全力を尽くすよ。前にも言ったとおり、君があそこまでのことを耐え忍んだのは、正当でなかったと僕は感じている。だから、それを清算するという意味で、これを君のためにするつもりだ。コリーンがそれをどう感じようと」

「うん、わかった」と僕は言った。「これはコリーンがやるような仕事とは違う。彼女はよい女性だと思うよ。それに、彼らは間違いなく正しい闘いをしている。しかし、ここで僕が見たものは――君のお母さん、いとこたち、おじさんたちを通して見たものは――ただの闘いじゃない。未来なんだよ。僕たちが何のために闘っているのかを見たんだ。僕はコリーンに感謝している。あの闘いにも感謝している。でも、何より感謝しているのは、こうした未来を見せてくれたことだね」

ここで、僕はとても珍しいことをした――微笑んだのだ。それは開けっぴろげな、寛大な微笑みだった。僕にはほとんど縁のなかった感情から湧き上がったもの――その感情とは喜びだ。僕はこれから起きることを考えて、そして、そこに自分がどんな役割を果たすかを考えて、喜びを感じていたのである。

「だから、僕は乗るよ、レイモンド」と僕は言った。「それがどういう意味であれ、僕は乗る」

「素晴らしい」とレイモンドは微笑んで言った。「それから、君はここにいたいだけいてくれていい、こうした通信文を読みたければね。すでに見せたように、上階にはまだまだたくさんある。妻はもうすぐ戻るし、子供たちも午後には戻るけど、だからといって遠慮はいらない。必要なだけ探訪してくれ。我々がどうしてこれをしているのか、決して忘れないようにね」

僕はその日の残りの時間を、レイモンドのファイルを読むことに没頭して過ごした。それは『アイヴァンホー』や『ロブ・ロイ』（いずれも十九世紀初めのスコットランドの作家、ウォルター・スコットによる冒険ロマンス）のようにスリリングだった。夜には家族と夕食をともにし、泊まるようにという招待を受け入れて、ランタンの光の下で通信文を読み続けた。翌朝、軽い朝食のあとで辞去したが、この短時間で吸収したことが重すぎて、自分がバランスを失ったように感じていた。というのも、これで僕はようやく地下鉄道の作戦の規模がいかに大きいかを理解し、その依頼人たちが奴隷制を逃れるためにどれだけ苦労をしているかも知ったのである。この僕の手のなかで、こうしたファイルのなかで、伝説が生き生きと甦った――〝ボックス〟・ブラウンの復活、エレン・クラフトの武勇伝、ジャーム・ローグの逃亡（いずれも奴隷の身分から逃れた実在の人物）。こうした物語は信じられないものばかりだったが、それが一緒になって、僕はなぜレイモンドとオウサがここまで大それたことをするのかが見えてきたように感じた――どうしてアラバマという〝棺〟から人を解放することまでするのか。二人はすでに大それたことをたくさんしてきたのである。ヴァージニアで大事だったのは時間をかけず、人目につかないこと。それに対してレイモンドは、こうした書類が――そのときはまだ――公けになることを望んではいなかったものの、自由州にいるという安心感から大胆になっていた。彼にとって大事なのは自由なのだ。自由こそが彼の福音であり糧だったのである。

ページをめくりながら、僕は物語が目の前で息づいているように感じた。登場人物たちがすぐそこにいるように見えたのだ。そのためフェリー乗り場に向かって歩いているときも、フェリーに乗っているときも、フィラデルフィアの〝駅〟まで歩いていくときも、黒人たちの集団が——彼らの大脱走のパノラマが——景色にかぶさり、目の前にずっと彼らが動き続けていた。リッチモンドとウィリアムズバーグから、ピーターズバーグとヘイガーズタウンから、ロンググリーンとダービーから、ノーフォークとエルムから、彼らは続々とやってくる。クインダロから逃げ、グランヴィルに避難し、サンダスキーに落ち着く。バードインハンドのすぐ西で自由を実感する。ミラーズヴィルから遠くないし、シーダーズにもあと一歩のところだ。

それから僕は、彼らがアイルランド人の娘たちと逃げるのを見た。失われた子供たちの形見とともに姿をくらまし、塩漬けの豚肉とクラッカーを持って走り、ビスケットを持って走り、牛肉の切り身を持って逃げ、主人の食用ガメのスープを飲み切り、ジャマイカのラム酒をあおり、それから冬の戸外へと出る。考えはなく、靴もなく、ただ自由へと向かって。黒人の召使い女たちは神聖な結びつきを夢見て逃げ、二連発銃と短剣を手にし、目の前に猟犬が現われたらそれを出して、「シッ！　シッ！」と叫ぶ。彼らはうたた寝している幼い子供たちを連れて逃げる。あるいは、おそるおそる霜のなかへと歩を進める老人たちを連れて逃げる。老人たちは森のなかで隠れる場所もなく死に、最後にこんなことを呟く。「人間がわしらを奴隷にしたが、神はわしらが自由であることを望んだ」

そしてこうした言葉のすべてに、こうした物語の一つひとつに、僕はグース川で見たものに劣らない魔力を見たのだった。僕があの深みから救い出されたのと同じように、確かに救い出される人々。彼らは鉄道で、平底船で、川の密輸船で、小船《スキフ》で、賄賂で調達した馬車でやって来る。硬く凍った雪や三月の溶けかかった氷を走る馬に乗ってやって来る。彼らは貴婦人のドレスに身を包んでやって来る。上流階級の服を着てやって来る。歯痛用の包帯を巻いてやって来る。腕を三角巾で吊ってやって来る。洗濯婦に洗ってもらう価値もないボロ服を着ているが、それでもやって来る。

下級白人に賄賂を渡し、馬を盗む。風のなか、嵐のなか、闇のなか、ポトマック川を渡る。そして僕が浮かび上がったように浮かび上がる——主人の欲望の前に屈しなかったという重大な罪のために南部に売られた母たち、妻たちの記憶に駆り立てられ。彼らは全身が霜に覆われて浮かび上がる。鞭で打つことを喜びとする監督たち、ひどい酔っ払いたちの記憶とともに浮かび上がる。コーヒーのように船に積み込まれてから浮かび上がる。背中をズタズタにされ、そこにテレビン油を塗られ、塩水で焼けるような痛みを感じていても、自分たちがあまりにつぶされてしまい、棒で打たれてもひれ伏すしかないことに罪の意識を抱きつつ、主人の鞭の下で兄弟を押さえつけた罪に苛まれつつ。

その日読んだ物語に、僕は森のなかへと逃げる者たちを見た。彼らはブリュッセル絨毯のバッグを摑んで、「絶対に捕まらないぞ！」と叫びながら逃げる者たち。彼らはフェリーに乗り、低い声で、自分にだけ歌をうたう。

神が作られたあの鳥たち、あの緑の木
みんなに連れ合いがいる、打ちひしがれた俺以外はみんな。

僕はその日、フィラデルフィアの船着場で彼らが祈っているのを見た。「見捨てられた者を隠したまえ、放浪する者を裏切ることなく」。彼らはベインブリッジ通りをさまよい、親しい死者たちのために泣いている——誰もそこから戻った者はいないという、最後の港に向けて船出した者たち。彼らのすべてがあの文書から、記憶から、僕のところにやって来た。みな伏魔殿から、奴隷制から逃れたのだ。あの忌まわしきものの口元から脱し、巨大な車輪の下から脱して、地下鉄道の魔力を前にして賛歌をうたいながら。

翌日の夜、僕はミカジャ・ブランドのところに行った。町の街路を歩いていてさらわれたことにまだ動揺していたため、あらゆる人を遠くから観察するようにした。後ろから近づいてくる歩行者がいれば、立ち止まり、先に行かせる。ある種の所作と服装を身につけた下級白人は、特に怪しく感じられるようになった。こうした人々のなかから、猟犬団は仲間を選び出すのである。そして、フィラデルフィアにはそこらじゅうに下級白人がいた――実のところ最大派閥と言える。こうした者たちは特にスクールキル川の船着場のあたり、ブランドの家の近くにたくさんいた。ここは黒人も住んでいる地域だった。僕はブランドの家の対角線上に立ち、十分間、じっくりと観察した。隣りの長屋の一軒から、みすぼらしい服装の黒人男性が飛び出してくるのが見えた。男が暑い街路を勢いよく歩いていくと、そのあとを黒人の女性が追いかけ、彼に向かってあらゆる下品な言葉を叫んでいる。さらにその後ろからは黒人の老女が叫び散らし、あとを追いかける。最後に黒人の小さな少女が二人、ドア口に立って泣き喚いている。僕は何かすべきではないかと考えたが、そのとき老女が――おそらく祖母だろう――戻ってきて、少女たちを追い立てるように家のなかに入れた。ドアはまだ開いたままだった。

僕はこういう黒人たちの話を聞いていた。レイモンドやその家族と違い、その日暮らしをしている者たち。彼らは「白人の仕事」と考えられている職場で雇ってもらおうとして、追い払われたり殴られたりしている。最初、僕の目についたのは黒人たちの相対的な豊かさであったために、貧しい人たちの存在に気づいていなかった。しかし、このような人々をちょうど通りの向こうで見てしまい、僕はかつてオウサがこうした運命について地下鉄道の依頼人に警告したことを思い出した。彼らはたいてい逃亡奴隷であり、社会とのつながりも教会とのつながりもない男女なので、自由を重荷として感じることになるというのだ。そのとき僕の頭にこんな考えが浮かんだ。僕がここで感じ取る恐れ、すべての顔に現われる辛い表情は、彼らが生涯抱え続けるものなのだ。いや、もっと悪い。彼らが猟犬団に捕まっても、助けに来てくれるブランドはいないのだから。

　そのブランド自身だが、彼は家で僕のことを待ってくれていた。若い女性がドア口に出てきて、微笑み、それから彼の名前を呼んだ。自分のことはローラと名乗り、ブランドの妹だと言った。質素な家で、この界隈ではいいほうの家の一軒だが、川向こうのレイモンドの家やホワイト家ほどではない。しかし清潔で、調度品もいいものが揃っていた。

　僕たちは握手をし、お決まりの挨拶をし合った。ブランドの家まで襲われずに来るというタスクを完了し、僕は深く胸を撫でおろしていた。そして、ここまで来たからには、リディアを解放する仕事に取りかかりたいという、焦りにも似た気持ちを抱いた。リディアの次にソフィアだ。僕のソフィアを解放する。彼女は僕の頭のなかで、意思や考えを持った女性というよりも、意思それ自体、考えそれ自体として存在していた。だから僕のソフィアについて考えるのは、僕が真実かつ真摯な思いを抱いている女性について考えることだったが、僕の夢や僕の救済について考えることでもあった。これは重要なので、ここで読者に話しておく。彼女の夢や彼女の救済について、僕がいかにわかっていなかったかを読者に示すことになるから重要なのだ。いまなら、彼女がそれを僕に語ろうとしていたことがわかる。しかし、あの当時の僕は、あれだけ人の話を聞いて覚えることを自慢にしていながら、彼女の声は聞こえていなかったのである。

　ともかく、僕はこういう思いを、せっかちで無分別な思いを抱えて、ミカジャ・ブランドの家に来た。そのため、腰かけてから五分も経たぬうちに、率直かつ唐突に、僕はこう持ちかけた。「で、どのようにやるんですか？」

「ソフィアのことか？」とブランドは訊ねた。

「いや、僕はリディアと子供たちのことを考えていたんですけど。でも、ソフィアから始めるなら、それでもいいです」

「ソフィアは簡単なほうだ。コリーンを説得し、人をある程度集めないといけないけど、それだけだな」

「コリーンですか……」。彼女の名前を口にしたとき、僕の声は尻すぼみになった。「彼女がソフィアをあそこにとどめたんですよね」

「あそこはコリーンの〝駅〟だからな、ハイラム。彼女には知らせなければならないし、それ以上に、相談しなければならない」

「コリーンか……」。僕は首を振った。

「君は彼女の話をすべて知っているかな？」

「いえ」と僕は言った。「彼女がソフィアをあの〝棺〟にとどめたってことだけです」

そのとき、何かが起きた。あの時点では気づいていなかった何かが。霊に取り憑かれたのかどうかはよくわからない。ただ、怒りが湧き上がってきたのはわかる。その怒りは僕に関係があり、僕の凌辱に関係があり、監獄とそこで僕にされたことと関係があったが、僕の怒りではなかった。そして、そのとき語りかけてきた声は僕のものではなく、最近僕の心に刻まれたものだった。その声がこう言った。あいつらが私たちに何をしたか知ってるわよね。忘れたの？　あいつらが女の子たちに何をするか覚えてない？　一度されてしまえば、私たちは逃げられない。赤ん坊によって捕まってしまうの。自分の血とか何とかで、土地に縛られるのよ……

その瞬間、ブランドのいつもの冷静な無表情が崩れ、僕がいままでに見たことのないもの、これから先も見ることのないものが浮かんだ——恐怖である。そして、まわりの壁がなくなり、そこには巨大な、境界のない「無」が広がった。テーブルと椅子はまだそこにあったが、ブランド自身と同様、いままでは馴染みのある青色に包まれていた。僕は自分を意識し、深い怒りを意識した。しかし、それよりも僕はざらついた鈍い痛みを感じた——メイナードが深みに沈んだ日からずっと僕に付きまとっている痛み。いちばん重要なのは、僕が初めて、それが起きているときに何が起きているかを正確に気づいていたことだ。だから僕はそれを操ろう、方向を定めようと考えた――夢の方向を操る要領で。しかし、それを試みた途端、僕が周囲の状況を直接変えようとした途端、世界は逆戻りし始めた。大きな「無」が揺らぎ、枠組みの壁が戻ってきた。青色は薄くなり、僕たちはまた腰かけていた――ただし、位置が変わっていて、僕はブランドの椅子に腰かけ、彼が僕の椅子に座っていた。僕は立ち上がって壁に触れた。部屋から外に出て、前のめりに玄関ホールに入り、壁に寄りかかった。いつもと同じように方向感覚がなくなっていたが、疲労感は少なかった。僕は食堂に戻り、席に着いた。

「これですよね？」と僕は言った。「これこそ、コリーンが求めていたもの」

「そうだ」と彼は言った。

「前にも見たことがあるのですか？」

「ああ」と彼は言った。「でも、このようなものではなかった」

かなり長いこと、僕は何も言わなかった。ブランドは立ち上がって、部屋から出ていった。これは僕のためを思っての行動だろう。僕には心を落ち着かせる時間が必要だったし、そのことを彼も知っていたのだ。戻ってきたときには、妹のローラも一緒だった。彼女はもうすぐ夕食の時間なので、僕も一緒に食べていくようにと言った。

「つき合ってくれ、ハイラム」とミカジャ・ブランドは言った。「ぜひ」

僕は同意した。

食事のあと、僕たちは一緒に散歩した。フィラデルフィアの夜の街路を何も言わずに歩いていく。しばらくして僕は彼に訊ねた。「あなたが見たのは誰だったのですか？　あれをやったのは？　モーゼ？」

彼は頷いた。

「あれは彼女だったのですね？　あの夜の？」

「そうだ」

「あれを使って僕たちを救ったのですか？」

「いや。あんな連中にあのような魔力は必要なかった」

「ブランド、もしモーゼにそれができるなら、どうして彼女をオウサの家族のところへ送らないのですか？」

「その理由は彼女がモーゼであり、イエスではないからだ。彼女には守らなければならない約束がある。すべてに限界があるんだよ。僕はコリーンを尊敬している。彼女が君を使ってやろうとしたことも尊敬している。しかし、彼女は本当にはあの力を理解していないし、それがどう働くかもわかっていない」

僕たちはもうしばらく何も話さずに歩き続けた。太陽は僕たちの背後に沈みつつある。船着場の近くでライランドの猟犬団に捕まって以来、夜の散歩には出ていなかったが、今夜はミカジャ・ブランドと一緒なので安心感を抱けた。実際、彼は地下鉄道のなかでもいちばん古くからの友人なのだ――友人と呼べる人たちの狭い範囲内で。そして、僕には何かがあると最初に見抜いたのも彼なのである――彼特有の観察眼によるものだが。

「一体全体、どうしてコリーンと関わるようになったんですか？」と僕は訊ねた。

「それは逆だよ」とブランドは言った。「僕が最初に会ったとき、コリーンはまだ学生だった。ニューヨークの女学校にいてね、ある階級のヴァージニアの人たちがよく女の子を送り込むところだ。貴婦人としてのたしなみを身につけさせるってやつさ――フランス語、家事の切り盛り、美術、読書も少し。でもコリーンは早熟で、都会に魅了された。よく脱け出して、奴隷制廃止論者たちの会合に出かけていた。そこで出会ったんだ。

その当時、僕たちのなかには、この闘いを南部に広げたいとずっと思っている者たちがいた。彼女はすぐに仲間に加わり、奴隷制という悪魔の心臓を突き刺すための主要な武器として養成されたんだ。実際、彼女はすごい武器だった——取り澄ました南部の美女、彼らの文明の装飾が、彼らに牙を剝いたんだよ。彼女の優秀さは繰り返し証明された。ハイラム、君にはその犠牲が想像できないだろう」

「彼女の両親とか」と僕は言った。

「犠牲だよ、ハイラム」と彼は言った。「すさまじい犠牲だ。レイモンドとオウサでも、我々のモーゼでも受け入れてくれないだろうし、僕からもお願いできないようなものさ。ちょうどその頃、僕は君と会った。ミスター・フィールズを装って、偵察の仕事に出ていたんだ。そしてロックレスで、初めてサンティ・ベスの物語を聞いたんだけど、まだ君という究極の記憶力の持ち主と〝導引〟とを結びつけてはいなかった。ロックレスはコリーンがターゲットにしていた古い荘園の一つで、比較的簡単に騙されそうな跡取りがいるところというと、あそこしかなかった。しかし、内部に入り込むにつれ、彼女は気づいたんだ。ヴァージニア〝駅〟はエルム郡の古い地所の一つを支配下に治めるだけじゃない、大きな力を我々にもたらす者をも手にすることになるって」

「でも、モーゼがいたじゃないですか」と僕は言った。

「違うよ、ハイラム」と彼は言った。「モーゼはどこの一員でもない。コリーンの配下では絶対にない。モーゼには自分なりの忠誠心があり、それはこのフィラデルフィア〝駅〟と最も強く結びついている。コリーンは似たような力を探していたけど、ヴァージニアに縛られていた」

「では、誰にも落ち度はないってこと？　責められるべき人はいない？」と僕は言った。

「そうじゃない、ハイラム。彼女に落ち度がないわけではない。でも、彼女は正しい。考えたことがあるか？　もし正体がばれたら、彼女はどんな目にあうかって？　特にそういう女性に彼らが何をするかわかるか？　彼らが最も神聖と見なしている原理を嘲笑い、その生活様式のすべてを破壊しようとした女に対して」

くねくねと歩いているうちに、いつしか九番通りのオフィスの前に戻っていた。僕の家だ。そのとき僕の頭に——ちょうど意識から浮かび上がってきたのだが——ブランドが僕をここまで送ってくれたのだという考えが浮かんだ。僕は彼のほうを見て静かに笑い、首を振った。

「何だい？」と彼は言った。「だって、君がまた棍棒で殴られ、縛られるなんてリスクは負えないだろ」

僕はまた、今度は少し大きな声で笑った。これを受けてブランドは僕の肩に腕を回し、一緒に笑った。

19

その夜、僕はベッドに座り、ブランドの家で引き起こしたささやかな〝導引〟を再現した。力は僕のなかにあるのだが、僕の手中にあるというよりも、僕がその力の手中にあると言うべきだった。というのも、その力が姿を現わし、青い光が射して、霧のカーテンが僕の前に下りると、僕は自分の肉体の乗客にすぎなくなるのだ。この原理を理解しなければならない。そのためには、すでに理解している人の助けが必要であり、そのような人はモーゼだけだった。

しかし、まずはリディア・ホワイトと子供たちの運命だ。僕は次の日、ミカジャ、オウサ、レイモンドと居間で話し合い、彼らを救出するさまざまな方法を検討した。

「通行証が一セット必要だ」とブランドが説明した。「そして、このダニエル・マッキアナンという名前のものでなければならない。ハイラム、オウサをかつて所有していたのはマッキアナンで、いまも彼の家族を所有している。こうした書類はできる限り正確である必要があるんだ。長い旅になるし、我々の工作員はちょっとしたことで敵の手に落ちかねない——怪しい法律で禁じられている時間に道を歩いているとか、フェリーの到着時間を間違えるとか、あるいは単に運が悪くて」

「通行証なら偽造できます」と僕は言った。「でも、彼の筆跡がわかるサンプルが必要です。たくさんあればあるほどいい。オウサの自由黒人証明書が使えるかな？」

「いや」とオウサは言った。「それはダメなんだ。僕はほかの男と画策して、マッキアナンから僕を買ってもらうようにしたんで、僕に書類をくれたのはその男なんだよ」

「別の方法がある」とレイモンドは言った。「それほど前のことじゃないんだが、かつてこの町のすぐ川向こうでは、人を所有することが合法だった——いくつかの点では、いまだにそうだ。しかし、奴隷制で最も得をした人たちのなかでも、とりわけ僕の家族にとって重要な人がいる——ジェディキア・シンプソンだ。ミスター・シンプソンは僕と母と父とオウサを所有していた」

「お母さんが逃げたのは、その人からだったの？」と僕は訊ねた。「オウサを南部に売った人？」

「そうだ」とレイモンドは言った。「さて、ジェディキア・シンプソンはかなり前に死んだが、その息子が古い土地を相続した。この町にも家を持っていて、それはワシントン広場のちょうど北のところにある。イーロン・シンプソンという名で、その富のために、町で最も気品ある人たちのあいだで紳士と見なされている。しかし、我々は彼が気品とはほど遠い人間だということを知っている。たとえば、自分の奴隷を深南部に売ることで、奴隷制への梃入れを続けているんだ」

「これまでに接触したことはあるの？」と僕は訊ねた。

「いや、まだない」とレイモンドは言った。

「でも、監視は続けてきた」とオウサが言った。「こちらでも、南部の彼の屋敷でも。そして我々は、イーロン・シンプソンがダニエル・マッキアナンとまだ取引していることを知っている」

一瞬みんなは黙り込み、僕が計画に気づくのを待った。しかし、待つ必要などなかった――聞いているそばからそれは目の前に浮かんできたのである。僕はオウサを見つめ、自分が理解していることを伝えるために頷いた。

「手紙でも、売買の領収書でも、何でもいい」と僕は言った。「シンプソンとマッキアナンのあいだの、何らかの通信が必要だ。侵入する？」

「いや」とレイモンドは言った。「ブランドはもっと上品なやり方を考えている」

三人は揃って微笑んだ。秘密を共有する子供たちのように。

「教えてください」と僕は言った。

「実地で示すのはどうかな」とブランドは言った。

というわけで、その夜、僕はブランドと一緒にガス灯の光を通して大通りを見つめていた。横丁に少し入ったところに陣取り、大通りからは自分たちの姿が見えないようにする。僕たちの目はイーロン・シンプソンの屋敷に注がれていた。ここはワシントン広場からすぐのところで、この都市のなかでも豪邸が多いことで知られている地域だ。鎧戸を下ろした褐色砂岩の家々が並び、この国の誕生を記念する公園がある。ここがこの都市の上級市民たちの住むところ――そして我々の死者たちが眠るところでもある。

この頃までには、僕はフィラデルフィアについての本をかなり読んでいた。ペンシルベニアでも奴隷制が敷かれていた時代があり、その当時熱病が流行ったという話も知っていた。このとき熱病と闘った人たちのなかに、ベンジャミン・ラッシュ（一七四五〜一八一三。アメリカの医療に大きな影響を与えた医師で、独立宣言署名者の一人）がいた。立派な医師とされているが、彼が町を守るために主張した理論を考えると、それは承服しがたい。黒人には熱病の免疫がある、と彼はフィラデルフィア市に対して主張したのだ。いや、それは免疫以上のものであり、黒人がいるだけで空気が変わる。病原菌を吸い込み、悪臭を放つ黒い肉体にそれを閉じ込めておけるのだ、と。そこで奴隷たちが、我々の肉体が持つとされる黒い魔力を期待され、何百人も町に連れてこられた。彼らはみな死んだ。町が彼らの死体でいっぱいになったとき、町の有力者たちは熱病で死んだ白人たちとは離れたところに黒人たちを埋めようと考えた。そこで、誰も住んでいない土地を選び、穴を掘って我々を放り込んだ。何年も経ち、熱病が忘れられ、戦争によって新しい国が生まれたあと、彼らはこうした死体の上に何列もの立派な家を作り、自分たちの独立を実現した将軍に因んで広場の名をつけた。僕の心に深く刻まれたのは、ここ、自由な北部でも、贅沢な世界は我々の上に築かれたという事実である。

「どうしてこれに関わるようになったんですか？」と僕は訊ねた。僕たち、ブランドと僕は、すでに数時間、屋敷を監視し続けていた。

「どうして白人が地下鉄道に加わるのかを訊きたいのか？」

「いえ、特にあなたがです。どうして加わったんですか？」

「僕は父親を幼いときに亡くしてね、母親には僕たちを育てる稼ぎがなかった。僕はできることを何でもやったよ。そんなに幼いときでも、与えられた仕事は何でもやった。それでも、ローラとは引き離され、僕は相応しい年齢になるや否や、家からできるだけ遠く離れて暮らし始めた。冒険を求める若者だったんだ。南部に行き、セミノール戦争（先住民のセミノール族とアメリカ合衆国の戦争）で戦った。それですっかり変わったんだ。兵士たちがインディアンのキャンプを燃やしたり、無垢な人たちを撃ち殺したり、子供たちを誘拐するのを見た。僕自身の闘いなんて、より大きな闘いと比べたら取るに足らないってことに気づいたんだ。

僕はなぜ人間が闘うのかについて、知識が足りないってことも気づいた。世界についての好奇心は旺盛だったんだが、教育を受けるチャンスがなかったんだ。ちょうどその頃、母親が亡くなって、僕はローラの面倒を見に家に戻った。船着場の仕事を得て、働き始めた。でも、少しでも時間があると、町の図書館で本を読んだんだ。奴隷制廃止運動について知ったのはそのときだし、それから地下鉄道についても知った。国じゅうを股にかけて仕事したな――オハイオ、インディアナ、マサチューセッツ、それからニューヨーク。そこでコリーン・クインと知り合い、ロックレスへ行ったってわけだ」

ブランドはさらに話そうとしたが、そのとき、僕たちの見張りの理由がようやく目の前に現われた。イーロン・シンプソンの屋敷から白人が現われ、歩道に立った――何かを待っている様子だ。これを見てブランドはコートから葉巻を出し、火を点けた。そしてひと口ふかすと、僕のほうを見た。葉巻の小さな光に照らされ、彼が微笑んでいるのがわかった。ブランドは横丁から出て、大通りに立った。男は素早くブランドに向かって歩いてくる。ブランドが横丁に戻り、男が彼のあとをついてきた。

「おまえは一人で来るって話だったぞ」と男は言った。「素早く簡単に終わるって」

僕は一瞬、この男がイーロン・シンプソン自身なのだろうかと考えた。しかし、闇のなかでも、彼が紳士のするべき服装をしていないことはわかった。

「人生で素早く簡単なものなんてないんだよ、チャーマーズ」とブランドは言った。「少なくとも、重要なものはな」

「ああ、ともかく、役割は果たしたぞ」と彼は言い、ブランドに包みを渡した。

「中身を確かめなきゃいかん」とブランドは言った。「なかに入ろう」

「ふざけんな」とチャーマーズは言った。「素早く簡単にって、おまえの仲間に言われたんだ。こいつを一緒に連れてきたことで、おまえは俺をすでに裏切ってんだぞ。その上おまえは――」

「我々をなかに入れてほしい」とブランドは言った。「単純なことじゃないか。ある人に宛てた文書を手に入れるって約束だったよな。この書類が、君の主張するとおりのものかどうか確かめる必要がある。そのためには、読まなければならない。読むためには、灯りが必要だ。そしてここからいちばん近い灯りは、君のご主人の家なんだよ」

「ミスター・シンプソンは俺の主人じゃねえ」とチャーマーズは怒って言った。

「そのとおり。君の主人は彼ではなく、僕だ。そして、君は僕たちをなかに入れ、書類の確認をさせる。それをしないなら、僕たちは手持ちの書類をこの男、イーロン・シンプソンに送るよ。君のご主人ではない、この男にね。その書類を見れば、彼は当然、疑いを抱くだろう。彼の妹がこの町を訪ねるたびに、君はいつも誰にも付き添われず、彼女と出歩いている様子だ。その散歩はいったい何のためのものなのか、彼は警戒するに違いない。君が正規の仕事の一部として、彼の家族の評判を貶めようとしているって聞いたら、さぞかし喜ぶだろう」

暗すぎてチャーマーズの表情は見えなかったが、彼が一歩下がったのはわかった。僕はそのとき彼が何を感じているのだろうと想像した――逃げたいという衝動だろうか。彼の身の回り品はすべてまとめてあるのだろう。「妹」もすでに警戒するよう言われているのかもしれない。あるいは、彼女はまだ何も知らず、彼はこの報告の結果をすべて彼女に負わせるのかもしれない。もしかしたら馬車が待っていて、もっと北にいる家族の慈悲深い腕のなかへと彼を導くのかもしれない。でなければ、彼は僕が思い描いてきたオレゴンに冒険しにいくのかもしれないし、僕が愛する水夫たちの自由な集団に加わるのかもしれない。

「よく考えるんだ、チャーマーズ」とミカジャ・ブランドが言った。「莫大な資産を持つ紳士を相手に、一か八かの賭けを挑むか。それとも、僕たちをなかに入れるか。ほかは誰もこれを知ることはない。すべては夢みたいなものさ。誰にも知られることはない。我々だけ。ここで片づけてしまおう。素早く簡単に」

チャーマーズは少しためらったが、それから家に向かって戻り始めた。僕たちは彼のあとに続いて階段を上がり、玄関ホールに入った。居間を通り抜け、イーロン・シンプソンの書斎として使われている奥の部屋に入る。チャーマーズがランプの光を強め、ブランドは腰を下ろして読み始めた。束には数枚の書類があり、ブランドはそれを素早く繰っていく。

「ダメだ」と彼は言った。「どれも役に立たん。一つとして」

「ミスター・シンプソンの書類がいくつか必要だって話だったぞ」とチャーマーズは言った。「やつらからそう聞いたんだ。これをやれば、俺は見逃してもらえるって」

「いや、君はそれ以上のことを聞いたはずだ」とブランドは応えた。「君はこれらの書類が誰に向けて書かれているのか、確かめようともしなかったのか？」

「書類をあんたに渡せって言われたんだ。だから渡しただろ」

「ともかく」とブランドは僕に視線を固定して言った。「我々はもっと必要になる」

ブランドは僕に向かって頷き、立ち上がって、ランプの光を頼りに部屋の捜索を始めた。僕もやるべきことがわかり、机に向かって座ると、抽斗を漁り始めた。日記のページをめくったり、知り合いへの手紙を拾い読みしたり、招待状をざっと見たりした。しかし、マッキアナンに宛てた手紙も、彼からの領収書も、まったく見つからない。僕が次に顔を上げたとき、ブランドは部屋の隅をじっと見つめていた。視線の先には小さなオーク材の戸棚がある。彼はその傍らにひざまずき、抽斗の鉄の錠を手で撫でた。それからまた立ち上がると、ポケットに手を突っ込んで小さな包みを出し、そこからワイヤを取り出した。僕はブランドが錠を開けようとするのをしばらく見守り、次にチャーマーズのほうに目をやると、彼は背もたれの大きい肘掛椅子に座って、神経質そうに指を動かしていた。ブランドは一分か二分、解錠に取り組み、それからチャーマーズのほうを見て微笑んだ——そのとき、戸棚のいちばん上の抽斗が鈍い音とともに開いた。

ブランドはなかに手を入れ、きちんと開封された封筒の大きな束を取り出し、机の上に置いた。僕がそれをえり分けていくと、すぐに別種の通信であることが明らかになった。こうした手紙は商取引の記録——管理され、売られ、買われた人々の記録なのだ。商売は繁盛している様子で、人間たちに添えられた数字から考えても、こうした取引がイーロン・シンプソンの富の源泉であることは明らかだった。僕はどちらのシンプソンも見たことはなかったが、この息子が社交界の大物を装っている様子を想像せずにいられなかった。北部の上級市民たちのなかでも育ちがよく、立派なコネを持ち、気品ある商売をしているふりをしているのだろう。しかし、この抽斗にしまわれたものこそ、彼のありのままの人生なのだ——大きな罪の証拠であり、彼が闇の社会の一員であることを示すもの。そのおかげで、彼は豪華な家に住むことができ、その家自体、表向きは奴隷のいない都市のど真ん中にありながら、奴隷たちの墓地の上に築かれているのである。

マッキアナンの手紙は数通あり、僕はそれをすべて懐に収めた。サンプルはあればあるほどいい。

「でも、手紙がなくなったって気づかれるぜ」とチャーマーズが抵抗した。

「君が彼に言わなければ大丈夫さ」とブランドは言った。

チャーマーズはドアロまで僕たちのあとをついてきた。

「次の週のあいだに、誰かから君に連絡がある。我々はしっかりした情報を摑んでいて、それによれば、君の主人ではないミスター・シンプソンがそれ以前に戻ることは決してない。手紙はちゃんと君に戻すよ。それを棚に戻して、鍵をかけろ」とブランドは言った。「そうしたら、君は我々と縁を切れる。素早く簡単にね」

通行証の偽造には、二日もあれば充分だった。それと一緒に、ブランドが旅をするもっと危険な地域での照会先を証明する手紙も何通か書いた。書類はその一日後にチャーマーズに返し、その後、彼とはまったく連絡を取り合っていない。物事があのように進んだあとでも、レイモンドとオウサに、あるいは我々の〝駅〟のほかの人たちに、追跡の手が及ぶことはなかった。ブランドはそのあとすぐにアラバマに旅立ち、僕は別れの挨拶をすることもできなかった。これまで、別れの挨拶の権利を与えられたことはめったにない。しかし、レイモンドによって計画全体が僕に明かされただけに、今回の別れの挨拶はいっそう重要だったように思われた。

それは、フィラデルフィアの人がこれまでに携わったなかでも、最も大胆な救出だった。計画に則って、ブランドはすぐに西部に行き、シンシナティで有能な工作員の一人とともに潜伏する。そしてオハイオ川を偵察し、インディアナ州かイリノイ州のどちらかに適切な上陸場所を見つける。安全な上陸場所を見つけたら、ブランドは奴隷制の国の深部に、〝棺〟の中心部に——アラバマ州フローレンスに——入り、ハンク・ピアソンと接触する。オウサが信頼する古くからの友人で、まだマッキアナンの地所で暮らしている男だ。このハンクがリディアを連れてきて、ブランドはリディアがオウサに形見として渡したショールを示し、彼女の信頼を得る。そうしたら彼女の所有者のふりをして、ブランドがその家族を連れて逃げる。万が一離れ離れになっても、通行証がリディアと子供たちの旅をする権利を保証する。この計画は過程が大胆だというだけではなく、時期から見ても大胆だった。八月初めだったからだ——果てしなく続くかのように思える冬の夜が、地下鉄道の工作員の姿を隠してくれる季節とは遠く隔たっていた。しかし、このときやらなければならなかったのだ。マッキアナンは困窮していて、いつ奴隷たちを売りに出し始めてもおかしくないと言われていた。そうなってしまったら、我々の知識も計画も無駄になってしまうのである。

20

夏の終わりだった。救出活動で忙しい時期ではなかったので、僕たちはミッション遂行中のブランドから知らせを待つ以外には、あまりすることがなかった。しかし、僕たちにとっては幸運なことに、この時期は奴隷制に対して合法的に、表立って闘いを挑んでいる人々が集まる年次大会と重なっていた——出版物、演説、投票などを通し、奴隷解放のために闘う人々である。僕たち地下鉄道の人間は秘密の戦争——隠密の、謎めいた、ときには暴力的な闘い——を闘っているのだが、公然と闘っている人たちともひっそりと連帯していた。そして八月の大会は、こうした二つのグループが国じゅうから集まり、一堂に会する唯一の機会だったのである。ヴァージニアの人たちとまた会える、コリーンとも、と考えると、僕はそわそわした気分になった。ブランドが旅立って以降、僕たちは準備を始め、二週間後に出発した。レイモンドとオウサと僕。ブランドが南へと向かっているときに、僕たち三人は自分たち専用の馬車に乗り、さらに北へと進んでいったのである。ニューヨーク州北部の山岳地帯へ。

僕はレイモンドとオウサが両方の戦線で闘っていることもわかってきた。奴隷制廃止論者たちのなかで指導者的な立場にいながら、一方でもっと暗い部分にも関わっていたのである。その闇の仕事に僕も引き入れられたのだ。ミシシッピ川以東の〝駅〟で、フィラデルフィア以上に多くの黒人たちを自由へと導いたところはない。その名声を高めることになったのが、オウサの苦難の旅である。アラバマの奥地から、そして身寄りのないどん底の暮らしから逃れ、待ち受ける家族の腕のなかに戻ったのだ。ところが、馬車の旅に出て二日ほどしたとき、名声という点では僕たちの誰をも凌ぐ人物が加わった。モーゼである。

このときの僕は、彼女を単に伝説上の人物というだけでなく、レイモンドのファイルに詳述された偉業の数々を通して知っていた。それでも、彼女がそのすべての冒険のオーラを背負って馬車に入ってきたとき、僕は頭がクラクラし、まともに挨拶もできないほどだった。彼女はレイモンドと温かい言葉を交わし合い、オウサに向かって頷き、それから僕のことをじっと見つめた。

「体の具合はどうかね、兄さん？」この彼女の問いに、一瞬とまどったが、それから思い出した。彼女と前に会ったとき、僕はライランドの襲撃によって傷を負っていたのだ。

「大丈夫です」と僕は言った。

彼女は杖を持っていた。僕があの夜、森のなかで彼女と会ったときに持っていたのと同じものだ。そしていま、陽の光の下で見ると、それにはいくつもの模様や絵文字が彫られているのがわかった。それを見つめている僕に気づいて彼女は言った。「私のお守りの杖なんだ。モミジバフウの枝から取った。私が行くところ、どこへでもついていく」

馬車の旅が続いた。そして、僕は彼女に目がいってしまうのを抑えられなかった。たとえ〝導引〟の力がなかったとしても、彼女は地下鉄道のなかで最も勇敢な工作員だ。僕もすでに世間を知り、レイモンドのファイルをたっぷり読み込んできたので、奴隷制の最悪の例によって彼女の魂が傷を負っていることはわかっていた。しかし、彼女の魂はつぶされていない。そして僕は自分が穴に落とされたこと、牢獄に監禁されたり、人狩りに獲物として追われたりしたことを思い返した。あれは僕にとって必要だったのだろう。おそらく僕は、ああいうことをもっと経験すべきだった――このすべてがいかに下劣で邪悪なものかを知るために。レイモンドはこの女性をハリエットと呼んでいた。あらゆる尊称よりも、彼女自身が呼ばれたがっている名前だ。しかし、それでもレイモンドは彼女に対し、一兵卒が偉大な将軍に向けるような敬意を抱いていた。彼女の質問にすべてきちんと答え、自分の質問は控えめにし、一瞬たりとも彼女の世話を怠らない。もっとも、彼女から何かを所望することはめったになかったのだが。

一日後、僕たちは大会の会場に入った。カナダ国境から遠からぬところにある、野原を切り開いたキャンプ場である。地下鉄道の強力な支援者の一人が所有する土地で、彼はここに黒人たちの共同体を作る計画だという話だった。黒人たちがここに定住し、自分たちのためだけに働くのだという。到着する前日、雨が降ったために、僕たちは馬車から降りると、作業靴で泥のなかを歩くことになった。このキャンプ場の端、高台の麓に泊まる場所を確保すると、僕たち三人はそれぞれに出歩くことにした。

あたりを見渡すと、泥に汚れたテントが森の縁まで広がっているのが見えた。こうしたテントのあいだを歩いていくと、大会に来た人々が熱心に議論し合っている様子がうかがえた。さらに大きめのテントのなかでは、改革を訴える弁士たちが間に合わせの台に立ち、自分たちの主張を滔々と述べている。弁士たちは派手な身振りを好んでいて、自分たちの大義への支持者を増やそうと、しのぎを削っている様子だった。僕は群がる聴衆たちのあいだをゆっくりと進んでいき、一人の白人弁士の前で立ち止まった。この男はキャラコのズボンに山高帽という出で立ちで、ちょうどそのときは上着の袖に向かって顔を伏せ、とめどなく涙を流していた。そして嗚咽の合い間に身の上話をし、聴衆を惹きつけているのだ——ラム酒やビールによって家と家族を失い、終いにはいま着ている服しか残らなかったという話である。そこで自分は決意した、と彼は続けた。いまは依存症からも回復したが、酒という呪いがこの国から一掃されるまで、同じ服を着続けることにしたのだ、と。

僕はさらに歩いていき、人々がごった返しているところで立ち止まった。見ると、オーバーオールを着て、頭を剃った二人の女性が、女性の権利について熱弁を振るっている。女性たちも男性の持つすべての自由を手にし、同じ領域で活躍する権利があるという主張だ。話し続けるうちに、彼女らの口調と音量は高まっていき、ついにはここに集まった聴衆たちでさえも批判に晒されることになった。というのも、我々もこの集会で、女性参政権を求めて闘う決意をしない限り、世界の半分の人々から権利を奪う大きな陰謀に加担していることになる——それが彼女らの主張だった。

さらに次のテントに進み、この権利剝奪が続いていることに僕は気づかされた。そこには伝統的な衣装を着て黙り込んでいるインディアンが立っていて、その横に白人がいた。その白人が、彼が見たすさまじい略奪の話をしていたのだ。ジョージア、キャロライナ、ヴァージニアの人々が、土地を守るという名目で犯し続ける非道な行為の数々。その頃の僕は、土地がどのように扱われ、盗みに加えて人を奴隷にするという形で、いかに罪の上塗りがされていくかも、よくわかっていた。

さらに行くと、一列に並ぶ子供たちが目に入ってきた。彼らの前には男が立ち、この国の工場を激しく糾弾している。子供たちは彼らを養えなくなった親たちによって工場に売られ、奴隷労働をさせられる。彼らを救うのは、この男が代表を務めている慈善団体だけだ。こうした団体の努力を通してのみ、子供たちは学校に行け、資本主義の悪から救済される……。さらに行くと、一人の労働組合員が同じような議論を展開していた。彼は、工場の所有権は贅沢三昧のオーナーたちからすべて剝奪されるべきであり、そこで働いている者たちにこそ与えられるべきだと訴えていた。

さらに先に進んでも、その日の議論と似たものが展開されていた。工場をまとめて廃業させ、いまの社会を過去のものとして葬り、人々は新しい共同体を組織する。そこではみんなが一緒に働き、すべてを共有し合う。これでさえ、この大会で主張された急進的な考えの頂点とは言えなかった。キャンプ場のいちばん縁まで来たとき、一人の未婚婦人が結婚という束縛を拒絶しようと訴えていたのである。結婚という制度自体が人を所有することであり、奴隷制のようなものだ。みなさん、「自由恋愛」を大義として私と連帯しましょう。

すでに昼が近づいていた。太陽は雲のない八月の空から容赦なく照りつけてくる。僕は上着の袖で額をぬぐい、テントからも参加者の討論からも離れて、しばらく木の切り株に座った。実に盛りだくさんだ——緑地に出現した総合大学。新しい存在のあり方、解放についての新しい考え方が、僕に押し寄せている。一年前なら、僕はこうした考えをすべて受けつけなかったであろう。しかし、それからたくさんのことを見てきて、その量は父の本で見てきたものをはるかに凌駕していた。これはどこで終わるのだろう？ 僕にはわかりようがない。その事実に僕は苦痛を感じるとともに、喜びで胸がいっぱいになった。

顔を上げると、僕より少し年上の女性が目に入った。僕がちょうど通り過ぎたキャンプ場の縁に立って、こちらをじろじろと見つめている。目が合うと、彼女は微笑んで、まっすぐ近づいてきた。顔は淡い茶色で、濃い黒髪が頬を隠し、肩まで垂れ下がっている。

僕が敬意を表して立ち上がると、彼女の顔から微笑みが消えた。僕のことを頭から足の先まで見て、まるで何かを確かめようとしているかのようだった。それから彼女はまったく予期していなかったことを口にした。

「お元気かしら、ハイラム？」

これをどこか別の場所で、違う状況下で聞いたら、僕はホッとしたかもしれない。故郷のことをいろいろと考え、それで頭がいっぱいな状況だったら。しかしこのときは、すぐにさまざまな疑問が頭を駆けめぐった。その最たるものは、どうしてこの女性が僕の名を知ったのだろう、ということだ。

「大丈夫よ」と彼女は言った。「すべて大丈夫だから」。それから彼女は右手を差し出して言った。

「ケシアよ」

僕は握手に応じなかったのだが、彼女はそれを侮辱と受け取らずに話し続けた。

「あなたと同じところの出身よ――ヴァージニア州エルム郡、ロックレス。私のこと、覚えていないのね。みんな記憶しちゃう子なのに、私を覚えてないんだ。でも、いいわ。あなたが赤ん坊の頃、よく世話をしたのよ。あなたのお母さんが出かけなければいけないとき、あなたを私に託したの」

「誰が？」

「あなたのお母さん――ママ・ローズって私たちは呼んでた――彼女があなたを私に託したの。それから聞いた話では、あなたは私のお母さんのことも知ってるはず――シーナって名前よ。お母さんはずいぶん前に、子供をすべて失ったの。五人全員、スターフォールの競馬場で売られてしまった。どこに送られたかは神のみぞ知るってやつ。でも、私は地下鉄道に携わっていて、それでここに来たの。そして、ほかにもそういう人が来てるって聞いて――ちょうど私みたいに南部出身で――それがあなただって話も聞いてたのよ」

「ちょっと歩きませんか？」と僕は言った。

「もちろん」と彼女は言った。

僕は会場から離れる方向に彼女を連れていき、高台の緑地のほうへと向かった。そこに僕たちは馬車をつなぎ、テントを張ったのだ。僕は彼女に手を貸して馬車の座席に座らせ、僕も馬車にのぼって、彼女の隣りに座った。

「本当よ」と彼女はまっすぐ前を見つめて言った。「みんな本当。あなたが聞きたいなら、何があったかを話してあげられるわ」

「もちろん、聞きたいです」と僕は言った。

「まずね、あなたに言ったとおりなの。わかる？　私はシーナの娘――いちばん上の子よ。私たちは居住区《ストリート》に暮らしていて、いい思い出もいろいろとあるわ。お父さんは当時、大きな男だった。タバコ畑の監督で、それはつまり、奴隷としてはいちばん上の地位だったってこと。

私たちが住んでいたのは居住区の端で、ほかとは少し離れていたし、ほかより大きい家だった。

これもすべてお父さんがああいう地位に就き、上の人たちからも尊敬されていたからだと思う。厳

しい人でもあった。あまりしゃべらなかったけど、上級市民が来て、お父さんに話しかけるときは、

敬意のようなものが感じられる話し方をしていたわ。ほかの奴隷に対しては絶対にないことだっ

た」

ここでケシアは間を置いた。それから、何かに気づいたような表情が顔に浮かんだ。「もしかし

たら、みんな私の想像だったのかもね。わからないわ。でも、私はそういうふうに覚えているの。遊んだゲームな

うに覚えているのかも。わからないわ。でも、私はそういうふうに覚えているの。遊んだゲームな

んかも覚えている。ビー玉遊びとかけん玉とか。騎士と口笛（目隠し鬼の、ツバキが遊びの）をやったのも覚えている

わ。でも、何より覚えているのはお母さんのことね。あんなに優しくて温かい女性を私は知らない

わ。日曜日には、お母さんの胸にしがみつくのよ——五人一緒に——子猫みたいに。お父さんは厳

しい人だったけど、そのときでさえ、お父さんの何かが私たちを守っているんだってわかっていた

と思う。彼が何かをしているか、すでにしたかで、そのおかげで私たちはあの小屋が持てる、あの

居住区の端にある家がって。あそこには裏庭もあったのよ、ツバキが咲いていて。それが私の暮ら

しだったの」

ケシアは僕たちがさっきまでいたテントの並ぶあたりを見渡し、物思いに耽っている様子だった。

僕も物思いに沈み、ずっと昔のシーナのことを思い出していた。パイプを吹かし、愛した男、ビッ

グ・ジョンを回想する彼女。このケシアが二人の娘で、よりによってこの場にいるなんて、途方も

ないことのように思われた。

「でも、少し大きくなったら、すぐに働かされたの——最初は畑で働く人たちに水を運ぶ仕事。そ

のあと、私も畑で働かされた。でも、私は気にしなかった。友達もみんなそこにいたし、お父さん

も近くにいた。きつい仕事だったけど、私はそういうのに向いているの。だから地下鉄道の仕事にも関わったんだし。でも、あの頃の私の世界は畑と居住区《ストリート》だった。そして、居住区《ストリート》であなたを知ることになったのよ、ハイラム。あなたのお母さんと、叔母さんのエマも。週末になると、年上の人たちは森にダンスをしに行って、私に赤ん坊の子守を任せたの。あなたもそんな赤ん坊の一人だった。ここであなたを見つけられたのも、それほど驚きではないわ。あなたはいつもほかの子と違っていたから。すべてをよく見る子だった、じっくりとね。そしてあなたをここで見つけたとき、私が考えたのは、あなたが全然変わっていないってこと。やっぱり、じっと見つめているのよ。あなたを見つけられたのは本当にありがたいわ。ここで、奴隷制から遠く離れたところで、また会えるなんて。

あの頃はいまと全然違っていた。こんなふうに言うのは自分でも驚きだし、恥ずかしいくらいだけど、あそこで私は幸せだったのよ。本当にそうだったって信じている、しばらくのあいだはね。その気持ちが変わったときのことも覚えているわ。それはお父さんが倒れたとき。熱病よ。お母さんにはすごい打撃だったの。そのあとも温かい人だったけど、悲しみが深すぎて。毎晩泣いては、私たちを呼び寄せるの、〝こっちに来て、ママと一緒に休んで〟って言って。私たちは――子猫たちみんな――お母さんと一緒に寝て、お母さんがただ泣き続けるから、私たちもみんな一緒に泣いたのよ。でもね、いいかしら、ハイラム。このあとに起きたことと比べたら、大したことではなかったわ。お父さんが死んでも、私たちには互いの存在があった。ところが、そのすぐあと、それさえもなくなったのよ。それぞれが互いに引き離され――みんな死んで、違う地獄に送られたみたいになった」

ケシアはここで僕のほうを向いて言った。「あなたは私のお母さんのことも知ってたって聞いたけど」

僕は頷き、それ以上は言わないでいようと考えた。僕自身、あの経緯を完全に受け入れることができないでいたからだ。しかし、期待に満ちた目でケシアに見つめられているのがわかったし、その期待する気持ちは僕にもよくわかった。

「シーナは、正確にはあなたがいま言ったような人じゃなかった」と僕は言った。「でも、間違いなく同じ人だよ。そして彼女を知るにつれて、あのような人になる理由があったこともわかった。でも、こうしたことは重要じゃないと思う。重要なのは、彼女が僕によくしてくれたっていうことさ。僕にとっては、シーナはロックレスの最良の部分なんだ」

ケシアは両方の手のひらで顔を包むようにし、鼻と口を隠して、静かに泣き始めた。

それから彼女は言った。「じゃあ、競馬場のことも知っているのね？」

「うん」と僕は言った。

「想像してみて。私たちみんな、兄弟も姉妹も、あそこに連れ出されて売られたの。誰ともそのあと会っていないって、知ってた？　私がどれだけ頑張ってみんなを見つけようとしたか、わかる？　あまりにたくさんの人たちが消えてしまったのよ、ハイラム。指のあいだから水がこぼれるみたいに。消えてしまった」

「それも……それも知ってたよ」と僕は言った。「その当時から知ってたわけではないけど、いまは知ってる。あなたのお母さんが、僕に話そうとしてくれたんだ。でも、あのように扱われるってどういうことなのか、ずっと前からわかっていたわけではない。いまはわかってきてるけどね」

「あなたのお父さんは白人だって聞いたことがあるけど」

「そうだよ」と僕は言った。

「それは救いにならなかったの？」

「ならなかった。誰も救われなかったよ」

「そう、そうよね。私がいまここで、あなたと一緒にいるのも偶然にすぎないわけだし。私のきょうだいはほとんどみんなナチェズ地方に連れていかれたわ。でも、私だけはメリーランドに送られ、林業の仕事をさせられたの。それから、わりとすぐイライアスという男と出会って、互いに気に入ったのよ。イライアスは自由黒人で、働いて賃金を稼いでいた。そこで私を買い取り、私も自由に暮らせるようにしようって計画を立てたの。

林業はきつい仕事だったけど、私はおかげで新しい家族を見つけたわけ。新しい生活に合わせて自分を変え、あの男と寄り添う暮らしを打ち立てて、幸せに近いところに達したわ。もう少女に戻れないってわかっていたし。それに、自分がこれまでの経験のために目をつけられていることもわかっていた。その頃、私はあることを知ったの、ハイラム。ちょうど、やつらが私を競売にかけようとしていたんだけど、今回はやつらに対抗する手段があった。私が結婚した相手は、ある特殊な家族の一員だったのよ。つまりね、その家族のなかに、あなたがモーゼという名で知る人がいたの」

このときケシアは、自分でもそれを思い出して笑っていた。「あのときのことは見てほしかったわ。私とイライアスはね、さようならって言い合ったの。とても辛かった。それから競売の日に、彼は会場に現われて、競りに参加したの。私の心臓は飛び出しそうだったわ。だって、彼ともう一人、テキサスからやってきた男との一騎打ちになったのよ。二人は負けずに値を上げ続け、ついにイライアスが私をこれ以上ないっていう悲しそうな目で見たの。それで彼が負け、テキサス男が勝ったってわかったわ。それからテキサス男が金を払い、私を独房に閉じ込めた。この男が自分の計画をまくし立てるさまを見せてやりたかったわ。もう舞い上がって、威張り散らして。夜明けが来たら出発だって私に言った。ハッ！　夜明けだって。やつは知らなかったのね。夜明けも確かに来たけど、その前にモーゼが来たのよ」

モーゼか、と僕は思った。〝導引〟だ。

「ここでケシアは僕を見つめた。「これが計画だったの。競りでできるだけ高いところまで私の値を吊り上げる。男に金を払わせておいて、それから私を救出するの。すごいのよ。あれを見てしまったら、モーゼがやつらにやったことを見たら、もう元の暮らしには戻れなかったわ。やつらが私にした地獄のようなことをすべて思い出したし、そのお返しをたっぷりするのがどんなに気持ちよいかも考えた。それから、私が味わった苦痛と、私みたいな人がまだまだたくさんいるんだってことも考えて、私はそれからあと、地下鉄道で働くことしか考えられなくなった。

それ以来、モーゼと仕事をしているのよ。それでね、あなたのことを聞いたの、ハイラム。ヴァージニアから来た男の子がいるよって言われて――エルム郡だって。私の郡よ。それで私はいろいろと聞きまわり、あなたの名前を知ったの。信じられなかったわ。でも、本当にあなただったじゃない。ここであなたを見て、あなたが歩き回っては何かを見つめているのを見た途端、絶対にあなただってわかったわ」

こう言って彼女は僕に飛びつき、強く抱きしめた。そして驚いたことに、彼女に抱きしめられて、僕は胸が熱くなった。故郷からずいぶん長く離れていたのに、それがいま、ここで記憶が掘り起こされ、同じ旅をしてきた人と一緒にいるのだ。夜も更けてきたので、それぞれ自分の仲間を見つけなければならなかった。立ち上がり、もう一度抱き合ってから、彼女が言った。「まだまだ時間はあるわ、あなたと私で過ごす時間が、これから何日も」

それから彼女は僕を見つめて言った。「そうよ、どうして訊くのを忘れてしまったのかしら？私ばっかりしゃべっていたわね。ママ・ローズはどうしているの？　あなたのお母さんは？」

そのすぐあと、またテントのあいだを縫って歩いていると、熱心な演説がいつしか娯楽に変わっているのに気づいた。ジャグラーのチームがいて、果物や瓶を互いに投げ合っている。木と木のあいだの高いところにワイヤを渡し、綱渡りをしている者たちもいる。まずは歩いて渡り、次に歌をうたって踊りながら戻ってくる。曲芸師たちもいて、空中に飛び上がって回ったり、体をひねったりしている。

　あなたのお母さんはどうしているの？　ママ・ローズは元気？　僕はいまだに母親の記憶がない。ケシアのように、母を知っている人から集めた話だけ。だから、僕が母のことを思うときは、古代の神話の場面をスケッチするようなものだった。ソフィアについての記憶とは違う、シーナについての記憶とも違う――シーナについての記憶は、ケシアと一緒に過ごしているとき、これまでになく鮮やかに甦った。娘の回想と僕の記憶とが、いい感じに混じり合ったのだ。そして僕は彼女のことをとてもよく理解したと感じ、だから彼女がなぜ僕に厳しかったのかもわかった。なぜあのような説教をしたかも――いいかい、あの馬に乗った白人がおまえの父親であるより、ここに立っているあたしのほうがよっぽどおまえの母親なんだよ。

　夕食はみんな一緒にした――オウサ、レイモンド、ケシア、モーゼ、そして僕。そのあと、陽が沈もうとしているとき、黒人たちは焚火のまわりに集まった。ゆっくりと歌をうたい始める、心に取り憑くような声で。その歌は〝棺〟のなかでなければ作られないものだ。僕は南部を出て以来、こうした歌を聞いていなかった。そしてここで耳にすると、歌に引っ張られるような感じ、八月の暑気のなかで揺さぶられるような感じがした。これは重すぎる。僕はその場を離れ、歩くことにした。物思いに耽りつつ、泥だらけの小道を歩き、テントが何列にも並ぶあいだを通り抜けた。

　テントが途切れたあたりに乾いた草地があり、僕はそこに腰を下ろした。遠くから僕と同じ民族の人たちの歌声がまだ聞こえてくる。僕はこの一日のことで頭がくらくらする思いだった――ケシア、シーナとビッグ・ジョンの思い出、女性や子供、労働、土地、家族、富などに関する議論や考え。そして、このときふと気づいた。奴隷制について検討することは、ヴァージニアという僕の古い世界の悪を暴き出すだけではない。まったく新たな検討の必要性を明らかにする。奴隷制はすべての闘争の根源なのだ。工場は子供たちの手を奴隷にし、子供を産むことは女たちの体を奴隷にし、ラム酒は男たちの魂を奴隷にする。そのとき僕は、頭のなかでめぐるさまざまな考えから、この秘密の戦争がヴァージニアの奴隷主以上の敵を相手にしているのだと理解した。我々は単に世界を改善するだけでなく、作り直そうとしているのだ。

近くを歩いている男がいるのに気づき、僕は物思いから覚めた。それは通信の配達人で、僕に挨拶すると、印章が押された包みを渡してくれた。これはミカジャ・ブランドの印章だとすぐにわかった。心臓が飛び上がる。そのとき強く心を揺り動かしたのは、手紙を開けたいという思いだった。しかし、これはオウサの家族に関することであり、彼らの運命を最初に知るのは彼であるべきだ。オウサを探すと、彼はまだレイモンドと一緒に焚火の近くにいた。鳴り響く奴隷の歌にうっとりとしている。レイモンドのほうが字を読むのは得意なので、僕は彼に手紙を渡した。焚火の光に照らし出されたオウサの顔は、不安でいっぱいになった。しかし、それからレイモンドがにっこりと笑って言った。「ミカジャ・ブランドがリディアと子供たちを取り返した。アラバマを脱出し、この手紙を書いた時点ではインディアナを横断中だ」

「神様」とオウサは言った。「ああ、神様」

それから彼は僕のほうを向いて言った。「ついに実現する。これだけの年月を経て、ついにリディアと子供たち──みんなと会える──神様、ランバートにこれを見せたかった」

オウサはまたレイモンドのほうを向き、わっと泣き出した。レイモンドはいつもの厳粛な表情を崩し、オウサを抱きしめると、一緒に泣き始めた。僕は二人きりにしておこうと思い、彼らから目を背けた。測り知れぬほどの驚きに満ちた一日に、圧倒される思いだった。

21

かつてロックレスにいた頃、僕は父がしてきたように農園を管理することを夢に見ていた。いま認めるのは辛いのだが、それは僕の夢だった——このことをとことん考えたわけではないにしろ。しかし、地下鉄道を見出し、あるいは地下鉄道に見出され、その事実のために僕はついに幸せになった。地下鉄道に加わることで、僕は意味を見出したのだ。そしてレイモンド・ホワイトに、オウサに、ミカジャに、家族を見出した。さらにケシアに会い、僕は自分の失われた部分を見つけたようにさえ感じていた。

次の日の夜、また演説と娯楽の一日のあと、僕は森のなかを歩こうと考えた。丘をのぼっていき、野原を見下ろす高台へ。そこで彼女と会った。モーゼだ。脚を組み、大きな岩に腰かけている。何も言わず、穏やかな表情だったので、僕は彼女の物思いを邪魔しないほうがいいだろうと考えた。しかし、立ち去ろうとすると、静かな夜の空気を突き抜けて彼女の声が聞こえてきた。

「こんばんは」

振り向くと、彼女はすでに僕に向かって歩いていた。僕の頭をじっと見つめている。近くまで来ると、彼女は手を伸ばし、僕がライランドの殴打を受けたところを触った。それから一歩下がって微笑んだ。「あなたとは話す機会があると思っていたんだ。ここはちょうどいい場所だろう、ほかの人たちからはかなり離れているから。あなたの話はたくさん聞いたよ」と彼女は言った。「それからケシアによると、昨日いろいろと話したそうだね」

「はい」と僕は言った。「ケシアは同じ農園の出身なんです、たまたま」

「うん、それは彼女から聞いた。故郷の者と会うのはいいものだよね？　自分の出自《ルーツ》に触れられる感じだ。出自《ルーツ》から遠く離れているっていうのは、辛いに違いない」

「みんなそうなのでは？」と僕は言った。

「いや」と彼女は言った。「私はよく故郷に帰るよ、主人たちはそれを好まないがね。働くのは一カ所、それは自分がいちばんよく知る場所だ――メリーランド南部の沿岸、私の故郷だよ。いつかあそこに永遠に戻りたい。いまの状態ではなく、工作員としてではなく、燦々と輝く太陽の下で。でも、いまでもあそこへはよく行くし、故郷に戻るのはいいもんだ、昔を思い出すのはね」

「僕もよく思い出します」と僕は言った。

「それは知っている。聞いたところだと、あなたはその才能を生かして、ヴァージニアの畑で有能だったのと同じくらい、フィラデルフィアの家でも有能な働き手のようだね。特にあなたには、いま以上の働きができるかもしれないという噂も囁かれている」

「僕もそれは耳にしました」と僕は言った。「でも、いまはまだ馬がいても鞍がない状態で」

「ふむ」と彼女は言った。「時間をかけなさい」

「僕次第でどうなるものでもないんですよ。仲間を救い出したい。でも、わかるんです、あまりにたくさんの人がいるって。いまはそのみんなが見える」

「おお、その言葉を聞けて嬉しいよ」と彼女は言った。僕のことを悪戯っぽい目で見つめ、微笑んでいる。そして僕は、そのとき組織の一員になったのだと感じた――いや、わかった。「こういうことなんだ、兄さん。私は小規模に、一人で仕事をしている。自分のペースで動き、自分で警戒する。でも、今度の仕事には書くことも走ることもできる男が必要なんだ。そしてあなたは、こちら側の地下鉄道で、その能力のある数少ない男の一人だって聞いた」

「僕の手助けが必要だなんて、理由がわかりません。みんなはあなたをモーゼと呼びます。その名前の由来は魔法のような力からではないんですか？」

「魔法かい」と彼女は言った。「あんな単純なことを言い表わすのに、それは大げさだね」

「でも、いろんな話がありますよ」と僕は言った。「みんなが口々に言うんですよ。モーゼは子供のときに牡牛を馴らし、男のように畑を耕した。モーゼはオオカミと話ができる。モーゼは雲を地上に呼び寄せた。モーゼの服に触れたナイフが溶けた。奴隷主人が手にしていた牛追い鞭は灰になった」

彼女は笑った。「そんなことが言われているのかい？」

「もっともっとあります」

「まあ、私からあなたに伝えたいのはこれだ」と彼女は言った。「私のやり方は人に差し出せるものじゃない。それは地下鉄道であって、地上の鉄道ではない。見せるものじゃないんだ。〝ボックス〟・ブラウンのように宣伝はしない。人は自分に理解できないものを前にすると、いろいろとしゃべりたがる――それも、実際に見たものよりふくらませて話すんだ。どういう話であっても、それが私から出たものではないってことは覚えといておくれ。私は必要以上にはしゃべらない。話に色を添えたり話を広げたりするのは乗客たちだ。それから名前だけど、私が返事をするのは一つだけ――ハリエット」

「では、〝導引〟もないんですか？」と僕は訊ねた。

「大げさな言葉だね」と彼女は言った。「私が知りたいのは、あなたがすぐ仕事に取りかかれるかどうかだよ。私は故郷に戻る。それで、あなたなら一緒にやれるって推薦されたんだ。どう、仕事をする気はある？　それとも、私に質問し続けて時間を過ごしたいかい？」

「もちろん、仕事をしたいです。いつここを発ち、誰を救うんですか？」

そのとき初めて僕は自分の声に切実な思いを感じ取った。この女性と一緒に働きたい。たくさんの逸話で称えられてきた、この女性と一緒に。そういう激しい願望である。

「すみません」と僕は言った。「あなたが必要なとき、いつでもお役に立てるようにします」

「キャンプに戻りなさい」と彼女は言った。「ショーを楽しむといい」

彼女は座っていた岩まで戻り、僕から顔を背けて言った。「近いうちに出発するよ。もしかしたら、あなたの鞍も見つかるかもしれない」


翌朝、テントの外が騒々しくて目が覚めた。ヒステリーのように喚き立てるオウサの声が聞こえる。それからレイモンドと、ほかの何人かの声も聞こえてきた。僕の知らない声も混ざっている。みんなでオウサのことを宥めようとしており、それで僕も察しがついたのだと思う。どんなに厄介なことがあっても、オウサはこんなに騒ぎ立てる人ではなかったからだ。何か本当にひどいことが起きたに違いない。僕はテントの外に出た。夜はまだ明けきっていなかったが、弟の肩に顔をうずめているオウサの姿がはっきりと見えた。ほとんど立っていられない様子で、体を揺らしている。

レイモンドが最初に僕に気づいた。目を大きく開け、首を振る。後ろに僕がいることに気づいたのだろう、オウサが弟から体を離し、こちらを向いた。その顔自体が弔いの悲痛に満ちていた。

「聞いたか？」とオウサは僕に訊ねた。「やつらが何をしたか聞いたか？」

僕は答えなかった。

「ハイラム」とレイモンドが言った。「あとでみんな説明するよ。いまはとにかく……」。そう言ってレイモンドは信じられないというふうに首を振った。それからオウサを引き離そうとした。「来いよ、オウサ」と彼は言った。「来いよ……」

「来いってどこに？」とオウサは言った。「どこに行けるっていうんだ、レイモンド？　何をするために？ もう終わったんだ。終わったってことがわからないのか？ やつらはリディアを〝棺〟に戻した。僕たちはどこに行けるんだ？ ミカジャ・ブランドは死んだ。どこに僕たちは行ける？」

それからオウサは僕のほうを向いた。「聞いたか、ハイラム？」と彼は訊ねた。その顔は苦痛から怒りへと変わっていった。「やつらが何をしたか聞いたか？ ブランドを殺したんだ。鎖につないで、頭をボコボコにして、川に放り込んだんだぞ」

オウサはこう言いながら号泣した。レイモンドとほかの何人かは彼をテントから引き離そうとした。最初、オウサは彼らに殴りかかりそうになった。叫び、金切り声をあげ、蹴った。最終的にはレイモンドが彼を抑えつけ、みんなで彼を導いて――ほとんど抱え上げて――連れていった。僕にはオウサがずっと叫び続けているのが聞こえた。「やつらが何をしたか聞いたか？ ミカジャ・ブランドは川に沈められた。これからどうするんだ？」

僕は彼らが見えなくなるまでその場に釘づけになっていた。そのあとも頭がボーッとして、しばらく突っ立っていた。ようやく我に返ったとき、まわりじゅうで騒ぎが起きていることに気づいた。そのニュースがキャンプ地じゅうに広まったのだ。人々があちこちに集まって話をし、そうしたグループが入れ替わったり混じり合ったりして、噂や情報を交換し合っている――ミカジャ・ブランドの運命について、集められる情報は何でも。そのとき、オウサとレイモンドが立っていたところからほど近い地面に、小さな包みが落ちていることに気づいた。本能的に僕はその包みを拾い上げ、テントに持って帰った。開けてみると、それはミカジャ・ブランドとリディア・ホワイトの運命を詳述する新聞の束だった。最初の記事は「逃亡奴隷捕まる」というニュースを語っている。二番目のは、それがオウサ・ホワイトの家族であることを裏づけている。そして三番目の記事を読んでいるとき、僕の手は震えた――「黒人泥棒がアラバマに戻される」。最後にインディアナの工作員からの手紙があり、それは深い悲しみとともにニュースを知らせていた――ミカジャ・ブランドの死体がその朝、川岸に打ち上げられた。頭は陥没し、両手は後ろに回されて、鎖で縛られていた。

この頃には、僕は訓練によって悲しみを心の奥にしまい込めるようになっていた。だからそのとき、僕が思いついたのはミカジャ・ブランドのことではなく、こうした記事や手紙をレイモンドとオウサに戻すという単純な仕事だった。群衆のあいだを歩いていくと、僕がフィラデルフィアの〝駅〟に属していることを知っている人々が、僕を呼び止めようとした。僕が何を知っているのか聞き出そうというのだ。僕は彼らを無視し、オウサがどのテントに連れていかれたか、手がかりを求めてテントを探し回った。一つのテントの前に、西部の地下鉄道の工作員たちがいて、その一人が僕に手を振って言った――「ここだよ」。もう一人が入り口の幕を上げてくれたので、なかに入ると、オウサがレイモンドと一緒に座っていた。オウサは前より落ち着いていたが、それでも怒りに燃えている様子だ。ほかにも何人かいて、彼らは地下鉄道の雑多な指導者層のなかでも明らかに年長者たちだとわかった。ハリエットもいたが、何よりも衝撃的だったのは、コリーン・クインがいたことだった――落ち着いて座っているではないか。

とはいえ、彼女がなぜここにいるのか考えている時間はなかった。僕が入ったことで、会話が止まってしまったのだ。

「申し訳ありません」と僕は言い、レイモンドのほうに歩いていった。「でも、これは必要ではないかと思って」

レイモンドが礼を言った。僕はまた話し合いが続けられるよう、挨拶をしてテントから出た。キャンプから離れ、その前日にハリエットと会った森のほうへと歩いていった。ハリエットが座っていたのと同じ岩に座る。僕はこの森に穴を穿ち、ドアを取りつけることができるだろうか、と考えた。そうしてアラバマの綿畑とニューヨークの森とをつなぐことができるだろうか。しかし、僕には何もない。力は僕のなかにあるが、それをどう引き出し、どう操るのかわからないのでは、どうしようもない。

キャンプに戻ると、そこはまだブランドの死を悼んで静まり返っていた。すでに午後だ。僕は自分のテントに行って横になった。目を覚ましたとき、オウサが隣りの椅子に座っていた。オウサは真実の感情の持ち主だったが、情熱を激しく示したり、怒りに荒れ狂ったりはしない男だった。二日前のように喜びを露わにする彼は見たことがなかったし、今朝のように悲しみに打ちひしがれる姿も見たことがなかった。

「オウサ」と僕は言った。「気の毒に。僕は……僕は何て言ったらいいのかもわからない。リディアと子供たちには会ったことがないけど、話はたくさん聞いてたから、自分の家族のように感じているんだ」

「彼は僕の兄弟だったんだ、ハイラム」とオウサは言った。「ミカジャ・ブランドはね。血はつながってないけど兄弟同然で、だから僕と家族のために死を厭わなかった。こうしたことを僕は初めて体験するわけではない。いつでも家族と引き離されて生きてきたし、暮らしている場所で兄弟を作ってきた。引き離されるときには嘆き悲しんだ――そして、僕たちはいつも引き離されてきた。でも、僕は一瞬たりとも、人とつながることや愛することからしり込みしなかった。

今朝、激怒してしまったのは申し訳ない。レイモンドをあんな目にあわせちゃいけなかった。君にもあのような姿を見せてすまなく思う」

「謝る必要なんてないよ、オウサ」

オウサはしばらく黙り込んでいた。僕も何も言わず、これはオウサのための時間だと考えていた。

「夢を見ることについての話をしたいんだ。特に、君にだけ話したい。君も自分の場を摑もうとし、自分にあると言われている力に触れようとしてもがいてきた。そのことを僕も知っているからだ。

そして、この苦痛のなかで僕が君に何かを与えられるのなら、それは僕の心の慰めにもなる」
僕は寝台の上に座り、耳を傾けた。
「僕が妻のリディアと会ったのは、ランバートが死んですぐあとだった。ランバートは僕よりも年上で、強くて勇敢だった。僕の心と信頼の拠り所で、僕が絶望したときにいつでも立ち直らせてくれるのは、兄の揺るがない信念だった。それから、兄があのように衰えていくのを目の当たりにした——二度と家には戻れない、神が本当に僕たちの願いを打ち砕いたって感じたからだ。やるせない思いに襲われたよ。君は今朝、僕がひどい状態だったのを見たけど、ああいう状態で幾晩も過ごしたものさ。たぶん君にもわかるよね、夜のように君に降りかかり、心を覆ってしまう苦痛のことが。

僕が見つけた慰めは仕事だけだった。奴隷だったのにおかしいよね。でも、手を動かしていると、心がそのなかに消えていき、苦痛が畑によって和らげられたんだ。白人たちは僕が道徳心のある男だって思った。鞭で打たれても挫けない男だって。でも、僕はやつらのすべてを心から憎んでいたよ、ハイラム。だって、やつらは僕を揺りかごから奪い取った上に、兄を殺したも同然だったんだから。

こんな状態でリディアに会ったんだ。たぶん、彼女はアラバマ生まれなんで、こうした重圧のことをもっとよくわかっていたんだろう。だから奴隷生活の重荷に耐えやすくなっていた。僕が怒ると、彼女はよく笑った。それで、僕もいつしか一緒に笑うようになった。それから僕は、彼女が僕の怒りを鎮めて笑いに変えてしまったことに怒る。でも、こうしたことの積み重ねにやっぱり笑ってしまうんだ。僕は彼女と結婚することになり、自分がこの世に復帰したように感じた。絆ができたわけだからね。

結婚の数日前、僕はリディアに会いに行き、彼女の背中がズタズタにされているのを見た。白人にも好まれ、高く評価されていたから、それまでは鞭で打たれたことなんてなかったんだ。彼女によれば、それは畑の現場監督の仕業だった。彼女をものにしようとつきまとってたんだけど、彼女が応じなかったので、鞭で打った。生意気な受け答えをしたからだって言ってね。

それを聞いたとき、僕は頭に血がのぼった。立ち上がり、何も言わずにその場を立ち去ろうとした。彼女に何をするつもりなのか訊かれ、僕は言った。〝やつを殺す〟

〝そんなことやめて〟とリディアは言った。

〝どうして？〟

〝そうしたら、あなたは撃たれるわ。わかってるでしょう？〟

〝それならそれでいい〟と僕は言った。〝男として、これには決着をつけなきゃならないんだ〟

〝男かどうかなんてクソくらえよ。あの白人にほんのちょっとでも触れたら、あなたは地獄行きなのよ〟

〝でも、君は僕のものなんだ、リディア〟と僕は言った。〝そして、僕の義務は君を守ることだ〟

〝それで、死んだあなたが私を守るっていうの？〟と彼女は訊ねた。〝あなたを選んだのには理由があるの。あなたが自分の話をしてくれて、それでこの土地よりも別の場所を知っているとわかったからよ。オウサ、こんなことよりももっと大事なことがあるの。怒りだとか、男らしさとかってことよりも。私たちには計画があったでしょう。これが私たちの目的地ではない。こんなふうに死ぬわけにいかないわよ〟

こうした言葉が僕の頭から離れることはなかった。わかるよね、ハイラム。それを夢に見るんだ。これが私たちの目的地ではない。こんなふうに死ぬわけにいかないわよ。彼女は鞭に耐えた。それなのに、僕のほうが傷ついたって言い張ったんだ。彼女を愛してるはずが、本当に愛していたのは自分のプライドだったんだよ。

僕たちが一緒に暮らす生活のなかで、どんな恐ろしい目にあってきたか、君にも想像がつくと思う。この瞬間にも、僕のリディア、僕の子供たちが、どんな恐ろしい目にあわなければならないか。でも、君にわかってほしいのは、僕がいま何を救おうとしているかなんだ。何がブランドをあちらに送ったか。それは、僕とリディアが一緒に築き上げたもののすべてのためなんだ——僕たちにしかわからない冗談とか、僕たちの誇りである子供たちとか、大陸をまたいで響き合うほど深い感情とか。リディアが僕の命を救ってくれたんだよ、ハイラム。だから僕は彼女の命を救うためならどんな代償でも払う。

ミカジャ・ブランドはこうしたことをすべて知っていた。そして、そのためにやつらに殺された。僕の悲しみの深さは君にもわからないはずさ」

こう言って彼は立ち上がり、テントの隙間を広げた。

「僕のリディアは自由になる」と彼は言った。「こんなふうに死ぬわけにいかない。僕のリディアは自由になる」

22

翌朝、キャンプを撤収する時間となった。僕は自分の持ち物をカーペットバッグにまとめてから野原を歩き回り、キャンプが消えていくさまを眺めていた。新しい考えや展望、解放された男女の未来を提示していた驚異の都市、野原に突然現われた都市が無へと戻っていく。僕は森のなかを散策し、都会の煙や汚物のなかへと戻っていく前に、田園の空気を最後に楽しもうと考えた。テントに戻ると、レイモンドとオウサとハリエットも準備を終えていた。ケシアが近くで荷物を縛っているのも見えた。僕に気づくと、彼女は片手を口に当てて近づいてきた。そして僕をギュッと抱きしめて言った。「残念だわ、ハイラム、本当に残念」

「どうもありがとう」と僕は言った。「でも、僕のことは心配いらないよ。オウサの家族がまだ取り返せてないんだから」

「わかってる。でも、ミカジャ・ブランドがあなたにとって大事な人だったってことも知ってるの」と彼女は言った。それから僕の腕を強く握った。まるで母親が子供にするように。

「あなたが現われるまでは」と僕は言った。「彼は僕と故郷とをいちばん密接につなぐ人だったんだ。つながりを求めてたってわけではないけど、彼があのようにいなくなったとき、あなたが現われたっていうのは、すごいことだと思う」

「そうね」と彼女は言った。「たぶん誰かがあなたを見守っているのよ」

彼女が微笑み、僕は温かいものが通い合うのを感じた。ケシアとは三日前に会ったばかりなのに、僕はすっかり彼女を好きになっていた。自分が必要にしているとは思わなかった姉であり、自分にあると思っていなかった穴を塞いでくれる栓、それが彼女だった。

「ありがとう、ケシア」と僕は言った。「またすぐに会えたらいいと思う。もし時間があったら、手紙をくれないかな」

「必ず書くわ」と彼女は言った。「私は現場に出ているから、あなたのような人と同じくらい頻繁に書けるとは言えないけど。ともかく、フィラデルフィアまではあなたと一緒に行くのよ——私とハリエットと。ミカジャ・ブランドがあのように逝ってしまって、いろいろと変化が起きたの。私たちも変わらないといけないようね」

僕たちはまた抱き合った。僕は彼女のバッグを拾い上げ、馬車まで運んでいき、荷台にしまい込んだ。それから振り返ると、レイモンドとオウサとハリエットがコリーンと一緒にいて、驚いたことに、ホーキンズとエイミーも加わっていた。みんな会話に夢中になり、抱き合ったり、オウサに向けて愛情のこもった言葉をかけたりしている。僕は彼らが互いにこんなに優しくしているのを見たことがなかったが、それを言えば、地下鉄道が仲間のために喪に服するのも見たことがなかった。コリーンはいつもと違って見えた。ヴァージニアの仮面を脱ぎ捨てたのだ――髪は肩まで垂らし、象牙色のドレスは質素で、白粉も口紅もつけていない。僕に気づいたホーキンズは頷いて、彼にできる限りの気遣いの表情を見せた。

僕たちは三台の馬車の一団となって進んだ。オウサ、レイモンドと僕が最初の馬車、コリーン、ホーキンズ、エイミーが第二の馬車、最後がハリエットとケシアだった。この馬車の御者は最近ハリエットに救出された若者で、彼女に忠誠を誓っていた。その夜はマンハッタン島から馬車で一時間ほど北にある小さな宿に泊まった。しかし、眠りは僕に心の安らぎをまったくもたらさなかった。目を閉じた途端、恐ろしい悪夢に入り込んでしまったのである。僕はまた水中に、グース川にはまり、その流れから飛び出した。そして上にのぼっていくとき、もう一度、メイナードが目の前で溺れているのを見た。自分がその場に戻り、すでに濃くなりつつある青い光が見え、例の力が自分にあると感じた。今回は違う結果を出そうと決意したが、手を伸ばしたとき、メイナードが振り返った。その顔はミカジャ・ブランドだった。

目を覚ましたとき、僕は恐ろしい考えに取り憑かれていた。通行証を作ったのも、推薦状を偽造したのも僕だ。今回の失敗は僕の責任なのではないか。シンプソンのこと、マッキアナンのこと、チャーマーズのことを考えた。あの夜の出来事を心のなかですべて再現し、そのあとの日々や、実際に行なった偽造のことも考えた。そして思い出した。完璧すぎるために、かえって内部工作員の存在がばれることがある。通行証がうまくできすぎている、入念に準備されすぎていると、逆に疑いを呼ぶのだ。これは僕のせいだ。僕はそう確信した。

僕がミカジャ・ブランドを殺した。ソフィアももう少しで殺すところだった。おそらく母の運命も僕のせいだったのだろう。だから僕は母を思い出せないのだ。僕は胸が締めつけられるのを感じた。息ができない。ベッドから立ち上がり、着替え、よろよろと外に出た。裏のポーチに座り、前に身を屈めて、何度も無理やり呼吸した。それから身を起こし、裏庭があるのに気づいた。まだ真夜中ではない。庭を歩いて通り抜けると、よく知っている声が聞こえてきた。ホーキンズ、コリーン、エイミーが輪になるように座り、それぞれ葉巻を吸っていた。簡単に挨拶し合ってから、僕も腰を下ろした。月の光に照らされて、コリーンが煙を吸い込み、長い筋にして吐き出すのが見えた。かなり長いこと、夜の虫の音楽しか聞こえなかった。それからコリーンが口火を切り、みんなが考えていることを口にした。

「彼は並外れた人だった」と彼女は言った。「彼のことはよく知っていた――そして、ものすごく好きだった。本当に並外れていたわ。ずっと昔、私のことを見出してくれたの。救ってくれたのよ。私がちらりとも見たことのなかった世界を見せてくれた。彼がいなかったら、いまの私はない」

しばらくみんな再び黙り込み、僕はまわりの顔が葉巻の火で輝くのを見ていた。罪の意識に囚われ、僕は言った。「彼は僕のことも救ってくれました。ライランドから救ってくれた。あの沼地に関する愚かな考えからも。僕に本の世界を開いてくれたのも彼です。自分でも測り知れないほど彼には恩義がある」

エイミーが頷き、小袋のなかに手を入れて、僕に葉巻を差し出した。僕はそれを受け取り、感謝を示すために頷いてから、しばらく指と指のあいだでもてあそんでいた。それからホーキンズのほうに屈みこみ、火を点けてもらった。葉巻を深く吸い込んで言った。「でも、僕は学びました。いろんなことを学んだ」

「わかってるよ、ハイラム」とホーキンズが言った。「聞いた話じゃ、これからメリーランドに向かうんだってな、モーゼと一緒に」

「まだ彼女が僕のことを信用してくれるのなら」

「もちろんするさ」とホーキンズが言った。「モーゼはブランドのことで怯んだりしない。ブランドだって、モーゼのことで怯んだりしなかったろうな。ちょっと様子を見るかもしれないが、いずれにしても行くよ。これは本当にひどい話だ。でも、まさに彼が求めるとおりだったんだよ――並外れた男って言ったろ――彼はまさに僕たちの誰もが求めるように逝ったんだ」

僕はそれを聞いて気持ちが悪くなってきた。夢を思い出したのだ。僕は言った。「で、どういうふうだったんですか？」

「本当に知りたいの？」とエイミーは言った。静かな声で言われたために、僕には事件の衝撃がいっそう激しくのしかかってくるように感じられた。でも、僕は本当に知りたかった。できるだけたくさん知りたい。そして、罪の意識によって注意力を失っていた僕は、葉巻を次に吸い込んだとき、息を詰まらせて咳き込んだ。これを見てホーキンズは大笑いし、それからみんなも一緒に笑い出した。僕は彼らが落ち着き、また沈黙に戻るまで、笑っている彼らを見つめていた。みんなが落ち着いたところで、静かな声で言った。「書類のことです。僕が書類を作りました。だから、あの人が殺されたのは僕のせいだと思うんです」

これはまた笑いを誘った。しかし、今回笑ったのはホーキンズとエイミーだけだった。

「僕が書類を作ったんだ」と僕はまた言った。「それ以外にない、ブランドのような男が捕まるなんて、僕のせいだという以外に」

「それ以外にないっていうのはどういう意味だい？」とホーキンズが訊ねた。「あらゆる可能性があるさ」

「特にアラバマではね」とエイミーが言った。

「書類だよ」と僕は言った。「そのために捕まったんだ」

「違うわ。それは実際に起きたことではない」とコリーンが言った。「書類とはまったく関係ないのよ」

「じゃあ、何だったんですか？」

「ぎりぎりのことをやったから」とコリーンは言った。「きわどすぎたの。数週間、ずっとオハイオ川の岸辺を偵察して過ごしたのよ。完璧な上陸場所を見つけるまで。私たちも彼の行動を正確に知っているわけではないけど、とにかく彼はリディアと子供たちを見つけ、彼らの所有者のふりをして、テネシー川を舟で下っていった。自由州のインディアナに入るまでね。でも、そのとき、私が知るところでは、子供の一人が病気になり、夜の旅を続けるのが難しくなったの」

「それで見つかってしまったんだ」とホーキンズが言った。「白人が彼らを呼び止めて、尋問した。そして、ブランドの説明がおかしいと感じて、地元の刑務所に連れていった。逃亡奴隷に関する知らせが届いてないかどうか見ようってわけで」

「知らせがあったのよ」とエイミーが言った。

「ブランドはそこで逃げることもできた」とホーキンズは言った。「彼が追われていたわけではないからね。でも、その地域の新聞記事や工作員からの連絡によれば、彼はそれでも何とかリディアと子供たちを取り戻そうとしたので、ついに捕まってしまったんだ」

「最終的に彼がどう殺されたのかはわかっていない」とコリーンは言った。「でも、ブランドのことだから、きっと脱走を試み続けたはずよ。それで、彼を捕まえた連中もこう考えたんじゃないかと思うの。黒人たちを送り届け、報酬を受け取るには、この工作員がいないほうが簡単だって。何しろ黒人たちを逃がそうとし続けているわけだから」

「なんてことだ、なんてことだ」と僕は呻いた。

「彼を送り込むなんてとんでもないよ」とホーキンズが言った。「アラバマだろ？　どんな形で捕まるかわかったもんじゃない。数人の子供たちのために〝棺〟に飛び込むって？」

ホーキンズに僕が知っていることをすべて話してもよかったのだ。オウサ・ホワイトについて話してもよかった。ジンジャーブレッドの話も、シーナとケシアの話もできた。地下鉄道にはもっとたくさんのことがあるのだと、言おうと思えば言えた。計算や角度のことだけでなく、動きのことだけでなく、もっとたくさんのことがあるのだって。

しかし、ホーキンズは自分なりに悲しんでいるのだ。それは僕にもわかっていた。そして、僕はそれをそのときいっそう感じていた。悲しみと喪失感がさまざまに混じり合い、目の前に現われてきた。ソフィア、ミカジャ・ブランド、ジョージー、母。僕は怒りを感じてさえいなかった。そのときには、これが仕事の一部だと気づいていたのだ、喪失を受け入れることが。しかし、すべての喪失を受け入れるつもりはなかった。

23

フィラデルフィアに帰って、僕は木工と地下鉄道の仕事を交互にする、日常生活に戻った。喪に服している時間はあまりない。九月になり、救出に適した季節が近づいてきた。ブランドが何らかの形で裏切られたのではないかという懸念もある。そこで我々は全体のシステムを再検討した。暗号を変え、移動の方法も修正した。何人かの工作員を監視することにした。西部の地下鉄道との関係は二度と元に戻らなかった。意識的かどうかはともかく、彼らがブランドの死に何らかの役割を果たした可能性があると考えられたからである。

ケシアとはその月、何度も会った。これはあの出来事から生じた、唯一のよきことと言える。長く音信不通だった親戚を見つけたようなものだったのだから。十月の初めに、ハリエットが僕を訪ねてきた。町を歩き回ろうと言う。そこで僕たちはスクールキル川の船着場に向かい、サウストリートの橋を渡って、町の西端まで来た。

涼しくて、空気の澄んだ午後だった。葉の色が変わり始めていて、通行人たちは黒くて丈の長いコートやウールのスカーフに身を包んでいた。ハリエットは丈の長い茶色のドレスを着て、腰に綿のラッパーを巻き、鞄を肩から下げている。最初の二十分ほど、僕たちは当たり障りのない話しかしなかった。それから町の外れに出て、人の姿が少なくなると、会話は真の課題へと向かっていった。

「調子はどう、兄さん?」とハリエットが訊ねた。

「あまりよくないですね」と僕は言った。「こんなことがあって、どう持ちこたえていけるのかわかりません。ブランドが初めてってわけではないでしょう? あなたが失った初めての工作員ってことですけど。あなたにとって初めてではない」

「そうね、初めてではない」とハリエットは言った。「そして、最後でもないでしょう。それはわかっておいたほうがいい」

「わかってます」と僕は言った。

「いや、わかってない」と彼女は言った。「これは戦争だ。兵士たちはありとあらゆる理由で戦争に参加するけど、彼らが死ぬのは、このままの世の中で生きるのが耐えられないから。そして、私が知るミカジャ・ブランドもまさにそういう人だった。生きるのに耐えられなかったんだ。ここでは、このような世の中では。彼はそのすべてを危険に晒した――自分の人生も、人とのつながりも、妹の心も。それは、自分以外のみんなもその危険の下で生きなければならないとわかっていたからだ」

僕たちはしばらく歩くのをやめて立ち止まっていた。

「あなたに理解できないのはしょうがない」とハリエットは言った。「でも、あなたはこういう事実に慣れていくことになる。慣れなければならない。もっとあるはずだから。次はあなたかもしれないし、私かもしれない」

「いや、あなたということはないです」と僕は微笑んで言った。

「いつか私の番が来るよ」と彼女は言った。「ただ、私を捕まえる猟犬は、神に綱を引かれるものだけであるよう願っているけどね」

話は唐突に目前の仕事のこととなった。

「ということで、あなたは私と組むことになる」とハリエットは言った。「〝棺〟ではないけど、メリーランドもまだ暴君の支配地だ。いいかな、私がどう言われているかはわかっているけど、それは私が自分について語る話とは違う。猟犬が匂いを嗅ぎつけたら、みんな同じなんだ。斧を振り回されたら、誰だって木材になりかねない。そうなったとき、私が学んできたことなどゼロに等しいよ。長い道に積もった埃のようなものさ。あなたにもじきにわかるだろうけど、私は自分の奇跡なんか信じちゃいない。信じているのは地下鉄道の厳格な規則だけだ」

それから彼女は穏やかに微笑んで言った。「でも、奇跡はたくさん起きた。こんな男の話を聞かされたことがある。奴隷を救出しただけでなく、自分も氷のなかから飛び出して復活したっていうんだ。あるいは、猟犬に追われて、故郷に帰りたいって強烈に願ったら、瞬きした瞬間に戻っていたっていう話」

「そんな話があるんですか？」と僕は訊ねた。

「そんな話があるんだよ」と彼女は言った。「私に何が起きたかって話はしたことがなかったよね？」

「自分自身のことはまったくしゃべらないじゃないですか。話をするのは好きじゃないって言うばかりで」

「ああ、そう言ったね。だからそういう話はあとでしよう。どちらにしても、それほど重要ではない。私が求めているのは、あなたが自分の失敗にこだわるより、私をもっと信じてほしいということだ」

僕たちは踵を返し、ベインブリッジ通りのほうへと向かった。再びほとんど黙り込み、歩き続ける。家に戻ると、二人で居間に腰かけた。

「じゃあ、メリーランドですね」と僕は言った。

「メリーランド」と彼女は言った。それから鞄のなかに手を突っ込み、手紙の束を取り出した。

「二つやってほしいことがある。一つは通行証。この筆跡に似せて書いてほしい。二人分の通行証が必要だ」

僕はメモを取り始めた。

「それから、奴隷の筆跡で手紙を書いてほしい。それをポプラーネックのジェイク・ジャクソン宛てに送るんだ――メリーランド州ドーチェスター。送り手は、その兄のヘンリー・ジャクソン。こちらはボストンのビーコンヒル。兄としての愛情に溢れる知らせをたくさん入れてね。書き方は、あなたが思いつくやり方でかまわない。でも、この部分は特に強調してほしい。兄弟に告げてくれ、祈りを忘れぬように、シオン（エルサレム南東部にある丘で、ダビデが宮殿を、ソロモンが神殿を建てた、ユダヤ人にとって聖なる丘）のよき船が来たら、すぐに乗るように（このとおりではないが、黒人霊歌にも「シオンの船」というのがあり、逃亡を企てる奴隷たちが暗号として用いたと言われている）」

僕はまだメモを取りながら頷いた。

「その手紙を明日の集配までに投函しなさい。それがちゃんと届いて、効き目が表われるまで余裕を見ないと。それから私たちは出発する。二週間のうちに発とう。ひと晩の旅だよ」

僕は手を止め、不思議そうな顔をして見せた。

「待って」と僕は言った。「ひと晩? メリーランドに行くのに、それでは足りませんよ」

彼女は僕を見返して、微笑んだだけだった。

「足りないどころじゃないですね」と僕は言った。


しかし、二週間後の真夜中、僕は九番通りの〝駅〟を出て、すっかり寝静まっているマーケット通りを歩き、デラウェア川の船着場でハリエットと会った。そこから二人で南に向かい、貯炭場を通り過ぎて、レッドバンク行きのフェリーがゆらゆらと停泊しているサウスストリートの桟橋も通過。やがてもっと古い、ボロボロの桟橋が並ぶところに出た。桟橋といっても、腐った木が真っ暗な川のなかで揺れ、それに伴って呻いたり、キーキー音を立てたりしているだけだ。船着場のもっと先にまで目を凝らすと、こうした影のような桟橋の残骸は、水から突き出す杭にすぎなくなっている。

十月の風が川から吹き上がってきた。顔を上げると、何度も僕たちを導いてくれた星や月が、雲によってぼやけているのがわかった。霧も渦巻くように出てきている。ハリエットは桟橋に立ち、夜の闇をじっと見つめていた。霧の向こう、目に見えない向こう岸のカムデンに向かって目を凝らしている。いや、実のところもっと先を。彼女が寄りかかっている「お守りの杖」は、ニューヨークに向かう途中で彼女が突いていたのと同じものだ。彼女は「ミカジャ・ブランドのために」と言い、目の前のボロボロの桟橋に足を踏み入れた。川に向かって真っすぐに歩いていく。

僕は何も訊ねずにあとを追った。このことは、そのときまでに僕がどれだけハリエットを信頼するようになっていたかを正確に物語っている。彼女は我々のモーゼなのだ。目の前の海を二つに分けることもできるはずだ。僕は恐怖を感じながらも、そう信じていた。だから歩いていったのである。

ハリエットの声が聞こえてきた。「一度船出したら、戻ることのできない港に向かって船出した者たちすべてのために」

僕の重みで桟橋の濡れた木が呻き声をあげていたが、足下の板は頑丈なように感じられた。振り向くと、霧が僕たちを完全に取り巻いていた。とても濃い霧で、もはや背後の都市は見えない。前を見ると、ハリエットはまだ前に向かって歩き続けている。

「私たちは何も忘れていない、あなたも私も」とハリエットは言った。「忘れることは、本当の奴隷となること。忘れることは死ぬこと」

そう言って、ハリエットは立ち止まった。闇のなかに光るものが現われ、だんだん明るくなっている。最初、僕はハリエットがランタンを点けたのかと思った。とてもかすかな光だったからだ。ところが、その光は黄色ではなく、ぼんやりとした薄い緑色だとわかった。ハリエットが手に持っているものではなく、彼女自身が発している光だということにも気づいた。

彼女は僕のほうを向いた。その瞳の色は、夜の闇から発している炎と同じ緑色だった。

「覚えておくことだ、兄さん」と彼女は言った。「なぜなら、記憶こそが二頭立て戦車なのだ。記憶は道であり、記憶は橋――奴隷制の呪いから自由の恵みへとつなぐものなのだ」

そのとき、僕たちが水のなかに入っていることに気づいた。いや、水のなかではない、水の上だ。水のなかに沈んでいかなければならなかったのに――というのも、桟橋はすでになくなっていて、僕たちの足下には何もなかったのに――沈んでいないのだ。デラウェア川は蒸気船が港に入れるくらいに深い。それなのに、その水が僕の靴に触れることもほとんどなかったのである。

「私と一緒にいなさい」とハリエットは言った。「気張る必要は何もない。ダンスのようなもの。音に合わせ、物語に合わせていれば、大丈夫。物語は、私が言ったように、悪魔の餌食にされた者たちのために捧げられる。私たちはそれを生まれてからずっと見続けてきた。そうとも。それは幼いときに、まだ世界がどういうものかもわかっていないうちに始まる。でも、その時期でさえ、おそらくこれが間違っているということはわかる。私にはわかっていた」

そのとき起きたのは霊的交わりのようなものであった。僕たち二人のあいだに伸びてきた記憶の鎖が、ここでどんな言葉を使っても僕には語り切れないものを運んでいた。というのも、この鎖は深く打ち込まれ、どこか隔離された場所につながっていて、そこにエマ叔母が住み、母が住み、大きな力が宿り、そこからハリエットのなかのまったく同じ場所にまで伸びて、そこにいる失われた者たちがみな見張りの位置に就いていたのだ。それから僕が顔を上げると、彼らが――幻影たちが――ひらひらと舞っていた。グース川に沈んだあの不吉な日のときのようにひらひらと舞っていて、僕はこの幻影たちが何なのか、ハリエットにとってどんな意味があるのか、正確にわかっていた。

そのため、脇に少年がいることに気づき、この霧のなか、幻のような緑色に包まれているのを見たとき――十二歳にもならない少年だったが――僕はその子の名前がエイブだとわかった。そして、彼がナチェズに送られた者たちの一人であり、「名前のない川」を越えていったこともわかっていた。そのときまたハリエットの声が聞こえた。あの深い場所の声――鎖が打ち込まれて根となったところの声だった。

「このエイブとは知り合いではなかったあなただが」と彼女は言った。「〝導引〟の光によって、彼をよく知ることになる。残念ながら、帰るとき彼は私たちに同行しない。エイブを失った悲しみが、私を地下鉄道へと導いたのだ」

いまハリエットの光は明るくなって広がり、僕には目の前に道が見えるようになった。水ではない水の上を走る道。遠くにも船着場は見えなかったが、ハリエットの幻影たちは闇から現われたり消えたりしている。彼らがかつて踊ったであろうように踊っている――彼女が彼らを知っていたときのように踊り回っている。そして僕たちが近づき、通り過ぎると、幻影は消えていく。

「あなたは私のことをよく知るようになったはずだ」と彼女は言った。「私は鞭に打たれて育った。マスター・ブローダスが私を沼地に送り、マスクラットを罠で取るように命じたのは、たった七歳のときだった。あのとき、手か足を失ってもおかしくなかった。しかし、私は五体満足で戻ってきた――ジャングルからではなく、檻から脱出した。九歳のとき、私は屋敷に召し上げられ、客間の仕事を一人でやらされた。失敗が多く、女主人に毎日ロープで殴られた。これは神様が計画されたことだ、と私は考え始めた。自分は彼らが思い知らせようとしているとおり、本当に惨めな人間で、こういう虐待にしか値しないのだ、と。

こういう屈辱をさんざん味わったけど、実のところ――ありがたいことに――地獄のいくつかの場所からは招待状が届かなかった。私が言っているのは、名前もない土地を横断していくこと、ナチェズへの長い道のり、バトンルージュへの悲しい旅路のことだ。それもみんな、私は見た。ハーク叔父は名前のない土地のことを考え、白人たちにじろじろと見られているのに気づいただけで、片腕を失った。ある朝、目を覚まし、体が不自由な奴隷は売れないであろうと考えて、片手で斧を摑んで振り上げた。そして、もう片方の手を神に差し出したのだ。〝体は不自由かもしれないが、もう家族と引き離されることはない〟とハークは言った。

ハークは珍しい例だ。ほとんどはおとなしく歩いていき、その足跡に泣き叫ぶ妻たち、つぶされた夫たち、親なし子たちを残していった。それから、私たちのエイブがいた。あの大きくて表情豊かな顔を、私はいまも目の前に思い描くことができる――もう一つの人生でいつも見ていたように。

行儀がよくて、言われたとおりのことをする子だった。母親はあの子を産んだときに死に、父親はずっと前に売られてしまった。こうした別れをどれだけ苦しく感じていたとしても、それを表には出さなかった。ただ、子供がしゃべるようにしかしゃべらなかった——大人に促されたときだけしゃべった——そして大人たちは、どれだけ隠されていてもエイブの心の痛みを知っていたから、彼には優しかった。

でも、冷酷な人間たち、鞭を崇拝する者たちにとって、エイブは要注意人物だった。というのも、あの子は絶対に摑まらない。すごい工作員になっただろう。だって、ライオンの肺を持っているかのように走ったのだ。マスター・ブローダスが矯正してやろうと考えたときには、もう逃げていた。

ときには監督が私たちを召集し、彼の捕獲を手伝えと言った。私たちは捕まえようとしているふりをするんだが、心はエイブとともにあった。どういうことかわかるだろう——奴隷たちは仲間の勝利を自分のものとして受け止めるんだ。そして、あなたが私たちと同じように、小麦畑で輝いているエイブを見たら、背の高いトウモロコシのなかを走っていく彼を見たら、私たちの奥底にある語られない気持ちがわかったはずだ——自由だよ、兄さん、自由。あのとき、走っているエイブは自由だった。家族から引き離される重荷を感じず、鞭によって飼い馴らされることもなく。彼を見ていて、私は〝導引〟の味を始めて知った。こんな小さな逃亡にも大きな力があるってことを」

ハリエットはここでしばらく間を置き、僕たちはまた無言で歩き続けた。僕は彼女の語りに心を奪われ、眼前に彼女の物語の出来事が現われてくるのを目撃した。彼女から発せられる光があまりに明るいため、僕たちの道の様相がすべて緑色ではっきりと浮き上がって見えるようになった。

「私が町の雑貨店の外に立ち、物思いに耽っていたときのことだ。稲妻のように、エイブ少年がそばをすり抜けていった。ベンチを踏み台にして飛び跳ね、馬車の下にもぐり込み、ひと息ついてから、また走り出す。そのとき、彼のすぐあとにギャロウェイ爺の姿が見えた。よろよろとあとを追い、一歩踏み出すごとに息を切らせている。

ギャロウェイは一人の奴隷に声をかけた。〝おい、おまえ！　こいつを捕まえろ！〟彼らはエイブを追い詰めたが、それは空気を追い詰めるのと同じようなものだったろう。エイブは彼らを突破し、船が橋の下を通り抜けるみたいに容易く、ギャロウェイの股の下をくぐり抜けた。ギャロウェイは叫び、自分自身の不器用さを罵った。私はそこで家に戻るべきだったのだが、いま目の前で展開されている物語にすっかり夢中になっていた。それが長引けば長引くほど、人の数が増えてくる。しまいには、奴隷も下級白人もギャロウェイも、みんな息を切らしてうなだれ、屈辱に沈み込んでいた。

ギャロウェイはもう諦めてもいい気分だった。しかし、すでに群衆が集まっていて、それはプライドが許さない。奴隷を扱う者として、ニガーの生意気な態度を許すわけにいかないのだ。そこでギャロウェイは気を取り直し、また追跡を続けた。私は二人の追跡と逃走劇をもうしばらく見ていた。そのとき、エイブが私のほうを向いた。奴隷制についての私独自の気持ちはまだ形成されていなかった。もちろん、自分のために働く女性になりたいとは思っていたが、まだ若かった。信仰心はなかったが、逃げるエイブこそ、私にとって神の恵みだと感じた。

そしてエイブが私に向かってきた。同時に、ギャロウェイが私に呼びかける声も聞こえた。ほかの者たちに呼びかけたのと同じように、〝そいつを捕まえろ！〟と言ったのだ。それはできなかった。やろうともしなかった。私は誰の監督でもない。そして、もしそうだったとしても、エイブのような少年を捕まえて白人の機嫌を取ろうなんて考えもしないだろう。彼は身をひるがえし、走り、それからまた私のほうに向かってきた。ギャロウェイは苛つくあまり、ろくに考えずに秤の分銅を摑み、エイブに向かって投げつけた。あいつが何を考えていたのかはわからない。エイブは頭の後ろにも目がついているっていうのに。

しかし、幼いハリエットはそのような幸運に恵まれていなかった」

このときには、ハリエットは二十個のランタンに照らされたような明るさで燃え上がっていた。薄い緑色はさらに広がり、周囲に真っ白な光を投げかけている。水はどこにもない。僕は自分の脚の感触がなく、体のどの部分の感触も本当には感じられなかった。肉体を失い、声のあとを追う霊になったのだ。

「分銅はエイブの脇をすり抜け、私の頭に当たった。頭骨を砕くほどだった。私は神様のお近くで長い夜を過ごした。

私はドーチェスターではなく、別の時間に目覚めた。エイブが大地を駆けめぐっていて、その足跡から炎が噴き上がり、木々が燃えた。森がすべて燃えかすになった。灰が地面に落ちた。やがて灰が風に舞い上がり、それが集まって、黒人たちの一団ができ上がった。青い服を着て、ライフルを肩に担いでいる。私も彼らと一緒にいたんだ、ハイラム。私たちは大人数の集団だった。私の前に集まったこの軍勢の目には、奴隷制への屈辱の炎が燃え上がっていた。そして、こうした男たちの一人ひとりがエイブの顔をしていた。

私は高い崖の上に立っていた。兵士たちが私のまわりに整列していた。下に見えるのは、足枷をつけた人々が暮らす広大な土地。その作物は肉体に植えられ、血によって潤わされてきた。そして、ここに列を成している男たち――エイブの軍勢――から、歌が湧き起こってきた。古くからの感情を賛美歌にしたものだ。私の合図で私たちはこの罪深い土地に降り立った。私たちの鬨《とき》の声は、高地の峡谷を走り抜けてきた大きな川のように力強かった。

私は目覚めた。見ると、母が泣いていた。私は何カ月も意識を失っていたんだ。みんなが私はもう元に戻らないと思っていた。私が生まれ変わったとは誰も知らなかった。その年ずっと、私の体はゆっくり回復した。何週間ものあいだ、私は何もしゃべらなかった。でも、頭のなかにはたくさんの言葉が渦巻いていた。そして私は、あの幼い時期に、いつの日か逃亡の日々は終わるとわかった。私たちは与えられる勝利ではなく、望むような勝利を得られる。名前のない土地へと連れていかれた者たちの心を受け継ぎ、この土地に降り立つ。ナチェズを懲らしめ、バトンルージュを焼き払う」

いまハリエットの光は弱くなっていた。光り始めたときと同じように少しずつ。僕は体がゆっくりと自分に戻ってくるように感じた――ドキドキと鼓動する心臓、膨れては縮む肺、両手、両脚、両足、すべてがいま、水にではなく、硬い大地に着地しようとしていた。

「エイブ少年、私はおまえを忘れなかった。地下鉄道や〝導引〟を知る前、工作員や孤児たちのことを知る前、ミカジャ・ブランドを知る前、私が少女にすぎなかったとき、おまえは自由であるとはどういう感覚かを最初に教えてくれた。聞く話によれば、おまえはイライアス川の近くで、ハンプトン家のマークによって捕まったという。最後にはすっかりやつれていたが、それでも町じゅう総がかりでおまえを捕まえなければならなかった。彼らはそう言うが、私は信じない。おまえを見たことのある人は誰でも真実を知っている。おまえは体が不自由になっても、決して屈服しない」

光はいまかすかな緑色しか発していなかった。僕は視力が戻り、あたりを見渡した。船着場、川、桟橋などはすべてなくなっている。空を見上げると、雲があったところがすっかり晴れ、北極星が瞬いていた。僕は岩の露出したところに立ち、背後には木々の生い茂る小さな丘があった。目の前の下方には、何もない広大な野原が広がっている。僕は来た道を振り返り、自分たちがどういうところから来たのかを知ろうとした。しかし、そこには森以外何もなかった。ハリエットの呻く声が聞こえ、彼女が杖に寄りかかっているのが見えた。彼女は震える声で言った。「馬と……鞍」

彼女は一歩下がり、地面に後ろ向きに倒れた。僕は走り寄って、彼女の頭を支えた。白目を剝き、静かな呻き声をあげている。そのときラッパの音がした。僕はハリエットをそっと地面に寝かし、振り返った。すると、野原の向こうに人影が見えた。奴隷たちが、その影だけであったせよ、前へ前へと進んでくる。そして僕は、ここがもはやフィラデルフィアではないと知った。ドアが開いた。土地が布のように折りたたまれたのだ。〝導引〟だ、〝導引〟だ、〝導引〟だ。

24

僕は新しい土地にいた——木々も、匂いも、鳥も——そして、そのとき太陽が顔を出し、すべてが生気を取り戻した。僕は道に出るわけにはいかなくなった——ライランドが見張っているだろう。奴隷でも、忠誠心の対象がはっきりしない者たちがいる。彼らはモーゼの首にかかっている巨額の懸賞金を狙おうとするかもしれない。僕はしばらく岩の露出部に立ち、そこから下を見下ろしていた。ちょうど太陽が地平線に黄色い光を投げかけ始めたところだ。僕はハリエットを抱え起こし、できるだけ優しく片方の肩に担いだ。それから屈んで、彼女の杖を手に取った。森のなかへと入り、ゆっくりと慎重に、杖で枝やイバラを払ってから、自分が切り開いた道に入っていく。ときどき休みながら、これを一時間続けているうちに、僕はちょっとした藪の下に涸れ谷を見つけた。ハリエットを寝かせておくには充分なスペースがあるが、僕までは無理だ。何より大事なのは彼女の安全で、僕は何とでもなる。そこで僕は、捕まるとしたら僕一人で捕まろうと考え、森のもっと奥へと入っていった。夜になったら、ハリエットのところに戻ろう。その頃までには元気を取り戻してくれているはずだ。僕はそう期待していた。

午後の早い時間、近くの伐採地から偵察に来ている木こりたちの声がした。僕は完全に音を立てずにいた――これは、あのヴァージニアの墓穴に閉じ込められていた時間と比べれば、何ということもない。もう少しあとになると、二人の下級白人が犬をつれて狩りに来た。しかし、僕は墓場の土（アフリカ系アメリカ人独自の迷信で、魔術的な力があるとされている）をそこらじゅうにばらまいておいたので、自分の足跡はごまかせるとわかっていた。子供たちの一団も現われて遊び出した――上級市民の子に奴隷が混じっている。子供たちが僕の隠れ場所を遊び場にするのではないかと心配したが、彼らは速足で走り去った。このように人生で一番長い一日を過ごしたあと、夜の闇が地上にも降り始めたときは、心から喜びを感じた。月が高くのぼり、それは僕の神経の高ぶりと同じくらい天頂へと近づいていった。

僕は涸れ谷へと戻った。藪を取り除けると、ハリエットはまだそこに横たわっていた。僕が立ち去ったときのまま、埋葬されたファラオのように、杖を胸のところで抱えている。僕は手を伸ばし、それまで何度か彼女にされたように、彼女の顔に触れた。とても冷たかった。視線を下げると、彼女の肺が力強く膨らむのが見えた。もう一度彼女の顔を見ると、その目が大きく見開かれていた。彼女は微笑んで言った。「こんばんは、兄さん」

数分経って、彼女は起き上がった。まるで昼寝をしていただけのようだった。僕たちは森から出ないように心がけつつ、しばらく土の道沿いに歩いた。そうしておけば、パトロール隊に見つかるよりもずっと先に、彼らに気づけるだろう。

「申し訳なかった、兄さん。こんな発作なしでやり遂げられる気力が残っていると思っていたんだが」と彼女は言った。「あの跳躍は物語の力によって成し遂げられる。私たちの特殊な歴史から引き出されたもの――私たちの愛のすべて、喪失のすべてから。こうした感情のすべてが呼び出され、私たちは思い出すことの力によって動かされるのだ。ときどき、いつもより時間のかかるときがある。そういうときに何が起きるかは、あなたがいま見たとおりだ。でも、私はこの跳躍をこれまでに何度もやっている。今回、どうしてこんなに消耗したのかはわからない」

僕たちは歩き続け、やがて森の開かれた場所に入った。伐採地の男たちが働いていたところだ。野原の向こうに小屋があり、その窓越しに暖炉のちかちか燃える炎が見えた。

「あそこが目指す場所だ」と彼女は言った。「しかし、あなたはいくつか質問したいに違いない。このあとはあまり時間がないだろうから、訊くならいまだ」。僕たちはそれぞれ切り株に腰を下ろした。夜は涼しく、森と野原からかすかな風が吹いてくる。

居住区《ストリート》で、僕たちは物語の世界に住んでいた。迷信や呪術、呪文で呼び出されたとされる霊、禁忌などの世界――月光の下で豚を殺してはいけない、片足だけ靴を履いて床を歩いてはいけない、など。こういう世界を僕は信じなかった。あのようなことが起きても――シーナのところに行き、グース川から脱出しても――僕はすべてが書物を通して説明でき、理解できると思っていた。実際、すべて説明できるのだし、この本はその説明となるものなのだろう。しかし、にもかかわらず、自分が〝導引〟されたとき、周囲の世界は完全に変化し、僕はその世界が持つ奇跡と力を思い知ったのだった。

「僕の祖母は純血のアフリカ人でした。サンティ・ベスという名で通っていました」と僕は話し始めた。「人の話では、このベスはアフリカの物語を解き放つことができ、それによって、最初に降りた霜が平原の熱波に感じられるときもあったそうです」

ハリエットは切り株に座ったまま何も言わなかった。

「ベスが物語を語る才能はとても珍重され、上級市民たちの社交界の集いに呼ばれて、それを披露させられたそうです。物語を歌やリズムに乗せて語ると、それは白人たちの聴いたこともない音楽となりました。彼らは魅了され、硬貨を投げました。ベスはにっこりと笑い、硬貨をエプロンのなかに掻き集めます。でも、それを取っておいたりはしません。奴隷の子供たちにあげてしまうんです。自分は金などいらないと言うのだそうですが、いまなら僕もその理由がわかります。

話によれば、ある晩、ベスは僕の母のところにやって来て言いました。自分がこれから歩いていかなければならない場所には、おまえはついて来られない。おまえと私は別々の世界に生まれたからだ。そうベスは言ったそうです。おまえの世界はここで、私の世界はずっと遠くにある。そして、私はこれから一つの物語を語らなければならない。自分が知っている最古の物語で、時間自体を逆さにするもの――私の父たちが大事に葬られている場所へ、母たちが自分たちのために穀物を収穫していた場所へと自分を帰してくれる物語だ。そう言って、その夜、ベスは真冬の川へと入っていき、消えたのです。

ベスは一人で消えたのではありません。同じ夜、四十八人の奴隷たちが農園から立ち去り、二度と現われなかったそうです。そして、その誰もがサンティ・ベスと同じように、純血のアフリカ人でした。

僕はこの物語をどう感じるべきなのか、これまではわかっていませんでした。母はベスとの連絡を絶たれ、母の父親はよそに売られました。それから母も売られました。こうしたことすべてと、僕は縁を切ったつもりでいました。母の顔もほとんど思い浮かべられないんです。いまはもう母の記憶がないんですから。でも、あの物語と、このサンティ・ベスと……」。僕の声は次第に弱々しくなっていった――喉にでき上がりつつある言葉からしり込みした。僕は茫然としてハリエットのほうを向いた。「これをどうやったんですか？」

「もう知っているみたいじゃないか」とハリエットは言った。「大きな川にあるたくさんの島を思い浮かべなさい。普通の人なら島から島へと泳がなければいけない――それしか方法がないんだって思い浮かべなさい。でもね、兄さん、あなたは違う。あなたはほかの人と違って、川に架かっている橋が見える。一つの橋だけじゃない。すべての島と島を結ぶ、たくさんの橋が見える。それぞれが異なる物語から作られた橋だ。そして、あなたは橋が見えるだけじゃない、歩いて渡ることもできる。乗客たちを引き連れて疾走し、導くこともできる——機関士が列車を導くのと同じように。これが〝導引〟だよ。たくさんの橋。たくさんの物語。川に渡された道なんだ。

これは、年寄りのあいだではよく知られた技だったんだ。聞いた話では、奴隷船の上でさえ、波のなかに飛び込み、〝導引〟されていった人たちがいるらしい。〝導引〟されてアフリカの故郷に戻ったんだ」。ハリエットは溜め息をつき、首を振ってから言った。「でも、私たちはここで暮らしている。昔の歌は忘れてしまったし、たくさんの物語を失ってしまった」

「たくさんあるんです」と僕は言った。「思い出せないものがたくさん」

「あなたはたくさん覚えているように思えるけど」とハリエットは言った。

「そうです。すべてを覚えられます。小さなこともすべて。それなのに、そこに裂け目がある。僕のなかの裂け目。母がいるべきところに裂け目があるんです。振り返ると、目の前に自分の子供時代が現われ、舞台のように繰り広げられている。それなのに、主役が霧に包まれているんです」

「そうか」と彼女は言った。それから杖に寄りかかり、立ち上がった。「本当に見たいわけじゃないって考えたことはあるかい?」

「いえ」と僕は言った。「あまりないですね。正反対だって感じます。僕は本当に、必死に見ようとしてるんだって」

ハリエットは頷き、僕に杖を手渡した。それを僕は手で回し、両側の絵文字を見つめた。

「こうしたしるしは、あなたには何も意味しないだろう。これは私だけに聞こえる言葉で書かれている。そして、重要なのはしるしではなく、杖自体なのだ。モミジバフウから取られた枝でね、伐採地で働かされた日々のことを思い出すよ。私の人生で最悪の時期だった。でも、私を作り上げた日々でもあった。ときどきその頃のことを思い出す。あそこで起きたことを思い出していくと、崩れ落ちて泣きたくなる。あれは本当に苦痛だった、彼らが私たちにしたことは。そして、私のなかには、それを忘れたがっている部分がある。でも、このモミジバフウの杖を摑むと、思い出さずにいられないんだ。

　ハイラム、あなたに何が起きたかは、私には言えない。でも、あえて推測するなら、あなたのなかには忘れたがっている部分があると思う。力の限りを尽くして忘れようとしているところが。そして、あなたに必要なのは自分自身の外にあるもの、何か自分を超えたもの——あなたが封じ込めたものを開け放つレバーだよ。それが何かわかるのはあなただけだ。でも、そのレバーが見つけられれば、あなたのお母さんも見つけられる。お母さんを見つければ、橋も見つけられるはずだ」

「それには、そういう力があるんですか？　そのモミジバフウの枝を握ると、すべてが現われるんですか？」

「いや。そういうわけじゃない。でも、私とあなたは違うんだ。ケシアが少し話してくれたよ。私たちはどちらも奴隷労働をしたけど、同じ種類の奴隷ではなかった。いいかい、あの深い眠りから目覚めたとき、私はただ覚えていただけではない。色が聞こえたし、歌が見えたし、世界のあらゆる種類の匂いに触れられたのだ。そこらじゅうから声が襲ってきて、先祖たちの古い記憶はぼやけるどころか、松明のように赤々と燃え上がった。私はそれが目の前で踊るのを見た。そしてどこを歩いても、あなたが言ったように、記憶の舞台が繰り広げられるんだ。

　私は気がふれたんだって言われたものだよ。そこで私はその力を調整することを学んだ。ある声を呼び出し、ある声を弱める。ときには声が強すぎて、私が参りそうになることもある——昨晩みたいにね。でも、次に立ち上がるとき、私は別の大地に立っているんだ。それが橋だよ、ハイラム」と彼女は言った。

「魔法で呼び出したんですか？」と僕は訊ねた。

「いや」と彼女は言った。「物語は常に本物だよ。私が作ったものではない。民衆が作ったものだ。

そして、物語はいくつかの地点にはめ込まれている、橋の土台と同じでね。私にはその位置を変えられないし、サンティ・ベスにもあなたにも変えられない」

「わかりません」と僕は言った。「僕にはすごく気まぐれに感じられます。どんな地点にいても、襲われかねないみたいに——馬屋でも、本物の橋でも、野原でも、どこでも」

「馬屋の水桶のところだったよね？」と彼女は訊ねた。

「そうです」と僕は言った。「水がいっぱい入ってました。そこに呑み込まれそうな感じがしたんです」

「そうだろうね」と彼女は言った。「どこにも気まぐれなところはないじゃないか」

「わかりません」

「わからないのかい？　あなたは橋の入り口に立っていたんだよ。こうした話のすべてに——川に入っていくサンティ、グース川から飛び出したあなた、桟橋を歩いていった私たち……」

僕はぽかんとして座っていた。

まだはっきりわからなかったのだ。すると、それを見てハリエットが笑った。

「水だよ、ハイラム。水。〝導引〟には水が必要なんだ」

僕は口をあんぐりと開けたに違いない。というのも、ハリエットはいっそう激しく笑い出したのだ。そして、彼女が笑うのも当然だった。いまとなっては、あまりに自明だと思えたからだ。ものに引っ張られるように感じたとき、〝導引〟の川が押し寄せてくるように感じたときは——馬屋の水桶に始まって、橋からメイナードと僕を引っ張ったグース川、ブランドの家の近くを流れるスクールキル川に至るまで——いつでも、すぐ近くに水があった。そして、この力を引き出そうとするコリーンの愚かしい試みを振り返ってみると、いまはものすごく自明に思える要素に僕たちは一度も気づいていなかったのである。

「これをどうしてリディアのために使わなかったのですか?」と僕は訊ねた。そのとき僕たちは例の小屋に向かって歩いていた。

「それはね、人に物語を語るには、どう終わるか知らなきゃいけないからだよ」とハリエットは言った。「私は一度もアラバマに行ったことがない。見たことのない結末に飛ぶことはできないんだ。それに、始まりと終わりを知っても、〝導引〟する人たちを無事に送り届けるには、彼らのことをある程度知らなければならない。そんな贅沢にはなかなか恵まれないけどね。だから、私の通常の手段はほかの工作員たちと同じなんだ。でも、今回は私の知っている人たちなんだよ」

僕たちは小屋のほうに歩いていき、そこの人々と会った。僕たちが近づくとドアが開き、暖気が漂ってきた。夜は更けていたが、小屋のなかはすべてが息づいている。僕たちは雑多な四人の男のグループに出迎えられたが、みな労働服を着ているという点では共通していた。そのうちの二人はハリエットと似た風貌をしていたので、親戚だと僕にもわかった。三人目の男は、窓越しに見えた暖炉の火の番をしている。四人目を見て、僕の目は釘づけになった。何かが欠けている印象を抱いたのだが、それから僕はこの人が女性で、頭をほぼ丸刈りにしているのだと気づいた。あの年次大会であらゆる領域での平等を訴えていた二人の白人女性を思い出したが、これにはまったく別種の意図があるとわかった。

「ハイラム、こちらはチェイス・ピアーズ」とハリエットは火の番をしている男のほうに手を向けて言った。「彼が私たちのホストで、これに関わってくれたことに私たちはすごく感謝しているんだ」

それから彼女は、僕が親戚だろうと考えた二人の男たちに微笑みかけて言った。「この二人の悪ガキたちには、そんな優しい言葉はいらないよ」。そう言って彼女は二人を抱きしめ、みな笑った。

ハリエットは言った。「これは私の弟、ベンとヘンリーさ。この子たちもようやく肝が据わったんだが、ずいぶんと時間がかかった。もっとも、ヘンリーがこっちにとどまらなかったら、連れ合いに会うこともなかったわけだけどね」

続いてハリエットは髪を丸刈りにされた女のほうに行き、卵のように丸い頭を撫でて笑った。

「何から何まで計画してくださって」と女は言い、当惑混じりの笑みを浮かべた。「神様が私たちを〝棺〟から救ってくださるとわかってました。だって、私のように豊かな髪を差し出した女が、その結果、また鎖につながれるなんて、神様が許すわけがない」

「うまくいったろ?」とハリエットは言った。

女は頷き、微笑んだ。当惑は消えていった。

「こちらはジェイン」とハリエットは言った。「ヘンリーの連れ合いだ」

ジェインは僕に向かって微笑んだ。髪がないために、どうしても彼女の顔が目立ってしまう。頬骨がくっきりと浮き出て、目は小さく、耳は大きい。そして彼女はハリエットに並外れた信頼を寄せており、その気持ちは暖炉の前に集まる者みんなに共通するものだった。僕もすでにいくつかの救出に関わってきたので、これが普通でないことはわかっていた。普通なのは恐怖だ。そして囁き声。しかし、このグループはすでに北部にいるかのように笑っている。ヴァージニアでも、フィラデルフィアの〝駅〟を通る者たちのあいだでも、このようなものは見たことがなかった。この違いはハリエットによるものだ。彼女は〝導引〟によって、そして伝説を作り上げることによって、奴隷制に女一人で立ち向かっている。特に、この状況を作り出した国に対する戦争だ。僕はこれを目の当たりにし、すでに〝導引〟も見ていたので、彼女に関する話はすべて真実だと信じることにした。ハリエットは本当に臆病者に対してピストルを向けた。〝導引〟によって真冬の川を渡った。監督が手に持っていた鞭は本当に溶けた。彼女は一つの救出も失敗していない、途中で一人の乗客も失っていない、唯一の工作員だ。いまではそういう話として広まっているが、当時でさえ、この小屋で暖を取る者たちのあいだでも、その話は知れわたっていた。というのも、彼らは自分たちの旅立ちを語るとき、それを神聖な権利として語っていたのだ。これから実現される預言の出発点に自分たちはいる。そして、目の前に預言者のモーゼがいて、彼らの心を確信で満たしているのである。

ハリエットは計画を説明し始めた。「救出は小規模で単純に、これが伝統だよ。そして伝統ってだけじゃない、叡智なんだ」と彼女は言った。「でも、あなた方のこと、みんなのことを私はよく知っている。そして、あなた方の条件に私は同意したし、あなた方も私のに同意した。私の条件は単純だ――誰も引き返さない」

この瞬間、おそらく〝導引〟のとき以上に、僕はハリエットのあだ名がすべて誇張ではないと感じた。落ち着いて肝の据わった彼女の物腰だけでも充分だったろうが、特に心に残るのは、彼女がほかの人々に与える効果なのである。誰もしゃべらなかった。夜自体が止まってしまったかのようで、ハリエットだけがみなの注意を惹きつけていた。そして彼女が命令を発したとき――誰も引き返さない――僕たちは恐怖を抱かなかった。それは脅しではなく、預言と感じられたからである。

「ジェインとヘンリーはこのチェイスの家にとどまりなさい。明日の夜まで外に出ないように。日曜日なので、あなたたちが逃亡したって気づかれるまでには時間がかかるはずだ。ベン、あなたが明日働かないのは知ってるけど、お願いだから人に見られるようにしてくれ――念のために。ブローダス爺やその家族に糸口を摑まれたくない。彼らが気づいたときには、糸にすっかり取り囲まれてるってことにしたいんだ。明日の夜のこの時間に、父さんの家で会おう。少し休んで、それから出発だ」

彼女は口をつぐみ、少し身を引いて、それから杖をついて立ち上がった。

「さて、ここで面倒な問題に取りかからないといけない。ハイラム、実はまだ一人足りないんだ。兄のロバートは子供が生まれるんで、逃げるつもりはまったくない。ただ、実のところブローダスは兄を競売にかけるつもりで、だからロバートは逃げなきゃいけない。それなのに、連れ合いのところにとどまれるだけとどまると言い張っている。私はこの状態のままで立ち去りたくはない。しかし家族は人の心を摑んで、捻じ曲げてしまうものだ。そこから、あまり賢くない結果がしばしば生じる。

そこで私はある考えに同意した。私たちの計画をロバートにはまったく知らせないということだ。あなた方に話すように彼にも話すのは、彼が私たちと行動を共にするようになってからとする。だから、ともかくロバートを連れてこなければならない。ハイラム、あなたにその役割をお願いしたいんだ」

この任務は、まったく予期していなかったわけではないが、これまでにないものだった。ハリエットはこれまで、直面する問題を説明するとき、極端に遠回しだった。おそらく今回は、僕が考えすぎて、不安を抱えないようにするためだろう。ここはヴァージニアではないし、僕はこれを一人でやることになるのだから。

「私は自分で行きたいのだけどね」と彼女は言った。「でも、ロバートは故郷の農園にいて、そこでの私の活動はかなり怪しまれている。彼らは私を見つけ出そうとするだろう。あなたのほうが怪しまれる可能性は低い。それに怪しまれたら、あなたには通行証があるから、自分とロバートには道を通る権利があることを示せる」

僕は頷いた。「それで、いつ発ちましょうか？」

「いますぐだよ、いますぐ」と彼女は言った。「夜が明ける前にロバートの家に着かなければならない。それから待ちなさい。見つからないところに隠れて、夜が来たら、すぐにロバートを連れて私の父さんのところに行く――道はロバートが知っているから」

「わかりました」と僕は言った。

「もう一つあるんだ、ハイラム」とハリエットは言い、チェイス・ピアーズのほうを向いて話しかけた。「チェイス、あれを彼に渡してやって」

チェイスは小さな箪笥に行き、何やら布に包まれたものを引っ張り出した。ハリエットは彼からそれを受け取り、布から中身を出した。彼女が握っているのは、暖炉の火にちかちか光るピストルだった。「これを持っていきなさい」と彼女は言い、僕に手渡した。「白人たちに対して使うためだが、それ以上にあなた自身に対して使うためだ。これを使わざるを得ない状況になったら、そのときはもう遅すぎるだろう。だから、どちらに対しても使いたくなるはずだ」


そこで僕は森に歩いて戻り、教えられたように動いた。行く先を示してくれる秘密のしるしがあったのだ。夜ではあったが、しるしは月の光で見ることができたし、何を探すべきかわかっていたのでなおさら容易に見つけることができた。黒いオークの木に刻まれた星印とか、五本の枝が縛られて地面に置かれ、そのうち二本が東を向いているとか、てっぺんに三日月が描かれ、底にスペードが描かれた大きな石とかである。そのうちのいくつかを見逃し、引き返したこともあったが、それでも夜明け前にロバートの家に着き、しばらく時間の余裕ができた。ブローダスのプランテーションはロックレスほど緑豊かではなく、奴隷の家々は森のなかにでたらめに並んだあばら家にすぎなかった。ブローダスはその周囲の木々を切り開こうとさえしていない。この混沌とした光景が、ここで奴隷として働く者たちの境遇をいくらかでも表わしているとすれば、僕にはハリエットがそれを忘れたいと思う理由がよく理解できるように思った。

日曜の朝だったので奴隷の仕事はなく、そのため人数の確認もないはずだった。監督は翌日になるまでロバートの出奔に気づかないだろう。その頃までに僕たちはフィラデルフィアに着き、レイモンドやオウサとともに、カナダかニューヨークに逃げる次の方策を考えているはずだ。僕が知る限りの計画では、まずロバートが夜明けの直前に住居から出てきて、一度だけ口笛を吹くことになっていた。それから彼は森のなかへと歩いていき、そこで僕と落ち合う。ロバートが近づいてきたら、僕は自分の意図を知らせる言葉を彼に語りかけ、彼のほうも自分の意図を知らせる言葉で反応する。これのどこかが欠けていたら、何か不都合が起きたことを意味するので、僕はすぐにチェイス・ピアーズの小屋に戻る。こういう段取りだったので、僕は少し距離を置いて待っていた。すると、黒い人影が小屋から出てきて、あたりを見回した。次に口笛の音が聞こえ、その人影は小屋から森の方向に歩いていった。僕はその人影に向かって歩いていき、言った。「シオンの列車が到着します」

「それはぜひ乗りたいものだ」とロバートは言った。彼は中くらいの背丈の男で、ハリエットのほかの家族が見せるような喜びや自信をまったく感じさせない、悲しげな表情をしていた。どこか重々しいところがある。奴隷の身から救出されそうなのに、それを嘆いているように見える人には、僕はほとんど会ったことがなかった。

「夜になったら発ちます」と僕は言った。「準備を整えてください。それからここで会いましょう」

ロバートはまた頷き、小屋に戻っていった。

僕は森の奥に入っていった。仕事のない日とはいえ、注意を惹きたくはなかったのだ。のぼりの斜面に突き当たるまで森を歩き、そのまま丘をのぼって、洞穴を見つけた。そしてなかに入り、暗くなるまで身を潜めていた。約束の時間が近づくと、僕は来た道を引き返したが、ロバートは現われない。さらに長く待ったが、やはり現われないので、ロバートは間違った時間を記憶したのではないかと心配になった。というのも、僕が時間を間違えていないのはわかっていたからである。ハリエットは例外を認めない人なので、僕は彼と会わずに立ち去ろうかとも考えた。ヴァージニアにいたなら、おそらくそうしただろう。しかし、この数カ月の経験が僕を変えていた。あのニューヨークの大会以来、ミカジャ・ブランドの死にざまについてしばしば考えていたのだ。リディアを残して自分だけ帰還することもできたのに、彼はそれをしなかった。そんなことをしてオウサとこの世で顔を合わせるより、来世で会うことを選んだのだ。それに僕には通行証があるので、必要とあれば、それを見せることができる。ハリエットの兄のロバートと一緒に戻るか、まったく戻らないかどちらかだ。僕は一人でそう決意し、森を出て、彼の小屋の様子を見にいった。

小屋に近づくと、女性の叫び声が聞こえてきた。開いたドアから、歩き回る女の姿と、ベッドに座って頭を両手で抱えるロバートの姿が見える。僕が外からしばらく見ているあいだ、女は怒りと苦痛の入り混じった顔でロバートを罵り続けていた。

「わかってるわ、あんたはあのジェニングズの女とパーティに行くつもりだろう」と彼女は言った。「わかってるわよ、ロバート・ロス。私と別れるつもりなのよね。プライドってものがあるなら、そうだと認めなさい」

「メアリー、前にも言ったとおりだよ――弟や母さんや父さんに会いに行くんだ」とロバートは言った。「日曜日だってだけじゃないか。わかってるだろ。ほら、あそこにジェイコブがいる」――そう言って、ロバートはドアの外にいる僕を指し示した――「あいつのことは話しただろう？ハリソン農園の男さ。あっちに家族がいるんだ。そうだよね、ジェイコブ？」

メアリーは外に立っている僕のほうを向き、じろじろと見て、目を丸くした。

「ジェイコブなんて会ったこともないよ」と彼女は言った。

「そこにいるじゃないか」とロバートは言った。

「これまで一緒に歩いていく相棒なんていなかったじゃないか」と彼女は言った。「どうして変わったんだい？　こんな男、これまで見たことがない。このあたりの男じゃないね。私があんたと一緒に歩いてくってのはどうだい。あんたがやってることはわかってるよ、ロバート・ロス。あのジェニングズの女のことはみんなわかってんだ」

　僕は家のドアロにずっと立っていたのだが、このときなかに足を踏み入れた。メアリーの全身が目に入った。その小柄な体から潔癖な怒りが噴き出している。本当にロバートのことがわかっていたのだ――彼がいまどこに行こうとしているか、はっきりとわかっているわけではなくても。彼女はもう一度僕をじろじろと見て言った。「ジェイコブだって？　私がジェニングズんとこに行って、あんたについて訊ねてみようか」

「僕たち、そんなことしませんよ」と僕は言った。

「〝僕たち〟じゃないよ。私が一人でやるんだ、いますぐ」

「いえ、それはさせません」

「そうかい。じゃあ、私を思いとどまらせるって言うんだね」

「僕の希望は」と僕は言った。「あなたが自分で思いとどまることです」

　メアリーは信じられないという視線をこちらに向けた。僕はすぐに行動しなければならなかった。

「あなたの思っているとおりです」と僕は言った。「このあたりにジェイコブはいません。でも、あなたがいま言い張っていることをしたなら、それはあなたに、そしてあなたが愛する人たちみんなに、苦痛をもたらすことになります。ロバートが女と遊んでいるのを見つけるなんてこととは比べものにならない苦痛を」

　僕の後ろでロバートが呻き、「お願いだ……」と言う声がした。

「ミセス・メアリー」と僕は言った。「あなたが状況をすべて説明されていないのは明らかです。あなたが思っているとおり、ロバートはこっそりと抜け出します。抜け出さないといけないんです。

あなたがそれに口出しすべきではありません」

「すべきではないなんて言われたくないね」

「でも、そうなんです」と僕は言った。「本当にすべきではないと思います。彼が真実を打ち明けていないことはわかっていますが、僕ははっきりと話しましょう。ブローダスはこの人を競売に出すつもりです。そうなったら、あなたが夫にこの世で再び会うチャンスを得るのは、水の上を歩くよりも難しいでしょう」

「この人はあの仕事をもう一年もやってるんだ」と彼女は言った。「それで、ブローダスはまだ何もしていない。ロバートはすごく頑張って働くから、あいつらも彼を売ることはできないんだよ」

「ロバートが頑張って働くことは、彼を売る第一の理由になりますよ。こういう逞しい男にはいい値がつきますからね。だいたい、頑張って働くから救われたニガーなんていますか？　あの人たちをそんなに信頼しているんですか？　僕はこの土地をじっくり見て回りました。ここは傾きかけています。これまでにも、こういう農場はたくさん見ました。彼らが奴隷を売るのは、そうせざるを得ないからです。そういう例を見てきたんですから。だからあなたに言ってるんです、はっきりと言います。ロバートには二つの選択肢しかない――ブローダスによって競売に出されるか、僕と一緒に逃げるか」

　地下鉄道に正式な規則集があるとしたら、僕はその最も重要な条項に違反していたことになる。工作員たちは、自分たちが救出する人たち以外からは、極力身を隠さなければならない。そして、いくらでも話をでっち上げていいから、自分たちがやっていることは絶対に明かしてはならない。しかし、僕はこうした規則をすべて無視してしまった。時間が限られているだけに、これでメアリーの心を揺さぶり、許しを得たいと望んでいたのである。

「地下鉄道は生き別れた家族を取り戻すこともしています」と僕は言った。「あなた方を引き離すのは辛い。それがどんなものかは僕もわかっています。僕も引き離されたのですから――ヴァージニアに女の子がいて、僕は彼女のことを毎日、毎時間、毎分ごとに考えています。無理やり引き裂かれたんですよ。でも、引き裂かれて〝棺〟に送られるより、地下鉄道で北部に行くほうがましです。これしかないんです。

あなた方には子供が生まれてくるんですよね。だから、何があなたの心を占めているのかはよくわかります。僕も親がいませんでした。ミセス・メアリー。母親は売られ、父親は唾をかける価値もない男でした。父親のいない子供が生まれることを恐れる気持ちはわかります。あなたにはわからないほど強く、僕もそういう気持ちを抱いているんです。

でも、これはわかってください。あなたのロバートは連れていかれます――僕たちによってか、彼らによって。どちらにしても、連れていかれてしまう。僕たちが何者かはおわかりですよね。僕たちが何をしているかも、大義もご存じのはずだ。僕たちは誇りをもって仕事をしています。誓って、あなたとロバートが再会する日まで、僕たちは決して休みません」

彼女は茫然と立ちすくみ、それから一歩下がって呻き声をあげた。「いや、いや」と言って首を振る。そのとき僕は思い出した。猟犬団に追い詰められたとき、ソフィアが呻き声をあげたことを。しかし、同じくらい唐突に、ほかのことも思い出した。ヴァージニアのブライストンで、パーネル・ジョンズを救出に行く前、自分がこうしたことをいかに信用していなかったか。アイザイア・フィールズがミカジャ・ブランドであることを明かし、僕を信用してくれたので、僕もそのあとすべてを信用するようになったのだ。僕が呼び起こそうとしていたのは、そういう気持ちだった。

「僕の名前は」と僕は言った。「僕の名前はハイラムです。ロバート・ロスは僕の乗客で、僕が彼の導き手《コンダクター》となります。僕の命にかけて、彼を見殺しにはしません。あなたのことも」

メアリーの頬を涙がゆっくりと零れ落ちた。それから彼女は力を振り絞り、僕の脇をすり抜けた。

「いい、ロバート、もしこれが女のことだったら、あんたを見つけ出すからね。そうしたら、この男、ご大層な言葉を並べるハイラムって男だって、あんたを救えやしないよ」

僕は目を背けるべきだと感じた。別れを惜しむ時間は与えられるべきだろう。次にいつ会えるとしても、かなり先の話なのだから。しかし、自分が語ったことすべてを振り返り、ヴァージニアを振り返り、ソフィアのことを振り返ると、僕は動くことができなかった。

ロバートは彼女を引き寄せた。温かく、穏やかに彼女にキスをする。「女のところに走っていきゃしないさ、メアリー」と彼は言った。「女のところに走っていくときは、君のところだよ」

ロバートやメアリーと揉めたことで、予定よりもかなり遅れてしまった。それがなければ、原生林のなかを突っ切っても、出発する時間までに余裕でハリエットの両親の家に着けたであろう。ところが、こうなると道を行かねばならず、これは理想的とはいいがたい。ハリエットは預言者なので、こうなることを見通していた——だから僕は通行証を持っているのだ。そこで、僕たちは道に出た。ロバートが彼の両親の家、ママ・リットとパパ・ロスのところまで案内することになっていて、この部分は彼を当てにしていた。ハリエットは計画の細部を明かさないようにしており、そうすることで一人が捕まっても、誰も——どれだけ殴られ、鞭で打たれても——全体像を話せないようにしていたのだ。

歩き始めた頃、ロバートは押し黙っており、口をきくのは方向を示すときに限られていた。僕もそれでよいと思っていた。いろいろと好奇心は抱いていたものの、辛い別れだったのは確かだから、その再現を彼に求めるつもりはない。しかし、僕が関わるといつも起きるようなことが起きた。ある時点で、ロバートが自分から話し始めたのだ。

「君も知ってるんだよね？　計画は、彼女と別れることだったんだ」と彼は言った。

「ええ。そして、まさに計画どおりに進んだよね」と僕は応えた。

「そういう意味じゃない」とロバートは言った。「計画っていうのは、彼女と永遠に別れることだったんだ。俺は一人で生きていく。そして、北部で新しい人生を見つける」

「あなたの子供は？」

「子供なんていない——少なくとも俺の子供はね。わかってるんだ。彼女もわかってる」

僕たちはしばらく黙り込んだ。

「ブローダスか」と僕は言った。

「ブローダスの息子だよ」とロバートは言った。「あいつとメアリーは同じくらいの歳で、子供のときは一緒に遊んでたんだ。それから、この世の常ってやつで、引き離された。思うに、あいつはその当時から、メアリーにそういう思いを抱いてたんだ。それで大人になって、こうした思いを遂げようとした。メアリーがどれだけ堅実で誠実な女であろうとね。彼女も同じように感じてたんじゃないかな。間違いなく、あいつを拒もうとはしなかったんだ」

「でも、どうやって拒めるっていうの？」と僕は訊ねた。

「わかんねえよ」とロバートは苛ついて言った。「そりゃ、この地ではさ、どんなことでも無理だろうな。でも、俺が言いたいのは、白人の子供を育てるなんて願い下げだってことだよ」

「じゃあ、だから逃げるんだ」

「そう、だから逃げる」

「ブローダスはあなたを売るつもりはなかった？」

「いや、売るつもりはあった。いつになるかはわからないけど。そうなったらホッとするって思っていたくらいだ。この状況から逃れられるならね。ナチェズには行きたくないけど、それでメアリーを忘れられるなら、あの屈辱を忘れられるなら、それが一番いいんじゃないかって」

「売られるのが一番いいなんてことはないよ」

「ああ、わかってる」とロバートは言った。「ハリエットと家族が俺のところに来て、絶望から引きずり出してくれたんだ。北部で別の人生が待っているかもしれないって言ってね。メアリーのこと、赤ん坊のこともちろん訊ねられ、俺はハリエットに、ほかの男の子供を育てるなんてとんでもないって言った。ハリエットはそれが気に入らなかった――それはよくないって思ったようだが、俺は言ったんだ。すべてにおいて新しい人生を歩むか、思い切ってブローダスのもとにとどまるか、どちらかだって。

でも、そのときが来て、メアリーと別れるとどうなるかを考えたら、俺は……わからない。言えるのは、弱気になって、この暮らしも悪くはないって考え始めたことだ。それから君が来て、ああいう約束して――」

「申し訳ない、僕が思ったのは――」

「申し訳なく思うことはないさ。実のところ、君は俺が感じていたことを言ってくれたんだ。メアリーなしでは生きていけない。彼女とともに暮らすのでなければ、どんな自由も欲しくない……あの子供のことだけなんだよ、ほかの男の子供を育てるってこと。それが腹にきりきりとこたえるんだ……」

「ああ、わかるよ」と僕は言った。僕も感じていた。理解できた。しかし、それ以上のことも理解し始めていた。というのも、僕はただ自分とソフィアのことだけでなく、ロバートとメアリーのことだけでもなく、あの日のことを考えていたからだ。ニューヨークの北部でケシアと会った日のこと。あのとき繰り広げられていた奴隷制や奴隷労働についての講義、オーバーオールを着て頭を剃った女性たちの訴え、世界の半分から権利を略奪する大がかりな陰謀についての演説を思い出した。そして僕は自分もその略奪に加担しているのだと考えた。自分の夢のことを思い、心のなかに築き上げたロックレス像についても思い返した。それは、だいたいにおいて僕のソフィア、ソフィアに基づいて築き上げたものだ。

「俺たちは何一つ純粋なものを持てないんだ」とロバートは言った。「いつでもどこかに瑕《きず》がある。あいつらの騎士と乙女の物語は、俺たちのためのものじゃない。純粋なまま手に入れられるものなどないんだよ。清潔なままのものなんてね」

「そうだな」と僕は言った。「でも、あいつらだって同じさ。すごいことだよ、とんでもなく汚れた行為じゃないか。自分の息子や娘を奴隷にしてるんだから。僕の見方では、純粋なんてものはなく、僕たちはそれがわかっている分、恵まれているんだ」

「恵まれているって？」

「恵まれている。だって、僕たちは純粋を装う重荷を負わないから。それがわかるまでに少し時間がかかったけどね。何人かの人たちを失い、その喪失の意味を本当に理解しなければならなかった。でも、奴隷として暮らし、主人たちのことも見てきたから、こう言えると思うんだ、ロバート・ロス。僕はこちらで、失ったものたちとともに生きていく。その汚物や混乱とともに。そのほうが、自分の汚物とともに生きていながら、そのために目が見えず、自分たちが純粋だと思っている連中のなかで生きるよりはずっといい。純粋なんてものはないんだ、ロバート。清潔なんてものはない」

25

夜までに一本の小道にたどり着き、それを歩いていくと森の空き地に出て、そこからロスの家に至った。家と、その裏にある馬屋が見える。そのとき僕はハリエットの両親が自由黒人で、子供たちはそうではないということを思い出した。

「母さんには会えないんだ」とロバートは言った。

「どうして？」と僕は訊ねた。

「母さんは感情が表に出てしまうんでね。だから俺と会ったら、そして脱出のことを知ったら、赤ん坊みたいに叫び出すだろう。それで白人たちがやって来て、何があったんだって訊かれたら、母さんは嘘をつけない。ハリエットは十年前にここを出て、僕とはその後も会ってるけど、母さんとは話していない。話したくないからじゃなくて、そんなことしたら大変なことになるからなんだよ」

そう言ってロバートは口笛を吹くと、数分後、年長の男が出てきた。僕はその人が彼の父親だろうと思った——パパ・ロスと呼ばれている人だ。彼は特にどこを見つめるでもなく、家の裏のほうに向けて手を振った。僕たちは周囲の木々をすり抜けるように歩き、ぐるりと裏へ回った。その途中で窓から家のなかが見えた。ママ・リットが床を掃いている。ロバートは突然、二度と母親に会えないかもしれないと気づいて立ち止まったが、それからまた歩き出した。裏には馬屋があり、扉を開けるとみんなが揃っていた。黙り込んで座っている。誰もしゃべろうとしない。ハリエットが隅から現われた。目はロバートに釘づけになっている。彼女は彼の襟を摑んで揺すり、それから彼を引き寄せると、強く抱きしめた。そのあとはみな馬屋から出ず、夜が更けて安全な時間になるのを待った。何人かは屋根裏に上がって眠った。パパ・ロスが食べ物を持ってきてくれたが、ドアを開けると顔を背け、なかを見ずに右腕だけ差し出した。そして、誰かがトレーを受け取るのを待った。

二度ほど、ママ・リットが家の外に出てきた。道に出るところまで行くと、遠くをじっと見つめ、それからすごすごと家に戻っていく。僕はそれを見ていて、彼女はロバートが来るとうすうす感づいているのだろうかと考えた。

やがて雨が降り始めた。ベンとロバートは馬屋の隙間から外を見た。この隙間からぴったり母屋の裏窓が見えるようになっていて、暖炉の火に照らされたママ・リットの姿が見えた。パイプを吸うその顔じゅうから、子供たちと別れた重みが悲しげに漂ってくる。ハリエットは何年も母親と会っていなかったのだが、いまは会いたがっていなかった。隙間から見ようともしない。距離を隔てていても、別れを惜しむリスクは負おうとしなかった。

ようやくママ・リットは火を消し、ベッドに入った。外を見ると、濃い霧が立ち込めてきている。ここでハリエットが僕たち一人ひとりの状態を確認した。時間だ。僕たちは外に出た。パパ・ロスが目隠しをして、ドア口に立っているのが見えた。

「あんたらの誰かを見たかと聞かれたら、こう答えるよ」と彼は言った。「神に誓って、誰も見ていませんって」

僕たちは霧のなかへと歩を進めた。ジェインがハリエットの父親の片腕を摑み、ヘンリーがもう片方の腕を摑んで、ぬかるんだ森のなかへと足を踏み入れた。歩きながら、老人は静かに歌をハミングした。それが馴染みのある別れの歌のメロディになり、一人ひとりが順番に歌い始め、低い静かな囁き声となってグループ全体に伝わった。

でっかい屋敷の農場へ
でかけていくよ、ひどい目にあったから
日が短くてね、ジーナ、夜はすごく長い。

それから森が開け、広い湖に出た。霧と夜の闇のために、どれくらいの広さかはわからない。声はだんだんと低くなり、やがて頭上の葉に当たる雨の音しか聞こえなくなった。流れのない水面が落ちてくる水滴で波立っている。

「じゃあ、父さん」とハリエットは父親のほうを向いて言った。「私が引き継ぐ時間だよ」

みんな、これから何が起こるかについて、ある程度わかっていたに違いないと思う。というのも、ハリエットがそう言うや否や、ジェインとヘンリーが寄り添っていた身を離し、みんなで水のなかに足を踏み入れたのだ。ヘンリーとロバートとベンが先頭に並び、湖に顔を向けていた。ジェインは僕の手を取って引き寄せ、彼らのすぐ後ろに並ばせた。振り返ると、パパ・ロスが目隠しをしたままそこに立っていた。ハリエットは父のところに歩いていき、まるで彼のすべてを記憶にとどめようとするかのように、そのまわりを一回りした。それから彼の額に優しくキスをし、頬に触れたのだが、そのとき〝導引〟の緑の光が手から放射されているのが見えた。その光で、パパ・ロスの頬に涙が流れ落ちているのもわかった。

二人は数秒間、そのまま立っていた。それからハリエットが向き直り、兄弟たちの前に位置を定めると、深みに向かって歩き始めた。兄弟も黙ってあとを追い、ジェインと僕もそれに続いた。僕だけが振り返ると、パパ・ロスがまだ目隠ししたまま立っているのが見えた。湖の深いほうへと僕たちが進むにつれ、パパ・ロスは僕たちからゆっくりと離れていき、闇のなかへ、霧のなかへと消えていった。ある記憶が次第に消えていくように。

僕たちが水のなかに足を踏み入れたとき、それは前回と同様、まったく水ではなかった。その頃になると、ハリエットはちらちらと光っていた。こちらを振り返り、兄弟の後ろにいる僕を見つめると言った。「怖がらなくていい。今回はコーラスがいるから。コーラスが私を支えてくれる」

彼女は前へと進んだ。一歩ごとに明るくなり、船の舳先が海を押しのけて進むのと同じように、霧を押しのけていった。それから立ち止まり、その後ろの小さな行列も止まった。ハリエットが言った。「この旅はすべてジョン・タブマンのために行なわれる」

「ジョン・タブマン」とベンが叫んだ。

「彼は参加できず、私の心に永遠の傷を残した。これはパパ・ロスとママ・リットのためでもある。二人は、いずれ私たちと一緒になる。もうすぐ」

「もうすぐ！」とベンが叫んだ。「もうすぐ！」

「私たちは列車に乗っている」

「もうすぐ！」

「私たちの人生は鉄道、私たちの物語は線路、そして私が機関士として、この〝導引〟を指揮する」

「〝導引〟」と彼は叫んだ。

「しかし、これは辛い物語ではない」

「いいぞ、ハリエット、いいぞ」

「悲しむことは、ずっと昔に済ませてしまったから」

ハリエットのほかの兄弟も応答に加わった。

「いいぞ、いいぞ」

「ジョン・タブマン、私が最初に愛した男、あとをついていくに足ると思った唯一の男」

「そうだ」

「そのために私はその名を名乗ることにした――タブマン」

「そうだ！　そうだ！」

「始まりは胡椒の粒のように小さい少女だったとき。奴隷制のために子供の私の手は砥石のようになった」

「それは辛い、ハリエット！　辛い！」

「はしかによって死にかけた」

「辛い！　辛い！」

「分銅によって頭がへこんだ。そして覚醒が訪れた」

「〝導引〟だ！」

「私は森のなかに入った。自分の信じていることを述べた。道を見た」

「〝導引〟だ！」

「しかし、大人になるまでその道を歩くことはできなかった」

「もうすぐ！　もうすぐ！」

「私は男の仕事をした」

「そう、いいぞ、ハリエット、いいぞ！」

「牡牛に引かせて材木を運んだ」

「ハリエットは牡牛を操った！」

「外の雇い仕事をした。畑を開墾した」

「ハリエットは牡牛を操った！　ハリエットは畑を開墾した！」

「神は試練をくださった。ファラオに立ち向かったモーゼのように、私を強くした」

「いいぞ、モーゼ、いいぞ！」

「しかし、私はジョン・タブマンのことを歌にうたう」

「タブマン！」

「女が自分より輝くことを好まない男がいる」

「モーゼは畑を開墾した！」

「ジョン・タブマンはそういう男ではなかった」

「そこだ！」

「私の強さは彼の誉れとなり、私の労働によって彼は優しくなった」

「いいぞ、モーゼ、いいぞ！」

「そして私は彼を愛した。女は自分を愛する男を愛するものだから」

「モーゼは大きな荒くれ牛も操った！」

「ジョン・タブマンは私の強さを愛し、私の労働を愛した」

「強い、モーゼ！　強い！」

「だから彼に愛されているのもわかった」

「ジョン・タブマン！」

「私たちはこつこつと辛抱強く働いて、自由を得ようと計画した」

「辛い、モーゼ！　辛い！」

「私たちには計画があった。自分の土地を持ち、子供を持つ。自分の牛を使う」

「モーゼは牡牛を操った！」

「しかし、ジョン・タブマン以上に私を愛してくれる者がいた」

「そうだ！　そうだ！」

「神が私に覚醒を与えてくれた。神が道を照らしてくれた」

「〝導引〟だ！」

「神が私をフィラデルフィアに呼び寄せた」

「〝導引〟！」

「しかし、私のジョンは一緒に来なかった」

「辛い！　辛い！」

「私は北部から行動するようになり、新しいものを見た」

「モーゼは牡牛を操った！」

「戻ってきたとき、私は同じ女ではなかった」

「モーゼは畑を開墾した！」

「しかし、自分の言葉はしっかりと守った」

「強いモーゼ」

「そして私のジョンのために戻った」

「そう、戻った！」

「ジョンはほかの女と暮らしていた」

「辛い、モーゼ！　辛い！」

「私はそのことで気を揉んだ。二人を見つけ、騒ぎを起こそうかと考えた」

「モーゼは牡牛を操った！」

「大声を出そうと構わない。ブローダスが私の怒りの声を聞こうと構わない」

「ジョン・タブマン！」

「奴隷制の鎖に再びつながれても構わない」

「辛い！　辛い！」

「しかし、一人の男が私を止めた」

「強い、モーゼ！」

「私の父、ビッグ・ベン・ロスだ。私を押さえつけ、ハリエットは自分を愛する者を愛さなければならないと言った」

「いいぞ、パパ・ロス！　いいぞ！」

「そして兄弟たち、あなた方に言う。パパ・ロスが言ったように――自分を愛する者を愛しなさい」

「いいぞ！」

「そして、私を最も愛してくださったのは神だ」

「いいぞ！」

「私のジョンは去った、兄弟たち。しかし、私にはわかっている。最初にあの男のもとを去ったのは私なのだ」

「ジョン・タブマン！」

「私の魂は神に囚われていた。何度でも言うが、私を最も愛してくれたのは神だったのだから」

「モーゼは牡牛を操った」

「ジョン・タブマン」

「強い、モーゼ」

「あなたがどこにいようとも」

「強い、モーゼ、強い」

「私はあなたの心を知り、あなたもいまは私の心を知っている」

「強いモーゼ」

「あなたに災いが降りかかりませんように。あなたの夜が楽なものでありますように」

「強い」

「たとえ〝棺〟のなかにいようとも、あなたが平安を見出しますように」

「もうすぐ」

「あなたが自分を愛してくれる人を愛しますように、たとえ足枷をはめられた日々であろうとも」

「そうだ」

26

こうして次の日の朝早く、夜明け前に、僕たちはデラウェア通りの船着場に着いた。〝導引〟の出口である。霧が川面から立ちのぼっていて、フィラデルフィアの町は霞んでいた。僕は仲間たちを振り返り、ハリエットがすっかり衰弱しているのに気づいた。ヘンリーとロバートがその両側にいて、彼女の腕を肩に担いでいる。そこで僕が指揮を執り、一行を指定された集合場所へと導いた。僕たちが到着したところから徒歩でほんの二分ほどの倉庫である。そこに着くと、オウサとケシアが待っていた。ヘンリーとロバートが並べた箱の上にハリエットを横たえると、彼女は言った。

「さあ、私のことで大騒ぎしないように。わかった？　前にも言ったように、家族と一緒にいる限り私は大丈夫だから。うまくいっただろう？」

「素晴らしかったです、ハリエット」と僕は言った。「こんなものは見たことがない」

「またすぐに見るよ、ハイラム」と彼女は言い、僕の目をじっと見つめた。「また見るよ」

　ケシアがハリエットの額の汗を優しくぬぐい、それから僕のほうを向いた。何も言わずに微笑み、頷く。その瞬間、僕はたったいま自分が見たものの意味が、悲しみと喜びの大波となり、どっと押し寄せてくるように感じた。僕がずっと探していたもの、感じていたけれども言い表わせなかった欲求が、いま目の前で明らかになった。それはハリエットであり、その兄弟たち、父親、そして家族全体が生き残ろうと闘っている姿だったのだ。僕はそのとき、これ以上に神聖で、これ以上に正義の闘いはないと感じた。そしていま、僕とヴァージニアを結ぶ橋であり、母ともシーナとも結ぶ橋であるケシアを見つめ、彼女は家族なのだと感じたので、ごく自然に次の行動へと移った——彼女の両肩を摑み、引き寄せると、ギュッと抱きしめたのだ。そして彼女の髪の花のような匂いを吸い込み、自分の頬に彼女の頬の柔らかみを感じた。それはみんなすごく新鮮だった。僕もすごく新しくなっていた。重荷が肩から滑り降りつつあり、それは単に奴隷であるという事実、その労働と状況の重荷だけでなく、その下にある神話の重荷だった。父を救世主と見なし、居住区《ストリート》を抜け出そうという僕の計画、僕の特別な能力でロックレスを救えるという思い込み。僕の忘却。母を忘れたこと。母がいないかのようにロックレスの屋敷に入ったこと。それから僕は導かれ、〝棺〟から、奴隷制から連れ出された。いま僕は自分が嘘を古い表皮のように脱ぎ捨てているのだと感じた。こうしてもっと真実の、もっと優れたハイラムが現われ出たのである。

ケシアが言った。「大丈夫よ、ハイ。すべてうまくいくわ」。そして僕は、彼女が子供をあやすかのように僕の背中を叩き、撫でてくれるのを感じた。唇にしょっぱい味がして、自分が泣いているのだとわかった。ケシアの腕のなかですすり泣いていたのだ。それに気づいて恥ずかしくなったが、顔を上げると、僕のまわりにいるみんなが同じことをしていた。ハリエットが連れてきた者たち全員と、オウサ、ケシア——みんなが抱き合い、すすり泣いていたのである。

僕たちは交代で馬車を使い、九番通りのオフィスに戻った。そうすることで、無用な注意を引かないようにしたのである。陽が昇るまでには、みんなそこに集まっていた。すべて時間どおりに運んだ。レイモンドがコーヒーを淹れ、マーズのパン屋から買ってきたライ麦のマフィン、黒パン、リンゴのタルトを出した。みんなが腹ペコだったので、礼儀を保とうと全力を尽くしたものの、満足いくまで食べ物にがっついた。

「それじゃあ、こういう生活なんだな？」とロバートが少し離れたところで言った。居間の隅にある窓のそばから、みなが食べているのを眺めている。

「これがそうだし、もっとあるよ」と僕は言った。「いいこともあるし、悪いこともある」

「でも、全体とすれば、縛られた生活よりいいよな？」

「全体とすれば、そうだね」と僕は言った。「でもね、どうしても抜け出せない部分っていうのがあるんだよ。僕もここでそれを学ばなければならなかった。みんなが、結局のところ、ある程度縛られているってことさ。こちらでは、誰によって、何によって縛られるかが、自分で選べるけどね」

「それには対処できると思うよ」とロバートは言った。「それから、僕はもう一度メアリーに縛られるべきじゃないかって、そんなことさえ考えている」

「自分を愛してくれる人を愛さなければいけない」と僕は言った。

「そのようだな」

「ハリエットとは話したの？」

「まだだ。どう頼んだらいいのか……」

「僕から頼むよ。約束をしたのは僕なんだから」


レイモンドは乗客の一人ひとりから聞き取り調査をした。僕が記録を取り、これが一日じゅう続いた。夜になると、みんなが市内の、またはカムデンの家に別々に泊まった。みな、外に出ないように忠告を受けていた。その頃までに彼らの逃亡は知れ渡り、ハリエットが第一容疑者となっているはずだからだ。週末になれば、フィラデルフィアの町にはライランドたちがうろうろしているだろう。もっとも、その頃までには、乗客たちはさらに北を目指して旅立っているはずだった。その夜、僕が居間に座っていたときのことだ。ハリエットは上階の僕の部屋でぐっすり眠っていた。九番通りのオフィスに到着して以来、彼女はずっとそういう状態だったのだ。

レイモンドはジェインとヘンリーを宿まで無事に送り届けるため、出かける準備をしていた。しかし、外に出ようとする直前に「これ、君が戻ってから渡そうと思っていたんだ」と言って、僕に手紙を手渡した。「ハイラム、わかってほしいんだけど、君はもう誰にも何の借りもない。僕にも、コリーンにも」

僕は手紙を手に持ったまま居間に座った。ヴァージニア〝駅〟のしるしがあったので、封筒を開ける前に内容はわかっていた。僕はあの腐敗した場所に呼び戻されているのだ。レイモンドの言葉はありがたかったが、戻らないなどということはあり得ない。その頃には、僕は本当に地下鉄道とともに生きている気がしていた。自分が地下鉄道そのものであり、それなしの人生など考えられなくなっていたのである。もう十年も前のように感じられるが、実際にはほんの一年前にした約束もあった。ソフィアを救出するという約束だ。ミカジャ・ブランドはいなくなったものの、僕は自分でその道を見出しつつあった。

レイモンドが去ってから一時間ほどして、ハリエットがゆっくりと階段を下りてきた。いつもの杖をしっかり握っている。彼女はソファに座り、深く息を吸い込んだ。

「じゃあ、これでほとんど完了ですかね？」と僕は訊ねた。

「ああ」と彼女は言った。「だいたいのところね」

「ただ、完全ではないんです」

「どういうこと？」

「話してませんでしたが、お兄さんのロバートを救出するとき、僕は約束をしなければなりませんでした。メアリーのことです。ロバートを手放そうとしなかったので、彼女にすべてを話しました」

「すべてを?」

「わかってます。軽率ですよね」

「いや、そういうわけじゃない」とハリエットは言った。それから彼女は僕から目を背け、深い息を吐いた。そのあとしばらくのあいだ、僕たちは黙って座っていた。

「でも、私はそこにいなかったわけだから。あなたには、何をするようにという指示は出していた。それをあなたは、自分のやり方でやった。そのことに感謝するよ。これはロバートが望んだのかな?」

「はい」

「厄介な兄貴だ」

「ほかにもあるんです」

「今度は何をしたいんだ? 州ごと〝導引〟するのかい?」

僕は笑い、それから言った。「いえ、ここを出るつもりだということをお知らせしたいんです。ハリエット、僕は故郷に戻ります」

「ああ、そうか、それも予想していたよ。特に、あなたはすべての力を見たわけだからね」

「そういうことではありません。まだすべての力は得ていないし」

「充分に得たよ。あなたにははっきりとそう言える。覚えておいてほしい。私はこれをあなたに、あなただけに示した。あなたが力を持つ者であり、唯一無二だから、そうしたのだ。それを忘れてはいけない。列車を線路に載せて走り出したら――今後、そういうことがあるだろうけど――どうやって走らせるかについて、いろんな考えを持つ人たちが乗ってくる。私が何を言っているかわかるね。私はヴァージニア〝駅〟が好きだ。それは彼らの心が本当に神に向かっているからだよ。でも、彼らの策略に巻き込まれないようにしなさい、ハイラム。彼らはあなたをいろんな仕事に引き込もうとする。覚えておかなければならないのは、犠牲があるということ、犠牲がつきものだってことだ。南部に行ったとき、私の姿にそれを見ただろう。いまだって見ているはずだ。私たちが忘れるのには理由がある。私たち、覚えている者たちは、重荷を負うことになるからだ。消耗するんだよ。いまだって私は、兄弟たちの助けを借りて、何とかやっていけてるんだ。

でも、こういうことについて話したくなり、心が決められなかったら、ケシアに手紙を書きなさい。私が彼女から遠く離れることはないから。どんなことでもいい。何か背負わなければならなくなったら、それを一人でやろうとする前に、私に話をしなさい。あちらで道に迷ってしまったら、どこに連れていかれるかわかったものではない。私に相談しなさい、ハイラム、わかったかな？」

僕は頷き、背もたれに寄りかかった。僕たちは彼女が疲れてしまうまで、もうしばらく話を続けた。それからハリエットは上階に戻り、僕はソファで眠りに落ちた。翌日、僕は陽気な会話を耳にして目を覚ました。起き上がり、食堂に行くと、オウサとレイモンドとケシアがテーブルに向かって座っていた。

「ちょうど話をしていたんだが」とオウサは嬉しそうに言った。リディアが捕まり、ブランドが死んで以来、こんなに希望に溢れる彼を見るのは初めてだった。

「何？」と僕は訊ねた。

「リディアと子供たちだよ、ハイラム」とオウサは説明した。「救出できそうなんだ」

「どうやって？」と僕は訊ねた。

「マッキアナンがね」とレイモンドは言った。「売りたがってる。我々は仲介者を通して彼と接触したんだ」

ケシアがスーツケースのなかに手を突っ込み、小さな本を取り出した。「私たちのやり方ではないけど」とケシアが言った。「でも、こちらの物語も伝えないといけないから」

彼女に手渡されたその本の表紙の文字を僕は読んだ。『さらわれて、買い戻されて』。ページをめくっていき、オウサ・ホワイトが自由へと逃亡する物語だと気づいた。

「これはすごい」と僕は言い、本を彼女に返した。「それで、どういう計画なの?」

「オウサとほかの数人とで北部をめぐるんだ」とレイモンドは言った。「この本を奴隷解放論者の人たちに売り、その利益を使ってリディアと家族を買う」

「それでマッキアナンは? 待ってくれるのかい?」と僕は訊ねた。「僕たちがああいうことをやろうとしたのに?」

「やつが僕たちにああいうことをやったのに、だろ?」とオウサは言った。「ブランドは死んだ。本当に棺に入ったんだ。僕たちはリディアのことを諦めないし、それはあの男もわかっている。そりゃあ、自分の家族をお金で買うなんてしたくないよ。でも、そんな高潔なことを言っている余裕はないようだ」

「そうよ」とケシアは言った。「余裕はない。彼らを救い出す道があるのなら、オウサ、救い出しなさい。自分の側は落ち度のないようにしておいて、あとの判断は神様に任せるの」

「そうだね」と僕は言った。「実を言うと、僕も言っておきたいことがあるんだ……」

「そろそろ故郷に戻るのかな?」とオウサが言った。

「そうなんだ」と僕は言った。「僕は……昔の自分じゃないから」

彼らにわかってもらえたかどうかさえわからない。おそらくケシアはわかってくれただろう。しかし、みんなに理解されなくても、僕はこれを言っておきたかった。自分がフィラデルフィアによって変わったのだということを知ってもらいたかったのだ。マーズやオウサ、メアリー・ブロンソン、そしてみんなによって変わったのだということを。僕がわかっているということも知ってもらいたかった。しかしこの長い年月、言葉を差し控え、聞くばかりで話さずにいた日々がいまだ心にのしかかっていて、僕がこの感情から引き出せた言葉はこれだけだった。「僕は昔の自分じゃない、僕は昔の自分じゃない」

「わかってる」とオウサは言い、立ち上がって僕を抱きしめた。

27

〝棺〟に帰る前、僕には守るべき約束があった。ひんやりとした十一月の日曜日、僕はケシアとともに外に出て、スクールキル川沿いの遊歩道に向かって歩いた。風がサラサラと音を立ててベインブリッジ通りに、この美しい通りに吹きつけている――そう、美しい。僕はそう思うようになっていた。かつて混沌だと思ったところに、いまでは町の調和を見るようになっていたのである。路地の下品なものに、おぞましい匂いに、さまざまな民族の大きな多様性に――彼らは煉瓦のあばら家からぞろぞろ現われ、乗合馬車に次々に乗り込み、しろめ《ピューター》製品の店に押しかけ、男性用服飾品店で口論し、食料品を値切っている。

番号のついた通りを数えつつ歩くうちに、僕たちは川に着いた。川沿いに遊歩道まで行くと、その朝はほとんど人が出ていなかった。ケシアはショールを体にぴったりと巻きつけて言った。「私たちはこの寒さに向いてないのよね。南方の民族だって、そう言われているじゃない」

「僕の好きな季節だよ」と僕は言った。「すごくきれいだ、一年のこの時期って。すべてが平和に包まれる、ここにいてもね。夏はみんなをすり減らすでしょう。十月くらいには、みんな一寝入りしようかって感じだよ」

「わからないわ」とケシアが首を振りながら言った。軽く笑い、さらにきつくショールを引っ張った。「川からこんな風が吹いてくるのに？　私には春をちょうだい。緑の野原を、花を」

「生命の季節だね？」と僕は言った。「いや、僕は失う季節のほうが好きだな。この死に向かう季節。そういうとき、世界はいちばん真の姿に近いと思うんだ」

僕たちはしばらく無言でベンチに座っていた。ケシアは僕の手を取って握りしめ、すぐ近くにすり寄ってきた。そして僕の頬にキスをした。

「気分はどう、ハイラム？」と彼女は言った。

「いろんな感情が渦巻いてるな」と僕は言った。

「そうよね」と彼女は言った。「来る人がいて、去る人がいて。私もイライアスを故郷に残していくとき、いつでもそう感じるわ。心臓が体から引きちぎられる感じよ」

「彼はどうなの？」

「イライアス？　そうね、私が去っていくのを喜んではいないって考えたいけど。でも、訊ねたりはしないの。覚えておいてほしいんだけど、私は関係を結ぶのが難しい女だったのよ。それに折り合える男は少なかったわ。でも、私のイライアスは違った。その理由はハリエットの存在だと思う。私たちは考え方が同じだったの。だからイライアスが私を好きになったとき、私の態度を奇妙に感じたりしなかった。むしろ、それが私を気に入った理由だったのかもしれない。私のような女のことを知っていたのよ。女のあるべき姿だと思っていたの。

でも、家では助けが必要なのよね。たくさん仕事があって。私はあまりそちらに携われない。だから彼は女を家に入れるって話をしょっちゅうするの。私はしたければどうぞって言う。でも、そうしたら女が一人あなたのもとを去るわよって」

僕たちはこのことでしばらく笑った。それから僕は言った。「でも、去らないよね」

「いや、去るわ」と彼女は言った。「あなた、あの大会で聞いた〝自由恋愛〟の話に入れ込まないほうがいいわよ」

「自由恋愛の話をしてるんじゃない。あなたのお母さんの話をしてるんだ」

ケシアは川を見つめてしばらく何も言わなかった。

「あれは正しくない」

「誰にとっても正しくないわ、ハイラム」とケシアが言った。「この世界で行われてきたことは正しくない」

「ヴァージニアでも闘うつもり?」

「約束があるんだ」と僕は言った。「ブランドが死ぬ前にした約束が」

「シーナのためじゃないでしょう」

「ああ、シーナのためじゃない。計画をすべて立てたわけじゃないけど、僕はここに貸しがあると思っている。地下鉄道の仕事ができて幸せだし、ここで起きたことすべても素晴らしい。でも、僕は求められてこれに加わったんじゃない。招集されたんだ。ヴァージニアにこれを求めたって、求めすぎではないと思う。ずっと昔、僕が生き残ることを可能にしてくれた女性を解放してくれってね」

「ううん、そうじゃない。ここではね、レイモンドがいてオウサがいて、さらにハリエットがいてメリーランドの組織があって、だからできるのよ。でも、ヴァージニアでは……違いすぎるわ」

「わかってる」と僕は言った。「人生のほとんど半分で、ヴァージニアと関わってきたわけだから。でも、僕はシーナを救出すると決めたんだ。どうやってかは言えない。いつかも言えない。でも、必ず助け出すよ」

ケシアは背もたれに寄りかかり、川のほうを見つめていた。スズメの群れが木々から飛び立つ。小型のタカがそのなかに突っ込み、急降下するのが見えた。

「まあ、母さんと会えたら嬉しくないとは言えないわ」とケシアは言った。「でも、私があまり興奮していないように思えても、許してほしいの。もうずっと前に別れを告げてしまったのよ、ハイラム。母親にさようならを言うのって辛いことなの。わかるでしょう?」

「わかるよ」と僕は言った。

「あなたが母さんを探し当てて、ここに連れてきたら、そうね……。母さんのための場所はあるわ。ここから西に行ったところの美しい農場。ランカスター地方よ。本当に見事な景色なの。その地が母さんを待っているわ」

その翌朝、僕はこのあたりで見られる肉体労働者の服を身につけた。自分たちの身分以上に着飾っている人たちの格好だ——洒落たズボンにダマスク織のベスト、それに丈の高いシルクハット。まだ朝早く、ちょうど夜が明けたくらいだったが、僕が下に降りたときにはレイモンド、オウサ、ケシアの三人がすでに揃っていた。僕たちはテーブルに向かって座り、数分間にこやかに会話した。レイモンドは民間の貸し馬車を頼んでくれていて、みんなでグレイズフェリー駅に行くことになっていた。みんなが僕を見送りたいと言ってくれたためである。しばらくして馬車が到着し、僕たちはそれに乗り込んで、ベインブリッジ通りを下っていこうとした。しかし、まさに出発しようとしたとき、マーズがこちらに走ってくるのが見えた。片手に袋を摑み、もう片方の手を激しく振って、何やら叫んでいる。

「ヘイ、待って!」と彼は近づいてきながら言った。僕はにっこりと笑い、帽子を取って彼に挨拶した。

「君がしばらく旅に出るって聞いたんでねと彼は言った。「ちょっとしたものをあげたかったんだ」

そう言って彼は袋を僕に手渡した。それを開けると、ラム酒の瓶と紙に包んだジンジャーブレッドが見えた。

「忘れないでくれ」と彼は言った。「家族だよ」

「忘れない」と僕は言った。「さようなら、マーズ」

駅に着くと、列車はすでに発着場に着き、石炭を燃やし始めていた。乗客たちは乗り込むための最後の準備をしている。その群衆を見渡し、僕は随伴してくれる人を見つけた。何か問題が起きたときに僕を援護してくれる、白人の工作員である。僕はみんなのほうを振り返り、「うん、これが僕の列車のようだ」と言って、一人ひとりと抱き合った。それから階段を降りて、発着場をうろつく群衆のなかに入り、チケットを見せて乗車した。見送りの人たちから離れたところに席を取り、この都市で得た新しい家族を見なくて済むようにした。彼らが遠ざかっていくのを見てしまったら、何が起こるか心配だったのである。そこで僕はソフィアのことを思い、彼女をどれだけここに連れてきたいか考えた。彼女がこうした人々と会い、彼らの危険な冒険の話を聞き、遊歩道で一緒にジンジャーブレッドを食べたり、一輪車から手を振る白人たちを眺めたりできるようにしたい。そのとき車掌の大声と大きな猫のような汽笛が聞こえ、南部の喉元へと降りていく旅が始まった。

南部との境界を越えるずっと前、ボルティモアに着く前、車掌が通路を歩いてきて黒人たちのことを調べる前、メリーランド西部の山々がヴァージニアの山々に変わる前に、僕は変化を感じ取っていた。奴隷であるとは仮面を身につけること。そして、いまはっきりとわかるようになったのはこれだ——フィラデルフィアを去るのが辛いのは、あの不快な匂いのする都市では、最も真実の自分に近い状態でいられたからなのである。他人の欲望やしきたりによって歪曲されていない自分。したがって、自分に降りかかってきていると感じる変化は一種の全面的自己否定であり、完璧な嘘なのである――胸が締めつけられ、目を伏せるようにし、手をだらりと開き、席で全身を前屈みにしている自分。クラークスバーグの駅で列車から降りたときは、手首に枷がはめられたように感じ、首は万力で締めつけられている気分だった。あのように生きてきた結果――自由の味を知り、黒人ながら自由な人たちの社会を見てきた結果――僕はそのことが何よりも重い負荷のように感じていた。

次の日の夜、火曜日には、僕はブライストンに戻り、以前暮らしていた小屋に落ち着いた。一人で過ごせる日を一日コリーンが与えてくれたので、僕は森のなかを歩き回って過ごした。かつてよくしたように、フィラデルフィアの町を歩く自分を想像し、あそこにソフィアを連れていけたらどんなにいいかとまた考えた。そしてさらに、シーナも連れていきたいと考え、そのときふと、僕はここに帰れて嬉しいと感じた。次に自由の空気を吸うときは、あの二人が鎖につながれたままであってはは絶対にいけないと思った。

ブランドは、ソフィアを救出するようコリーンを説得してくれると約束してくれていた。しかし、ブランドは死んでしまった。だから僕は自分で、どうにかしてコリーンを説得しなければならない。それも、二人とも解放するように頼むのだ。これには、ブランドの死以上の障害があった。ソフィアはナサニエル・ウォーカーの所有物、個人の財産なのである。したがって、ソフィアが逃亡したら彼は激怒し、疑いを抱くであろう。シーナは歳を取っているので、ヴァージニアの地下鉄道としては救出に反対するだろう。自由な人生は、それを最も活用できる人に与えるべきだというのが、みなの思うことだからだ。しかし、僕はケシアにこれを実現させると約束していたし、どうしても成し遂げると心に決めていた。

次の日の早朝、母屋の居間でコリーンとホーキンズに会った。そのドアロから入るとき、過去のさまざまな思い出が僕を襲った。最初にブライストンを訪れたときのこと、その信じられない秘密が明かされたときのことなどだ。あのとき、かつての家庭教師、ミスター・フィールズ、僕のミカジャ・ブランドにも会った。彼はホーキンズが話をしているあいだは笑っていて、それから想像しがたいほど真剣な表情を僕に向けた。その眼差しは、これから恐ろしい知らせが僕に明かされるのだということを物語っていた。

「ハイラム」と、みなが腰を下ろしてからコリーンは言った。「メイナードとともに川に落ちたとき、あなたは二つのことを成し遂げたの。その一つは救済――あなたは私があの男と結婚する運命から救った。結婚していたらどんな恐ろしいことが起きたか、あなたにも想像がつくでしょう。そのことで私はあなたに感謝するわ」

「喜びは感じませんけど」と僕は言った。「でも、少なくともあなたの運命は好転しましたね」

「二つだよ、ハイラム」とホーキンズは言った。「コリーンは二つあると言ったんだ」

「残念なことに」とコリーンは言った。「あなたはこの〝駅〟がエルム郡の最も高貴な層に入り込む機会を奪ってしまった」

「メイナードには高貴なところなどまったくありませんでしたよ」と僕は言った。

「そうね、でも私の言っていることはわかるはずよ」と彼女は言った。「私はこうしてオールドミスの人生を生きなければならなくなり、上流階級の婦人たちとのつながりを失った。メイナードと結婚していたら、そのつながりが地下鉄道の力と情報を増してくれたはずだったの。どのようにしてかは、あなたにもわかるでしょう」

「わかります」

「そして、メイナードの死によって私たちは資金を失った。何カ月もかけた計画がご破算になり、私たちは残っているものを活用せざるを得なくなったの」

「君のことだよ」とホーキンズは悲しげに言った。「君を呼び戻さざるを得なくなったんだ」

「あなたは、私たちがメイナードに期待したような形では貢献していないけど、できる形での貢献をしてきたわ。フィラデルフィアとメリーランドであなたが何をしたかは知っています。一年前はぼんやりとしかわかっていなかった力を、ついに摑んだのかしら？」

僕は何も言わなかった。摑んだことは摑んだのだが、どこか抜けているものがあったのだ。深い記憶の箱を自分の意志で開け放つもの、列車を自分が望むように線路に載せ、走らせることができるもの。そして、たとえそのすべてを僕が理解したとしても、僕はまだハリエットの警告を覚えていた。力は僕のためのもので、彼らのためのものではない。この彼女の言葉を、僕は信じていたのである。

「私たちに感謝や称賛の気持ちがないわけではないの、ハイラム。でも、これだけではあなたと貸し借りがなくなったことにはならない」

「僕はここに来ました」と僕は言った。「できる限り自分の意志で。何をしたいのか言ってください。言ってくれればやりますから」

「いいわ、いいわ」とコリーンは言った。「あなた、お父さんの召使いのロスコーを覚えている？」

「もちろん」と僕は言った。「屋敷に案内してくれたのは彼です」

「そのロスコーだけど、亡くなったの。寿命ね」

「それは気の毒に」

「ロスコーに衰えが見えるようになってから」とホーキンズが言った。「君の父さんはコリーンに手紙を送ってきた。君を戻したいと言うんだよ——ロスコーの後釜として」

「私とメイナードが結婚したら集められたはずの情報を考えてみて」とコリーンは言った。「あなたはその情報源になれるんじゃないかと思うの。私たちはあなたのお父さんの状況やロックレスの未来について、知識を得たいのよ。助けてくれるかしら？」

「はい」と僕は言った——即答したので、二人は驚いたようだった。父親でもあるとはいえ、かつての主人のもとに帰ると約束したのだから当然だ。「ただ、僕からもあなた方にお願いがあります」

「あなたは充分に報われたように思うけど」とコリーンは言った。

「僕にはそれ以上の価値があります」と僕は言った。

コリーンは僕に向かって微笑み、頷いた。「そうね、何が望みなの？」

「あそこにはまだ二人いるんです——年配の女性と若い女性と」と僕は言った。「彼らを救出したい」

「若い女性はあなたが一緒に逃げた娘、ソフィアね」とコリーンは言った。「年配のほうは、あなたを小さい頃から面倒を見ていた人、シーナかしら」

「そうです」と僕は言った。「僕は二人をフィラデルフィアに〝導引〟したい。九番通りの〝駅〟とレイモンド・ホワイトを介して」

「それは忘れろ」とホーキンズは言った。「そんなことをしたら、我々がライランドに嗅ぎつけられる。君と一緒に逃げた女が、君が戻ってきた途端にいなくなる？　それから、君にとって母親のようだった女も？　いや、それはまずい」

「それに、シーナという女だけど」とコリーンは言った。「彼女は救出に相応しい年齢を超えてるわ」

「危険もわかってるし、問題もわかっています」と僕は言った。「それから、いまでなくてもいい。でも、これを記録しておいてほしいんです。そして約束してほしい。時機が合えば、二人を助け出すって。いいですか、僕はかつての僕ではない。この戦争が何を意味するかわかっているし、あなた方とともに闘っている。でも、信条だけに基づいて救出はできない。彼らは僕の家族なんです。僕にとって家族と言えるのは彼らだけ。そして僕は彼らを救出したい。彼らが外に出るまでは眠れません」

コリーンはしばらく僕を見積もるように見つめていた。「わかったわ、やりましょう」と彼女は言った。「いい時機が来たら。でも、必ずやるわ。いまは準備をして。あなたは明日ここを発つの。お父様にあなたが行くって知らせてあるから」

そこで次の日の早朝、僕は目を覚ますと体を洗い、古い服を身につけた。奴隷の服である。その粗い縫い目が肌をひりひりとこするのを感じたとき、僕の目の前で黒い門がガラガラと音を立てて閉まった。こういうことなのだ。僕はまた本当に奴隷の暮らしに戻った。そこには奇妙な安堵感のようなものもあった。ひりひりと肌をこする服は、奴隷制下で体を磨り減らしている人たちと僕をつないだのである。コリーンが奴隷の譲渡証書、つまり僕の魂を所有する証書を燃やしたことも知っていたが、社会全体が僕を奴隷だと思っているところでは、それには何の意味もなかった。僕はそのときジョージー・パークスを思い出した。彼の怪しい自由は、彼のようになりたいと思うほかの黒人たちを捕まえることと結びついていた。僕はジョージーではない。奴隷制自体が炎上するまで、自分を縛っている証書を本当に燃やすことはできないのだ。

馬屋でホーキンズに会い、そこから二頭の馬を母屋まで連れていった。そして何もしゃべらずにコリーンを待った。彼女がエイミーとともに出てきたとき、僕はヴァージニア〝駅〟の試みの壮大さを思い知った。これまで二人の異なるコリーンを見てきて、両者があまりにかけ離れていたので、同じ人間とは思えぬほどだった。一方には、ヴァージニア地下鉄道とニューヨークの年次大会でのコリーンがいる。髪を肩まで垂らし、人目をはばからず大声で笑う。その一方で、このコリーンがいる。取り澄まし、僕たちに向かって王族のように歩いてくる。非の打ちどころのない化粧を顔に施しており、全身を覆う薔薇色の輝きは、上級市民のすべての女性たちが求めるものである。しかし、まだ喪服を着ていて、その組み合わせがいっそう念入りになっていた。黒い腰当て《バッスル》を後ろになびかせ、黒いベールもとても長いので、それを持ち上げて後ろに垂らすと、腰まで届いてしまう。僕の驚きに気づいたらしく、彼女はクスクス笑わずにいられないようだった。それからエイミーの助けを借りて服喪のベールを頭から顔に垂らし、芝居が始まった。

ヴァージニアを再びこの角度から見るのはおかしな体験だった。かつてそのなかを走ったことのある木々、厳しいトレーニングのあいだに探索した地形である。カバやシデ、アカガシワなどの木々が、黄褐色や金色に染まって美しい扇となり、息づいているのが見えた。山々はすぐそこに聳え、ところどころ岩が張り出していたり、森が切り開かれていたりする。そこから世界が開け、この死に向かう季節の恵み深さが数マイルにわたって見渡せるのだ。しかし、僕は心のなかで奴隷制の土地に戻ったという恐れを抱き、この世界が僕をいま見張っているように感じていた。

夕方にはスターフォールに着いた。そして着いた瞬間、ここを去ったときに進行していた衰退が加速したことに気づいた。すべてがあまりに静かだった。木曜日で、仕事の日なのに、僕たちが馬車で町に入ったとき出迎えてくれたのは、メインストリートで枯れ葉を吹き飛ばす風だけだった。かつてはたくさんのイベントが行われていた町の広場を通り過ぎると、木製の演壇が目に入った。上級市民でも最高位の男たちが町の人々に向かって演説した場所だが、いまでは板が裂けて腐っており、修理されぬまま放置されている。以前は毛皮商人、車大工、大雑貨店などの宣伝を出していた建物群も、いまは空き家だ。競馬場を通り過ぎたとき、僕がかつて寄りかかってレースを見た松材のフェンスが見えたが、それもいまでは崩れ落ち、芝生が緑の草原に変わり始めていた。

僕は、隣りに座って馬を御しているホーキンズのほうを向いて言った。「競馬の日は?」

「今年はないよ」と彼は言った。「おそらく二度とないだろうな」

僕たちは馬を馬屋に入れ、通りを渡ったところにある宿屋に向かった。なかに入ったとき、僕が見たのはこういう光景だ――大きな部屋に白人が十人、ちらばって座っていて、みんなその風体から下級白人だということがわかった。誰もほかの人と会話しておらず、それぞれが離れて座り、ラガービールか自分の物思いかに耽るのを好んでいる様子である。いちばん右端、小さな控えの間に店員がちんまりと座って、帳簿をつけている。誰も僕たちの到着を気にも留めない。何やらおかしなことが進行中に見えるが、何だかはわからない。僕はコリーンの後ろに控え、あとについて店員のところまで行った。店員のほうは顔を上げようともしない。

それから彼女が言った。「ケンタッキー・コメット号は着いた？」

そう言われて店員は顔を上げ、少しだけ待ってから言った。「今朝、脱線しましたよ」

それを聞いてコリーンはホーキンズのほうを向き、頷いた。彼はすぐにドアに行き、鍵をかけた。テーブルに座っていた二人の男がラガービールから顔を上げて立ち上がり、窓のところに行って、ベネチアンブラインドを閉める。そのとき、この日すでに二度目だったが、僕はコリーン・クインの才能を思い知った。人生のこの時点で、あまりにたくさんのことを見てきたので、彼女がヴァージニアのタバコ畑をすべて荒廃させたのだと言われたら信じてしまいそうなほどだった。というのも、あたりを見回して気づいたのだが、こうした男たち、下級白人たちの顔は、初めて見るどころか、実際はかつてブライストンの訓練で見た者たちばかりだった。こうして僕は何が起きたのかはっきりと理解したのだ――ここ、かつて名高きエルム郡の中心地に、コリーン・クインはスターフォールの〝駅〟を開いたのである。

すぐにみなは話し合いを始めていた。僕は翌朝から始まる任務があったので、それからは免除され、宿屋の裏から外に出た。そして建物をぐるりと回り、僕たちが入った入り口のある通りに戻った。コートの襟を頬まで立て、帽子を深く引き下げる。ほんの数分前から、激しい好奇心に取り憑かれていたのだ。フリータウンはどうなったのか？　エドガーとペイシェンスは？　パップとグリースは？　アンバーと赤ん坊は？　ホーキンズかエイミーに訊けば済むことだったのだが、彼らの答えはわかっていたように思う。なぜなら、心の奥深くでは、僕は起きたことを不思議に思ったり、混乱したりしていなかったからだ。僕たちがジョージー・パークスに仕掛けたことの見返りがどうなるか、よくわかっていたのである。

そのとき僕がライランドの監獄の陰に見たのは、予期していたとおりのものだった――この監獄自体、スターフォールに残っている人々の半分を収容しているように感じられた。フリータウンは廃墟だったが、スターフォールのほかの部分を覆う荒廃とは質が違った。小屋はどれもほぼ打ち壊され、残っているのは焼け残って黒くなった板と灰ばかり。まだ建っている建物は、ドアが蝶番から引きちぎられていて、まるでとんでもない勢いで何かが衝突したかのようだ。ジョージー・パークスの家も同じだった。なかに入ってみると、すべてがぶち壊されていた――ベッドは二つに割られ、抽斗のある箪笥も真ん中を斧で砕かれている。陶器の破片と眼鏡が転がっている。僕はそこにしばらく立ちすくみ、自分がやったこととの結果を呑み込んでいた。地下鉄道の恐ろしい復讐がもたらしたもの――それはジョージー・パークスに対してだけでなく、フリータウン全体に牙を剝きだしたのだ。僕は深く染み渡る恥ずかしさを感じた。そのとき、僕はそれを見た――隅に転がっている小さなおもちゃの馬を。子供が生まれたお祝いに僕がジョージーにあげたものだ。僕は身を屈めて馬を拾い上げ、それから外に出た。すでに日が暮れ始めていた。ライランドの監獄は一街区《ブロック》先に、石のように押し黙って建っている。太陽が遠くの森の向こうに沈んでいくところだった。人けの消えた通りに陰鬱な風が吹きつけ、僕を責めているように感じられた。僕はおもちゃの馬をコートのポケットに入れ、歩き出した。

III

海に飛び込んだ黒人たちは、しばらく波間で踊り続け、
力の限り叫んでいた。私にはそれが勝利の歌のように思えた……。

アレクサンダー・ファルコンブリッジ

（イギリスの外科医で一七八〇年代、奴隷船で四回
の航海に参加、のちに奴隷制廃止論者となった）

28

次の日の午後、僕は馬屋から馬と軽装馬車を出し、スターフォールから出発した。あの石の橋、ダムシルク街道、フォーリングクリークの本街道ではなく、正規の行程でロックレスに戻った。心のなかでさまざまな思いが血を流し、血に溺れているような気分だった。最も激しく血を流していたのは父親との面会の約束ではなく、シーナに浴びせた最後の言葉に対する恥でもなく、あのときのソフィアの姿でさえなかった。こうしたものもすべてそこにあったが、その上に聳えたつような思いは、根深い子供じみた願望だった。エルム郡全体にはびこっている腐敗が、どうか僕のロックレスだけは侵していませんように、というものだ。

自分が愛しているものをなぜ愛しているか、誰にわかるだろう？　どうして自分はこういう自分なのか？　僕はそのとき地下鉄道にすっかり心酔していた。真の人間性について、忠誠や名誉について僕の知っていることは、すべてこの一年に学んだ。ケシア、ハリエット、レイモンド、オウサ、マーズたちの世界を信じていた。それでも、僕のなかの子供っぽい部分は死んでいなかったのだ。

自分はこういう人間だ。たとえ家族に拒絶されても、家族を自分で選ぶことはできない。国から拒絶されても、国を選べないのと同じように。

しかし、西街道からロックレスのほうへと曲がったほぼその瞬間に、この願望が空しいと気づいた。あの競馬場と同様、本通りも草木に侵食され始めていたのだ。さらに進み、畑を通過していくと、働く奴隷たちの数がかなり減り、彼らを見渡しても、知っている顔がまったくいなかった。

母屋の近くまで来てリンゴ果樹園を見たとき、希望がほんのり感じられた。ここは完璧に維持されている様子で、腐った果実の匂いが地面から漂ってくることもなかった。母屋のすぐ前にある遅咲きのアスターの庭は、リンゴ果樹園よりもさらに手入れが行き届いている。僕は馬車を馬屋に回し、馬をつないだ。そのとき、自分が御してきた馬以外に馬屋には一頭しかいないことに気づいた。僕の馬は喉が渇いている様子で、息切れしている。僕は水桶を泉まで運び、水を入れ、それを馬屋に置いた。それから水桶のなかを見ると、水はかすかに揺れていた——僕に向かってちらちらと光っている。すぐに来るぞ、と僕は思った。それから僕はロックレスの白い宮殿に向かって歩き始めた。

父が僕に気づく前に彼の姿が見えた。道の突き当たりまで来て、母屋のすぐ前に立ったときだ。父はポーチに座っていた。虫よけの網のなか、狩猟用の服を着て、片側にはライフル銃、もう片側には午後のリキュールを置いている。僕はコリーンから渡された贈り物の籠を手に持っていた。すでに日が暮れかけ、秋の太陽はいまにも沈もうとしている。僕はその場に立ったまま、しばらく見つめていたが、それから声をかけた。「今晩は、旦那様」。彼は目を覚まし、瞬きした。それから僕が誰かわかり、目を満月のように広げた。奇妙なほど我を忘れて、走るというよりも泳ぐように道に出てきた。両腕を振り回し、空気を水のように掻いている。それから僕を引き寄せ、人目をまったくはばからず、そのまま抱きしめた。彼の強い体臭に包まれる感じがした。

「ハイラム」と彼は言った。それから一歩下がり、僕の肩を摑んだままじっと見つめた。涙がゆっくりと頬を流れ落ちた。「ハイラム」と彼はもう一度言い、首を振った。

父の家に戻ったときどのように迎えられるか、自分がどう想像していたのかはわからない。僕の力は記憶力にあり、想像力にはない。しかし、そのとき目の前に父がいて、父に導かれて正面のポーチに行って座ったとき、僕は彼をじっくりと見ることができた。その姿はスターフォールの町の縮尺版になったように見えた。一年会わなかっただけなのに、そのあいだに十歳老けた感じがしたのだ。弱々しくなり、その厳しい顔は穏やかになって、全身が椅子のなかに沈んでいくかのようだった。目の下には硬貨大のたるみができ、顔からは血の気が失われ、染みができている。僕は彼の心臓が懸命に一つひとつ鼓動するのを感じた。

しかし、それ以外にも何かがあった——僕の帰還を喜ぶ気持ちが彼のなかに感じられたのだ。ずっと昔、彼のなかにかいま見たのと同じ喜び。僕が彼の目をじっと見つめたまま、くるくると回転する硬貨を受け取ったときの記憶だ。

「いやはや」と彼は僕の全身を見渡して言った。「もう少しいい服を着せてやれるな。威厳だよ、ハイラム。ロスコーを覚えてるかい？　ピアノのようにぴかぴかだった。神様、彼の憐れな魂が安らかでありますように」

「はい、覚えています」と僕は言った。

「会えて嬉しいよ、ハイラム。あまりに長い時間が過ぎた。長い時間が」

「はい、そうですね」

「ミス・コリーンの地所はどんな様子かな？」

「素晴らしいです」

「素晴らしすぎないほうがいいんだがな」

「はあ?」

「聞いてないのかい? おまえはロックレスに戻されたんだ。どのように感じる?」

「とても嬉しいです」

「よし、よし。では、おまえが持ってきたものを見てみよう」

彼は僕の手を借りて、コリーンから贈られたプレゼントを一つひとつ見ていった――お菓子やキャンディの詰め合わせと、ウォルター・スコット卿の小説も含む、もろもろの品である。夕食の時間が近かったので、僕は父を担ぐようにして階段をのぼり、夕食用の服に着替えさせた。

「見事だ、見事だ」と父は言った。「おまえにはこういう才能がある。でも、おまえも着替えなさい。ロスコーはおまえより小さかったよな。だからメイナードの古い服がおまえにはぴったりじゃないかと思う。あの子は使いきれないほどの服をもっていた。でも、あの子がいなくて寂しいよ。まったく、厄介な子だったけどな」

「いい人でした」

「ああ、そうだった。でも、服が虫に食われるんじゃ意味がない。あちらで気に入ったものがあれば、自分用に使いなさい。おまえの兄さんの部屋も使ってくれてかまわない。地下のトンネルの部屋じゃなく」

「ありがとうございます」

「一つ言っておこう。おまえがいなくなってから、いろんなことが変わってしまった。古い地所は昔のままではいられない。たくさんのものを失ったよ。だが、私は自分にできる限りやってきたし、うまくできなかったことは、私にはどうしようもなかったのだ。ハイラム、私は年老いた。だが、私がいま考えているのは、親切な人がこの場所とここの人々を相続してくれるよう、見届けることだけだ。私が特に気にしているのはこれなんだということを、おまえにわかってもらいたい。いいかな？」

「はい」

「おまえを手放してしまったのは間違いだった。私は悲しみに沈んでおり、それでコリーンが、まあ、おまえを手放すように私を説得したんだ。しかし、おまえが去ってから、私はおまえを戻してくれとお願いしていた。こちらがおまえのいたい場所だとわかっていたし。そうしたらなんと、うまくいったんだ。おまえがここにいるじゃないか。おまえなら、ロスコーのあとを立派に埋めてくれるとわかっている。私のメイナードに尽くしてくれたように。でも、私はおまえにそれ以上になってもらいたい。かつておまえは手だった。それならここにもたくさんいる。私がいま求めているのはおまえの目なんだ。すべてをきちんとした状態にしておきたい。その仕事をおまえに任せていいかな？」

「はい、大丈夫です」

「よろしい、よろしい。私は心に葛藤を抱える男だ。これはどうしようもない。生涯で二つのミスをした。一つはおまえの母親を手放したこと。もう一つはおまえを手放したこと。これはすべてひどい気まぐれでしたことなんだ。もうこういうことはしない。私は年老いたが、新しい人間でもある」


　ということで、その夜、僕は亡き兄の部屋に落ち着き、亡き兄の服を着ることになった。夕食の時間になり、キッチンに行ってみると、誰一人知っている人がいなかった。かつては五人がそこで働いていたのに、いまでは二人。どちらも年寄りで、それ自体、ロックレスがいま切り抜けようとしている苦境を物語っていた。年老いた奴隷は子供を作ることができないし、働ける年月も短いので、いちばん安く入手できたのである。彼らは自分たちの情報網から「例のライランドの件」を聞き及んでいたが、奇妙なことに、僕が来て嬉しそうにしていた。父が僕の帰還を喜んでいることに喜んでいる様子で、父が――僕が逃げたにもかかわらず――僕の自慢をしたり悔やんだりしていたことを詳しく話してくれた。思うに、彼らは僕がこの家を安定させる何らかの力になるのではないかと思っていた、あるいは、おそらく祈っていたのだろう。

　僕は夕食を給仕し――食用ガメのスープとポークチョップ――キッチンで働く人たちと一緒に片づけた。それから父を書斎に連れていき、夜のリキュールを出した。これが終われば、いよいよ自分の恥と直面すべきときだ。僕は父を書斎に座らせ、ジャケットを脱がせてシャツと格子縞のベスト姿にした。父はかつてのロックレスを夢見てまどろんでいる。それを見届けると、僕は書斎の壁の向こうに隠された空間にそっと入り、地下長屋へと続く秘密の階段を降りていった。すでにたくさんの人がいなくなっていた。かつて生気に溢れていたところに、いまは空虚さしかない。打ち捨てられた住居には幽霊が潜んでいそうだ。ドアは開いたままで、さまざまなものが取り残されている――洗面器、ビー玉、眼鏡。地下長屋を歩きながらランタンの光を照らして覗き込み、蜘蛛の巣のはったドア枠を手で撫でていく。ここに住んでいたのは僕の知っていた人たちだ――カシアス、エラ、ピートなど。そして僕は激しい怒りを感じた。単に、彼らが連れていかれたからというだけではない。彼らがどのように連れていかれ、どのように互いに引き離されたかを知っていたし、こうした重大な別離によって自分が生を享《う》け、作られたことも知っていたからだ。これまで以上に、僕はこの犯罪の全体像を把握することになった。略奪がいかにすべてに及んでいるか――ささやかなこと、優しさ、喧嘩や罰、こうしたものがすべて奪われてしまう。それは、僕の父のような者たちが神のように生き続けるためなのだ。

　僕の昔の部屋は僕が去ったときと同じ状態だった――洗面器、水がめ、それにベッド。しかし、そのどれかをじっくり眺める気分にはなれなかった。すぐ隣りから女性のハミングする声が聞こえてきたからだ。誰の声かわかったので、僕はゆっくり自分の部屋から出ると、隣りの部屋に行った。ドアが少しだけ開いていたので、それを押す。なかにはシーナがいて、一人でハミングしていた。二本のピンを口にくわえ、服を膝に載せて、それを繕っている。僕はそこに突っ立って、しばらく彼女が気づくのを待った。しかし、気づいてもらえない。そこでなかに入り、ベッドに腰かけている彼女の正面に椅子を引っ張っていき、そこに座った。

「シーナ」と僕は言った。

彼女はハミングをやめず、顔を上げようともしなかった。僕は自分が無口さによって何を失ってきたか、すでに気づいていた。心を守るために言葉を控えてきたことで、何を犠牲にしてきたのか。そして、深く愛する人が離れていくのはどのように感じられるのかもわかっていた。彼らが自分にとってどういう意味を持っていたか、二度と話すことはできないのだ。シーナのことはもう失ったと思っていたし、その人間としての存在感や品格はケシアを知ったことでいっそう増幅されていた。そして、このように彼女と向き合って座っていると、自分には二度目のチャンスが与えられたのだと感じ、どうしてもこれを無駄にすまいと決心した。

「僕は間違っていた」と僕はいきなり語り出した。衒《てら》いなど何もない。ほかにどうしたらいいのかもまったくわからない。ここ一年で新しい感情をたくさん抱いてきたが、それでも僕は多くの点で子供にすぎず、こうした感情をどう表現したらいいのかわかっていなかった。ただ、あまりに多くのことが語られずにきてしまったことはわかっていた。僕たちがこれから一緒に時間を過ごせるかどうかも、もはやはっきりとしないというのに。

「僕がここに来たのはね、あなたに最後に会ったとき、自分がひどいことを言ってしまったと認めるためなんだ。あなたは僕が持てた唯一の家族なのに、あなたを大事にしなかった。ここに住んでいたどんな人よりも、あなたが家族だったのに」

ここでシーナは一瞬だけ顔を上げたが、またうつむいた。ハミングはやめようとしない。その目には思いやりが感じられなかったが——実際、彼女は氷のように冷たかったが——僕はその疑うような視線でさえ前進の兆しのように感じられた。

「しゃべるのはどうも難しいんだ。あなたは僕のことを生まれてからずっと知っているし、だから難しいのはわかるよね。でも、本当に申し訳ないと思う。僕はあの言葉が、あなたと交わした最後のものになるんじゃないかって、長いこと恐れていた。そしてここであなたに会い、もう一度……会うことができて……聞いてほしいんだ。僕が間違っていた。本当にごめんなさい」

彼女はハミングをやめていた。また顔を上げ、服をベッドに置いた——ズボンだと僕はそのとき気づいた。続いて彼女は僕の右手を両手に取り、ギュッと握りしめた。そのあいだ僕からはずっと目を逸らしていて、息を深く吸い込み、吐き出す音だけが聞こえてきた。それから手を放し、服を取り上げると言った。「コーデュロイの当て布を取ってくれないかい」

僕は箪笥に歩いていき、抽斗から当て布を取り出して彼女に渡した。そのとき、自分のなかで何かが回復したように感じた。母は僕にとって失われてしまった。それは事実だ。しかし、目の前には僕と同じように大事な人たちを失い、その喪失から、求める思いから、僕と結びついた人がいる。彼女が僕に語ったとおり、ロックレスで僕の唯一の、まごうかたない家族となったのだ。そして、彼女が僕の言葉を悪く取るのではないかという心配はあったものの、僕の無事の帰還を喜ぶ気持ちが、その真逆の身振りのなかにも見て取れた。彼女に微笑んでもらう必要はない。笑ってもらう必要はない。どれだけ僕を愛していたか言ってもらう必要さえない。僕が必要としていたのは、あのように手を取ってくれることだけだった。

「じゃあ、僕は上階にいるから」と僕は言った。「メイナードが使っていた部屋に。気に入らないけど、マスター・ハウエルがそうしろって言うんで。僕に用があったら大声で呼んでね」

この新しい知らせに対する彼女の返事は、ハミングをまた始めただけだった。しかし、僕がドア口から出ていこうとしたとき、彼女の声が聞こえてきた。「夕食を逃したね」

僕は振り返って言った。「それ以上のことを逃したよ」

僕は古い部屋に戻り、自分の持ち物をいくつか集めた。水がめ、本、古い服、大切にしていた硬貨――これは暖炉の上に元のまま載っていた。こうしたものを洗面器に入れ、秘密の階段をのぼって書斎に行くと、そこでは父が静かにまどろんでいた。僕は自分の持ち物をメイナードの部屋に運んでから、書斎に戻った。それから父を腕に抱えるようにして、彼の私室まで連れていき、服を脱ぐのを手伝った。掛け布団を掛けてやり、おやすみの挨拶をした。

翌朝、服を着ると、また父の給仕をし、それから馬車を駆ってスターフォールに行った。コリーン、エイミー、ホーキンズの三人を迎えに行くためである。コリーンと父は二人で昼食を摂り、庭を散歩した。一時間後、二人が戻ってきたので、僕たちでお茶を出した。夜になって訪問客たちが帰ったあと、僕は父に夕食を出してから地下長屋に降り、シーナに会いに行った。

以前、地下長屋は人で賑やかだった。奴隷たちが行き交い、自分たちの歌をうたったり、物語を語り合ったり、不平を吐き出したりしていた。ここだけで一つの世界を形成しており、自分たちが囚われの身であることを――忘れようと思えば――忘れられたのである。しかしいまは、かつての人間的な温かみがすべてこの場所から抜け落ち、地下長屋はその古くからの本質を剝き出しにしていた――宮殿の下の湿っぽくて陰気な地下牢だ。この印象は、そこに並ぶランタンがどれも壊れており、地下長屋の長い廊下が真っ暗であるために、いっそう強まった。

僕が部屋に着いたとき、シーナはいなかった。そこで僕は座って待つことにした。彼女は数分後に戻ってきて、僕を見ると言った。「こんばんは」

「こんばんは」と僕は言った。

「食べたかい？」

「いや」

　僕たちは緑の野菜と豚の背の脂身、コーンブレッドを食べた。子供のときいつもそうしていたように、食べているあいだは何もしゃべらなかった。片づけが終わると、僕はシーナにおやすみの挨拶をし、部屋に戻った。これが日課となり、一週間続けた。それから、この季節には珍しく暖かい夕方、僕が提案して、地下長屋のトンネルの端まで皿を持っていき、そこで食べることにした。ずっと昔、僕は彼女と一緒にここから屋敷に入ったのだった。僕たちはそこに座って食べ、太陽が向こうに沈んでいくのを眺めていた。

　シーナは言った。「ソフィアには会ったのかい？」

「まだだよ」と僕は言った。「ナサニエルの屋敷でほとんど過ごしてるんじゃないかと思って」

「いや」とシーナは言った。「あの娘《こ》は居住区《ストリート》にいるよ。ナサニエルはいま、たいていテネシーにいる。だから、あの娘があっちの屋敷に行く意味はないんだ。でも、ナサニエルとハウエルとコリーンとのあいだで、あの娘に関しては何らかの取り決めがあるらしい。あたしにはわからないけどね。ただ、あの娘はこっちに残って自分の仕事をしてるってだけだ」

「自分の仕事？」

「あの人たちが彼女をどうするのか、決めるまでってことだと思うよ。そういう話は、あたしなんかには話さないのが当たり前だからね」

「じゃあ、彼女に会わないと」と僕は言った。

「心の準備ができてからにしな」と彼女は言った。「慌てないのが一番だ。こちらはたくさんのことが変わってしまったからね」

次の日は日曜日なので、仕事はなかった。僕は午後まで自分を抑えていたが、いずれにしても彼女に会わないわけにはいかないと気づいた。心の準備などいつまで待ってもできそうにない。そう感じたので、僕は居住区《ストリート》のほうへと歩いていった。僕の生まれた場所だ。そして、予期していたとおり、居住区《ストリート》もすっかり荒れていた。歩き回る鶏はいないし、すべての庭に雑草がはびこっている。ヴァージニアを始祖の土地と見なしてきた広大な南部帝国のなかでも、この地域は最後の日々を迎えていた。そしてこれまでにも言われてきたが、こうした没落は主人たちの落ち度によるものなのだ。上級市民たちがかつての空疎な美徳に忠実であったなら、この帝国はおそらく千年続いたであろう。しかし、没落は最初から定められていた——なぜなら、奴隷制は人間を浪費家にし、怠惰な放蕩者にする。メイナードは無骨者で、それが何より彼の罪だった。実際のところ、彼は上級市民の多くの特徴を反映していただけで、それを隠す器用さがなかったのである。

この冬初めて、刺すような冷たさがエルム郡を覆っており、僕は夏の日曜日を懐かしく思った。若い友人たちがみんな外に出て、ビー玉やら鬼ごっこやらの遊びに興じていたあの頃。シーナによれば、ソフィアは居住区《ストリート》の果ての小屋に落ち着いたとのことだった。母がいなくなってから、僕がシーナと暮らしたのと同じ小屋である。小屋の列を見渡していると、小さな子供を腰に抱えた女が現われた。子供を数回弾ませるようにしてから顔を上げ、僕に気づいた。困惑し、問いかけるような眼差しを僕に向ける。それからわかったというふうに頷いて、なかに入った。僕は突っ立ったまま待っていたが、すると女がまた小屋から、今度は赤ん坊なしで現われた。そのときになって、僕はようやく彼女がソフィアであることに気づいた。

また外に出てきたとき、ソフィアの姿はすっかり変わっていた。数ヤード離れたところ、通りの端に立っているソフィア、僕のソフィア。にこりともしない。僕はそれが何を意味するのかまったくわからなかった。ライランドの手に落ちたのは僕のせいだと怒っているのだろうか？　あの夜、自分たちが結ばれたように思っていたのは、僕の夢にすぎなかったのか？　すべては子供っぽいたわむれだったのか？　彼女はいまほかの人を愛しているのか？　そして、あの子供は誰だ？

「そこにずっと立ってるつもり？」と彼女は僕に向かって叫んだ。それからまたなかに入る。僕はあとを追い、シーナがかつて住んでいた小屋のドア口まで来た。自分の分の食べ物だけを持って、シーナのところに行ったときの記憶が甦ってきた。しかし、思い出に耽っている時間はない。なかを覗き込むと、また腰に赤ん坊を抱えているソフィアの姿が見えた。外でやっていたように赤ん坊を弾ませ、歌をうたっている。

「こんにちは」と僕は言った。

「うん、こんにちは、ハイラム」とソフィアは言った。その姿には取り澄ました雰囲気が漂っていて、それはいつものからかいなのか、それとももっと深いものなのか、僕には判断できなかった。彼女は窓際の椅子に座り、僕にはベッドに座るようにと身振りで示した。赤ん坊は茶色い肌をしていて、これは僕の色と同じだった。ソフィアの腕のなかで静かに喉を鳴らしている。僕はそのときになって、ようやく月日の計算を始めた。多くのことが変わっている。それに気づいたことが何らかの形で伝わったに違いない――眉をつり上げるか、目を大きく開けるかしたのだろう。というのも、ソフィアは歯のあいだから息を吸い込み、目を丸くして言ったのだ。「心配しないで、あなたの子供じゃないわ」

「心配なんてしてないよ」と僕は言った。「もうどんなことも心配なんてしない」

そう言ったとき、僕は彼女が少しホッとしたのを感じ取った。とはいえ、僕がここに来たときに示したのと同じ、冷たい距離を保とうとしている。彼女は立ち上がり、子供をあやしながら窓まで歩いていった。

「何ていう名前なの？」と僕は訊ねた。

「キャロラインよ」と彼女は窓の外を見つめたまま言った。

「美しい名前だね」

「私はキャリーって呼んでるの」

「それも美しいよ」

それから彼女は僕の正面に座ったが、目を合わせようとはしなかった。子供のことだけをじっと見つめている。その見つめ方からして、子供を口実にこちらを見ようとしないのだと僕は気づいた。

「あなたが戻ってくるとは思わなかったわ」と彼女は言った。「誰もここに戻ってこないじゃない。コリーン・クインのところに送られたって話は聞いた。どこかの山にいるって。岩塩坑で働かされているって噂だったわ」

「それって誰が言ったの？」と僕は静かに笑いながら訊いた。

「笑い事じゃないわよ」と彼女は言った。「あなたのことが心配だったんだから、ハイラム。私が言ってるのは、すごく怖かったってこと」

「まあ、岩塩坑には近寄りもしなかったよ。山にいたのは確かだけどね」と僕は言った。「ブライストンにいたんだ。岩塩坑じゃない。実のところ、そんなに悪くなかったよ。景色がきれいだったし。君もいつか行くといい」

これを聞いてソフィアも笑った。「あなた、冗談を言うようになったのね？」

「笑わないとね、ソフィア」と僕は言った。「それを悟ったんだ。笑わなきゃ、この人生はやってけないって」

「ああ、そのようね」と彼女は言った。「私には、それが日に日に厳しくなるけど。よいことや、もっとよかった時期を思い出さないといけないわ。知ってる？　私、あなたの話をするようにしているの」

「僕の話って、誰に？」

「キャリーによ。何でも話すわ」

「ふーん」と僕は言った。「ほかにあまり話すことがなさそうだしね。いまはどこも空っぽだし」

「そうね」とソフィアは言った。「たくさんの人を失ったわ。たくさんの人が送られてしまった。日に日にナチェズへ、タスカルーサへ、ケアロへ。あの何もない広大な土地へ連れていかれたの。日に日に悪くなるわ。マキースター農園のロング・ジェリーが二週間ほど前にここに来たのよ。彼は歳を取りすぎているから、誰にも買われないだろうって思っていたわ。ここに座ったのよ、ヤムイモと鱒とリンゴを持ってきてくれて。シーナもこっちに来た。みんなで揚げ物にして、おいしい夕食を食べたの。それがほんの二週間前のことなのに、彼も行ってしまったわ。

本当にたくさんいなくなったの、ハイ。本当にたくさん。ここがどうやって沈まずに済んでいるのかわからないわ。ミリーって女の子が数カ月前にここに来てね、とってもきれいな子――それが命取りだったのよ。一週間も続かなかったわ。いまはナチェズよ。いい値で売れたってわけ」

「でも、君はまだここにいる」

「そうね、そうね」と彼女は言った。キャロラインが動き始め、母親の腕のなかでもがいた。顔をどうにかこちらに向け、僕の顔をじっと見つめる。何やら深い思惑があるかのように、まったく目を離さない。知らない人の前に子供たちが連れてこられたときに見せる、あの目つきで見つめているのだ。その視線をどう受け止めたらいいのかわからず、僕はいつもどぎまぎしてしまう。しかし、今回はそれ以上のことがあった。その視線は、人をじろじろと詮索する目つきは、母親から受け継いだものだったのだ。ソフィアの顔を僕が甦らせ、細部を再現しようとしてずっと過ごしてきたから、わかったのだろう。そしていま、別の要素があることにも気づき、また月日の計算をした。キャロラインは母親と同じく陽光のように輝く瞳をしているが、その色は――珍しい緑灰色は――ほかから来たのである。これがわかるのは、僕自身の目も同じ色だからで、それはウォーカー家から受け継いだものなのだ。僕にだけでなく、叔父のナサニエルにも受け継がれた色。

ここでも、僕の表情が何かを物語ってしまったらしい。ソフィアは歯の隙間から息を吸い込み、キャロラインを引き寄せると、立ち上がって顔を逸らした。

「言ったでしょ」とソフィアは言った。「あなたの子じゃないから」

感じる権利もないことを感じるのがどういうことか、いまならわかっている。そのときだってわかっていたのだが、それをどう言い表わしていいのかわからなかった。僕が覚えているのは、自分の半分がソフィアから逃げ去りたいと思っていたことだ。彼女と二度と話したくない。地下鉄道のなかに身を隠し、絶対に僕のソフィアにはならない女とは縁を切りたい。と同時に、別の半分は――母の苦しみから生まれ、地下鉄道に育てられ、ニューヨーク州北部の「大学」で衝撃を受け、ロバートに純粋なんてものはないと語るだけの知恵を身につけた部分は――こんな怒りがまだ自分のなかで沸き立つのだということに驚いていた。

僕は赤ん坊を見つめているソフィアをしばらく見つめていた。それから一歩下がって言った。「じゃあ、何人の仲間が残っているんだい？」

「わからないわ」とソフィアは言った。「そもそも、最初に何人いたのかわからないし。不安になるから、いなくなった人の数を数えないようにしたの。本当に、いまはロックレスの最後の日々よ。あいつらは私たちを殺しているわ、ハイ。ここだけじゃない。エルム郡じゅうで。あいつらは私たちを皆殺しにしているの」

彼女はキャロラインを抱いたまま再び腰を下ろした。

「でも、あなたは帰ってきた」と彼女は言った。「そして、生き生きしている。あなたが私たちのところに帰ってきたというのは、私にとって神の恵みだわ。しかも、人生で二度も生まれ変わって

──一度はグース川から、今度はライランドの魔の手から。それって、何か力強い意味があるはずよ。だって、私たちはナチェズにいるんじゃなく、ここにいる。お互いの目の前に。私たちには何か意味があると思うの。力強い、力強い意味が」

しかし、その意味を見つけるのはまだ先の話だった。僕はその夜、屋敷に戻り、父の面倒を見て、夕食の給仕をした。それから地下長屋に降り、シーナと一緒に夕食を摂った。ドアの外にも、天井の上にも、人の気配がまったく感じられない。僕たちは世界の果てにたった二人きりでいるような感じだった。ロックレスの最初期、ここがどんな感じだったかもいくぶん摑めるような気がした。ここの始祖と、彼が連れてきた奴隷の一団しかおらず、四囲を大自然に囲まれていた時期のことだ。

夕食が終わってから僕たちは外に出て、地下長屋に入るトンネルの端に座った。

シーナは僕のほうを見て言った。「それで、会いに行ったのかい？」

僕は地面を見つめて首を振った。

シーナは一人で笑った。

「打ち明けてくれればよかったのに」と僕は言った。

「おまえだって打ち明ければよかったんじゃないか？」

「それとは違うよ」と僕は言った。

「いや、同じだ。おまえは、あれがあたしには関わりのないことだと考えた。あたしは納得しなかった。でも、あたしはおまえに打ち明けようか必死に考えたんだ。あの娘が未婚の母になったって。でも、それを知らせたところで、噂話を伝えるだけじゃないかって思った。おまえたちのあいだには、あたしには関わりのないものがあるはずだから」

彼女の言うとおりだった。僕は逃亡する前に彼女と最後に会ったときのことを振り返り、自分の邪険な言葉を思い出した。そして、自分が与えた苦痛について謝ることはできても、断絶をなかったことにはできないと思い知った。家を去った子供は帰ることができないのだ。

「僕は彼女に怒りさえ感じなかったよ」と僕は言った。「だって、彼女が僕のものだったこともないんだから」

「そうだね」

キャロラインは僕が見たところ、四ヵ月くらいだろう。ということは、僕がソフィアと逃げたとき、彼女はすでに妊娠していたのだ。そして、彼女の知性と独立心を考え、僕たちの会話をすべて振り返って、僕にはわかってきた。彼女は単に逃亡したとき妊娠していたということではない。妊娠していたからこそ逃げようとしたのだ。

「シーナ、僕には彼女が逃亡する理由があったと感じるんだ。僕には打ち明けようとしなかった理由が」

「そうだね」

「だから、そのために僕は……こんな気持ちになってしまう。あの人の前で自分を曝け出したみたいに。逃亡したとき、僕は自分の理由をすべて打ち明けたんだよ。洗いざらい」

「ふーん、洗いざらいかい？」

「ああ」

「うん、そうかい。いいかな、言っておくけど——誰一人として、洗いざらい打ち明けるなんてできないよ、ハイ。まして、あんたたちみたいな若者はね。互いに熱くなってるんだから」

「嘘はついてないよ」

「ふーん、〝洗いざらい〟ね」とシーナは首を振りながら言った。「それ、確かかい？　すべてを打ち明けたって言える？　あたしは、すべてを聞いたって感じがしないんだ。そして、来週の食事をすべて賭けてもいい。ソフィアも同じだったはずさ」

29

秋が冬に変わっていった。昼でも日射しが限られていて寒く、夜は寂しくて陰鬱になった。最初のうち、僕はロスコーがかつてこなしていた仕事をしていたが、もてなすべき客が減ったために、僕の義務はずっと軽かった。エルム郡の貴族たちが繰り広げた華やかな日々、パラソルと白粉《おしろい》を塗った顔、レディー・ケーキとカードゲーム、僕が記憶を使ったゲームで客たちを驚かした日々は、もう過去のものだった。ときどき年長の友人たち、父と同じくらいの歳の人たちが、父を訪ねることはあった。そうすると、彼らは若い上級市民たちのことを何時間も非難し続けた——西部に無限の土地があるという話に惑わされ、ヴァージニア人としての相続権を捨ててしまった若者たちのことである。叔父のナサニエル・ウォーカーはまだここに残り、ソフィアを所有し続け、自分の生活と土地も維持し続けていたが、その維持に必要な少数を除いて、奴隷たちをみな西部に移していた。ハーランは相変わらずロックレスで奴隷たちを駆り立て、この死につつある土地から引き出せるものは何でも引き出そうとしている。しかしその妻のデシはもはや家を取り仕切っていなかった。家がすっかり小さくなってしまったので、彼女の手腕は必要なくなったのだ。父の相手を最も頻繁にしているのはコリーンで、彼女はメイナードが死んだにもかかわらず、父が持つことのなかった娘として扱われていた。ホーキンズが御する馬車に乗り、喪服の正装で訪れ、父のことを慰める。昔の思い出を父に語りたいだけ語らせ、聞いてやる。休耕地がぽっかりと口を開ける前の時代——タバコが次々にでき、地所を潤していた時代のこと。

それでも、父に毎日付き添う義務はだいたい僕が担っていた。だから夜には、父の夕食を準備し、自分の夕食はシーナと食べたあと、僕は居間で暖炉の火の番をし、温かいシードルを出してやった。そして、ロックレスの真の主人としては最後の者である父が、自己の悔いを披露するのを聞いてやるのだ。僕たちはこのとき奇妙な関係に落ち着いていた――僕がもっと若いとき、こっそりと願っていたことだ。彼のために働いてはいたが、その関係性は大きく変化しており、こうした陰鬱な夜には、隣りに座るように請われるほどだった。アルガン灯の光によって、先祖たちの胸像が長い影を投げかけているところで、一緒にシードルを飲む。そういうとき、僕には全世界が滑り落ちてナチェズの落とし穴にはまり、僕だけが証人として残されたかのように感じられた。父はシードルにすっかり酔いしれ、自分にとっての最大の悔いについて話すようになった――メイナード・ウォーカーのことである。

最初のうち、父はほとんど取り留めなく話していた。それから彼の言葉は焦点が定まり、メイナードだけにとどまらない、大きな悲しみを吐露し始めた。

「私の父親は私を愛してくれなかった」と彼は言った。「別の時代の話だよ。若い人たちが開けっぴろげで、遊びまわっている現代とはまったく違った。父の関心は身分のことだけだった。私の行動はすべて家族の誉れとならなければならない。もちろん、私は名門の家の娘と結婚した――彼女の魂が安らかでありますように。とても美しい人だった。しかし、決して私が恋焦がれる女性ではなかったし、彼女もそれがわかっていた。だからメイナードが生まれたとき、あいつをそういう立場に置かないようにしようと決意した。

私は、息子が自分の本性の命じるままに生きてほしかった。だから、あいつには大きな自由を与えてやった――おそらく大きすぎたのだろう。あいつには節度というものがなかった。社交界向けに生まれつかなかったのだな。私も社交界は好きでなかったので、息子に勧めようとしなかった。それから妻が亡くなり、こうして……あの子が残った」

父はここで間をあけた。そのときは両手で頭を抱えていた。崩れ落ち、泣き出してしまわないようにそうしているのではないか。僕にはそう感じられた。続いて父は両手を下ろし、暖炉の火を長いこと見つめていた。

彼は言った。「メイナードは苦難から解放されたんじゃないかって感じるくらいだよ。私も自分の苦難から解放された。こんなふうに言うのはひどいことだ。でも、息子にはこの世での居場所がなかったんだ。あいつをこの世で生きられるように育てなかった。私自身、そういうふうには育てられなかった。そして、若い連中はいまみんな西部に向かっている。息子が行ったら、インディアンに皮を剝がれていたかもしれないし、すべてを騙し取られていたかもしれないな。わかってるんだ。あいつは心構えができていなかった。そして、それは私の落ち度だ。

私は善良な人間ではないんだ、ハイラム。おまえは、誰よりもそれがわかっている。おまえにしてしまったことを私は忘れていない」

彼はこれを言ったとき、火のなかをまだじっと見つめていた。僕はそれをよく覚えている。彼はこれまでになく自分の行為を認め、謝罪するところに近づいていた——僕が知っていながらも覚えていない行為のことだ。そして二人でシードルを飲みつつ、上級市民と奴隷とがヴァージニアではあり得ないほど接近して座っていながらも、彼は僕の目を見つめること、正直に語ることができないでいた。メイナードが主人として振る舞う心構えができていなかったのと同じように、彼は悔悛する心の準備ができていなかったのだ。彼の世界は——ヴァージニアという世界は——嘘を基盤に築かれていた。それを彼の年齢になって、そのときその場で崩してしまったら、もう生きていけなかったであろう。

「土地と黒人の管理には、特別な手腕が必要だ」と彼は言った。「そいつは私の手に余った。奇妙なのは、おまえこそその手腕があると私がいつでも感じていたことだ。おまえは私たちの誰よりも冷めていた。メイナードより冷めていたし、私よりも冷めていた。おそらく、幼いときにされたことのためだろう。でも、おまえには適性があった。ほかの時代だったら、我々の運命は逆になり、私が黒人でおまえが白人だったんじゃないかと思うよ」

僕はこの話を、老人が若者の報われない恋心についての話を聞くかのように聞いていた。過ぎ去った時代の真実の感情を告げる物語を聞くかのように——些細な話とノスタルジアが入り混じったもの。雨によって呼び覚まされた古傷、かつて奥深くにしまい込まれていた感情の幽霊。いまとなっては、別の人生と思われるところからひょっこり現われた記憶にすぎない。

いま生きている人生に戻り、父のほうに顔を向けると、彼がうとうとと眠っていることに気づいた。僕はまだ半分シードルが入っている自分のグラスを手に取り、階段をのぼって彼の二階の書斎に行った。その隅にあるマホガニー材の脚つき簞笥は、一年前、僕が修理したものだ。僕はシードルを飲み、それを窓台に置いて、抽斗を開けた。なかに三冊の分厚い帳簿が入っていた。そのあとの一時間、僕はゆっくりと帳簿をめくっていき、すべてを記憶した。全体で、それは一つの絵を描き出していた。陰惨な絵図だが、僕の任務を成し遂げる一助となるだろう——ロックレスの状況を確かめるという、コリーンに与えられた任務である。

それが終わると、僕は帳簿を閉じ、簞笥に返した。互いに若かったとき、メイナードがよく父親の持ち物を漁っていたのを思い出した。僕は自嘲気味に笑い、それから次の抽斗を開けた。なかには、小さいが装飾の施された木箱が入っていた。箱を取り出して開けてみようかと考えたが、メイナードが父のものをくすねているとき、自分がいかに恥ずかしく感じたかをまた思い出した。そこで抽斗を閉め、一階に戻った。父は軽く鼾をかいていた。僕は彼をベッドに連れていくために起こした。

彼は言った。「ハイラム、おまえのために計画があるんだ。計画が」

僕は頷き、彼に手を貸して椅子から立ち上がらせようとした。しかし、彼は死刑を宣告された男のように僕を見つめていた。ここで眠ってしまったら、二度と目覚めないのではないかと恐れているかのように。

「話をしてくれ」と彼は言った。「お願いだ、どんな話でもいい」

そこで僕は身を引き、自分の椅子に座って背もたれに寄りかかった。すると突然、その場で歳を取ったように感じた。自分の目の前の部屋に幽霊たちが現われ、息づいているのだ——コーリー家、マックリー家、ビーチャム家など、僕に話をしろ、歌をうたえと迫ってきた上級市民の家族たちの幽霊。いや、と僕は考えた。もっと昔でなければならない。そこで僕は、自分の言葉によって父の手を引き、時代をさかのぼっていった。野原に立っている岩の記念碑の時代へ。ボウイナイフ、クーガーと熊、奴隷たちが石を引っ張り上げ、小川の流れを変えたという、始祖の時代へと。

次の日、ホーキンズがコリーンを馬車に乗せてやってきた。彼女はしばらく前からスターフォールに本拠を移し、そこからこちらによく立ち寄るようになっていたのだ。ブライストンはおもにエイミーとほかの数人の工作員に委ねられており、彼らが外見を維持して、地下鉄道の存在を隠していたのである。こういう訪問のとき、僕はホーキンズと話す時間を持ち、自分が集めた情報を提供していた。あの日もそのように進んだ。居住区《ストリート》に向かって歩いていったのは、そのあたりの小屋がだいたい空き家になっており、誰にも聞かれずにしゃべれると思ったからだ。僕はソフィアに会いたいと思い続けていたが、一方で彼女とは距離を置くようになっていた。心のなかが分裂していたのだ。一年前の激しい思いはまったく衰えていない。むしろいっそう高まったくらいである。だから彼女がここロックレスにいながら、自分と一緒ではないと思うと、吐き気を催すような感覚に襲われた。そして、その吐き気に恐怖も覚えた。というのも、自分の幸福のいくらかはこの女性の手中にあるのに、彼女の動機と計画は隠されたままなのである。

「それで、どう思う？」とホーキンズが訊ねてきた。

僕たちは、母屋に一番近い空き家のなかに座っていた。ソフィアの小屋からは一番遠いところである。そこからタバコ畑が見渡せたが、そのほとんどがいまは休耕地だ。

「ダメだな」と僕は言った。「まったくダメそうだ」

「ああ、わかってる」とホーキンズが畑を見渡して言った。「この土地は死んでるよ」

「郡全体が死んでるって感じさ。誰も彼に会いに来ない。午後のお茶会もないし、大きな夕食会もない。社交の集いがなくなった」

「ああ。ここが役に立つのかどうか、コリーンがどう思うかはわからないけど。たぶん、あのガキと結婚しなくてよかったんだ」

「正直に言うと、彼女は借金の山と結婚することになったろうね」

ホーキンズは僕のほうに顔を向けた。「どれくらいの借金だ？」

「まあ、社交界ってのがもうないんだから、社交界から集められる情報もないんだよ」と僕は言った。「でも、昨晩帳簿を見たんだ。彼は行き詰まってる。この地所のほとんどすべてが抵当に入っているんだ。にっちもさっちもいかない。何らかの救済策を願うのみだな」

「いや、まいった」とホーキンズは言った。「でも、そうだろうな。土地が富なのに、その土地が埃になってしまった。俺の父さんがよく土地の話をしてくれたよ――いかに赤々としてたかって。ところが、やつらがタバコを取れるだけ取ろうとして、痩せさせてしまった。恥ずかしいこった。土地から搾り取れるだけ取って、取り切ってしまったら、みんなで西部に移るってんだから」

「そして一緒に奴隷を連れていく」と僕は言った。

「そのとおり」

「あいつの弟はどうなんだ？　ナサニエルは？　手を貸してるのか？」

「帳簿を見たところでは、いくらか手を貸したようだよ。それに対してハウエルはまったく借りを返していない。金が戻ってこないことは、貸す側も承知してるんだろう」

「ふむ」とホーキンズは言った。「ナサニエルは賢い。このビジネスに関しては、どんな男よりも賢いよ。いまはテネシーで稼いでる。移動がおいしいうちに移動したのさ。こういうゲームなんだ、わかるか？　土地を使い切って、移動し続ける。でも、いつか移動する土地もなくなる。そうしたらどうするのか、俺にはわからんね」


僕たちはコリーンを出迎えるために屋敷に向かった。正面玄関に続く道の手前で、ホーキンズが立ち止まった。

「君がさっき言ったことが頭をめぐってるんだけどさ」と彼は言った。「実の弟に見捨てられて、こういう状態になったってことか？」

「そのようだね」

「帳簿の覗き見を続けてくれ。そこに何か現われるかもしれない」


しかし、この新しい状況において、最も意外な形で得をした者たちもいた。シーナもその一人だ。彼女は外で雇われるようになり、ロックレスだけでなく、近隣のたくさんの地所からの洗濯物を引き受けていた。こうした家は、洗濯女を売ってしまったのだ。シーナは父に仲介してもらう契約を結び、彼と儲けを分け合っていた。そういう形で、いつか自由を買おうと考えていたのである。

「どこに行くの？」と僕はシーナに訊ねた。彼女の仕事を御者として手伝うことになり、二人で馬屋へと向かうところだった。

「おまえがついて来れないところにだよ」と彼女はからかうような笑みを浮かべて言った。

僕たちは古い軽装馬車の一台に乗り込んだ。しっかりした作りだが、父の若い頃から使われている代物だ。私道を下っていく。この地所の本通りから道が分岐するところに、ソフィアが立っていた。頭からかぶったショールで体を包み、そこからキャリーの小さな頭が覗いている。シーナが馬車を停めるように言うので、僕は馬車を停めて荷台の側から降りた。

「ソフィアも来るの？」と僕はシーナに言った。

「そんなに嬉しそうにしないで」とソフィアは言った。

「いつも一緒に行くんだよ」とシーナは言い、ソフィアからキャリーを受け取った。ソフィアは僕の手助けを待たず、後ろによじのぼった。僕は席に戻り、手綱を引いて馬を出発させた。そして、「いつからこれをやってるの？」と訊ねた。

「ずいぶん前からよ、あなたが留守にしているあいだに」とソフィアは言った。「ここに戻ってきたとき、前とは別の仕事をしなきゃいけないって感じたの。それで、シーナの洗濯を手伝うようになった。でも、キャロラインの世話で手いっぱいになって、しばらくこっちの手伝いはできなかったの」

「はっきりさせなきゃいけないことがあってね」とシーナが言った。「いろいろと話し合ったよ」

「何について？」と僕は言った。

「おまえについてさ」とシーナ。

僕は首を振り、勘弁してよと言うように、歯の隙間から息を吐いた。そのあとしばらくはみんな黙り込み、やがて馬車はフックスタウン道へと曲がった。すると、シーナの古い記憶が呼び覚まされたようだった。

「このあたりに家族が住んでたんだ」と彼女は言った。「おじたち、おばたち、いとこたち。誰と結婚できて、誰とできないか、見極めなきゃいけなかった。血縁者がたくさんいすぎたんだよ。年寄りたちがしっかり覚えていてね、誰が親戚で誰がそうじゃないか、ちゃんと知ってたんだ」
「お年寄りって、だから大事よね」とソフィアは言った。「物語をちゃんと覚えている。それで、血が汚れないようにするの」
「でも、みんないなくなった」とシーナが言った。「物知りはみんな亡くなって、あたしたちは推測するしかなくなったんだ――鼻の形とか眉毛とか、ちょっとした仕草からね。でも、もうどうでもいいことだ。ここに残っているのはほんの数人で、あと一年もすれば、エルム郡は塵芥に戻るよ」

僕たちはときどき停まり、古い邸宅から洗濯物を引き取りつつ進んだ。木々の葉はみな色を変え、いまは次々に落ちて、森の地面に茶色い絨毯をかぶせている。冬の太陽は、古い邸宅にぼんやりした光を当てている。ほんの一年前には、最後の活力と感情に溢れていた邸宅群だ。そのほとんどはいまロックレスと同様、最低限の使用人で維持せざるを得なくなっている。僕は冬がヴァージニアに襲来しただけでなく、特にエルム郡に襲来したのだと感じた。そして、ここから去ることはなさそうだ。

キャリーのもぞもぞする音が後ろから聞こえてきた。シーナが馬車を停めるように言い、僕たちはソフィアがキャリーをあやすのを見守った。赤ん坊を腕に抱いて揺らし、歌いながら近くの野原を歩いている。シーナが塩漬けの豚肉を包みから出し、分けてくれたので、僕たちは一緒に食べた。

ソフィアがキャリーと一緒に戻ってきた。まだ赤ん坊を揺らしながら歌っている。

私が去ってから、ここに来たのは誰?

青い服を着た、ちっちゃなかわいこちゃん。

僕たちはさらに進み、シーナは自分の思い出を探り続けた。

「いま走っているのは、フィニーの地所にまっすぐ続く道だったんだ」と彼女は言った。「ここにはあたしの一族がいっぱいいた。伯母がいて、初代のフィニーに料理人として仕えてた。あんたらがみんな胡椒の粒程度の大きさだった頃、このあたりでは最高に派手なパーティが開かれていたんだ」

「聞いたことがあるよ」と僕は言った。「僕が物心つく頃には、二代目のフィニーは性悪者だってことで知られていた。パップ・ウォレスを撃って、八つ裂きにしたって話だったよ。どんな懲罰にもパップが屈しなかったからって」

「それ、誰から聞いたんだい？」とシーナが訊ねた。

「クレオン伯父さんから」と僕は言った。

僕たちはしばらく黙り込み、進み続けた。午後も遅い時間になり、あとはグランソンの地所で洗濯物を受け取って、ロックレスに戻る予定だった。

「あれはおまえの伯父さんなのか？」とシーナが訊ねた。

「そうだよ」と僕は言った。

「夜になると、よく居住区《ストリート》に来ていたね。あんたの母さんのところとかをうろついて、残り物をもらおうとしていた。落ちぶれた時期だったんだな。あれのことはよく覚えている」

「僕も覚えてるんだ」と僕は言った。「でも、その頃について覚えているのは、彼のことくらいなんだよ。ドアロに立つ伯父さんは思い浮かぶんだけど、あとはみんな霧だ」

「それでいいのかもしれないわ」とソフィアが言った。「霧の奥に何が隠れているかわからないからね」

「いいことは何もなさそうだな」と僕は言った。

グランソンの地所で停まった。キャロラインが眠っていたので、ソフィアは彼女をショールで包み、洗濯物のなかに彼女が眠れる窪みを作った。洗濯物はシーツで縛ってある。ソフィアは地面に残っている洗濯物の束に手を伸ばし、馬車に載せようとした。

「僕がやるよ」と僕は言った。

「手伝わせて」と彼女は言った。

「充分に手伝ってくれたよ」と僕は言った。意図した以上に強い言い方になってしまった。ソフィアは目を大きくしたが、何も言わなかった。彼女は馬車に戻り、僕たちは洗濯物の積み込みを続けた。

太陽が森のすぐ上にかろうじて見える時間に、僕たちはロックレスに戻った。ソフィアは馬車から降り、シーナにさようならと挨拶すると、僕のほうを向いた。そのときになって、僕はようやく何かがまずいことになったと気づいた。

「じゃあ、こういうことなのね?」と彼女は言った。いまはキャリーをショールで包んで背中に括りつけていた。

「何のこと?」と僕はムッとして言った。

「あなたはそういう男なのね？　そういう男になって戻ってきたわけ?」

「何のことだかわからない――」

「嘘をつかないで。戻ってきておいて、嘘をつかないで。お願いだから。あなたはよりよい人になってなきゃいけないの。もっとよい人になってって言ったでしょう。白人の男を黒人に替えるだけじゃ嫌だって言ったわ。それがどうよ。自分の持ち物でもないもののことで苛々して。誰一人として持ち物にしてはいけないもののことで。もっとよい人になっていなきゃいけないのに」

それから彼女は道をスタスタと歩いていった。彼女が体を揺らして歩く姿に、怒りが現われていた。

屋敷に戻り、僕が洗濯物を下ろしているあいだに、シーナが夕食の支度をした。それから僕はキッチンに行き、父の食事を受け取ると、彼のところに運んだ。夕食のあいだ相手をするように言われ、父のそばに立ち続けた。彼が食べるのを眺めつつ、その日の出来事に関する質問に答えるのだ。やがて僕は自分だけの物思いに耽るようになり、顔はこびへつらう表情に固定した。そのあと、食堂を出ると、秘密の階段を降りてシーナの部屋に向かった。彼女のテーブルに座って、いつものように黙って食事する。終わってから、彼女は僕を見つめて言った。「おまえ、あの娘を責めているじゃないか」

「僕は――」

シーナは僕を遮って繰り返した。「あの娘を責めている」

上に戻ると、父は図書室で一冊の本をめくっていた。僕は食堂に行き、彼の食器類を片づけた。それからシードルを温め、父のところに持っていき、上階の自分の部屋に引き下がった。ジョージーの息子のために僕が彫った馬のおもちゃが炉棚に置いてあった。僕はそれを取り上げ、指で表面をこすった。ソフィアの言葉を、よりよい人になってという要請を思い出した。部屋から出て、図書室に行くと、父はすでにうたた寝していた。父を通り過ぎて地下長屋に下り、トンネルから外に出る。果樹園から森へと、長い道のりを歩き、居住区《ストリート》へ。その端まで歩いていくと、ソフィアの姿が見えた。一人で踏み段に座っている。

ソフィアは僕に想像しがたいほど冷たい視線を投げかけ、それからなかに入った。僕はドア口まで行き、なかを覗き込んだ。ベッドで眠るキャリーの姿が見える。ソフィアは目を背けたが、僕は彼女の隣りに座った。

「ごめんなさい」と僕は言った。「本当にごめんなさい。僕があなたに負わせたこと、すべてに関して申し訳なく思う」

僕はソフィアの手を取って指を絡めた。彼女を夢見て過ごした日々、彼女があちらに連れていかれたのではないかと心配していた時間、彼女がここにいると知って驚いたこと、彼女がここでどうなったのかとまた心配になったこと、彼女が誰を愛し、誰に愛されているのかと考えたこと——こうした夢や幻影や陰鬱な囁きの時間のすべて、そのすべてがいまリアルであり、すぐそこにあった。僕の指と指のあいだに。

「もっとよい人になりたい」と僕は言った。「よい人になるように努力している」

するとソフィアは僕の手を唇に持っていき、キスをした。それから僕のほうを向いて言った。

「私を自分のものにしたいのよね、わかってるわ。ずっとわかってた。でも、あなたにわかってもらわないといけないことがあるの。あなたのものになるためには、私はあなたのものになるわけにはいかない。私の言ってることわかるかしら? 私はどんな男のものにもなるわけにはいかないの」

ソフィアは、僕のソフィアは——僕が抱いていた考え、二人で築こうと考えていた生活、その考えや生活はみな僕の頭のなかのもの、僕だけの孤独な野心に基づいて築かれたものだった。僕は座ったまま、彼女の陽光のように輝く瞳を見つめていた。とてもきれいだった——僕の母がきれいだったと言われているのと同じくらい。そして、彼女を見つめていてわかった。こうした考え、こうした生活は、ソフィア自身を考慮していなかった——彼女自身がなろうと考えているソフィアを考慮していなかったのだ。僕の**ソフィア**は僕にとって女ではなかったのだから。それは象徴であり、装飾であり、ずっと昔に失われた人の表徴だった。霧のなかにちらっと見ただけの人、僕には救えない人の表徴。ああ、僕の愛しい母よ、影のような母よ。その叫び。その声。水。あなたは僕にとって失われた。失われてしまい、あなたを救うために僕にできることは何もない。

しかし、僕たちは自分の物語を語らなければならず、物語に囚われてはならない。その夜、居住区《ストリート》の古い小屋で、僕が考えていたのはそれだった。そして、僕がポケットのなかに手を入れ、あの小さな馬のおもちゃを取り出したのもそのためだった。ジョージーの家から取り返したあの馬。それを僕はソフィアの手のひらに置いた。

「キャリーに」と僕は言った。

それを見たソフィアは静かに笑って言った。「キャリーにこれはまだ無理よ、ハイ」

「僕だって頑張ってるんだ」と僕は微笑んで言った。「本当に」

30

最終的に、僕たち——シーナ、ソフィア、幼いキャリー、そして僕——は、ロックレスでただ一つ安定しているものとなった。血筋の力が僕たちを結びつけたのだ。ソフィアはナサニエルに選ばれた者であり、キャリーは彼女の娘である。僕は父の息子であり、シーナに関して言えば、彼女は父にとって過去の時代の象徴であった。彼女の子供たちを売ったわけだが、その行動は彼の心のなかで、自分の知るヴァージニアの終焉を示す道への入り口となったのである。はっきりと認めたことはないが、父はシーナに語りかけるのを避けるようにしていた。自分の地所を歩いていて、彼女がこちらに向かってくると、歩く方向を変えるのだ。僕が思うに、彼女に洗濯の仕事をやらせているのは、その子供たちを競馬場で競売にかけた罪の意識をどうにか和らげたいという、願望からだったのではないか。

罪の意識はどうであれ、それがシーナを救った。そして、あの陰鬱な日々、僕たち四人は家族のようなものを作り上げた。四人で過ごすのが日々の習慣になったのだ。一緒に夕食を摂り、そのあと僕は父の面倒を見る。それからソフィアとキャロラインを、居住区《ストリート》の彼らの住居まで送って行く。ある夜、僕が彼らを送ったときに、ソフィアがシーナについてこう言った。「あの人、だいぶ老けてきたわ」

「そうだね」

「辛い生活よね、ハイ。女には辛い生活よ――洗濯し、運び、脂肪の精製をし、灰汁の洗剤を作る。私も手伝えることは手伝ってるけど、辛いわ。だから、あなたが帰ってきてくれて嬉しいの。あの人、少し休んだほうがいい。明日、ゆっくり休むように言って。あなたと私とで洗濯はできるから。月曜の巡回も私たちでやりましょう」

戻って、シーナにその計画を伝えると、彼女は僕を見つめ、しばらく抵抗した。そして、僕たちが働いているあいだキャロラインの面倒を見ると言い張り、その条件で同意した。翌日は日曜日だった。コリーンが来て、父を教会に連れていくことになっていた。ホーキンズが二人に付き添ってくれるので、僕はほかの仕事をすることができる。その夜、ベッドに寝転がって、シーナのことと彼女の計画について考えた。彼女は洗濯の儲けで自分を買い、晩年の日々を自由に過ごすという願望を抱いている。僕には彼女の計画とは違う自分のものがある――地下鉄道の計画だ。冬が近づいてきて、夜が長くなっている。ケシアのことを考える。母親が救出されたことを知ったら、彼女がどんな顔をするか。そして、そのときこう思った。僕がその表情に見出すのは単なる約束の実現ではなく、僕のなかにある古傷の癒しなのではないか。

洗濯は楽な仕事ではない。僕たちは早朝、待ち合わせた。まだ空が真っ暗で、ピンでそこらじゅうを刺したような星々の光と、細長い月の光しかない時間だ。最初の一時間は井戸から水を汲み出し、大釜まで運ぶのに費やされた。それから、僕が薪を集め、火を熾しているあいだに、ソフィアが服をより分け、小さな裂け目がないかどうか点検した。裂け目のある少数の服はシーナのもとに届け、繕ってもらうことになっていた。シーナを完全に休ませることはできなかったのである。火が熾り、黒い大釜の水を熱しているあいだに、僕たちは服や寝具類を吊るし、叩いて汚れを振り落とした。この作業の仕上げはソフィアに任せ、僕は大きな洗濯桶を三つ地下長屋から持ち出して、湯を沸かしている屋敷の側面まで持っていった。その時間になると星は消えかかり、細長い月も色あせていって、夜明け前の紺色の空に溶けていくのが見えた。洗濯桶を置くと、僕たちは仕事用の手袋をつけ、一緒に大釜を持ち上げて湯を注いだ。そのあと数時間は、服をこすり、すすぎ、絞り、さらにこすり、すすぎ、絞りを二回繰り返すことで過ぎていった。

作業が終わったのは日没からかなり経ったときだった。すべての服を干してから、僕たちは東屋《あずまや》まで歩いていった。かつて同じことをしたのが、一生分の昔のように思われた。二人とも腕と背中が痛み、手もひりひりしている。二十分ほど、周囲の静けさに浸って座った。それからシーナと食事をするために戻った。

「楽じゃないだろう」とシーナは言った。消耗して何も言えずにいる僕たちの姿が、何よりもそれを裏づけていた。そのあと、僕はソフィアに付き添って居住区《ストリート》まで歩いた。そして彼女がキャロラインの体を洗い、寝かせるために着替えさせているあいだ、そこにとどまった。小屋の外に出て、板と板のあいだに詰めた漆喰を指の関節で叩いてみる。かけらがこぼれ落ちてきた。

僕はなかに戻って言った。「漆喰が崩れかけているね。いつか修繕に来ようかと思うんだけど」

ソフィアはそのとき赤ん坊の尻を布で包んでいるところだった。小さな声で歌っていたのだが、歌うのをやめて僕にこう訊ねた。「この子が気になるの？」

僕はどぎまぎして笑った。「慣れるのに時間がかかるんだ」

「じゃあ、これから慣れるのかしら、どうなのかしら？」

「気持ちの問題なんだよ」と僕は言った。

奥に入り、ベッドに座っているソフィアの隣りに腰かけた。

「あなたの気持ちがあのとき私たちをどこに導いたか、覚えているわよね」と彼女は言った。

「何一つ忘れてないよ」と僕は言った。「でも、思い出すのは猟犬でもないし、そのあと起きたことでもない。僕が思い出すのは君なんだ。あのフェンスに縛られ、もう死にたいと思っていたとき、君のほうを見た。そうしたら、君からはまったく死というものが現われていなかった——あれだけひどいことをジョージーにされたのに」

「ジョージーね」と彼女は言った。その名を聞いて、表情に怒りが現われた。「私が戻ってきたとき、彼はいなくなっていたわ。それは、彼にもよかったことよ。あの男にどれだけ汚い復讐の思いを抱いているか、あなたには言えないほどだもの」

「じゃあ、かえってよかったんだね」と僕は言った。

「彼にはね」と彼女は言った。「彼には」

僕たちはしばらく黙り込んだ。ソフィアはキャロラインを片側の肩に抱え、優しく背中を撫でている。

「ハイラム」と彼女は言った。「どうしていなくなったの？」

「〝いなくなる〟っていうんじゃなかったんだ。やつらに連れ去られたんだから」と僕は言った。

「君も見ただろう」

「そういうこと？」と彼女は言った。「連れ去られた？」

「そういうことって起こるじゃないか」と僕は言った。「僕たちが最初じゃない。猟犬どもは僕たちを捕まえて、連れ去るんだ」

「ただ、それ以上のことがあるんじゃないかって感じてたのよ。あなたがしゃべれないこと、しゃべってはいけないことがあるんじゃないかって。ウォーカーの血が流れてるってことかもしれないけど、それだけじゃないようにも感じたわ。だって、ここの白人たち、ハウエル・ウォーカーのように奴隷制を正しいと思っている連中は、自分の子供だってさっさと売っちゃうでしょう？　自分の罪深さの結果を見ずに済むってだけの理由でね」

「でも、僕は奴隷だから」と僕は言った。「君が奴隷なのと同じようにね。血のつながりがあっても、それは変わらない。見たとおり単純なんだよ。僕はコリーンに所望されてさ、ハウエルはメイナードが死んだことで彼女を気の毒に思い、慰めるために僕を送ったんだ。僕たちが逃亡したってことで、それがやりやすくなったんだな」

「まあ、それもまた別の一面ね。あなたがいないあいだ、私もけっこうコリーンに会ったわよ――ナサニエルよりも会ってたくらい。あの人はこちらに二、三週間ごとに来てたの。私、どうして彼女が私に会おうとするのかわからなかったわ。それに、自分がどうしてナチェズに送られないのかも。どうして私たち、ここにいるの、ハイラム？　どうして残ってるのかしら？」

「ナサニエルに訊ねるべきことじゃないかな」

「ハイ」と彼女は言った。「彼は私たちが逃亡したことも知らないと思う。あれから何回か彼と会ったけど――そんなにしょっちゅうじゃないけど――その話が出ることもなかったわ」

「わからないな。僕は人の頭のなかに入れないから」

「入れるとは言ってないわよ」

「そうだね。でも、君はいつでも無茶を言うじゃないか」

彼女は空いているほうの手で僕の肩を叩き、顔をしかめた。それからしばらく、僕たちは何も言わなかった。僕はコリーンのことを考えていた。どうして彼女がソフィアと会う必要があったのか。そして、自分が聞かされた話についても訝しく思っていた。ソフィアのほうを見ると、彼女はキャリーを膝に載せ、静かで心和む歌をうたっていた。ベビー・キャリーは空気を打つようにして眠気と闘い、目を閉じまいとしている。

一瞬、僕はフィラデルフィアに戻っていた。マーズの店での出来事が甦り、彼が自分に心を開いて話をしてくれたときのことを思い出した。それからホワイト家の人々がみんな打ち明け話をしてくれたことも、それが僕にどういう意味を持っていたかも思い出した。ブランドも打ち明け話をしてくれ、その言葉によってメイナードの死に対する罪の意識から解放された。そして、こうした打ち明け話を、多少なりとも、ソフィアにしなければならないと感じた。

「子供って、楽しいだけのものじゃないのはわかってる。僕も見てきたから。女の人たちが子供を背負うことを望まないのに、それでも子供中心に生活を築かなきゃいけなくなるのもよく見た。そして、君がこの子を中心に生活を築いたのも、この子が生まれる前から生活を築いてきたのもわかる。この子のためなら君は逃亡するよね、この子のためなら殺しだってする。いま君がこの子を見つめるのを見て、思い出したよ。君が僕に言ったことを思い出した。〝容赦なく来るのよ、ハイラム〟と君は言った。〝私は自分の娘が召し上げられるのを見ることになる。私が召し上げられたように〟。そう言わなかったとは誰にも言えないよ。僕はすべてを覚えているけど、いつでも声が聞こえてくるとは限らない。でも、いまは君の声が聞こえる。それ以上のこともたくさん。

そして、男たちが血のつながりのない子供を負わされたとき、ひどいことや憐れなことをする者がいるのも知ってる。もしかしたら、僕もそういう男の一人かもしれない。自尊心が強すぎて、怒りや憎悪を感じてしまって……」僕は首を振った。「僕が言ってるのは、この子が気になるわけじゃないってこと。君が問題なわけでもない。問題は僕なんだよ」。ここで話を中断すると、ソフィアが僕の手をギュッと握ってきた。

「僕が言ってるのはね、この子の父親が誰か知ってるってことなんだ。この子を見た瞬間にわかった。決まりきったことだよね。僕がここに戻ってきたら、君は赤ん坊と一緒にいる。このキャロラインと一緒に。この子は僕と血のつながりがない……」

その瞬間、誓って言うが、ベビー・キャロラインはまるで僕の言葉が聞こえたかのような反応をした。僕のほうを向いて、手を伸ばしたのだ。僕はソフィアの手を放し、赤ん坊にその手を差し出した。キャロラインは僕の小指を摑んだ。

「でもね、この子と僕は血がつながっているんだ」と僕は言った。「黄褐色の肌に、緑灰色の瞳。それは僕と同じだよ――でも、僕だけじゃない。これはウォーカーの瞳だし、ウォーカーの髪だ。その初代にまでさかのぼる。エルム郡の歴史書にある彼の描写に、そう記録されているのを見たんだよ。

そして、これが可笑しいんだ。この緑灰色の瞳はメイナードにだけ現われなかったんだよ。でも、キャロラインにははっきりと現われている。このベビー・キャロラインには。

それが辛いところなんだ。単純にはいかない。こんなのくだらないことだよ。ほかの男の人にはそう言ったこともある。それなのに、自分で受け入れるのは大変なんだ。僕は自分が何を見たか、どういう人たちと会ってきたか、君に知ってもらいたい。よそで暮らしていたとき、どういう人と知り合ったのか。それは、選択を迫られてきた人たちなんだ。自分がこれとあれと、どちらをより愛しているか。すべてを愛するのか――美しいものも醜いものも、目の前にあることすべてを愛するのか――それとも、自分の怒りや自尊心に屈してしまうのか。そして僕はこの世の一切合切を選ぶよ、ソフィア。僕はすべてを選ぶ」

ソフィアの目には涙が浮かんでいた。

「この子、だっこしてもいい？」と僕は訊ねた。

彼女は泣き顔のまま笑って言った。「気をつけてね。この子に心を奪われないように」

それから彼女はにっこりと微笑んだ。キャロラインを膝から持ち上げて、片手で尻を、片手で肩を支え、僕に差し出す。僕はできるだけソフィアの真似をしようと、緑灰色の瞳と赤ん坊らしい夢中な表情で、僕を見つめ返してきた。僕はできるだけソフィアの真似をしようと、手をソフィアの手のすぐ下に差し入れ、そっと持ち上げた。それから赤ん坊を体に引き寄せ、肘を曲げたところで頭を支えた。赤ん坊が腕のなかに収まり——彼女は泣いたり喚いたりしなかった——その温かくて柔らかい体を腕に感じたとき、僕は父のことを考えた。象徴的にも事実においても、一度もこのように僕を抱いたことのなかった父。自分が幼い頃ずっと、この機会を求め、父を追いかけていたのだということも思い出した。そして、そういう機会を与えてくれた女性のことも考えた。というのも、誰もが僕に話してくれたからだ。母が僕を何よりも愛していたし、僕のために生活を築いた、ということを。ところが母は僕から引き離され、僕は母のことを思い出せないのである。


ロックレスは住人がどんどん減っていき、地下長屋も陰気な幽霊屋敷のようになっていた。しかも、この衰退の季節がいつしか冬と重なっている。こうなると、キャロラインは僕たちの世界を照らす灯りとなった。キャリーが生まれるときに産婆を務めたのは——ほかにやりたがる者がいなかったからだが——シーナだった。彼女はいまでもときどき、同じ気持ちから、ソフィアに代わって赤ん坊の世話を引き受けていた。そして続く日曜日、僕がソフィアの小屋の漆喰を直しに行く予定のときも、シーナはそうしてくれた。僕は一時間ほど仕事をし、それからなかに入った。ソフィアは火をすでに熾していた。毛布にくるまり、暖炉の前に座って、手を火に向かってかざしている。

彼女は僕のほうを見上げて言った。「寒くないの?」

「寒いよ」と僕は言った。「わからない?」僕は両手で彼女の頬を包み、その手を首のほうへと滑らせた。彼女は笑い、叫んだ。「ちょっと、やめて!」

彼女を追いかけて小屋の外に出ると、僕たちはしばらく居住区《ストリート》を走り回った。やがて二人とも笑い転げ、地面に崩れ落ちた。

「わかったよ、いまは本当に寒い」と僕は言った。

「だからそう言ってるのよ」と彼女は言った。

僕たちはなかに入り、暖炉のそばに座った。「こういう日はね」と彼女は言った。「細口大瓶《デミジョン》のお酒が体に沁みるのよ。私のキャロライナ時代の恋人《マーキュリー》がね、自分の分を蓄えていたの」。それから彼女は僕を見つめて言った。「許してね、ハイ。昔の思い出を話すつもりはないのよ」

「僕のものになるためには、僕のものになるわけにはいかない、だろ」と僕は言った。「それに、一つ思いついた。ここで待ってて」

僕は母屋に歩いて戻り、地下長屋に入った。シーナの部屋の前で立ち止まり、かすかに開いているドアからなかを覗く。キャロラインはシーナの胸で眠っていた。ケシアが幼い頃の思い出として語っていたのと同じだ。僕は自分の部屋に入り、マーズがお餞別としてくれたラム酒の瓶を取り出した。ソフィアのところに戻ると、彼女は両手をそれぞれ逆側の脇の下にはさんで座っていた。瓶を見せると、彼女は微笑んで言った。「あなたには何かあるってわかってたわ。いろんなところに行ったんだろうって」

瓶を開けたとき、彼女は言った。「あなた、ここを去ったときとは違う男になっていたもの。ごまかしたければごまかせばいいけど、あなたは同じじゃない。私にはわかるのよ、ハイ。私には隠せないわ」

僕が瓶を渡すと、彼女はそれを口に持っていき、顔で雨を受けるかのようにのけぞってから飲んだ。「ウーッ」と彼女は袖で口を拭いながら言った。「ほんと、いろんなところに行ったのね」

「でも、いまはここにいるよ」と僕は言い、ひと口飲んだ。「それに、君のほうはどうなんだい?」

「私はどうかって?」と彼女は言った。「何を知りたいの? 隠さずすべて晒すわよ」

僕はもうひと口飲み、それから瓶を下に置いた。

「何が起きたんだい?」と僕は訊ねた。「僕たちが捕まったあの夜、あのあとで何が起きたの?」

「ああ」と彼女は言った。「あの監獄に閉じ込められていたのよ。あなたもそうだったと思うけど。人生が終わったって思ったわ。ナチェズが呼んでる、ナチェズがって。私みたいな女はね、赤ん坊がいようがいまいが、売春宿に送られるんだって思った。本当に怖かったわ。あの夜、何とか強い気持ちを保とうとしたし、保っていたのよ。だって、あなたがいたから。あなたが心配だって感じていたから。それがあったから、自分の心配事を考えている時間はなかったわ。

でも、あの日、猟犬団によって閉じ込められ、そのすべてがこたえたわ——自分に降りかかろうとしている悪のすべてが。泣きたかったけど、強くなくてはならないってわかってた。だからずっと、キャロラインに話しかけてたの。ただ話しかけてた。それで、この子に慰められたわ。自分が一人ぼっちではないって感じたみたいに。あなたが言ったように、この子を望んだわけではなかったけど、あのときこの子がいてくれて本当に幸せだった。私のなかで生まれつつあるちっぽけなものにすぎなかったのにね。

いま考えると、あのとき私はこの子の母親になったの。あの男、ナサニエルがしたことに対しては、ずっと怒っていた。あいつに背負わされたものに対して。この子のことはありがたく思うけど、あの男に対しては絶対にありがたくなど思わない。キャロラインは私のものだし、私の神のもの。この子の名前は、私の失われた故郷に因んでつけたの——私のキャロライナ、私にはあずかり知らない理由で取り上げられた土地に因んで。そして、それがすべてなのよ——あの監獄で、ナチェズのナイフを喉につきつけられていたとき、キャロラインが、私の故郷が、私を救ってくれたの」

　僕に瓶を手渡され、彼女はひと口飲むと、ブルッと震えて言った。「ウーン」。口を袖で拭い、しばらく黙り込む。僕はこの沈黙のなか、彼女をじっと見つめていた。彼女がまたこちらを向いて細口大瓶《デミジョン》を手渡そうとしたとき、僕には彼女の外見が変わったように感じられた。彼女の語る話の手触り自体が、その顔に深く刻まれたかのように。

「でも、それがすべてってわけじゃないのよ」と彼女は言った。「夜遅くになって、同じ夜のことだけど、監獄の隅にうずくまって、うとうとしていたの。ネズミがあたりを走り回ったり、冷たい隙間風が吹き込んできたりしたわ。ふと見上げたら、影が私を見下ろしているの。それから影はいなくなって、私は夢を見ていたのだろうかって思った。でも、それから影が猟犬の一人と一緒に戻ってきて、猟犬が監獄のドアを開け、〝出ろ〟って言ったのよ。

　繰り返し言われるまでもなかったわ、そうでしょう？　私はすぐに立ち上がり、それが影ではないと気づいた。喪服を着たコリーン・クインだったの。外に出ると、彼女の馬車と従者たちが待っていて、私はコリーンと一緒に後ろに座らせられた。そうしたらコリーンが私にこう言うの。ナサニエルがあなたの逃亡を知ったら、あなたがどこに行かされ、どういう目にあうかはわかっている。でも、ナサニエルがそれを知る必要はない。そう自分は考えている。誰も知る必要はない。あなたはまた以前と同じ状態に戻る。ただ、自分はときどき居住区《ストリート》に立ち寄り、あなたと話をしたいので、それはお願いする」

「何について話をするの？」と僕は訊ねた。

「こちらの様子についてね」とソフィアは言った。「あなたに言ったように、こちらにときどき立ち寄って、誰がまだいるか、誰がナチェズに行ってしまったか、訊ねるのよ。いつでも奇妙だなって感じていたわ。でも、キャロラインが生まれてからは、私の願いは赤ん坊を守りたいってことだけ。だから、ほかのことはあまり気にしなくなったわ」

「でも、あなたについて彼女に訊ねたことはある」とソフィアは言った。そして、そう言いながら、僕の腕に自分の腕を回した。「あなたがどんな目にあうのかって彼女に訊ねたの。彼女は心配しなくていいって言った。しばらく姿を消すけど、戻ってくる。必ず帰るって。

信用はしなかったけどね、ハイ。私も人生でたくさんのものを失った。いなくなったものは戻ってこないし、それだけだってこともわかったの」

「あなただけよね。あなたは戻ってきた」と彼女は言い、僕を見つめた。剣の目で僕を突き刺すかのように。部屋が僕を中心にくるくる回っているように感じられた。「信じられなかったけど、あなたは戻ってきた。私のもとに戻ってきたのよ」

僕は考えるのをやめていた。小屋の梁と垂木と漆喰の壁が捻じ曲がり、それとともに世界の梁と垂木と漆喰の壁が回転して、僕たちのまわりを取り囲んだ。自然界のすべてがそれに加わったかのようで、だから僕が彼女の唇に残るラム酒を味わったとき、それは人生そのものの甘味がした。

そして、そのときようやく理解したのは、僕が本当にはすべてを記憶しているわけではないということだった。母の記憶だけでなく、僕が選んで忘れるようにしてきたことがある——映像ではなく、その背後にある感情を忘れようとしてきたのだ。ソフィアのことをどれだけ愛おしく思っていたか、どれだけ求めていたか、そのときまで忘れていた。フィラデルフィアの日々、レイモンドとオウサにかまわれることなく、一人きりになりたいとばかり願っていたことも忘れていた——そうすれば、あの休日の大きな焚火の前で踊っている彼女の姿に、その思い出に浸れるのにと考えていた。線路を突進してくる列車のように、体じゅうから欲求が噴き出して、腹の底に根深い気持ち悪さを感じていたことも忘れていた。紛らわすことのできない咳のように、この気持ち悪さを受け入れていたことも。一人ぼっちで、両腕を腹に回して押さえつけ、体を折り曲げて、孤独に疲弊していくのを感じていた日々のことも忘れていた。僕は彼女を愛していた。おそらくそのときでさえ、奴隷制の下、奴隷の身でそのような思いを抱くのがいかに危険かを承知していた。地下鉄道に加わったあとでさえ、こうしたことはできるだけ忘れていた――といっても、あちらは僕を忘れなかったのだ。そして、その思いはいまここに、僕たち双方に、僕たちのあいだにあった。彼女が手で僕の顔を撫で、両手で僕の腕を摑んだとき、それは優しく摑むというより、しっかりとした、求めるような摑み方だった。そのとき僕にはわかった。僕が感じていたことのすべて、僕のなかにあった思いのすべて、闇雲の激しい若さ、その枷をはめられた欲求のすべて、それを吐き出さずにいられない衝動のすべては、僕一人だけのものでなかったのだ、と。

数時間後、僕たちは屋根裏部屋に横たわり、上を見つめていた。彼女は片腕で僕の胸を抱き、ピアノを弾くかのように、僕の肩を指で叩いていた。

「すごい、あなただなんて」と彼女は言った。「あなたの手、あなたの目、あなたの顔」

暗くなってからだいぶ時間が経っていた。夜が明けるまで、それほど時間はない。やがて世界の梁と垂木も落ち着くだろう。僕たちはいつもの場所に置き去りにされ、ロックレスでのいつもの仕事をしなければならなくなる。しかし、元に戻れないものもあり、そのうちの一つが僕の抱いている新たな思いだった。オウサ・ホワイトを駆り立てているのと同じ思い。リディアがいなければ本当の意味で眠りに就けないという、彼に取り憑いた執念である。僕は初めて〝導引〟を理解した。それは感情を伝えていくことだ。あまりに鮮明で、そのために石や鋼のようにリアルになった一瞬一瞬から集められた感情。それは轟音を立てて線路を走り、日よけからクロムクドリを蹴散らしていく鉄の猫のようにリアルなのである。

僕が下で着替え、ソフィアが上の屋根裏部屋から見つめていたときのことだ。ジョージー・パークスの家から持ち出した玩具の馬が、炉棚に置かれているのに気づいた。誓って言うが、それはほとんど輝いているように見えた。ソフィアが屋根裏部屋から下りてきて、僕の腰に腕を巻きつけるようにして抱きしめ、僕の背中に頭をもたせかけた。そのあいだ僕は木の馬を握りしめ、じっと見つめていた。

「どうぞ」と彼女は言った。「持っていきなさいよ。こういうものは、キャリーにはまだ早いって言ったでしょう」

「そうだね」と僕は言った。「そうするよ」

僕は手に木の馬を握りしめたままソフィアのほうを振り向いた。すると、最後にもう一度、闇のなかで、世界が僕の唇を彼女の唇へと導いた。僕たちは大嵐に巻き込まれた船のマストに掴まるかのように、互いにしがみついた。

「それじゃあ」と僕は言った。「行かなきゃ」

「行かなきゃね」と彼女は言った。

「それじゃあ」と僕はもう一度言い、外の別世界へと足を踏み出した——といっても、早朝の青い薄闇のなか、できるだけ彼女の姿を長く見つめ、その記憶を長く残したかったので、後ろ向きに外に出た。

このまま地下長屋に戻り、作業靴を磨いたり体を洗ったりしていれば、すべてはもっと楽だったろう。しかし、新しく気づいたことと、解き放たれた古い思いが僕を圧倒した。だから僕はダムシルク街道へと続く道を選び、薄闇のなかを歩いていった。それは、猟犬団に見つかる危険を冒すことでもあった。衰退するエルム郡から逃げようとする最後の逃亡奴隷を見つけようと、彼らはいまだにこうした道をパトロールしていたのである。それでも僕は、木の馬を手でまさぐりつつ、歩き続けた。もっと繁栄していた時代の猟犬団であっても、いまの僕の脅威にはならないとわかっていた。

二十分後、僕はあそこに戻っていた。グース川だ。この時間だと、それは川というより、大地に広がる大きな黒い塊に見えた。その塊に向かって歩いていくと、やがて岸辺に打ち寄せる柔らかい川の音が聞こえてきた。空は曇り、月が隠れていて、ものを照らす光はまったくない。しかし、岸辺で手を挙げると――それは木の馬を持っている手だが――〝導引〟の青い光がそこから輝き出した。そして川のほうを振り返ると、いまでは馴染みとなった霧がこちらにくねくねと向かってくるのが見えた。

次に何が起こるか、人から教わらなくてもわかっていた。僕はほとんど動物的な本能でそれをした――木の馬をギュッと握りしめるという、いとも単純な行為。それをした途端、新たな霧が川面から立ちのぼるのが見えた。霧は神秘的な動物の白い巻きひげのように巻きつき、僕を持ち上げると、その動物の口へと運んでいった。

31

物語を呼び起こし、水に近づき、そして記憶を煉瓦のように堅固にする物体が近くにあること――これが〝導引〟だ。この力で何をするかは、僕の当面の関心事ではなかった。それより気にかかったのは、一日をいかに切り抜けるかだ。僕は激しく消耗しており、それは以前も感じた疲労と同じだったし、ハリエットに現われたのとも同じだった。その日の仕事はどうにかやり遂げたが、終わったあとは夕食も食べずに翌朝まで眠った。そして目を覚ますと、ハウエルに着替えさせ、朝食を給仕し、彼が日中の軽い仕事をするのを手伝った。夕食の時間が近づくと、僕の一部分は〝導引〟自体と同じくらい輝いた。またソフィアに会えるとわかっていたからだ。夜になり、いよいよそのときが来たとき、僕は自分が別世界を歩いているように感じた。あのすべては夢だったのではないかと考えた。しかし、彼女はその場にいて、シーナもキャロラインも一緒だった。僕を見た彼女は微笑み、「戻ってきたのね」とだけ言った。

僕たちはその後数週間、幸せな日々を過ごした。最初のうち、この新たな展開をほかの人たちから隠そうとした。夕食が終わると、ソフィアはキャロラインと二人だけで帰るふりをする。僕は父にシードルを持っていき、しばらく彼の話し相手をしてからベッドに寝かせ、居住区《ストリート》まで歩いていく。夜明け前の時間に自分の寝床に戻り、三十分かそこら休んで、自分の仕事を始める。これは奇妙に聞こえるかもしれないが、そんなことはない。ロックレスにいる奴隷たちで、妻や子供がほかの屋敷にいる多くの男たちは、これを日課としていたのだ。僕の場合が異常だったのは、シーナが気づかないことを前提にしているようでいながら、気づかれないはずもない点である。だから彼女がある夜、それを持ち出したときは、驚いてしかるべきだった。夕食のあとでキャロラインをだっこしながら、こう言ったのだ。「おまえがこうなったのは嬉しいよ」。これ以上は何も言わなかった。

しかし、心配しなければならないのはシーナだけではなかった。ナサニエル・ウォーカーはまだソフィアとキャロラインの正式な所有権を握っており、その権利を奴隷が侵害したと知られたら何が起こるかは、僕もよく承知していた。一度はコリーンに救われたかもしれないが、プライドが傷つけられた彼の怒りから僕たちを救えるものは何もないだろう。それは素晴らしい日々で、僕の長い人生の最良の日々ではあったが、やはり奴隷という不安定な土台に築かれたものだった。そして、僕たちは遅かれ早かれ、その土台が再びぐらつくことを知っていたのである。

十二月の初め、ナサニエル・ウォーカーが戻ったという話が聞こえてきて、その一週間後、当然ながらソフィアが呼び出されることになった。父はいまだに周囲で起きていることに疎く、ソフィアを送り届けるようにと僕に命令した。これが楽しい任務だとは到底言えない。しかし、僕は教訓もしっかりと学んでいた——ソフィアが僕のものになるためには、彼女は僕のものになるわけにはいかない。僕たちの関係は所有権の問題ではなく、互いにできるだけ長く、どんな手段を使ってでも、一緒にいようという約束なのだ。そして、この幻想を維持することが、あの冬の日、僕がナサニエル・ウォーカーの邸宅へとソフィアを送り届けたときの、僕たちの手段であった。

僕たちは早めに出発した。ソフィアは前半の行程は眠り、後半の行程で僕と話をした。

「それで、コリーンの日常はどんなだったの？」と彼女は訊ねた。「鉤爪の足のある浴槽とか？白人のメイドが五人、みんな真っ裸で仕えているとか？」

僕たちは笑った。

「否定しないのね」

「僕は何も否定しないよ、ソフィア」

「ここを離れていたときの事情を除いてね」と彼女は言った。「本当に、一体全体あなたは何をされたの？」

「何でもないよ。ていうか、話すようなことは大してない」

「私が興味を持っているのはあなたじゃないのよ、ハイ。コリーンが私に抱いている関心に興味があるの。わからないのよ、どうしても。なぜ彼女が私をナチェズに送らなかったのか」

「わからないな。たぶん君を気に入っているんだ」

「白人がほかの男の奴隷を気に入る？　そんなこと、いつ聞いたことがある？」

僕は何も言わなかった。

「あの人がけっこう旅をしてるって話は聞くわ。北部で見た恥ずべき話をしょっちゅう、あなたのお父さんの耳に吹き込んでるって話。そういう旅行に黒人を連れていったりはしないんでしょうね」

「たぶんね。僕は知らないけど」

「知ってるはずよ、ハイ。一緒に旅に出たにしろ、出なかったにしろ」

僕は道のまっすぐ前方をじっと見続けた。

「どうでもいいわ。私のことを騙そうとはしないで。あなたはこの郡から離れなかったし、まして北部には行かなかったわね。もし行ってたら、もう二度とあなたに会わなかったろうから」

「どうして？」

「だって、ああいう自由な人たちとあっちに行って、それでここに戻ってくるなんて、愚かとしか言いようがないもの。言っとくけど、私があの自由な土地に一歩でも足を踏み入れたら、二度と私の消息を聞くことはないでしょうね」

「はあ。それで僕たちの仲も終わりってわけか」

「あなたはどうしたって、逃亡するようなタイプじゃないわ。一度試みたけどね。でも、ロックレスに縛られているのよ。ここに戻ってきたのが何よりの証拠」

「僕が選んだわけじゃないさ、選んだわけじゃない」

僕たちは正午近くになってナサニエル・ウォーカーの土地に着き、脇道に入った。ここで案内の奴隷が来るのを待ち、彼が我々を出迎えて、ソフィアとともに消えるのだ。僕は二人が私的な世界へと入っていくのを見送らなければならない。その場で僕はどのように感じていたか？　確かに、自分の愛する女をほかの男に送り届けるよりも、もっと気高い仕事はある。しかし、僕自身もたくさんの隠し事を長年してきたので、自分がどれだけの苦悩を感じていたにせよ、ソフィアの苦悩はその倍に違いないとわかっていた。すでに年齢を重ね、数カ月前には想像もできなかったことがわかるようになっていたのである。だから、僕がそのとき感じた最大の願いは彼女を慰めることであった。張り詰めた沈黙が互いのあいだに降りたのに気づくと――いつもと違って彼女が僕をからかうこともない――僕は自分から話しかけた。「僕がいないあいだ、どうやってここに来ていたの？」

「歩いたのよ」と彼女は言った。

「ここまで歩いたの？」

「そう。服と身の回り品をすべて持ってね。シーナには感謝しているわ。そういう週末は、キャロラインの面倒を見てもらったから。といっても、一度だけだったのよ。実のところ、呼び出されたとき、私は身だしなみも何もひどい状態だった。でも、やってのけたわ。顔とドレスと下着を整えるのは、みんなあの藪の陰でやったの」

「そうなんだ……」

「私がしてきたことのなかでも、あれは一番自分が下層民だって感じたことね。あの藪のなかで、神から与えられたままの姿になって、誰かが通りかかったらどうしよう、そういう人たちに何をされるだろうって、びくびくしていた。私にできたのは鼻歌をうたうだけ。低い声で静かに、勇気を出すためにね」

それからソフィアはゆっくりと重々しく息を吐いて言った。「私があいつらを憎んでいないなんて思わないでね。そんなことは絶対に思わないで」

そう言ったとき、彼女の顔は死刑執行人のような仮面をかぶった。目のまわりに皺が寄ったり、眉が吊り上がったりはしない。口が開くこともなく、茶色い目が輝きを帯びることもない。ただ、その顔は彼女が語る憎悪の真実を映し出していた。彼女は首を振って言った。「あいつらをどんな目にあわせてやろうかってね、ハイ。私にできるなら、どんな目にあわせてやろうかって。私はご覧のとおり、小さな体をしているけど……でも、私の手が、腕が、男たちのようだったら、自分の力で何ができるだろうって。私はよく考えたのよ。この体格でも、あいつが眠っているときなら何かできるんじゃないか。料理包丁を使うとか、紅茶にチンキ剤を入れるとか、ケーキに白い粉を混ぜるとか……そういうことをしょっちゅう考えたわ。それから、そうね、キャロラインができて、それで終わりよ。私は善良な女なの、ハイ。言っておくけど、そうなの。でも、あいつらをどんな目にあわせようか、時間さえあれば、どんな目にあわせてやろうかって……」

彼女は最後まで言わずに自分の思考の世界に入っていった。二十分ほど経ってから、身だしなみのいい奴隷の男が木々の茂る道から現われた。そして馬車まで歩いてくると、非難するような厳しい視線を僕たちに向けた。「旦那様は今日、あなたのお相手をできません。また連絡するそうです」

そう言って彼は踵を返し、同じ道を帰っていった。

「ほかには何かおっしゃった？」とソフィアは声をかけた。しかし男は振り返らず、ソフィアの声が聞こえたにしても、返事をする気のないことは明らかだった。

僕たちはどうしたらいいかわからず、そこにもう数分座っていた。それからソフィアが僕のほうに歪んだ笑顔を向けて言った。「こうなって嬉しいわよね？」

「嬉しくないとは言えないね」と僕は言った。「それに、君の話し方からして、君も同じように感じていると思うな」

「感じてるわ、もちろん」と彼女は言った。「でも、変なのよ。こんなことが起きたのはこれまでになかったの」

彼女はしばらく黙り込み、一人で考えに耽っていた。いま起きたことを解明しようとしている様子だ。

「何だい？」

「たぶんあなたがこれをしたのよ」と彼女は言った。「何らかの形で。これはすべてあなたのやったことだって思うわ」

僕は軽く笑い、首を振って言った。「驚きだな、君が僕のことをどう考えているかって。まるで僕があの白人たちに対して力を持っているみたいに。じゃなきゃ、何かしらの呪《まじな》い師みたいにね」

「あなたは何かしらの何かよ、あえて言うなら」

僕たちは笑った。僕は手綱を引っ張り、馬車をUターンさせて、ロックレスへと向かった。

「ごめんなさいね、ハイラム」と彼女は言った。「私があそこに行きたくないのは、あなたもわかっているでしょう。できるだけ遠くに離れていたいのよ。でも、あの任務を果たさなきゃいけないのなら、さっさと済ませたいの。これをするってことへの憎しみが常にまとわりつくけど。私は彼の奴隷だから。でも、あなたが戻ってきてから、私は自分がかつてないほどに自由だって感じるの。これが本物じゃないってことはわかってるけど、でもすごいことなのよ。私はそれが欲しいの」

それから彼女はこちらに身を傾け、僕の頬に軽くキスをした。「できるだけたくさん欲しい、手に入るだけたくさん」

ああ、あの日に戻れたら、また若くなれたら。人生の夜明けの時間、すべてを照らす太陽が地平線から顔を出し、あらゆる期待と悲劇が前方に控えていた時代にいられたら。荒廃した古いヴァージニアの最後の陰鬱な日々に、一日だけの通行証を持って、何よりも愛している女性とともにあの馬車に座っていられたら。ああ、時間に余裕のある状態であの場にいられたら――運が僕たちを見捨てるまで、エルム郡道が続く限り馬車で走ることを夢に見られたら。

僕たちは馬車で走りながら、昔の日々のことを語り合った。エルム郡からいなくなった者たちのことを――サーストン、ルシール、レム、ギャリソンなど。彼らがどのように旅立ったか、どのようにナチェズに奪われたかを語り合った。ある者たちは押し黙って、ある者たちは歌いながら、ある者たちは笑いながら、そしてある者たちは体を揺らしながら。

「ピートはどうしたの？」と僕は訊ねた。

「あなたが帰ってくるひと月前に、橋の向こうに送られたわ」とソフィアが言った。

「ハウエルが彼を手放すとは思わなかったな」と僕は言った。「果樹園の仕事では右に出る者がいなかったのに」

「みんな行っちゃったわよ」と彼女は言った。「ナチェズに。ほかのみんなと同様。私たちもみんな、じきにね。みんな行ってしまい、すべて終わってしまう」

「いや」と僕は言った。「僕たちは生き残ると思う、君と僕は。悪魔の手段によってだとしても、僕たちは生き残る。それ以上のものではないかもしれないけどね。でも、本当に信じてるんだ、僕たちは生き残るって」

本格的な冬の寒さにはまだ少し早く、僕たちはひんやりとした、澄み切った朝の空気のなかを馬車で走っていた。かなり高いところまで道をのぼってきたので、グース川が見え、川岸の向こうにはスターフォールが見下ろせた。そのさらに遠くに見える橋から、僕は自分を〝導引〟し、この別の人生にたどり着いたのだった。

「でも、僕たちが残るとしたら、どうなるだろう、ソフィア？」

「どういうこと？」

「みんな行ってしまい、すべて終わってしまって」と僕は言った。「それでも、何かしらの手段があるとしたらどうだろう？　悲惨な運命をここでたくさん見てきたけど、自分たちがそれ以上のものになれる手段があるとしたら？」

「これって、また事実の伴わないあなたの夢？　すべて遠回しで。それでどうなったか、覚えているわよね？」

「よく覚えているよ。でも、君が言うように僕たちはつながっている。僕たちは実際の年齢よりも歳を取っている。この土地のせいで、僕たちが見てきたものによって、そうなってしまうんだ。時の流れと合ってないんだよ、君と僕は。彼らのかつての栄光は目の前で崩れている。でも、僕たちまで一緒に崩れなくてよいとしたら、どうだろう？　彼らが衰退しているのはよくわかるよね、ソフィア。僕たちが彼らの道連れにならなくてよいとしたらどうなる？」

彼女はこのとき僕をまっすぐに見つめていた。

「できないわ、ハイラム」と彼女は言った。「ああいうのはダメ。二度としない。あなたに何かがあるのはわかる。それが何か、私に話す気になったら、そのとき一緒に行動するわ。でも、言葉だけで従うのは無理、二度としない。もう私だけじゃないのよ、だからあなたに何かあるとしたら、そのすべてを知らなくちゃいけないの。言ったわよね。ここから脱け出すためなら殺しもする、娘を救うためなら殺しもするって」

「この制度を殺すことはできないからね」と僕は言った。

「そうよ」と彼女は言った。「逃げるしかない。でも、どのようにするのか、どこに逃げるのか、知らないわけにはいかないの」

僕たちはそのあとあまりしゃべらなかった。どちらも交わした会話の内容と、その日の出来事にすっかり気を取られていたのである。ところが、ロックレスに戻ったとき、僕たちはシーナがトンネルの入り口に座り込み、片手で頭を支えているのに気づいた。その頭には包帯が巻かれている。仕事着姿で、上着は着ていない。キャロラインはどこにも見当たらなかった。

「シーナ！」と僕は言った。

「うん？」と彼女は言った。

「何があったの？」とソフィアが言った。「キャロラインはどこ？」

「なかで眠っているよ」とシーナが言った。

ソフィアがトンネルのなかに突進していった。僕はうずくまり、シーナのこめかみの片側に手を当てた。包帯のその部分は血がにじんでいた。

「シーナ、何があったの？」と僕は言った。

「わからない」と彼女は言った。「あたしは——思い出せないよ」

「じゃあ、覚えてることを話して」と僕は言った。

シーナは目を細めた。「わ、わからない……」

「わかった、わかった」と僕は言った。「さあ、なかに入ろう」

僕は彼女の片腕を自分の首に回して持ち上げた。ちょうどそのとき、ソフィアがトンネルから出てきた。

「娘は大丈夫。眠ってるわ、シーナが言ったとおりに」と彼女は言った。「シーナがキャロラインをあなたのベッドに寝かせたみたい……その理由はわかるわ」。それからソフィアは泣き出して言った。「ハイラム、盗まれたわ。あいつらが何をしたのかわかった。盗んだのよ」

僕たちは数歩進んだが、シーナが足を動かしていないことに気づいた。そこで僕は彼女を両腕で抱え上げ、運ぶことにした。「摑まって」と僕は言った。最初にシーナの部屋を通りかかると、半分になった椅子が床に転がり、破片があちこちに散らばっていた。そこを通り過ぎ、僕の昔の部屋まで来ると、キャロラインがちょうどもぞもぞし始めたところだった。ソフィアは掛け布団をどけて、彼女を抱き上げた。僕はその場所にシーナを寝かせ、掛け布団を掛けた。

僕はソフィアのほうを向いた。「何があったの？」

彼女は首を振った。まだ泣いている。

僕はシーナの部屋に戻った。誰かが手当たり次第に斧を振り下ろしたように見える――ベッド、炉棚、椅子など、すべて壊されていた。それから見渡して、僕は真の目的に気づいた――シーナの錠つきの箱。それが真っ二つに割られていた。ひざまずいて見ると、古い思い出の品々が残っていた――ビーズ、眼鏡、二組のトランプ。しかし、見当たらないのはシーナが洗濯で稼いだお金だ。毎週、彼女は律義にお金を箱に入れ、それを貯めて自由を買おうと考えていたのである。僕はそこにしばらく立ちすくみ、こんなことをするのは誰なのかと考えをめぐらせた。昔の主人たちがこの手の約束をしてから裏切り、金をすべて独占するという話は聞いたことがある。しかし、シーナに関して言えば、これは辻褄が合わない――彼女は歳を取っていて、自由の代償をハウエルに払うつもりでいたし、そうすれば彼もシーナの面倒を見る必要がなくなるのだ。しかもこの乱暴なやり方、斧で壊すというのは、それ以外にシーナから金を奪う手段のない者のしわざだということを物語っている。こうして僕は、誰がこれをやったにしろ、それは奴隷に違いないと気づいた。

仲間をいかに必要としているかは、失ってみないとわからないものだ。この当時、ロックレスの人員はおそらく二十五名程度に減っていた。大きく違うのは、かつてはもっとたくさんいたのに、互いにみんな知り合いだったという点だ。いま居住区《ストリート》にいる人で僕が知っているのはほんの数人だし、地下長屋となるともっと少ない。以前なら、医術を心得た奴隷がいて、シーナの手当てをしてくれただろう。しかし、そういう者はみなよそに送られ、いなくなってしまったので、僕たちだけで何とかするしかない。僕はフィラデルフィアでの生活を思い出した。いつでも誰かがいてくれるとわかっていて、心が温かくなっていたことを。そして、ロックレスはある種の無法状態に陥ったと感じた。シーナが襲われたことを誰に告げたらいい？　父にか？　そうしたら彼はどう答える？　人々をまた橋の向こうに送るのか？　送られたのが本物の犯人だと信じられるだろうか？

次の週、僕たちも変化に対応することにした。みんなで地下長屋から出て、居住区《ストリート》にあるシーナの昔の小屋に移ったのだ。そこが一番安全だと感じられたからである。僕にとっては、これまでどおり父の世話をするために、朝少し早起きしなければならないだけの話だった。僕たちはシーナが一人きりにならないように心がけた。ソフィアが洗濯を引き受け、僕も日曜日にはできる限り手伝った。水を汲んで運び、薪を集め、洗濯物を絞る。シーナは一週間でほぼ元に戻ったが、襲われた恐怖によって変わってしまった。僕が彼女を知るようになってから初めて、本当の恐怖を顔に浮かべるようになったのだ。ロックレスにとどまっていたら起こり得ることに対する恐怖。そのとき僕はケシアのことを思い、約束を果たすときがきたのだとわかった。

僕が気にかけていたのはシーナだけではなかった。そのあと父を通して知ったのだが、ナサニエルはソフィアを呼び出したにもかかわらず、緊急の用事ができて、テネシーから戻らなかったのだという。用事が何かについては、僕にはわからない。しかし、彼のソフィアに関する目論みは、僕がそれまで予想していたこと以上なのではないかと考えるようになった。そして、同じように考えているのは僕だけではなかった。

ソフィアが言った。「私があっちに行かされるって考えたことある？」

二人で屋根裏に上がり、闇を通して垂木を見つめているときのことだった。キャロラインは僕たちのあいだで眠り、階下ではシーナが軽く鼾をかいていた。

「あるよ」と僕は言った。「特に最近ね」

「私が何を聞いたかわかる？」と彼女は言った。

「何だい？」

「テネシーはここと違うって話。ここの社会とはかけ離れていて、習慣も違う。だから、黒人の女を自分の妻のように連れ歩く白人の男もいるって話なのよ。それで、ナサニエルのこと、彼のこだわりとかを考えると……たとえば私にちゃんと化粧するように言うとか……」

考えを苦労して追っているかのように、彼女の声は次第に消えていった。それから言った。「ハイラム、あいつが私を着飾らせようとするのは、何か目的があるんじゃない？　あいつが考えているのは、慣習を破って、最後には私をテネシー妻にすることじゃないかしら？」

「君が求めているのはそれなのかい？　テネシー？」

「私がそんなことを求めてるって、本気で思ってるの？」と彼女は訊ねた。「まだわからないの？　私が求めているのは、これまで常に求めていたことと同じ。あなたにいつも話してきたことと同じよ。私は自分の手が欲しい、脚が欲しい、腕が欲しい、笑顔が欲しい。自分の大切な部分がすべて自分のものであり、自分だけのものであってほしいの」

彼女は僕のほうを向いた。僕はまだ天井を見つめていたが、彼女にまっすぐに見つめられているのを感じた。

「私が何かを求めるなら――すべてをほかの人に譲りたいと思うなら――それは私自身の欲求によらなければならないの。そういうことをしたいっていう私自身の願望。わかる、ハイラム？」

「わかるよ」

「わかってないわ。わからないわよ」

「じゃあ、どうして僕に話すんだい？」

「あなたに話してないわよ、私自身に話しているの。私自身に対する約束、私のキャロラインに対する約束を思い出しているのよ」

僕たちは横になったまま黙り込み、そのうち眠りに就いた。しかし、僕はこの会話のすべてを忘れることはなかった。行動すべきときは明らかに「いま」だ。僕は役目を忠実に果たし、ホーキンズに情報を知らせていた。それに加えて、〝導引〟の秘密を自分で明らかにした。いまこそ、コリーン・クインが彼女側の約束を果たしてくれるべきときだと感じた。

クリスマス休暇が迫っていた。これは寂しい季節になる。ウォーカー家の人々が戻ってくることはないし、メイナードもいないので、父はこの年の神聖な季節を一人きりで迎えることになりかねなかったのだ。しかし、彼とますます親密になっていたコリーン・クインが、自分の従者たちを連れてロックレスを訪ね、彼の寂しさを和らげた――今回は、ホーキンズとエイミーだけでなく、もっと多くの集団だ。信用のおける料理人たち、メイドたち、そのほか身の回りの世話をする者たち。さらに、コリーンは父を楽しませるために親戚や友人たちまで連れてきて、老いの進んだ父はこの一団に大喜びした。古いヴァージニアの話にうっとりとして聞き入る、熱心な聴衆が目の前に現われたのだから。

これはもちろん、仮面劇だった。こうした料理人たち、世話をする者たち、親戚たちの誰もが、工作員だったのだ――何人かは、僕がブライストンで訓練を受けたときに知り合った者たちだし、あとはスターフォール〝駅〟で働いている者たちだった。計画はいまや僕にも明らかだ。エルム郡は衰退し、過去の遺物になりかかっている。上級市民たちは土地を捨てている。この取り残され、打ちひしがれた土地で、地下鉄道はせっせと活動し、戦線を広げようというわけだ。年月を隔てた視点で振り返ると、僕は称賛の念で胸がいっぱいになる。コリーンは大胆で、冷酷で、巧妙だった。ヴァージニアはガブリエル・プロッサーやナット・ターナー（ともに黒人奴隷で反乱を起こした人物）の再来を恐れていたが、彼らが恐れるべき者はすぐそばにいたのである。貴婦人のドレスを着て、育ちのよさの鑑《かがみ》と言える姿をし、磁器のような上品さと尽きない優雅さをたたえた人物。

そのときの僕には、この計画の巧妙さが見えていなかった。というのも、僕たちは目標については一致していても、そこに至る道についてはあまりに正反対だったからである。奴隷たちは僕にとって人間であり、武器でも積み荷でもなかった。みんなに人生があり、物語があり、家族があった。

その一つひとつを僕は覚えていたし、地下鉄道で長く働けば働くほど、この感覚は弱まるどころか強くなったのだ。そこであの日、年も押し迫っていた時期に、僕はすべきことを強く主張したのだが、僕たちは完全に対立した。

僕たちは居住区《ストリート》にいた。話は簡単だ——コリーンが古い居住地域を見たいと言い、僕が案内することになったのである。そこで僕は彼女を母屋から連れ出し、どうでもいいことを話しながら、庭や果樹園を通過していった。そして、居住区《ストリート》に続くくねくねした道にたどり着いたのだ。

「僕は一つの家族を北部に救出するという約束で、ハウエルのところに戻りました」と僕は言った。「その救出のときはいまです」

「どうしていまなの？」と彼女は訊ねた。

「数週間前にここで事件がありました」と僕は言った。「何者かがシーナを襲ったのです。斧の柄で頭を殴り、部屋を壊しまくって、彼女が洗濯で貯めてきたお金をすべて奪いました」

「なんてこと」とコリーンは言った。本当に心配そうな表情が貴婦人の仮面から現われた。「犯人はわかったの？」

「いいえ」と僕は言った。「誰だったのか、彼女は覚えていないのです。それに、このところ人の出入りが激しいですから……特定するのは難しい。僕はここで毎日働いている人たちよりも、あなたが連れてきた一行のほうをよく知っているくらいですよ」

「調査すべきかしら？」

「いいえ」と僕は言った。「彼女を救出すべきです」

「でも、彼女だけじゃないのよね？　もう一人いるでしょう——あなたのソフィアが」

「僕のではありません」と僕は言った。「ただのソフィアです」

「まあ、驚いた」とコリーンはかすかな笑みを浮かべて言った。「一年であなたはどこまで成長したのかしら？　心底驚いたわ。あなたは本当に私たちの一員になったのね。ごめんなさい、でも、本当に目を見張るほどよ」

　彼女は驚いて僕を見つめていたが、いま考えると、あの瞬間僕を見つめていたというより、自分の努力の結実を見つめていたのだと思う。だからコリーンを驚かせたのは僕ではなく、彼女自身の力だったのだ。

「まだ思い出さないの？」と彼女は訊ねた。

「思い出す？」

「あなたのお母さんよ」と彼女は言った。「彼女の記憶は戻っていないの？」

「はい」と僕は言った。「でも、ほかにも気にかかっていることがあって」

「もちろん、ごめんなさい。ソフィアよね」

「ナサニエル・ウォーカーが彼女の所有権を宣言し、テネシーに呼び寄せるんじゃないかって心配しているんです」

「ああ、それなら心配いらないわ」とコリーンは言った。

「どうして？」

「だって、彼とは一年前に話をつけたからよ。あと一週間で、ソフィアの所有権は私に移るの」

「理解できません」と僕は言った。

　コリーンは困惑と懸念の入り混じった表情を僕に向けた。

「わからない？」と彼女は言った。「ソフィアは彼の子供を産んだでしょう？」

「はい」

「じゃあ、わかるはずよ」と彼女は言った。「あなただって、結局は男だから。激しい関心は抱いても長続きしない、単純な生き物。季節によって高まったり静まったりする欲望の言いなりなの。

あなたの叔父、上級市民の男であるナサニエル・ウォーカーだって、同じこと。いま彼はテネシーにいて、広大な農園に情熱を傾けている。どうしてソフィアを必要とする?」

「でも、彼女を呼び寄せたんです」と僕は言った。「ほんの二週間ほど前、彼女に来るように言いました」

「そうでしょうね」と彼女は言った。「ちょっと思い出したんじゃない?」

コリーン・クインは僕が地下鉄道で出会った工作員たちのなかでも最も狂信的な者であった。こうした狂信的な者たちはみんな白人だ。彼らは奴隷制を個人的な侮辱か恥として、自分の名を汚すものとして捉えている。女たちが売春宿に連れていかれるのを見てきたし、男が自分の子供の前で裸にされ、鞭で打たれるのも見てきた。あるいは、貨物列車や蒸気船、監獄などに家族がみんな豚のように詰め込まれ、閉じ込められるのも。奴隷制は自分たちに具わっていると信じている基本的善の感覚を傷つけるので、彼らにとって屈辱なのだ。そのため自分の親戚がこの卑しい慣習を実践していると、自分たちも容易に同じことをしてしまいかねないと心配になるのである。彼らは野蛮なきょうだいたちを軽蔑するが、きょうだいであることに変わりはない。だから、反発は一種の見栄であり、奴隷制を憎むことが奴隷への愛をはるかに上回る。コリーンもその点は同じで、だから奴隷制を激しく非難しながらも、あんなに気楽に僕を穴に落としたり、ジョージー・パークスに死刑を宣告したり、あるいはソフィアへの侮辱を嘲笑うことができるのである。

そのときの僕はここまで物事を整理できていなかった。僕の頭にあったのは理屈ではなく怒りであり、それは自分が所有しているものを中傷された怒りではなく、人生で最も暗い夜に僕を支えてくれた人が中傷されたことへの怒りだった。しかし、僕はその怒りを吐き出すことはしなかった。コリーンと会うずっと前に、仮面をかぶる訓練を積んでいたからだ。だから僕はこうとだけ言った。

「彼らを救出したいんです。二人とも」

「その必要はないわ」とコリーンは言った。「あの娘の所有権は私が持っているから、彼女は救われる」

「シーナは？」

「いまはまずいのよ、ハイラム」と彼女は言った。「やらなければいけないことがたくさんあって、それを危険に晒さないように気をつけないといけないの。エルム郡の力は衰え、私たちは日に日に強くなっているけど、それでも気をつけないと。私はすでにかなりのことをしてきたから、疑いを招くかもしれない。私たちがスターフォールでやったことは事実として残っているし、あなた方二人が逃げた、あの娘が逃げたという事実もある。私が彼女の面倒を見た話は彼女から聞いた？」

「聞きました」

「じゃあ、わかってくれなきゃ。いっぺんに対処するには課題が多すぎる。もし私たちが見つかってしまったら、たくさんの人たちが苦しむことになるのよ」。彼女は嘲笑う口調を捨て、いまはほとんど嘆願するかのようだった。「ハイラム、聞いて」と彼女は言った。「あなたが地下鉄道のためにしてきた仕事はものすごく価値があった。あなたのお父さんに関する情報は、私たちが考えてもいなかった可能性を開いたわ。あなたが〝導引〟を習得しなかったとしても、あなたを救出するのにかかったリスクを補って余りある活躍をしてくれた。でも、私たちは比較検討しなきゃいけないことがたくさんある。私がナサニエル・ウォーカーの愛人の所有権を手に入れて、そのあとすぐに彼女が消えたら、人々の目にどう映るかしら？　それから洗濯業を営んでいるシーナだけど、彼女が突然来なくなったら、人々はおかしいと思わない？　こういうことにすごく気をつけないといけないのよ、ハイラム」

「あなたは約束しました」と僕は言った。

「そう、したわ」と彼女は言った。「そして、約束は守るつもりでいる。でも、いまは無理よ。時間が必要なの」
僕はコリーンをじっと睨みつけた。ヴァージニアで必要とされている敬意を見せずに彼女を見つめたのは初めてのことだ。彼女が理不尽だったわけではない。むしろ、彼女の言い分は正しかった。しかし、僕はソフィアが嘲笑われたことにカッとなっていて、そこに自分自身の思いや恥が絡み合った――ずっとソフィアを侮辱に晒してきたことへの恥ずかしさ、シーナを残して逃亡したことや、彼女をまた一人にしたために襲撃されてしまったことへの恥ずかしさである。母親が売られたこと、彼女を守れなかったこと、その仇を討っていないことへの思いもある。こうしたことすべてが僕の胸のうちで渦巻き、コリーンに向けた視線のなかに発散されていたのである。

「あなたにはできないわ」とコリーンは言った。「あなたは私たちが必要だし、私たちは同意しない。あなたのちょっとした短期間の恋心のために、私たちが処刑されるわけにはいかないの。あなたにはできない」

そのとき何かに気づいたという表情が彼女の顔に浮かび、それが恐怖の表情となって顔全体に広がった。彼女は理解したのだ。

「あるいは、できるのかもね」と彼女は言った。「ハイラム、あなたはみんなを地獄に落とすことになるわ。考えて。自分の感情を超越して考えて。罪の意識を超越して。これから救われるかもしれない人たちを危険に晒す権利は、あなたにはない。考えて、ハイラム」

しかし、僕は考えていた。メアリー・ブロンソンと奪われた彼女の息子たちのことを。アラバマで死んだランバートのことや、リディアを解放するために国を踏破しようとしているオウサのことを。そして家族が一緒になるために、あらゆる侮辱に耐え忍んでいるリディアのことを。

「考えて、ハイラム」とコリーンは言った。

「自由が主人だって言いましたよね」と僕は言った。「僕たちを駆り立てるのはそれだって。誰も飛べない、みんな線路に縛られているって言いましたよね。〝わかってる〟ってあなたは僕に言いました。〝自分はわかっているから、奉仕しなければならない〟って」

「同情がないわけではないのはわかるわよね」と彼女は言った。「あなたに何が起きたかはわかっているわ」

「いや、わかってません」と僕は言った。「わかるわけがない」

「ハイラム」と彼女は言った。「私たちを破滅《ドゥーム》させることはしないと約束して」

「僕たちが神に呪《ドゥーム》われることはしないと約束します」と僕は言った。しかし、こんな言葉遊びで彼女をごまかすことはできなかった。このあとの話し合いについては、あまり語らないほうがよいであろう。その理由は、長い年月を隔てても、僕は彼女に最大限の尊敬を抱いているからだ。彼女は全面的な信頼と誠実さをもって話していたし、その点は僕も同じだったのである。

32

こうして僕は単独で行動することになった。〝導引〟を成し遂げるなら、それは僕の手だけで行わなければならない。そして、ここを離れていたときに僕が何をしてきたか、もはや語らずにいることはできないように思われた。彼女たち二人に話さなければならない――ソフィアとシーナに。僕はそれぞれ別々に話そうと決意した。シーナへの告白は、地下鉄道だけではおさまらない重大なことを含んでいたからである。そこで僕はもっと単純な告白で済むと考えたほうから始めることにした――ソフィアへの告白だ。

シーナが悪夢を見るようになっていて、それを僕たちは襲撃のせいだと考えた。そこで辛そうな夜には、キャロラインを下に残して彼女の胸で眠るようにし、それで彼女を落ち着かせる習慣となった。そんな夜に、僕はいまこそ話そうと考えた。

「ソフィア」と僕は言った。「〝何か〟について話す覚悟ができたよ。〝いかに〟についてもね」

彼女は切妻造りの屋根の垂木を見つめていたが、それを聞いてこちらに体を向けた。そして粗い綿の毛布を自分に掛けると、僕のほうを向いた。

「僕がいた場所に関わるんだ」と僕は言った。「僕がどこにいて、そこにいたときに何が起きたか」

「ブライストンじゃないのね」と彼女は言った。

「あそこにもいたよ」と僕は言った。「でも、それは最初だけだった」

あの闇のなかでも、僕には彼女の瞳が見えた。それをまともに見つめ返すのは辛かったので、僕は寝返りを打ち、彼女に背を向けた。息を深く吸い込み、それから吐いた。

そして僕は彼女に話をした。自分はここを離れていたとき、別の国を見た、北部の寛大な空気を吸い込んだのだ、と。起きたいときに起き、動きたいように動いた。ボルティモアまで汽車で行き、お祭りのようなフィラデルフィアの雑踏を歩き、ニューヨークの北部の地まで旅をした。こうしたことはすべて、自分が所属することになった機関を通して行われた。彼女の耳には囁き声や噂話でしか聞こえてこなかったであろう、自由を目指す機関――地下鉄道だ。

続けて僕は、それがどのように起きたのかを話した。コリーン・クインに見出され、ブライストンで訓練を受けたこと。ホーキンズとエイミーもこの組織で働いていること。それから、ジョージー・パークスがどのように粛清され、その粛清に自分も絡んだことを話した。さらにホワイト家の人々のことも――彼らがいかに自分を愛してくれ、いかにメアリー・ブロンソンを救い、いかにミカジャ・ブランドが命を擲《なげう》ったか。モーゼとどのように会ったか、ケシアがどのように競売を乗り切ったか、彼女がどれだけシーナのことを思っているか。そして僕は、自分がシーナを救出する約束をしたこと、一緒にソフィアも救出するつもりであることを話した。

「君を救い出すって約束したからね」と僕は言った。「その約束を守るつもりなんだ」

逆方向に寝返りを打つと、彼女の瞳が僕を待ち受けていた。その瞳には何かどんよりしたものが感じられた――ショックも驚きもなく、どんな感情も現われていなかった。

「それで戻ってきたのね」と彼女は言った。「約束を守るために」

「いや」と僕は言った。「戻れって言われたから戻ったんだ」

「それで、戻れって言われなかったら？」

「ソフィア、僕は向こうでずっと君のことを考えていたんだ」と僕は言った。手を伸ばし、彼女の顔を撫でた。「君のことが心配で、あいつらに何をされただろうって心配で……」

「でも、あなたが心配しているあいだ、私はここにいたのよ」と彼女は言った。「何が起きているのかもわからず、あなたに何が起きたのかも知らずに。あのコリーンって女の意図もまったくわからずに」

「彼女は君の所有権をナサニエルから得たんだ」と僕は言った。「君がテネシーに行かされることはない」

彼女は首を振って言った。「それを私はどう考えたらいいの？　あなたがこういう話とともに戻ってきて、それを私は信じるわ。本当に信じてる。でも、ハイラム、私はあなたのことは知ってるけど、あの人たちのことは知らないのよ」

「でも、僕のことはよく知ってるじゃないか」と僕は言った。「こういう形で話すことになったのは申し訳ない。でも、僕は君の意見を聞いたし、最初から君が言いたかったことは聞いてきたし。だから君だけでなく、キャロラインの問題なんだってこともわかる。君たちを救い出すよ。シーナもね」

「それで、あなたはどうなるの？」

「僕は別の命令を受けるまでここにいる」と僕は言った。「この組織の一部になったんだから。それは僕自身よりも、僕の欲求よりも大きいんだ」

「私よりも大きいわけね」と彼女は言った。「あなたが自分の血縁だと言うこの娘よりも」

しばらく黙り込んでいたが、それからソフィアはまた仰向けになり、垂木をじっと見つめた。

「それに、まだどうやってやるのか聞いてないわ」と彼女は言った。「手段を知る必要があるって言ったでしょ」

「手段ね？」と僕は言った。

「そう、どうやるの？」

「じゃあ、来て」

「何？」

「手段を知りたいって言ったろ。さあ、知りたいのかい、知りたくないのかい？」

そのときには梯子を下りかけていた。ドア口で僕は作業靴を履き、防寒と勇気づけのためのコートをはおった。振り返ると、ソフィアはキャロラインを見つめていた。赤ん坊はシーナの胸で軽い寝息を立てている。

「来て」と僕は言った。

僕たちは例の道を歩いていった。僕にとってはもはや神聖なものとなった道だ。練習を積んできたし、記憶の範囲や力をできる限り試してきたので、数分後にグース川の岸辺に着いたときには、自分を完全に制御できていると感じていた。

僕はソフィアのほうを向いて言った。「いいかな？」これを聞いて彼女は目を丸くし、首を振った。僕は彼女の手を取り、もう片方の手で、木の馬を握りしめた。

それから僕は彼女を川に向かって導いた。歩きながら、あの日の話をした。僕たちみんなが集まった最後のクリスマスのことだ。その話をするというより、感じていた。僕にとってリアルなものとなった――コンウェイとキャット、フィリパとブリック、そしてシーナ、焚火の前で怒りに燃えている。「土地だよ、ニガーども」と彼女は言った。「土地だ」。そして僕は思い出した、ジョージー・パークスを、アンバーを、彼らの小さな息子を。それから自由黒人たちを思い出した――エドガーとペイシェンス、パップとグリース。彼らのことを思い出した途端、ソフィアが驚いて跳び上がり、僕の手をギュッと握るのを感じた。僕はあれが始まっていたのだとわかった。

川は濃い霧の層に覆われていた。そのてっぺんに彼らが見えた――ぼんやりとした青色の幽霊たち、僕たちの前で揺れている。あの休日の夜、集まっていた者たち全員だ。口琴《ジョーハープ》を鳴らしているジョージー・パークス、バンジョーはエドガー、パップとグリースは叫んでいる。ほかの者たちは丸くなり、焚火のまわりで踊っている。彼らの声が聞こえた、耳でというより、体のどこか深いところで。霧の層は生きているように見えた。ところどころから指のようなものが出てきて、音楽に合わせて動いている。それが僕たちのほうにも伸びてきて、ビートに合わせ、優しく僕たちを誘い込もうとしている。

この招きに応えるのはいとも簡単なことだった――木の馬をギュッと握るだけでよかった。これをすると、霧の指たちがシュッと伸びてきて、僕たちを摑み、前方に引っ張ってから解放した。ソフィアがよろめくのがわかったので、彼女の手をしっかりと握った。彼女は体勢を立て直すと、僕のほうを驚いた顔で見た。それから僕たちは前を向いた。目の前に森があり、背後に川と霧の層、そして幽霊たちがいるのがわかった。後ろを振り返って、何が起きたのかがわかった――僕たちは〝導引〟されて川を越え、向こう岸にたどり着いたのだ。

下を見ると、霧の青い巻きひげが退いていくのがわかった。音楽は再び高まっており、どんどん大きな音になっている――ジョージーはまだ口琴《ジョーハープ》を鳴らし、エドガーはバンジョーを弾き、ほかの者たちは叫んでダンスしている。ここでもまた、霧の指が僕たちのほうに迫ってきて、ビートとともに僕たちを手招いている。僕は木の馬をポケットから取り出し、高く掲げた――僕の手のなかでそれは青く輝いた。僕はソフィアのほうを見やり、また馬をギュッと握った。すると、霧が指を伸ばしてきて僕たちを摑み、川の反対側へと引っ張っていった。霧から解放されたとき、ソフィアはよろめいて倒れた。僕は彼女を抱えて起き上がらせ、二人で振り向くと、音楽が盛り上がってきた。そして、霧の指がまた手招きするのが見えた。

「ダンスみたいなんだ」と僕は言った。

僕は馬をまたギュッと握ったが、今回ソフィアは全体重をかけて霧に突っ込んだ。そして体を預け、霧に乗るような姿勢で、しっかりと両足で立った。僕がまた馬を握りしめると、僕たちは〝導引〟された。また握りしめ、〝導引〟された。また握りしめ、〝導引〟された。それから、シーナと暮らしていた古い家と、そこでの日々を思い出し、そうした年月が僕にとってどういう意味があったかを考えて、僕はまた握りしめた。すると、青い巻きひげが僕たちを摑んで持ち上げ、次に解放されたとき、僕たちは居住区《ストリート》に戻っていた。霧が引いていくとき、僕たちが見た最後の幻影は、頭に水がめを載せてウォーターダンスを踊る女性のものだった。踊りながら僕たちから遠ざかっていき、最後には、信じられないほど優美な動きで頭を傾けると、水がめが頭から滑り降りてきた。彼女は手を伸ばしてその首の部分を摑み、笑って、そこから水を飲んだ。それから水がめを誰か見えない人に差し出し、そのあいだにだんだんと消えていった。

小屋に戻ると、ソフィアは屋根裏部屋にのぼった。僕も続こうとしたが、後ろ向きにバタッと倒れてしまい、その大きな音でシーナが目を覚ました。

「いったい何をしてるんだ？」と彼女は叫んだ。

「空気を吸いに外に出たの」とソフィアが言った。

「空気だって？」とシーナは疑わしそうに言った。

ソフィアは下りてきて、僕が梯子をのぼるのを手伝ってくれた。上までたどり着くと、僕は寝床に倒れ込み、夢も見ずに眠り続けた。次の日は朝早く起き、よろよろしながらやるべき仕事をやり遂げた。


その日の夜、僕たちはいつものように屋根裏部屋に横たわり、遅くまで話し込んだ。

「君がウォーターダンスを初めて見たのはどこで？」と僕は訊ねた。

「覚えてもいないわ」とソフィアは言った。「私が生まれたところでは、みんなが踊ったのよ。うまい人もいれば、それほどじゃない人もいた。でも、あちらでは若いときに踊り始めるの。場所と結びついているのね。わかる？」

「どうかな」と僕は言った。「あのダンスがどこから来たのか知らなかったよ」

「伝説があるの」と彼女は言った。「偉大な王様がいて、アフリカから彼の民たちとともに奴隷船で連れてこられた。でも、浜辺に近づいたとき、彼とその民たちが反乱を起こし、白人を皆殺しにして、死体を海に放り込んだ。そして、船でアフリカに戻ろうとしたの。でも、船が浜に打ち上げられて、王様が見ると、白人の軍隊が銃を持って迫ってきた。そこで王様は彼の民に、水のなかに歩いて入るように言った。歩きながら歌い、踊るように、と。水の女神が自分たちをここまで連れてきたのだから、水の女神がまた故郷に戻してくれるって。


それで、私たちがああやって、水を頭の上に載せて踊ると、波の上で踊った人たちを讃えることになるの。上下をひっくり返したわけよ。すべてにおいてそうなんだけど、私たちは与えられたものから道を切り開かなければならない。あなたが昨晩やったこともそれじゃないの？ あなたが自分でやると言っていることも？　ひっくり返す。サンティ・ベスがやったのもそれでしょう？　昨晩、あそこから戻ってきたとき、私の頭に浮かんだのは彼女のことばかりだったわ。それから王様のこと。ウォーターダンス。サンティ・ベス。あなた。

〝ダンスみたいなんだ〟。あなたはそう言ったわよね？　サンティ・ベスがやったのもそれよ。水のなかに歩いて入ったわけじゃない。踊ったの。そして、そのダンスをあなたに伝えたのよ」

「そして、だからあなたは彼らに見出されたのね、地下鉄道に」と彼女は言った。

「ああ」と僕は言った。「前にもやったことがあったんだ。でも、自分で決意してやったことじゃない。彼らは僕の噂を伝え聞き、監視していたんだよ。それで、メイナードが死んだときに……」

「あのようなことが起きたわけね？　あのようにあなたはグース川から浮かび上がった。そして、あのように私たちをロックレスから救い出そうとしている」

「そうなんだ」と僕は言った。「でも、一つ問題がある。まだ解決できていない問題が。あれは記憶によって起きるもので、記憶が深ければ深いほど、人を遠くまで運んでくれるんだ。あのクリスマスの夜に関する僕の記憶はジョージーと結びついていて、それはこの馬と結びついている。僕が彼とその赤ん坊にあげたプレゼントさ。でも、君たちみんなをもっと遠くまで〝導引〟するには、もっと深い記憶が必要だ。そして、その記憶と結びついた別の品物に導いてもらわないといけないんだよ」

「あなたが以前、いつも持ち歩いていた硬貨はどうなの？」

「ああ、それも試してみた。でも、それほど遠くへはいけない。川を飛び越すのも難しいことだけど、州を飛び越すとなるとまったく別物なんだよ。もっと深くなければいけないんだ」

ソフィアはしばらく黙り込み、それから言った。「それはすごい力ね。地下鉄道にとって、あなたはさぞかし重要な人物なんでしょう」

「そうコリーンは言うね」

「だから彼女はあなたを手放そうとしないのね」

「それだけじゃないけど」と僕は言った。「でも、だいたいはそういうことだね」

「じゃあ、ハイラム」と彼女は言った。「あなたは私のこと、私のキャロラインのことを、どうしようと考えているわけ？　私たちの人生はどうなるの？」

「わからない」と僕は言った。「君たちをどこかに落ち着かせたいと考えていたんだけどね。それで、ときどき君たちに会えるように」

「嫌よ」と彼女は言った。

「何だって？」

「行かないわ」

「ソフィア、これは僕たちが求めたことじゃないか。だから逃げたんじゃないか」

「〝僕たち〟よね、ハイラム」と彼女は言った。「〝僕たち〟、わかる？」

「僕だって君たちと一緒に逃げたいよ、ここと完全に縁を切って。それを何よりも求めている。でも、できない理由はわかるはずだ。君にすべてを話したんだし、僕たちが背負うことになった戦争のことを打ち明けたんだから、君もわかってくれないといけない。僕がなぜここから離れられないか」

「あなたに一緒に逃げてとは言ってない。私たち、私のキャリーと私は、あなたなしでは逃げないと言っているの。ここに長年住んで、いろんな家族が引き裂かれるのを見てきた。そして、あなたと一緒に家族を築いた。あなたが自分でも言うように、キャロラインと血のつながりのある男と。この娘はあなたの一族よ。これを言うのは残酷だとわかってはいるけど、でも言うわ。あなたはこの娘の父親なの。この娘にとって父親以上の存在なのよ」

「自分の言ってることがわかってるのかい？」と僕は言った。「自分が何を失うことになるかわかってる？」

「いいえ」と彼女は言った。「でも、いつかわかるでしょうし、あなたと一緒にそれを知ることになるわ」

僕はその瞬間、どこか卑俗だけど美しいものを感じた。この居住区《ストリート》で生まれたもの、アメリカじゅうの居住区《ストリート》で生まれたもの。地下長屋で生まれ、育まれたもの。それは堆肥の温かさ。生まれが卑しい者たちの世界の安心感。事実の直視であり、上級市民からの逃避だ。僕たちみなの住む真の世界が排泄したものであり、その重みをたたえたもの。

僕は眠ろうと寝返りを打った。すると、ソフィアが近づいてきて、僕の腕の下に自分の腕を差し入れた。やがて彼女の手が僕の温かくて柔らかい部分を探し当てた。

「わかってるかな、君は自分を鎖につなぐことになるんだよ」

しばらくのあいだ、それに応えるのは、僕の首の裏側にかかる柔らかくて温かい吐息だけだった。それから彼女は言った。「自分で選んだのなら、鎖ではないわ」

翌日、シーナと僕は洗濯物を集める巡回に出た。次に桶で水を運び、ジャケットやズボンを叩き、地下長屋の乾燥室に吊るす仕事をした。ソフィアはキャロラインの具合が悪いからと言って、家にとどまることにした。実は病気ではなく、僕たちの計画の一部だったのだが、思慮深さに欠けていた。一日が終わる頃、手が擦り切れて腕がくたくたに疲れてきたとき、ソフィアが休んでいることについてシーナが不平を言い始めたのだ。

「あの娘はどうしたんだい、ハイ？」とシーナは言った。居住区《ストリート》に向かってゆっくりと歩いているところだった。太陽の光はかなり前から消えかかっており、僕たちが道を歩く姿は二つの影のようだった。果樹園を通り過ぎ、森を抜ける。「もっと骨のある娘を選んでほしかったと思うよ。あのソフィアは仕事のことを何にも知らない」

「ソフィアもよく働くよ」と僕は言った。「僕がいないあいだ、あなたのために働いたでしょう」

「あれが働いたって言えるならね」とシーナは言った。「あたしから見れば、あの娘が本当に働き出したのはおまえが戻ってからだよ。どうやってああいう娘と暮らしてこうっていうんだい、ハイ？　これだけのことを背中に負わされてるっていうのに、働くふりしかしない女と一緒で、どうやり抜くんだよ？　あたしが若かったときは、農園のどんな男よりも働いたよ。自分の男よりも働いた。タバコ畑では恐れられていたし、その上に家のこともしたんだ。もちろん、これだけ働いてどうなったかって、考えることもあるけどね――頭を殴られて、自由になるために貯めたお金を盗まれるんじゃさ。だからあの娘は、たぶんあたしが知らないことを知ってるんだ」

「ケシアに会ったんだ」と僕は言った。一日じゅう、この告白をどう会話にはさもうかと考えてきた。そして、穏当な形でやろうとしてうまくいかず、それでもやらないわけにはいかないと思って、最もざっくばらんに切り出すことにした。

シーナは立ち止まり、僕のほうを向いた。「誰だって？」

「あなたの娘だよ」と僕は言った。「ケシアに会ったんだ」

「あの娘についてああ言ったから、怒ってるってことかい？」

「本当に会ったんだよ」。僕はできる限り揺るぎない口調で言おうとした。

「どこで？」

「北部で」と僕は言った。「あの人はフィラデルフィアの郊外に住んでいる。あなたから引き離されたあと、メリーランドに連れていかれた。そこから北部に逃げたんだ。結婚して、夫に大事にされているよ」

「ハイラム……」

「あなたをあちらに呼び寄せたがってる」と僕は言った。「北部で一緒に暮らしたいって。冗談を言ってるんじゃないよ、シーナ。僕は彼女と別れるとき、あなたを送り届けるって言ったんだ。約束した。だからその約束を守るつもりだよ」

「守る？　どうやって？」

森のなかで、僕はソフィアにしたのと同じことをした。自分に何が起き、自分がどうなったかを説明したのだ。

「じゃあ、地下鉄道でやるのかい？」

「そう」と僕は言った。「でも、そうじゃない」

「どっちなんだ？」

「僕がやる」と僕は言った。「僕が。信頼してくれるかどうか訊ねているんだ」

「ケシア？」とシーナは誰に向けてでもなく訊ねた。「あの娘を奪われたとき、あれはとってもちっちゃかった。やたら元気な子で、父親が大好きだった。わかるかい？　すごく厳しい父親だったのにね。家にはツバキが咲いていた。別の時代、別の時代の話だよ。あの娘は裏庭に出て、ツバキの花をたくさん摘んだんで、しまいには……」

彼女はこの先を続けず、顔には当惑の表情が浮かんだ。

「ケシア……」と彼女は小さな声で言った。それから涙が浮かんできた。ゆっくりと、静かに、声をあげて泣くことはせず。もう一度娘の名前を言うと、僕のほうを向いて訊ねた。「ほかの子供たちには会ったのかい？」

僕は首を振って言った。「残念ながら」

そのときに泣き声が溢れ出した。低く、深く、喉を詰まらせるような声。そして自分に向けた呻き声をあげた。「ああ、神様、神様」。そう言いながら首を振っている。

「どうしておまえはこれを蒸し返すんだ？　どうしてこんなことを？　おまえと地下鉄道は？　やめてくれ。あたしは諦めていたんだ。なのにどうして蒸し返す？」

「シーナ、僕は――」

「いや、おまえはもうしゃべった。あたしにしゃべらせて。あたしが何をしてきたかわかるかい？おまえは、おまえはもっと分別があっていいのに。あたしが面倒見てやったのに、こんな仕返しをするなんて。こんなことをするなんて。

この家に受け入れてやったのに、おまえがほんの小僧っ子のときに。それなのにここに戻ってきて、こんなことをするのか？　このことを心で受け止められるようになるまで、どれだけ大変だったかわかるかい？」

彼女は少しずつ僕から後じさりしていた――後ろ向きに小屋から出ようとしている。

「シーナ……」

「ダメ。あたしに近づかないで。おまえとあの娘と、みんなあたしに近寄らないで」

彼女は夜の闇に向かって走り出ていき、僕はそのあとを追った。彼女の腕を摑もうとしたが、振り払われた。彼女は僕を肘でつつき、拳で叩き、体をひねって逃れようとした。

「近寄るなって言ったんだ！」と彼女は叫んだ。「近寄るな！　よくもこんなことを蒸し返してくれたな。あたしからできるだけ離れていろ、ハイラム・ウォーカー！　おまえとは縁を切る！」

これは驚くべきことではなかった。過去がいかに我々の肩に重くのしかかっているか、僕もすでにわかっていた。そのことを誰よりもわかっていたのだ。自分の妻が主人に殴られているとき、妻を押さえつけていなければならなかった男たちのことを知っていた。自分の母親がこうして押さえつけられ、殴られているのを見ていた子供たちもいた。豚と一緒にぬかるみで食べ物をあさっている子供たちもいた。しかし最悪なのは、こうした記憶がいかに自分たちを変えてしまったか、わかっていたということだ。それがいかに我々に付きまとうか、いかに自分たちのおぞましい部分となってしまったか。幼いときにもそれがわかっていたはずだ。でなければ、どうしてあの一つの記憶が、母親の記憶が、錠つきの箱のなかにしまわれ、閉ざされていたのか。

では、あのとき、闇に消えていくシーナを見ながら、彼女の忘れたいという願望を恨みがましく思っていた自分は何様だったのだろう？　そう、僕はそれをすべてわかっていた。小屋に戻り、長いこと黙って座って、シーナの怒りを自分もよくわかっていると自覚した。そして、ひと晩じゅう心のなかであれこれと考え、やがて幼いキャロラインを真ん中にしてソフィアと横たわっているとき、自分が何をすべきかわかった。ケシアはこれからもずっと、シーナが失ったもの、奪われたものを象徴する存在であろう。だから娘に会うためには、シーナは思い出さなければならない。そして、僕自身が同じことをする準備が整わなければ、彼女にそれを求めるわけにはいかない――そうわかったのである。

33

次の日の朝早く、僕は目覚めると、水を汲んで体を洗った。それから夜明け前に白い宮殿に向かって歩きながら、目の前に集められたあらゆる断片について考えた――それはいわば道筋を示すパンくずだ。水面をひっくり返した昔のアフリカの王様のことを考える――僕の祖母がやったように、波のなかに踊りながら入り、水の女神の祝福を得て、踊り続けて自分の民を故郷まで導いた王様。では、メイナードと川に落ちたとき、母を見たのはどういう意味があるのだろう？　あの橋の上でジューバを踊り、手拍子を打っていた母、水の上でも下でも踊り、水面をひっくり返した母を見たのは？

たとえシーナが折れ、行く決意をしたとしても、彼女を移動させるには強力な記憶が必要となる。そこでその朝、父に朝食を出し、農園の視察に連れ出したあと、僕は彼が居間で休んでいるあいだに書斎に忍び込んだ。父が書簡などを保管している場所だ。僕はそこでフィラデルフィアの地下鉄道宛てに数行の手紙を書いた。もちろん、用心しなければならない。自分の名はこちらでの偽名を使い、デラウェア川南岸の船着場に近い隠れ家を宛て先とした。そして、注意を逸らす記述や暗号を通して、いま何をしようとしているかをハリエットに伝えた。そのとき自分が何を期待していたのかはわからない。それ以上に、家族の運命がかかっているとはいえ、ハリエットがこの闘争でどういう立場を取るかはわかっていなかった。しかし、必要なことがあったら知らせるようにと言われていたので、僕はそうしたのである。

手紙を書き終わってから、僕は父を迎えにいき、彼がさまざまな書状に目を通すのを手伝った——そのほとんどが西部からのものだった。父の目と手はかなり弱ってきていたので、僕は声に出して手紙を読んでやり、彼の返事を書き取って、それがすべて送られるように手配した。この作業が終わると、二人で彼の部屋に戻り、彼が適切な仕事着に着替える手助けをした。僕もそのあとで地下長屋に降り、オーバーオールに着替えて、母屋の裏の庭で彼と会った。鋤と熊手で一緒に庭仕事をし、陽が暮れ始めたところで室内に戻る。また着替えて午後のリキュールを出すと、父はここでぐっすり眠ってしまう習慣だったので、そのときがチャンスだった。

僕は階段をのぼり、父の書斎に入った。そして、マホガニー材の高脚つき箪笥を見て、メイナードが自分の所有物ではないものを漁っているときに感じた恥ずかしさを再び思い返した。これは筋の通らない恥ずかしさだ――この家にあるもの、この土地、それを言ったらこの地球上にあるもののなかで、ハウエル・ウォーカーの正当な所有物と言えるものなど何一つないのだから。それでも上級市民であり、略奪者であるので、彼が所有権の主張をためらうことなどまったくなかった。メイナードが同じことをしたのも無理はない。おそらく僕もそうすべきなのだろう。

一番下の抽斗を開けてみたところ、紫檀《ローズウッド》の箱が見えた。凝った装飾が施され、銀の留め金が光っている。なかに何があるかわかっていたとは言えない。しかし、両手で箱のてっぺんを撫でたとき、これを開ければすべてが変わると直感した。そして、本当にそうだった。

なかにあったのは貝殻のネックレスだ。それを見た途端、兄が死んだ夜に見たものと同じネックレスだと僕は確信した。踊り手の首からぶら下がっていたもの、母の首で揺れていたものだ。そこで僕はネックレスを自分の首に持っていき、後ろに手を回してフックをはめようとした。失われたパズルがはまるようにフックがはまると、波動が指に伝わり、手首から腕へ、さらにより深い部分へと広がって、僕は後ろ向きによろめいた。体勢を立て直したとき、波動はようやく収まりつつあったが、それは記憶の力が起こした波動だとわかった。母の記憶だ。そのとき、僕が他人の言葉として知っていたことすべてが、形と色を得た。僕の幼い日々にかかっていた霧と煙が晴れ、母の姿が完璧な形で、一緒に過ごした短い年月のすべての記憶とともに、現われてきたのである。そして、僕は彼女との別れも見た。その別れがどのように起きたか正確に見えたし、誰がそれをもたらしたかも正確にわかった。

本当のところ、僕は全力で自分を抑えなければならなかった。さもなければ、階段を駆け下り、庭の冷たい土にまだ刺してある鋤と熊手を引き抜いていただろう。そして、父の肉体にまだかろうじて残っている命のわずかな息吹を断つ……。それをしなかったのは、自分がそのとき何を大事に感じ、誰を愛していたかの証である。僕が思い出すことを頼りにしている人々がいる。そして思い出すために、僕は生きなければならないのだ。

僕は箱を閉じ、箪笥のなかに押し込んで戻した。貝殻のネックレスはシャツの下に隠すことにする。また階下に下りると、父は目を覚ましていた。窓の外を見て、夜が迫っているのもわかった。自分には数秒に感じられたことが、かなり長かったのだと気づいた。僕はキッチンに行き、父の食事が用意されているのを見て、その日は彼が一人で食べるわけではないことを思い出した。コースの最初の料理――パンと食用ガメのスープ――を持っていくと、ディナーのテーブルで父とともに待っていたのはコリーン・クインだった。その夜、彼女は何も怪しい素振りはしなかったが、最後、二人で居間にお茶を飲みにいくとき、僕に対してこう言った。ホーキンズがあなたと話したがっているようよ、と。

僕は外に出て、馬屋へと向かった。彼が何を言うかは予想がついていた。ホーキンズはヴァージニアの地下鉄道に縛られていて、つまりはコリーン・クインの言うことに縛られている。彼女の目論みには疑いの余地がない。自分が僕を阻止できなくても、世界を僕と同じように見た経験のある者なら、僕を諭すことができるはずだ――彼女はそう考えたのだ。このときはかなり夜が更けていた。空気は冷たくて身を切るようだ。明るい月が空高く上がっている。ホーキンズは軽装馬車のなかに座っていて、葉巻を吹かしていた。僕を見ると笑みを浮かべ、手を差し出して、なかに座るように示した。

「君がどうしてここにいるのかはわかってるよ」と僕は言った。「でも、何を言われても、これから起こることは変えられない」

「ハア」と彼は言った。それからポケットのなかに手を突っ込んで言った。「俺が考えていたのは君に葉巻をあげようってことだけさ」

「君の考えはそれだけじゃないね」

「いや、そんなことはない」

彼は僕に葉巻を手渡した。

「俺は君に厳しかったって感じてるんだ」と彼は言った。「それは俺の立場のせいなんだけど、自分が何を見てきて、いかにこの立場にたどり着いたかにも由来する。俺とエイミーが、どちらもコリーンに救出されたのは知ってるよね？」

「ああ」

「俺たちは彼女が来る前からブライストンにいた――このことも君は知ってる」

僕は頷いた。

「じゃあ、俺から君に知っておいてもらいたいのは、どれだけあの場所がひどかったかってことだけだと思う。あそこは通常の、ちょっとした悪の場ではなかった。それに、単に奴隷制のことだけじゃない。エドマンド・クインは世界じゅうで最高に性悪な白人男だったんだ。その点、俺は確信している。それがいまはどうだかわかるかい？　上級市民がいるときは、ブライストンはいつでも仮面をかぶるだろ？　昔のヴァージニアみたいに見えるよね？　そして、あいつらがいなくなると、俺たちは仕事に戻るってわけさ。

ブライストンはいつでもそんな感じだった――顔が二つあった――でも、エドマンド・クインがやっていたのはそれとは違う。長年、俺はあいつのペテンを見てきた。神と名誉を貴ぶ男ってふりをして、パーティでは乾杯の音頭を取り、救貧院には金を送る――俺たちに働かせて稼いだ金だ。申し訳ないが、ハイラム、俺はあいつが何をしたか口にできない。ともかく言えるのは、あいつの支配下から逃れるためなら何でもしただろうってことだけさ。あの男の怒りから自分を救い、家族を救うためならね。そのチャンスはコリーン・クインによってようやくもたらされたんだ。

俺はコリーンに感謝している。本当に感謝している――妹と俺のためにしてくれたことに対して。それから、ヴァージニア地下鉄道で救われたすべての人々のためにしてくれたことに対して。彼女のためならどんなことでもするよ。彼女の策略のおかげで俺たちはあの悪魔から逃れられたんだし、新しい任務にも就くことができた。悪魔が仕えるさらに邪悪な悪魔を排除するって任務だ」

ホーキンズは背もたれにもたれ、葉巻を吸った。先端が闇のなかでオレンジ色に輝き、白い煙の筋が口から吐き出された。

「コリーンは本当にたくさんの者たちを奴隷から救い出した。ところが、こうして救い出された俺たちの仲間の一人が、彼女に逆らおうとしている――俺たちに逆らおうとしている。コリーンが俺のところに来て、そう言うんだ。そして、その男と話をし、誠意と叡智をもって、説得してくれと言われたら、従うしかない」

「意味がないよ」と僕は言った。「君は僕が見てきたことを知らない」

しかし、彼は僕が何も言わなかったかのように話し続けた。

「俺はヴァージニア〝駅〟を通して助けられた多くの人たちを見てきた。そして、彼らはいつでも厄介事をもたらす。救出活動において、進むべき方向に進むことなんてことはない。それは君も見てきたよね。アラバマに行ったブランド。昨年、自分の女を連れてきたあの男。俺が何を言いたいかわかるだろう。君が計画し、考えたようには、ことは運ばない。そして、現場に出ているとき、仲間が要求されたとおりに行動しなかったら、大変なことになりかねない。

たとえば君だ。俺たちが聞いた話では、君こそがそういうことをしそうだという。君がドアを開ける。指をパチンと鳴らしたり、鼻を歪めたりする。そうすれば、プランテーションがすべて吹っ飛ぶ」。ホーキンズは一人で笑った。「そんなふうにことは運ばないんだよ」

「僕は努力したんだ」と僕は言った。「ここまでやってきた――」。しかし、彼はまた僕にかまわず話し続けた。

「だが、これはすべてに関わる教訓だと思う。我々はときどき忘れてしまう――自分たちが仕えているのは自由だってこと、抵抗しているのは奴隷制に対してだってことを。自由とは人間が好きなように行動する権利であり、我々が期待されているように行動する権利ではない。そして、もし君が我々の期待どおり行動する人でなかったとすれば、それは君が自分の想定どおりに行動してきたということなんだよ」

ここでしばらくホーキンズは黙り込み、僕たちは座ったまま葉巻を吸った。冷たくて爽やかな風が僕たちのほうに吹き抜けてくる。

「ハイラム、君が何を見てきたかは、俺にはわからない。君が救い出そうとしている人たちに何が起きたかも知らない。君に強く言っておきたいのは、俺だったら君がやろうとしていることはしないってことだ。でも、そんなこと、偉そうに言えやしない。だって、自分を救い出し、エイミーを救い出すためなら、俺はどんなことだってしてたろうからね。君は自由だし、君の判断に従って行動していい。俺の判断に従うなんてあり得ないし、コリーンに従う必要もない」

「その点はどうでもいいんだ」と僕は言った。「どちらにせよ、彼らは救い出されたくないみたいだから」

ホーキンズは静かに笑った。

「いや、救い出されたいさ」と彼は言った。「誰だってそうだよ。救い出されたいかどうかの問題じゃない。みんなここから出たい。だから、どうやってやるかの問題なんだ」

続く日曜日の早朝、僕は洗濯物の配達のためにシーナと待ち合わせた。洗濯物はすでに畳まれ、籠に収められていた。僕たちは黙り込んで配達の巡回を済ませ、僕が馬車を戻して馬をつないだときも、彼女は何も言わずに歩き去った。僕があとを追ってトンネルに入ると、彼女は自分の古い部屋に戻っていた。先週からそこで暮らしていたのだ。

「何だい？」彼女は顔を上げて僕を見ると、皮肉っぽい口調で訊ねた。

「これで終わりかな？」と僕は言った。

「そのようだね」

「わかった」と僕は言い、居住区《ストリート》へと歩いていった。しかし次の日、父の面倒を見るために母屋に行くと、地下長屋から家の上階へとつながる秘密の階段の前で、彼女が待っていた。ランタンの光で、泣いていたことがわかる。彼女は僕を見ると、首を振って頬の涙をぬぐった。

「負うには重すぎるよ、ハイ。これは重い。ほかはみんな奴隷なのに」

「わかってる」と僕は言った。「僕もそれをみんな見たし、いまはすべてを思い出した。だからわかってる」

「そうかい？」と彼女は言った。「だって、おまえにはわからないと思うよ。おまえの側のことは知っているだろう。母の胸から奪い取られた子供の側のことは。でも、もう一つの側のことはわかるかい？　あたしがあのようにおまえを愛するのがどれだけ辛かったか、わかるかい、ハイラム？　またあの立場に身を置いてしまうことがどれだけ辛かったか。あたしのサイラスに、あたしのクレアに、あたしのアラムに、あたしのアリスに、そしてあたしのケシアに、あんなことをされてしまったんだから。それは辛かったよ。でも、おまえが屋根裏からこちらを見下ろしているのを見て、あたしの子供たちは絶対に戻ってこないのはわかっていたし、おまえの母親が戻ってこないことも知っていたし、だからあたしたちのあいだに何もないにしても、これだけは分かち合っているってわかったんだ。

そして、本当におまえを愛したんだよ、ハイ。あの立場に戻ったんだ。だからおまえがいなくなったとき、あの娘と逃げたときは、一カ月のあいだ泣きながら眠ったよ。おまえが何をされるか心配でたまらなかった。信じられなかったよ。また一人失った――それも、奴隷にされるよりも悪い。だから、あたしのせいなんだって思った。愛する者すべてが奪われるのは、あたしのなかの何かが悪いんだって。心が引き裂かれたよ、ものすごく。そうしたら、おまえが戻ってきたんだが、おまえには連れがいた。物語と一緒に戻ってきたんだ――あたしが侵害され、辱められた家からの物語を連れてきた。そして、その家に戻れとあたしに言う。

ケシアに何て言ったらいいんだい、ハイ？　あたしはどうなるんだ？　ケシアに会って、ほかの失われた子供たちのことばかり目に浮かぶようになったら、あたしはどうすればいい？」

彼女は顔を片手に突っ伏し、静かに泣き続けた。僕は彼女を引き寄せ、その頭を胸にもたれさせて、そのまま抱き合った。こうしてロックレスで僕たちが過ごす最後の時間のカウントダウンが始まった。

ここにこのまま残れるはずもなかった。いまの状態のロックレスにも、これからそうなるだろうと僕たちが思っているロックレスにも。ソフィアは保護を得た。それはコリーンによる保護で、彼女はいろいろと欠点はあっても、約束は守る女性だった。しかしシーナに関しては、高齢であることと襲われたこととで、何とかしなければという僕の思いは募った。父はその頃、自分の奴隷たちを売買し、やりくりする状態にはまり込んでいた。想像できる限りのどんなことでもしてプランテーションを沈まないようにし、群がってくる債権者たちから逃げようとしていたのだ。そのときの僕は知らなかったが、このようなことは続けられるはずもなく、実際に続かなかった。しかし、知っていたとしても、ケシアにした約束があり、僕はそれを果たすと決意していた。

僕はハリエットからの返事を二週間待った。しかし、返事がなかったので、援助はあてにできないものと考えた。この事実に対して怒りや不安は感じなかった。地下鉄道に加わって一年しか経っていないが、その仕事の厳しさは承知していたので、忠誠心を保つ必要性も理解していた。こうなれば単独行動だ——一人で地下鉄道の〝駅〟を運営する。グース川のほとりでそれを小規模にやったことはあったが、昔のアフリカの王様が、サンティ・ベスが、そしてモーゼがやったように〝導引〟を行なうのは、途方もないことに思われた。しかし、僕には記憶がある——すべてを覚えている。そして、媒介となる物体を持っている。それを使い、一度失って取り戻した年月のエネルギーを集中させたいと願っていた。

　最後にみんなで一緒に過ごしたのは、その季節で最も寒い夜だった。土曜日を選んだのは、一日かけて体力を回復し、月曜日の仕事に戻れば、疑いを招かないと考えたからだ。僕たちは、当時ならご馳走と見なされた食事を揃えた——コーンブレッド、魚、塩漬けの豚肉、そしてケール。一緒に静かに食べ、食後はシーナが戻って暮らしていた小屋でくつろいだ。シーナは自分の若い頃の話でソフィアを楽しませ、みんなたっぷりと笑った。それから出発の時間が迫ってきた。僕たちは急いで別れの挨拶をし合った。僕はソフィアに家で待つように言った。夜明けまでに僕が戻らなかったら、川岸で僕を探してくれ、と。

　小屋の外で僕は夜空を見上げた。広々と澄み渡り、月は女神のように輝いて、すべての星々がその子供のようだった——あらゆる運命の女神、ドリュアスとニンフなどが、宇宙に広がっている。僕はシーナの手を握り、彼女とともに小屋から歩み出した。森の小道を抜けていき、足下の地面がパキパキいったりガリガリいったりしているうちに、グース川のほとりに出た。これから何が起きるかをシーナには話していなかった。どうやって話したらいいかわからなかったのだ。彼女が知っていたのは、僕がサンティ・ベスの道を見出したということと、ソフィアがそれを真実だと証言したことだけ。だから、そのときその場で、シーナが僕の手をギュッと握ったまま立ち止まったのも無理はないと感じられた。シーナのほうを見ると、茫然と空を見上げていたので、僕はその視線をたどった。そして、さっきまで広々と澄み渡っていた夜空が、いまは雲でぼやけているのに気づいた。白い霧の筋が川から浮かび上がっている。川があることは、水が岸辺に打ち寄せる静かな音でしかわからない。貝殻のネックレスは僕の胸で熱を発している。

僕たちは歩き続けた。川辺に沿って南に進んでいると、やがて川から静かに立ちのぼる霧の筋がどんどん濃さを増し、一つの塊になった。そして、そのてっぺんの闇のなかにぼんやりと現われたのは、仲間の多くがナチェズへと送られるときに渡った橋だった。僕たちはライランドを避けるために裏道を使った。ライランドたちは数を減らし、我々のスパイも彼らのなかに入り込んでいたが、まだエルム郡にはびこっていたのである。僕たちは迂回するように進み、橋のたもとまで来た。見上げると、霧はさらに濃くなっていて、まるで雲が落ちてきてすべてを包んだかのようだった。いや、すべてではない。ずっと向こう、川があるはずのところからは——あるいは、かつてあったところからは——青い星雲のようなものが立ちのぼり、そこらじゅうで光っている。そして、記憶が甦るように音を響きわたらせている。ネックレスがシャツの下で燃え上がっているのを感じ、見ると、それは北極星のような明るさで輝いていた。僕はそれを引っ張り、シャツの外に出した。

いよいよだ。

「僕の母のために」と僕は言った。「この橋を渡って連れていかれ、戻ることのできなかった、あまりに多くの母たちのために」

それからシーナのほうを見ると、彼女も貝殻のネックレスから発せられる青い光にぼんやりと照らされていた。

「残ったすべての母たちのために」と僕は言い、片手で彼女の手を摑むと、もう片方の手でその頰に触れた。「戻らない者たちに代わって頑張りとおした母たちのために」

僕は橋のほうに体を向けて歩き始めた。すると、霧の巻きひげが橋の上に覆いかぶさり、青い光が彼方でゆっくり踊っているのが見えた。そこが向こう岸だろう。とは言っても、今夜、あの向こう岸が目的地ではないということもわかっていた。

「シーナ」と僕は言った。「僕の大事なシーナ。僕は自分のことをずいぶんとあなたにしゃべったけど、自分を導いてきたすべての核については明かしてこなかった。それは長いことしまい込まれ、いま僕たちを包んでいるものと同じくらい濃い霧のなかに隠されていたからだ。そうでなければならなかった。というのも、僕は起きたことに耐えるには幼すぎた――あの記憶を抱えたまま生き残るには幼すぎたんだ。

あなたは僕の母がローズであることを知っている。僕の父はハウエル・ウォーカー。この二人の非道な結びつきから生まれた。一人っ子だったわけではない。兄のメイナードは僕より二つ年上で、ロックレスの女主人の子として生まれた。そのために兄の血はこの旧家の高貴なものをすべて持っているとされ、いつの日か賢明で細心な跡取りになると信じられた。血は魔法であり、科学であり、運命だからである。しかし、僕は血に逆らい、ゆえに運命に逆らった。そしていま、すべてを知った上で、こう思う。このようにしたのは僕の失われた母なのだ、と。

長いこと僕は見えなかったし、思い出せなかった。しかし、いまはそのすべてが見える。母の明るく楽しそうな瞳、笑顔、赤黒い肌。そして、僕は彼女が話してくれた古い世界の物語を覚えている。海の向こうから運ばれた物語。夜、眠りに就く前に、その日の僕がいい子であったときにだけ話してくれた物語。こうした物語が心のなかで輝いたのを覚えている。僕たちの夜を色で満たしてくれた。骨のなかに太鼓のリズムを持って生まれたカフィーの話も覚えている。それから、海の底の極楽に住む水の精、マミ・ワタの話。僕たちはみんな、奴隷労働が終わったあとでその極楽に行き、ようやく苦労が報われるのだという」

そのとき霧が僕たちを包み込み、足下の橋が消えるのを感じた。シーナはまだ僕の手を握っている。貝殻のネックレスから放射される熱が僕のからだじゅうに及び、川があることを示していた波の音はほとんど静まっていた。

「しかし、太鼓のリズムを持って生まれたカフィーはその当時生きていて、奴隷労働に駆り立てられていた。そして母もその骨の一本一本に太鼓のリズムを具え持っていた。母が踊ると、そこには物語があり、それは彼女が言葉で語る物語以上に真実だった。僕は母が妹のエマとともに手拍子を打ち、ジューバを踊っている姿を覚えている。貝殻のネックレスは揺れたが、水がめが頭から落ちることはなかった。あの頃はいい時代だった。奴隷であったとはいえ、いい時代。しかし、奴隷は奴隷だ。そして僕はいま信じている。母とエマ叔母があのように踊ったのは、いいことがあっても長続きしないとわかっていたからだ」

そう言ったとき、彼らが現われた。あの運命の夜、ゆらゆらと揺れていた幽霊たち。彼らに囲まれ、僕はこれがクリスマスの休日だとわかった。僕が覚えている休日。五歳のときで、エルム郡はまだ繁栄しており、ハウエル・ウォーカーは細口大瓶《デミジョン》を居住区《ストリート》に差し入れした。そして焚火の近くで、僕は二人を見た。入れ代わり立ち代わり踊っている母とエマ叔母。僕は立ち止まって見つめた。これは僕が呼び出した幻影だったが、それでも味わいたかったのだ。しかし、味わおうとすると、彼らは僕の前から消え始めた。限りある人生のように、限りある記憶のように消え始め、僕は物語を語り続けなければならないとわかった。

「世界は変わった。タバコは衰退した。見知らぬ者たちが心配そうな顔で歩いているのを覚えている。土は硬くなり、グース川沿いの古い邸宅はポッサムや野ネズミの棲み処となった。おじたちの数がずっと少なくなったのも覚えている。いとこたちは終わらない長旅に出た。そして、どのように我々が橋を越え、ナチェズに送られたかを覚えている。僕もその場にいたから覚えている」

そのとき、幽霊たちが目の前で踊っていたその場所で、同じ男たちや女たちが歩いているのが見えた。大きな喜びの表情をしていたのに、いまは顔に悲しみをたたえている。瞳からは強烈な願いが伝わってくる——その思いはこの川と同じくらい深い。そして、かつて踊っていた腕と脚を見ると、その手首から足首まで鎖でつながれている。

「母が僕の寝床の脇にひざまずいていたときのことを覚えている。僕を起こし、抱き上げると、夜陰のなかへと走っていった。そして三日三晩、僕たちは森のなかで動物たちとともに暮らした。昼に眠り、夜に走った。母が僕に言ったのは、エマ叔母のようになる前に逃げなければいけないということだけ。僕は幼かったけれども、エマ叔母が売られたことはわかっていた。沼地にたどり着くのが母の目的だった。そうしなければ逃げられない。なぜなら、母はその母親とは違って、水の上を走ることができないからだ。

しかし、あいつらが追いついた、ライランドだ。僕たちは捕らえられ、連れ戻された。そしてスターフォールの監獄に閉じ込められた。僕は母と一緒だったが、状況がよくわかっていなかった。困惑のあまり、父が来たときには、僕たちを救い出しに来てくれたのだと思い込んだ。父はとても優しかったんだ、シーナ。僕の頬に手を当て、母を見つめる表情には苦痛が見て取れた。

〝どうして逃げたんだ?〟と父は訊ねた。〝おまえをこんなに追い詰めるようなことを私はしただろうか?〟

しかし、母の視線は何も語らなかった。父がもう一度訊ねたときも、母は何も言わなかった。そして、僕は父の苦痛の表情が怒りに変わるのを見た。そのとき僕はわかった。父の苦痛は母のためでも僕のためでもない、自分自身のためのものだ。それは、母が父を見抜いたから——父の高貴な外見の裏を見抜いたからなのだ。母は父の本質がわかった——それが母の逃亡の意味だった——父は自分を売るのだ、と母は理解した。間違いなく、母の妹だって売るし、自分自身の息子だって売るのだ、と。

　父は歩き去り、母は理解した。貝殻のネックレスを首から外すと、僕に手渡して言った。〝何が起きても、私はあなたのことを気にかけているから。見たことをすべて忘れないでね。じきに私はあなたにとって幽霊と同じになる。頑張ったけど――母親としてなるべき姿に、できる限りなろうとしたけど、ついに別れのときが来たわ〟。

　それから父が猟犬どもとともに戻ってきた。やつらは母から僕を奪い取ろうとし、泣き叫ぶ僕を無理やり引き剝がした。母は監獄に残されて売り飛ばされ、僕はロックレスに連れ戻された」


　そしていま、僕たちの旅において初めて、腕にかかる重みとしてシーナのことを感じた。実に奇妙な感覚だった――何らかの力が彼女を僕の腕から引き離し、穴に引っ張り込もうとしているかのように。僕の話している言葉が力だったのだ。僕たちは歩いているというより霧のなかを漂っていた。僕の胸が熱を発し、青い光が輝いているのを感じた。彼女を手放すわけにはいかない。

「僕たちは馬でロックレスに戻った。父はその馬とローズを交換したのだ。僕は母を奪われたが、それだけではなかった。母の記憶も奪われた。というのも、立ち去るときに父は怒りに駆られ――父がこんなにも怒るのを見たことがなかったが――僕から貝殻のネックレスを奪い取ったのだ。僕は彼から走って逃げた。翌日の朝、僕は馬屋に走っていき、母と交換された馬を見た。そして水桶のそばで、僕がここでいま見せているものの最初の兆候を感じた――〝導引〟だ。

　僕は馬屋に座って泣いた。体内は苦痛に溢れ、肌が張り裂けそうだった――骨は関節から外れ、筋肉は腱のところで切れそうだった。僕は自分がバラバラにならないようにうずくまった。しかし、体内で荒れ狂う波によって、僕は馬屋の外へと流されていった。果樹園を通り過ぎ、畑を通り過ぎ、僕の小屋に戻った。

記憶の苦痛――僕の記憶はあまりに鋭くて明晰なので、僕に耐えられる域を超えていた。だからこのときだけは、僕は忘れた。それ以外は何も忘れない僕なのに。母の名前を忘れ、母の正義を忘れ、サンティ・ベスとマミ・ワタの力を忘れて、ロックレスの大邸宅に目を向けた」

このとき引き裂かれるような感覚が全身に走った。シーナの重量がすさまじくなり、僕は腕が引き抜かれるかのように感じた。周囲に見えるのは霧と青い光だけだった。

「多くの人が……本当にたくさんの人が僕に言葉をくれた……が、記憶を与えることはできなかった。物語を与えることはできなかった……」

僕の言葉は目の前にとどまっていた。僕はシーナとともに沈んでいくように感じた……どこかに向かって沈んでいく、霧のなかへと。

「しかし、僕はここに残る……ソフィアも残る……そして子供は、キャロラインは、北極星の教えを知ることになるだろう……」

ここで僕は言葉を失った。胸の熱が言葉を消し去り、二人とも崖から突き落とされたように感じた。そして、落ちていくあいだに、九月の黄色い葉が落ちていくかのように、記憶の束が僕のまわりで落ちていった。柳の木の下でジンジャークッキーを食べている僕。ソフィアが細口大瓶《デミジョン》を僕に回している。ジョージー・パークスが僕に行くなと言っている。僕は落ちていく。

そのとき霧の中から声が聞こえてきた。僕のなかの光が弱まっていくにつれ、もう一つの光――緑色の明るい光――が遠くから呼びかけてくるのが見えた。

「……北極星の教えは、何人たりとも鳥の前に網を広げてはいけないということ。鳥とは私たちだ、ハイラム。私たちは木の上にある巣から盗まれ、鎖の谷に閉じ込められてしまったけれども」

それから僕は再び漂っていた。シーナが僕の手を取った。

「これは何？」と彼女は霧のなかに向かって叫んだ。

緑の光が近づいてきて答えた。「これが〝導引〟だよ。古いやり方だけど、これからもずっと、必ずや残るだろう」

光のなかをじっと見つめると、そこに彼女が見えてきた。ハリエットだ。片手で杖を握っている。もう片方の手を握っている人を見ると、なんと、ケシアではないか。

「遅くなって申し訳ない、ハイラム・ウォーカー」とハリエットは言った。「ちょっと準備が必要でね」

僕は言葉が出なかった。彼女の言葉がロープで、そこに自分がぶら下がっているように感じた。ハリエットがやってきた方向を見ると、霧のなかにデラウェア川の船着場が見えた。

「もう大丈夫よ、ハイラム」とケシアが言った。「戻りなさい。シーナは私たちが確保した。これですべて大丈夫」

言うまでもなく、そのあともいろいろとあった。僕を襲った疲労と苦痛は言葉にできないほどだった。最後に伝えたいのは、娘と再会したときにシーナが浮かべた表情だ——失われた子供たちのなかから取り戻した娘との再会なのだから。しかし、そのとき僕はまた落ちていた。人生のあらゆる記憶のなかを転がり、数年を転がりながらさかのぼった。ミカジャ・ブランドたちやメアリー・ブロンソンたちを通過し、自分のたくさんの人生を通過し、自由恋愛主義者や工場の奴隷たちを通過し、転がりながらホワイト兄弟を通過した。そして、そのまま元の世界に戻ったのである。

34

　僕は知らない人のベッドで目を覚ました。そして、一年前のあの朝、メイナードとともに川に落ち、そこから〝導引〟されたときのように、すべての筋肉に重しが載っているような気がした。顔を上げ、閉められたブラインドの隙間から陽の光が射し込んでいるのに気づいた。目覚めたばかりの人がしばしば陥るような、狼狽し混乱した状態だったが、その夜の記憶がゆっくりと戻ってきた。シーナは去ったのだ。

　僕は立ち上がり、時間を知りたくて、こわごわブラインドのところまで行った。ロッドを引っ張り、日光を部屋に入れる。眩しいほど明るい一月の朝だった。振り返って戻ろうとしたとき、僕は床に倒れてしまった。そのときホーキンズがドアから入ってこなかったら、しばらくそこに倒れたままだったであろう。

「彼女を送り届けたんだろう？」と彼は言った。そして、屈んで手を差し伸べ、僕がベッドに戻るのを手伝ってくれた。僕は何とか腰を下ろし、脚に感覚が戻ってくるのを感じた。「彼女を送り届けたんだよな」と彼はまた言った。

　僕は目をこすり、ホーキンズのほうに首を傾けて言った。「どうやって？」

「俺より君のほうがよく知っていると思うがね」と彼は言った。

「そうじゃない、どうやって？」と僕は言った。「どうやって僕はここに来たんだ？」

「君の彼女が俺たちに知らせてくれたんだよ」と彼は言った。「君のソフィアさ。君を見つけたって言うんだ、昨日の朝、小屋のすぐ外で。君は冷たい地面に横たわり、震えていたそうだ。熱にうなされ、ぶつぶつ言って。彼女からスターフォールの我々に連絡が来て、我々も事情がわかり、ハウエルと話をした。手当てのために君を町に連れていかないといけないって言ったんだよ、もちろん」

「もちろん」

「だってさ、君のあの状態では、君が誰に話しかけるか、誰の話をするか、俺たちにはまったくわからないじゃないか。だから俺たちは君をここで保護しようと思ったんだ。これはいい考えだった。だって、シーナがいなくなったわけだから、ハウエルも――何が起きたかを正確に把握していないにせよ――それに気づくはずだ。そして、シーナが消えたのと君の熱病とが重なるのは、かなりおかしな話だよ。でも、我々はそのことを何も知らない。そうだよな？　ここの連中だって何も知らない。だって、君がこのことに関わったなんてあり得ない。コリーンに逆らうなんてあり得ないし、ヴァージニア地下鉄道を危険に晒すなんてあり得ないわけだから」

「あり得ないよ」と僕は言った。

「俺もそう思った。体調が戻ったと感じたら、ちゃんとした服を着て、コリーンに直接説明するといい」

夜には、僕はかなり元の状態に戻ったように感じた。そこで着替え、スターフォールの宿屋の談話室に歩いていった。奥のテーブルには三人の男、工作員たちがいて、エールを楽しんでいた。談話室の隅にいるバーテンダーはコリーンと話していて、彼女はちょうど冗談か小話を聞いて笑っているところだった。貴婦人の服装をしている――化粧をし、フープスカートをはき、ハンドバッグを持っている。僕は部屋の端、階段のすぐ脇に立って、しばらく彼女を見つめていた。そして、どうして彼女が、と考えていた。ヴァージニアの何が、あるいは北部の何が、革命の精神をここまで搔き立てたのか。すべてを持っているこの女性が、この貴婦人が、そのすべてを危険に晒す気になったのは何のためなのだろう。僕は談話室を見渡し、コリーンがここで成し遂げたことに驚嘆した――スターフォールのど真ん中、奴隷制の中心地で、このようなことをやってのけるとは。

やがて彼女は顔を上げ、僕に気づくと、その顔からは楽しげな表情が消えた。そして、暖炉の脇のテーブルに向かって頷いた。僕たちはそこに移動し、席に着くなり彼女は言った。「では、やったのね」

僕は答えなかった。

「答える必要はないわ。我々はあなたが何者かを知っていた。このようなことが起きる可能性も、あなたのお祖母さんの話以降、長いこと語られてきた。だから、ホーキンズも知っていたわ」

「僕は知りませんでした」と僕は言った。「そして、僕が求めたものと完全に同じ結末だったわけではありません」

「でも、彼女はいなくなった」

「いなくなりました」と僕は言った。

「気に入らないわ」とコリーンは言った。「問題よ。私は自分の工作員たちを信頼できなければいけない。彼らの心がわからないといけないのよ」

僕は首を振って笑った。「自分が無茶を言ってるってわかりません?」

彼女はしばらく黙り込み、それから微笑んだ。

「そうね」と彼女は言った。「わかってるわ。でも、ときどき自分でも気をつけるようにしないといけないの」

「そのようですね」と僕は言った。「でも、こうしたことが始まる前に、僕の祖母のサンティ・ベスがいました。この〝導引〟の始まりです。それは、地下鉄道よりもずっと古いものに起源があります。そして、僕はあなたにも忠誠を尽くすけど、同じくらいその伝統にも忠誠を尽くさないといけない」

「それから、もう一人の女性、ソフィアだけど？　彼女も救出するつもり？」

「僕は彼女に忠誠を尽くします」と僕は言った。「それしか言えません。彼女が僕のためにしてくれたことに忠誠を尽くす。彼女に救われたのは、今回で二度目です。僕は、自分が何のために働いているのかを忘れてはいけない。そして、働いているのは何のためなのかと、誰のためなのかとのあいだに、隔たりがあってはならないんです」

　バーテンダーが温かいシードルを二杯持ってきた。工作員たちはまだおしゃべりしている。僕は自分のシードルを飲んで言った。「彼らは僕にとって運ぶための荷物ではない。彼らは救済です。僕は彼らに救われた。だから、彼らを救うべきだと感じる状況が現われたら、僕はやります」

「では、そういう状況が現われないように心がけないといけないわね」とコリーンは言った。

「どうやってそれをするんです？」と僕は訊ねた。「僕たちは奴隷制の真っただ中にいる。野獣の口元に。あなたが彼女の所有権を持っていると言っても、それ以上に何ができるんです？」

　今度はコリーンが黙り込む番だった。彼女は何も言わずにシードルを飲み、談話室を見渡して、自分のやったことを嘆賞していた。


　コリーンの謎めいた言葉の意味がわかるまでにもう一年かかった。とはいえ、いま思えば、その変化の現われを僕は常に見ていたはずである。次の秋、父が死んだ。そして、死後の審理によって、彼の最晩年の状況が明らかになった。ロックレスの経営は完全に破綻していたのである——それを救ったのはコリーン・クインであり、その際の取り決めによって、邸宅と地所に残っている者たちはみな彼女の財産となった。

そこで、父の死の一ヵ月後、僕たちは地所の改造を始めた。形においても機能においても、ブライストンに似たものを作り上げるためだ。つまり、表面上は古いヴァージニアのプランテーションだが、内部は地下鉄道の〝駅〟となった。残っていた数人の奴隷はこっそりと北部の各地に送った。ニューヨーク州北部、ニューイングランド、そして北西部のいくつかの地域に、地下鉄道の者たちが土地を持っていたのである。

彼らがみな送られたところで、僕たちは工作員をその代わりに配置した。彼らは州のなかでの活動を続け、さらに隣接する州にもその活動を広げた。外の世界に対しては、ここはコリーンの所有地であり、地所の執事職は僕が担うことになった。自分が想像していたものとは違ったが、ともかく僕は農園の表向きの主人となり、同時にロックレス〝駅〟の工作員となったのである。

シーナが旅立ってから二日後、ホーキンズが僕を馬車でロックレスまで送ってくれた。着いたのは夜で、父は夕食を出してもらっているところだった。僕が挨拶をすると、彼は微笑んだ。

「すっかりよくなったようだな？」と彼は言った。

僕は父のすぐそばで頭を下げ、まだ首にぶら下げていたタカラガイのネックレスを見せようとした。ネックレスは僕のシャツの下から現われ、少し揺れた。

「よくなりました」と僕は父に言った。これを言うとき、わざわざ彼の顔を見ようとはしなかった。どういう反応があるかには興味がなかったからである。しかし、僕は彼に伝えたかった。彼がずっと知っていたことを僕もいまは知っているのだ、と。そして、許すのは筋違いであり、忘れるのは死ぬことだ、と。

そのあと僕は居住区《ストリート》の果てまで歩いていった。ソフィアは小屋にいて、火を使って夕食の準備をしていた。キャリーはベッドに横たわり、掛け布団を引っ張ったり、意味のない幼児語を発したりしている。僕を見てソフィアは微笑み、こちらに近寄って、優しくキスをしてくれた。彼女が夕食を仕上げているあいだに、僕はキャリーと遊んだ。僕たちは奥の空間で一緒に食べた——僕がかつてシーナと二人で食べたところである。僕はキャリーを膝に載せ、コーンブレッドを小さくちぎってやった。ソフィアはしばらく僕たちを眺めてただ座っていたが、微笑むと、自分も食べ始めた。

その夜、僕たちは屋根裏で寝ることにした。シーナがいなくなったとはいえ、彼女が家で占めていた場所を尊重し、確保することが適切に思えたのである。夜も半分すぎた頃、僕たちはまだ起きていた。ソフィアは切妻造りの屋根の垂木を見つめ、キャリーは彼女の胸で眠っていた。僕はソフィアの濃い髪に指を入れ、特にどうするのでもなく、そっと髪の房をひねっていた。

「それで、僕たちはどうなる？」と僕は訊ねた。「いまの僕たちは何なんだろう？」

ソフィアはキャリーを胸から下ろし、僕たちの真ん中に寝かせた。それから体を横向きにして、僕と向かい合った。

「私たちは前からずっとこれをしてきたのよ」と彼女は言った。「地下に潜っての抵抗ね」

著者による注記

ホワイト家の物語は、ウィリアム&ピーター・スティル兄弟とその家族の実話から着想を得ている。彼らの物語については——そして、逃亡奴隷たちから彼らが集めた物語については——ウィリアム・スティルの著書、『地下鉄道の記録』の新版（クインシー・ミルズ編、モダンライブラリー社）でさらに読むことができる。

訳者あとがき

二〇〇八年にバラク・オバマが黒人初のアメリカ大統領に当選してから現在までは、皮肉なことに、アメリカにおける黒人差別の根深さを強烈に印象づけた年月であったように思われる。

一部の白人たちの抵抗はオバマの大統領選勝利直後から始まった。共和党保守派はオバマの政策にことごとく反対することを申し合わせたと言われており、従来の共和党なら賛成する法案でも反対を押し通すようになった。特に「オバマケア」と呼ばれる医療保険制度改革など、数々のリベラルな政策は強烈な抵抗にあい、オバマの目指した改革は思うように進まない。そして、弱者に手厚くあろうとするオバマ政権に対し、白人労働者層は「自分たちが軽視されている」という不満を募らせていった。こうした不満が二〇一六年の大統領選でのドナルド・トランプ当選につながったことは言うまでもない。

トランプはオバマの改革を次々に否定し、マイノリティの権利をないがしろにする言動を続けた。ヘイトスピーチやヘイトクライムが増加し、社会の分断が深刻化、以前から問題となっていた警察による黒人への暴力も頻発した。こうした結果が、現在の「ブラック・ライブズ・マター」運動の盛り上がりとなって現われている。

本書の作者、タナハシ・コーツは、この時期にアフリカ系アメリカ人のスポークスパーソン的な存在として注目を集めるようになった文筆家である。『アトランティック』誌を中心に論陣を張り、何が差別を生み、永続化させているのかについて、鋭い考察を示してきた。それらはボルティモアの貧しい黒人地区に育った生い立ちと、ヒップホップやコミックなどの多様な文化への関心、そして歴史に関する豊富な知識に基づいており、アメリカが抱える問題がいかに根深いか、黒人たちがいかなる心情を抱えて生きているかを生々しく描き出している。

現在まで、こうした差別の問題に向き合った彼の著作としては、以下の三冊がある。

・『美しき闘争』（*The Beautiful Struggle*, 2008）
　奥田暁代訳、慶應義塾大学出版会、二〇一七年刊
・『世界と僕のあいだに』（*Between the World and Me*, 2015）
　池田年穂訳、慶應義塾大学出版会、二〇一七年刊
・『僕の大統領は黒人だった』（*We Were Eight Years in Power*, 2017）
　池田年穂・長岡真吾・矢倉喬士訳、慶應義塾大学出版会、二〇二〇年刊（上下巻）

『美しき闘争』はボルティモアの犯罪多発地区で育った生い立ちと、急進的な黒人解放闘争の組織、ブラックパンサーの党員であった父の影響を語る回想録。全米図書賞を受賞した『世界と僕のあいだに』は息子への書簡という形を取り、警察に殺された友人のエピソードを一つの軸として、見た目だけで偏見を持たれる（つまりは肉体を奪われている）状態で生きることの意味を追究する。続く『僕の大統領は黒人だった』はオバマからトランプの時代にかけて書いた評論を集めたもので、なかにはオバマ自身との対話も含まれている。

外部からアメリカの黒人差別を見ていると、黒人側にも努力が必要だと考えたり、その「努力」によっていずれ問題は解消するのではないかと思ったりしかねないが、それがいかに絵空事か、コーツのこれらの著作を読むとよくわかる。アメリカの黒人差別は当事者たちの「心の持ちよう」だけの問題ではない。ずっと社会に構造的に埋め込まれてきたのであり、黒人たちは不利な立場に立たされ続けてきた。多くの黒人が貧困から脱出する術を奪われ、若いうちに犯罪に手を染めてしまう。それに対し、近年のアメリカ政府は貧困対策よりも犯罪に厳しくすることばかりに集中し、刑務所を肥大化させてきた。特に『僕の大統領は黒人だった』には、こうした事情が詳しく説明されている。

言うまでもなく、こうした社会問題の根源と言えるのが、北米で十七世紀から十九世紀まで実践されてきた奴隷制である。アフリカ人をアフリカ大陸から拉致してきて、人間としての権利をいっさい与えず、所有物として強制労働させる。男性白人の奴隷所有者はしばしば女性の奴隷を性的なはけ口としても使ってきた。このような非人道的な制度が長く続いたこと自体も恐ろしいが、アメリカ南部はしぶしぶ奴隷制を手放したあとも、黒人差別を社会制度のなかに組み込んできた。そして黒人に対する差別は南部に限らず、いまも根強く残っている。コーツはこうした事実を踏まえ、アメリカ政府は奴隷制に対する賠償金をアフリカ系アメリカ人に支払うべきだと主張している。

このコーツがアメリカの奴隷制を題材にして初の小説に挑んだとなれば、期待しないほうが無理な話である。本書『ウォーターダンサー』(*The Water Dancer*, 2019)は十九世紀中盤のヴァージニア州を舞台とし、ハイラムという若い奴隷を主人公とする小説だ。彼は奴隷主が奴隷に産ませた子供だが、にもかかわらず母は彼が幼いときに別の地域に売られてしまう。早くから開拓されただけに、すでに土地が痩せてしまったヴァージニアの農園主たちは、奴隷を売ることで贅沢な暮らしを維持していたのだ。このような試練を幼少期に経験したハイラムは、子供をすべて売られてしまった老女、シーナを頼り、一緒に暮らすようになる。そして奴隷主の息子、つまり異母兄にあたるメイナードの召使いとして働くことを強いられる。

このように残酷な奴隷制の犠牲者と言えるハイラムだが、彼にはそこから脱出するための手段があった。それは絵画的な記憶力。どんなことでも画像として記憶できる能力があったのだ。そのため、メイナードの家庭教師であるミスター・フィールズに見込まれ、教育を受けることになる。さらに、彼の祖母にあたるサンティ・ベスは〝導引〟と呼ばれる不思議な力を用いて海を渡り、アフリカに戻ったという言い伝えがあり、彼にも同じ能力があるという予兆が見られる。その能力を彼がいかに呼び覚まし、制御できるようにするか——それが物語を動かす重要な要素である。

もう一つの重要な要素は、やはり過酷な運命を強いられている奴隷の女性、ソフィアへの愛だ。ソフィアは自立した考えの持ち主で、白人の主人が黒人に変わるだけでは願い下げだとハイラムにはっきりと告げ、その男女平等の理想に彼も啓発されていく。それとともに、自分の家族は奪われながらもハイラムを引き取って育てたシーナの人生、彼女と築き上げる家族としての絆、後に出会う自由黒人たちとの家族的な愛なども、物語の軸となる。

ハイラムの運命が急転するのは、ソフィアと逃亡を試み、失敗してからだ。奴隷狩りの白人たちの監獄に収容され、拷問を受けて売られるが、彼を買った白人が、実は奴隷の逃亡を助けるネットワーク、「地下鉄道」の活動家だった。ハイラムはその才能を買われ、彼らの活動家としての訓練を受ける。そしてフィラデルフィアに行き、実在した奴隷解放の活動家、ハリエット・タブマンらと知り合う。こうして物語は歴史的な事実と呼応し合いながら、奴隷解放のために命がけで闘う人々の姿が壮大なスケールで描かれていくのである。

タイトルの「ウォーターダンサー」とは、黒人奴隷たちの踊りの一つ、「ウォーターダンス」の踊り手のこと。このダンスは、水を入れた水がめを頭に載せ、中身をこぼさずに踊るもので、実はハイラムがサンティ・ベスから受け継いだとされる超能力と大きく関わっている。サンティ・ベスは水の上を歩くのに対し、ウォーターダンスはいわばそれをひっくり返し、水の下を歩く。つまり、ウォーターダンスという形でその力が受け継がれているのだ。ハイラムの母はウォーターダンスの名手であり、彼の能力が呼び覚まされるときは、必ずウォーターダンスをする母の幻影が現われる。彼の能力を呼び覚ます（そして制御する）鍵が母の記憶と水であるらしい。しかし、「何でも記憶できる」はずの彼なのに、母のことだけはよく思い出せない。それはなぜか？　どうしたら母の記憶を取り戻せるのか？　物語はその答えに向かってスリリングに展開していく。

本書がコーツにとって、小説としては処女作であるというのは本当に驚きである。こうした謎解きを含んだ物語に読者は必ずや引き込まれることだろう。また、奴隷制という非人道的な制度下に生きた人々の感情や、その制度が生んだ白人たちの腐敗も生々しく描き出される。確かに、説明が足りないと思われるところなど、ないわけではない。しかし、物語が生む緊張や感動、そして人間の本性に切り込む深さなど、欠点を補って余りあるものがある。本書はすでにオプラ・ウィンフリーとブラッド・ピットにより映画化が決定しているとのことで、これもまた、本書の面白さの証明と言えるだろう。どのような映画になるのか楽しみでならない。

ここでタナハシ・コーツについてと、小説の背景について、少し補足しておこう。彼は一九七五年生まれで、タナハシという名は古代北アフリカの王国「ヌビア」を表わすエジプト語から取られた。父のW・ポール・コーツはかつてブラックパンサー党の党員として活動した人物で、その後、アフリカ系アメリカ人の著作を積極的に出版するブラック・クラシック・プレスの創業者となった。タナハシが彼から大きな影響を受けているのは、本人も認めているとおりである。また、教師である母のシェリルはタナハシが幼いうちからエッセイを書くことを勧め、それによって文章力や観察力が磨かれたという。もともと黒人大学であったハワード大学に進学するも、卒業せずにジャーナリズムの世界に入り、先に説明したような売れっ子となった。著作としては、これまでに挙げたもののほか、マーベル・コミック『ブラックパンサー』の新シリーズの原作も手がけている。

『ウォーターダンサー』を構想したきっかけについて、彼はハリエット・タブマンの物語にまず魅せられたことを挙げている。子供のときに頭に分銅が当たった後遺症で、しばしば発作を起こしながら、一人も失うことなく奴隷たちを北部へと導いたこの女性はいったい何者なのか？　そういう興味から彼女について調べ始め、さらに彼女を助けた地下鉄道の活動家、ウィリアム・スティルの著作などを読んでいったという。タブマンの物語は、二〇一九年に公開された伝記映画『ハリエット』（監督ケイシー・レモンズ、主演シンシア・エリボ）が大ヒットしたことで、広く知れ渡った感があるが、スティルはこの映画にも登場する人物だ。

映画のなかのスティルは、フィラデルフィア〝駅〟を運営するとともに、逃亡奴隷たちの経験を細かく書きとめる者として描かれている。これは事実であり、彼が残した記録は奴隷制や地下鉄道の研究のための貴重な資料となった。本書の「著者による注記」にあるように、コーツはウィリアム・スティルとその兄のピーターから、本書のホワイト兄弟というキャラクターを作り出している。ピーター・スティルが経験したことは、本書で描かれたオウサ・ホワイトのものとほぼ同じであり、第26章に登場する『さらわれて、買い戻されて』という本も、ピーターの物語として実在する。メアリー・ブロンソンのエピソードも、その元となったものがスティルの本に記録されているし、言及される〝ボックス〟・ブラウンもウィリアム・スティルが救出に関わった人物だ。

このように奴隷の資料を読んでいき、コーツは『ウォーターダンサー』の物語を構想していったのである。奴隷制や差別がいかに人間に影響するか。これは差別される側だけでなく、差別する側の人格にも大きく関わる問題だ。彼独自の見解がこの小説で大いに発揮され、各キャラクターの造形に生かされている。と同時に、ソフィアという自立した女性像を通し、また、コリーン・クインと（その奴隷を装っている）ホーキンズらとの関係を通し、真の平等がどう実現できるかを追究している。

いまは亡きノーベル賞作家、トニ・モリスンは『世界と僕のあいだに』に寄せた推薦文で、次のように書いている。「ジェームズ・ボールドウィンが亡くなってからずっと私を苦しめてきた知的空白を誰が埋めてくれるのだろうかと思っていたが、それは明らかにタナハシ・コーツだ」。まさに最大級の賛辞だ。そしてこの小説第一作の出版によって、彼は実際にボールドウィンとモリスンのあとを継ぐべき存在となったように思われる。これからも目が離せない書き手と言えるだろう。

最後に、本書の翻訳についていくつか説明しておきたい。コーツはこの小説だけに通用する特殊な用語を使うことがあり、その一つは奴隷制を表わすTaskである。人としての奴隷のことはしばしばTaskedと呼んでいる。「苦役労働」を強いる制度と、強いられる人々を指すのだろう。しかし、一方でslaveやslaveryという言葉も使われているので、無理に日本語で訳し分けるのはかえって混乱を招きそうだ。そう判断し、ほとんどすべて「奴隷」または「奴隷制」と訳した。奴隷所有者の白人はQualityと呼ばれているが、これは「上級市民」とした。〝導引〟と訳したハイラムの超能力は、原語ではConductionで、本来は熱や電気の「伝導」を表わす。地下鉄道は「鉄道」を名乗るだけに、奴隷たちの導き手をconductor（車掌）と呼んでおり、それとも呼応する言葉だ。なお、差別を主要な主題とする小説だけに、差別的な用語も使われることがあるが、婉曲な言葉に言い換えることはせず、そのまま訳すようにした。このこともお断りしておきたい。

翻訳の際の全般的な疑問については、今回も日本映画の字幕製作者であるイアン・マクドゥーガル氏に質問させていただき、貴重な助言をいただいた。心からお礼を申し上げる。また、新潮社出版企画部の内山淳介氏には、企画段階から原稿のチェックまで大変お世話になった。記して感謝の意を表したい。

上岡伸雄

二〇二一年七月一日

The Water Dancer

Ta-Nehisi Coates

ウォーターダンサー

著 者

タナハシ・コーツ

訳 者

上岡伸雄

発 行

2021 年 9 月 25 日

発行者　佐藤隆信

発行所　株式会社新潮社

〒162-8711 東京都新宿区矢来町 71

電話 編集部 03-3266-5411

読者係 03-3266-5111

https://www.shinchosha.co.jp

印刷所

株式会社精興社

製本所

大口製本印刷株式会社

乱丁・落丁本は、ご面倒ですが小社読者係宛お送り下さい。

送料小社負担にてお取替えいたします。

価格はカバーに表示してあります。

ISBN978-4-10-590174-5 C0397

CREST BOOKS

Shinchosha

ビリー・リンの永遠の一日

Billy Lynn's Long Halftime Walk
Ben Fountain

ベン・ファウンテン
上岡伸雄訳

中東での戦闘を生き延び、一時帰還した8人の兵士は、巨大スタジアムで芸能人と並んでスポットライトを浴びる。甦る戦場の記憶と祖国アメリカの狂騒。その途方もない隔絶を19歳の兵士の視点で描いた、全米批評家協会賞受賞作。

CREST BOOKS

オスカー・ワオの短く凄まじい人生

The Brief Wondrous Life of Oscar Wao
Junot Díaz

ジュノ・ディアス
都甲幸治・久保尚美訳

オタク青年オスカーの悲恋の陰には、カリブの呪いが――。
マジックリアリズムとサブカルチャー、英語とスペイン語が
激突して生まれた、まったく新しいアメリカ文学の声。
ピュリツァー賞、全米批評家協会賞ダブル受賞作。

CREST BOOKS

地上で僕らはつかの間きらめく

On Earth We're Briefly Gorgeous
Ocean Vuong

オーシャン・ヴォン
木原善彦訳

生きることの苦しみと世界の美しさと。
ベトナムから太平洋を渡った一家三代の
苦難の歳月を母への手紙に綴った、
才能あふれる若手詩人の初長篇小説。

CREST BOOKS